御製

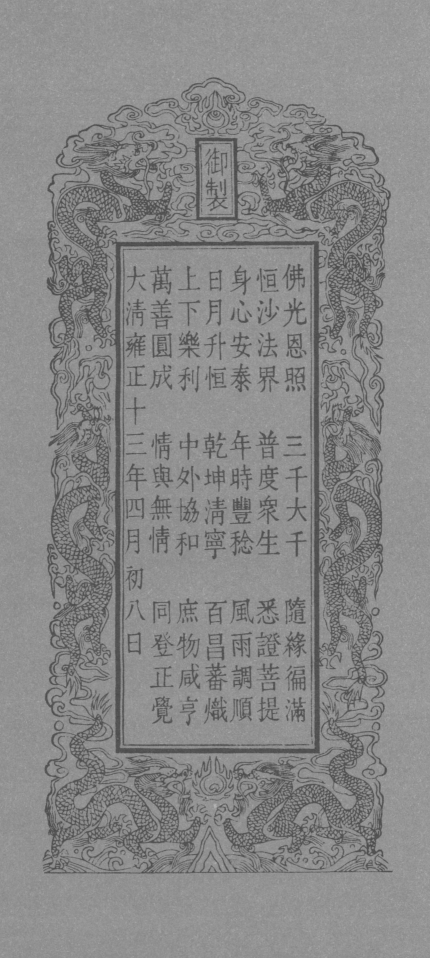

佛光恩照　三千大千　隨緣徧滿
恒沙法界　普度衆生　悉證菩提
身心安泰　年時豐稔　風雨調順
日月升恒　乾坤清寧　百昌蕃熾
上下樂利　中外協和　庶物咸亨
萬善圓成　情與無情　同登正覺
大清雍正十三年四月初八日

第一四〇册　此土著述（三〇）

景德傳燈録

宋沙門道原纂

清刻龍藏佛說法變相圖

景德傳燈録卷第二十一

宋沙門道原　纂

吉州青原山行思和尚第七世上

福州玄沙備禪師法嗣十三人見録

漳州羅漢院桂琛禪師

福州安國慧球禪師　杭州天龍重機禪師

福州僊宗契符禪師　婺州國泰瑫禪師

衡嶽南臺誠禪師　福州白龍道希禪師

福州螺峯沖奥禪師　泉州睡龍山和尚

天台雲峯光緒禪師

福州大章山契如庵主

福州永興禄和尚　天台國清師靜上座

福州長慶慧稜禪師法嗣二十六人見録

泉州招慶道匡禪師　杭州龍華彦球禪師

杭州保安連禪師　福州報慈光雲禪師

廬山開先紹宗禪師　婺州報恩寶資禪師
杭州傾心法瑫禪師　福州水陸洪儼禪師
杭州廣嚴咸澤禪師　福州報慈慧朗禪師
福州長慶常慧禪師　福州石佛院靜禪師
處州翠峯從欣禪師　福州枕峯青換禪師
福州東禪契訥禪師　福州長慶弘辯大師
福州東禪可隆大師　福州僊宗守玭禪師
撫州永安懷烈大師　福州閩山令含禪師
新羅龜山和尚
吉州龍須山道殷禪師
福州祥光澄靜禪師　襄州鷲嶺明遠禪師
杭州報慈從瓌禪師　杭州龍華契盈禪師
杭州龍冊寺道怤禪師法嗣五人（三人見録）
越州清化山師訥禪師
衢州南禪遇緣禪師　復州資福智遠禪師

（婺州洞山龜端禪師　温州景豐禪師　已上二人無機緣語句不録）
信州鵝湖智孚禪師法嗣（法進禪師一人無機緣語句不録）
漳州報恩懷嶽禪師法嗣一人見録
潭州妙濟師浩禪師
福州鼓山神晏禪師法嗣十一人見録
杭州天竺山子儀禪師
建州白雲智作禪師　福州鼓山智嚴禪師
福州龍山智嵩禪師　泉州鳳凰山強禪師
福州龍山文義禪師　福州鼓山智嶽禪師
襄州定慧和尚　福州鼓山清諤禪師
金陵淨德沖煦禪師
金陵報恩院清護禪師
吉州青原山行思和尚第七世

前福州玄沙師備禪師法嗣

漳州羅漢院桂琛禪師常山人也姓李氏爲童兒時日一素食出言有異既冠辭親事本府萬歲寺無相大師披削登戒學毗尼一日爲衆升臺宣戒本布薩已乃曰持犯但律身而已非眞解脱也依文作解豈發聖乎於是訪南宗初謁雲居雪峯參訊勤恪然猶未有所見後造玄沙宗一大師一言啓發廓爾無惑玄沙嘗問曰三界唯心汝作麽生會師指倚子曰和尚喚這箇作什麽玄沙曰倚子曰和尚不會三界唯心玄沙曰我喚這箇作竹木汝喚作什麽曰桂琛亦喚作竹木玄沙曰盡大地覓一箇會佛法底人不可得師自爾愈加激勵玄沙每因誘迪學者流出諸三昧皆命師爲助發師雖處衆韜晦然聲譽甚遠時漳牧王公請於閩城西之石山建精舍曰地藏請師駐錫焉僅逾一紀後遷止漳州羅漢院大闡玄要學徒臻湊師上堂曰宗門玄妙爲當只恁麽耶更別有奇特若別有奇特汝且舉箇什麽若無去不可將三箇字便當却宗乘也何者三箇字謂宗教乘也汝纔道著宗乘便是宗乘道著教乘便是教乘禪德佛法宗乘元來由汝口裏安立名字作取説取便是也斯須向這裏説平説實説圓説常禪德汝喚什麽作平實把什麽作圓常傍家行脚理須甄别莫相埋没得些聲色名字貯在心頭道我會解善能揀辨汝且會箇什麽揀箇什麽記持得底是名字揀辨得底是聲色若不是聲色名字汝又作麽生記持揀辨風吹松樹也是聲蝦蟇老鵶也是聲何不那

裏聽取揀擇去若那裏有箇意度模樣只如老師口裏又有多少意度與上座莫錯即今聲色攛攛地爲當相及不相及若相及即汝靈性金剛秘密應有壞滅去也何以如此爲聲貫破汝耳色穿破汝眼緣即塞却汝幻妄走殺汝聲色體爾不容也若不相及又什麼處得聲色來會麼相及不相及試裁辨看少間又道是圓常平實什麼人恁麼道未是黃夷村裏漢解恁麼説是他古聖垂些子相助顯發今時不識好惡便安圓實道我別有宗風玄妙釋迦佛無舌頭不如汝些子便恁麼點胷若論殺盜婬罪雖重猶輕尚有歇時此箇謗般若瞎却衆生眼入阿鼻地獄吞鐵丸莫將爲等閑所以古人道過在化主不干汝事珍重僧問如何是羅漢一句師曰我若向你道成兩句也問不會底人來師還接否師曰誰是不會者曰適來道了也師曰莫自屈問八字不成以字不是時如何師曰汝實不會曰學人實不會師曰看取下頭注脚問如何是沙門正命食師曰喫得麼曰欲喫此食作何方便師曰塞却你口問如何是羅漢家風師曰不向你道曰爲什麼不道師曰是我家風問如何是法王身師曰汝今是什麼身曰恁麼即無身也師曰苦痛深師上堂纔坐有二僧一時禮拜師曰俱錯問如何是撲不破底句師曰撲問一佛出世普爲羣生和尚今日爲箇什麼師曰什麼處遇一佛曰恁麼即學人罪過師曰謹退問如何是羅漢家風師曰表裏看取問如何是諸聖玄旨師曰四楞塌地問大事未肯時如何師曰由汝問如

何是十方眼師曰眨上眉毛著因請保福齋令人去傳語曰請和尚慈悲降重保福曰慈悲爲阿誰師曰和尚恁麼道渾是不慈悲師翫月乃曰雲動有雨去有僧曰不是雲動是風動師曰我道雲亦不動風亦不動僧曰和尚適來又道雲動師曰阿誰罪過師見僧來舉拂子曰還會麼僧曰謝和尚慈悲示學人師曰見我豎拂子便道示學人汝每日見山見水可不示汝師又見僧來舉拂子其僧讚歎禮拜師曰見我豎拂子便禮拜讚歎那裏掃地豎起掃箒爲什麼不讚歎玄覺云一般豎起拂子拈一種物有肯底有不肯底道理且道利害在什麼處僧問承教有言若見諸相非相則見如來如何是非相師曰燈籠子問如何是出家師曰喚什麼作家師問僧什麼處來曰秦州來師曰將得什麼物來曰不將得物來師曰汝爲什麼對衆謾語其僧無語師却問秦州豈不是出鸚鵡僧曰鸚鵡出在隴州師曰也不較多師問僧什麼處來曰報恩來師曰何不且在彼中僧曰僧家不定師曰既是僧家爲什麼不定僧無對玄覺代云謝和尚顧問師住地藏時僧報云保福和尚已遷化也師曰保福遷化地藏入塔僧問法眼古人意旨如何法眼云蒼天蒼天後王公上雪峯施衆僧衣時有從弇上座者不在有師弟代上名受衣弇歸師弟曰某甲爲師兄上名了弇曰汝道我名什麼師弟無對師代云師兄得恁麼貪又云什麼處是貪處師又代云兩度上名雲居錫云什麼處是弇上座兩度上名處師與長慶保福入州見牡丹障子保福云好一朶牡丹花長慶云莫眼花師曰可惜許一朶花玄覺云三尊宿語還有親踈也無只如羅漢恁麼道

落在什麼處師問僧汝在招慶有什麼異聞底事試舉看僧曰不敢錯舉師曰眞實底事作麼生舉僧曰和尚因什麼如此師曰汝話墮也衆僧晚參聞角聲師曰羅漢三日一度上堂王太傅二時相助僧問如何是學人本來心師曰是汝本來心僧問師居寶座說法度人未審度什麼人師曰汝也居寶座度什麼人僧問鏡裏看形見不難如何是鏡師曰還見形麼僧問但得本莫愁末如何是末師曰總有也師因疾僧問和尚尊候較否師以杖拄地曰汝道這箇還痛否僧曰和尚問阿誰師曰問汝僧曰還痛否師曰元來共我作道理師後唐天成三年戊子秋復届閩城舊止徧遊近城梵宇已俄示疾數日安坐告終壽六十有二臘四十茶毗收舍利建塔于院之西隅禀遺教也清泰二年己未十二月望日入塔謚曰眞應禪師

福州卧龍山安國院慧球寂照禪師第二世住亦曰中塔泉州莆田人也龜洋山出家玄沙室中參訊居首因問如何是第一月玄沙曰用汝箇月作麼師從此悟入梁開平二年玄沙將示滅閩帥王氏遣子至問疾仍請密示繼踵說法者誰乎玄沙曰球子得王氏默記遺旨乃問鼓山國師曰卧龍法席孰當其任鼓山舉城下宿德具道眼者十有二人皆堪出世王氏亦默之至開堂日官寮與僧侶俱會法筵王氏忽問衆曰誰是球上座於是衆人指出師王氏便請陞座師良久謂衆曰莫嫌寂寞莫道不堪未詳涯際作麼生論量所以尋常用其音響聊撥一兩下助他發機道盡十方

世界覓一人爲伴侶不可得僧問佛法大意從何方便頓入師曰入是方便問雲自何山起風從何澗生師曰盡力施爲不離中塔師上堂謂衆曰我此間粥飯因緣爲兄弟舉唱終是不常欲得省要却是山河大地與汝發明其道既常亦能究竟若從文殊門入者一切無爲土木瓦礫助汝發機若從觀音門入者一切音響蝦蟇蚯蚓助汝發機若從普賢門入者不動歩而到我以此三門方便示汝如將一隻折筯攪大海水令彼魚龍知水爲命會麼若無智眼而審諦之任汝百般巧妙不爲究竟僧問學人近入叢林不明巳事乞師指示師以杖指之曰會麼曰不會師曰我恁麼爲汝却成抑屈人還知麼若約當人分上從來底事不論初入叢林及過去諸佛不曾

乏少如大海水一切魚龍初生及至老死所受用水悉皆平等問不謬正宗請師眞實師曰汝替我道僧曰或有不辨者作麼生師曰待不辨者來問諸佛還有師否師曰有僧曰如何是諸佛師師曰一切人識不得師上堂良久有僧出禮拜師曰莫教髑髏損問如何是靈山會上事師曰少得靈利底僧曰忽遇靈利底作麼生師曰這懵懂漢師上堂示衆曰諸人若要商量向髑髏後通取消息來相共商量這裏不曾障人光明問從上宗乘事如何師良久僧再問師便喝出問如何是大庾嶺頭事師曰料汝承當不得僧曰重多少師曰這般底論劫不奈何師問了院主只如先師道盡十方世界是眞實人體你還見僧堂麼了曰和尚莫眼花師曰先師遷化肉

猶暖在師唐乾化三年癸酉八月十七日不疾而逝

杭州天龍寺重機明眞大師台州黃巖人也自玄沙得法迴入浙中錢武肅王請說法住持上堂示衆曰若直舉宗風獨唱本分事便同於頑石若言絶凡聖消息無大地山河盡十方世界都是一隻眼此乃事不獲已恁麼道所以常說盲聾瘖瘂是僊陀滿眼時人不奈何只向目前須體妙身心萬象與森羅僧問如何是璿璣不動師曰青山數重僧曰如何是寂爾無根師曰白雲一帶問如何是歸根得旨師曰兎角生也僧曰如何是隨照失宗師曰龜毛落也問蓮華未出水時如何師曰誰人不知有僧曰出水後如何師曰馨香目擊問朗月輝空時如何師曰正是分光景何消指玉樓

福州僊宗院契符清法大師初開堂日有僧問師登寶座合談何事師曰剔開耳孔著僧曰古人爲什麼道非耳目之所到師曰金樓樹上不生梨子僧曰古今不到處請師道師曰汝作麽生問問衆手淘金誰是得者師曰舉手隔千里休功任意看問飛岫巖邊華子秀仙境臺前事若何師曰無價大寶光中現暗客惛惛爭奈何僧曰優曇華折人皆覩向上宗乘意若何師曰闍黎若問宗乘意不如靜處薩婆訶問如何是大闡國中諸佛境界師曰造化終難測春風徒自輕問如何是道中寶師曰雲孫淚亦垂問諸聖收光歸源後如何師曰三聲猿屢斷萬里客愁聽僧曰未審今時人如何湊得古人機師曰好心向子

道切忌未生時
婺州金華山國泰院瑫禪師上堂曰不離當處咸是妙明眞心所以玄沙和尚道會我最後句出世少人知爭似國泰有末頭一句僧問如何是國泰末頭一句師曰闍黎上太遲生問如何是毗盧師曰某甲與老兄是弟子問達磨來唐土即不問如何是未來時事師曰親遇梁王問古鏡未磨時如何師曰古鏡僧曰磨後如何師曰古鏡
衡嶽南臺誠禪師僧問玄沙宗旨請師舉揚師曰什麼處得此消息僧曰垂接者何師曰得人不迷己問潭清月現是何人境界師曰不干你事僧曰相借問又何妨師曰覓潭月不可得問離地四指爲什麼却有魚紋師曰有聖量在僧曰此量爲什麼人施師曰不爲聖人
福州升山白龍院道希禪師福州閩縣人也師上堂曰不要舉足是誰威光還會麼若道自家去處本自如是切喜勿交涉問如何是西來意師曰汝從什麼處來問如何是佛法大意師曰汝早禮三拜問不責上來請師直道師曰得問如何是正眞道師曰騎驢覓驢問請師答無賓主話師曰昔年曾記得僧曰即今如何師曰非但耳聾亦兼眼暗問情忘體合時如何師曰別更夢見箇什麼問學人擬申一問請師裁師曰不裁僧曰爲什麼不裁師曰須知好手問大衆雲集請師舉揚宗教師曰少遇聽者問不涉脣鋒乞師指示師曰不涉脣鋒問將來僧曰恁麼即羣生有賴師曰莫閑言語問請和尚生機答話師曰把

紙筆來録將去問如何是思大口師曰出來向你道僧曰學人即令見出師曰曾賺幾人來問承古人有言髑髏常干世界鼻孔毛觸家風如何是髑髏常干世界師曰近前來向你道僧曰如何是鼻孔毛觸家風師曰退後去別時來

福州螺峯沖奧明法大師先住白龍師上堂曰人人具足人人成見爭怪得山僧珍重僧問諸法寂滅相不可以言宣如何是寂滅相師曰問答俱備僧曰恁麼即眞如法界無自無他師曰特地令人愁問牛頭未見四祖時如何師曰德重鬼神欽曰見後如何師曰通身聖莫測問如何是螺峯一句師曰苦問如何是本來人師曰惆悵松蘿境界危

泉州睡龍山和尚僧問如何是觸目菩提師以杖趁之僧乃走師曰住住向後遇作家舉看師上堂舉拄杖云三十年住山得此拄杖氣力時有僧問和尚得他什麼氣力師曰過谿過嶺東拄西拄（招慶聞云我不恁麼道僧問和尚作麼生道招慶以杖下地拄行）

天台山雲峯光緒至德大師上堂曰但以衆生日用而不知譬如三千大千世界日月星辰江河淮濟一切含靈從一毛孔入一毛孔毛孔不小世界不大其中衆生不覺不知若要易會上座日用亦復不知僧問日裏僧馱像夜裏像馱僧未審此意如何師曰闍黎豈不是從茶堂裏來

福州大章山契如庵主福州永泰人也泉州百丈村兜率院受業素蘊孤操志探祖道預玄沙之室頓悟幽旨玄沙記曰子禪已逸格

則他後要一人侍立也無師自此不務聚徒不畜童侍隱于小界山剳大杇杉若小庵但容身而已凡經遊僧至隨叩而應無定開示僧問生死到來如何迴避師曰符到奉行曰恁麼即被生死拘將去也師曰阿耶耶問西天持錫意作麼生師拈錫杖卓地振之僧曰未審此是什麼義師曰這箇是張家打僧擬進語師以錫攛之清谿沖煦二長老響師名未嘗會遇一旦同訪之值師採栗谿問曰道者如庵主在何所師曰從什麼處來曰山下來師曰因什麼得到這裏曰這裏是什麼處所師揖曰去那下喫茶去二公方省是師遂詣庵所頗味高論晤坐於左右不覺及夜覩豺虎奔至庵前自然馴擾谿因有詩曰行不等閑行誰知去住情一餐猶未飽萬戶勿聊生非道應難伏空拳莫與爭龍吟雲起處閑嘯兩三聲二公尋於大章山創庵請師居之兩處孤坐垂五十二載而卒谿雖承指喻而後於睡龍印可乃嗣睡龍住漳州保福

福州蓮華山永興禄和尚閩王請師開堂曰未陞座先於座前立云大王大衆聽已有眞正舉揚也此一會總是得聞豈有不聞者若有不聞彼此相謾去也方乃登座僧問國王請師出世未委今日一會何似靈山師曰徹古傳今問如何是和尚家風師曰毛頭顯沙界日月現其中

天台山國清寺師靜上座始遇玄沙和尚示衆云汝諸人但能一生如喪考妣吾保汝究得徹去師乃躡前語而問曰只如教中不得以所知心測度如來無上知見又作麼生玄

沙曰汝道究得徹底所知心還測度得及否師從此信入後居天台三十餘載不下山博綜三學操行孤立禪寂之餘常閱龍藏遐邇欽重時謂大靜上座嘗有人問曰弟子每當夜坐心念紛飛未明攝伏之方願垂示誨師答曰如或夜間安坐心念紛飛却將紛飛之心以究紛飛之處究之無處則紛飛之念何存返究究心則能究之心安在又能照之智本空所緣之境亦寂寂而非寂者蓋無能寂之人也照而非照者蓋無所照之境也境智俱寂心慮安然外不尋枝内不住定二途俱泯一性怡然此乃還源之要道也師因覩教中幻義乃述一偈問諸學流偈曰

若道法皆如幻有　造諸過惡應無咎
云何所作業不忘　而藉佛慈興接誘

時有小靜上座答曰

幻人興幻幻輪圍　幻業能招幻所治
不了幻生諸幻苦　覺知如幻幻無爲

二靜上座並終於本山今國清寺遺蹤在焉

前福州長慶院慧稜禪師法嗣

泉州招慶院道匡禪師潮州人也自稜和尚始居招慶師乃入室參侍暨稜和尚召入長樂府盛化于西院師繼踵住於招慶學衆如故師上堂曰聲前薦得孤負平生句後投機殊乖道體爲什麽如此大衆且道從來合作麽生又謂衆曰招慶今夜與諸人一時道却還委落處麽時有僧出曰大衆一時散去還稱師意也無師曰好與拄杖僧禮拜師曰雖有盲龜之意且無曉月之程僧曰如何是曉月之程師曰此是盲龜之意問如何是沙門

行師曰非行不行問如何是西來意師曰蚊子上鐵牛問如何是在匣劒師良久僧罔措師曰也須感荷招慶始得問如何是提宗一句師曰不得昧著招慶其僧禮拜起師又曰不得昧著招慶囑汝作麼生是提宗一句僧無對問文殊劒下不承當時如何師曰未是好手人僧曰如何是好手人師曰是汝話墮也問如何是招慶家風師曰寧可清貧自樂不作濁富多憂問如何是南泉一線道師曰不辭向汝道恐較中更較去問如何是佛法大意師曰七顛八倒問學人根思遲迴乞師曲運慈悲開一線道師曰這箇是老婆心僧曰悲華剖坼以領尊慈從上宗乘事如何師曰恁麼須得汝親問始得師問僧什麼處去來僧曰劈柴來師曰還有劈不破底也無僧曰有師曰作麼生是劈不破底僧無語師曰汝若道不得問我我與汝道僧曰作麼生是劈不破底師曰賺殺人因地動僧問還有不動者無師曰有僧曰如何是不動者師曰動從東來却歸西去問法雨普霑還有不潤處否師曰有僧曰如何是不潤處師曰水灑不著問如何是招慶深深處師曰和汝沒却問如何是九重城裏人師曰還共汝知聞麼師上堂僧衆擁法座師曰這裏無物諸人苦恁麼相促相拶作麼擬心早勿交涉更上門戶千里萬里今既上來各著精彩招慶一時拋與諸人好麼師復問還接得也未衆無對師曰勞而無功汝諸人得恁麼鈍看他古人一兩箇得恁麼快纔見便負將去亦較些子若有此箇人非但四事供養便以瑠璃爲地白

銀爲壁亦未爲貴帝釋引前梵王從後攬長河爲酥酪變大地爲黄金亦未爲足直得如是猶更有一級在還委得麽珍重

杭州龍華寺彦球實相得一大師開堂日謂衆曰今日既陞法座又爭解諱得只如不諱底事此衆還有人與作證明麽若有即出來相共作箇榜樣時有僧問郡尊請師如何舉揚宗旨師曰汝到别處切忌謬傳問此座爲從天降下爲從地湧出師曰是什麽僧曰此座高廣如何陞得師曰今日幾被汝安頓著問靈山一會迦葉親聞今日一會何人得聞師曰同我者擊其大節僧曰酌然後哉師曰去搬水漿茶堂裏用去師又曰從前佛法付囑國王大臣及有力檀越今日郡尊及諸官寮特垂相請不勝荷媿山僧更有末後一句子賤賣與諸人師乃起身立云還有人買麽若有人買即出來若無人買即賤貨自妆久立珍重師有時上堂云好時好日速道速道又曰大衆近前來聽老漢說第一義大衆近前師便打趂問如何是學人自已師曰雪上更加霜

杭州臨安縣保安連禪師僧問如何是保安家風師曰問有什麽難問如何是吹毛劒師曰豫章鐵柱堅僧曰學人不會師曰漳江親到來問如何是沙門行師曰師僧頭上戴冠子問如何是西來意師曰死虎足人看問一問一答彼此興來如何是保安不驚人之句師曰汝到别處作麽生舉

福州報慈院光雲慧覺大師上堂云瘥病之藥不假驢馱若據今夜各自歸堂去也珍重

僧問承聞慧覺有瑣口訣如何示人師曰賴我拄杖不在手僧曰恁麼即深領尊慈也師曰待我肯汝即得師入府閩王問報慈與神泉相去近遠師曰若說近遠不如親到師却問曰大王日應千差是什麼心王曰什麼處得心來師曰豈有無心者王曰那邊事作麼生師曰請向那邊問王曰道師謾別人即得問大衆臻湊請師舉揚師曰更有幾人未聞曰恁麼即不假上來也師曰不上來且從汝向什麼處會曰若有處所即孤負和尚師曰即恐不辨精麤問夫說法者當如法說此意如何師曰有什麼疑訛問古人面壁意如何師打之問不假言詮請師徑直師曰何必更待商量

廬山開先寺紹宗圓智禪師姑蘇人也稟性朴野不羣流俗少依本部流水寺出家受具入長慶之室密契真要初結庵於虔州了山二十載道聲遐布江南國主李氏建寺請轉法輪玄徒輻湊暨國主巡幸洪井躬入山瞻謁請上堂令僧出問如何是開先境師曰最好是一條界破青山色僧曰如何是境中人師曰拾枯柴煮布水國主益加欽重後終於山寺靈塔存焉

婺州金鱗報恩院寶資曉悟大師上堂大衆立久師曰諸兄弟各詣山門來主人口如匾擔相似莫成相違負也無久在衆兄弟也未要恠訝著若帶參學眼何煩久立各自歸堂珍重師開方丈基僧問文基已成如何通信師曰不可昧兄弟此問僧曰不昧底事作麼生師曰青天白日問學人初心請師示箇入

路師遂側掌示之曰還會麼僧曰不會師曰獨掌不浪鳴問如何是報恩家風師曰也知闍棃入衆日淺問古人拈槌竪拂意如何師曰報恩截舌有分僧曰爲什麼如此師曰屈著作麼問如何是文殊劒師曰不知僧曰只如一劒下活得底人作麼生師曰山僧只管二時齋粥問如何是觸目菩提師曰背後是什麼立地僧曰學人不會乞師再示師提拄杖曰汝不會合喫多少拄杖問如何是具大慚愧底人師曰開口取合不得僧曰此人行履如何師曰逢茶即茶遇飯即飯問如何是金剛一隻箭師曰道什麼其僧再問師曰過新羅國去也問波騰鼎沸起必全眞未審古人意如何師乃叱之僧曰恁麼即非次也師曰你話墮也又曰我話亦墮汝作麼生僧無對問去却賞罰如何是吹毛劒師曰延平屬劒州僧曰恁麼即喪身失命去也師曰錢塘江裏潮

杭州傾心寺法瑫宗一禪師上堂云大衆不待一句語便歸堂去還有紹繼宗風分也無還有人酬得此問麼若有人酬得去也這裏與諸人爲怪笑若酬不得去也諸人與這裏爲怪笑珍重問如何撲實免得虛頭師曰汝問若當衆人盡鑒問恁麼來皆不丈夫只如不恁麼來還有紹繼宗風分也無師曰出兩頭致一問來僧曰什麼人辨得師曰波斯養兒問佛法去處乞師全示師曰汝但全致一問來僧曰爲什麼却拈此問去師曰汝適來問什麼僧曰若不遇於師幾成走作師曰賊去後關門問別傳一句如何分付師曰可惜

許問僧曰恁麽即别酬亦不當去也師曰也是閑辭問如何是不朝天子不羨王侯底人師曰每日三條線長年一衲衣僧曰未審此人還紹宗風也無師曰鵲來頭上語雲向眼前飛問承古人有言不斷煩惱此意如何師曰又是發人業僧曰如何得不發業師曰你話墮也問請去賞罰如何是吹毛劍師曰如法禮三拜師後住龍册寺歸寂

福州水陸院洪儼禪師上堂大衆集定師下座捧香鑪巡行大衆前曰供養十方諸佛便歸方丈僧問離却百非兼四句請師盡力爲提綱師曰落在什麽處僧曰恁麽即人天有賴也師曰莫將惡水澆潑人好

杭州靈隱山廣嚴院咸澤禪師初參保福展和尚保福問曰汝名什麽師曰咸澤保福曰忽遇枯涸者如何師曰誰是枯涸者保福曰我是師曰和尚莫謾人好保福曰却是汝謾我師後承長慶印記住廣嚴道場僧問如何是覿面相呈事師下禪牀曰尊體起居萬福問不與萬法爲侶者是什麽人師曰城中青史樓雲外高峯塔問如何是佛法大意師曰幽澗泉清高峯月白問如何是廣嚴家風師曰一塢白雲三間茆屋僧曰畢竟作麽生師曰既無維那兼無典座問如何是廣嚴家風師曰師子石前靈水響雞籠山上白猿啼

福州報慈院慧朗禪師上堂曰從上諸聖爲一大事因緣故出現於世遞相告報是汝諸人還會麽若不會大不容易僧問如何是一大事師曰莫錯相告報麽僧曰恁麽即學人不疑也師曰爭奈一翳在目何問三世諸佛

盡是傳語人未審傳什麼人語師曰聽僧曰未審是什麼語師曰你不是鍾期問如何是學人眼師曰不可更撒沙

福州怡山長慶常慧禪師僧問王侯諸命法嗣怡山鎖口之言請師不謬師曰得僧曰恁麼即深領尊慈師曰好與莫鈍置人問不犯宗風不傷物議請師滿口道師曰今日豈不是開堂問談續雪峯印傳超覺不違於物不負於人不在當頭即今何道師曰違負即道僧曰恁麼即善副來言淺深已辨師曰也須識好惡

福州石佛院靜禪師上堂曰若道素面相呈猶添脂粉縱離添過猶有負儂諸人且作麼生體悉僧問學人欲見和尚本來師時如何師曰洞上有言親體取僧曰恁麼即不得見去也師曰灼然客路如天遠侯門似海深

處州翠峯從欣禪師上堂曰更不展席珍重却問僧還會麼僧曰不會師曰將謂闍黎到百丈

福州枕峯觀音院清換禪師上堂曰諸禪德若要論禪說道舉唱宗風只如當人分上以一毛端裏有無量諸佛轉大法輪於一塵中現寶王刹佛說衆生說山河大地一時說未甞間斷如毗沙門王始終未求外寶既各有如是家風阿誰欠少不可更就別人取處分也僧問如何是法界性師曰汝身中有萬象僧曰如何體得師曰不可谷裏尋聲更求本末

福州東禪契訥禪師上堂曰未曾暫失全體現前恁麼道亦是分外既恁麼道不得向兄

弟前合作麽生道莫無道處不受道麽莫錯會好僧問如何是現前三昧師曰何必更待道問已事未明乞師指示師曰何不禮謝問如何是東禪家風師曰一人傳虛萬人傳實

福州長慶院弘辯妙果大師一日上堂於座側立云大衆各歸堂得也未還會得麽若也未會得山僧謾諸人去也遂乃陞座僧問海衆雲臻請師開方便門示真實相師曰這箇是方便門僧曰恁麽即大衆側聆去也師曰空側聆作麽問超覺後焰妙果傳燈去却語默動靜如何相示師曰還解恠得麽

福州東禪院可隆了空大師初開堂有僧問遠棄九峯丈室來坐東禪道場人天瞻仰於尊顏願賜一言而演說師曰堯風千載了空不昧於闍黎曰恁麽即人天有賴師曰當不當問如何是道師曰正是道曰如何是道中人師曰分明向汝道師上堂曰大好省要自不仙陀若是聽響之流不如歸堂向火珍重問如何是普賢第一句師曰落第二句也

福州僊宗院守玭禪師一日不上堂大衆入方丈參師曰今夜與大衆同請假未審還給假也無若未聞給假即先言者負珍重僧問十二時中常在底人還消得人天供養也無師曰消不得僧曰爲什麽消不得師曰爲汝常在僧曰只如常不在底人還消得也無師曰驢年去僧問請師荅無賓主話師曰向無賓主處問將來

撫州永安院懷烈淨悟禪師上堂衆集師顧視左右曰患聾作麽便歸方丈又一日上堂良久曰幸自可憐生又被汚却也又曰大衆

正是著力處莫容易僧問怡山親聞一句請師爲學人道師曰向後莫錯舉似人

福州閩山令含禪師初住永福院上堂曰還恩恩滿賽願願圓便歸方丈僧問既到妙峯頂誰爲人伴侶師曰到僧曰什麽人爲伴侶師曰喫茶去問明明不會乞師指示師曰指示且置作麽生是你明明底事僧曰學人不會再乞師指示師曰七棒十三

新羅龜山和尚有舉相國裴公休啓建法會問看經僧是什麽經僧曰無言童子經公曰有幾卷僧曰兩卷公曰既是無言爲什麽却有兩卷僧無對師代曰若論無言非唯兩卷

吉州龍須山資國院道殷禪師僧問如何是祖師西來意師曰普通八年遭梁怪直至如今不得雪問千山萬山如何是龍須山師曰千山萬山僧曰如何是山中人師曰對面千里問不落有無請師道師曰汝作麽生問

福州祥光院澄靜禪師僧問如何是道師曰長安鼎沸僧曰向上事如何師曰谷聲萬籟起松老五雲披問如何是和尚家風師曰門下平章事宫闈較幾重

襄州鷲嶺明遠禪師初參長慶長慶問曰汝名什麽師曰明遠慶曰那邊事作麽生師曰明遠退兩步慶曰汝無端退兩步作麽師無語長慶代云若不退步爭知明遠師乃喻旨師住後僧問無一法當前應用無虧時如何師以手卓火其僧因爾有悟

杭州報慈院從瓌禪師福州人也姓陳氏少投石梯出家初住越州稱心寺後住兹院僧問古人有言今人看古教未免心中鬧欲免

心中鬧應須看古教如何是古教師曰如是我聞僧曰如何是心中鬧師曰那畔雀兒聲師開寶六年癸酉六月十四日辰時沐浴易衣告門人付囑訖右脇而逝

杭州龍華寺契盈廣辯周智大師本福州黄蘗山受業於長慶領旨住後僧問如何是龍華境師曰翠竹摇風寒松鎖月僧曰如何是境中人師曰切莫唐突問如何是三世諸佛道場師曰莫别瞻禮僧曰恁麼則亘古亘今師曰是什麼年中問如何是黄蘗山主師曰謝仁者相訪問如何是黄蘗境師曰龍吟瀑布水雲起翠微峯

前杭州龍冊寺道怤禪師法嗣

越州清化山師訥禪師僧問十二時中如何得不疑不惑去師曰好僧曰恁麼則得遇於師也師曰珍重有僧來禮拜師曰子亦善問吾亦善答僧曰恁麼則大衆久立師曰抑逼大衆作什麼問去却賞罸如何是吹毛劒師曰錢塘江裏好渡船問如何是西來意師曰可殺新鮮

衢州南禪遇緣禪師有俗士時謂之鐵脚忽因騎馬有僧問師既是鐵脚爲什麼却騎馬師曰腰帶不因遮腹痛幞頭豈是禦天寒有俗官問和尚恁後生爲什麼却爲尊宿師云千歲只言朱頂鶴朝生便是鳳凰兒師有時云此箇事得恁難道有僧出曰請師道師曰睦州溪苔錦軍石耳

復州資福院智遠禪師福州連江人也童蒙出家詣峽山觀音院法宣禪師落髪受具給侍勤恪專於誦持一日宣禪師謂曰觀汝上

根堪任大事何不徧參而滞於此乎師遂禮辭歷諸方至越州鏡清禮順德大師因問曰如何是諸佛出身處順德曰大家要知師曰斯則衆眼難謾順德曰理能伏豹師因此發悟玄旨周顯德三年丙辰復州剌史率僚吏及緇黃千衆請師於資福院開堂說法（時謂東禪）院僧問師唱誰家曲宗風嗣阿誰師曰雪嶺峯前月鏡湖波裏明問諸佛出世天雨四華地搖六動和尚今日有何禎祥師曰一物不生全體露目前光彩阿誰知問如何是直示一句師曰是什麽師又曰還會麽會去即今便了不會塵沙筭刧只據諸賢分上古佛心源明露現前帀天徧地森羅萬象自巳家風佛與衆生本無差別涅槃生死幻化所爲性地眞常不勞修證師又曰要知此事當陽顯露並無寸草蓋覆便承當取最省心力師如是爲衆涉于二十二載太平興國二年丁丑九月十六日聲鍾辭衆至二十七日辰時恬然坐化壽八十三臘六十三

前漳州報恩院懷岳禪師法嗣

潭州妙濟院師浩傳心大師曾住郴州香山僧問擬即第二頭不擬即第三首如何是第一頭師曰收僧問古人斷臂當爲何事師曰我寧可斷臂問如何是學人眼師曰須知我好心問如何是香山劒師曰異僧曰還露也無師曰不忍見問如何是松門第一句師曰切不得錯舉問如何是妙濟家風師曰左右人太多問如何是佛法大意師曰兩口無一舌問如何是香山一路師曰滔滔地僧曰到者如何師曰息汝平生問如何是世尊密語

師曰阿難亦不知僧曰爲什麽不知師曰莫非仙陀問如何是香山寶師曰碧眼胡人不敢定僧曰露者如何師曰龍王捧不起因僧舉聖僧塑像被虎咬乃問師既是聖僧爲什麽被大蟲咬師曰疑殺天下人問如何是無慙愧底人師曰闍黎合喫棒

前福州鼓山神晏國師法嗣

杭州天竺山子儀心印水月大師温州樂清縣人也姓陳氏初遊方謁鼓山因問曰子儀三千里外遠投法席今日非時上來乞師非時答話鼓山曰不可鈍置仁者師曰省力處如何鼓山曰汝何費力師自此承言領旨便往浙中錢忠懿王聆其道譽命開法于羅漢光福二道場海衆臻湊師上堂示衆曰久立大衆更持什麽不辭展拓却恐悮於禪德轉迷歸路時寒珍重僧問如何是從上來事師曰住僧曰如何薦師曰可惜龍頭翻成蛇尾有僧禮拜起將問話師曰如何且置其僧乃問只如興工之子還有相親分也無師曰只待局終不知柯爛問如何是維摩默師曰謗僧曰文殊因何讃師曰同案領過僧曰維摩又如何師曰頭上三尺巾手裏一枝拂問如何是諸佛出身處師曰大洋海裏一星火僧曰學人不會師曰燒盡魚龍問丹霞燒木佛意旨如何師曰寒即圍鑪向猛火僧曰還有過也無師曰熱則竹林溪畔坐問如何是法界義宗師曰九月九日浙江潮問諸餘即不問如何是光福門下超毗盧越釋迦底人師曰諸餘奉納僧曰恁麽即平生慶幸去也師曰慶幸事作麽生其僧罔措師喝之師將下

堂僧問下堂一句乞師分付師曰攜履已歸西國去此山空有老猿啼問鼓山有掣鼓奪旗之説師且如何師曰敗將不忍誅僧曰或遇良將又如何師曰念子孤㷀賜汝三奠問世尊入滅當歸何所師曰鶴林空變色眞歸無所歸僧曰夫子必定何之師曰朱實殞勁風繁英落素秋僧曰我師將來復歸何所師曰子今欲識吾歸處東西南北柳成絲問如何修行即得與道相應師曰高捲吟中箔濃煎睡後茶師迴故里雍熈三年示滅門人闍維收舍利建塔

建州白雲智作眞寂禪師永貞人也姓朱氏容若梵僧禮鼓山國師披剃二十四具戒一日鼓山上堂召大衆衆皆回眸鼓山披襟示之衆罔措唯師朗悟厥旨入室印證又參次鼓山召令近前問曰南泉喚院主意作麽生師斂手端容退立而已鼓山莞然奇之自爾遊呉楚却復閩川初住南峯次住建州白雲院師上堂曰還有人向宗乘中致得一問麽待山僧向宗乘中答時有僧禮拜纔起師便歸方丈問如何是枯木裏龍吟師曰火裏蓮生僧曰如何是髑髏裏眼睛師曰泥牛入水問如何是主中主師曰汝還具眼麽僧曰恁麽則學人歸堂去也師曰猢猻入布袋問如何是延平津師曰萬古水溶溶僧曰如何是延平劒師曰速須退步僧曰未審津與劒是同是異師曰可惜這漢乾祐二年己酉江南國主李氏延居奉先賜紫衣師名上堂陞座衆咸側聆師曰相謾去也還知得麽可不聞昔日靈山多少士衆只道迦葉親聞今日叨

奉恩命俾揚宗教不可異於靈山也既不異靈山諸仁者作麼生相體悉也莫泥他古今但彼此著些精彩大家驗看是什麼僧問靈山一會不異而今未審親聞底事如何師曰更舉曰恁麼即人天有賴師曰闍黎且作麼生問賢王請命大展法筵祖師西來如何指示師曰分明記取曰終不敢孤負和尚師曰也未在僧問如何是奉先境師曰一任觀看僧曰如何是境中人師曰莫無禮問如何是奉先家風師曰即今在什麼處僧曰恁麼即大衆有頼也師曰闗汝什麼事問如何是爲人一句師曰不是奉先道不得

鼓山智嚴了覺大師(第二世住)師上堂曰多言復多語猶來返相悞珍重僧問石門之句即不敢問請師方便師曰問取露柱問國王出世三邊靜法王出世有何恩師曰還會麼僧曰幸遇明朝輙伸呈獻師曰吐却著僧曰若不禮拜幾成無孔鐵鎚師曰何異無孔鐵鎚

福州龍山智嵩妙空大師師上堂曰幸自分明須作這箇節目作麼到這裏便成節目便成增語便成塵玷未有如許多時作麼生僧問古佛化導今祖重興人天輻凑於禪庭至理若爲於闡示師曰亦不敢孤負大衆僧曰恁麼即人天不謬慇懃請頓使凡心作佛心師曰仁者作麼生僧退身禮拜隨衆上下師曰我識得汝也

泉州鳳凰山彊禪師僧問燈傳鼓嶠道覇温陵不跨石門請師通信師曰若不是今日攔胷撞出僧曰恁麼即今日親聞師子吼他時終作鳳凰兒師曰又向這裏塗汚人問白浪

滔天境何人住太虛師曰靜夜思堯鼓迴頭聞舜琴

福州龍山文義禪師上堂曰若舉宗乘即院寂徑荒若留委問更待箇什麽還有人委麽出來驗看若無人委莫略虛好僧問如何是人王師曰威風人盡懼僧曰如何是法王師曰一句令當行僧曰二王還分不分師曰適來道什麽

福州鼓山智岳了宗大師福州人也初遊方至鄂州黄龍問曰久響黄龍到來只見赤斑蛇黄龍曰汝只見赤斑蛇且不識黄龍師曰如何是黄龍曰滔滔地師曰忽遇金翅鳥來又作麽生曰性命難存師曰恁麽即被他吞却也曰謝闍黎供養師當下未省覺尋迴受業山禮覲國師和尚啓發微旨而後次補山門爲第三世上堂曰我若全舉宗乘汝向什麽處領會所以向汝道古今常露體用無妨僧問諸餘即不問如何是誕生王種師曰金枝玉葉不相似是作麽生僧曰恁麽即同中不得異師曰不得異事作麽生僧曰金枝爭能續師曰猶是閫外之辭問虛空還解作用也無師拈起拄杖曰這箇師僧好打僧無語

襄州定慧和尚僧問如何是佛向上事師曰無人不驚僧曰學人未委在師曰不妨難向問不借時機用如何話祖宗師曰闍黎還具慚愧麽僧便喝師無語

福州鼓山清諤宗曉禪師得法於受業和尚鼓山第四世住問亡僧遷化向什麽處去也師曰時寒不出手

金陵淨德道場沖煦慧悟禪師福州人也姓

和氏幼不染葷血自誓出家登鼓山剃度得法受記年二十四於洪州豐城爲衆開演時謂小長老周顯德中江南國主延住光睦僧問如何是大道師曰我無小徑曰如何是小徑師曰我不知有大道師次住廬山開先後居淨德並聚徒說法開寶八年歸寂

金陵報恩院清護禪師福州長樂人也姓陳氏六歲辭親禮鼓山披削十五納戒於國師言下發明眞趣曁國師圓寂乃之建州白雲閩帥王氏奏賜紫號崇因大師晉天福八年金陵興師入建城時統軍查元徽至院師出延接查問曰此中相見時如何師曰惱亂將軍查後請師歸金陵國主命居長慶院攝衆周顯德初退歸建州卓庵時節度使陳誨創顯親報恩禪苑堅請住持開堂曰僧問諸佛出世天華亂墜未審和尚出世有何祥瑞師曰昨日新雷發今朝細雨飛問如何是諸佛玄旨師曰草鞋木履開寶三年五月江南後主再請入住報恩淨德二道場來往說法改號妙行禪師當年十一月示疾預辭國主二十日平旦聲鐘召大衆囑付訖儼然坐亡壽五十有五臘四十國主厚禮荼毗收舍利三百餘粒并靈骨歸葬于建州鷄足山卧雲院建塔師風神清灑操行孤標二十年不服綿絹唯衣紙布辭藻札翰並皆冠衆五處語要偈頌別行于世

景德傳燈録卷第二十一

音釋

琛丑林切 瑫他勞切 稜魯登切 訥內骨切 玭蒲眠切 瓌

公回切
怤 方俱切
迪 徒歷切導也
韜 土刀切藏也
甄別 甄居延切別并列切甄別明辨也
貯 展呂切積也
摐樅 初江切撞也
蚯蚓 蚯去鳩切蚓余忍切
筋 遲倨切
攪 古巧切動也
替 他計切代也
懵懂 懵亡肯切懂多動切懵懂心亂也
瘖瘂 瘖於金切瘂烏下切瘖瘂病不能言也
璿璣 璿似宣切璣居衣切璿璣運轉器也
垠 疑巾切崖岸也
剔 他歷切挑剔也
杉 所咸切木名
晤 五故切對也
豺 士皆切狼屬
馴 似均切順也
餐 七安切食也
剖坼 剖普后切破也坼丑厄切開也
劈 普擊切破也
瘥 楚懈切瘉也
朴 普角切質朴也
丫 於加切
匾檐 區俾緬切檐都濫切
沸 方未切涌也
叱 昌栗切呵叱也
揲 食列達協二切
澆潑 澆古堯切潑普活切注曰澆散曰潑
塢 安古切山阿也
謇 居偃切言難也
賽 先再切報也
籟 落蓋切凡孔竅機栝皆曰籟
闈 于歸切宮中小門也
鬧 奴教切不靜也
蘗 博陌切
幞 房玉切幞頭漆紗帽也
禦 牛倨切拒也
咬 五巧切噬也
拓 闔各切斥開也
掣 昌列切拽也
殞 于敏切落也
勁 居正切健也
莞 合版切小笑貌
玷 都念切玉病也
撞 直降切擣擊也

景德傳燈録卷第二十二

宋沙門道原纂

吉州青原山行思禪師第七世中

杭州龍華寺靈照禪師法嗣七人見録

台州瑞巖師進禪師

台州六通院志球禪師

杭州雲龍院歸禪師

杭州餘杭功臣院道閑禪師

衢州鎮境遇緣禪師　福州報國院照禪師

台州白雲迺禪師

明州翠巖令參禪師法嗣二人見録

杭州龍冊寺子興禪師

温州佛嶼知默禪師

福州安國院弘瑫禪師法嗣九人見録

福州白鹿師貴禪師　福州羅山義聰禪師

福州安國從貴禪師　福州怡山藏用禪師

福州永隆彥端禪師　福州林陽志端禪師

福州興聖滿禪師　福州僊宗明禪師

福州安國祥和尚

漳州保福院從展禪師法嗣二十五人一十九人見録

泉州招慶省僜禪師　漳州保福可儔禪師

舒州白水如新禪師　洪州漳江慧廉禪師

福州報慈文欽禪師　泉州萬安清運禪師

漳州報恩熈禪師

泉州鳳凰山從琛禪師

福州永隆瀛和尚

洪州清泉山守清禪師

漳州報恩院行崇禪師

潭州嶽麓和尚

朗州德山德海禪師　泉州後招慶和尚
朗州梁山簡禪師　洪州建山澄禪師
福州康山契穩禪師　潭州延壽慧輪大師
泉州西明琛禪師
福州昇山柔禪師　福州枕峯和尚
朗州法操禪師　襄州鷲嶺和尚
睦州敬連和尚　潭州谷山句禪師
已上六人無機緣語句不錄
南嶽金輪觀禪師法嗣一人見錄
後衡嶽金輪和尚
泉州睡龍山道溥禪師法嗣一人見錄
漳州保福院清豁禪師
韶州雲門山文偃禪師法嗣六十一人二十五人見錄三十六人見第二十三卷
韶州白雲祥和尚　朗州德山緣密禪師
潭州南臺道遵禪師
韶州雙峯山竟欽和尚

韶州資福和尚　廣州黃雲元禪師
廣州龍境倫禪師　韶州雲門爽禪師
韶州白雲聞和尚　韶州披雲智寂禪師
韶州淨法章和尚　韶州温門山滿禪師
岳州巴陵顥鑒大師　連州地藏慧慈大師
英州大容諲禪師　廣州羅山崇禪師
韶州雲門寶禪師　郢州臨谿竟脫和尚
廣州華嚴慧禪師　韶州舜峯韶和尚
隨州雙泉師寬禪師　英州觀音和尚
韶州林泉和尚　韶州雲門煦和尚
益州香林澄遠禪師
吉州青原山行思禪師第七世
前杭州龍華寺靈照禪師法嗣
台州瑞巖師進禪師師上堂大衆立久師曰
媿諸禪德已省提持若是徇聲聽響不如歸

堂向火珍重僧問如何是瑞巖境師云重重疊嶂南來遠北向皇都咫尺間僧曰如何是境中人師曰萬里白雲朝瑞岳微微細雨洒簾前僧曰未審如何親近此人師曰將謂闍黎親入室元來猶隔萬重關

台州六通院志球禪師僧問全身佩劒時如何師曰落僧曰當者如何師曰熏天炙地問如何是六通境師曰滿目江山一任看僧曰如何是境中人師曰古今自去來僧曰離二途還有向上事也無師曰有僧曰如何是向上事師曰雲水千徒與萬徒問擁毳玄徒請師指示師曰紅鑪不墜鴈門關僧曰如何是紅鑪不墜鴈門關師曰青霄豈悋衆人攀僧曰還有不知者也無師曰有僧曰如何是不知者師曰金榜上無名問如何是和尚家風師曰萬家明月朗問如何是第二月師曰山河大地

杭州雲龍院歸禪師僧問久戰沙場爲什麼功名不就師曰過在這邊僧曰還有進處也無師曰冰消瓦解

杭州餘杭功臣院道閑禪師僧問如何是功臣家風師曰俗人東畔立僧衆在西邊問如何是學人自己師曰如汝與我僧曰恁麼即無二去也師曰十萬八千

衢州鎭境遇緣禪師僧問衆手淘金誰是得者師曰谿畔披砂徒自困家中有寶速須還僧曰恁麼即始終不從人得去也師曰饒君便有擎山力未免肩頭有擔胝

福州報國院照禪師師上堂曰我若全機汝向什麼處摸索蓋爲根器不等便成不具慚

愧還委得麼如今與諸仁者作箇入底門路乃敲繩牀兩下云還見麼還聞麼若見便見若聞便聞莫向意識裏卜度却成妄想顛倒無有出期珍重因佛塔被雷霹有人問祖佛塔廟爲什麼却被雷霹師曰通天作用僧曰既是通天作用爲什麼却霹佛師曰作用何處見有佛僧曰爭奈狼藉何師曰見什麼

台州白雲迺禪師僧問荆山有玉非爲寶囊内眞金賜一言師曰我家貧僧曰慈悲何在師曰空慙道者名

前明州翠巖令參禪師法嗣

杭州龍冊寺子興明悟大師僧問正位中還有人成佛否師曰誰是衆生僧曰若恁麼即總成佛去也師曰還我正位來僧曰如何是正位師曰汝是衆生問如何是無價珍師曰卞和空抱璞僧曰忽遇楚王還進也無師曰凡聖相繼續問古人拈布毛意作麼生師曰闍黎舉不全僧曰如何舉得師乃拈起袈裟

温州雲山佛嶼院知默禪師第二世住師上堂曰山僧如今看見諸上座恁麼行脚喫辛喫苦盤山涉澗終不爲觀看州縣參尋名山聖迹莫非爲此一大事如今且要諸人於本參中通箇消息來雲山敢與證明非但雲山證明乃至禪林佛剎亦與證明僧問如何是佛嶼家風師曰送客不離三步内邀賓只在草堂前

前福州安國院弘瑫明眞大師法嗣

福州白鹿師貴禪師開堂日有僧問西峽一派不異馬頭白鹿千峯何似鷄足師曰大衆一時驗看問如何是白鹿家風師曰向汝道

什麼僧曰恁麼即學人知時去也師曰知時底人合到什麼田地僧曰不可更喃喃地師曰放過即不可問牛頭未見四祖時百鳥銜花供養見後爲什麼不來師曰曙色未分人盡望及乎天曉也如常

福州羅山義聰禪師師上堂大衆立久師曰若有分付處羅山即不具眼若無分付處即勞而無功所以維摩昔日對文殊且道如今會也無僧問如何是出窟師子師曰什麼處不震裂僧曰作何音響師曰聾者不聞問手指天地唯我獨尊爲什麼却被傍者責師曰謂言胡鬚赤僧曰只如傍者有什麼長處師曰路見不平所以按劒

福州安國院從貴禪師僧問禪宮大敞法衆雲臻向上一路請師決擇師曰素非時流師有時上堂示衆云禪之與道拈向一邊著佛之與祖是什麼破草鞋恁麼告報莫屈著諸人麼若道屈著即且行脚去若道不屈著也須合取口始得珍重又有時上堂曰直是不遇梁朝安國也謾不過珍重僧問請師舉唱宗乘師曰今日打禾明日搬柴問牛頭未見四祖時如何師曰香鑪對繩牀僧曰見後如何師曰門扇對露柱問如何是和尚家風師曰若問家風即答家風僧曰學人不問家風時作麼生師曰胡來漢去問諸餘即不問省要處乞師一言師曰還得省要麼師下堂曰純陀獻供珍重

福州怡山長慶藏用禪師師上堂衆集師以扇子抛向地上曰愚人謂金是土智者作麼生後生可畏不可總守愚去也還有麼出來

道看時有僧出禮拜退後而立師曰別更作麼生僧曰和尚明鑒師曰千年桃核問如何是伽藍師曰長溪莆田僧曰如何是伽藍中人師曰新羅白水問如何是靈泉正主師曰南山北山問如何是和尚家風師曰齋前廚蒸南國飯午後鑪煎北苑茶問法身還受苦也無師曰地獄豈是天堂僧曰恁麼即受苦去也師曰有什麼罪過

福州永隆院彥端禪師師上堂大衆雲集師從座起作舞謂大衆曰會麼衆曰不會師曰山僧不捨道法而現凡夫事作麼生不會問本自圓成爲什麼却分明晦師曰汝自檢責看

福州林陽山瑞峯院志端禪師福州人也依本部南澗寺受業年二十四謁明眞大師一日有僧問如何是萬象之中獨露身明眞舉一指其僧不薦師於是冥契玄旨乃入室白曰適來那僧問話志端今有省處明眞曰汝見什麼道理師亦舉一指曰這箇是什麼明眞甚然之師上堂舉拂子云曹溪用不盡底時人喚作頭角生山僧拈來拂蚊子薦得乾坤陷落問如何是西來意師曰木馬走似煙石人趂不及問如何是禪師曰今年旱去年僧曰如何是道師曰冬田半折耗問如何是學人自己師便與一蹋僧作接勢師便與一摑僧無對師曰賺殺人問如何是迥絕人煙處佛法師曰巔山峭峙碧芬芳僧曰恁麼即一眞之理華野不殊師曰不是這箇道理問如何是佛法大意師曰竹筯一文一雙有僧夜參師曰阿誰僧曰某甲師曰泉州沙糖船

上檳榔僧良久師曰會麽僧曰不會師曰你若會即廓清五蘊吞盡十方師開寶元年八月内遺偈曰

來年二月二　別汝暫相棄　爇灰散四林

勿占檀那地

此偈因侍者傳于外四衆咸寫而記之至明年正月二十八日州民競入山瞻禮師身無恙參問如常至二月一日州主率諸官同至山偵伺經宵院中如市二日師齋罷上堂辭衆時有圓應長老出衆作禮問曰雲愁霧慘大衆嗚呼請師一言未在告別師垂一足應曰法鏡不臨於此土寶月又照於何方師曰非君境界應曰恁麽即漚生漚滅還歸水師去師來是本常師作嘘聲復有僧問數則語師皆醻答然後下座歸方丈安坐至亥時問衆曰世尊滅度是何時節衆曰二月十五日子時師曰吾今日子時前言訖長往

福州興聖滿禪師師上堂曰覿面分付不待文宣具眼投機喚作參玄上士若能如此所以宗風不墜僧問昔日靈山會裏今朝興聖筵中和尚親傳如何舉唱師曰欠汝一問

福州僊宗院明禪師師上堂曰幸有如是門風何不烜赫地紹續取去若也紹得不在三界若出三界即壞三界若在三界即礙三界不礙不壞是出三界是不出三界恁麽徹去堪爲佛法種子人天有賴有僧問拏雲不假風雷便迅浪如何透得身師曰何得棄本逐末

福州安國院祥和尚師上堂須間乃失聲云大是無端雖然如此事不得已於中若有未

覯者更開方便還會麼僧問不涉方便乞師垂慈師曰汝問我答是方便問應物現形如水中月如何是月師提起拂子僧曰古人爲什麼道水月無形師曰見什麼問如何是宗乘中事師曰淮軍散後問如何是和尚家風師曰衆眼難謾

前漳州保福院從展禪師法嗣

泉州招慶院省僜淨修大師師初參保福問答冥符一日保福入大殿覩佛像乃舉手問師曰佛恁麼意作麼生師對曰和尚也是橫身曰一橛我自收取師曰和尚非唯橫身保福然之後住招慶初開堂陞座少頃曰大衆向後到處遇道伴作麼生舉似他若有人舉得試對衆舉看若舉得免孤負上祖亦免埋沒後來古人道通心君子文外相見還有這箇人麼況是曹谿門下子孫合作麼生理論合作麼生提唱僧問昔日覺城東際象王迴旋今日閩嶺南方如何提接師曰會麼曰恁麼即一機啓處四句難追未委從上宗門成得什麼邊事師曰退後禮拜隨衆上下問全提不到請師商量師曰拊掌得麼僧曰恁麼即領會去也師曰莫錯問如何得不傷於已不負於人師曰莫屈著汝這問麼僧曰恁麼上來已蒙師指也師曰汝又屈著我作麼問當鋒一句請師道師曰嗄僧再問師曰瞌睡漢師問僧離什麼處曰報恩師曰僧堂大小曰和尚試道看師曰何不待問問學人全身不會請師指示師曰還解笑得麼師又曰叢林先達者不敢相觸忤若是初心後學未信直須信取未省直須省取不受略虛諸人本

分去處未有一時不顯露未有一物解蓋覆得如今若要知不用移絲髮地不用少許功夫但向博地位中承當取豈不省心力既能省得便與諸佛齊肩依而行之緣此事是箇白淨去處今日須得白淨身心合他始得自然合古合今脫生離死古人云識心達本解無爲法方號沙門如今諸官大衆各須體取好莫全推過師僧分上佛法平等上至諸佛下至一切共同此事既然如此誰有誰無勤王之外亦須努力適來說如許多般蓋不得已而已莫道從上宗門合恁麽語話只如從上宗門合作麽生還相悉麽若有人相悉山僧今日得雪去也久立大衆珍重

漳州保福院可儔明辯大師僧問如何是和尚家風師曰雲在青天水在缾問如何是吹毛劒師曰瞥落也僧曰還用也無師曰莫鬼語

舒州白水海會院如新禪師師上堂良久乃曰禮煩即亂僧問從上宗乘如何舉唱師曰轉見孤獨僧曰親切處乞師一言師曰不得雪也聽他問如何是迦葉頓領底事師曰汝若領得我即不恡僧曰恁麽即不煩於師去也師曰又須著棒爭得不煩僧問古人橫說竪說猶未知向上一關棙子如何是向上一關棙子師曰賴遇孃生臂短問如何是祖師意師曰要道何難僧曰便請師道師曰將謂靈利又不仙陀問羚羊掛角時如何師曰恁麽來又恁麽去僧曰爲什麽如此師曰只見好笑不知爲什麽如此

洪州漳江慧廉禪師師初開堂有僧問昔日

梵王請佛蓋爲奉法之心今日朱紫臨筵未審師如何拯濟師曰別不施行僧曰爲什麽不施行師曰什麽處去來問師登寶座曲爲今時四衆攀瞻請師接引師曰什麽處屈汝僧曰恁麽即垂慈方便路直下不孤人也師曰也須收取好問如何是漳江境師曰地藏皺眉曰如何是境中人師曰普賢摻袂問如何是漳江水師曰苦問如何是漳江第一句師曰到別處不得錯舉

福州報慈院文欽禪師問如何是諸佛境師曰雨來雲霧暗晴乾日月明問如何是妙覺明心師曰今冬好晩稻出自秋雨成問如何是妙用河沙師曰雲生碧岫雨降青天問如何是平常心合道師曰喫茶喫飯隨時過看水看山實暢情

泉州萬安院清運資化禪師僧問龍溪一派晋水分燈萬安臨筵如何指示師曰作麽生折合僧曰未審師還許也無師曰更作麽生僧曰昔日龍谿容旨今朝萬安顯揚人天側聆願垂開演師曰還聞麽僧曰恁麽即五衆已蒙師指的不異城東十眼開師曰五衆且置仁者作麽生問久處幽冥全身不會乞師指示師曰莫屈著汝問麽曰恁麽即禮拜隨衆上下師還許也無師曰靜處薩婆訶問諸佛出世振動乾坤和尚出世未審如何師曰向汝恁麽道僧曰恁麽即不異諸聖去也師曰莫亂道問如何是萬安家風師曰苔羮倉米飯僧曰忽遇上客來將何衹待師曰飯後三巡茶問如何是萬安境師曰一塔松蘿望海清

漳州報恩院道熈禪師初與保福送書往泉州王太尉處太尉問漳南和尚近日還爲人也無師曰若道爲人即屈著和尚若道不爲人又屈著太尉來問太尉曰道取一句待鐵牛能齧草木馬解含煙師曰某甲惜口喫飯太尉良久又問驢來馬來師曰驢馬不同途太尉曰爭得到這裏師曰特謝太尉領話僧問名言妙句即不問請師眞實師曰不阻來意

泉州鳳凰山從琛洪忍禪師問如何是和尚家風師曰門風相似即無阻矣學人不是其人僧曰忽遇恁麽人時如何師曰不可預搔而待痒問學人根思遲迴方便門中乞師傍瞥師曰傍瞥僧曰深領師旨安敢言乎師曰太多也師有時上堂有僧出來禮拜退後立師曰我不如汝僧應諾師曰無人處放下著問昔日靈山會上佛以一音演說今日請師一音演說師良久僧曰恁麽即大衆頓息疑網去也師曰莫塗汙大衆好問諸佛皆以大事因緣故出現於世未審和尚如何拯濟師曰大好風涼問如何是學人自己事師曰暗筭流年事可知問如何是鳳凰境師曰雪夜觀明月問如何是西來意師曰作人醜差僧曰爲人何在師曰莫屈著汝麽

福州永隆院瀛和尚明慧禪師師上堂曰謂言侵早起更有夜行人似即似是即不是珍重問無爲無事人爲什麽却是金鎖難師曰爲斷麤纖貴重難留曰爲什麽道無爲無事人逍遙實快樂師曰爲鬧亂且要斷送有僧參師曰不要得許多般數速道速道僧無對

師有時示衆曰日出卯用處不須生善巧問如何進向得達本源師曰依而行之

洪州清泉山守清禪師福州閩縣人也姓林氏出家于巖背山悟心之後受請居清泉玄侶臻集問如何是佛師曰問僧曰如何是祖師曰答僧問和尚見古人得箇什麼便住此山師曰情知汝不肯僧曰爭知某甲不肯師曰鑒貌辨色問親切處乞師一言師曰莫過此問古人面壁爲何事師曰屈曰恁麼即省心力師曰何處有恁麼人問諸餘即不問如何是向上事師曰消汝三拜不消汝三拜

漳州報恩院行崇禪師問如何是佛法大意師曰碓擣磨磨問曹谿一路請師舉揚師曰莫屈著曹谿麼曰恁麼即羣生有賴師曰汝也是老鼠喫鹽問不涉公私如何言論師曰喫茶去問丹霞燒木佛意作麼生師曰時寒燒火向曰翠微迎羅漢意作麼生師曰別是一家春

潭州嶽麓山和尚師上堂良久謂衆曰昔日毗盧今朝嶽麓珍重問如何是聲色外句師曰猿啼鳥叫問師唱誰家曲宗風嗣阿誰師曰五音六律問截舌之句請師舉揚師曰日能熱月能涼

朗州德山德海禪師僧問靈山一會何人得聞師曰闍黎得聞曰未審靈山說箇什麼師曰即闍黎會問如何是該天括地句師曰千界搖動問從上宗乘以何爲驗師曰從上且置即今作麼生驗曰大衆總見師曰話墮也問如何是祖師西來意師曰壁

泉州後招慶和尚問末後一句請師商量師

曰塵中人自老天際月常明問如何是和尚家風師曰一瓶兼一鉢到處是生涯問如何是佛法大意師曰擾擾忽忽晨雞暮鍾

朗州梁山簡禪師師問新到僧什麽處來曰藥山來師曰還將得藥來麽僧曰和尚住山不錯

洪州高安縣建山澄禪師開堂日有僧問牧長請命和尚如何舉揚宗教師曰還聞麽僧曰恁麽即大衆有賴師曰還是不聞問如何是法王劒師曰可惜許曰如何是人王劒師曰塵埋牀下履風動架頭巾問一代時教接引今時未審祖宗如何示人師曰一代時教已有人問了也曰和尚如何示人師曰惆悵庭前紅莧樹年年生葉不生花問故歲已去新歲到來還有不受歲者無師曰作麽生僧曰恁麽即不受歲也師曰城上已吹新歲角牕前猶點舊年燈僧曰如何是舊年燈師曰臘月三十日

福州康山契穩法寶大師初開堂有僧問威音王已後次第相承未審師今一會法嗣何方師曰象骨舉手龍谿點頭問圓明湛寂非師旨學人因底却不明師曰辨得未僧曰恁麽即識性無根去也師曰膈靴搔癢

潭州延壽寺慧輪大師僧問寶劒未出匣時如何師曰不在外曰出匣後如何師曰不在内問如何是一色師曰青黄赤白曰大好一色師曰將謂無人也有一箇半箇

泉州西明院琛禪師僧問如何是和尚家風師曰竹箸瓦椀僧曰忽遇上客來時如何祗待師曰黄虀倉米飯問如何是祖師西來意

師曰問取露柱看

前南嶽金輪可觀禪師法嗣

後南嶽金輪和尚僧問如何是金輪第一句師曰鈍漢問如何是金輪一隻箭師曰過也曰臨機一箭誰是當者師曰倒也

前泉州睡龍道山溥禪師法嗣

漳州保福院清豁禪師福州永泰人也少而聰敏禮鼓山興聖國師落髮稟具初謁大章山契如庵主（有語具如庵主章出焉）後參睡龍睡龍一日問曰豁闍黎見何尊宿來還悟也未曰清豁嘗訪大章得箇信處睡龍於是上堂集大衆召曰清豁闍黎出對衆燒香說悟處老僧與汝證明師乃拈香曰香已拈悟即不悟睡龍大悅而許之上堂謂衆曰山僧今與諸人作箇和頭和者默然不和者說有頃間又曰和與不和切在如今山僧帶些子事珍重僧問家貧遭劫時如何師曰不能盡底去曰爲什麼不盡底去師曰賊是家親曰既是家親爲什麼翻成家賊師曰內既無應外不能爲曰忽然捉敗功歸何所師曰賞亦未曾聞曰恁麼即勞而無功師曰功即不無成而不處曰既是成功爲什麼不處師曰不見道太平本是將軍致不使將軍見太平問如何是西來意師曰胡人泣漢人悲師將順世捨衆欲入山待滅過苧谿石橋乃遺偈曰

世人休說路行難　鳥道羊腸咫尺間
珍重苧谿谿畔水　汝歸滄海我歸山

即往貴谿卓庵未幾謂門人曰吾滅後將遺骸施諸蟲蟻勿置墳塔言訖潛入湖頭山坐磐石儼然長往弟子戒因入山尋見稟遺命

延留七日竟無蟲螘之所侵食遂就闍維散於林野今泉州開元寺淨土院影堂存焉

前韶州雲門山文偃禪師法嗣

韶州白雲祥和尚實性大師初住慈光院廣主劉氏召入府說法時有僧問覺華纔綻遍遇明時不昧宗風乞師方便師曰我王有令問教意祖意同別師曰不別曰恁麼即同也師曰不妨領話問諸佛未出世普徧大千白雲一會如何師曰賺却幾人來曰恁麼即四衆何依師曰勿交涉問即心即佛示誨之辭不涉前言如何指教師曰東西且置南北作麼生問如何是和尚家風師曰石橋那畔有這邊無會麼僧曰不會師曰且作丁公吟問衣到六祖爲什麼不傳師曰海晏河清問如何是和尚接人一路師曰來朝更獻楚王看問從上宗乘如何舉揚師曰今日未喫茶師上堂謂衆曰諸人會麼但街頭市尾屠兒魁膾地獄鑊湯處會取若恁麼會堪與人爲師爲匠若向衲僧門下天地懸殊更有一般底只向長連牀上作好人去汝道此兩般人那箇有長處無事珍重師問僧什麼處來曰雲門來師曰裏許有多少水牛曰一箇兩箇師曰好水牛師問僧不壞假名而譚實相作麼生僧曰這箇是椅子師以手撥云將鞋袋來僧無對（雲門和尚聞之乃云須是他始得）師將示滅白衆曰某甲雖提祖印未盡其中諸仁者且道其中事作麼生莫是無邊中間內外已否如是會解即大地如鋪沙去此即他方相見言訖告寂

朗州德山第九世緣密圓明大師師上堂示

衆曰僧堂前事時人知有佛殿後事作麼生師又曰德山有三句語一句函蓋乾坤一句隨波逐浪一句截斷衆流時有僧問如何是透法身句師曰三尺杖子攪黃河問百花未發時如何師曰黃河水渾流曰發後如何師曰旛竿頭指天問不犯辭鋒時如何師曰天台南嶽曰便恁麼去如何師曰江西湖南問佛未出世時如何師曰河裏盡是木頭船曰出世後如何師曰這頭蹋著那頭軒問已事未明如何辨得師曰須彌山頂上曰直恁麼去如何師曰脚下水淺深問達磨未來時如何師曰千年松倒掛曰來後如何師曰金剛努起拳問師未出世時如何師曰佛殿正南開曰師出世後如何師曰白雲山上起曰出與未出還分不分師曰靜處薩婆訶問如何是和尚家風師曰南山起雲北山下雨問如何是應用之機師喝僧曰只這箇爲復別有師乃打之問大用現前不存軌則時如何師曰黑地打破甕僧退步師乃打問佛未出世時如何師曰猢猻繫露柱曰出世後如何師曰猢猻入布袋問文殊與維摩對談何事師曰并汝三人無繩自縛問如何是佛師曰滿目荒榛曰學人不會師曰勞而無功問盡大地致一問不得時如何師曰話墮也曰大衆總見師便打

潭州水西南臺道遵和尚法雲大師師上堂謂衆曰從上宗乘合作麼生提綱合作麼生言論將佛法兩字當作麼生如解脫當得麼雖然如是細不通風大通車馬若約理化門中一言啓口振動乾坤山河大地海晏河清

三世諸佛說法現前若也分明古佛殿前同登彼岸無事珍重問如何是西來意師曰下坡不走問牛頭未見四祖時如何師曰著衣喫飯曰見後如何師曰鉢盂壁上掛問如何是眞如含一切師曰分明曰爲什麽有利鈍師曰西天打鼓樓上擊鍾問如何是南臺境師云金剛手指天問如何是色空師曰道士著眞紅問十二時中時時不離如何師曰諦

韶州雙峯山興福院竟欽和尚慧眞廣悟禪師益州人也受業於峨嵋洞谿山黒水寺觀方慕道預雲門法席密承指喻乃開山創院漸成叢林開堂日雲門和尚躬臨證明僧問如何是佛法大意師曰日出方知天下朗無油那點佛前燈問如何是雙峯境師曰夜聽水流庵後竹晝看雲起面前山問如何是法王劒師曰鉛刀徒逞不若龍泉曰用者如何師曰藏鋒猶不許露刃更何堪問賓頭盧應供四天下還得徧也無師曰如月入水問如何是用而不雜師曰明月堂前垂玉露水精殿裏繋眞珠有行者問某甲遇賊來時若殺即違佛教不殺又違王勑未審師意如何師曰官不容針私通車馬廣主劉氏甞親問法要至太平興國二年三月戒門人曰吾不久去世汝可就本山頂預修墳塔至五月二十三日功畢師曰後日子時行矣及期會雲門爽和尚溫門舜峯長老等七人夜話侍者報三更師索香焚之合掌而逝

韶州資福和尚僧問不問宗乘請師心印師曰不答這箇話曰爲什麽不答師曰不副前言問覿面難逢處如何顧險夷乞師垂半偈

免使後人疑師曰鋒前一句超調御擬問如何歷劫違曰恁麽即東山西嶺時人知有未審資福庭前誰家風月師曰領取前話

廣州新會黃雲元禪師初開堂以手拊繩牀云諸人還識廣大須彌之座也無若不識看老僧乃陞座問如何是大漢國境師曰歌謠滿路問教云龍拔一縷金翅不吞和尚三事全披如何師曰還免得麽師上堂拈古人語云觸目未曾無臨機何不道又云觸目未曾無臨機道什麽

廣州義寧龍境倫禪師初開堂提起拂子曰還會麽若會即頭上更增頭若不會即斷頭取活問如何是大漢國境師曰亂走作麽曰恰是雨下天晴師便打問如何是龍境水師曰腥臊臭穢曰飲者如何師曰七通八達問如何是龍境家風師曰蟲狼虎豹問如何是佛師曰勤耕田曰學人不會師曰早收禾師問僧什麽處來曰黃雲來師曰作麽生是黃雲郎當媚癡抹躂爲人一句僧無對師上堂問衆曰作麽生是長連牀上取性一句道將來衆無對

韶州雲門山爽和尚師上堂僧問如何是佛師曰聖躬萬歳問如何是透法身句師曰銀香臺上生蘿蔔

韶州白雲聞和尚師上堂良久僧出曰白雲一路全因今日師曰不是不是僧曰和尚如何師曰白雲一路草深一丈問學人擬申一問未審師還答也無師曰皁莢樹頭懸風吹曲不成問受施主供養將何報答師曰作牛作馬

韶州披雲智寂禪師僧問如何是披雲境師曰白日沒閑人問以字不成八字不是未審是什麼字師說偈答曰

以字不是八不成　森羅萬象此中明
直饒巧說千般妙　不是漚和不是經

韶州淨法章和尚禪想大師廣主劉氏問如何是禪師師乃良久廣主罔測因署其號僧問日月重明時如何師曰日月雖明不鑒覆盆之下問既是金山爲什麼鑿石師曰金山鑿石問如何是道師曰去去迢迢十萬餘

韶州温門山滿禪師僧問如何是佛師曰留題卍字曰如何是祖師曰不遊西土有人見壁上畫問既是千尺松爲什麼却在屋下師曰芥子納須彌作麼生問隔墻見角便知是牛如何師便打師與一老宿在國門坐老宿曰紫衣師號又得也更要箇什麼師曰要國師老宿曰佛尚不作豈況國師師乃笑曰長老僧問如何是和尚家風師曰汝曾讀書麼僧問太子初生爲什麼不識父母師曰迥然尊貴

嶽州巴陵新開顥鑒大師初在雲門雲門舉雪峯和尚云開却門達磨來也問師意作麼生師曰築著和尚鼻孔雲門曰脩羅王發業打須彌山一掴跨跳上梵天報帝釋你爲什麼却去日本國裏藏身師曰莫恁麼心行好雲門曰汝道築著又作麼生師住後僧問祖意教意是同是別師曰雞寒上樹鴨寒入水僧問三乘十二分教即不疑如何是宗門中事師曰不是衲僧分上事曰如何是衲僧分上事師曰貪觀白浪失却手橈師將拂子遺

人人問曰本來清淨用拂子作什麼師曰既知清淨莫忘却梁山別云也須拂却連州地藏院慧慈明識大師僧問既是地藏院爲什麼塑熾盛光佛師曰過在什麼處問如何是地藏境師曰無人不遊

英州大容諲禪師師上堂僧問天賜六銖披掛後將何報答我皇恩師曰來披三事衲歸掛六銖衣問如何是大容水師曰還我一滴來問當來彌勒下生時如何師曰慈氏宮中三春草問如何是眞空師曰拈却拒陽曰如何是妙用師乃握拳僧曰眞空妙用相去幾何師以手撥之問長蛇偃月即不問疋馬單槍時如何師曰麻江橋下會麼曰不會師曰聖壽寺前問既是大容爲什麼趂出僧師曰大海不容塵小谿多搕𢶍問如何是古佛一路師指地僧曰不問這箇師曰去師與一老宿相期去別處尋却因事不去老宿曰佛無二言師曰法無一向

廣州羅山崇禪師僧問如何是大漢國境師曰玉狗吠時天未曉金雞啼後五更初問丹霞訪居士女子不攜籃時如何師曰也要到這裏一轉問如何是羅山境師曰布水千尋

韶州雲門寶和尚師上堂示衆曰至道無難唯嫌揀擇還有揀擇麼珍重

郢州臨谿竟脫和尚僧問如何是透法身句師曰明眼人笑汝問如何是法身師曰四海五湖賓問如何是本來人師曰風吹滿面塵問牛頭未見四祖時如何師曰富有多賓客曰見後如何師曰貧窮絶往還問如何是佛師曰十字路頭曰如何是法師曰三家村裏

曰佛之與法是一是二師曰露柱渡三江猶懷感恨長問如何是無縫塔師曰復州城曰如何是塔中人師曰龍興寺

廣州華嚴慧禪師僧問承古人有言妄心無處即菩提正當妄時還有菩提也無師曰來音已照僧曰不會師曰妄心無處即菩提

韶州舜峯韶和尚初問雲門和尚實月爲什麼於此分輝雲門曰千光同照師曰謝和尚指示雲門曰見什麼僧正入師方丈乃曰方丈得恁麼黒師曰老鼠窟僧正曰放猫兒入好師曰試放看僧正無對師拊掌笑師與老宿渡江次師取錢與渡子老宿曰囊中若有青銅片師揖曰長老莫笑

隨州雙泉山師寛明教大師師上堂舉拂子曰這箇接中下之人時有僧問上上人來如何師曰打鼓爲三軍問向上宗乘如何舉唱師曰不敢曰恁麼即舍生有望師曰脚下水深淺問凡有言句盡落有無不落有無時如何師曰東弗于代曰這箇猶落有無師曰支過雪山西僧問洞山如何是佛洞山云麻三斤師聞之乃曰向南有竹向北有木師後住智門僧問不可以智知不可以識識時如何師曰不入這箇野狐羣隊問如何是定師曰蝦跳不出斗曰如何出得去師曰南山起雲北山下雨問北斗裏藏身意旨如何師曰雞寒上樹鴨寒入水問竪起杖子意旨如何師曰一葉落知天下秋師後終於智門

英州觀音和尚因穿井僧問井深多少師曰没汝鼻孔問牛頭未見四祖時如何師曰英州觀音曰見後如何師曰英州觀音問如何

是觀音妙智力師曰風射破牕鳴
韶州林泉和尚僧問如何是林泉主師曰巖下白石曰如何是林泉家風師曰迎賓待客問如何是道師曰迢迢曰學人便領會時如何師曰久久忘緣者寧懷去住情
韶州雲門煦和尚僧問如何是祖師西來意師曰今是什麼意僧曰恰是師乃喝去
益州青城香林院澄遠禪師初住西川導江縣迎祥寺天王院(時謂水精宮)僧問美味醍醐爲什麼變成毒藥師曰導江紙問見色便見心時如何師曰適來什麼處去來曰心境俱亡時如何師曰開眼坐睡師後住青城香林僧問北斗裏藏身意如何師曰月似彎弓少雨多風問如何是諸佛心師曰清即始終清曰如何領會師曰莫受人謾好問如何是祖師西來意師曰蹋步者誰問如何是和尚妙藥師曰不離衆味曰喫者如何師曰咂啗看問如何是室内一燈師曰三人證龜成鼈問如何是衲衣下事師曰臘月火燒山問大衆雲集請師施設師曰三不待兩問如何是學人時中事師曰恰恰問如何是玄師曰今日來明日去曰如何是玄中玄師曰長連牀上問如何是香林一脉泉師曰念無間斷曰飲者如何師曰隨方斗稱問如何是衲僧正眼師曰不分別曰照用事如何師曰行路人失脚問萬機俱泯迹方識本來人時如何師曰清機自顯曰恁麼即不別人師曰方見本來人問魚游陸地時如何師曰發言必有後救僧曰却下碧潭時如何師曰頭重尾輕問但有言句盡是賓如何是主師曰長安城裏曰如

何領會師曰千家萬戸

景德傳燈録卷第二十二

音釋

嶴烏到切　僜都鄧切　瀛音盈　麓盧谷切　顥下老切　諲音因

煦香句切　毴充芮切毴衣也　胝陟離切研也　敲丘交切叩也　璞普角切玉未琢也　核下革切果中實也　莆音蒲莆田縣名　摑古獲切批打也　峭峙峭七肖切峻也峙池爾切山屹立也　恙餘亮切病也　偵丑正切　瞌苦合切　忤五故切逆也　羚音零獸名　皺側救切　摻袂摻所斬切執也袂彌蔽切袖也　齧五結切噬也　搔蘇遭切手爬也　痒余兩切痛痒也　莧狹襇切菜名　靴許戈切鞾履也　箸遲倨切與筯同　韲祖稽切淹菜也　炟赫炟當割切赫呼格切　覯古候切見也　橛其月切

嗄厄芥切　苧直呂切　螘魚紀切蚍蜉小者　榛側詵切木叢生也　粲先達切放也　腥臊腥桑經切臊蘇遭切　抹躂抹莫割切躂他達切　莢吉協切　卍音萬　橈音韶櫂之短者　塑桑故切埏土像物也　銖市朱切十二黍重曰銖　咂啗咂子答切入口也啗徒濫切食也

景德傳燈録卷第二十三

宋沙門道原纂

吉州青原山行思禪師第七世下

韶州雲門山文偃禪師法嗣三十六人二十六人見録

南嶽般若啓柔禪師　筠州黄蘗法濟禪師
襄州洞山守初大師　信州康國耀和尚
潭州谷山豐禪師　潁州羅漢匡果禪師
朗州滄谿璘和尚　筠州洞山清禀禪師
蘄州北禪寂和尚　洪州泐潭道謙禪師
廬州南天王永平禪師
湖南永安朗禪師　湖南潭明和尚
金陵清涼明禪師　金陵奉先深禪師
西川青城乘和尚　潞府妙勝臻禪師
興元普通封和尚　韶州燈峯和尚
韶州大梵圓和尚　澧州藥山圓光禪師
信州鵝湖雲震禪師　廬山開先清耀禪師
襄州奉國清海禪師　韶州慈光和尚
潭州保安師密禪師

洪州雲居山融禪師　衡州大聖寺守賢禪師　廬州北天王徽禪師　郢州芭蕉山弘義禪師　眉州福化院光禪師　廬州東天王廣慈禪師　信州西禪欽禪師　江州慶雲眞禪師　筠州洞山凛禪師　韶州雙峯慧眞大師　已上十人無機縁語句不録

隨州雙泉山永禪師法嗣

廣州大通和尚一人無機縁語句不録

台州瑞巖師彦禪師法嗣二人見録

南嶽横龍和尚
温州瑞峯院神禄禪師

懷州玄泉彦禪師法嗣五人見録

鄂州黄龍晦機大師　洛京栢谷和尚
池州和龍和尚
懷州玄泉第二世和尚
潞府妙勝玄密禪師
福州羅山道閑禪師法嗣十九人一十六人見録
洪州大寧隱微禪師　婺州明招德謙禪師
衡州華光範禪師　福州羅山紹孜禪師
西川慧禪師　建州白雲令弇禪師
虔州天竺義證禪師　吉州清平惟曠禪師
婺州金柱義昭和尚　潭州谷山和尚
湖南道吾山從盛禪師
福州羅山義因禪師　灌州靈巖和尚
吉州匡山和尚　福州興聖重滿禪師
潭州寶應清進禪師
漢州綿竹縣定慧禪師
潭州龍會山鑒禪師

安州穆禪師
已上三人無機緣語句不録
安州白兆山志圓禪師法嗣十三人八人見録
朗州大龍山智洪禪師
襄州白馬山行靄禪師
郢州大陽山行冲禪師
安州白兆山懷楚禪師
蘄州四祖山清皎禪師
蘄州三角山志操禪師
晉州興教師普禪師
蘄州三角山眞鑒禪師
郢州興陽山和尚
郴州東禪玄偕禪師
新羅國慧雲禪師
安州慧日院玄諤禪師
京兆大秦寺彦賓禪師
已上五人無機緣語句不録
潭州藤霞和尚法嗣二人一人見録
澧州藥山第七世和尚

潭州雲蓋山和尚一人無機緣語句不録
洪州鳳棲山同安常察禪師法嗣
袁州仰山良供禪師一人無機緣語句不録
吉州禾山無殷禪師法嗣
撫州曹山義崇禪師
盧山永安慧慶禪師
吉州禾山契雲禪師
漳州保福和尚
洪州翠巖師陰禪師
已上五人無機緣語句不録
潭州雲蓋山景和尚法嗣三人見録
衡嶽南臺藏禪師
幽州潭柘水從實禪師
潭州雲蓋山證覺禪師
盧山歸寂寺澹權禪師法嗣
壽州泊山和尚
鄂州黄龍蘊和尚
已上二人無機緣語句不録
盧山歸宗懷惲禪師法嗣二人一人見録
歸宗第四世弘章禪師

歸宗寺巖密禪師一人無機緣語句不録
池州嵇山章禪師法嗣一人
隨州雙泉山道虔禪師
洪州雲居山懷岳禪師法嗣五人三人見録
揚州風化院令崇禪師
澧州藥山忠彦禪師
梓州龍泉和尚
雲居山住滿和尚
雲居山住緣和尚
已上二人無機緣語句不録
撫州荷玉山光慧禪師法嗣
荷玉山福禪師一人無機緣語句不録
筠州洞山道延禪師法嗣二人一人見録
筠州上藍慶禪師
洞山敏禪師第五世一人無機緣語句不録
撫州金峯從志大師法嗣
洪州大寧神降禪師
澧州藥山彦禪師

已上二人無機緣語句不録

襄州鹿門山處眞禪師法嗣六人四人見録

益州崇眞和尚

鹿門山第二世譚和尚

襄州谷隱智靜大師

廬山佛手巖行因禪師

襄州靈谿山明禪師

洪州大安寺眞上座

已上二人無機緣語句不録

撫州曹山慧霞禪師法嗣三人一人見録

嘉州東汀和尚

雄州華嚴正慧大師

泉州招慶院堅上座

已上二人無機緣語句不録

華州草庵法義禪師法嗣一人見録

泉州龜洋慧忠禪師

潭州報慈藏嶼禪師法嗣

益州聖興寺存和尚一人無機緣語句不録

襄州含珠山審哲禪師法嗣六人四人見録

洋州龍穴山和尚　唐州大乘山和尚

襄州延慶歸曉大師　襄州含珠山眞和尚

含珠山璋禪師

第二世含珠山偃和尚

已上二人無機緣語句不録

鳳翔府紫陵匡一大師法嗣三人見録

并州廣福道隱禪師　紫陵第二世微禪師

興元府大浪和尚

洪州同安威禪師法嗣二人一人見録

陳州石境和尚

中同安志和尚一人無機緣語句不録

襄州石門山獻禪師法嗣一人見録

石門山第二世慧徹禪師

襄州廣德義和尚法嗣三人一人見録

襄州廣德第二世延和尚

荆州上泉和尚　廣德周和尚
已上二人無機縁語句不録

京兆香城和尚法嗣

鄧州羅紋和尚一人
無機縁語句不録

杭州瑞龍院幼璋禪師法嗣

西川德言禪師一人
無機縁語句不録

隨州護國守澄禪師法嗣八人六人見録

隨州智門守欽大師

護國第二世知遠大師

安州大安山能和尚　頴州薦福院思禪師

潭州延壽和尚

護國第三世志朗大師

舒州香爐峯瓊和尚
京兆盤龍山滿和尚
已上二人無機
縁語句不録

洛京靈泉歸仁禪師法嗣

襄州石門寺遵和尚
郢州大陽山堅和尚
已上二人無機
縁語句不録

京兆永安院善靜禪師法嗣

大明山和尚一人
無機縁語句不録

蘄州烏牙山彦賓禪師法嗣三人二人見録

安州大安山興古禪師

蘄州烏牙山行朗禪師

虢州盧氏常禪師一
人無機縁語句不録

鳳翔府青峯和尚法嗣七人六人見録

西川靈龕和尚

京兆紫閣山端已禪師

房州開山懷晝禪師　幽州傳法和尚

益州淨衆歸信禪師

青峯第二世清免禪師

鳳翔府長平山滿禪師
一人無機縁語句不録

祥州大巖白和尚法嗣

邛州碧雲和尚一人
無機緣語句不録

吉州青原山行思禪師第七世

韶州雲門山文偃禪師法嗣

南嶽般若寺啓柔禪師僧問西天以蠟人爲驗此土如何師曰新羅人草鞋問如何是千聖同歸底道理師曰未達苦空境無人不歎嗟師上堂聞三下板聲大衆始集師因示一偈曰

妙哉三下板　諸德盡來參　既善分時節
今吾不再三

師次住荊南延壽後住京兆廣教院示滅

筠州黄檗山法濟禪師僧問如何是和尚家風師曰與天下人作榜様師上堂示衆曰空生大覺中如海一漚發各各當人無事又上堂良久曰若識得黄檗杖子平生行脚事畢珍重

襄州洞山守初宗慧大師初參雲門雲門問近離什麼處師曰楂渡雲門曰夏在什麼處師曰湖南報慈門曰甚時離彼師曰去年八月門曰放汝三頓棒師至明日却上問訊昨日蒙和尚放三頓棒不知過在什麼處門曰飯袋子江西湖南便與麼去師於此大悟師住後僧問迢迢一路時如何師曰天晴不肯去直待雨淋頭曰諸聖作麼生師曰入泥入水問心未生時法在什麼處師曰無風荷葉動決定有魚行問師登師子座請師唱道情師曰晴乾開水道無事設曹司曰恁麼即謝師指示師曰賣鞋老婆脚趚趚問如何是三寶師曰商量不下問如何是無縫塔師曰十

字街頭石師子問如何是免得生死底法師曰見之不取思之三年問離却心機意識請師一句師曰道士著黃甕裏坐問非時親覲請師一句師曰到處怎生舉曰據現定舉師曰放汝三十棒曰過在什麽處師曰罪不重科問蓮花未出水時如何師曰楚山頭倒卓曰出水後如何師曰漢水正東流問如何是吹毛劒師曰金州客尼問車住牛不住時如何師曰用駕車漢作麽問如何是衲僧分上事師曰雲裏楚山頭決定多風雨問海竭人亡時如何師曰難得曰便恁麽去時如何師曰雲在青天水在瓶問有無雙泯權實兩忘究竟如何師曰楚山頭倒卓曰還許學人領會也無師曰也有方便曰請師方便師曰千里萬里問牛頭未見四祖時如何師曰櫛栗木拄杖曰見後如何師曰竇八布衫問如何是佛師曰灼然諦當問萬緣俱息意旨如何師曰甕裏石人賣棗團問如何是洞山劒師曰作麽僧曰學人要知師曰罪過問乾坤休著意宇宙不留心學人只恁麽師又作麽生師曰峴山亭起霧灘峻不留船問大衆雲臻請師撮其樞要略舉大綱師曰水上浮漚呈五色海底蝦蟇呌月明問正當恁麽時文殊普賢在什麽處師曰長者八十一其樹不生耳曰意旨如何師曰一則不成二則不是

信州康國耀和尚僧問文殊與維摩對譚何事師曰汝向髑髏後會始得曰古人道髑髏裏薦取又如何師曰汝還薦得麽曰恁麽即遠人得遇於師去也師曰莫謾語好

潭州谷山豐禪師（亦住興元府普通院）僧問師唱誰家

曲宗風嗣阿誰師曰雪嶺梅華綻雲洞老僧驚師上堂示衆曰俊馬機前異遊人肘後懸既參雲外客試爲老僧看纔有僧出師便打云何不早出頭來

潁州羅漢匡果禪師僧問如何是吹毛劒師曰了問和尚百年後忽有人問和尚向什麼處去如何疇對師曰久後遇作家分明舉似曰誰是知音者師曰知音者即不恁麼問問如何是羅漢境師曰松檜古貌問鑿壁偷光時如何師曰錯曰爭柰苦志專心師曰錯錯

朗州滄谿璘和尚僧問如何是滄谿境師曰面前水正東流問如何是滄谿家風師曰入來便見問是法住法位世間相常住雲門和尚向什麼處去也師曰見麼曰錯師曰錯錯問如何是西來意師曰不錯師因事有頌曰

天地指前徑　時人莫彊移　箇中生解會
眉上更安眉

筠州洞山普利院第八世住清禀禪師泉州僊遊人也姓李氏幼禮中峯院鴻謐爲師年十六福州太平寺受戒初詣南嶽參惟勁頭陀未染指及抵韶陽禮祖塔迴造雲門雲門問曰今日離什麼處曰慧林雲門舉拄杖曰慧林大師恁麼去汝見麼曰深領此問雲門顧左右微笑而已師自此入室印悟乃之金陵國主李氏請居光睦未幾復命入澄心堂集諸方語要經十稔迎住洞山開堂曰維那白槌曰法筵龍象衆當觀第一義師曰也好消息只恐汝錯會僧問雲門一曲師親唱今日新豐事若何師曰也要道却

蘄州北禪寂和尚悟通大師師問僧什麼處

來曰黃州來師曰在什麽院曰資福師曰福將何資曰兩重公案師曰爭奈在北禪手裏何曰在手裏即收取師便打

洪州泐潭道謙禪師僧問如何是泐潭家風師曰闍黎到來幾日問但有纖毫即是塵不有時作麽生師以手掩兩目問當陽舉唱誰是聞者師曰老僧不患耳聾

廬州南天王永平禪師僧問如何是西來意師曰不撒沙問如何是南天王境師曰一任觀看曰如何是境中人師曰且領前話問久戰沙場爲什麽功名不就師曰只爲眠霜卧雪深曰恁麽即罷息干戈束手歸朝去也師曰指揮使未到伱作

湖南永安朗禪師僧問如何是洞陽家風師曰入門便見曰如何是入門便見師曰客是相師問如何是至極之譚師曰愛別離苦

湖南潭明和尚僧問如何是湘潭境師曰山連大嶽水接瀟湘曰如何是境中人師曰便合知時問如何是佛法大意師曰百惑謾勞神

金陵清涼明禪師江南國主請師上堂小長老問凡有言句盡落方便不落方便請師速道師曰國主在此不敢無禮

金陵奉先深禪師江南國主請開堂曰纔陞座維那白椎曰法筵龍象衆當觀第一義師便云果然不識鈍置殺人時有僧出禮拜問如何是第一義師曰賴遇道了也曰如何領會師曰速禮三拜師又拈曰大衆汝道鈍置落阿誰分上

西川青城大面山乘和尚僧問如何是相輪

峯師曰直聳煙嵐際曰向上事如何師曰入地三尺五問如何是佛法大意師曰興義門前鼕鼕鼓曰學人不會師曰朝打三千暮打八百

潞府妙勝臻禪師僧問如何是妙勝境師曰龍藏開時貝葉分明問金粟如來爲什麽却降釋迦會裏師曰香山南雪山北曰南贍部洲事又作麽生師曰黄河水急浪花麤問心心寂滅即不問如何是向上一路師曰一條濟水貫新羅問遠嚮雲門南北縱横四維上下事作麽生師曰今日明日

興元府普通封和尚僧問今日一會何似靈山師曰震動乾坤問如何是普通境師曰庭前有竹三冬秀户内無燈午夜明

韶州燈峯淨原和尚師上堂謂衆曰古人道山河大地普眞如大衆若得眞如者即隱却他山河大地若不得者即違他古德至言衆中道得者出來道不得即各自歸堂珍重僧問如何是和尚爲人一句師曰不著力

韶州大梵圓和尚師上堂示衆曰大衆好箇時光直須努力時不待人各自歸堂參取本善知識去僧問大衆雲集請師舉唱師曰有疑請問師因見聖僧便問僧此箇聖僧年多少僧曰恰共和尚同年師喝之曰這竭斗不易道得

澧州藥山圓光禪師僧問藥嶠燈連師當第幾師曰相逢盡道休官去林下何曾見一人問水陸不涉者師還接否師曰蘇嚕蘇嚕師問新到僧南來北來曰北來師曰不落言詮速道曰某甲是福建道人善會鄉譚師曰參

衆去曰灼然師曰踍跳便打問如何是祖師西來意師曰道什麽

信州鵝湖山雲震禪師僧問如何是佛師曰闍黎不是師問僧近離什麽處曰兩浙師曰還將得吹毛劒來否僧展兩手師曰將謂是箇爛柯仙元來却是擩蒲漢問如何是鵝湖家風師曰客是主人相師曰恁麽則謝師周旋師曰難下陳蕃之榻

廬山開先清耀禪師僧問如何是燈燈不絶師曰青楊翻遞植曰學人不會師曰無根樹下唱虛名問披雲一句師親唱長慶今朝事若何師曰家家觀世音問如何是披雲境師曰一缾淥水安窻下便當生涯度幾秋問如何是長慶境師曰堂裏老僧頭雪白曰二境同歸應當別理師曰在處得人疑問古澗寒泉誰人能到師曰乾曰恁麽即到也師曰深多少

襄州奉國清海禪師僧問青青翠竹盡是眞如如何是眞如師曰燒瓦成金客聞名不見形曰恁麽即禮謝下去也師曰昔時妄想至今存問承古人云見月休觀指歸家罷問程如何是家師曰試舉話頭看問放過即東道西說不放過怎生道師曰二年同一春

韶州慈光和尚僧問即心即佛誘誨之言不涉前蹤如何指教師曰東西且置南北事作麽生曰恁麽即學人罔測也師曰龍頭蛇尾

潭州保安師密禪師僧問輥芥投鋒時如何師曰落在什麽處（梁山云落在汝眼裏）問不犯辭鋒時如何師曰天台南嶽曰便恁麽時如何師曰江西湖南

前台州瑞巖師彥禪師法嗣

南嶽横龍和尚楚王馬氏請住金輪僧問如何是金輪第一句師曰鈍漢問如何是金輪一隻箭師曰過也問如何是祖燈師曰八風吹不滅曰恁麽即暗冥不生也師曰白日没閑人

温州温嶺瑞峯院神禄禪師福州福清人也本邑天竺寺出家得法於瑞巖久爲侍者後開山創院學侶依附師有偈曰

蕭然獨處意沉吟　誰信無絃發妙音
終日法堂唯静坐　更無人問本來心

時有朋彥上座躡前偈而問曰如何是本來心師召曰朋彥彥應諾師曰與老僧點茶來彥於是信入（朋彥即廣法大師後嗣天台國師住蘇州長壽）師太平興國元年示滅壽百有五歲

前懷州玄泉彥禪師法嗣

鄂州黄龍山晦機禪師清河人也姓張氏唐天祐中遊化至此山節帥施俸錢建法宇奏賜紫衣號超慧大師大張法席僧問不問祖佛邊事如何是平常之事師曰我住山得十五年問如何是和尚家風師曰瑠璃鉢盂無底問如何是君王劒師曰不傷萬類曰佩者如何師曰血濺梵天曰大好不傷萬類師便打問佛在日爲衆生説法佛滅後有人説法也無師曰慙愧佛問毛吞巨海芥納須彌不是學人本分事如何是學人本分事師曰封了合盤市裏揭問切急相投請師通信師曰火燒裙帶香問如何是大疑底人師曰對坐盤中弓落盞曰如何是不疑底人師曰再坐盤中弓落盞問風恬浪静時如何師曰百尺

竿頭五兩垂師將順世有僧問百年後鉢囊子什麽人將去師曰一任將去曰裏面事如何師曰線綻方知曰什麽人得師曰待海鷰雷聲即向汝道言訖告寂

洛京栢谷和尚僧問普滋法雨時如何師曰有道傳天位不汲鳳凰池問九旬禁足三月事如何師曰不墜蠟人機

池州和龍和尚僧問如何是祖祖相傳底心師曰再三囑你問如何是從上宗旨師曰向闍黎口裏著到得麽問省要處乞師一接師曰甚是省要

懷州玄泉第二世和尚僧問辭窮理盡時如何師曰不入理豈同盡問妙有玄珠如何取得師曰不似摩尼絕影艷碧眼胡人豈能見曰有口道不得時如何師曰三寸不能齊鼓韻啞人解唱木人歌

潞府妙勝玄密禪師僧問四山相向時如何師曰紅日不垂影暗地莫知音曰學人不會師曰鶴透羣峯何伸向背問二龍爭珠時如何師曰力士無心獻奮迅却沉光問雪峯一曲千人唱月裏挑燈誰最明師曰無音和不齊明暗豈能收

前福州羅山道閑禪師法嗣

洪州大寧院隱微禪師豫章新淦人也姓楊氏誕夕有光明貫室年七歲依本邑石頭院道堅禪師出家二十於開元寺智儛律師受具歷參宗匠至羅山法寶大師遵以師子在窟出窟之要因之省悟盤桓數稔尋迴江表會龍泉邑宰李孟俊請居十善道場始揚宗教師上堂謂衆曰還有騰空底麽出來衆無

出者師説偈曰

騰空正是時　應須貶上眉　從兹出倫去

莫待白頭兒

僧問如何是十善橋師曰險曰過者如何師曰喪問資福和尚遷化向什麽處去也師曰草鞋破問如何是黄梅一句師曰即今怎麽生曰如何是通信師曰九江路絶問初心後學如何是學師曰頭戴天曰畢竟如何師曰脚蹈地問如何是法王劒師曰露曰還殺人也無師曰作麽問如何是龍泉劒師曰不出匣曰便請出之師曰星辰失位問國界安寧爲什麽珠不現師曰落在什麽處周廣順元年辛亥金陵李氏嚮德召入居龍光禪苑後改名奉先署覺寂禪師暨建隆二年辛酉隨江南李氏至洪井住大寧精舍重敷玄旨其年十月示疾二十七日剃髮澡身陞堂辭衆安坐而逝明年二月六日歸葬于吉州吉水縣遵遺誡也壽七十有六臘五十六謚玄寂禪師塔曰常寂

婺州明招德謙禪師受羅山印記靡滯於一隅激揚玄旨諸耆宿皆畏其敏捷後學鮮敢當其鋒者師在泉州招慶大殿上以手指壁畫問僧曰那箇是甚麽神曰護法善神師曰沙汰時向什麽處去來僧無對師却令僧去問演侍者演曰汝什麽劫中遭此難來其僧迴舉似師師曰直饒演上座他後聚一千衆有什麽用處僧乃禮拜請別語師曰什麽處去也清上座舉仰山插鍬話問師古人意在叉手處意在插鍬處師曰清上座清應諾師曰還曾夢見仰山麽清曰不要下語只要上

座商量師曰若要商量堂頭自有一千五百人老師在師到雙巖雙巖長老覩師風彩乃曰某甲致一問問闍黎若道得便捨院道不得即不捨金剛經云一切諸佛及諸佛法皆從此經出且道此經是何人說師曰說與不說一時拈向那邊著只如和尚決定喚什麼作此經雙巖無對師舉經云一切賢聖皆以無爲法而有差別斯則以無爲法爲極則憑何而有差別且如差別是過不是過若是過一切賢聖盡有過若不是過決定喚什麼作差別雙巖亦無語師曰雪峯道底師在婺州智者寺居第一座尋常不受淨水主事僧問曰因什麼不識觸淨水不肯受師下牀拈起淨缾曰這箇是淨主事無語師乃撲破淨缾師自爾道聲遐播衆請居明招山開法四來禪者盈于堂室師謂衆曰希逢一箇下坡不走快便難逢若有同生同死何妨一展僧問師子未出窟時如何師曰俊鷂趂不及曰出窟後如何師曰萬里正紛紛曰欲出不出時如何師曰嶮曰向上事如何師曰貶問如何是透法身外一句子師曰北斗後翻身問十二時中如何趣向師曰拋向金剛地上著問文殊與維摩對譚何事師曰葛巾紗帽已拈向那邊著也問如何是和尚家風師曰皺得著是好手問無煙之火是什麼人向得師曰不惜眉毛底曰和尚還向得麼師曰汝道我有多少莖眉毛在師見新到僧纔上法堂乃舉拂子却擲下其僧珍重便下去師曰作家作家問全身佩劒時如何師曰忽遇正恁麼時又作麼生僧無對師問國泰瑫和尚古人

道俱胝只念三行呪便得名超一切人作麽生與他拈却三行呪便得名超一切人國泰竪起一指師曰不因今日爭識得瓜洲客師有師叔在廨院患甚附書來問曰某甲有此大病如今正受疼痛一切處安置伊不得還有人救得麽師乃迴信曰頂門上中此金剛箭透過那邊去也有一僧曾在師法席辭去住庵一年後來禮拜曰古人道三日不相見莫作舊時看師乃露胷問曰汝道我有多少莖蓋膽毛僧無對師却問汝什麽時離庵曰今朝師曰來時折脚鐺子分付與阿誰僧又無語師乃喝出問承師有言我住明招頂興傳古佛心如何是明招頂師曰換却眼曰如何是古佛心師曰汝還氣急麽問學人拏雲攫浪上來請師展鉢師曰撥破汝頂曰也須仙陁去師乃棒趂出師別有頌示衆曰

明招一拍和人希　此是眞宗上妙機
石火瞥然何處去　朝生鳳子合應知

師住明招山四十載語句流布諸方將欲遷化上堂告衆囑付其夜展足問侍者曰昔釋迦如來展開雙足放百寶光明汝道吾今放多少侍者曰昔日鶴林今日和尚師以手拂眉曰莫孤負麽又說偈曰

驀刀叢裏逞全威　汝等應當善護持
火裏鐵牛生犢子　臨岐誰解湊吾機

偈畢安坐寂然長往今塔院存焉

衡州華光範禪師僧問靈臺不立還有出身處也無師曰有曰如何是出身處師曰出問如何是西來意師曰道問如何是佛法大意師曰驗問牛頭未見四祖時如何師曰自由

自在曰見後如何師曰自由自在問如何是佛法中事師曰了

福州羅山紹孜禪師上堂有數僧爭出問話師曰但一時出來問待老僧一時答却僧便問學人一齊問請師一齊答師曰得問學人乍入叢林祖師的的意請師直指師曰好

西川慧禪師初參羅山羅山問什麼處來師曰遠離西蜀近發開元即今事作麼生羅山揖曰喫茶去師良久無言羅山曰秋氣稍暖去羅山來日上堂師出問豁開戶牖當軒者誰羅山乃喝師良久羅山曰毛羽未備且去師因而摳衣久承印記後謁台州勝光光在繩牀上坐師直入到身邊叉手立光問什麼處來師曰猶待答話在師便下去光拈得拄杖拂子下僧堂前見師提起拂子問曰闍黎喚這箇作什麼師曰敢死喘氣光低頭歸方丈

建州白雲令弇和尚師上堂謂衆曰遣往先生門誰云對喪主珍重僧問巳事未明以何爲驗師曰木鏡照素容曰驗後如何師曰不爭多問三台有請四衆臨筵既處當仁請師一唱師曰要唱即不難曰便請師唱師曰夜靜水清魚不食滿船空載月明歸

虔州天竺義澄常眞禪師初參羅山棲泊數載後因羅山在疾師問百年後忽有人問和尚以何指示羅山乃放身便倒師從此契悟僧問如何是佛法大意師曰寒暑相催問聖皇請命大衆臨筵請師舉師曰領領曰恁麼即人天有賴也師曰汝作麼生

吉州清平惟曠眞寂禪師師上堂云不動神

情便有輸贏之意還有麼出來時有僧出禮拜師云不是作家出去僧問如何是第一句師曰要頭將取去問如何是活人劍師曰會麼曰如何是殺人刀師叱之問如何是師子兒師曰毛頭排宇宙

婺州金柱義昭照和尚僧問如何是和尚家風師曰開門作活僧云忽遇賊來又怎麼生師曰然有新到僧參師揭簾以手作除帽子勢僧擬欲近前師云賺殺人師因事而有頌曰

虎頭生角人難措　石火電光須密布
假饒烈士也應難　懞底那能解差互

潭州谷山和尚僧問省要處乞師一言師乃起去問羚羊掛角時如何師曰你向什麼處覓曰掛角後如何師曰走

湖南瀏陽道吾山從盛禪師師初住高安龍迴有僧問如何是覿面事師曰新羅國去也問如何是龍迴家風師曰縱橫射直問如何是靈源師曰嫌什麼曰近者如何師曰如人飲水問窮子投師乞師拯濟師曰莫是屈著汝麼曰爭奈窮何師曰大有人見

福州羅山義因禪師師上堂示衆曰若是宗師門下客必不怪於羅山珍重僧問承古人有言自從認得曹谿路了知生死不相關曹谿路不問如何是羅山路師展兩手僧曰恁麼即一路得通諸路亦然曰什麼諸路僧近前立師曰靈鶴煙霄外鈍鳥不離窠問承教中有言順法身萬象俱寂隨智用萬象齊生如何是萬象俱寂師曰有什麼曰如何是萬象齊生師曰繩牀倚子

灌州靈巖和尚僧問如何是道中寶師曰地傾東南天高西北曰學人不會師曰落照機前異師頌石鞏接三平曰

解擘當胷箭　因何只半人　爲從途路曉
所以不全身

吉州匡山和尚師有示徒頌曰

匡山路　匡山路　巖崖嶮峻人難措
遊人擬議隔千山　一句分明超佛祖

又有白牛頌曰

我有古壇眞白牛　父子藏來經幾秋
出門直透孤峯頂　迴來暫跨虎谿頭

福州興聖重滿禪師上堂示衆曰覿面分付不待文宣對眼投機喚作參玄上士若能如此所以宗風不墜僧問如何是宗風不墜底句師曰老僧不忍問昔曰靈山會裏今朝興聖筵中和尚親傳如何舉唱師曰欠汝一問

潭州寶應清進禪師僧問如何是實相師曰没却汝問至理無言如何通信師曰千差萬别曰得力處乞師指示師曰瞌睡漢

前安州白兆山志圓禪師法嗣

朗州大龍山智洪弘濟大師僧問如何是佛師曰即汝是曰如何領會師曰更嫌鉢盂無柄那問如何是微妙師曰風送水聲來枕畔月移山影到牀邊問如何是極則處師曰懊惱三春月不及九秋光

襄州白馬山行靄禪師僧問如何是清淨法身師曰井底蝦蟇吞却月問如何是白馬正眼師曰向南看北斗

郢州大陽山行沖禪師第一世住僧問如何是無盡藏師良久僧無語師曰近前來僧纔近前

師曰去

安州白兆山竺乾院懷楚禪師（第二世住）僧問如何是句句須行玄路師曰沿路直到湖南問如何是師子兒師曰德山嗣龍潭問如何是和尚爲人一句師曰與汝素無冤讎一句元在這裏曰未審在什麼方所師曰這鈍漢

蘄州四祖山清皎禪師福州人也姓王氏初住郢州大陽山爲第二世僧問師唱誰家曲宗風嗣阿誰師曰楷師巖畔祥雲起寶壽峯前震法雷師次住安州慧日院後遷止蘄州四祖山爲第一世年七十時遺偈云

吾年八十八　滿頭垂白髮　顒顒鎮雙峯
明明千江月　黃梅揚祖教　白兆承宗訣
日日告兒孫　勿令有斷絶

淳化四年癸巳八月二十三日入滅年八十八

蘄州三角山志操師（第三世住）僧問教法甚多宗歸一貫和尚爲什麼說得許多周遊者也師曰爲你周遊者也曰請和尚即古即今師以手敲繩牀

晉州興教師普禪師僧問盈龍宮溢海藏眞詮即不問如何是教外別傳底法師曰眼裏耳裏鼻裏曰只此便是否師曰是什麼僧咄師亦咄問僧近離什麼處曰下寨師曰還逢著賊麼曰今日捉下師曰放汝三十棒

蘄州三角山眞鑒禪師（第四世住）僧問師唱誰家曲宗風嗣阿誰師曰忽然行政令便見下堂堦

前潭州藤霞和尚法嗣

澧州藥山和尚（第七世住）師上堂謂衆曰夫學般

若菩薩不懼得失有事近前時有僧問藥山祖裔請師舉唱師曰萬機挑不出曰爲什麼萬機挑不出師曰他緣岸谷問如何是藥山家風師曰葉落不如初問法雷哮吼時如何師曰宇宙不曾震曰爲什麼不曾震師曰徧地娑婆未嘗哮吼曰不哮吼底事如何師曰蓋國無人知

前潭州雲蓋山景和尚法嗣

衡嶽南臺寺藏禪師問遠遠投師請師一接師曰不隔戶問如何是南臺境師曰松韻拂時石不點孤峯山下壘難齊曰如何是境中人師曰巖前栽野果接待往來賓曰恁麼則謝供養師曰怎生滋味問如何是法堂師曰無壁落問不顧諸緣時如何師良久

幽州潭柘水從實禪師僧問如何是道師曰箇中無紫皁曰如何是禪師曰不與白雲連師問僧作什麼來曰親近來師曰任汝白雲朝嶽頂爭奈青霄不展顔

潭州雲蓋山證覺禪師僧問如何是和尚家風師曰四海不曾通問如何是一塵含法界師曰通身體不圓曰如何是九世剎那分師曰繁興不布彩問如何是宗門中的的意師曰萬里胡僧不入波瀾

前廬山歸宗懷惲禪師法嗣

歸宗寺弘章禪師（第四世住）僧問學人有疑時如何師曰疑來多少時也問小船渡大海時如何師曰較些子曰如何得渡師曰不過來問枯木生華時如何師曰把一朵來問混然覓不得時如何師曰是什麼

前池州嵇山章禪師法嗣

隨州雙泉山道虔禪師僧問洪鐘未扣時如何師曰絕音響曰扣後如何師曰絕音響問如何是在道底人師曰無異念問如何是希有底事師曰白蓮華向半天開師後住安州法雲院示滅

前洪州雲居第四世懷岳禪師法嗣

揚州風化院令崇禪師第一世住舒州宿松人七歲出家二十登戒契緣於雲居懷岳和尚開法於信州鵝湖廬州節帥周本於維揚西南隅創院請師居之僧問如何是敵國一著棊師曰下將來問一棒打破虛空時如何師曰把將一片來

澧州藥山忠彥禪師第八世住僧問教云諸佛放光明助發實相義光明即不問如何是助發實相義師曰會麼曰莫便是否師曰是什麼問師唱誰家曲宗風嗣阿誰師曰雲嶺龍昌月神風洞上泉

梓州龍泉和尚僧問如何是祖師西來意師曰不在闍黎分上問學人欲跳萬丈洪崖時如何師曰撲殺

前筠州洞山道延禪師法嗣

筠州上藍院慶禪師初遊方問雪峯如何是雪峯的的意雪峯以杖子敲師頭師應諾峯大笑師後承洞山印解居于上藍僧問如何是上藍無刃劍師曰無僧曰為什麼無師曰闍黎諸方有

前襄州鹿門山處真禪師法嗣

益州崇真和尚僧問如何是禪師師曰澄潭釣玉兔問如何是大人相師曰泥捏三官土地堂

襄州鹿門山第二世譚和尚志行大師僧問如何是實際理地師曰南贍部洲北鬱單越曰恁麼則事同一家也師曰隔須彌在問遠遠投師請師接師曰從什麼處來曰江北來師曰南堂裏安下問如何是清淨法身師曰成亥年生

襄州谷隱智靜悟空大師僧問如何是和尚轉身處師曰卧單子下問如何是道師曰鳳林關下曰學人不會師曰直至荆南問如何是指歸之路師曰莫用伊曰還使學人到也無師曰什麼處著得汝問靈山一會何異今時師曰不異如今曰不異底事作麼生師曰如來密旨迦葉不傳

廬山佛手巖行因禪師者鴈門人也未詳姓氏早習儒學一旦捨俗出家志求眞諦乃遊方首謁襄陽鹿門山眞禪師師資道契尋抵江淮登廬山山之北有巖如五指下有石窟深邃可三丈餘師宴處其中因號佛手巖和尚不度弟子有隣庵僧爲之供侍常有異鹿錦囊鳥馴繞其側江南國主李氏嚮仰三遣使徵召不起堅請就棲賢寺開法不踰月潛歸巖室僧問如何是對現色身師竪起一指（法眼別云還有也未）一日示有微疾謂侍僧曰日將午吾去矣侍僧方對師下牀行數步屹立而化巖頂上有松一株同日枯瘁壽七十餘國主命畫工寫影備香薪焚葬收遺骨塔于巖之陰

前撫州曹山第二世慧霞禪師法嗣

嘉州東汀和尚僧問如何是却去底人師曰石女紡麻纑曰如何是却來底人師曰扇車

闕擽良計斷

前華州草菴法義禪師法嗣

泉州龜洋慧忠禪師本州僊遊縣人也姓陳氏九歲依本山出家既具戒杖錫觀方謁草菴和尚草菴問曰何方而來師曰六眸峯來草菴曰還具六通否師曰患非重瞳草菴然之師迴故山屬唐武宗廢教例爲白衣暨宣宗中興師曰古人有言上昇道士不受籙成佛沙彌不具戒法遂過中不食不宇而禪乃述偈三首曰

雪後始諳松桂別　雲收方見濟河分
不因世主教還俗　那辨雞羣與鶴羣
多年塵事謾騰騰　雖著方袍未是僧
今日修行依善慧　滿頭留髮候然燈
形容雖變道常存　混俗心源亦不昏
更讀善財巡禮偈　當時何處作沙門

師始從參禮以至返初示滅未嘗下山葬于無了和尚塔之東隅二百步目爲東塔經數載其塔忽坼裂連階丈餘時主塔僧將發之於夜宴寂中見西塔定身言曰吾之遺質既勞汝重瘞今東塔不煩更出也塔主禀乎靈感召檀信重修補嚴飾迨今香燈不絶時謂陳沈二眞身是也其無了禪師嗣馬祖事迹廣如別章

前襄州含珠山審哲禪師法嗣

洋州龍穴山和尚僧問如何是祖師西來意師曰騎虎唱巴歌問大善知識爲什麼却與土地燒錢師曰彼上人者難爲醻對

唐州大乘山和尚問枯樹逢春時如何師曰世間希有問如何是四面上事師曰升子裏

踍跳斗子内轉身

襄州鳳山延慶院歸曉慧廣大師僧問言語道斷時如何師曰兩重公案曰如何領會師曰分明舉似洞山問如何是鳳山境師曰好生看取曰如何是境中人師曰識麽

襄州含珠山眞和尚第三世住僧問師唱誰家曲宗風嗣阿誰師曰含珠峹意同道者知曰恁麽即不假羽翼便登翠嶺也師曰鈍問古鏡未磨時如何師曰昧不得曰磨後如何師曰黒似漆

前鳳翔府紫陵匡一大師法嗣

并州廣福道隱禪師僧問如何是指南一路師曰妙引靈機事澄波顯異輪問三家同到請未審赴誰家師曰月應千家水門門盡有僧

紫陵微禪師第二世住僧問如何是紫陵境師曰寂照燈光夜已深曰如何是境中人師曰猿啼虎嘯問寶劒未出匣時如何師曰盤陀石上栽松栢

興元府大浪和尚僧問既是喝河神爲什麽却被水推却師曰隨流始得妙倚岸却成迷

前洪州鳳棲山同安威禪師法嗣

陳州石鏡和尚僧問石鏡不磨還照也無師曰前生是因今生是果

前襄州石門山獻禪師法嗣

石門山乾明寺慧徹禪師第二世住問金烏出海光天地與此光陰事若何師曰龍出洞兮風雨至海嶽傾時日月明問從上諸聖向什麽處去也師曰露柱掛燈籠問師唱誰家曲宗風嗣阿誰師曰片雲生鳳嶺樵子處處明問

如何是和尚家風師曰解接無根樹能挑海底燈問如何是祖師西來意師曰少林澄九鼎動浪百華新問如何是佛法大意師曰三門外松樹子見生見長問一毫未發時如何師曰昇善不調弓箭透二江口問如何是佛師曰樵子度荒郊騎牛草不露

前襄州萬銅山廣德義和尚法嗣

襄州廣德延和尚第二世住初謁廣德義和尚作禮而問曰如何是和尚深深處曰隱身不必須巖谷闤闠堆堆覩者希師曰恁麽即酌水獻花也曰忽然雲霧靄闍黎作麽生師曰采汲不虛施曰大衆看取第二代廣德師次踵山門聚徒開法僧問如何是祖師西來意師曰魚躍無源水鶯啼萬古松問如何是常在底人師曰臘月死蛇當大路觸著傷人不奈何問如何是大通智勝佛時師曰盛夏日輪新霽後汝莫當輝瞪目觀曰如何是大通智勝佛後師曰孤輪罷照鷲峯頂汝報巴猿莫斷腸問如何是作得無間業師曰猛火然鐺煑佛喋師因事有頌曰

纔到洪山便埰根　四平八面不言論
他家自有眠雲志　蘆管橫吹宇宙分

前隨州隨城山護國守澄禪師法嗣

隨州龍居山智門寺守欽圓照大師僧問兩鏡相對爲什麽中間無像師曰自已亦須隱曰鏡破臺亡時如何師豎起拳問如何是和尚家風師曰額上不帖榜

隨城山護國知遠演化大師第二世住僧問擧子入門時如何師曰緣情體物是作麽生問乾坤休駐意宇宙不留心時如何師曰總是戰

爭收拾得却因歌舞破除休問直截根源佛所印摘葉尋枝我不能意旨如何師曰罷攀雲樹三秋果休戀碧潭孤月輪

安州大安山能和尚崇教大師僧問師唱誰家曲宗風嗣阿誰師曰打起南山鼓唱起北山歌問如何是三冬境師曰千山添翠色萬樹鎖銀華

潁州薦福院思禪師（曾住唐州天目山）僧問古殿無佛時如何師曰梵音何來又問不假修證如何得成師曰修證即不成

潭州延壽和尚僧問師唱誰家曲宗風嗣阿誰師曰煬帝以汴水爲榮老僧以書湖池畔

隨城山護國志朗圓明大師（第三世住）僧問師唱誰家曲宗風嗣阿誰師曰淨果嫡子踈山之孫問如何是萬法之根源師曰空中收不得護國不能該

前蘄州烏牙山彥賓禪師法嗣

安州大安山興古禪師僧問亡僧遷化向什麽處去也師曰昨夜三更月上峯問維摩寂默是說不是說師曰暗裏石牛兒超然不出戸

蘄州烏牙山行朗禪師僧問未作人身已前作什麽來師曰海上石牛歌三拍一條紅線掌間分問迦葉上行衣何人合得披師曰天然無相子不掛出塵衣

前鳳翔府青峯和尚法嗣

西川靈龕和尚僧問如何是諸佛出身處師曰出處非干佛春來草自青問碌碌地時如何師曰試進一步看

京兆紫閣山端巳禪師僧問四相俱盡立什

麽爲眞師曰你什麽處去來問渭水正東流時如何師曰從來無間斷

房州開山懷晝禪師僧問作何行業即得不違千聖師曰妙行無倫匹情玄體自殊問有耳不臨清水洗無心誰爲白雲幽師曰無木掛千金曰掛後如何師曰杳杳人難辨

幽州傳法和尚僧問教意與祖意是同是別師曰華開金線秀古洞白雲深問別人爲什麽徒弟多師爲什麽無徒弟師曰海島龍多隱茅茨鳳不棲

益州淨衆寺歸信禪師僧問蓮華未出水時如何師曰菡萏滿池流曰出水後如何師曰葉落不知秋問不假浮囊便登巨海時如何師曰紅觜飛超三界外綠毛也解道煎茶

青峯山清免禪師第二世住僧問久醖蒲萄酒今曰爲誰開師曰飲者方知問如何是祖師西來意師曰耨池無一滴四海自滔滔

景德傳燈録卷第二十三

音釋

筠爲贇切　璘離珍切　蘄渠之切　沕歷德切　徽許歸切　郢以井切　鄂五各切　婺亡遇切　弇姑南切　郴癡林切　諤五各切　惲紆憤切　嶼象呂切　虢郭獲切　龕枯含切　邛渠容切　楂鉏加切　甕烏貢切　怎子吽　恁麽恁汝鴆切麽莫果切　峴胡典切　撮麤括切捎取也　蝦蟇蝦胡加切蟇莫加切　髑髏髑徒谷切髏盧侯切髑髏頂骨也　肘陟柳切臂節也　謐彌畢切　稔如甚切　槌直追切　聳息拱切高聳也　嵐盧含切山氣也　鼕徒冬切鼕鼕鼓聲　踍跳踍蒲没切跳他弔切　樗蒱樗丑居切蒱薄胡切樗蒱博戲也　蕃甫煩切　輥古本切轉也　創初亮切始造也　躡尼輒切履也　濺子賤切激起也

恬(徒兼切靖也)奮迅(奮方問切迅息晉切)淦(古暗切)眨(側洽切目動也)蹈(徒到切踐也)謚(神至切誄行易名曰謚)汰(他盖切)挿鍬(挿楚洽切鍬此遙切畚鍬也)鷂趂(鷂弋照切鷙鳥也趂丑刃切逐也)齩(五巧切與咬同)莖(胡耕切)擲(直炙切拋也)廨(古隘切公舍也)疼(徒冬切痛也)拏(女加切攫也)攫(居縛切持也)拶(子葛切)瞥(普蔑切過目也)驀(莫白切)湊(倉奏切會也)摳(苦侯切挈衣也)喘(昌兗切疾息也)賺(直陷切錯也)瀏(力周切)覿(亭歷切見也)鞏(居悚切)擘(匹亦切)跨(苦化切足過也)寨(士邁切柵也)纑(龍都切布縷也)捸(郎計切正作挨)瘞(於厲切埋也)羿(研計切有窮后羿也)闤闠(闤胡關切市垣也闠胡對切市門也)踵(主勇切繼踵也)瞪(澄應切直視貌)喋(直甲切食貌)

景德傳燈録卷第二十四

宋　沙門　道原　纂

吉州青原山行思禪師第八世七十四人

漳州羅漢院桂琛禪師法嗣七人見録

金陵清涼文益禪師　襄州清谿洪進禪師

金陵清涼休復禪師　撫州龍濟紹修禪師

杭州天龍寺秀禪師　潞州延慶傳殷禪師

衡嶽南臺守安禪師

福州僊宗契符大師法嗣二人見録

福州僊宗洞明大師　泉州福清行欽禪師

杭州天龍重機大師法嗣一人見録

高麗雪嶽令光禪師

婺州國泰瑫禪師法嗣一人見録

婺州齊雲寶勝禪師

福州昇山白龍道希禪師法嗣五人見録

福州廣平玄旨禪師　福州白龍清慕禪師

福州靈峯志恩禪師　福州東禪玄亮禪師

漳州報劬玄應禪師

泉州招慶法因大師法嗣七人六人見録

泉州報恩宗顯大師　金陵龍光澄忋禪師

永興北院可休禪師　郴州太平清海禪師

連州慈雲慧深大師　郢州興陽道欽禪師

漳州保福清豁禪師一人無機緣語句不録

婺州報恩寶資禪師法嗣一人見録

處州福林澄和尚

處州翠峯從欣禪師法嗣一人見録

處州報恩守眞禪師

襄州鷲嶺明遠禪師法嗣一人見録

襄州鷲嶺第二世通和尚

杭州龍華志球禪師法嗣一人見録

仁王院俊禪師

漳州保福可儔禪師法嗣一人見録

漳州隆壽無逸禪師

潭州延壽寺慧輪禪師法嗣二人見録

廬山歸宗道詮禪師　潭州龍興裕禪師

韶州白雲祥和尚法嗣六人見録

韶州大歷和尚　連州寶華和尚

韶州月華和尚　南雄州地藏和尚

英州樂淨含匡禪師　韶州後白雲和尚

朗州德山縁密大師法嗣二人見録

潭州鹿苑文襲禪師　澧州藥山可瓊禪師

西川青城香林澄遠禪師法嗣一人見録

灌州羅漢和尚

襄州洞山守初禪師法嗣

（潭州道崧禪師一人無機縁語句不録）

鄂州黄龍晦機禪師法嗣九人（七人見録）

洛京紫蓋善沼禪師　眉州黄龍繼達禪師

棗樹第二世和尚

興元府玄都山澄和尚

嘉州黒水和尚　鄂州黄龍智顒禪師

眉州福昌達和尚

（常州慧山然和尚　洪州雙嶺悟海禪師　已上二人無機縁語句不録）

婺州明招德謙禪師法嗣六人（五人見録）

處州報恩契從禪師　婺州普照瑜和尚

婺州雙谿保初禪師　處州涌泉究和尚

衢州羅漢義和尚

（福州與聖調和尚一人無機縁語句不録）

朗州大龍山智洪禪師法嗣三人見録

大龍山景如禪師　大龍山楚勛禪師

興元府普通院從善禪師
襄州白馬行靄禪師法嗣一人見録
白馬智倫禪師
安州白兆山懷楚禪師法嗣三人一人見録
唐州保壽匡祐禪師
蘄州白南禪師
果州永慶院繼勲禪師
已上二人無機緣語句不録
襄州谷隱智靜禪師法嗣二人見録
谷隱知儼禪師
襄州普寧法顯禪師
廬山歸宗弘章禪師法嗣一人見録
東京普淨院常覺禪師
鳳翔府紫陵微禪師法嗣
鳳翔府大朗和尚
潭州新開和尚
已上二人無機緣語句不録
襄州石門山慧徹禪師法嗣二人見録
石門山紹遠禪師
郢州靈竹守珍禪師
洪州同安志和尚法嗣二人一人見録
朗州梁山緣觀禪師
陳州靈通和尚一人無機緣語句不録
襄州廣德延和尚法嗣一人見録
廣德周禪師
益州淨衆寺歸信禪師法嗣
漢州靈龕山和尚一人無機緣語句不録
隨州護國知遠禪師法嗣
東京開寶常普大師一人無機緣語句不録
吉州青原山行思禪師第八世
前漳州羅漢桂琛禪師法嗣
昇州清涼院文益禪師餘杭人也姓魯氏七歲依新定智通院全偉禪師落髮弱齡稟具於越州開元寺屬律匠希覺師盛化于明州鄮山育王寺師往預聽習究其微旨復傍探

儒典遊文雅之場覺師目爲我門之游夏也師以玄機一發雜務俱捐振錫南邁抵福州長慶法會雖緣心未息而海衆推之尋更結侶擬之湖外既行值天雨忽作溪流暴漲暫寓城西地藏院因參琛和尚琛問曰上座何往師曰邐迤行脚去曰行脚事作麽生師曰不知曰不知最親切師豁然開悟與同行進山主等四人因投誠咨決悉皆契會次第受記各鎭一方師獨於甘蔗洲卓庵因議留止進師等以江表叢林欲期歷覽命師同往至臨川州牧請住崇壽院初開堂日中坐茶筵未起四衆先圍繞法座時僧正白師曰四衆已圍繞和尚法座了師曰衆人却參眞善知識少頃陞座大衆禮請訖師謂衆人既盡在此山僧不可無言與大衆舉一古人方便珍重便下座時有僧出禮拜師曰好問著僧方申問次師曰長老未開堂不答話子方上座自長慶來師舉先長慶稜和尚偈而問曰作麽生是萬象之中獨露身子方舉拂子師曰恁麽會又爭得曰和尚尊意如何師曰喚什麽作萬象曰古人不撥萬象師曰萬象之中獨露身説什麽撥不撥子方豁然悟解述偈投誠自是諸方會下有存知解者翕然而至始則行行如也師微以激發皆漸而服膺海參之衆常不減千計師上堂大衆立久乃謂之曰只恁麽便散去還有佛法也無試説看若無又來這裏作麽若有大市裏人聚處亦有何須到這裏諸人各曾看還源觀百門義海華嚴論涅槃經諸多策子阿那箇教中有這箇時節若有試舉看莫是恁麽經裏有恁

麼語是此時節麼有什麼交涉所以微言滯於心首當爲縁慮之場實際居於目前翻爲名相之境又作麼生得翻去若也翻去又作麼生得正去還會麼莫只恁麼念策子有什麼用處僧問如何披露即得與道相應師曰汝幾時披露即與道不相應問六處不知音時如何師曰汝家眷屬一羣子師又曰作麼生會莫道恁麼來問便是不得汝道六處不知音眼處不知音耳處不知音若也根本是有爭解無得古人道離聲色著聲色離名字著名字所以無想天修得經八萬大劫一朝退墮諸事儼然蓋爲不知根本眞實次第修行三生六十劫四生一百劫如是直到三祇果滿他古人猶道不如一念縁起無生超彼三乘權學等見又道彈指圓成八萬門刹那滅却三祇劫也須體究若如此用多少氣力僧問指即不問如何是月師曰阿那箇是汝不問底指又僧問月即不問如何是指師曰月曰學人問指和尚爲什麼對月師曰爲汝問指江南國主重師之道迎入住報恩禪院署淨慧禪師師上堂謂衆曰古人道我立地待汝覰去山僧如今坐地待汝覰去還有道理也無那箇親那箇疎試裁斷看問洪鍾纔擊大衆雲臻請師如是師曰大衆會何似汝會問如何是古佛家風師曰什麼處看不足問十二時中如何行履即得與道相應師曰取舍之心成巧僞問古人傳衣當記何人師曰汝什麼處見古人傳衣問十方賢聖皆入此宗如何是此宗師曰十方賢聖皆入問如何是佛向上人師曰方便呼爲佛問聲色兩

字什麼人透得師却謂衆曰諸上座且道這箇僧還透得也未若會此問處透聲色即不難問求佛知見何路最徑師曰無過此問瑞草不凋時如何師曰謾語問大衆雲集請師頓決疑網師曰寮舍内商量茶堂内商量問雲開見日時如何師曰謾語眞箇問如何是沙門所重處師曰若有纖毫所重即不名沙門問千百億化身於中如何是清淨法身師曰總是問簇簇上來師意如何師曰是眼不是眼問全身是義請師一決師曰汝義自破問如何是古佛心師曰流出慈悲喜捨問百年暗室一燈能破如何是一燈師曰論什麼百年問如何是正眞之道師曰一願也教汝行二願也教汝行問如何是一眞之地師曰地則無一眞曰如何卓立師曰轉無交涉問如何是古佛師曰即今也無嫌處問十二時中如何行履師曰步步踏著問古鏡未開如何顯照師曰何必再三問如何是諸佛玄旨師曰是汝也有問承教有言從無住本立一切法如何是無住本師曰形興未質名起未名問亡僧衣衆僧唱祖師衣什麼人唱師曰汝唱得亡僧什麼衣問蕩子還鄉時如何師曰將什麼奉獻曰無有一物師曰日給作麼生師後遷住清涼上堂示衆曰出家人但隨時及節便得寒即寒熱即熱欲知佛性義當觀時節因緣古今方便不少不見石頭和尚因看肇論云會萬物爲已者其唯聖人乎他家便道聖人無已靡所不已有一片言語喚作參同契末上云竺土大僊心無過此語也中間也只隨時說話上座今欲會萬物爲已

去蓋爲大地無一法可見他又囑人云光陰莫虛度適來向上座道但隨時及節便得若也移時失候即是虛度光陰於非色中作色解上座於非色中作色解即是移時失候且道色作非色解還當不當上座若恁麽會便是没交涉正是癡狂兩頭走有什麽用處上座但守分隨時過好珍重問如何是清涼家風師曰汝到別處但道到清涼來問如何得諸法無當去師曰什麽法當著上座曰爭奈日夕何師曰閑言語問觀身如幻化觀内亦復然時如何師曰還得恁麽也無問要急相應唯言不二如何是不二之言師曰更添些子得麽問如何是法身師曰這箇是應身問如何是第一義師曰我向汝道是第二義師問修山主毫釐有差天地懸隔兄作麽生會修曰毫釐有差天地懸隔師曰恁麽會又爭得修曰和尚如何師曰毫釐有差天地懸隔修便禮拜東禪齊拈云山主恁麽祗對爲什麽不肯及乎再請益法眼亦只恁麽道便得去且道疑訛在什麽處若看得透道上座有來由師與悟空禪師向火拈起香匙問悟空云不得喚作香匙兄喚作什麽悟空云香匙師不肯悟空却後二十餘日方明此語東禪齊拈云叢林中總道悟空好語法眼須有此語若恁麽會還夢見也未除此外別作麽生會法眼意上座既不喚作香匙喚作什麽別下一轉子看要知上座平生眼因僧齋前上參師以手指簾時有二僧同去捲簾師曰一得一失東禪齊拈云上座且作麽生會有云爲伊不明旨便去捲簾亦有道指者即會不指而去者即失恁麽會還可不可既不許恁麽會且問上座阿那箇得阿那箇失因雲門問僧什麽處來云江西來雲門云江西一隊老宿寐語住也未僧無對僧問師不知雲門意作麽生師曰大小雲門被這僧勘破師問僧什

麼處來曰道場來師曰明合暗合僧無語師令僧取土添蓮盆僧取土到師曰橋東取橋西取曰橋東取曰是眞實是虛妄師問僧什麼處來曰報恩來師曰衆僧還安不曰安師曰喫茶去師問僧什麼處來曰泗州禮拜大聖來師曰今年出塔否曰出師却問傍僧曰汝道伊到泗洲不到師問寶資長老古人道山河無隔礙光明處處透作麼生是處處透底光資曰東畔打羅聲(歸宗柔別云和尚擬隔礙)師指竹問僧還見麼曰見師曰竹來眼裏眼到竹邊僧曰總不恁麼(法燈別云當時但擘眼向師歸宗別云和尚只是不信某甲)有俗士獻師畫障子師看了明曰汝是手巧心巧曰心巧師曰那箇是汝心俗士無對(歸宗代云某甲今日却成容易)僧問如何是第二月師曰森羅萬象曰如何是第一月師曰萬象森羅師

緣被於金陵三坐大道場朝夕演旨時諸方叢林咸遵風化異域有慕其法者涉遠而至玄沙正宗中興於江表師調機順物斥滯磨昏凡舉諸方三昧或入室呈解或叩激請益皆應病與藥隨根悟入者不可勝紀以周顯德五年戊午七月十七日示疾國主親加禮問閏月五日剃髮沐身告衆訖跏趺而逝顏貌如生壽七十有四臘五十四城下諸寺院具威儀迎引公卿李建勳已下素服奉全身於江寧縣丹陽鄉起塔謚大法眼禪師塔曰無相嗣子天台山德韶(吳越國師)文遂(江南國導師)慧炬(高麗國師)等一十四人先出世並爲王侯禮重次龍光泰欽等四十九人後開法各化一方如本章叙之後因門人行言署玄覺導師請重謚大智藏大導師三處法集及著偈頌眞

讃銘記詮注等凡數萬言學者繕寫傳布天下

襄州清谿山洪進禪師（曾住鄧州谷口）在地藏時居第一座一日有二僧禮拜地藏和尚曰俱錯二僧無語下堂請益修山主修曰汝自巍巍堂堂却禮拜擬問他人豈不是錯師聞之不肯修乃問曰未審上座作麼生師曰汝自迷暗焉可爲人修憤然上法堂請益地藏地藏指廊下曰典座入庫頭去也修乃省過又一曰師問修山主曰明知生不生性爲什麼爲生之所留修曰筍畢竟成竹去如今作篾使還得麼師曰汝向後自悟去曰紹修所見只如此上座意旨如何師曰這箇是監院房那箇是典座房修禮謝師住後有僧問衆盲摸象各說異端忽遇明眼人又作麼生師曰汝但舉似諸方師經行次衆僧隨從乃謂衆曰古人有什麼言句大家商量時有從漪上座出衆擬問次師曰這匆毛驢漪渙然省悟（漪後住天平山）

昇州清涼院休復悟空禪師北海人姓王氏幼出家十九納戒甞自謂曰苟尚能詮則爲滯筏將趣凝寂復患墮空既進退莫決捨二何之乃參尋宗匠緣會地藏和尚（法眼章述之）後繼法眼住撫州崇壽甲辰歲江南國主創清涼大道場延請居之上堂示衆曰古聖纔生下便周行七步目顧四方云天上天下唯我獨尊他便有這箇方便奇特只如諸上座初生下時有箇什麼奇特試舉看若道無即對面諱却若道有又作麼生通得箇消息還會麼上座幸然有奇特事因什麼不知去珍重

僧問如何是佛師曰汝是衆生曰還肯也無師曰虛施此問問如何是西來意師曰汝道此土還有麽問省要處乞師一言師曰珍重問如何是道師曰本來無一物何處有塵埃僧禮拜師曰莫錯會問如何是一塵入正受師曰色即空曰如何是諸塵三昧起師曰空即色問諸餘即不問如何是悟空一句師曰兩句也問牛頭未見四祖時爲什麽百鳥嘲華師曰未見四祖曰見後爲什麽不嘲華師曰見四祖問如何是自己事師曰幾處問人來問古人得箇什麽即便休歇去師曰汝得箇什麽即不休歇去問如何是學人出身處師曰千般比不得萬般況不及曰請和尚道師曰古亦有今亦有問如何是亡僧面前觸目菩提師曰問取髑髏後人問如何是諸佛本源師曰汝喚什麽作諸佛問雨華動地始起雷音未審和尚此日稱揚何事師曰向上座道什麽曰恁麽即得遇清涼也師曰實即得問毒龍奮迅萬象同然時如何師曰你什麽處得這箇問頭師平日居方丈唯毳一韈每哂同參法眼多爲偈頌晉天福八年癸卯十月朔日遣僧往報恩院命法眼禪師至方丈囑付又致書辭國主取三日夜子時入滅國主屢遣使候問令本院至時擊鍾及期大衆並集師端坐警衆曰無棄光影語絶告寂時國主聞鍾登高臺遥禮清涼深加哀慕仍致祭荼毗收舍利建塔

撫州龍濟山主紹修禪師初與大法眼禪師同參地藏所得謂已臻極暨同辭至建陽途中譚次法眼忽問曰古人道萬象之中獨露

身是撥萬象不撥萬象師曰不撥萬象法眼曰說什麼撥不撥師懵然却迴地藏地藏問曰子去未久何以却來師曰有事未決豈憚跋涉山川地藏曰汝跋涉許多山川也還不惡師未喻旨乃問曰古人道萬象之中獨露身意旨如何地藏曰汝道古人撥萬象不撥萬象師曰不撥地藏曰兩箇也師駭然沉思而却問曰未審古人撥萬象不撥萬象地藏曰汝喚什麼作萬象師方省悟再辭地藏覲于法眼法眼語意與地藏開示前後如一故法眼先住撫州崇壽大振宗風師後居龍濟山不務聚徒而學者奔至師上堂示衆曰具足凡夫法凡夫不知具足聖人法聖人不會聖人若會即是凡夫凡夫若知即是聖人此兩語一理二義若人辨得不妨於佛法中有箇入處若辨不得莫道不疑問見色便見心露柱是色如何是心師曰幸然未會且莫詐明頭問如何得出三界師曰汝恁問不妨出得三界問當陽舉唱誰是委者師曰非汝不委問如何是萬法主師曰喚什麼作萬法問教云須彌納芥子芥子納須彌如何是須彌師曰穿破汝心曰如何是芥子師曰塞却汝眼曰如何納師曰把將須彌與芥子來曰前言何在師曰前有什麼言師有時示衆曰聲色不到病在見聞言詮不及過在唇舌僧問離却聲色請和尚道師曰聲色裏問將來問如何是學人心師曰阿誰恁麼問問劫火洞然大千俱壞未審這箇還壞也無師曰不壞曰為什麼不壞師曰同於大千問如何是觸目菩提師曰特地令人愁問如何是西來意

師曰待汝問西來意我即向汝道問巨夜之中以何爲眼師曰暗問纖毫不隔爲什麼覷之不見師曰作家弄影漢問古鏡未磨時如何師曰照破天地曰磨後如何師曰黒似漆問如何是普眼師曰纖毫覷不見曰爲什麼覷不見師曰爲伊眼太大問如何是大敗壞底人師曰劫壞不曾遷曰此人還知有佛法也無師曰若知有佛法渾成顛倒曰如何得不顛倒師曰直須知有佛法曰如何是佛法師曰大敗壞問如何是學人常在底心師曰還曾問荷玉麼曰學人不會師曰不會夏末問曹山師著偈頌六十餘首及諸銘論羣經略要等並行于世

杭州天龍寺秀禪師先住歲豐師上堂謂衆曰諸上座多少無事十二時中在何世界安身立命且子細點檢看何不覓箇歇處因什麼却與別人點檢若恁麼去早落第二頭也時有僧問承師有言恁麼去早落第二頭學人總不恁麼上來師如何辨白師曰汝却作家曰恁麼即今日得遇於師也師曰汝且莫詐明頭問承古有言二人俱錯未審古人意旨如何師曰汝何人自檢責白恁麼即人天有賴也師曰汝不妨靈利本國署清慧大師

潞州延慶院傳殷禪師僧問見色便見心燈籠是色那箇是心師曰汝不會古人意曰如何是古人意師曰燈籠是心問若能轉物即同如來未審轉什麼物師曰道什麼僧擬進語師曰這漆桶

衡嶽南臺守安禪師初住江州悟空院有僧問人人盡有長安路如何得到師曰即今在

什麽處問如何是西來意師曰是什麽意問如何是本來身師曰是什麽身問寂寂無依時如何師曰寂寂底伱師因有頌曰

南臺靜坐一爐香　亘日凝然萬慮忘
不是息心除妄想　都緣無事可思量

前福州僊宗契符清法大師法嗣

福州僊宗洞明眞覺大師僧問拏雲不假風雷便濬浪如何透得身師曰何得棄本逐末

泉州福清廣法大師行欽初住雲臺院師上堂謂衆曰還有人鑿得出麽若有人鑿得是什麽湖裏破草鞋若也鑿不出落地作金聲無事久立僧問如何是佛法大意師曰諸上座大家道取問如何是譚眞逆俗師曰客作漢問什麽曰如何是順俗違眞師曰喫茶去問如何是然燈前師曰然燈後曰如何是然燈後師曰然燈前曰如何是正然燈師曰喫茶去問如何是第二月師曰汝問我答師問僧汝念什麽經曰法華經師曰彼此話墮

前杭州天龍重機大師法嗣

高麗雪嶽令光禪師僧問如何是和尚家風師曰分明記取問如何是諸法之根源師曰謝指示

前婺州國泰瑫禪師法嗣

婺州齊雲寶勝禪師僧問如何是齊雲境師曰龍潭徹底清烏龜得繼名曰莫即這箇便是麽師曰道高龍虎伏八僊連太平問如何是齊雲水師曰龍潭常徹底擬問即波瀾曰莫只這箇便是麽師曰古殿無香煙誰人辨清濁曰未審深深處如何師曰闍黎欲識深深處直須脚下絶雲生

前福州昇山白龍院道希禪師法嗣

福州廣平玄旨禪師曾住黄蘗上堂示衆曰還有人證明麽若有人證明亦免孤負上祖埋没後來若是尋言數句大藏分明若是祖宗門中怪及什麽處恁麽道亦是傍瞥之辭僧問如何是廣平境師曰地聳名山秀谿連海水清曰如何是境中人師曰汝問我答問如何是法身體師曰廓落虚空絶玷瑕曰如何是體中物師曰一輪明月散秋江曰未審體與物分不分師曰適來道什麽曰恁麽即不分也師曰穿耳胡僧笑點頭

福州昇山白龍清慕禪師僧問如何是白龍密用一機師曰汝每日用什麽曰恁麽即徒勞側聆師便喝出問一切衆生日用而不知如何是日用底師曰別祗對你爭得問不責上來聲前一句請師道師曰莫是不辨麽

福州靈峯志恩禪師僧問如何是吹毛劒師曰我進前汝退後曰恁麽即學人喪身命去也師曰不打水魚自驚問如何是佛師曰更是阿誰曰既然如此爲什麽迷妄有差殊師曰但自不亡羊何須泣岐路問如何是靈峯境師曰萬疊青山如飣出兩條緑水若圖成曰如何是境中人師曰明明密密密密明明

福州東禪玄亮禪師僧問本無迷悟爲什麽却有衆生師曰話墮問祖祖相傳傳法印師今繼嗣嗣何方師曰特謝證明曰恁麽即白龍當時親受記今日應聖度迷津師曰汝莫錯認定盤星

漳州報劬院玄應定慧禪師泉州晉江縣人也姓吴氏幼出家於本州開元寺九佛院稟

具探律乘閱大藏終秩乃之福州謁白龍希和尚印可心地却歸本州清谿會清谿長老罷唱保福庵于貴湖一見以同道相契谿命檀信於庵之西青陽山創室請師宴處二十餘載開寶三年屬泉州帥陳洪進仲子文顥任漳州刺史於水南創大禪苑曰報劬屢請師住持固辭不往師之兄仁濟爲軍校文顥因遣仁濟入山述意勤懇師不得已出山時參學四集僅千五百人隨從入院大啓法筵僧問如何是第一義師曰如何是第一義曰學人請益師何以倒問學人師曰汝適來請益什麽曰第一義師曰汝謂之倒問耶問如何是古佛道場師曰今夏堂中千五百僧陳帥以師之道德聞于太祖皇帝賜紫衣師號開寶八年將順世先七日遺書辭陳守仍示一偈曰

今年六十六　世壽有延促　無生火熾然
有爲薪不續　出谷與歸源　一時俱備足

及期日誡諸門人吾滅後不得以喪服哭泣有亂規矩言訖坐化陳守傷歎盡禮送終荼毗收靈骨於院之後山建浮圖

前泉州招慶法因大師法嗣

泉州報恩院宗顯明慧大師初住興國有僧問新豐一派興國分流祖嗣西來請師舉唱師曰也在新豐得些子問曰恁麽即法雨霶霈羣生有賴也師曰莫閑言語問昔日靈山一會迦葉親聞未審今日誰是聞者師曰却憶七葉巖中尊問昔日覺城東際象王迴旋五衆咸臻今日太守臨筵如何提接師曰眨上眉毛著曰恁麽即一機顯處萬緣喪盡師

曰何必繁辭問如何是西來意師曰日裏看鵶毛師後住報恩有僧問學人都致一問請師道師曰不是創住這箇師僧也難容問離四句絶百非請師道師曰青紅華滿庭問不涉思量處從上宗乘請師直道師良久僧曰恁麼即聽響之流徒勞側耳師曰早是粘膩問不責上來聲前一句請師直道師曰汝自何來曰恁麼即得遇明師也師曰莫閑言語問如何是人王師曰奉對不敢造次曰如何是法王師曰莫孤負好曰未審人王與法王對譚何事師曰非汝所聆

金陵龍光院澄忋禪師廣州人也姓陳氏幼出家於本州觀音院年滿納戒於韶州南華寺尋遊方抵于泉州參法因大師印悟心地後住舒州山谷寺有僧新到師問什麼處來曰江南來師曰汝還禮渡江船子麼曰和尚爲什麼教禮渡江船子師曰是汝善知識又住齊安龍光前後三處聚徒説法終于龍光

永興北院可休禪師第二世住僧問如何是西來意師曰徧滿天下僧曰莫便是麼師曰是即牢收取問大作業底人來師還接否師曰不接曰爲什麼不接師曰幸是好人家男女

郴州太平院清海禪師僧問古人道不從請益得祖師爲什麼道誰得作佛師曰悟了方知問從上宗乘次第指授未審今日如何舉唱師曰透出白雲深洞裏名花異草嶺頭生問如何是句中人師曰好辨

連州慈雲普廣大師慧深僧問國王請佛既奉法於當時我后延師蓋興宗於此日幸施方便無悋舉揚師曰不煩再問問如何是大

圓鏡師曰著問如何是向上事師曰分明聽
取
郢州興陽山道欽禪師第二世住僧問如何是興
陽境師曰松竹乍栽山影緑水流穿過院庭
中問如何是佛師曰更是什麼
前婺州報恩寳資禪師法嗣
處州福林澄和尚僧問如何是伽藍師曰勿
旛幀曰如何是伽藍中人師曰瞻禮即有分
問下堂一句請師不吝師曰閑吟唯憶龐居
士天上人間不可陪
前處州翠峯從欣禪師法嗣
處州報恩守真禪師僧問諸官已結人天會
報恩今日事如何師曰闍黎到諸方分明舉
問如何是佛法大意師曰閃爍烏飛急奔騰
兎走頻

前襄州鷲嶺明遠禪師法嗣
襄州鷲嶺通和尚第二世住僧問世尊得道地神
報虚空神和尚得道未審什麼人報師曰謝
你報來
前杭州龍華寺志球禪師法嗣
杭州仁王院俊禪師僧問承古有言向上一
路千聖不傳如何是向上不傳底事師曰向
上問將來曰恁麼即上來不當去也師曰既
知如此蹋步上來作什麼
前漳州保福院可儔禪師法嗣
漳州隆壽無逸禪師初開堂陞座良久謂衆
曰諸上座若是上根之士早已掩耳中下之
流競頭側聽雖然如此猶是不得已而言諸
上座他時後日到處有人問著今日事且作
麼生舉似他若也舉得舌頭鼓舌頭論若也

舉不得如無三寸且作麽生舉僧問絶妙宗風請師垂示師良久僧曰恁麽即頓決疑情便契心源向上宗乘如何言論師曰待汝自悟始得

前潭州延壽寺慧輪禪師法嗣

盧山歸宗第十二世道詮禪師吉州安福人也姓劉氏生惡葷血髫齓禮本州思和尚受業聞慧輪和尚化被長沙時馬氏僭竊與建康接壤師年二十五結友冒險遠來參尋後馬氏滅劉言有其地王逵復代劉言逵疑師江表諜者乃令捕執將沉于江師怡然無怖逵異之且詢輪和尚輪曰斯皆爲法忘軀之人也聞老僧虚譽故來決擇耳逵悅而釋之仍加禮重師棲泊延壽經十稔輪和尚歸寂乃迴盧山開先駐錫乾德初於山東南牛首峯下結茅爲室開寶五年洪帥林仁肇請居筠陽九峯隆濟院闡揚宗旨本國賜大沙門號僧問承聞和尚親見延壽來是否師曰山前麥熟也未問九峯山中還有佛法也無師曰有曰如何是九峯山中佛法師曰山中石頭大底大小底小尋屬江南國絶僧徒例試經業師之徒衆並習禪觀乃述一偈聞于州牧曰

比擬忘言合太虚　免教和氣有親疎
誰知道德全無用　今日爲僧貴識書

時州牧閱之與僚佐議曰梅檀林中必無雜樹唯師一院特奏免試經太平興國九年南康知軍張南金先具疏白師然集道俗迎請坐歸宗道場僧問如何是歸宗境師曰千邪不如一直問如何是佛師曰待得雪消後自

然春到來問如何是學人自己師曰牀窄先卧粥稀後坐問古人道不是風動不是旛動如何師曰來日路口有市師雍熙二年十一月二十八日中夜趺坐白衆而順寂壽五十六臘三十七荼毗舍利塔于牛首菴所師頗有歌頌流傳於世

潭州龍興裕禪師僧問如何是學人自己師曰張三李四曰比來問自己爲什麼道張三李四師曰汝且莫草草問諸餘即不問如何是和尚家風師曰家風即且置阿那箇是汝不問底諸餘

前韶州白雲祥和尚法嗣

韶州大歷和尚初參白雲白雲舉拳曰我近來不恁麼也師領旨禮拜自此入室住後僧問如何是西來意師曰破草鞋問如何是無爲師乃擺手問施主供養將何報答師以手撚髭僧曰有髭即撚無髭如何師曰非公境界師在暗室坐有僧來不審師乃與一掌僧不測

連州寶華和尚師上堂示衆曰看天看地新羅國裏和南不審日消萬兩黃金雖然如是猶是少分又曰盡十方世界是箇木羅漢旛竿頭上道將一句來又曰天上龍飛鳳走山間虎嘯猿啼拈却鼻孔道將一句來僧問如何是寶華境師曰前頭淥水後面青山僧曰不會師曰末後一句師問僧什麼處來曰大容來師曰大容近日作麼生曰近來合得一瓮醬師曰沙彌將一椀水來與這僧照影因有僧問大容云天賜六銖披掛後將何報答我皇恩大容云來披三事衲歸掛六銖衣師

聞之乃曰這老凍齈作恁麼語話大容聞令人傳語云何似奴緣不斷師曰比爲拋磚只圖引玉師見一僧從法堂堦下過師乃敲繩牀僧曰若是這箇不請拈出師喜下地問之並無詭處師乃打師有時戴冠子謂衆曰若道是俗且身披袈裟若道是僧又頭戴冠子大衆無對

韶州月華和尚初謁白雲雲問曰業箇什麼師對曰念孔雀經白雲曰好箇人家男子隨鳥雀後師聞語驚異遂依附久之乃契旨尋住月華有僧問如何是月華家風師曰若問家風即答家風曰學人問家風師曰金銅羅漢師問僧什麼處來曰大容來師曰東路來西路來曰西路來師曰還見彌陀麼僧良久禮拜師曰禮拜月華作麼師入京上堂有一官人出禮拜起低頭良久師曰擊電之機徒勞佇思有老宿入到法堂顧視東西曰好箇法堂且無主師在方丈聞之曰且坐老宿問曰玄中最的猶是龜毛兎角不向二諦中修如何容用師曰側曰恁麼則拗折拄杖割斷草鞋去也師曰細而詳之

南雄州地藏和尚上堂有僧問既是地藏地藏還來否師曰打開佛殿門裝香換水師與大容和尚在白雲開火路大容曰三道寶堦何似箇火路師曰甚麼處不是

英州樂淨含匡禪師開堂日謂衆曰摩竭提國親行此令去却擔簦請截流相見僧問如何是西來意師曰側耳無功問如何是樂淨家風師曰天地養人問如何是樂淨境師曰有功貪種竹無暇不栽松曰忽遇客來將何

供養師曰滿園秋果熟要者近前嘗問不坐菩提座直過那邊如何師曰放過問師唱誰家曲宗風嗣阿誰師曰斬新世界特地乾坤問龍門有意透者如何師曰灘下接取曰學人不會師曰喚行頭來問但得本莫愁末如何是本師曰不要問人曰如何是末師乃竪指問如何是樂淨境師曰滿月團圓菩薩面庭前欏樹夜叉頭有僧辭師問什麼處去曰大容去師曰大容若問樂淨近日有何言教汝作麼生祗對僧無語師代曰但道樂淨近日不肯大容因普請打籬次有僧問古人種種開方便門和尚爲什麼却攔截師曰牢下橛著

韶州後白雲和尚初開堂登座謂衆曰不審從上宗風不容佇思然念諸佛初心敬禮後代相承事須有方便三十年後不得埋没若是高賢上士不在其流後學初心示汝箇入路看取大衆頭上若也不會聽葛藤去也師良久又曰上至諸佛下至含識共箇眞心且阿那箇是諸人心莫是情與無情共一體麼恁麼見解何似三家村裏既如是不得又作麼生會直下會得早是自相鈍置若據祖師門下豈立這箇堦梯貶上眉毛早是蹉過何況聲前薦得句後投機會中還有知音者麼去却擔簦請截流相見時有僧禮拜師曰俊哉龍象蹴蹋潤無邊三乘五性皆惺悟僧擬再伸問師曰去問古琴絶韻請師彈師曰伯牙雖妙手時人聽者稀曰恁麼即再遇子期也師曰笑發驚絃斷寧知調不同問昔日靈山一會梵王爲主未審白雲什麼人爲主師

曰有常侍在曰恁麽即法雨霶霪羣生有賴
師曰汝莫這裏賣梔子
前朗州德山緣密大師法嗣
潭州鹿苑文襲禪師僧問遠遠投師請師接
師曰五門巷裏無消息僧良久師曰會麽曰
不會師曰長樂坡頭信不通
澧州藥山可瓊禪師第九世住後住江陵延壽僧
問請師答話師曰好曰還當得也無師曰更
問僧問曰巨嶽不曾乏寸土師今苦口爲何
人師曰延壽也要道過曰不申此問焉辨我
師師喝其僧禮拜師便打
前西川青城香林澄遠禪師法嗣
灌州羅漢和尚僧問如何是佛法大意師曰
井中紅燄日裏浮漚曰如何領會師曰遙指
扶桑曰那邊問如何是羅漢境師曰地連香
積水門對聖峯山問既是羅漢爲什麽却受
人轉動師曰換却眼睛轉却髑髏
前鄂州黃龍晦機禪師法嗣
洛京長水紫蓋善沼禪師僧問死中得活時
如何師曰抱鎌刮骨薰天地炮烈棺中求託
生問纔生便死時如何師曰賴得覺疾
眉州黃龍繼達禪師僧問如何是納師曰釘
去綫不迴曰如何是帔師曰橫鋪四世界豎
蓋一乾坤曰道滿到來時如何師曰要羮與
羮要飯與飯問黃龍出世金翅鳥滿空飛時
如何師曰問汝金翅疾還得飽也無
棗樹和尚第二世住問僧發足什麽處曰閩中師
曰俊哉曰謝師指示師曰屈哉僧鋤地次見
師乃不審師曰見阿誰了便不審曰見師不
問訊禮式不全師曰却是孤負老僧其僧歸

堂舉似第二座第一座曰和尚近日可畏爲人切師聞之乃打第一座七棒第二座曰某甲恁麼道未有過打怎麼師曰枉喫如許多年鹽醋又打七棒

興元府玄都山澄和尚僧問喜得趨方丈家風事若何師曰薰風開曉露明月正當天曰如何拯濟師曰金雞樓上一下鼓問如何是沙門行師曰一切不如

嘉州黑水和尚初參黃龍問曰雪覆蘆華時如何黃龍曰猛烈師曰不猛烈黃龍又曰猛烈師又曰不猛烈黃龍便打師因而省覺自爾契緣化行黑水

鄂州黃龍智顒禪師第三世住僧問如何是黃龍家風師曰待賓飣餖果僧問如何是諸佛之本源師曰即此一問是何源曰恁麼即諸佛無異路去也師曰延平劒已成龍去猶有刻舟求劒人

眉州昌福達和尚僧問學人來問師則對不問時師意如何師曰謝師兄指示問本來則不問如何是今日事師曰師兄這問大好曰學人不會時如何師曰讓得即得問國有寶刀誰人得見師曰師兄遠來不易曰此刀作何形狀師曰要也道不要也道曰請師道師曰難逢難遇問石牛水上臥時如何師曰異中異妄計不浮沉曰便恁麼去時如何師曰翅天日落把土成金

前婺州明招德謙禪師法嗣

處州報恩契從禪師初開堂陞座欲坐乃曰烈士鋒前還有俊鷹俊鷂兒麼放一箇出來看所以道烈士鋒前少人陪雲雷擊鼓劒輪

開誰是大雄師子種滿身鋒刃但出來時有僧始出師曰看好精彩僧擬申問師曰什麽處去也問師子未出窟時如何師曰鋒鋩難擊曰出窟後如何師曰藏身無路曰欲出不出時如何師曰命似懸絲曰向去事如何師曰拶師後住南明有僧問如何是和尚家風師曰還奈何麽問十二時中如何即是師曰金剛頂上看曰恁麽即人天有賴師曰汝又誑謼人天作麽

婺州普照瑜和尚上堂未坐謂衆曰三十年後大有人向這裏亡鋒結舌去在還會麽灼然若不是眞師子兒爭識得上來機僧問師子未出窟時如何師曰衆獸徒然曰出窟後如何師曰狐絶萬里曰欲出不出時如何曰當衝者喪問向去事如何師曰決在臨鋒師乃頌曰

決在臨鋒處　天然師子機　嚬呻出三界
非祖莫能知

婺州雙谿保初禪師示衆曰未透徹不須呈十方世界廓然明孤峯頂上通機照不用看他北斗星僧問九夏靈峯劒請師不露鋒師曰未拍金鎖前何不問僧曰千般徒設用難出髑髏前師曰背後礙殺人

處州涌泉究和尚師上堂良久曰還有虎狼禪客麽有則放出一箇來時有僧纔出師曰還知喪命處麽曰學人咨和尚師曰什麽處去也問師子未出窟時如何師曰抖呫地曰師子出窟後如何師曰蓋天蓋地曰欲出不出時如何師曰一切人辨不得問向去事如何師曰後鷂亦迷蹤

衢州羅漢義和尚上堂衆集有僧纔出禮拜師曰不是好底僧曰龍泉寶劒請師揮師曰什麽處去也曰恁麽即龍谿南面盡鋒鋩師曰收取問不落古今請師道師曰還怪得麽曰猶落古今師曰莫錯

前朗州大龍山智洪禪師法嗣

大龍山景如禪師第二世住僧問如何是佛法大意師喝僧曰尊意如何師曰會麽曰不會師又喝問太陽一顯人皆羡鼓聲纔罷意如何師曰季秋凝後好晴天

朗州大龍山楚勔禪師第四世住上堂良久曰大衆只恁麽各自散去已是重宣此義了也久立又奚爲然久立有久立底道理知了經一小劫如一食頃不知道理便見茫然還知麽有知者出來大家相共商量時有僧出展坐具曰展即徧周沙界縮即絲髮不存展即是不展即是師曰你從什麽處得來曰恁麽即展去也師曰勿交涉問如何是大龍境師曰諸方擧似人曰如何是境中人師曰你爲什麽謾我問亡僧遷化向什麽處去也師曰阿彌陀佛僧問善法堂中師子吼未審法嗣嗣何人師曰猶自恁麽問

興元府普通院從善禪師僧問法輪再轉時如何師曰助上座喜曰合譚何事師曰異人掩耳曰便恁麽領會時如何師曰錯問佩劒叩松關時如何師曰莫亂作曰誰不知有師曰出

前襄州白馬行靄禪師法嗣

襄州白馬智倫禪師僧問如何是佛師曰眞金也須失色問如何是和尚出身處師曰牛

觗牆曰學人不會意旨如何師曰已成八字

前安州白兆山第二世懷楚禪師法嗣

唐州保壽匡祐禪師僧問如何是佛法大意師曰近前來近前來僧近前師曰會麼曰不會師曰石火電光已經塵劫僧問如何是爲人底一句師曰開口入耳僧曰如何理會師曰逢人告人

前襄州谷隱智靜禪師法嗣

谷隱知儼禪師登州人也受業於本州鵲山得法於前谷隱智靜禪師繼踵住持玄侶臻萃僧問師唱誰家曲宗風嗣阿誰師曰白雲南傘蓋北問如何是迦葉親聞底事師曰速須作却問如何是諸佛照不著處師曰問這山鬼窟作麼曰照著後如何師曰咄精怪問千山萬水如何登涉師曰舉步便千里萬里曰不舉步時如何師曰亦千里萬里

襄州普寧院法顯禪師僧問曩劫共住爲什麼不識親踈師曰誰曰更待某甲道師曰將謂不須話問萬水千山如何登涉師曰青霄無間路到者不迷機

前廬山歸宗第四世住弘章禪師法嗣

東京普淨院常覺禪師者陳留人也姓李氏幼習儒學絶無干禄之意志樂山水頗以遊覽爲務至廬山歸宗禪師會下聞法省悟遂求出家未幾歸宗將順寂命師撫之曰汝於法有縁他後濟衆人莫測其量也仍以披剃事囑諸門人訖然後示滅師至唐乾化二年落髪明年納戒於東林寺甘露壇尋遊五臺山還上都於麗景門外獨居二載間有北隣信士張生者請師供養張素探玄理因叩師

垂誨師乃隨宜開誘張生於言下發悟遂設榻留宿至深夜與妻竊窺之見師體徧一榻頭足俱出及令婢僕視之即如常張生倍加欽慕曰弟子夫婦垂老今願割宅之前堂以裨丈室師欣然受之至後唐天成三年遂成大院賜額曰普淨師以時機淺昧難任極旨苟啓之非器令彼招謗讟之咎我寧不務開法每月三八施俗僧道萬計師常謂諸徒曰但得慧門無壅則福何滯哉一日給事中陶穀入院致禮而問曰經云離一切相則名諸佛今目前諸相紛然如何離得師曰給事見箇什麽陶欣然仰重自是王公大人屢薦章服師號皆却而不受以開寶四年十二月二日示疾十一日告衆囑付訖右脇而化壽七十有六臘五十有六今法嗣繼世住持彌盛

前襄州石門山第三世慧徹禪師法嗣

石門山紹遠禪師第四世住僧問師唱誰家曲宗風嗣阿誰師曰十方無異類揭覺鳳林前問先師歸於鴈塔當仁一句請師垂示師曰脩羅掌內擎日月夜叉足下蹋泥龍問金龍不吐凡間霧請師舉唱鳳凰機師曰白眉不展手長安路坦平問如何是西來意師曰布袋盛烏龜問如何是石門境師曰孤峯對鳳嶺曰如何是境中人師曰巖中殘雪處處分輝問如何是和尚家風師曰滴瀝非旨趣千山不露身問如何是古佛心師曰白牛露地卧清谿問生死之河如何過得師曰風吹荷葉浮萍草問如何是三乘教外別傳一句師曰羊頭車子入長安問生死浪前如何話道師曰毛袋横身絶飲啄青谿常卧太陽春問如

何是道師曰山深水冷曰如何是道中人師曰金槌擊金鼓問天陰日不出光輝何處去師曰鐵蛇橫大路通身黑似煙

鄂州靈竹守珍禪師僧問如何是西來意師曰錫帶胡中土瓶添漢地泉問迷悟不入諸境時如何師曰境從何來曰恁麽即入諸境去也師曰龍頭蛇尾漢

前洪州同安志和尚法嗣

朗州梁山緣觀禪師僧問如何是和尚家風師曰資楊水急魚行澁白鹿松高鳥泊難問大衆雲集白鹿一句請師闡揚師曰近日居何國土又曰梁山高掛秦時鏡光壽門風不假燈問師唱誰家曲宗風嗣阿誰師曰龍生龍子鳳生鳳兒問如何是西來意師曰葱嶺不傳唐土信胡人謾説太平歌問如何是從上傳來底事師曰渡水胡僧無膝袴背駝梵夾不持經問如何是正法眼師曰南華裏曰爲什麽在南華裏師曰爲汝問正法眼問如何是衲衣下事師曰密有端長老訪師晤坐譚話時有僧問二尊不並化爲什麽兩人居方丈師曰一亦非師有頌曰

梁山一曲歌　格外人難和　十載訪知音

未嘗逢一箇

又頌曰

紅餤藏吾身　何須塔廟新　有人相肯重

灰裏邈全真

前襄州廣德第二世延和尚法嗣

襄州廣德周禪師僧問見話不學時如何師曰徧界沒聾人誰是知音者曰如何是知音者師曰斷絃續不得歷劫響泠泠僧問承教

有言阿逸多不斷煩惱不修禪定佛記此人成佛無疑此理如何師曰鹽又盡炭又無曰鹽盡炭無時如何師曰愁人莫向愁人道向道愁人愁殺人

景德傳燈録卷第二十四

音釋

忛公在胡改二切 勛許云切 鄖莫候切 邐迤邐力紙切迤演爾切還迤連接也 翕許汲切合也 氂呂支切十毫爲氂 寱魚祭切睡中有言也 憤房吻切懣也 猗於其切 韈望發切足衣也 哂式忍切笑也 覰七慮切伺視也 濬私閏切深也 飣丁定切飣餖也 霶霈霶普郎切霈徒何切霶霈大雨貌 鵶赤脂切與鴟同 粘膩粘女廉切相著也膩女利切肥膩也 幀豬孟切畫繒也 閃爍閃失冉切爍書藥切 葷許云切辛菜也 髫齔髫徒聊切垂髮也齔初覲切毀齒也 諜徒頰切諜者令謂之細作 窄側革切狹也 撚髭撚乃殄切以指搣物曰撚髭即移切口上須也 齈奴冬切 拋塼拋匹交切擲也塼職緣切甓也 佇直呂切久立也 拗於絞切拉折也 擔簦擔丁含切負也簦都滕切笠有柄者 椶子紅切椶櫚木名 梔章移切梔子黃實可染也 鐮力鹽切鍥也 刮古滑切削也 炮蒲交切多 帔披義切帬帔也 誑諕誑古況切欺也諕虛訝切嚇也 呴許后切厚怒聲 觝都禮切觸也 窺缺規切小視也 裨賓眉切接益也 謗讟讟徒谷切痛怨也

景德傳燈録卷第二十五

宋　沙　門　道　原　纂

吉州青原山行思禪師第九世上

青原行思禪師第九世上

金陵清涼文益禪師法嗣

天台山德韶國師處州龍泉人也俗姓陳氏母葉氏夢白光觸體因而有娠及誕尤多奇異年十五有梵僧勉令出家十七依本州龍歸寺受業十八納戒於信州開元寺後唐同光中遊方詣投子山見大同禪師乃發心之始次謁龍牙遁和尚問雄雄之尊爲什麽近

之不得龍牙曰如火與火曰忽遇水來又作麼生龍牙曰汝不會師又問天不蓋地不載此理如何龍牙曰合如是師不喻旨再請垂誨龍牙曰道者汝向後自會去次問踈山曰百帀千重是何人境界踈山曰左搓芒繩縛鬼子師進曰不落古今請師說曰不說師曰爲什麼不說曰箇中不辨有無師曰師今善說踈山駭之師如是歷參五十四善知識皆法縁未契最後至臨川謁淨慧禪師淨慧一見深器之師以徧涉叢林亦倦於參問但隨衆而已一日淨慧上堂有僧問如何是曹源一滴水淨慧曰是曹源一滴水僧惘然而退師於座側豁然開悟平生凝滯渙若氷釋遂以所悟聞于淨慧淨慧曰汝向後當爲國王所師致祖道光大吾不如也自是諸方異唱古今玄鍵與之決擇不留微迹尋迴本道遊天台山覩智者顗禪師遺蹤有若舊居師復與智者同姓時謂之後身也初止白沙時吳越忠懿王以國王子刺台州嚮師之名延請問道師謂曰他日爲霸主無忘佛恩漢乾祐元年戊申王嗣國位遣使迎之申弟子之禮有傳天台智者教義寂者屢言于師曰智者之教年祀寖遠慮多散落今新羅國其本甚備自非和尚慈力其孰能致之乎師於是聞于忠懿王王遣使及齎師之書往彼國繕寫備足而迴迄今盛行于世矣師上堂曰古聖方便猶如河沙祖師道非風旛動仁者心動斯乃無上心印法門我輩是祖師門下客合作麼生會祖師意莫道風旛不動汝心妄動莫道不撥風旛就風旛通取莫道風旛動處

是什麼有云附物明心不須認物有云色即是空有云非風旛動應須妙會如是解會與祖師意旨有何交涉既不許如是會諸上座便合知悉若於這裏徹底悟去何法門而不明百千諸佛方便一時洞了更有甚麼疑情所以古人道一了千明一迷萬惑上座豈是今日會得一則明日又不會也莫是有一分向上事難會有一分下劣凡夫不會如此見解設經塵劫只自勞神乏思無有是處僧問諸法寂滅相不可以言宣和尚如何爲人師曰汝到諸方更問一徧曰恁麼即絕於言句去也師曰夢裏惺惺問櫓棹俱停如何得到彼岸師曰慶汝平生問如何是三種病人師曰恰問著問如何是古佛心師曰此問不弱問如何是六相師曰即汝是問如何是方便師曰此問甚當問亡僧遷化向什麼處去也師曰終不向汝道曰爲什麼不向某甲道師曰恐汝不會問一華開五葉結果自然成如何是一華開五葉師曰日出月明曰如何是結果自然成師曰天地皎然問如何是無憂佛師曰愁殺人問一切山河大地從何而起師曰此問從何而來問如何是數起底心師曰爭諱得問如何是第二月師曰來處甚分明曰爲什麼不會師曰喚什麼作第二月問如何是沙門眼師曰黑如漆問絕消息時如何師曰謝指示問如何是轉物即同如來師曰汝喚什麼作物曰恁麼即同如來也師曰莫作野干鳴問那吒太子析肉還母析骨還父然後於蓮華上爲父母說法未審如何是太子身師曰大家見上座問曰恁麼即大千

同一眞如性也師曰依稀似曲纔堪聽又被風吹別調中問六根俱泯爲什麼理事不明師曰何處不明曰恁麼即理事俱如也師曰前言何在師有時謂衆曰大凡言句應須絶滲漏始得時有僧問如何是絶滲漏底句師曰汝口似鼻孔問如何是不證一法師曰待言語在曰如何是證諸法師曰醉作麼師有時謂衆曰只如山僧恁麼對他諸上座作麼生體會莫是眞實相爲麼莫是正恁麼時無一法可證麼莫是識伊來處麼莫是全體顯露麼莫錯會好如此見解喚作依草附木與佛法天地懸隔假饒答話簡辯如懸河只成得箇顚倒知見若只貴答話簡辯有什麼難但恐無益於人翻成賺悞如上座從前所學簡辯問答記持說道理極多爲什麼心疑不息聞古聖方便特地不會只爲多虛少實上座不如從脚跟下一時覷破看是什麼道理有多少法門與上座作疑求解始知從前所學底事只是生死根源陰界裏活計所以古人道見聞不脫如水裏月無事珍重師有偈示衆曰

通玄峯頂　不是人間　心外無法　滿目青山

師後於般若寺開堂說法十二會第一會師初開堂曰示衆云一毛吞海海性無虧纖芥投鋒鋒利無動見與不見會與不會惟我知焉乃有頌曰

暫下高峯已顯揚　般若圓通徧十方
人天浩浩無差別　法界縱橫處處彰

珍重師陞堂曰有僧問承古有言若人見般若即被般若縛若人不見般若亦被般若縛

既見般若爲什麽却被縛師云你道般若見什麽學云不見般若爲什麽却被縛師云你道般若什麽處不見又云若見般若不名般若不見般若亦不名般若般若且作麽生説見不見所以古人道若欠一法不成法身若剩一法不成法身若有一法不成法身若無一法不成法身此是般若之眞宗諸上座入僧問乍離凝峯丈室來坐般若道場今日家風請師一句師云虧汝什麽處學云恁麽即雷音震動乾坤地人人無不盡霑恩師云幸然未會且莫探頭探頭即不中諸上座相共證明令法久住國土安樂珍重第二會師上堂有僧問承教有言歸源性無二方便有多門如何是歸源性師云你問我答學云如何是方便門師云你答我問學云如何趣向師云顛倒作麽又僧問一身即無量身無量身即一身如何是無量身師云一身學云恁麽即昔日靈山今來親覩師云理當即行又云三世諸佛一時證明上座上座且作麽生會若會時不遷無絲毫可得移易何以故爲過去未來現在三際是上座上座且非三際澤霖大海滴滴皆滿一塵空性法界全收珍重第三會師上堂有僧問四衆雲集人天恭敬目覩尊顔願宣般若師云分明記取學云師宣妙法國王萬歲人民安樂師云誰向你道學云法爾如然師云你靈利又僧問三世諸佛不知有狸奴白牯却知有既是三世諸佛爲什麽却不知有師云却是你知有學云狸奴白牯爲什麽却知有師云你什麽處見三世諸佛又僧問承教有言眼不見色塵意不

知諸法如何是眼不見色塵師云却是耳見學云如何是意不知諸法師云眼知學云恁麽即見聞路絶聲色喧然師云誰向你道又云夫一切問答如針鋒相投無纖毫參差相事無不通理無不備良由一切言語一切三昧横竪深淺隱顯去來是諸佛實相門只據如今一時驗取珍重第四會師上堂舉古人云如何是禪三界綿綿如何是道十方浩浩因什麽道三界綿綿何處是十方浩浩底道理要會麽塞却眼塞却耳塞却舌身意無空闕處無轉動處上座作麽生會横亦不得竪亦不得縱亦不得奪亦不得無用心處亦無施設處若如是會得始會法門絶擇一切言語絶滲漏曾有僧問作麽生是絶滲漏底語向他道口似鼻孔甚好上座如此會自然不

通風去如識得盡十方世界是金剛眼睛無事珍重第五會師上堂有僧問云天下太平大王長壽如何是王師云日曉月明學云如何領會師云誰是學人又云天下太平大王長壽國土豐樂無諸患難此是佛語古不易今不遷一言可以定古定今會取好諸上座又僧問承古有言有物先天地無形本寂寥如何是有物先天地師云非同合學云如何是無形本寂寥師云誰問先天地學云恁麽即隨静林間獨自遊師云亂道作麽又云佛法不是這箇道理要會麽言發非聲色前不物始會天下太平大王長壽久立珍重第六會師上堂示衆云佛法現成一切具足古人道圓同太虚無欠無餘若如是且誰欠誰剩誰是誰非誰是會者誰是不會者所以道東

去亦是上座西去亦是上座南去亦是上座北去亦是上座上座因什麽得成東西南北若會得自然見聞覺知路絶一切諸法現前何故如此爲法身無相觸目皆形般若無知對緣而照一時徹底會取好諸上座出家兒合作麽生此是本有之理未爲分外識心達本源故名爲沙門若識心皎皎地實無絲毫障礙上座久立珍重第七會師上堂有僧問欲入無爲海先乘般若船如何是般若船師云常無所住曰如何是無爲海師云且會般若船又僧問古德云登天不借梯徧地無行路如何是登天不假梯師云不遺絲髮地學云如何是徧地無行路師云適來向你道什麽師又云百千三昧門百千神通門百千妙用門盡不出得般若海中何以故爲於無住本建立諸法所以道生滅去來邪正動靜千變萬化是諸佛大定門無過於此諸上座大家究取増於佛法壽命珍重第八會師上堂有僧問世尊有正法眼付囑摩訶迦葉只如迦葉在賓鉢羅窟未審付囑何人師云教我向誰説學云恁麽即靈山付囑不異今日師云你什麽處見靈山又僧問淨慧寶印和尚昔日迦葉親傳未審今日一會當付何人師云鼕鼕鼓一頭打兩頭鳴學云恁麽即千聖同儔古今不異師云禪河浪靜尋水迷源又僧清邁云帝王請命師赴王恩般若會中請師舉唱師云分明記取學云恁麽即雲臺寶網同演妙音師云清邁何在學云法王法如是師云阿誰證明又云靈山付囑分明諸上座一時驗取若驗得更無別理只是如今譬

如太虛日明雲暗山河大地一切有爲世界悉皆明現乃至無爲亦復如是世尊付囑迄至于今並無絲毫差别更付阿誰所以祖師道心自本來心本心非有法法有本心非心非本法此是靈山付囑榜樣諸上座徹底會取好莫虛度時光國王恩難報諸佛恩難報父母師長恩難報十方施主恩難報況建置如是次第佛法興隆若非國王恩力焉得如此若要報恩應須明徹道眼入般若性海始得久立珍重第九會師上堂有僧問承先德云人空法亦空二相本來同如何是二相本來同師云山河大地學云不會乞師方便師云什麼處是不方便處又僧問承教有言心清淨故法界清淨如何是清淨心師云迦陵頻伽共命之鳥學云心與法界是一是二師云你自問别人問師又云大道廓然詎齊今古無名無相是法是修良由法界無邊心亦無際無事不彰無言不顯如是會得喚作般若現前理極同眞際一切山河大地森羅萬象墻壁瓦礫並無絲毫可得虧闕無事久立珍重第十會師上堂有僧問承師有言九天擎玉印七佛兆前心如何是印師云不露文曰如何是心師云你名安嗣又云法界性海如函如蓋如鉤如鎖如金與金色位位皆齊無纖毫參差不相混濫非一非異非同非别若歸實地去法法皆到底不是上來問箇如何若何便是不問時便非在長連牀上坐時是有不坐時是無只如諸方老宿言教在世如恒河沙如來一大藏經卷卷皆說佛理句句盡言佛心因什麼得不會去若一向織

絡言教意識解會饒上座經塵沙劫亦不能得徹此喚作顛倒知見識心活計並無得力處此蓋爲脚根下不明若究盡諸佛法源河沙大藏一時現前不欠絲毫不剩絲毫諸佛時常出世時常說法度人未曾間歇乃至猿啼鳥呌草木叢林常助上座發機未有一時不爲上座有如是奇特處可惜許諸上座大家究取令法久住世間增益人天壽命國王安樂無事久立珍重第十一會師上堂舉古人云吾有一言天上人間若人不會緑水青山且作麽生是一言底道理古人語須是曉達始得若是將言而名於言未有箇會處良由究盡諸法根蔕始會一言不是一言半句思量解會喚作一言若會言語道斷心行處滅始到古人境界亦不是閉目藏睛暗覯無所見喚作言語道斷且莫賺會佛法不是這箇道理要會麽假饒經塵沙劫說亦未曾有半句到諸上座經塵沙劫不說亦未曾欠少半句應須徹底會去始得若如是斟酌名言空勞心力並無用處與諸上座共相證明後學初心速須究取久立珍重第十二會師上堂有僧問髑髏常干世界鼻孔摩觸家風如何是髑髏常干世界師云更待答話在學云如何是鼻孔摩觸家風師云時復舉一徧又僧問一人執炬自盡其身一人抱冰橫屍於路此二人阿誰辨道師云不遺者學云不會乞師指示師云你名敬新學云未審還有人證明也無師云有學云什麽人證明師云敬新證明又僧問牛頭未見四祖時如何師云異境靈蹤覯者皆羡僧又云見後如何師云

適來向你道什麽又僧問承古有言敲打虛空鳴轂轂石人木人齊應諾六月降雪落紛紛此是如來大圓覺如何是敲打虛空底師云崑崙奴著鐵袴打一棒行一步學云恁麽即石人木人齊應諾也師云你還聞麽又云諸佛法門時常如是譬如大海千波萬浪未曾暫住未嘗暫有未嘗暫無浩浩地光明自在宗三世於毛端圓古今於一念應須徹底明達始得不是問一則語記一轉話巧作道理風雲水月四六八對便當佛法莫自賺諸上座究竟無益若徹底會去實無可隱藏無剎不彰無塵不現直下凡夫位齊諸佛不用纖毫氣力一時會取好無事久立珍重開寶四年辛未華頂西峯忽摧聲震一山師曰吾非久矣明年六月大星隕于峯頂林木變白師乃示疾於蓮華峯參問如常二十八日集衆言别跏趺而逝壽八十二臘六十五

杭州報恩寺慧明禪師姓蔣氏幼出家三學精練志探玄旨乃南遊於閩越間歷諸禪會莫契本心後至臨川謁淨慧禪師師資道合尋迴鄞水大梅山庵居時吳越部内禪學者雖盛而以玄沙正宗置之閒外師欲整而導之一日有二禪客到師問曰上座離什麽處曰都城師曰上座離都城到此山則都城少上座此山剩上座剩則心外有法少則心法不周說得道理即住不會即去其二禪客不能對新到僧問如何是大梅主師曰闍黎今日離什麽處僧無對師尋遷於天台山白沙卓庵時有朋彥上座博學强記來訪師敵論宗乘師曰言多去道遠矣今有事借問只如

從上諸聖及諸先德還有不悟者也無朋彥曰若是諸聖先德豈不有悟者哉師曰一人發眞歸源十方虛空悉皆消殞今天台山嶷然如何得消殞去朋彥不知所措自是他宗泛學來者皆服膺矣漢乾祐中吳越忠懿王延入王府問法命住資崇院師盛談玄沙宗一大師及地藏法眼宗旨臻極王因命翠巖令參等諸禪匠及城下名公定其勝負天龍禪師問曰一切諸佛及諸佛皆從此經出未審此經從何而出師曰道什麼天龍方再問師曰過也資嚴長老問如何是現在三昧師曰還聞麼曰某甲不患聾師曰果然患聾師舉雪峯塔銘問老宿云夫從緣有者始終而成壞非從緣有者歷劫而長堅堅之與壞即且置雪峯即今在什麼處（法眼別云即今是成是壞）衆皆無對設有對者亦不能當其徵詰時羣彥彌伏王大悅命師居之署圓通普照禪師師上堂謂衆曰諸人還委得麼莫道語默動靜無非佛事好且莫錯會僧問如何是祖師西來意師曰汝還見香臺麼曰某甲未會乞師指示師曰香臺也不識問離却目前機如何是西來意師曰汝何不問曰恁麼即委是去也師曰也是虛施問如何是佛法大意師曰我見燈明佛本光瑞如此問如何是學人自己師曰特地申問是什麼意問如何是西來意師曰十萬八千眞跋涉直下西來不到東問如何是第二月師曰捏目看花花數朶見精明樹幾枝枝

漳州羅漢宣法大師智依師上堂曰盡十方世界無一微塵許法與汝作見聞覺知還信

麽然雖如此也須悟始得莫將爲等閑不見道單明自巳不悟目前此人只具一隻眼還會麽僧問纖塵不立爲什麽好醜現前師曰分明記取别處問人問大衆雲集誰是得者師曰還曾失麽問如何是佛師曰汝是行脚僧問如何是寶壽家風師曰一任觀看曰恁麽即大衆有賴師曰汝作麽生曰終不敢謾大衆師曰嫌少作麽師問僧受業在什麽處曰在佛迹師曰佛在什麽處曰什麽處不是師舉起拳曰作麽生曰和尚收取曰放闍黎七棒師問僧今夏在什麽處曰在無言上座處師曰還曾問訊他否曰也曾問訊師曰無言作麽生問得曰若得無言什麽處不問得師喝之曰恰似問老兄師與彦端長老喫餅餤端曰百種千般其體不二師曰作麽生是不二體端拈起餅餤師曰只者百種千般端曰也是和尚見處師曰汝也是羅公詠梳頭樣師將示滅乃謂衆曰今晚四大不和暢雲騰鳥飛風動塵起浩浩地還有人治得麽若治得永劫不相識若治不得時時常見我言訖告寂

金陵鍾山章義禪師道欽太原人也初住廬山棲賢師上堂曰道遠乎哉觸事而眞聖遠乎哉體之則神我尋常示汝何不向衣鉢下坐地直下參取須要上來討箇什麽既上來我即事不獲巳便舉古德少許方便抖擻些子龜毛兎角解落諸上座欲得省要麽僧堂裏三門下寮舍裏參取好還有會處也未若有會處試説看與上座證明僧問如何是棲賢境師曰有什麽境問古人拈椎竪拂還當

宗乘中事也無師曰古人道了也問學人創入叢林乞和尚指示師曰一手指天一手指地江南國主請師居章義道場示衆曰總來這裏立作什麼善知識如河沙數常與汝爲伴行住坐卧不相捨離但長連牀上穩坐地十方善知識自來參上座何不信取作得如許多難易他古聖嗟見今時人不奈何了乃曰傷夫人情之惑久矣目對眞而莫覺此乃嗟汝諸人看却不知且道看却什麼不知何不體察古人方便只爲信之不及致得如此諸上座但於佛法中留心無不得者無事體道去僧問如何是西來意師曰不東不西問百年暗室一燈能破時如何師曰莫謾語問佛法還受變異也無師曰上座是僧問大衆雲集請師舉揚宗旨師曰久矣問如何是玄旨師曰玄有什麼旨

金陵報恩匡逸禪師明州人也初住潤州慈雲江南國主請居上院署凝密禪師一日上堂衆集師顧視大衆曰依而行之即無累矣還信麼如太陽赫奕皎然地更莫思量思量不及設爾思量得及喚作分限智慧不見先德云人無心合道道無心合人人道既合是名無事人且自何而凡自何而聖此若未會也只爲迷情所覆便去不得迷時即有質礙爲對爲待種種不同忽然惺去亦無所得譬如演若達多認影爲頭豈不是擔頭覓頭然正迷之時頭且不失及乎悟去亦不爲得何以故人迷謂之失人悟謂之得得失在於人何關於動靜僧問諸佛說法普潤羣機和尚說法什麼人得聞師曰只有汝不聞問如何

是報恩一句師曰道不是得麽問十二時中思量不到處如何行履師曰汝如今在什麽處問祖師西來如何舉唱師曰不違所請問如何是一句師曰我答爭似汝舉問佛爲一大事因緣出世未審和尚出世如何師曰恰好曰恁麽即大衆有賴師曰莫錯會

金陵報慈道場文遂導師杭州人也姓陸氏乳抱中父母徙家于宣城纔卝歲挺然好學乃禮池州僧正落髮登戒年十六觀方禪教俱習嘗究首楞嚴經十軸甄分眞妄緣起本末精博於是節科注釋文句交絡厥功既就謁于淨慧禪師述已所業深符經旨淨慧問曰楞嚴豈不是有八還義師曰是曰明還什麽師曰明還日輪曰日還什麽師懵然無對淨慧誡令焚其所注之文師自此服膺請益始忘知解初住吉州止觀乾德二年國主延入居長慶次清涼次報慈大道場署雷音覺海大導師禮待異乎他等師上堂謂衆曰天人羣生類皆承此恩力威權三界德被四生共禀靈光咸稱妙義十方諸佛常頂戴汝誰敢是非及乎向這裏喚作開方便門對根設教便有如此如彼流出無窮若能依而奉行有何不可所以清涼先師道佛即是無事人且如今覓箇無事人也不可得僧問崇壽佛法付囑止觀止觀佛法付囑何人師曰汝試舉崇壽佛法看問巔山巖崖還有佛法也無師曰汝喚什麽作巔山巖崖問如何是道師曰妄想顛倒師謂衆曰老僧平生百無所解日日一般雖住此間隨緣任運今日諸上座與本無異僧問如何是無異底事師曰千差

萬别僧再問師曰止止不須説且會取千差萬别問如何是和尚家風師曰方丈板門扇問如何是無相道場師曰四郎五郎廟問如何是吹毛劒師曰簳麵杖問如何是正直一路師曰遠遠近近曰便恁麼去時如何師曰咄哉癡人此是險路師問僧從什麼處來曰撫州曹山來師曰幾程到此曰七程師曰行却許多山林谿澗何者是汝自已曰總是師曰衆生顛倒認物爲已曰如何是學人自已師曰總是師又曰諸上座各在止觀經冬過夏還有人悟自已也無止觀與汝證明令汝眞見不被邪魔所惑問如何是學人自已師曰好箇師僧眼目甚分明

漳州羅漢院守仁禪師泉州永春人也初參淨慧後迴故郡止東安興教寺上方院示衆曰只據如今誰欠誰剩然雖如此猶是第二義門上座若明達得去也且是一是二更須仔細看僧問如何是祖師西來的的意師曰即今是什麼意問如何是涅槃師曰生死曰如何是生死師曰適來道什麼僧衆晚參師謂衆曰物物本來無處所一輪明月印心池便歸方丈師次住漳州報恩院謂衆曰報恩這裏不曾與人揀話今日與諸上座揀一兩則話還願樂麼諸上座鶴脛長鳧脛短甘草甜黄蘗苦恁麼揀辨還愜雅意麼諸上座莫道血脉不通泥水有隔好且莫錯會珍重僧問如何是西來意師曰喚什麼作西來意曰恁麼即無西來也師曰由汝口頭道問如何是報恩家風師曰無汝著眼處問學人未委稟承請師方便師曰莫相孤負麼曰恁麼即

有師資之分也師曰叢林見多問如何是佛法大意師曰向汝道什麽問如何是無生之相師曰捨身受身曰恁麽即生死無過也師曰料汝恁麽會師又曰人人皆備理一一盡圓常問如何是圓常之理師曰無事不參差曰恁麽即縱横法界也師曰巧道有何難問如何是不到三寸師曰汝問我答師問僧什麽處來曰福州來師曰跋涉如許多山嶺阿那箇是上座自已曰某甲親離福州師曰恁麽商量别有商量曰更作麽生商量師曰汝話墮也問不昧緣塵請師一接師曰喚什麽作緣塵僧曰若不伸問焉息疑情師曰若不是今日便作官方

杭州永明寺道潛禪師河中府人也姓武氏初詣臨川謁淨慧禪師一見異之便容入室一日淨慧問曰子於參請外看什麽經師曰看華嚴經淨慧曰總别同異成壞六相是何門攝屬師對曰文在十地品中據理則世出世間一切法皆具六相曰空還具六相也無師懵然無對淨慧曰子却問吾師乃問曰空還具六相也無淨慧曰空師於是開悟踊躍禮謝淨慧曰子作麽生會師曰空淨慧然之異日因四衆士女入院淨慧問師曰律中道隔壁聞釵釧聲即名破戒見覩金銀合雜朱紫駢闐是破戒不是破戒師曰好箇入路淨慧曰子向後有五百毳徒而爲王侯所重在師尋禮辭駐錫於衢州古寺閱大藏經而已後忠懿王錢氏命入府受菩薩戒署慈化定慧禪師建大伽藍號慧日永明請居之師曰欲請塔下羅漢銅像過新寺供養王曰善矣

予昨夜夢十六尊者乞隨禪師入寺何昭應之若是仍於師號加應眞二字師坐永明大道場常五百衆師上堂謂衆曰佛法顯然因什麼却不會去諸上座欲會佛法但問取張三李四欲會世法則參取古佛叢林無事久立僧問如何是永明的的意師曰今日十五明朝十六曰覽師的的意師曰何處覽問如何是永明家風師曰早被上座答了也問三種病人如何接師曰汝是聾人曰請師方便師曰是方便問牛頭未見四祖時爲什麼百鳥啣華師曰見東見西曰見後爲什麼不啣華師曰見南見北曰昔日作麼生師曰且會今日問如何是第二月師曰月問如何是覿面事師曰背後是什麼問文殊仗劒擬殺何人師曰止止曰如何是劒師曰眼是問諸餘即不問向上宗乘亦且置請師不答師曰好箇師僧子曰恁麼即禮拜去也師曰不要三拜盡汝一生去一日大衆參師指香鑪曰汝諸人還見麼若見一時禮拜各自歸堂僧問至道無言借言顯道如何是顯道之言師曰切忌揀擇問如何是慧日祥光師曰此去報慈不遠曰恁麼即親蒙照燭也師曰且喜沒交涉

撫州黃山良匡禪師吉州人也上堂謂衆曰高山頂上空蔬飯無可祗待諸道者唯有金剛眼睛憑助汝發明眞心汝若會得能破無明黑暗汝若不會眞箇不壞便起歸方丈僧問如何是黃山家風師曰築著汝鼻孔問如何是物不遷義師曰春夏秋冬問如何是一路涅槃門師曰汝問宗乘中一句豈不是曰

恁麼即不哆哆師曰莫哆哆好問衆星攢月時如何師曰喚什麼作月曰莫即這箇便是也無師曰這箇是什麼問明鏡當臺森羅爲什麼不現師曰那裏當臺曰爭奈即今何師曰又道不現問如何是禪師曰三界綿綿曰如何是道師曰四生浩浩

杭州靈隱山清聳禪師福州福清縣人也初參淨慧一日淨慧指雨謂師曰滴滴落上座眼裏師初不喻旨後因閱華嚴經感悟承淨慧印可迴止明州四明山卓庵節度使錢億執師事之禮忠懿王命於臨安兩處開法後居靈隱上寺署了悟禪師師上堂示衆曰十方諸佛常在汝前還見麼若言見將心見將眼見所以道一切法不生一切法不滅若能如是解諸佛常現前又曰見色便見心且喚什麼作心山河大地萬象森羅青黃赤白男女等相是心不是心若是心爲什麼却成物象去若不是心又道見色便見心還會麼只爲迷此而成顛倒種種不同於無同異中强生同異且如今直下承當頓豁本心皎然無一物可作見聞若離心別求解脫者古人喚作迷波討源卒難曉悟問根塵俱泯爲什麼事理不明師曰事理且從喚什麼作俱泯底根塵問如何是觀音第一義師曰錯問無明實性即佛性如何是佛性師曰喚什麼作無明問如何是和尚家風師曰亘古亘今問不問不答時如何師曰寱語作麼問如何是巔山巖崖裏佛法師曰用巔山巖崖作麼問牛頭未見四祖時如何師曰青山綠水曰見後如何師曰綠水青山師問僧汝會佛法麼曰

不會師曰汝端的不會曰是師曰且去待別時來其僧珍重師曰不是這箇道理問如何是摩訶般若師曰雪落茫茫僧無語師曰會麽曰不會師遂有頌曰

摩訶般若非取非捨　若人不會　風寒雪下

金陵報恩院玄則禪師滑州衛南人也初問青峯如何是佛青峯曰丙丁童子來求火師得此語藏之於心及謁淨慧淨慧詰其悟旨師對曰丙丁是火而更求火亦似玄則將佛問佛淨慧曰幾放過元來錯會師雖蒙開發頗懷猶豫復退思既殆莫曉玄理乃投誠請益淨慧曰汝問我與汝道師乃問如何是佛淨慧曰丙丁童子來求火師豁然知歸後住報恩院師上堂顧視大衆曰好箇話頭只是無人解問得所以勞他古人三度喚之諸人即不勞他喚也此即且從古人意作麽生還説得麽千佛出世亦不增一絲毫六道輪迴也不減一絲毫皎皎地現無絲頭翳礙古人道但有纖毫即是塵旦如今物象巍然地作麽生消遣汝若於此消遣不得便是凡夫境界然也莫嫌朴實説話也莫嫌説著祖佛何以故見説祖佛便擬超越去若恁麽會大没交涉也須子細詳究看不見他古德究離生死亦無剃頭剪爪工夫如今看見大難繼續問了了見佛性如何是佛性師曰不欲便道問如何是金剛大士師曰見也未問如何是諸聖密密處師曰却須會取自已曰如何是和尚密密處師曰待汝會始得師謂衆曰諸上座盡有常圓之月各懷無價之珍所以月在雲中雖明而不照智隱惑內雖眞而不通

無事久立問如何是不動尊師曰飛飛颺颺問如何是了然一句師曰對汝又何難曰恁麼道莫便是也無師曰不對又何難曰深領和尚恁麼道師曰汝道我道什麼問亡僧遷化向什麼處去也師曰待汝生即道曰賓主歷然師曰汝立地見亡僧問如何是學人本來心師曰汝還曾道著也未曰只如道著如何體會師曰待汝問始得問教中有言樹能生果作玻瓈色未審此果何人得喫師曰樹從何來曰學人有分師曰去果八萬四千問如何是不遷師曰江河競注日月旋流問宗乘中玄要處請師一言師曰汝行脚來多少時也曰不曾逢伴侶師曰少瞌睡

金陵報慈道場玄覺導師行言泉州晉江人也得法於淨慧禪師上堂示衆曰凡行脚人參善知識到一叢林放下瓶鉢可謂行菩薩之道能事畢矣何用更來這裏舉論眞如涅槃此是非時之説然古人有言譬如披沙識寶沙礫若除眞金自現便喚作常住世間具足僧寶亦如一味之雨一般之地生長萬物大小不同甘辛有異不可道地與雨有大小之名也所以道方即現方圓即現圓何以故法爾無偏正隨相應現喚作對現色身還見麼若不見也莫閑坐地問如何是祖師西來意師曰此問不當問坐却是非如何合得本來人師曰汝且作麼生坐江南國主新建報慈大道場命師大闡宗猷海會二千餘衆別署導師之號師謂衆曰此日英賢共會海衆同臻諒惟佛法之趣無不備矣若是英鑒之者不須待言也然言之本無何以默矣是以

森羅萬象諸佛洪源顯明則海印光澄冥昧則情迷自惑苟非通心上士逸格高人則何以於諸塵中發揚妙極卷舒物象縱奪森羅示生非生應滅非滅生滅洞已乃曰眞常言假則影散千途論眞則一空絶迹豈可以有無生滅而計之者哉問國王再請蓋特薦先朝和尚今日如何舉唱師曰汝不是問再唱人曰恁麼即天上人間無過此也師曰勿交涉問遠遠投師請垂一接師曰却依舊處去

金陵淨德道場達觀禪師智筠河中府人也姓王氏弱齡邁俗依普救寺杲大師披削年滿受具始遊方謁撫州龍濟修山主親附久之機緣莫契後詣金陵報恩道場參淨慧頓悟玄旨後住廬山棲賢寺師上堂謂衆曰從上諸聖方便門不少大底只要諸仁者有箇見處然雖未見且不參差一絲髮許諸仁者亦未嘗違背一絲髮許何以故炟赫地顯露如今便會取更不費一毫氣力還省要麼設道毗盧有師法身有主斯乃抑揚對機施設諸仁者作麼生會對底道理若也會且莫嫌他佛語莫重祖師直下是自巳眼明始得僧問如何是的的之言師曰道什麼問紛然覓不得時如何師曰覔箇什麼不得問如何是祖師意師曰用祖師意作什麼問今朝呈遠瑞正意爲誰來師曰大衆盡見汝恁麼問乾德三年江南國主仰師道化於北苑建大道場曰淨德延請居之署大禪師之號上堂謂衆曰夫欲慕道也須上上根器始得造次中下不易承當何以故佛法非心意識境界上座莫恁麼攕揳地他古人道沙門眼把定世

界函蓋乾坤綿綿不漏絲髮所以諸佛讚歎讚歎不及比喻比喻不及道上座威光赫奕亘古亘今幸有如是家風何不紹續取爲什麽自生卑劣枉受辛勤不能曉悟只爲如此所以諸佛出興於世只爲如此所以諸佛唱入涅槃只爲如此所以祖師特地西來僧問諸聖皆入不二法門如何是不二法門師曰但恁麽入曰恁麽即今古同然去也師曰汝道什麽處是同問如何是佛法大意師曰恰問著曰恁麽即學人禮拜也師曰汝作麽生會問如何是佛師曰如何不是師復謂衆曰吾不能投身巖谷滅迹市鄽而出入禁庭以重煩世主吾之過也遂屢辭歸故山國主錫以五峯棲玄蘭若開寶二年八月十七日宴坐告寂壽六十四臘四十四

高麗道峯山慧炬國師始發機於淨慧之室本國主思慕遣使來請遂迴故地國主受心訣禮待彌厚一日請入王府上堂師指威鳳樓示衆曰威鳳樓爲諸上座舉揚了諸上座還會麽儻若會且作麽生會若道不會威鳳樓作麽生不會珍重師之言教未被中華亦莫知所終

金陵清涼法燈禪師泰欽魏府人也生而知道辯才無礙入淨慧之室海衆歸之僉曰敏匠初受請住洪州幽谷山雙林院上堂未陞座乃曰此山先代一二尊宿曾說法來此座高廣不才何陞昔古有言作禮須彌燈王如來乃可得坐且道須彌燈王如來今在何處大衆要見麽一時禮拜師便陞座良久曰爲大衆只如此也還有會處麽僧問如何是雙

林境師曰畫也不成曰如何是境中人師曰且去又曰境也未識且討人問一佛出世震動乾坤和尚出世震動何方師曰什麼處見震動曰爭奈即今何師曰今日有什麼事有僧出禮拜師曰道者前時謝汝請我將什麼與汝好僧擬問次師曰將謂相悉却成不委問如何是西來密密意師曰苦問一佛出世普潤羣生和尚出世當爲何人師曰不徒然曰恁麼即大衆有賴也師曰何必師告衆曰且住得也久立官人及諸大衆今日相請勤重此箇殊功比喻何及所以道未了之人聽一言只這如今誰動口師便下座立倚拄杖而告衆曰還會麼天龍寂聽而雨華莫作須菩提幢子畫將去且恁麼信受奉行師次住上藍護國院僧問十方俱擊鼓十處一時聞如何是聞師曰汝從那方來問善行菩薩道不染諸法相如何是菩薩道師曰諸法相曰如何得不染去師曰染著什麼處問不久開選場還許學人選也無師曰汝是點額人又曰汝是什麼科目問如何是演大法義師曰我演何似汝演師次住金陵龍光院上堂陞座維那白椎云法筵龍象衆當觀第一義師曰維那是第二義長老即今是第幾義師又舉衣袖謂衆曰會麼大衆此是山呼舞蹈莫道五百生前曾爲樂主來或有疑情請垂見示時有僧問如何是諸佛正宗師曰汝是什麼宗曰如何師曰如何即不會問上藍一曲師親唱今日龍光事若何師曰汝什麼時到上藍來曰諦當事如何師曰不諦當即別處覓問如何是佛法大意師曰且問小意却來與

汝大意師後入金陵住清凉大道場上堂陞座僧出問次師曰這僧最先出爲大衆巳了荅國主深恩問國主請命祖席重開學人上來請師直指心源師曰上來却下去問法眼一燈分照天下和尚一燈分付何人師曰法眼什麽處分照來江南國主爲鄭王時受心法於淨慧之室曁淨慧入滅後嘗問於師曰先師有什麽不了底公案師對曰見分析次異日又問曰承聞長老於先師有異聞底事師作起身勢國主曰且坐師謂衆曰先師法席五百衆今只有十數人在諸方爲導首你道莫有錯指人路底麽若錯指教他入水入火落坑落塹然古人又道我若向刀山刀山自摧折我若向鑊湯鑊湯自消滅且作麽生商量言語即熟及問著便生疏去何也只爲

隔闊多時上座但會我什麽處去不得有去不得者爲眼等諸根色等諸法諸法且置上座開眼見什麽所以道不見一法即如來方得名爲觀自在珍重師開寳七年六月示疾告衆曰老僧卧疾強牽拖與汝相見如今隨處道場宛然化城且道作麽生是化城不見古導師云寳所非遥須在前進及至城所又道我所化作今汝諸人試説箇道理看是如來禪祖師禪還定得麽汝等雖是晚生須知僥忝我國主凡所勝地建一道場所須不闕只要汝開口如今不知阿那箇是汝口爭荅効他四恩三有欲得會麽但識口必無咎縱有咎因汝有我今火風相逼去住是常道老僧住持將逾一紀每承國主助發至于檀越十方道侶主事小師皆赤心爲我默而難言

或披麻帶布此即順俗我道違眞且道順好違好然但順我道即無顛倒我之遺骸必於南山大智藏和尚左右乞一墳塚并沉皎然不論化也努力努力珍重即其月二十四日安坐而終

杭州眞身寶塔寺紹巖禪師雍州人也姓劉氏七歲依高安禪師出家十八進具於懷暉律師暨遊方與天台韶國師同受記於臨川尋於浙右水心寺掛錫宴寂後止越州法華山續入居塔寺上方淨院吳越王命師開法署了空大智常照禪師上堂謂衆曰山僧素寡知見本期閑放念經待死豈謂今日大王勤重苦勉山僧効諸方宿德施張法筵然大王致請也只圖諸仁者明心此外無別道理諸仁者還明心也未莫不是語言譚笑時疑然杜默時參尋知識時道伴商略時觀山翫水時耳目絶對時是汝心否如上所解盡爲魔魅所攝豈曰明心更有一類人離身中妄想外別認徧十方世界含日月包太虚謂是本來眞心斯亦外道所計非明心也諸仁者要會麽心無是者亦無不是者汝擬執認其可得乎問六合澄清時如何師曰大衆誰信汝問見月忘指時如何師曰非見月曰豈可認指爲月耶師曰汝參學來多少時也師開寶四年七月示疾謂門弟子曰諸行無常即常住相言訖跏趺而逝壽七十三臘五十五

金陵報恩院法安慧濟禪師太和人也印心於法眼之室初住撫州曹山崇壽院爲第四世上堂謂衆曰知幻即離不作方便離幻即覺亦無漸次諸上座且什麽生會不作方便

又無漸次古人意在什麽處若會得諸佛常見前若未會莫向圓覺經裏討夫佛法亘古亘今未嘗不見前上座一切時中咸承此威光須具大信根荷擔得起始得不見佛讃猛利底人堪爲器用亦不賞他向善久修淨業者要似他廣額屠兒拋下操刀便證阿羅漢果直須恁麽始得所以長者道如將梵位直授凡庸僧問大衆既臨於法會請師不吝句中玄師曰謾得大衆麽曰恁麽即全應此問也師曰不用得問古人有言一切法以不生爲宗如何是不生宗師曰好箇問處問佛法中請師方便師曰方便了也問如何是古佛心師曰何待問江南國主請入居報恩署號攝衆師上堂謂衆曰此日奉命令住持當院爲衆演法適來見維那白槌了多少好令教當觀第一義且作麽生是第一義若這裏參得多少省要如今更別説箇什麽即得然承恩旨不可杜默去也夫禪宗示要法爾常規圓明顯露亘古亘今至於達磨西來也只與諸人證明亦無法可得與人只道直下是便教立地覰取古人雖即道立地覰取如今坐地還覰得也無有疑請問僧問三德奥樞從佛演一音玄路請師明師曰汝道有也未問如何是報恩境師曰大家見汝問師開寶中示滅于本院

撫州崇壽院契稠禪師泉州人也上堂陞座僧問四衆諦觀第一義如何是第一義師曰何勞更問師又曰大衆欲知佛性義當觀時節因縁作麽生是時節因縁上座如今便散去且道有也未若無因什麽便散去若有作

麽生是第一義上座第一義現成何勞更觀恁麽顯明得佛性常照一切法常住若見有法常住猶未是法之眞源作麽生是法之眞源上座不見古人道一人發眞歸源十方虛空悉皆消殞還有一法爲意解麽古人有如是大事因緣依而行之即是何勞長老多說衆中有未知者便請相示僧問淨慧之燈親然汝水今日王侯請命如何是淨慧之燈師曰更請一問問古人見不齊處請師方便師曰古人見什麽處不齊問如何是佛師曰如何是佛曰如何領解師曰領解即不是問的的西來意師當第幾人師曰年年八月半中秋問如何是和尚爲人一句師曰觀音舉上藍舉師淳化三年示滅

洪州雲居山眞如院清錫禪師泉州人也初住龍須山廣平院有僧問如何是廣平境師曰識取廣平曰如何是境中人師曰驗取次住雲居山僧問如何是雲居境師曰汝喚什麽作境曰如何是境中人師曰適來向汝道什麽師後住泉州西明院有廖天使入院見供養法眼和尚眞乃問曰眞前是什麽果子師曰假果子天使曰既是假果子爲什麽將供養眞師曰也只要天使識假問如何是佛師曰容顏甚奇妙

洪州百丈山大智院道常禪師本山出家禮照明禪師披剃尋參淨慧獲預函丈因請益問外道問佛不問有言不問無言叙語未終淨慧曰住住汝擬向世尊良久處會去師從此悟入後本山請歸住持當第十一世學者尤盛師上堂示衆曰秉此寶乘直至道場每

曰勞諸上座訪及無可祗延時寒不用久立卻請迴車珍重僧問如何是學人行脚事師曰拗折拄杖得也未問古人有言釋迦與我同參未審參何人師曰唯有同參方得知曰未審此人如何親近師曰恁麼即不解參也問如何是祖師西來意師曰徃徃問不著問還鄉曲子作麼生唱師曰設使唱落汝後問如何是百丈境師曰何似雲居問如何是百丈為人一句師曰若到諸方總須問過師又謂衆曰實是無事與上座各各事佛更有何疑得到這裏古人只道十方同聚會箇箇學無爲此是選佛場心空及第歸心空是及第且作麼生會心空不是那裏閉目冷坐是心空此正是識陰想解上座要心空麼但且識心所以道過去已過去未來更莫筭兀然無事坐何曾有人喚設有人喚上座應他好不應好若應阿誰喚上座若不應不患聾也三世體空且不是木頭所以古人道心空得見法王還見法王麼也只是病僧又莫是渠自代麼珍重僧問如何是佛師曰汝有多少事不問僧舉人問玄沙曰三乘十二分教即不問如何是祖師西來意玄沙曰三乘十二分教不要其僧不會請師爲説師曰汝實不會曰實不會師示偈曰

不要三乘要祖宗　三乘不要與君同
君今欲會通宗旨　後夜猿啼在亂峯

師淳化二年示滅塔于本山

天台山般若寺通慧禪師敬遵上堂謂衆曰皎皎烜赫地亘古亘今也未曾有纖毫間斷相無時無節長時拶定上座無通氣處所以

道山河大地是上座善知識放光動地觸處露現實無絲頭許法可作隔礙如今因什麼却不會特地生疑去無事不用久立僧問優曇花坼人皆覩般若家風賜一言師曰不因上座問不曾舉似人曰恁麼即般若雄峯詎齊今古師曰也莫錯會問牛頭未見四祖時爲什麼百鳥啣華師曰汝什麼處見曰見後爲什麼不啣華師曰且領話好問靈山一會迦葉親聞未審今日一會何人得聞師曰汝試舉迦葉聞底看曰恁麼即迦葉親聞去也師曰亂道作麼師自述眞讚曰

眞兮寥廓　郢人圖雘　嶽聳雲空　澄潭月躍

廬山歸宗寺法施禪師策眞曹州人也姓魏氏本名慧超升淨慧之堂問如何是佛淨慧曰汝是慧超師從此信入其語播于諸方初自廬山余家峯請下住歸宗上堂示衆曰諸上座見聞覺知只可一度只如會了是見聞覺知不是見聞覺知要會麼與諸上座說破了也待汝悟始得久立珍重僧問如何是佛師曰我向汝道即別有也問如何是歸宗境師曰是汝見什麼曰如何是境中人師曰出去問國王請命大啓法筵不落見聞請師速道師曰鬧言語曰師意如何師曰又亂說問承教有言將此身心奉塵刹是則名爲報佛恩塵刹即不問如何是報佛恩師曰汝若是即報佛恩問無情說法大地得聞師子吼時如何師曰汝還聞麼曰恁麼即同無情也師曰汝不妨會問古人以不離見聞爲宗未審和尚以何爲宗師曰此問甚好曰猶是三緣四緣師曰莫亂道師次住金陵奉先寺未幾

復遷止報恩道場太平興國四年歸寂
洪州鳳棲山同安院紹顯禪師僧問王恩降旨師親受熊耳家風乞一言師曰已道了也問千里投師請師一接師曰好入處雲蓋山僧乞丸造殿有官人問既是雲蓋何用乞丸無對師代曰罕遇奇人
江州廬山棲賢寺慧圓禪師上堂示衆曰出得僧堂門見五老峯一生參學事畢何用更到這裏來雖然如此也勞上座一轉無事珍重僧問不是風動不是旛動未審古人意旨如何師曰大衆一時會取又上堂有僧擬問師乃指其僧曰住住其僧問從上宗乘請師舉唱師曰前言不搆後語難追曰未審今日事如何師曰不會人言語問如何是佛法大意師曰好問如何是棲賢境師曰入得三門便合知問如何是祖師西來意師曰此欠少問祖燈重耀不吝慈悲更垂中下師曰委得麽曰恁麽即方便門已開師曰也賺
洪州觀音院從顯禪師泉州莆田人也少依本邑石梯山出家具戒參法眼受記初住昇州妙果院後住玆院參學頗衆師上堂衆集良久謂曰文殊深賛居士未審居士受賛也無若受賛何處有居士耶若不受賛文殊不可虚發言大衆作麽生會若會眞箇衲僧時有僧問居士默然文殊深賛此意如何師曰汝問我答曰恁麽人出頭來又作麽生師曰行到水窮處坐看雲起時僧問如何是觀音家風師曰眼前看取曰忽遇作者來作麽生見待師曰貧家只如此未必便言歸問久負沒絃琴請師彈一曲師曰作麽生聽其僧側

耳師曰賺殺人師謂衆曰盧行者當時大庾嶺頭爲明上座言莫思善莫思惡還我明上座本來面目來觀音今日不恁麼道還我明上座來恁麼道是曹谿子孫不是曹谿子孫若是曹谿子孫又爭合除却四字若不是又過在什麼處試出來商量看良久師又曰此一衆眞行脚人也珍重太平興國八年九月中師謂檀那袁長史曰老僧三兩日間歸鄉去袁曰和尚尊年何更思鄉師曰歸鄉圖得好鹽喫袁不測其言翌日師不疾而坐亡壽七十有八袁長史建塔于西山

盧州長安院延規禪師僧問如何是庵中主師曰到諸方但道從長安來師化縁將畢以住持付門人辯實接武說法乃歸本院西堂示滅

常州正勤院希奉禪師蘇州人也姓謝氏住本院爲第二世初上堂示衆曰古聖道圓同太虛無欠無餘又云一一法一一宗衆多法一法宗又道起唯法起滅唯法滅又云起時不言我起滅時不言我滅據此說話屈滯久在叢林上座若是初心兄弟且須體道人身難得正法難聞莫同等閑施主衣食不易消遣若不明道箇箇盡須還他上座要會道麼珍重僧問如何是祖師西來意師曰什麼處得這箇消息問如何是諸法空相師曰山河大地問僧衆雲集請師舉唱宗乘師曰舉來久矣問佛法付囑國王大臣今日正勤將何付囑師曰萬歲萬歲問古人有言山河大地是汝眞善知識如何得山河大地爲善知識去師曰汝喚什麼作山河大地問如何是合

道之言師曰汝問我答問靈山會上迦葉親聞未審今日誰人得聞師曰迦葉親聞箇什麼問古佛道場學人如何得到師曰汝今在什麼處問如何是和尚圓通師敲禪牀三下問如何是脫却根塵師曰莫妄想問人王法王是一是二師曰人王法王問如何是諸法寂滅相師曰起唯法起滅唯法滅問如何是未曾生底法師曰汝爭得知問無著見文殊爲什麼不識師曰汝道文殊還識無著麼問得意誰家新曲妙正勤一句請師宣師曰道什麼曰豈無方便也師曰汝不會我語

洛京興善棲倫禪師僧問如何是佛師曰向汝恁麼道即得問如何是西來意師曰適來猶記得因宮師致政李公繼勳終世有僧問是法住法位世問相常住未審宮師李公向什麼處去也師曰恰被汝問著曰恁麼即虛申一問師曰汝不妨靈利

洪州武寧嚴陽新興齊禪師僧問如何得出三界去師曰汝還信麼曰信即深信乞和尚慈悲師曰只此信心亘古亘今快須究取何必沉吟要出三界三界唯心師因雪謂衆曰諸上座還見雪麼見即有眼不見無眼有眼即常無眼即斷恁麼會得佛身充滿僧問學人辭去泐潭乞和尚示箇入路師曰好箇入路道心堅固隨衆參請隨衆作務要去即去要住即住去之與住更無他故若到泐潭不審馬祖

潤州慈雲匡達禪師僧問佛以一大事因縁故出現於世未審和尚出世如何師曰恰好曰作麼生師曰不好

景德傳燈録卷第二十五

音釋

娠失人切懷妊也 誕徒案切誕生也 遁徒頓切 搓七何切挪也 惘扶紡切無知意也 鍵巨偃切關鍵也 顗魚豈切 寖子鴆切漸也 齎祖稽切持也 迄許訖切至也 櫓棹櫓郎古切棹直教切 析先擊切分析也 滲所禁切下漉也 剩實證切餘也 蔕都計切根本也 斟職深切斟酌度量也 觳觳胡谷訖岳二切 崑崙崑古渾切崙盧昆切 隕于敏切墜也 鄞疑巾切縣名 嶷鄂力切山貌 餤徒紺切食也 抖擻抖當口切擻蘇后切擻振舉也 弈羊益切奕明盛貌 丱古患切總角也 簳各旱切 脛形定切脚脛也 鳧房夫切野鴨也 釵釧釵楚皆切釧尺絹切 駢闐駢蒲眠切闐徒年切駢闐衆盛貌 哆哆丁可切 颺颺余章切飛舉也 𢷎揳𢷎莫結切揳私列切𢷎揳不方正也 憕猪孟切開張畫繒也 塹七豔切坑也 僥堅堯切僥倖也 艧屋郭切

景德傳燈録卷第二十六

宋沙門道原纂

吉州青原山行思禪師第九世下至第十一世

第九世

金陵清涼文益禪師法嗣三十三人（一十三人見録）

蘇州薦福紹明禪師　澤州古賢謹禪師

宣州興福可勳禪師　洪州上藍守訥禪師

撫州覆船和尚　杭州奉先法瓌禪師

廬山化城慧朗禪師　杭州永明道鴻禪師

高麗靈鑒禪師　荊門上泉和尚

廬山大林僧遁禪師　池州仁王緣勝禪師

廬山歸宗義柔禪師

泉州上方慧英禪師　饒州芝嶺照禪師

荊州護國遇禪師

廬山歸宗師慧禪師

廬山歸宗省一禪師

襄州延慶通性大師

廬山歸宗夢欽禪師

洪州舍利玄闡禪師

洪州永安明禪師

洪州禪谿可莊禪師

潭州石霜爽禪師　江西靈山和尚

廬山佛手巖因禪師

金陵保安止和尚　昇州華嚴幽禪師

袁州木平道達禪師

洪州大寧道邁禪師

楚州龍興德實禪師

鄂州黄龍仁禪師

洪州西山道聳禪師

已上二十人無機緣語句不録

襄州清谿洪進禪師法嗣二人見録

相州天平山從漪禪師

廬山圓通緣德禪師

金陵清涼休復禪師法嗣二人（一人見録）

金陵奉先慧同禪師

廬山寶慶庵道旨禪師

一人無機緣語句不録

撫州龍濟山紹修禪師法嗣一人見録

河東廣原和尚

衡嶽南臺守安禪師法嗣二人一人見録

襄州鷲嶺善美禪師

安州慧日院明禪師一人無機緣語句不録

漳州報劬院玄應禪師法嗣

報劬第二世仁義禪師一人無機緣語句不録

漳州隆壽無逸禪師法嗣一人見録

漳州隆壽法騫禪師

廬山歸宗道詮禪師法嗣一人見録

筠州九峯義詮禪師

眉州黄龍繼達禪師法嗣一人見録

第二世黄龍和尚

朗州梁山緣觀禪師法嗣一人見録

郢州大陽山警玄禪師

第十世

天台山德韶國師法嗣四十九人三十人見録

杭州永明寺延壽禪師

温州大寧可弘禪師　蘇州長壽朋彦大師

杭州五雲山志逢大師

杭州報恩法端禪師　杭州報恩紹安禪師

福州廣平守威禪師　杭州報恩永安禪師

廣州光聖師護禪師　杭州奉先清昱禪師

天台普聞智勤禪師　温州鴈蕩願齊禪師

杭州普門希辯禪師　杭州光慶遇安禪師

天台般若友蟾禪師　婺州智者全肯禪師

福州玉泉義隆禪師　杭州龍冊曉榮禪師

杭州功臣慶蕭禪師　越州稱心敬璡禪師

福州嚴峯師术禪師　潞州華嚴慧達禪師

越州清泰道圓禪師　杭州九曲慶祥禪師

杭州開化行明大師　越州開善義圓禪師

温州瑞鹿遇安禪師　杭州龍華慧居禪師

婺州齊雲遇臻禪師
温州瑞鹿寺本先禪師
杭州報恩德謙禪師
杭州靈隱處先禪師
天台善建省義禪師
越州觀音安禪師　婺州仁壽澤禪師
越州雲門重曜禪師
越州大禹榮禪師　越州地藏瓊禪師
杭州靈隱紹光禪師
杭州龍華紹鑾禪師
越州碧泉行新禪師
越州象田默禪師
潤州登雲從堅禪師
越州觀音朗禪師
越州諸暨五峯和尚
越州何山道孜禪師
越州大禹自廣禪師
筠州黄蘗師逸禪師
蘇州瑞光清表禪師
已上一十九人無機緣語句不録
杭州報恩寺慧明禪師法嗣一人見録
福州保明道誠大師
金陵報慈道場文遂導師法嗣
常州齊雲慧禪師　常州雙嶺祥禪師
洪州觀音真禪師　洪州龍沙茂禪師

洪州大寧獎禪師
已上五人無機緣語句不録
杭州永明道潛禪師法嗣三人見録
杭州千光王瓌省禪師
衢州鎮境志澄大師　明州崇福慶祥禪師
杭州靈隱清聳禪師法嗣九人八人見録
杭州功臣院道慈禪師
秀州羅漢願昭禪師　處州報恩師智禪師
衢州瀫寧可先禪師　杭州光孝道端禪師
杭州保清遇寧禪師　福州支提辯隆禪師
杭州瑞龍希圓禪師
杭州國泰德文禪師一人無機緣語句不録
金陵報慈行言導師法嗣二人一人見録
洪州雲居義能禪師
饒州北禪清皎禪師一人無機緣語句不録
金陵清涼泰欽禪師法嗣二人一人見録

洪州雲居道齊禪師
廬山棲賢慧聰禪師一人無機緣語句不録
金陵報恩法安禪師法嗣二人見録
廬山棲賢道堅禪師
廬山歸宗第十四世慧誠禪師
廬州長安院延規禪師法嗣二人見録
廬州長安辯實禪師　潭州雲蓋用清禪師
第十一世
杭州永明寺延壽禪師法嗣
杭州富陽子蒙禪師
杭州朝明院津禪師
已上二人無機緣語句不録
蘇州長壽院朋彦大師法嗣一人見録
長壽第二世法齊禪師
杭州普門寺希辯禪師法嗣
高麗國慧洪禪師
越州上林胡智禪師
已上二人無機緣語句不録

吉州青原山行思禪師第九世下
金陵清涼文益禪師法嗣
蘇州薦福院紹明禪師州將錢仁奉請住持乃問如何是和尚家風師曰一切處看取
澤州古賢院謹禪師師勘僧云如來堅密身一切塵中現如何是堅密身僧竪指師云現即現你怎生會僧無語師侍立次見淨慧問一僧云自離此間什麽處去來曰入嶺來淨急曰不易曰虚涉他如許多山水淨慧曰如許多山水也不惡其僧無語師於此言下大悟僧問如何是佛師曰築著汝鼻孔
宣州興福院可勳禪師建州建陽人也姓朱氏自淨慧印心遂開法住持僧問如何是興福主師曰闍黎不識曰莫只這便是麽師曰

縱未歇狂頭亦何失問如何是道師曰勤而行之問何云法空師曰不空師有偈示衆曰

秋江煙島晴　鷗鷺行行立　不念觀世音
爭知普門入

洪州上藍院守訥禪師上堂謂衆曰盡令提綱無人掃地叢林兄弟相共證明晚進之流有疑請問有僧問願開甘露門當觀第一義不落有無中請師垂指示師曰大衆證明曰恁麼即屈去也師曰閑言語問如何是佛師曰更問阿誰

撫州覆船和尚僧問如何是佛師曰不識問如何是祖師西來意師曰莫謗祖師

杭州奉先寺法明普照禪師法瓌僧問釋迦出世天雨四華地摇六動未審和尚今日有何祥瑞師曰大衆盡見曰法王法如是也師曰人王見在問淨慧實印和尚親傳今日一會當付何人師曰誰人無分曰恁麼即雷音普震無邊刹也師曰也須善聽

廬山化城寺慧朗禪師江南相宋齊丘請開堂師陞座曰今日令公請山僧爲衆莫非承佛付囑不忘佛恩衆中有問話者出來爲令公結縁僧問曰令公親降大衆雲臻從上宗乘請師舉唱師曰莫是孤負令公麼問師常苦口爲什麼學人已事不明師曰闍黎什麼處不明曰不明處請決斷師曰適來向汝道什麼曰恁麼即全因今日去也師曰退後禮三拜

杭州慧日永明寺通辯禪師道鴻（第三世住）僧問遠離天台境來登慧日峯久聞師子吼今日請師通師曰聞麼曰恁麼即昔時崇壽今日

求明也師曰幸自靈利何須亂道師謂衆曰大道廓然古今常爾真心周徧如量之智皎然萬象森羅咸真實相該天括地亘古亘今大衆還會麽還辯白得麽問國王嘉命公貴臨筵未審今日當爲何事師曰驗取曰此意如何師曰什麽處去來曰恁麽即猶成造次也師曰休亂道問諸佛出世放百寶光明師登寶座有何祥瑞師曰可驗曰法王法如是師曰也是虛言

高麗靈鑒禪師僧問如何是清淨伽藍師曰牛欄是問如何是佛師曰拽出癲漢著

荆門上泉和尚僧問二龍爭珠誰是得者師曰我得問遠遠投師如何一接師按杖視之其僧禮拜師便喝問尺璧無瑕時如何師曰我不重曰不重後如何師曰火裏蝍蟟飛上天

廬山大林寺僧遁禪師初住圓通有僧舉僧問玄沙和尚向上宗乘此間如何言論玄沙云少人聽今問師不知玄沙意旨如何師曰待汝移却石耳峯我即向汝道（歸宗柔別云且低聲）

池州仁王院緣勝禪師僧問農家擊壤時如何師曰僧家自有本分事曰不問僧家本分事農家擊壤時如何師曰話頭何在

廬山歸宗寺義柔禪師（第十三世住）師初上堂陞座維那白槌曰法筵龍象衆當觀第一義師曰若是第一義且作麽生觀恁麽道落在什麽處爲是觀爲復不許人觀先德上座共相證明後學初心莫喚作返問語倒靠語有疑請問僧問諸佛出世説法度人感天動地和尚出世有何祥瑞師曰人天大衆前寱語作

麽問諸官巳集大衆側聆如何是出世一言之事師曰大衆證明問香煙起處師登座未審宗乘事若何師曰教乘也恁麽會問優曇華拆人皆覩達本無心事若何師曰謾語曰恁麽即南能別有深深旨不是心心人不知師曰事須飽叢林問昔日金峯今日歸宗未審是一是二師曰謝汝證明問智藏一箭直射歸宗歸宗一箭當射何人師曰莫謗我智藏問此日知軍親證法師從何處荅深恩師曰教我道什麽即得又曰一問一荅也無了期佛法也不是恁麽道理大衆此日之事故非本心實謂只箇住山寧有意向來成佛亦無心葢緣是知軍請命寺衆誠心既到這裏且說箇什麽即得還相悉麽此若不及古人便道相逢欲相喚脉脉不能語作麽生會若會堪報不報之恩足助無爲之化若也不會莫道長老開堂只舉古人語此之盛事天高海深況喻不及更不敢讚祝皇風迴向清列何以故古人猶道吾禱久矣豈況當今聖明者哉久立珍重僧問如何是空王廟師曰莫少神曰如何是廟中人師曰適來不謾道問靈龜未兆時如何師曰是吉是凶問未達其源乞師方便師曰達也曰達後如何師曰終不恁麽問問久發大乘心中忘此意如何是此意師曰又道中忘

前襄州清谿洪進禪師法嗣

相州天平山從漪禪師有僧問如何得出三界師曰將三界來與汝出僧問如何是和尚家風師曰顯露地問如何是佛師曰不指天地曰爲什麽不指天地師曰唯我獨尊問如

何是天平師曰八凹九凸問洞深杳杳清谿水飲者如何不升墜師曰更夢見什麼問大衆雲集合譚何事師曰香煙起處森羅見

廬山圓通院縁德禪師錢塘人也姓黃氏初出家於臨安朗瞻院落髮依年往天台山受具始習禪那於天龍順德大師尋往江表問道值洪進山主印心時江南國主於廬山建院請師開法師上堂示衆曰諸上座明取道眼好是行脚僧本分事道眼若未明有什麼用處只是移盤喫飯道眼若明有何障礙若未明得強說多端也無用處無事也好尋究僧問如何是四不遷師曰地水火風問如何是古佛心師曰水鳥樹林曰學人不會師曰會取學人問久負勿絃琴請師彈一曲師曰負來得多少時也曰未審作何音調師曰話墮也珍重問如何是佛法大意師云過去燈明佛本光瑞如是問如何是學人自己師云特地申問是什麼意問如何是大梅主師云闍黎今日離什麼處

前昇州清涼休復禪師法嗣

昇州奉先寺淨照禪師慧同魏府人也姓張氏幼歲出家禮饒州北禪院惟直禪師披削年滿受具於撫州希操律師於清涼得法僧問唯一堅密身一切塵中見又云佛身充滿於法界普見一切羣生前於此二途請師說師曰唯一堅密身一切塵中見僧問如何是古佛心師曰汝疑阿那箇不是問如何是常在底人師曰更問阿誰

前撫州龍濟山紹修禪師法嗣

河東廣原和尚僧問如何是佛法大意師示

偈曰

剎剎現形儀　塵塵具覺知　性源常鼓浪
不悟未曾移

前衡嶽南臺守安禪師法嗣

襄州鷲嶺善美禪師第三世住僧問如何是鷲嶺境師曰峴山對碧玉江水往南流曰如何是境中人師曰有什麽事問百川異流還歸大海未審大海有幾滴師曰汝還到海也未曰到海後如何師曰明日來向汝道

前漳州隆壽院無逸禪師法嗣

隆壽法騫禪師泉州晉江縣人也姓施氏母廖氏始娠頓惡葷腥及長捨於本州開元寺菩提院出家納戒詣漳州參逸和尚得旨剌史陳洪銛請開堂住持隆壽第三世住上堂謂衆曰今日隆壽出世三世諸佛森羅萬象同時出世同時轉法輪諸人還見麽僧問如何是隆壽境師曰無汝插足處曰如何是境中人師曰未識境在有僧到參至明日入方丈請師心要師曰昨日相逢序起居今朝相見事還如如何却覔呈心要心要如何特地疏

前廬山歸宗寺道詮禪師法嗣

筠州九峯義詮禪師僧問如何是祖師西來意師曰有力者負之而趨

前眉州黃龍繼達禪師法嗣

眉州黃龍第二世和尚僧問如何是密室師曰斫不開曰如何是密室中人師曰非男女相問國内按劒者是誰師曰昌福曰忽遇尊貴時如何師曰不遺

前朗州梁山縁觀禪師法嗣

郢州大陽山警玄禪師僧問叢林浩浩法鼓

喧喧向上宗乘如何舉唱師曰他無箇消息爭肯應當曰今日宗乘已蒙師指示未審法嗣嗣何人師曰梁山點出秦時鏡長慶峯前一樣輝問如何是大陽境師曰孤鶴老猿啼谷韻瘦松寒竹鎖青煙曰如何是境中人師曰作麼作麼問如何是大陽家風師曰滿缾傾不出大地無饑人問如何是佛師曰汝何不是佛曰學人不會時如何師曰迢然不掛三秋月一句當陽豈在燈問如何是祖師西來意師曰解問不當曰學人不會時如何師曰陝府鐵牛人皆嚮卞和得玉至今傳問如何是大陽透法身底句師曰大洋海底紅塵起須彌頂上水橫流問牛頭未見四祖時爲什麼百鳥嚌華師曰出戶烏雞頭戴雪曰見後爲什麼不嚌華師曰杲日當天後烏雞出戶飛

吉州青原山行思禪師第十世

前天台山德韶國師法嗣

杭州慧日永明寺智覺禪師延壽餘杭人也姓王氏總角之歲歸心佛乘既冠不茹葷曰唯一食持法華經七行俱下纔六旬悉能誦之感羣羊跪聽年二十八爲華亭鎮將屬翠巖永明大師遷止龍冊寺大闡玄化時吳越文穆王知師慕道乃從其志放令出家禮翠巖爲師執勞供衆都忘身宰衣不繒纊食無重味野蔬布襦以遺朝夕尋往天台山天柱峯九旬習定有鳥類尺鷃巢于衣襵之中暨謁韶國師一見而深器之密授玄旨仍謂師曰汝與元帥有緣他日大興佛事密受記初住明州雪竇山學侶臻湊（咸平元年賜額曰資聖寺）師上

堂曰雪竇這裏迅瀑千尋不停纖粟奇巖萬仞無立足處汝等諸人向什麽處進步時有僧問雪竇一徑如何履踐師曰步步寒華結言言徹底冰建隆元年忠懿王請入居靈隱山新寺爲第一世明年復請住永明大道場爲第二世衆盈二千僧問如何是永明妙旨師曰更添香著曰謝師指示師曰且喜勿交涉師有偈曰

欲識永明旨　門前一湖水　日照光明生　風來波浪起

問學人久在永明爲什麽不會永明家風師曰不會處會取曰不會處如何會師曰牛胎生象子碧海起紅塵問成佛成祖亦出不得六道輪迴亦出不得未審出箇什麽不得師曰出汝問處不得問承教有言一切諸佛及佛法皆從此經出如何是此經師曰長時轉不停非義亦非聲曰如何受持師曰若欲受持者應須用眼聽問如何是大圓鏡師曰破砂盆師居永明道場十五載度弟子一千七百人開寶七年入天台山度戒約萬餘人常與七衆受菩薩戒夜施鬼神食朝放諸生類不可稱筭六時散華行道餘力念法華經一萬三千部著宗鏡録一百卷詩偈賦詠凡千萬言播於海外高麗國王覽師言教遣使齎書叙弟子之禮奉金線織成袈裟紫水精數珠金澡罐等彼國僧三十六人親承印記前後歸本國各化一方以開寶八年乙亥十二月示疾二十六日辰時焚香告衆跏趺而亡明年正月六日塔于大慈山壽七十二臘四十二太宗皇帝賜額曰壽寧禪院

温州大寧院可弘禪師僧問如何是正真一路師曰七顛八倒曰恁麼即法門無別去也師曰我知汝錯會去問皎皎地無一絲頭時如何師曰話頭巳墮曰乞師指示師曰適來亦不虛設問向上宗乘請師舉揚師曰汝問太遲生曰恁麼即不仙陀去也師曰深知汝恁麼去

蘇州安國長壽院朋彦大師永嘉人也姓秦氏本州開元寺受業初參婺州金陵寶資和尚後因慧明禪師激發而歸于天台之室悟正法眼自此隨緣闡法盛化姑蘇節帥錢仁奉禮重創院請轉法輪本國賜紫衣署廣法大師僧問如何是玄旨師曰四稜塌地問如何是絕絲毫底法師曰山河大地曰恁麼則即相而無相也師曰也是狂言問如何是徑直之言師曰千迂萬曲曰恁麼即無不總是也師曰是何言歟問如何是道師曰跋涉不易師建隆二年辛酉以住持付門人法齊繼世說法即其年四月六日示滅壽四十九臘三十五

杭州五雲山華嚴道場志逢大師餘杭人也生惡葷血膚體香潔幼歲出家于本邑東山朗瞻院依年受具通貫三學了達性相甞夢陞須彌山覩三佛列坐初釋迦次彌勒皆禮其足唯不識第三佛但仰視而巳時釋迦示之曰此是補處彌勒師子月佛師方作禮覺後因閱大藏經乃符所夢天福中遊方抵天台山雲居道場參國師賓主緣契頓發玄祕一日因入普賢殿中宴坐倏有一神人跪膝于前師問曰汝其誰乎曰護戒神也師曰吾

愚有宿愆未殄汝知之乎曰師有何罪唯一小過耳師曰何也曰凡折鉢水亦施主物師每常傾棄非所宜也言訖而隱師自此洗鉢水盡飲之積久因致脾胃疾十載方愈凡折退飲食及涕唾便利等並宜鳴指默念呪發施心而傾棄之吳越國王嚮其道風召賜紫署普覺大師初命住臨安功臣院玄侶輻湊師上堂曰諸上座捨一知識而參一知識盡學善財禮游之式樣也且問上座只如善財禮辭文殊擬登妙峯山謁德雲比丘及到彼所何以德雲却於別峯相見夫教意祖意同一方便終無別理彼若明得此亦昭然諸上座即今簇著老僧是相見是不相見此處是妙峯是別峯脫或從此省去可謂不孤負老僧亦常見德雲比丘未嘗刹那相捨離還信得及麼僧問叢林舉唱曲爲今時如何是功臣的的意師曰見麼曰恁麼即大衆咸欣也師曰將謂師子兒問佛佛授手祖祖傳心未審和尚傳箇什麼師曰汝承當得麼曰學人承當不得還別有人承當得否師曰大衆笑汝問如何是如來藏師曰恰問著問如何是諸佛機師曰道是得麼師一日上堂良久曰大衆看看便下座歸方丈開寶初忠懿王創普門精舍三請住持再揚宗要即普門第一世師上堂曰古德爲法行脚實不憚勤勞如雪峯和尚三迴到投子九度上洞山盤桓往返尚求箇入路不得看汝近世參學人纔跨門來便待老僧接引指掌說禪且汝欲造玄極之道豈當等閑況此事悟亦有時躁求焉得汝等要知悟時麼如今各且下去堂中靜坐直待仰家峯點頭老僧即爲

汝説時有僧出曰仰家峯點頭也請師説師曰大衆且道此僧會老僧語不會老僧語其僧禮拜師曰今日偶然失鑒問如何是普門家風師曰幾人覷不足曰如何是普門境師曰汝到處且問家風了休師開寶四年固辭國主稱年老願依林泉頤養時大將凌超以五雲山新創華嚴道場奉施爲終老之所雍熙二年乙酉十一月忽示疾二十五日命侍僧辦香水盥沐跏趺而坐良久告寂壽七十七臘五十八塔曰寶峯常照

杭州報恩光教寺慧月禪師法端第三世住師上堂曰數夜與諸上座東語西話猶未盡其源今日與諸上座大開方便一時説却還願樂也無久立珍重僧問學人恁麼上來請師接師曰不接曰爲什麼不接師曰爲汝太靈利

杭州報恩光教寺通辯明達禪師紹安第四世住師上堂曰一句染神萬劫不朽今日爲諸上座舉一句分明記取珍重僧問大衆側聆請師不吝師曰奇怪曰恁麼即今日得遇於師也師曰是何言歟師有時示衆曰幸有樓臺帀地常提祖印不妨諸上座參取久立珍重問如何是和尚家風師曰一切處見成曰恁麼即亘古亘今也師曰莫閑言語

福州廣平院守威宗一禪師福州侯官人也西峯山受業參天台得旨國師授之法衣時有僧問曰大庾嶺頭提不起如何傳授於師師拈起衣曰有人敢道天台得麼時吳越忠懿王嚮德命闡法住持署于師名玄徒臻萃上堂示衆曰達磨大師云吾法三千年後不移絲髮山僧今日不移達磨絲髮先達之者

共相證明若未達者不移絲髮僧問洪鐘韻絶大衆臨筵祖意西來請師提唱師曰洪鐘韻絶大衆臨筵問古人云任汝千聖見我有天眞佛如何是天眞佛師曰千聖是弟問如何是廣平家風師曰誰不受用師後遷住怡山長慶上堂謂衆曰不用開經作梵不用展鈔牒科還有理論處也無設有理論處乃是方便之譚宗乘事作麽生僧問如何是西來意師曰未曾有人荅得曰請師方便師曰何不更問師後終于長慶

杭州報恩光教寺第五世住永安禪師温州永嘉人也姓翁氏幼歲依本郡彙征大師出家後唐天成中隨本師入國吳越忠懿王命征爲僧正師尤不喜俗務擬潛往閩川投訪禪會屬路岐艱阻遂迴天台山結茅而止尋遇韶國師開示頓悟本心乃辭出征師聞于忠懿王初命住越州清泰院次召居上寺署正覺空慧禪師師上堂曰十方諸佛一時雲集與諸上座證明諸上座與諸佛一時證明還信麽切忌卜度僧問四衆雲臻如何舉唱師曰若到諸方切莫錯舉曰非但學人大衆有賴師曰禮拜著僧問五乘三藏委者頗多祖意西來乞師指示師曰五乘三藏曰向上還有事也無師曰汝却靈利問如何是大作佛事師曰嫌什麽曰恁麽即親承摩頂去也師曰何處是世尊問如何是西來意師曰汝過這邊立僧移步師曰會麽曰不會師示偈曰

汝問西來意　且過這邊立　昨夜三更時
雨打虚空濕　電影豁然明　不似蚰蜒急

師開寶七年甲戌夏六月示疾告衆爲別時有僧問昔日如來正法迦葉親傳未審和尚玄風百年後如何體會師曰汝什麼處見迦葉來曰恁麼即信受奉行不忘斯旨也師曰佛法不是這箇道理言訖坐亡壽六十四臘四十四既闍維而舌不壞柔軟如紅蓮葉今藏于普賢道場中師以華嚴李長者釋論旨趣宏與因將合經成百二十卷雕印徧行天下

廣州光聖道場師護禪師閩越人也自天台得法化行嶺表國主劉氏待以師禮創大伽藍請師居焉署大義之號僧問昔日梵王請佛今日國主臨筵祖師西來如何舉唱師曰不要西來山僧已舉唱了也曰豈無方便師曰適來豈不是方便問國王三請來坐光聖道場未審和尚法嗣何方師曰一聲鼕鼓萬戶齊窺曰恁麼即天台妙旨光聖親承也師曰莫亂道問學人乍入叢林西來妙訣乞師指示師曰汝未入叢林我已示汝了也曰如何領會師曰不要領會

杭州奉先寺清昱禪師永嘉人也得法於天台國師吳越忠懿王召入問道命軍使薛温於西湖建大伽藍曰奉先建大佛寶閣延請師居之演暢宗旨署圓通妙覺禪師僧問如何是西來意師曰高聲舉似大衆師開寶中示滅于本寺

台州天台山紫凝普聞寺智勤禪師僧問如何是空手把鋤頭師曰但恁麼諦信曰如何是步行騎水牛師曰汝自何來師有頌示衆曰

今年五十五　脚未蹋寸土　山河是眼睛大海是我肚

太平興國四年例試僧經業山門老宿各寫法名唯師不閑書札時通判李憲問禪師世尊還解書也無師曰天下人知至淳化初不疾命侍僧開浴浴訖垂誡徒衆安坐而逝塔于本山三年後門人遷塔發龕覩師全身不散容儀儼若髭髮仍長迎入新塔

温州鴈蕩山願齊禪師錢塘人也姓江氏少依水心寺紹巖禪師出家受具初習智者教精研止觀圓融行門後參天台國師發明玄奥乃住鴈蕩山開寶五年吴越王長子於西關建光慶寺請師開法住持仍於城下諸禪衆中訪求名行三百人同入新寺師上堂有僧問夜月舒光爲什麽碧潭無影師曰作家弄影漢其僧從東過西立師曰不唯弄影兼乃怖頭師居之未幾固辭入山太平興國中示滅

杭州普門寺希辯禪師蘇州常熟人也幼出家禮本邑延福院落祥禪師落髮具戒詣[illegible]伽山聽律尋謁天台受心印乾德初吴越忠懿王命住越州清泰院署慧智禪師開寶中復召入居普門寺(即第二世住)師上堂曰山僧素乏知見復寡聞持頃雖侍坐於山中和尚亦不蒙一句開示以至今與諸仁者聚會更無一法可相助發何況能爲諸仁者區别緇素商量古今還怪得山僧麽若有怪者且道此人具眼不具眼有賓主義無賓主義晚學初機必須審細時有僧問如何是普門示現神通事師曰恁麽即闍黎怪老僧也曰不怪時

如何師曰汝且下堂裏思惟去太平興國三年吳越王入覲師隨寶塔至見于滋福殿賜紫號慧明大師端拱中上言願還故里詔從之賜御製詩及忠懿王施金於常熟本山院創塼浮圖七級高二百尺功既就至道三年八月二十五日示疾而逝壽七十七臘六十三塔于院之西北隅

杭州光慶寺遇安禪師錢塘人也姓沈氏丱歲出家于天台華頂峯禮庵主重蕭披剃依年受具尋遇本山韶國師密契宗旨乾德中吳越忠懿王命住北關傾心院又召入居天龍寺開寶七年甲戌安僖王請於光慶寺攝衆署善智禪師初上堂有僧問無價寶珠請師分付師曰善能吐露曰恁麼即人人具足也師曰珠在什麼處僧乃禮拜師曰也是虛言問提綱舉領盡立主賓如何是主師曰深委此問曰如何是賓師曰適來向汝道什麼曰賓主道合時如何師曰其令不行問心月孤圓光吞萬象如何是吞萬象底光師曰大衆總見汝恁麼問曰光吞萬象從師道心月孤圓意若何師曰抖擻精神著曰鷺倚雪巢猶可辨光吞萬象事難明師曰謹退問青山綠水處處分明和尚家風乞垂一句師曰盡被汝道了也曰未必如斯請師答話師曰不用閑言又一僧方禮拜師曰問答俱備僧擬伸問師乃叱之師有時示衆曰欲識曹谿旨雲飛前面山分明真實箇不用別追攀問承古德有言井底紅塵生山頭波浪起未審此意如何師曰若到諸方但恁麼問曰和尚意旨如何師曰適來向汝道什麼師又曰古今

相承皆云塵生井底浪起山頭結子空華生兒石女且作麼生會莫是和聲送事就物呈心句裏藏鋒聲前全露麼莫是有名無體異唱玄譚麼上座自會即得古人意旨不然既恁麼會不得合作麼生會上座欲得會麼但看泥牛行處陽燄翻波木馬嘶時空華墜影聖凡如此道理分明何須久立珍重太平興國三年隨寶塔見于滋福殿賜紫號明智大師淳化初還光慶舊寺三年九月二十一日歸寂

天台山般若寺友蟾禪師錢塘臨安人也幼歲出家於本邑東山朗瞻院得度聞天台國師盛化遠趨函丈密印心地初命住雲居普賢院僧侶咸湊吳越忠懿王署慈悟禪師遷止上寺衆盈五百僧問鼓聲纔動大衆雲臻向上宗乘請師舉唱師曰虧汝什麼曰恁麼即人人盡霑恩去也師曰莫亂道雍熙三年以山門大衆付受業弟子隆一繼踵開法至淳化初示滅歸葬于本山

婺州智者寺全肯禪師初參天台天台問汝名什麼曰全肯天台曰肯箇什麼師乃禮拜住後有僧問有人不肯師還甘也無師曰若人問我即向伊道師太平興國中以住持付法嗣弟子紹忠繼世說法尋於本寺歸寂

福州玉泉義隆禪師上堂曰山河大地盡在諸人眼睛裏因什麼說會與不會時有僧問曰山河大地眼睛裏師今欲更指歸誰師曰只爲上座去處分明曰若不上來伸此問焉知方便不虛施師曰依俙似曲纔堪聽又被風吹別調中

杭州龍冊寺第五世住曉榮禪師溫州白鹿人也姓鄧氏幼依瑞鹿寺出家登戒聞天台國師盛化遂入山參禮受心法初住杭州富陽淨福院後住龍冊寺二處皆聚徒闡法僧問祖祖相傳未審和尚傳阿誰師曰汝還識得祖未僧慧文問如何是真實沙門師曰汝是慧文問如何是般若大神珠師曰般若大神珠分形萬億軀塵塵彰妙體剎剎盡毗盧問日用事如何師曰一念周沙界日用萬般通湛然常寂滅常轉自家風師一日坐妙善臺受大衆小參有僧問向上事即不問如何是妙善臺中的的意師曰若到諸方分明舉似曰恁麼即雲有出山勢水無投澗聲師乃叱之師淳化元年庚寅八月二十九日於秀州靈光寺淨土院歸寂預告門人致書辭同道壽七十一臘五十六

杭州臨安縣功臣院慶蕭禪師僧問如何是功臣家風師曰明暗色空曰恁麼即諸法無生去也師曰汝喚什麼作諸法師乃頌曰

功臣家風　明暗色空　法法非異　心心自通
恁麼會得　諸佛真宗

越州稱心敬璡禪師僧問結束囊裝請師分付師曰莫諱曰什麼處孤負和尚師曰却是汝孤負我師後遷住杭州保安院示滅

福州嚴峯師术禪師初開堂陞座時有極樂和尚問曰大衆顒望請震法雷師曰大衆還會麼還辨得麼今日不異靈山乃至諸佛國土天上人間總皆如是亘古亘今常無變異作麼生會無變異底道理若會得所以道無邊剎境自他不隔於毫端十世古今始終不

移於當念問靈山一會迦葉親聞今日嚴峯一會誰是聞者師曰問者不弱問如何是文殊師曰來處甚分明

潞州華嚴慧達禪師僧問如何是古佛心師曰山河大地問如何是華嚴境師曰滿目無形影

越州剡縣清泰院道圓禪師僧問亡僧遷化向什麼處去也師曰今日遷化嶺中上座問如何是祖師西來意師曰不可向汝道庭前栢樹子

杭州九曲觀音院慶祥禪師餘杭人也姓沈氏身長七尺餘辯才冠衆多聞强記時天台門下推爲傑出僧問險惡道中以何爲津梁師曰以此爲津梁曰如何是此師曰築著汝鼻孔

杭州開化寺傳法大師行明本州人也姓于氏少投明州雪竇山智覺禪師披剃及智覺遷住永明大道場有徒二千王臣欽仰法化彌盛師自天台受記迴永明翼賛本師海衆傾仰開寳八年智覺歸寂師遂住能仁寺忠懿王又建大和寺（尋改名六和寺後太宗皇帝賜號開化）延請住持二處皆聚徒說法僧問如何是開化門中流出方便師曰日日潮音兩度聞問如何是無盡燈師曰謝闍黎照燭太宗皇帝賜紫衣師號咸平四年四月六日示滅

越州蕭山縣漁浦開善寺義圓禪師僧問一年去一年來方便門中請師開師曰分明記取曰恁麼即昔時師子吼今日象王迴師曰且喜勿交涉

温州瑞鹿寺上方遇安禪師福州人也得法

於天台又常閱首楞嚴了義時謂之安楞嚴也至道元年季春月將示滅有法嗣弟子蘊仁侍坐師乃說偈曰

不是嶺頭攜得事　豈從雞足付將來
自古聖賢皆若此　非吾今日爲君裁

師說偈付囑以香水沐身易衣安坐令舁棺至室良久自入棺經三日門人與本寺瑜闍黎輙啓棺覩師右脇吉祥而卧四衆哀慟師乃再起上堂說法及訶責垂誡曰此度更啓吾棺者非吾之子言訖復入棺長往

杭州龍華寺慧居禪師閩越人也自天台領旨吳越忠懿王命住上寺初開堂衆集定師曰從上宗乘到此如何言論又如何舉唱只如釋迦如來說一代時教如缾注水古德尚云猶如夢事寱語一般且道古德據什麼道理便恁麼道還會麼大施門開何曾擁塞生凡育聖不漏纖塵言凡則全凡舉聖則全聖凡聖不相待箇箇獨尊所以道山河大地長時說法長時放光地水火風一一如是時有僧出禮拜師曰好箇問頭如法問將來僧方進前師曰又勿交涉也僧問諸佛出世放光動地和尚出世有何祥瑞師曰話頭自破異日上堂謂衆曰龍華這裏也只是拈柴擇菜上來下去晨朝一粥齋時一飯睡後喫茶但恁麼參取珍重僧問學人未明自己如何辨得淺深師曰識取自己眼曰如何是自己眼師曰向汝道什麼

婺州齊雲山遇臻禪師越州人也姓楊氏幼歲依本州大善寺出家年滿登具預天台之室親承印記住齊雲山宴居法侶咸湊僧問

如何是無縫塔師曰五六尺其僧禮拜師曰塔倒也問圓明了知爲什麼不因心念師曰圓明了知曰何異心念師曰汝喚什麼作心念師秋夕閑坐偶成頌曰

秋庭肅肅風颼颼　寒星列空蟾魄高
搘頤靜坐神不勞　鳥窠無端拈布毛

其諸歌偈皆觸事而作三百餘首流行見乎別録至道中卒于大善寺

温州瑞鹿寺本先禪師温州永嘉人也姓鄭氏幼歲於本州集慶院出家納戒於天台國清寺得法於天台韶國師師初遇國師國師導以非風旛動仁者心動之語師即時悟解後乃示徒曰吾初學天台法門語下便薦然千日之内四儀之中似物礙膺如讎同所千日之後一日之中物不礙膺讎不同所當下安樂頓覺前咎乃述頌三首一非風旛動仁者心動頌曰

非風旛動唯心動　自古相傳直至今
今後水雲徒欲曉　祖師眞實好知音

二見色便見心頌曰

若是見色便見心　人來問著方難答
更求道理説多般　孤負平生三事衲

三明自巳頌曰

曠大劫來祇如是　如是同天亦同地
同地同人作麽形　作麽形兮無不是

師自爾足不歷城邑手不度財貨不設卧具不衣繭絲卯齋終日宴坐申旦誨誘徒衆朝夕懇至踰三十載其志彌厲師示衆云你等諸人還見竹林蘭若山水院舍人衆麽若道見則心外有法若道不見焉奈竹林蘭若山

水院舍人衆現在擬然地還會恁麽告示麽若會不妨靈利無事莫立師示衆云佛身充滿於法界普現一切羣生前隨緣赴感靡不周而常處此菩提座若道佛身充滿於法界去菩薩界緣覺界聲聞界天界脩羅界人界畜生界餓鬼地獄界如是等界應須匆有蹤跡去始得為什麽有此二三說為道法界唯是佛身便恁麽道恁麽道既成二三又作麽生說是充滿法界底佛身向這裏為你等亂道還得麽於這箇說話若也薦得不妨省心力若也薦不得你等且道不歷僧祇獲法身是箇甚人彼此出浴勞倦不妨且退師有時云大凡參學佛法未必學問話是參學未必學揀話是參學未必學代語是參學未必學別語是參學未必學捻破經論中奇特言語是參學未必捻破諸祖師奇特言語是參學若也於如是等參學任你七通八達於佛法中儻無箇實見處喚作乾慧之徒豈不聞古德云聰明不敵生死乾慧豈免苦輪諸人若也參學應須真實參學始得真實參學也行時行時參取立時立時參取坐時坐時參取眠時眠時參取語時語時參取默時默時參取一切作務時一切作務時參取既向如是等時參且道參箇甚人參箇什麽說到這裏須自有箇明白處始得若非明白處喚作造次參學則無究了又云幽林鳥叫碧澗魚跳雲片展張瀑聲嗚咽你等還知得如是多景象示你等箇入處麽若也知得不妨參取好又云天台教中說文殊觀音普賢三門文殊門者一切色觀音門者一切聲普賢門者不

動步而到我道文殊門者不是一切色觀音門者不是一切聲普賢門者是箇什麽莫道別却天台教説話無事且退又云南泉遷化向甚處去東家作驢西家作馬若是求出三界修行底人聞這箇言語不妨狐疑不妨驚怛南泉遷化向甚處去東家作驢西家作馬或會云千變萬化不出眞常南泉遷化向甚處去東家作驢西家作馬或會云須會異類中行始會得這箇言語南泉遷化向甚處去東家作驢西家作馬或會云東家是南泉西家是南泉南泉遷化向甚處去東家作驢西家作馬或會云東家郎君子西家郎君子南泉遷化向甚處去東家作驢西家作馬或會云東家是什麽西家是什麽南泉遷化向甚處去東家作驢西家作馬或會云乃作驢叫又作馬嘶南泉遷化向甚處去東家作驢西家作馬或會云喚什麽作東家驢喚什麽作西家馬南泉遷化向甚處去東家作驢西家作馬或會云既問遷化答在問處南泉遷化向甚處去東家作驢西家作馬或會云作露柱處去南泉遷化向甚處去東家作驢西家作馬或會云東家作驢虧南泉甚處西家作馬虧南泉甚處如是諸家會也總知佛法有安樂處南泉遷化向甚處去東家作驢西家作馬學人不會要騎便騎要下便下這箇答話不消得多道理而會若見法界性去也匆多事珍重又云晨朝起來洗手面盥漱了喫茶喫茶了佛前禮拜佛前禮拜了和尚主事處問訊和尚主事處問訊了僧堂裏行益僧堂裏行益了上堂喫粥上堂喫粥了歸下處

打睡歸下處打睡了起來洗手面盥漱起來洗手面盥漱了喫茶喫茶了東事西事東事西事了齋時僧堂裏行益齋時僧堂裏行益了上堂喫飯上堂喫飯了盥漱盥漱了喫茶喫茶了東事西事東事西事了黃昏唱禮黃昏唱禮了僧堂前喝參僧堂前喝參了主事處喝參主事處喝參了和尚處問訊和尚處問訊了初夜唱禮初夜唱禮了僧堂前喝珍重僧堂前喝珍重了和尚處問訊和尚處問訊了禮拜行道誦經念佛如此之外或往莊上或入郡中或歸俗家或到市肆既有如是等運爲且作麽生說箇勿轉動相底道理且作麽生說箇那伽常在定無有不定體底道理還說得麽若也說得一任說取珍重又云鑑中形影唯憑鑑光顯現你等諸人所作一切事且道唯憑箇什麽顯現還知得麽若也知得於衆學中千足萬足無事莫立又云你等諸人夜間眠熟不知一切既不知一切且問你等那時有本來性若道那時有本來性那時又不知一切與死無異若道那時無本來性那時睡眠忽省覺知如故還會麽不知一切與死無異睡眠忽省覺知如故如是等時是箇什麽若也不會各自體究取無事莫立又云諸法所生唯心所現如是言語好箇人底門戶且問你等諸人眼見一切色耳聞一切聲鼻齅一切香舌知一切味身觸一切輭滑意分別一切諸法只如眼耳鼻舌身意所對之物爲復唯是你等心爲復非是你等心若道唯是你等心何不與你等身都作一塊了休爲什麽所對之物却在你等眼耳鼻

舌身意外你等若道眼耳鼻舌身意所對之物非是你等心又焉奈諸法所生唯心所現言語留在世間何人不舉著你等見這箇說話還會麽若也不會大家用心商量教會去幸在其中莫令厭學無事且退大中祥符元年二月師忽謂上足如晝曰可造石龕仲秋望日吾將順化如晝禀命尋即成就及期遠近士庶奔趨瞻仰是日參問如常至午時安坐方丈手結寶印復謂如晝曰古人云騎虎頭打虎尾中央事作麽生如晝答云也只是如晝師云你問我晝乃問騎虎頭打虎尾中央事和尚作麽生師云我也弄不出言訖奄然開一目微視而寂壽六十七臘四十二長吏具以事聞詔本州常加檢視如晝乃奉師骨所著竹林集十卷詩篇歌辭共千餘首詣闕上進詔藏祕閣如晝特賜紫衣

前杭州報恩寺慧明禪師法嗣

福州長谿保明院通法大師道誠師上堂曰如爲一人衆多亦然珍重僧問如何是保明家風師曰看問圓音普震三等齊聞竺土僊心請師密付師良久僧曰恁麽即意馬已成於寶馬心牛頓作於白牛師曰七顛八倒曰若不然者幾招哂笑師曰禮拜退後問如何是和尚西來意師曰我不曾到西天曰如何是學人西來意師曰汝在東土多少時

前杭州永明寺道潛禪師法嗣

杭州千光王寺瓌省禪師温州陶山人也姓鄭氏幼歲出家精究律部聽天台文句棲心於圓頓止觀後閱楞嚴文理宏濬未能洞曉一夕誦經既久就案若假寐夢中見日輪自

空降開口吞之自是倏然發悟差別義門渙然無滯後聞國城永明法席隆盛專申參問永明唯印前解無別指喻即以忠懿王所遺衲衣授之表信後住湖西嚴淨院開寶三年衢州刺史翁晟仰重師道乃開西山創大禪苑太宗皇帝改賜寶雲寺額請師居之學者臻萃師上堂曰諸上座佛法無事昔之日月今之日月昔日風今日風昔日上座今日上座莫道舉亦了説亦了一切成現好珍重師開寶五年壬申七月示疾不求醫三日前有寶樹浴池現師曰凡所有相皆是虛妄二十七日晡時集衆言別安坐而逝壽六十有七闍維舍利門人建塔

衢州鎮境志澄大師僧問如何是定乾坤底劒師曰不漏絲髮曰用者如何師曰不知問或因普請鋤頭損傷蝦蟇蚯蚓還有罪也無師曰阿誰是下手者曰恁麼即無罪過師曰因果歷然師後遷住杭州西山寶雲寺説法本國賜紫署積善大師

明州崇福院慶祥禪師上堂曰諸禪德見性周徧聞性亦然洞徹十方無內無外所以古人道隨緣無作動寂常真如此施爲全真智用問如何是本來人師曰堂堂六尺甚分明曰只如本來人還作如此相貌也無師曰汝喚什麼作本來人曰乞師方便師曰教誰方便

前杭州靈隱寺清聳禪師法嗣

杭州臨安功臣院道慈禪師問師登寶座大衆咸臻請師舉揚宗教師曰大衆證明上座曰恁麼即亘古亘今也師曰也須領話始得

秀州羅漢院願昭禪師錢塘人也依本部西山保清院受業自靈隱發明衆請出世師上堂曰山河大地是眞善知識時常説法時時度人不妨諸上座參請無事久立僧問羅漢家風請師一句師曰嘉禾合穗上國傳芳曰此猶是嘉禾家風如何是羅漢家風師曰或到諸方分明舉似師後住杭州香嚴寺僧問不立纖塵請師直道師曰衆人笑汝曰如何領會師曰還我話頭來

處州報恩院師智禪師僧問如何是和尚家風師曰誰人不見問如何是一相三昧師曰青黃赤白曰一相何在師曰汝却靈利問祖祖相傳傳祖印師今法嗣嗣何人師曰靈鷲峯前月輪皎皎

衢州瀫寧可先禪師僧問如何是瀫寧家風師曰謝指示問如何是西來意師曰怪老僧什麼處曰學人不會乞師方便師曰適來豈不是問西來意

杭州臨安光孝院道端禪師僧問如何是佛師曰高聲問著曰莫即便是也無師曰勿交涉師後住靈隱寺示滅

杭州西山保清院遇寧禪師初開堂陞座有二僧一時禮拜師曰二人俱錯僧擬進語師便下座

福州支提山雍熈寺辯隆禪師明州人也依靈隱寺了悟禪師出家遂受心印師上堂曰巍巍實相偪塞虚空金剛之體無有破壞大衆還見不見若言見也且實相之體本非青黃赤白長短方圓亦非見聞覺知之法且作麼生説見底道理若言不見又道巍巍實相

偪塞虛空爲什麽不見僧問如何是向上一路師曰脚下底曰恁麽即尋常履踐師曰莫錯認問如何是堅密身師曰倮倮地曰恁麽即不密也師曰見什麽

杭州瑞龍院希圓禪師僧問如何是和尚家風師曰特謝闍黎借問曰借問即不無家風作麽生師曰瞌睡漢

前金陵報慈行言導師法嗣

洪州雲居山義能禪師第九世住師上堂曰不用上來堂中憍陳如上座爲諸上座轉第一義法輪還得麽若自信得各自歸堂參取師下堂後却問一僧只如山僧適來教上座參取聖僧聖僧還道箇什麽僧曰特謝和尚再舉問如何是佛師曰即心是佛曰學人不會乞師方便師曰方便呼爲佛迴光返照看身心是何物

前金陵清涼泰欽禪師法嗣

洪州雲居山第十一世住道齊禪師洪州人也姓金氏禮百丈山明照禪師得度徧歷禪會學心未息後遇法燈禪師機縁頓契暨法燈住上藍院師乃主經藏一日侍立次法燈謂師曰藏主我有一轉西來意話汝作麽生會師對曰不東不西法燈曰有什麽交涉曰道齊只恁麽未審和尚尊意如何法燈曰他家自有兒孫在師於是頓明厥旨初住筠州東禪院僧問如何是佛師曰汝是阿誰問荆棘林中無出路請師方便爲開師曰汝擬去什麽處曰幾不到此師曰閑言語問不免輪迴不求解脱時如何師曰還曾問建山麽曰學人不會乞師方便師曰放你三十棒問

如何是三寶師曰汝是什麽寶曰如何師曰土木瓦礫師次住洪州雙林院後住雲居山三處說法著語要搜玄拈古代別等集盛行諸方此不繁錄至道三年丁酉九月示疾八日申時令聲鍾集衆維那白云衆已集師曰老僧三處住持三十餘年十方兄弟相聚話道主事頭首勤心贊助老僧今日火風相逼特與諸人相見諸人還見麽今日若見是末後方便諸人向什麽處見爲向四大五陰處見六入十二處見這裏若見便可謂雲居山二十年間後學有賴吾去後山門大衆付契瓌開堂住持凡事更在勤而行之名自努力珍重大衆纔散師歸西挾告寂壽六十九臘四十八令塔存本山

前金陵報恩院法安禪師法嗣

廬山棲賢寺道堅禪師有官人問某甲收金陵布陣殺人無數還有罪也無師曰老僧只管看問如何是祖師西來意師曰洋瀾左裏無風浪起問如何是棲賢境師曰棲賢有什麽境

廬山歸宗寺第十四世慧誠禪師揚州人也姓崔氏幼出家於撫州明水院受具遊方緣契慧濟禪師密承心印庵于廬山之金峯淳化四年孟夏月歸宗柔和尚歸寂郡牧與山門徒衆三請師開法住持初上堂未陞座謂衆曰天人得道以此爲證恁麽便散去已是周遮其如未曉再爲重敷方乃陞座僧問郡主臨筵請師演法師曰我不及汝問如何是佛師曰如何不是問如何是祖師西來意師曰不知師又曰問話且住諸上座問到窮劫

問也不著山僧答到窮劫答也不及何以故爲上座各有本分事圓滿十方亘古亘今乃至諸佛也不敢錯悞上座謂之頂族只助發上座所以道十方法界諸有情念念以證善逝果彼既丈夫我亦爾何得自輕而退屈諸上座不要退屈信取便休祖師西來只道見性成佛其餘所說不及此說更有箇奇特方便舉似諸人分明記取到諸方莫錯舉久立珍重異日上堂僧問不通風處如何過得師曰汝從什麽處來僧舉南泉云銅鉼是境鉼中有水不得動著境與老僧將水來鄧隱峯便拈瓶瀉水南泉乃休師曰鄧隱峯甚奇怪要且亂瀉師接武歸宗十有四載常聚五百餘衆景德四年三月十八日上堂辭衆安然而化壽六十有七臘五十二全身塔于本山

前廬州長安院延規禪師法嗣

廬州長安院辯實禪師第二世住僧問如何是祖師西來意師曰少室靈峯住九霄

潭州雲蓋山海會寺用清禪師河州人也姓趙氏本州出家酷志求法遠參長安潛契宗旨先住韶州東平山淳化二年知潭州張茂宗請居雲蓋第六世住僧問有一人在萬丈井底如何出得師曰且喜得相見曰恁麽即穿雲透月去也師曰三十三天事作麽生僧無語問如何是雲蓋境師曰門外三泉井曰如何是境中人師曰童行作子師有頌示衆曰

雲蓋鎖口訣　擬議皆腦裂　拍手趂玄空
雲露西山月

僧問如何是雲蓋鎖口訣師曰徧天徧地曰恁麽即石人點頭露柱拍手師曰一瓶淨水

一鑪香曰此猶是井底蝦蟆師曰勞煩大衆師常節飲食隨衆二時但展鉢而已或逾年月亦不調練服餌無妨作務有請必開即便飽食而亡拘執至道二年四月二日示疾而逝闍維建塔于本山

吉州青原山行思禪師第十一世

前蘇州長壽院朋彦大師法嗣

長壽第二世法齊禪師婺州人也姓丁氏始講百法因明二論尋置講遊方受心印於廣法大師建隆二年廣法歸寂付授住持節使錢仁奉禮重請揚眞要有百法座主問令公請命四衆雲臻向上宗乘請師舉唱師曰百法明門論曰畢竟作麽生師曰一切法無我問城東老母與佛同生爲什麽却不見佛師曰不見即道曰恁麽即見去也師曰城東老母與佛同生師太平興國三年戊寅捨衆就本院創別室宴居咸平三年庚子十二月十一日示滅壽八十九臘七十二

景德傳燈録卷第二十六

音釋

漪於其切　昱余六切　璡即刃切　瀫胡谷切　蝍蟉蝍資悉切蟉落蕭切蝍蟉蟲名　靠苦到切倚靠也　銛息廉切　斫之若切斬也　繒纊繒疾陵切帛也纊苦謗切絮也　襦汝朱切短衣也　鷃於諫切尺鷃小鳥名　襵之涉切偦揖也　瀑蒲木切飛泉懸水也　澡鑵澡子皓切洗也鑵古玩切瓶屬　稜盧登切柧稜也　塌託盍切地下也　殄徒典切絶也　脾胃脾頻彌切土藏也胃于貴切穀府也　躁則到切急進也　盥古玩切澡手也　彙于貴切　闍維梵語也此云焚燒闍時遮切　僖虛其切　剡時染切縣名　攜戶圭切提挈也　舁羊朱切對舉也　颾颼蘇曹切風聲　搘章移切拄也　繭古典切蠶衣也　捻諾協切捏也　漱蘇奏切蕩口也　塊苦怪切

晟承正切　晡博孤切申時也　偪塞偪彼側切迫也塞蘇則切滿也　倮郎果切赤體也　畬羊諸切以火燒治田也　酷苦沃切極也　餌忍止切食也

景德傳燈録卷第二十七

宋　沙　門　道　原　纂

禪門達者雖不出世有名於時者十人

金陵寶誌禪師　婺州善慧大士
南嶽慧思禪師　天台智顗禪師
泗州僧伽和尚　萬迴法雲公
天台豐干禪師　天台寒山子
天台拾得　明州布袋和尚

諸方雜舉徵拈代別語

寶誌禪師金陵人也姓朱氏少出家止道林寺修習禪定宋太始初忽居止無定飲食無時髮長數寸徒跣執錫杖頭擐剪刀尺銅鑑或挂一兩尺帛數日不食無飢容時或歌吟詞如讖記士庶皆共事之齊建元中武帝謂師惑衆收付建康獄既旦人見其入市及檢獄如故建康令以事聞帝延於宮中之後堂師在華林園忽一日重著三布帽亦不知於何所得之俄豫章王文惠太子相繼薨齊亦以此季矣由是禁師出入梁高祖即位下詔曰誌公迹拘塵垢神遊冥寂水火不能燋濡蛇虎不能侵懼語其佛理則聲聞以上譚其隱淪則遯僊高者豈以俗士常情空相拘制何其鄙陋一至於此自今勿得復禁帝一日問師曰弟子煩惑何以治之師曰十二識者以爲十二因緣治惑藥也又問十二之旨師曰旨在書字時節刻漏中識者以爲書之在十二時中又問弟子何時得靜心修習師曰安樂禁識者以爲修習禁者止也至安樂時乃止耳又製大乘贊二十四首盛行於世餘者辭句與夫禪宗旨趣冥會略録十首及師製十二時頌編于別卷天監十三

年冬將卒忽告衆僧令移寺金剛神像出置于外乃密謂人曰菩薩將去未及旬日無疾而終舉體香輭臨亡然一燭以付後閤舍人吳慶慶以事聞帝歎曰大師不復留矣燭者將以後事囑我乎因厚禮葬于鍾山獨龍阜仍立開善精舍勑陸倕製銘於塚內王筠勒碑於寺門處處傳其遺像焉初師顯迹之始年可五六十許及終亦不老人莫測其年有徐捷道者年九十三自言是誌外舅弟小誌四年計師亡時蓋年九十七矣勑謚妙覺大師

善慧大士者婺州義烏縣人也齊建武四年丁丑五月八日降于雙林鄉傅宣慈家本名翕梁天監十一年年十六納劉氏女名妙光生普建普成二子二十四與里人稽亭浦漉魚獲已沈籠水中祝曰去者適止者留人或謂之愚會有天竺僧達磨(時謂嵩頭陀)曰我與汝毗婆尸佛所發誓今兜率宮衣鉢見在何日當還因命臨水觀其影見大士圓光寶蓋大士笑謂之曰鑪鞴之所多鈍鐵良醫之門足病人度生爲急何思彼樂乎嵩指松山頂曰此可棲矣大士躬耕而居之乃說一偈曰

空手把鋤頭　步行騎水牛　人從橋上過
橋流水不流

有人盜菽麥瓜果大士即與籃籠盛去日常傭作夜則行道見釋迦金粟定光三如來放光襲其體大士乃曰我得首楞嚴定當捨田宅設無遮大會大通二年唱賣妻子獲錢五萬以營法會時有慧集法師聞法悟解言我師彌勒應身耳大士恐惑衆遂呵之六年正

月二十八日遣弟子傳暀致書于梁高祖書曰雙林樹下當來解脫善慧大士白國主救世菩薩今欲條上中下善希能受持其上善略以虛懷爲本不著爲宗亡相爲因涅槃爲果其中善略以治身爲本治國爲宗天上人間果報安樂其下善略以護養衆生勝殘去殺普令百姓俱禀六齋今聞皇帝崇法欲伸論義未遂襟懷故遣弟子傳暀告白暀投大樂令何昌昌曰慧約國師猶復置啓翕是國民又非長老殊不謙卑豈敢呈達暀燒手御路昌乃馳往同泰寺詢皓法師皓勸速呈二月二十二日進書帝覽之遽遣詔迎旣至帝問從來師事誰耶曰從無所從來無所來師事亦爾昭明問大士何不論義曰菩薩所說非長非短非廣非狹非有邊非無邊如如正理復有何言帝又問何爲眞諦曰息而不滅帝曰若息而不滅此則有色有色故鈍若如是者居士不免流俗曰臨財無苟得臨難無苟免帝曰居士大識禮曰一切諸法不有不無帝曰謹受居士來旨曰大千世界所有色象莫不歸空百川叢注不過於海無量妙法不出眞如如來何故於三界九十六道中獨超其最視一切衆生有若赤子有若自身天下非道不安非理不樂帝默然大士辭退異日帝於壽光殿請誌公講金剛經誌公曰大士能耳帝請大士大士登坐執拍板唱經成四十九頌大同五年奏捨宅於松山下因雙檮樹而創寺名曰雙林其樹連理祥煙周繞有雙鶴棲止太清二年大士誓不食取佛生日焚身供養至日白黒六十餘人代不食燒

身三百人刺心瀝血和香請大士住世大士愍而從之承聖三年復捨家資爲衆生供養三寶而說偈曰

傾捨爲群品　奉供天中天　仰祈甘露雨流澍普無邊

天嘉二年大士於松山頂遶連理樹行道感七佛相隨釋迦引前維摩接後唯釋尊數顧共語爲我補處也其山忽起黃雲盤旋若蓋因號雲黃山時有慧和法師不疾而終嵩頭陀於柯山靈巖寺入滅大士懸知曰嵩公兜率待我決不可久留也時四側華木方當秀實欻然枯悴陳太建元年己丑四月二十四日示衆曰此身甚可猒惡衆苦所集須愼三業精勤六度若墜地獄卒難得脫常須懺悔又曰吾去已不得移寢牀七日有法猛上人持像及鐘來鎮于此弟子問滅後形體若爲曰山頂焚之又問不遂何如曰愼勿棺斂但壘甓作壇移屍於上屛風周繞絳紗覆之上建浮圖以彌勒像處其下又問諸佛涅槃時皆說功德師之發迹可得聞乎曰我從第四天來爲度汝等次補釋迦及傅普敏文殊慧集觀音何昌阿難同來贊助故大品經云有菩薩從兜率來諸根猛利疾與般若相應即吾身是也言訖趺坐而終壽七十有三尋猛師果將到織成彌勒像及九乳鍾留鎮之須㬰不見大士道具十餘事見在晉天福九年甲辰六月十七日錢王遣使發塔取靈骨一十六片紫金色及道具至府城南龍山建龍華寺寘之仍以靈骨塑其像

衡嶽慧思禪師武津人也姓李氏頂有肉髻

牛行象視少以慈恕聞于閭里甞夢梵僧勸出俗乃辭親入道及稟具常習坐日唯一食誦法華等經滿千徧又閱妙勝定經歎禪那功德遂發心尋友時慧聞禪師有徒數百（聞禪師如因背手探藏得中觀論發明禪理此論即西天第十四祖龍樹大士所造遂遥禀龍樹）乃往受法晝夜攝心坐夏經三七日獲宿智通倍加勇猛尋有障起四支緩弱不能行步自念曰病從業生業由心起心源無起外境何狀病業與身都如雲影如是觀已顛倒想滅輕安如故夏滿猶無所得深懷慚愧放身倚壁背未至間豁爾開悟法華三昧最上乘門一念明達研練逾久前觀轉增名行遠聞學侶日至激勵無倦機感寔繁乃以大小乘定慧等法隨根引喻俾習慈忍行奉菩薩三聚戒衣服率用布寒則加之以艾以北齊天保中領徒南邁值梁孝元之亂權止大蘇山輕生重法者相與冒險而至塡聚山林師示衆曰道源不遠性海非遥但向已求莫從他覔覔即不得得亦不眞偈曰

頓悟心源開寶藏　隱顯靈通現眞相
獨行獨坐常巍巍　百億化身無數量
縱令偪塞滿虚空　看時不見微塵相
可笑物兮無比況　口吐明珠光晃晃
尋常見説不思議　一語標名言下當

又偈曰

天不能蓋地不載　無去無來無障礙
無長無短無青黃　不在中間及内外
超群出衆太虚玄　指物傳心人不會

其他隨叩而應以道俗所施造金字般若法華經時衆請師講二經隨文發解復命門人

智顗代講至一心具萬行有疑請決師曰汝所疑乃大品次第意耳未是法華圓頓旨也吾昔於夏中一念頓發諸法見前吾既身證不勞致疑顗即諮受法華行三七日得悟顗即天台教主智者大師如下章出焉陳光大六年六月二十三日自大蘇山將四十餘僧徑趣南嶽乃曰吾寄此山止期十載已後必事遠遊吾前身曾履此處巡至衡陽值一處林泉勝異師曰此古寺也吾昔曾居俾掘之基址猶存又指巖下曰吾此坐禪賊斬吾首尋得枯骸一聚自此化道彌盛陳主屢致慰勞供養目爲大禪師將欲順世謂門人曰若有十人不惜身命常修法華般舟念佛三昧方等懺悔期于見證者隨有所須吾自供給如無此人吾即遠去矣時衆以苦行事難無有答者師乃屏衆泯然而逝小師雲辯號叫師開目曰汝是惡魔吾將行矣何驚動妨亂吾耶癡人出去言訖長往時異香滿室頂暖身輭顏色如常即太建九年六月二十二日也壽六十有四凡有著述皆口授無所删改撰四十二字門兩卷無諍行門兩卷釋論玄隨自意安樂行次第禪要三智觀門等五部各一卷並行於世

天台山修禪寺智者禪師智顗荊州華容人姓陳氏母徐氏始娠夢香煙五色縈繞于懷誕生之夕祥光燭于隣里幼有奇相膚不受垢七歲入果願寺聞僧誦法華經普門品即隨念之忽自憶記七卷之文宛如宿習十五禮佛像誓志出家怳焉如夢見大山臨海際峯頂有僧招手復接入一伽藍云汝當居此汝當終此十八喪二親於果願寺依僧法緒

出家二十進具陳乾明元年謁光州大蘇山慧思禪師思一見乃謂曰昔靈鷲同聽法華經今復來矣即示以普賢道場說四安樂行師入觀三七日身心豁然定慧融會宿通潛發唯自明了以所悟白思思曰非汝弗證非我莫識此乃法華三昧前方便初旋陀羅尼也縱令文字之師千萬不能窮汝之辯汝可傳燈莫作最後斷佛種人師既承印可太建元年禮辭往金陵闡化凡說法不立文字以辯才故晝夜無倦七年乙未謝遣徒衆隱天台山佛隴峯有定光禪師先居此峯謂弟子曰不久當有善知識領徒至此俄爾師至光曰還憶疇昔舉手招引時否師即悟禮像之徵悲喜交懷乃執手共至庵所其夜聞空中鐘磬之聲師曰是何祥也光曰此是揵椎集僧得住之相此處金地吾已居之北峯銀地汝宜居焉開山後宣帝建修禪寺割始豐縣租以充衆費及隋煬帝請師受菩薩戒師爲帝立法名號總持帝乃號師爲智者師常謂法華爲一乘妙典蕩化城之執教釋草庵之滯情開方便之權門示眞實之妙理會衆善之小行歸廣大之一乘遂出玄義曰釋名辯體明宗論用判教相之五重也名則法喻齊舉謂一乘妙法即衆生本性在無明煩惱不爲所染如蓮華處于淤泥而體常淨故以爲名此經開權顯實廢權立實會權歸實如蓮之華有含容開落之義華之蓮有隱現成實之義亦謂從本垂迹因迹顯本夫經題不越法喻人單複具足凡七種（單三複三具足一）攝一切名妙法蓮華即複之一也（法譬爲複）名以召體體

即實相謂一切相離實相無體故宗則一乘因果開示悟入佛之知見可尊尚故用則力用以開廢會之義有其力故然後判教相者以如來一代之說總判爲五時八教五時者一佛初成道爲上根菩薩說華嚴時二爲小機說阿含時三彈偏折小歎大褒圓說方等時四蕩相遣執說般若時五會權歸實授三乘人及一切衆生成佛記說法華涅槃時八教者謂化儀四教即頓漸祕密不定也化法四教即藏(生滅四諦)通(無生)別(無量)圓也(無作四諦唯法華圓理乃至治生產業一色一香無非實相)該三世如來所演罄殫其致(四正三接廣如本教)捨此皆魔說故教理既明非觀行無以復性乃依一心三諦之理(真俗中)示三止三觀一一觀心念念不可得先空次假後中離二邊而觀一心如雲外之月者此乃別

教之行相也嘗云破一切惑莫盛乎空建一切法莫盛乎假究竟一切性莫大乎中故一中一切中無假無空假不中空假亦爾即圓教之行相如摩醯首羅天之三目非縱橫並別故(第十四祖龍樹菩薩偈云因緣所生法我說即是空亦名爲假名亦名中道義斯與楞嚴圓覺經說奢摩他三摩鉢底禪那三觀名目雖殊其致一也達磨大師以心傳心不滯名數直爲上上根智俾忘筌忘意故與此教同而不同智者禪師窮理盡性備足之門故與禪宗異而非異也)三觀圓成法身不素即免同貧子也尚慮學者昧於修性或墮偏執故復創六即之義以絕斯患一理即佛者十法界衆生下至蟭螟同稟妙性從本以來常住清淨覺體圓滿一理齊平故(執名相者不信即心即佛觀此而生信也)二名字即佛者雖理性坦平而隨流者曰用不知必假言教外熏得聞名字生信發解故(起信論云以有妄想心故能知名義自此已下簡暗證者)三觀行即佛

者既聞名開解要假前之三觀而返源故圓教外凡也圓觀五陰為不思議境即五品位大師示居此位別教十信及藏通教皆名資糧位四相似即佛者觀行功深發相似用故內凡也圓伏無明入十信鐵輪位不斷見思惑至七信以去見思惑自隕得六根清淨如經云父母所生眼悉見三千界云云思大禪師示居此位若別教乃地前三十心也藏通皆名加行位楞嚴經唯識論三十心後別立四加行名位雖同詮旨迴異惟通悟者善巧融會五分真即佛者三心開發得真如用位位增勝故發圓初住即銅輪位也如龍女一念成佛現百界身從此轉勝至等覺位凡四十一心盡目真因分位雖殊圓理無別若別教即名十地藏通皆言見道位六究竟即佛者無明永盡覺心圓極證無所證故妙覺也起信云始本不二名究竟覺仁王名寂滅上忍也別教權佛攝對圓行第二位耳藏通二教佛可知如上六位既皆即佛不凡不濫通具法報化三身為正三寶三德屬對交絡乃至十種三法含攝無遺偈云道識性般若菩提大乘身涅槃三寶德一一皆三法隨居四土為依四土者一常寂光法性土也法身居之身土相稱二實報無障礙攝二受用也自受用土報佛自居他受用土登地菩薩所居三方便有餘四淨穢同居並為應化土也地前菩薩二乘凡夫所居其實則非身非土無優無劣為對機故假說身土而分優劣師得身土互融權實無礙故三十餘年晝夜宣演生四種益具四悉檀悉徧也檀翻名施禪師之法徧施有情隨根得益如世界悉檀生歡喜益云云門人灌頂日記萬言而編結之總目為天台教別即分諸部類法華玄義文句大小止觀金光明仁王淨名涅槃請觀音十六觀經等及四教禪門凡百餘軸歷代付授盛于江浙隋開皇十七年十一月十七日帝遣使詔師將行乃告門人曰吾今往而不返汝等當成就佛隴南寺一依我圖侍者曰若非師力豈能成辦師曰乃是王家所辦汝等見之吾不見也師初欲建寺於石橋禪寂見三神人皂幘絳衣從一老僧謂師曰若欲造寺今非其時三國成一當有大力施主與師造寺寺成國即清宜號為國清言訖不見開皇十八年帝遣司馬王弘入山依圖造寺

方應前誌師二十一日到剡東石城寺百尺石像前不進至二十四日顧侍者曰觀音來迎不久應去時門人智朗請曰不審何位何生師曰吾不領衆必淨六根損巳利他獲預五品耳五品弟子即法華三昧前方便之位與思大禪師昔語冥符命筆作觀心偈唱諸法門綱要訖趺坐而逝壽六十臘四十弟子等迎歸佛隴巖大業元年九月煬帝巡幸淮海遣使送弟子智璪及題寺額入山赴師忌齋到日集僧開石室唯覩空榻時會千僧至時忽剩一人咸謂師化身來受國供師始受禪教終乎滅度常披一壞衲冬夏不釋來往居天台山二十二年建造大道場一十二所國清最居其後及荊州玉泉寺等共三十六所度僧一萬五千人寫經一十五藏造金銅塑畫像八十萬尊事迹甚廣如本傳

泗州僧伽大師者世謂觀音大士應化也推本則過去阿僧祇殑伽沙劫值觀世音如來從三慧門而入道以音聲爲佛事但以此土有緣之衆乃謂大師自西國來唐高宗時至長安洛陽行化歷吳楚間手執楊枝混于緇流或問師何姓即答曰我姓何又問師是何國人師曰我何國人尋於泗上欲構伽藍因宿州民賀跋氏捨所居師曰此本爲佛宇令掘地果得古碑云香積寺即齊李龍建所創又獲金像衆謂然燈如來師曰普光王佛也因以爲寺額景龍二年中宗遣使迎大師至輦轂深加禮異命住大薦福寺帝及百官咸稱弟子與度慧儼慧岸木叉三人御書寺額普光王寺三年三月三日大師示滅勑令就薦福

寺漆身起塔忽異氣滿城帝祝迻師歸臨淮言訖異香騰馥帝問萬迴曰僧伽大師是何人耶曰觀音化身耶乾符中謚證聖大師皇朝太平興國中太宗皇帝重創浮圖壯麗超絶

萬迴法雲公者虢州閿鄉人也姓張氏唐貞觀六年五月五日生始在弱齡嘯傲如狂鄉黨莫測一日令家人灑掃云有勝客來是日三藏玄奘自西國還訪之公問印度風境了如所見奘作禮圍繞稱是菩薩有兄萬年久征遼左母程氏思其音信公曰此甚易爾乃告母而往至暮而還及持到書隣里驚異有龍興寺沙門大明少而相狎公來往明師之室屬有正諫大夫明崇儼夜過寺見公左右神兵侍衛崇儼駭之詰旦言與明師復厚施金繒作禮而去咸亨四年高宗召入内時有扶風僧蒙澒者甚多靈迹先在内每曰迴來迴來及公至又曰替到當去追旬日而澒卒景雲二年乙亥十二月八日師卒于長安醴泉里壽八十時異香氤氳舉體柔軟制贈司徒虢國公喪事官給三年正月十五日窆于京西香積寺

天台豐干禪師者不知何許人也居天台山國清寺剪髮齊眉衣布裘人或問佛理止答隨時二字甞誦唱道歌乘虎入松門衆僧驚畏本寺廚中有二苦行曰寒山子拾得二人執爨終日晤語潛聽者都不體解時謂風狂子獨與師相親一日寒山問古鏡不磨如何照燭師曰冰壺無影像猨猴探水月曰此是不照燭也更請師道師曰萬德不將來教我

道什麽寒拾俱禮拜師尋獨入五臺山巡禮逢一老翁師問莫是文殊否曰豈可有二文殊師作禮未起忽然不見（趙州沙彌舉似和尚趙州代豐干云文殊文殊）後迴天台山示滅初閭丘胤出牧丹丘將議巾車忽患頭疼醫莫能愈師造之曰貧道自天台來謁使君閭丘且告之病師乃索淨器呪水噴之斯須立差閭丘異之乞一言示此去安危之兆師曰到任記謁文殊普賢曰此二菩薩何在師曰國清寺執爨洗器者寒山拾得是也閭丘拜辭方行尋至山寺問此寺有豐干禪師否寒山拾得復是何人時有僧道翹對曰豐干舊院在經藏後今閴無人矣寒拾二人見在僧廚執役閭丘入師房唯見虎迹復問道翹豐干在此作何行業翹曰唯事舂穀供僧閑則諷詠乃入廚尋訪寒拾如下章叙之

天台寒山子者本無氏族始豐縣西七十里有寒明二巖以其於寒巖中居止得名也容貌枯悴布襦零落以樺皮爲冠曳大木屐時來國清寺就拾得取衆僧殘食菜滓食之或廊下徐行或時叫噪望空慢罵寺僧以杖逼逐翻身拊掌大笑而去雖出言如狂而有意趣一日豐干告之曰汝與我遊五臺即我同流若不與我去非我同流曰我不去豐干曰汝不是我同流寒山却問汝去五臺作什麽豐干曰我去禮文殊曰汝不是我同流暨豐干滅後閭丘公入山訪之見寒拾二人圍鑪語笑閭丘不覺致拜二人連聲咄叱寺僧驚愕曰大官何拜風狂漢耶寒山復執閭丘手笑而言曰豐干饒舌久而放之自此寒拾相

攜出松門更不復入寺閭丘又至寒巖禮謁送衣服藥物二士高聲喝之曰賊賊便縮身入巖石縫中唯曰汝諸人各各努力其石縫忽然而合閭丘哀慕令僧道翹尋其遺物於林間得葉上所書辭頌及題村墅人家屋壁共三百餘首傳布人間曹山本寂禪師注釋謂之對寒山子詩

天台拾得者不言名氏因豐干禪師山中經行至赤城道側聞兒啼聲遂尋之見一子可數歲初謂牧牛子及問之云孤棄于此豐干乃名爲拾得攜至國清寺付典座僧曰或人來認必可還之後沙門靈熠攝受令知食堂香燈忽一日輒登座與佛像對盤而餐復於憍陳如上座塑形前呼曰小果聲聞僧驅之靈熠忿然告尊宿等罷其所主令廚內滌器常日齋畢澄濾食滓以筒盛之寒山來即負之而去一日掃地寺主問汝名拾得豐干拾得汝歸汝畢竟姓箇什麼在何處住拾得放下掃箒叉手而立寺主罔測寒山搥胸云蒼天蒼天拾得却問汝作什麼曰豈不見道東家人死西家助哀二人作舞哭笑而出有護伽藍神廟每日僧廚下食爲烏所食拾得以杖扶之曰汝食不能護安能護伽藍乎此夕神附夢于合寺僧曰拾得打我詰旦諸僧說夢符同一寺紛然牒申州縣郡符至云賢士隱遁菩薩應身宜用旌之號拾得爲賢士隱石而逝見寒山章時道翹纂録寒山文句以拾得偈附之今畧録數篇見別卷

明州奉化縣布袋和尚者未詳氏族自稱名契此形裁腲烏罪切脮奴罪切蹙額皤腹出語無

定寢卧隨處常以杖荷一布囊凡供身之具盡貯囊中入鄽肆聚落見物則乞或醯醢魚菹纔接入口分少許投囊中時號長汀子布袋師也甞雪中卧雪不沾身人以此奇之或就人乞其貨則售示人吉凶必應期無忒天將雨即著濕草屨途中驟行遇亢陽即曳高齒木屐市橋上竪膝而眠居民以此驗知有一僧在師前行師乃拊僧背一下僧迴頭師曰乞我一文錢曰道得即與汝一文師放下布囊叉手而立白鹿和尚問如何是布袋師便放下布袋又問如何是布袋下事師負之而去先保福和尚問如何是佛法大意師放下布袋叉手保福曰爲只如此爲更有向上事師負之而去師在街衢立有僧問和尚在這裏作什麽師曰等箇人曰來也來也歸宗柔和尚別云歸去來師曰汝不是這箇人曰如何是這箇人師曰乞我一文錢師有歌曰

只箇心心心是佛　十方世界最靈物
縱横妙用可憐生　一切不如心眞實
騰騰自在無所爲　閑閑究竟出家兒
若覩目前眞大道　不見纖毫也大奇
萬法何殊心何異　何勞更用尋經義
心王本自絶多和　智者只明無學地
非凡非聖復若乎　不彊分別聖情孤
無價心珠本圓淨　凡是異相妄空呼
人能弘道道分明　無量清高稱道情
攜錫若登故國路　莫愁諸處不聞聲

又有偈曰

一鉢千家飯　孤身萬里遊　青目覩人少
問路白雲頭

梁貞明三年丙子三月師將示滅於嶽林寺東廊下端坐盤石而說偈曰

彌勒眞彌勒　分身千百億　時時示時人　時人自不識

偈畢安然而化其後他州有人見師亦負布袋而行於是四衆競圖其像今嶽林寺大殿東堂全身現存

諸方雜舉徵拈代别語

障蔽魔王領諸眷屬一千年隨金剛齊菩薩覓起處不得忽因一日得見乃問云汝當於何住我一千年領諸眷屬覓汝起處不得金剛齊云我不依有住而住不依無住而住如是而住（法眼舉云障蔽魔王不見金剛齊即且從只如金剛齊還見障蔽魔王麽）

外道問佛云不問有言不問無言世尊良久外道禮拜云善哉世尊大慈大悲開我迷雲令我得入外道去已阿難問佛云外道以何所證而言得入佛云如世間良馬見鞭影而行（玄覺徵云什麽處是世尊舉鞭處雲居錫云要會麽如今歸堂去復是阿誰東禪齊拈云什麽處是外道悟處衆中道世尊良久時便是舉鞭處恁麽會還得已否）

緊那羅王奏無生樂供養世尊王勑有情無情俱隨王去若有一物不隨王即去佛處不得又無猒足王入大寂定王勑有情無情皆順於王如有一物不順王即入大寂定不得（雲居錫云有情去也且從只如山河大地是無情之物作麽生說亦隨王去底道理）

罽賓國王秉劒詣師子尊者前問曰師得蘊空否師曰已得蘊空曰既得蘊空離生死否師曰已離生死曰既離生死就師乞頭還得否師曰身非我有豈況於頭王便斬之出白乳王臂自墮（玄覺徵云且道斬著斬不著玄沙云大小師子尊者不能與頭作主玄覺又云玄沙恁麽道要人作主不要人作主若也要人作主蘊即不空若不要人

作主玄沙恁麼道意任什麼處試斷看

泗州塔頭侍者及時鎖門有人問既是三界大師爲什麼被弟子鎖侍者無對法眼代云弟子鎖大師鎖法燈代云還我鎖匙來又老宿代云吉州鎖虔州鎖

或問僧承聞大德講得肇論是否曰不敢曰肇有物不遷義是否曰是或人遂以茶盞就地撲破曰這箇是遷不遷無對法眼代撫掌三下

樂普侍者謂和尚曰肇法師制得四論甚奇怪樂普曰肇公甚奇怪要且不見祖師侍者無對法燈代云和尚什麼處見雲居錫云什麼處是肇公不見祖師處莫是有許多言語麼又云肇公有多少言語

有兩僧各住菴尋常來往偶旬日不會一日上山相見上菴主問曰多時不見在什麼處下菴主曰只在菴裏造箇無縫塔子上菴主曰某甲也欲造箇無縫塔就菴主借取樣子曰何不早道恰被人借去也法眼舉云且道借伊樣子不借伊樣子

有婆子令人送錢去請老宿開藏經老宿受施利便下禪牀轉一帀乃云傳語婆子轉藏經了也其人迴舉似婆子婆云比來請開全藏只爲開半藏玄覺徵云什麼處是欠半藏處且道那箇婆子具什麼眼便恁麼道

誌公令人傳語思大禪師何不下山教化衆生目視雲漢作麼思大曰三世諸佛被我一口吞盡更有甚衆生可教化玄覺徵云且道是山頭語山下語

龍濟修山主問翠巖曰四乾闥婆王奏樂供養世尊直得須彌振動大海騰波迦葉起舞菩薩得忍不動聲聞頗我只如迦葉作舞意旨如何對曰迦葉過去生中曾作樂人來習

氣未斷山主曰須彌大海莫是習氣未斷否翠巖無對（法眼代云正是習氣）

有僧親附老宿一夏不蒙言誨僧歎曰只恁麼空過一夏不聞佛法得聞正因兩字亦得也老宿聞之乃曰闍梨莫嚙（音西）速若論正因一字也無恁麼道了叩齒三下曰適來無端恁麼道隣房僧聞曰好一鑊羹被兩顆鼠糞汚却（玄覺徵云且道讃歎語不肯語若是讃歎爲什麼道鼠糞汚却若不肯他有什麼過驗得麼）

僧肇法師遭秦主難臨就刑說偈曰

四大元無主　五陰本來空　將頭臨白刃

猶似斬春風（玄沙云大小肇法師臨死猶寱語）

僧問老宿云師子捉兔亦全其力捉象亦全其力未審全箇什麼力老宿云不欺之力（法眼別云不會古人語）

李翱尚書見老宿獨坐問曰端居丈室當何所務老宿曰法身凝寂無去無來（法眼別云汝作什麼來法燈別云非公境界）

有道流在佛殿前背坐僧曰道士莫背佛道流曰大德本教中道佛身充滿於法界向什麼處坐得僧無對（法眼代云識得汝）

禪月詩云禪客相逢只彈指此心能有幾人知大隨和尚舉問禪月如何是此心無對（歸宗柔代云能有幾人知）

台州六通院僧欲渡船有人問既是六通爲什麼假船無對（天台韶國師代云不欲驚衆）

聖僧像被屋漏滴有人問既是聖僧爲什麼有漏（天台國師代云無漏不是聖僧）

死魚浮於水上有人問僧魚豈不是以水爲命僧曰是曰爲什麼却向水中死無對（杭州天龍

機和尚代云是伊爲什麼不去岸上死

僧問雲臺欽和尚如何是眞言欽曰南無佛陀耶大章如菴主別云作麼作麼

江南國主問老宿予有一頭水牯牛萬里無寸草未審向什麼處放歸宗柔代云好放處

南泉和尚遷化陸亘大夫來慰院主問大夫何不哭先師大夫曰院主道得亘即哭無對歸宗柔代云哭哭

江南相馮延巳與數僧遊鍾山至一人泉問一人泉許多人爭得足一僧對曰不教欠少延巳不肯乃別云誰人欠少法眼別云誰是不足者

有施主婦人入院行衆僧隨年錢僧曰聖僧前著一分婦人曰聖僧年多少僧無對法眼代云心期滿處即知

法燈問新到僧近離什麼處曰廬山師拈起香合曰廬山還有這箇也無僧無對師自代云尋香來禮拜和尚

僧問仰山彎弓滿月齧鏃意如何仰山曰齧鏃僧擬開口仰山曰開口驢年也不會僧無對南泉代側身而立

有一行者隨法師入佛殿行者向佛而唾法師曰行者少去就何以唾佛行者曰將無佛處來與某甲唾無對潙山云仁者却不仁者不仁者却仁者仰山代法師云但唾行者又云行者若有語即向伊道還我無行者處來

偃臺感山主到圓通院相看第一座問曰圓通無路山主爭得到來歸宗柔代云不期又得相見

有僧入冥見地藏菩薩地藏問是你平生修何業僧曰念法華經曰止止不須說我法妙難思爲是說是不說無對歸宗柔代云此迴歸去敢請流通

歸宗柔和尚問僧看什麼經曰寶積經柔曰

既是沙門爲什麼看寶積無對柔自代云古今用無極

劉禹端公因雨問先雲居和尚雨從何來曰從端公問處來端公歡喜讚歎雲居却問端公問從何來無語有老宿代云適來道什麼歸宗柔別云謝和尚再三

昔有三僧雲遊擬謁徑山和尚遇一婆子時方收稻次一僧問曰徑山路何處去婆曰驀直去僧曰前頭水深過得否曰不濕脚僧又問上岸稻得恁麼好下岸稻得恁麼怯曰下岸稻總被螃蟹喫却也僧曰太香生曰勿氣息僧又問婆住在什麼處曰只在這裏三僧乃入店内婆煎茶一缾將盞子三箇安盤上謂曰和尚有神通者即喫茶三人無對又不敢傾茶婆曰看老婆自逞神通也於是便拈盞子傾茶行

法眼和尚謂小兒曰因子識得爺爺名什麼無對法燈代云但將衣袖掩面

法眼却問一僧若是孝順之子合下得一轉語且道合下得什麼語無對法眼自代云他是孝順之子

僧問講彌陀經座主水鳥樹林皆悉念佛念法念僧作麼生講座主曰基法師道眞友不待請如母赴嬰兒僧曰如何是眞友不待請法眼代云此是基法師語

泉州王延彬入招慶院見方丈門閉問演侍者有人敢道大師在否演曰有人敢道大師不在否法眼別云太傅識大師

僧舉佛説法有一女人忽來問訊便於佛前入定時文殊近前彈指出此女人定不得又托昇梵天亦出不得佛曰假使百千文殊亦出此女人定不得下方有網明菩薩能出此

定須吏綱明便至問訊佛了去女人前彈指一聲女人便從定而起五雲和尚云不唯文殊不能出此定但恐如來也出此定不得只如教意怎生體解誌公云每日拈香擇火不知身是道場玄沙云每日拈香擇火不知眞箇道場玄覺徵云只如此二尊師語還有親踈也無

雲巖院主遊石室迴雲巖問汝去入到石室裏許看爲只恁麽便迴來院主無對洞山代云彼中已有人占了也雲巖曰汝更去作什麽洞山曰不可人情斷絶去也

鹽官會下有一主事僧將死鬼使來取僧告曰某甲身爲主事未暇修行乞容七日得否使曰待爲白王若許即七日後來不然須臾便至言訖去至七日後方來覔其僧不見後有人舉問一僧若來時如何抵擬他洞山代云被他覔得也

洞山會下有老宿去雲巖迴洞山問汝去雲巖作什麽答云不會洞山自代云堆堆地

臨濟見僧來舉起拂子僧禮拜師便打別僧來師舉拂子僧並不顧師亦打又一僧來參師舉拂子僧曰謝和尚見示師亦打雲門代云疑著這老漢大覺云得即得猶未見臨濟機在

閩王送玄沙和尚上船玄沙扣船召曰大王爭能出得這裏去王曰在裏許得多少時也歸宗柔別云不因和尚不得到這裏

僧問老宿如何是密室中人老宿曰有客不答話玄沙云何曾密歸宗柔別老宿云你因什麽得見

法眼和尚問講百法論僧百法是體用雙陳明門是能所兼舉座主是能法座是所作麽生説兼舉有老宿代云某甲喚作箇法座歸宗柔別云不勞和尚如此

僧舉教云文殊忽起佛見法見被佛威神攝向二鐵圍山（五雲曰什麽處是二鐵圍山還會麽如今若有人起佛法之見吾與烹茶兩甌且道賞伊罰伊同教意不同教意）

洪州太寧院上狀請第二座開堂人問何不請第一座（法眼代云不勞如此）

洞山行脚時會一官人曰三祖信心銘弟子擬注洞山曰纔有是非紛然失心作麽生注（法眼代云恁麽即弟子不注也）

法眼和尚因患脚僧問訊次師曰非人來時不能動及至人來動不得且道佛法中下得什麽語僧曰和尚且喜得較師不肯（自別云和尚今日似滅）

九峯和尚入江西城人問入鄽教化以何爲眼九峯曰日月不曾亂（法眼別云待有眼）

僧問龍牙終日驅驅如何頓息龍牙曰如孝子喪却父母始得（東禪齊云衆中道如喪父母何有閑暇恁麽會還息得人疑情麽除此外且作麽生會龍牙意）

僧問龍牙十二時中如何著力龍牙曰如無手人欲行拳始得（東禪齊云好言語且作麽生會嘗問一僧他道無手底人何更行得拳也及問伊佛法伊便休去將知路布說得無用處不如子細體取古人意好）

鼓山曰欲知此事如一口劒僧問學人是死屍如何是劒鼓山曰拽出這死屍著僧應諾便歸僧堂結束而去鼓山晚間聞去乃曰好與柱杖（東禪齊云這僧若不肯鼓山有什麽過若肯何得便發去又鼓山柱杖賞伊罰伊具眼底上座試商量看）

有菴主見僧來豎火筒曰會麽曰不會菴主曰三十年用不盡底僧却問三十年前用箇什麽（歸宗柔代云也要知）

招慶和尚拈鉢囊問僧你道直幾錢（歸宗柔代云留

與人增價

雲門和尚以手入木師子口曰咬殺我也相救（歸宗柔代云和尚出手太殺）

有座主念彌陀名號次小師喚和尚及迴顧小師不對如是數四和尚叱曰三度四度喚有什麼事小師曰和尚幾年喚他即得某甲纔喚便發業（法燈代云咄叱）

鵶子趂鴿子飛向佛殿欄干上顫有人問僧一切衆生在佛影中常安常樂鴿子見佛爲什麼却顫（法燈代云怕佛）

悟空禪師問忠座主講什麼經曰法華經悟空曰若有說法華經處我現寳塔當爲證明大德講什麼人證明（法燈代云謝和尚證明）

僧問老宿寬兮歸去來食我家園葚如何是家園葚（玄覺代云是你食不得法燈別云汙却你口）

官人問僧名什麼曰無揀官人曰忽然將一碗沙與上座又作麼生曰謝官人供養（法眼別云此猶是揀底）

廣南有僧住菴國主出獵人報菴主大王來請起曰非但大王來佛來亦不起王問佛豈不是汝師曰是王曰見師爲什麼不起（法眼代云未足酬恩）

僧辭趙州和尚趙州謂曰有佛處不得住無佛處急走過三千里外逢人莫舉（法眼代云恁麼即不去也）

泗州塔前一僧禮拜有人問上座日日禮拜還見大聖麼（法眼代云汝道禮拜是什麼義）

僧問圓通和尚一塵纔起大地全收還見禪牀麼圓通曰喚什麼作塵又問法燈曰喚什麼作禪牀（東禪齊云此二尊宿語明伊問處不明伊問處若明伊問處還得盡）

善也未試斷看忽然向伊道你指示我更要答話又作麼生會莫道又答一轉子
玄覺和尚聞鳩子叫問僧什麼聲僧曰鳩子
師曰欲得不招無間業莫謗如來正法輪東禪齊云上座道是鳩子聲便成謗法什麼處是謗處若道不是還得麼上座且道玄覺意作麼生
保福僧到地藏地藏和尚問彼中佛法如何
曰保福有時示衆道塞却你眼教你覷不見
塞却你耳教你聽不聞坐却你意教你分別
不得地藏曰吾問你不塞你眼見箇什麼不
塞你耳聞箇什麼不坐你意作麼生分別東禪齊云那僧聞了忽然惺去更不他遊上座如今還得麼若不會每日見箇什麼
福州洪塘橋上有僧列坐官人問此中還有
佛麼法眼代云汝是什麼人
人問僧無爲無事人爲什麼却有金鎖難五雲代云只爲無爲無事

老宿問僧什麼處來曰牛頭山禮拜祖師來
老宿曰還見祖師麼歸宗柔代云太似不相信
有僧與童子上經了令持經著函內童子曰
某甲念底著向那裏法燈代云汝念什麼經
一僧注道德經人問曰久嚮大德注道德經
僧曰不敢曰何如明皇法燈代云是弟子
雲門和尚問僧什麼處來曰江西來雲門曰
江西一隊老宿寱語住也未僧無對五雲代云興猶未已
後有僧問法眼和尚不知雲門意作麼生法
眼曰大小雲門被這僧勘破五雲曰什麼處是勘破雲門處要會麼法眼亦被後僧勘破也
因開井被沙塞却泉眼法眼問僧泉眼不通
被沙塞道眼不通被什麼物礙僧無對師自代云被眼礙

景德傳燈録卷第二十七

音釋

跣息淺切足親地也 擐胡慣切貫也 識楚譜切符識也 帽莫報切 薨呼弘切公侯卒曰薨 燋濡燋即消切火傷也濡汝朱切水濕也 遯徒困切隱也 輭而充切柔也 倕是爲切 捷疾葉切 鑪鞴鑪落胡切爐冶也鞴蒲拜切吹火皮囊也 菽式竹切豆也 傭余封切雇作也 䏲于況切 檮陳留切剛木也 欻許勿切猶忽也 壘甓壘力軌切猶疊也甓蒲歷切磚也 寘支義切置也 刪所間切除削也 怳呼往切怳惚不明貌 疇直由切曩也 揵椎梵語也此云磬又云鐘隨有瓦木銅鐵鳴者皆曰揵椎揵巨寒切椎音槌 罄殫罄苦定切垂盡也殫多寒切極盡也 蟭螟蟭即消切螟莫經切蟭螟蟲名 璪子皓切 殑伽梵語也此云天堂來殑其京切伽具加切 闅亡云切闅鄉地名 奘祖朗切 詰若吉切詰旦平旦也 頏虎孔切 氤氳氤於眞切氳於云切氤氳香氣貌 窆陂驗切下棺也 埜爨七亂切進火也 猨猴猨雨元切猴戶鉤切 胤羊晉切 噴普悶切噀水也 翹渠澆切 闃苦臭切寂靜也 舂書容切擣也 樺胡化切木名 屐奇逆切木屐也 滓側氏切祖也 愕五各切驚愕也 墅上與切田廬也 滌徒歷切蕩滌也 箒之九切篲也 抶勑栗切打也 纂祖管切集也 皤蒲禾切 醢許亥切肉醬 菹側魚切菜酢也 售承呪切賣去手也 忒他得切差也 罽賓梵語也此云賤種罽居刈切 鏃作木切矢鏑也 唾湯卧切口液也 螃蠏螃步光切蠏下買切 顫之膳切四支寒動也 葚食荏切桑實也

景德傳燈録卷第二十八

宋沙門道原纂

諸方廣語

南陽慧忠國師問禪客從何方來對曰南方來師曰南方有何知識曰知識頗多師曰如何示人曰彼方知識直下示學人即心是佛佛是覺義汝今悉具見聞覺知之性此性善能揚眉瞬目去來運用徧於身中挃頭頭知挃脚脚知故名正徧知離此之外更無別佛此身即有生滅心性無始以來未曾生滅身生滅者如龍換骨如蛇脫皮人出故宅即身是無常其性常也南方所說大約如此師曰若然者與彼先尼外道無有差別彼云我此身中有一神性此性能知痛癢身壞之時神則出去如舍被燒舍主出去舍即無常舍主常矣審如此者邪正莫辯孰爲是乎吾比遊方多見此色近尤盛矣聚却三五百衆目視雲漢云是南方宗旨把他壇經改換添糅鄙

譚削除聖意惑亂後徒豈成言教苦哉吾宗喪矣若以見聞覺知是佛性者淨名不應云法離見聞覺知若行見聞覺知是則見聞覺知非求法也僧又問法華了義開佛知見此復若爲師曰他云開佛知見尚不言菩薩二乘豈以衆生癡倒便同佛之知見耶僧又問阿那箇是佛心師曰牆壁瓦礫是僧曰與經大相違也涅槃云離牆壁無情之物故名佛性今云是佛心未審心之與性爲别不别師曰迷即别悟即不别曰經云佛性是常心是無常今云不别何也師曰汝但依語而不依義譬如寒月水結爲冰及至暖時冰釋爲水衆生迷時結性成心衆生悟時釋心成性若執無情無佛性者經不應言三界唯心宛是汝自違經吾不違也問無情既有心性還解說法否師曰他熾然常說無有間歇曰某甲爲什麼不聞師曰汝自不聞曰誰人得聞師曰諸佛得聞曰衆生應無分邪師曰我爲衆生說不爲聖人說曰某甲聾瞽不聞無情說法師應合聞師曰我亦不聞曰師既不聞爭知無情解說師曰我若得聞即齊諸佛汝即不聞我所說法曰衆生畢竟得聞否師曰衆生若聞即非衆生曰無情說法有何典據師曰不見華嚴云刹說衆生說三世一切說衆生是有情乎曰師但說無情有佛性有情復若爲師曰無情尚爾況有情耶曰若然者前舉南方知識云見聞是佛性應不合判同外道師曰不道他無佛性外道豈無佛性耶但緣見錯於一法中而生二見故非也曰若俱有佛性且殺有情即結業互讐損害無情不

聞有報師曰有情是正報計我我所而懷結恨即有罪報無情是其依報無結恨心是以不言有報曰教中但見有情作佛不見無情受記且賢劫千佛孰是無情佛耶師曰如皇太子未受位時唯一身爾受位之後國土盡屬於王寧有國土别受位乎今但有情受記作佛之時十方國土悉是遮那佛身那得更有無情受記耶曰一切衆生盡居佛身之上便利穢汚佛身穿鑿踐蹋佛身豈無罪耶師曰衆生全體是佛欲誰爲罪曰經云佛身無罣礙今以有爲質礙之物而作佛身豈不乖於聖旨師曰大品經云不可離有爲而説無爲汝信色是空否曰佛之誠言那敢不信師曰色既是空寧有罣礙曰衆生佛性既同只用一佛修行一切衆生應時解脱今既不爾同義安在師曰汝不見華嚴六相義云同中有異異中有同成壞總别類例皆然衆生佛雖同一性不妨各各自修自得未見他食我飽曰有知識示學人但自識性了無常時抛却殼漏子一邊著靈臺智性迥然而去名爲解脱此復若爲師曰前已説了猶是二乘外道之量二乘猒離生死欣樂涅槃外道亦云吾有大患爲吾有身乃趣乎冥諦須陁洹人八萬劫餘三果人六四二萬辟支佛一萬劫住於定中外道亦八萬劫住非非想中二乘劫滿猶能迴心向大外道還却輪迴曰佛性一種爲别師曰不得一種曰何也師曰或有全不生滅或半生半滅半不生滅曰孰爲此解師曰我此間佛性全不生滅汝南方佛性半生半滅半不生滅曰如何區别師曰此則

身心一如心外無餘所以全不生滅汝南方身是無常神性是常所以半生半滅半不生滅曰和尚色身豈得便同法身不生滅耶師曰汝那得入於邪道曰學人早晚入邪道師曰汝不見金剛經色見聲求皆行邪道今汝所見不其然乎曰某甲曾讀大小乘教亦見有說不生不滅中道正性之處亦見有說此陰滅彼陰生身有代謝而神性不滅之文那得盡撥同外道斷常二見師曰汝學出世無上正眞之道爲學世間生死斷常二見耶汝不見肇公云譚眞則逆俗順俗則違眞違眞故迷性而莫返逆俗故言淡而無味中流之人如存若亡下士拊掌而不顧汝今欲學下士笑於大道乎曰師亦言即心是佛南方知識亦爾那有異同師不應自是而非他師曰或名異體同或名同體異因茲濫矣只如菩提涅槃眞如佛性名異體同眞心妄心佛智世智名同體異緣南方錯將妄心言是眞心認賊爲子有取世智稱爲佛智猶如魚目而亂明珠不可雷同事須甄别曰若爲離得此過師曰汝但子細反觀陰入界處一一推窮有纖毫可得否曰子細觀之不見一物可得師曰汝壞身心相耶曰身心性離有何可壞師曰身心外更有物不曰身心無外寧有物耶師曰汝壞世間相耶曰世間相即無相那用更壞師曰若然者即離過矣禪客唯然受教常州僧靈覺問曰發心出家本擬求佛未審如何用心即得師曰無心可用即得成佛曰無心可用阿誰成佛師曰無心自成佛亦無心曰佛有大不可思議爲能度衆生若也

無心阿誰度衆生師曰無心是眞度生若見有生可度者即是有心宛然生滅曰今既無心能仁出世説許多教迹豈可虚言師曰佛説教亦無心曰説法無心應是無説師曰説即無無即説曰説法無心造業有心否師曰無心即無業今既有業心即生滅何得無心曰無心即成佛和尚即今成佛未師曰心尚自無誰言成佛若有佛可成還是有心有心即有漏何處得無心曰既無佛可成和尚還得佛用否師曰心尚自無用從何有曰茫然都無莫落斷見否師曰本來無見阿誰道斷曰本來無莫落空否師曰空既是無墮從何立曰能所俱無忽有人持刀來取命爲是有是無師曰是無曰痛否師曰痛亦無曰痛既無死後生何道師曰無死無生亦無道曰既得無物自在饑寒所逼若爲用心師曰饑即喫飯寒即著衣曰知饑知寒應是有心師曰我問汝有心心作何體段曰心無體段師曰汝既知無體段即是本來無心何得言有曰山中逢見虎狼如何用心師曰見如不見來如不來彼即無心惡獸不能加害曰寂然無事獨脱無心名爲何物師曰名金剛大士曰金剛大士有何體段師曰本無形段曰既無形段喚何物作金剛大士師曰喚作無形段金剛大士曰金剛大士有何功德師曰一念與金剛相應能滅殑伽沙劫生死重罪得見殑伽沙諸佛其金剛大士功德無量非口所説非意所陳假使殑伽沙劫住世説亦不可得盡曰如何是一念相應師曰憶智俱忘即是相應曰憶智俱忘誰見諸佛師曰忘即無

無即佛曰無即言無何得喚作佛師曰無亦空佛亦空故曰無即佛佛即無曰既無纖毫可得名爲何物師曰本無名字曰還有相似者否師曰無相似者世號無比獨尊汝努力依此修行無人能破壞者更不須問任意遊行獨脫無畏常有河沙賢聖之所覆護所在之處常得河沙天龍八部之所恭敬河沙善神來護永無障難何處不得逍遥又問迦葉在佛邊聽爲聞不聞師曰不聞聞曰云何不聞聞師曰聞不聞曰如來有說不聞聞無說不聞聞師曰如來無說曰云何無說說師曰言滿天下無口過

洛京荷澤神會大師示衆曰夫學道者須達自源四果三賢皆名調伏辟支羅漢未斷其疑等妙二覺了達分明覺有淺深教有頓漸其漸也歷僧祇刼猶處輪迴其頓也屈伸臂頃便登妙覺若宿無道種徒學多知一切在心邪正由已不思一物即是自心非智所知更無別行悟入此者眞三摩提法無去來前後際斷故知無念爲最上乘曠徹清虛頓開寶藏心非生滅性絶推遷自淨則境慮不生無作乃攀緣自息吾於昔日轉不退輪今得定慧雙修如拳如手見無念體不逐物生了如來常更何所起今此幻質元是眞常自性如空本來無相既達此理誰怖誰優天地不能變其體心歸法界萬象一如遠離思量智同法性千經萬論只是明心既不立心即體眞理都無所得告諸學衆無外馳求若最上乘應當無作玆重人問無念法有無否師曰不言有無曰恁麽時作麽生師曰亦無恁麽

時猶如明鏡若不對像終不見像若見無物乃是眞見師於大藏經内有六處有疑問於六祖第一問戒定慧曰戒定慧如何所用戒何物定從何處修慧因何處起所見不通流六祖答曰定即定其心將戒戒其行性中常慧照自見自知深第二問本無今有有何物本有今無無何物誦經不見有無義眞似騎驢更覓驢答曰前念惡業本無後念善生今有念念常行善行後代人天不久汝今正聽吾言吾即本無今有第三問將生滅却滅將滅滅却生不了生滅義所見似聾盲答曰將生滅却滅令人不執性將滅滅却生令人心離境未若離二邊自除生滅病第四問先頓而後漸先漸而後頓不悟頓漸人心裏常迷悶答曰聽法頓中漸悟法漸中頓修行頓中漸證果漸中頓頓漸是常因悟中不迷悶第五問先定後慧先慧後定定慧初後何生爲正答曰常生清淨心定中而有慧於境上無心慧中而有定定慧等無先雙修自心正第六問先佛而後法先法而後佛佛法本根源起從何處出答曰說即先佛而後法聽即先法而後佛若論佛法本根源一切衆生心裏出

江西大寂道一禪師示衆云道不用修但莫汙染何爲汙染但有生死心造作趣向皆是汙染若欲直會其道平常心是道謂平常心無造作無是非無取捨無斷常無凡無聖經云非凡夫行非賢聖行是菩薩行只如今行住坐卧應機接物盡是道道即是法界乃至河沙妙用不出法界若不然者云何言心地

法門云何言無盡燈一切法皆是心法一切名皆是心名萬法皆從心生心爲萬法之根本經云識心達本源故號爲沙門名等義等一切諸法皆等純一無雜若於教門中得隨時自在建立法界盡是法界若立眞如盡是眞如若立理一切法盡是理若立事一切法盡是事舉一千從理事無別盡是妙用更無別理皆由心之迴轉譬如月影有若干眞月無若干諸源水有若干水性無若干森羅萬象有若干虛空無若干說道理有若干無礙慧無若干種種成立皆由一心也建立亦得掃蕩亦得盡是妙用妙用盡是自家非離眞而有立處即眞立處盡是自家體若不然者更是何人一切法皆是佛法諸法即解脫解脫者即眞如諸法不出眞如行住坐卧悉是不思議用不待時節經云在在處處則爲有佛佛是能仁有智慧善機情能破一切衆生疑網出離有無等縛凡聖情盡人法俱空轉無等輪超於數量所作無礙事理雙通如天起雲忽有還無不留礙迹猶如畫水成文不生不滅是大寂滅在纏名如來藏出纏名大法身法身無窮體無增減能大能小能方能圓應物現形如水中月滔滔運用不立根栽不盡有爲不住無爲有爲是無爲家用無爲是有爲家依不住於依故云如空無所依心生滅義心眞如義心眞如者譬如明鏡照像鏡喻於心像喻諸法若心取法即涉外因緣即是生滅義不取諸法即是眞如義聲聞聞見佛性菩薩眼見佛性了達無二名平等性性無有異用則不同在迷爲識在悟爲智順

理爲悟順事爲迷迷即迷自家本心悟即悟自家本性一悟永悟不復更迷如日出時不合於冥智慧日出不與煩惱暗俱了心及境界妄想即不生妄想既不生即是無生法忍本有今有不假修道坐禪不修不坐即是如來清淨禪如今若見此理眞正不造諸業隨分過生一衣一鉢坐起相隨戒行增熏積於淨業但能如是何慮不通久立諸人珍重

澧州藥山惟儼和尚上堂曰祖師只教保護若貪瞋起來切須防禦莫教振(直典切)觸是你欲知枯木石頭却須檐荷實無枝葉可得雖然如此更宜自看不得絶却言語我今爲汝說這箇語顯無語底他那箇本來無耳目等貌時有僧問云何有六趣師曰我此要輪雖在其中元來不染問不了身中煩惱時如何師曰煩惱作何相狀我且要你考看更有一般底只向紙背上記持言語多被經論惑我不曾看經論策子汝只爲迷事走失自家不定所以便有生死心未學得一言半句一經一論便說恁麼菩提涅槃世攝不攝若如是解即是生死若不被此得失繫縛便無生死汝見律師說什麼尼薩耆突吉羅最是生死本雖然恁麼窮生死且不可得上至諸佛下至螻蟻盡有此長短好惡大小不同若也不從外來何處有閑漢掘地獄待你你欲識地獄道只今鑊湯煎煮者是欲識餓鬼道即今多虛少實不令人信者是欲識畜生道見今不識仁義不辯親踈者是豈須披毛戴角斬割倒懸欲識人天即今清淨威儀持瓶挈鉢者是保任免墮諸趣第一不得棄這箇這箇

不是易得須向高高山頂立深深海底行此處行不易方有少相應如今出頭來盡是多事人覓箇癡鈍人不可得莫只記策子中言語以爲自已見知見他不解者便生輕慢此輩盡是闡提外道此心直不中切須審悉恁麼道猶是三界邊事莫在衲衣下空過到這裏更微細在莫將謂等閑須知珍重

越州大珠慧海和尚上堂曰諸人幸自好箇無事人苦死造作要檐枷落獄作麼每日至夜奔波道我參禪學道解會佛法如此轉無交涉也只是逐聲色走有何歇時貧道聞江西和尚道汝自家寶藏一切具足使用自在不假外求我從此一時休去自已財寶隨身受用可謂快活無一法可取無一法可捨不見一法生滅相不見一法去來相徧十方界無一微塵許不是自家財寶但自子細觀察自心一體三寶常自現前無可疑慮莫尋思莫求覓心性本來清淨故華嚴經云一切法不生一切法不滅若能如是解諸佛常現前又淨名經云觀身實相觀佛亦然若不隨聲色動念不逐相貌生解自然無事去莫久立珍重此日大衆普集久而不散師曰諸人何故在此不去貧道已對面相呈還肯休麼有何事可疑莫錯用心枉費氣力若有疑情一任諸人恣意早問時有僧法淵問曰云何是佛云何是法云何是僧云何是一體三寶願師垂示師曰心是佛不用將佛求佛心是法不用將法求法佛法無二和合爲僧即是一體三寶經云心佛與衆生是三無差別身口意清淨名爲佛出世三業不清淨名爲佛滅

度喻如嗔時無喜喜時無嗔唯是一心實無二體本智法爾無漏現前如蛇化爲龍不改其鱗衆生迴心作佛不改其面性本清淨不待修成有證有修即同增上慢者眞空無滯應有無窮無始無終利根頓悟用無等等即是阿耨菩提心無形相即是微妙色身無相即是實相法身性相體空即是虛空無邊身萬行莊嚴即是功德法身此法身者乃是萬化之本隨處立名智用無盡名無盡藏能生萬法名本法藏具一切智是智慧藏萬法歸如名如來藏經云如來者即諸法如義又云世間一切生滅法無有一法不歸如也時有人問云弟子未知律師法師禪師何者最勝願和尚慈悲指示師曰夫律師者啓毗尼之法藏傳壽命之遺風洞持犯而達開遮秉威儀而行軌範牒三番羯磨作四果初因若非宿德白眉焉敢造次夫法師者踞師子之座瀉懸河之辯對稠人廣衆啓鑿玄關開般若妙門等三輪空施若非龍象蹴蹋安敢當斯夫禪師者撮其樞要直了心源出没卷舒縱横應物咸均事理頓見如來拔生死深根獲見前三昧若不安禪靜慮到這裏總須茫然隨機授法三學雖殊得意忘言一乘何異故經云十方佛土中唯有一乘法無二亦無三除佛方便説但以假名字引導於衆生曰和尚深達佛旨得無礙辯又問儒道釋三教同異如何師曰大量者用之即同小機者執之即異總從一性上起用機見差别成三迷悟由人不在教之同異講唯識道光座主問曰禪師用何心修道師曰老僧無心可用無道

可修曰既無心可用無道可修云何每日聚衆勸人學禪修道師曰老僧尚無卓錐之地什麼處聚衆來老僧無舌何曾勸人來曰禪師對面妄語師曰老僧尚無舌勸人焉解妄語曰某甲却不會禪師語論也師曰老僧自亦不會講華嚴志座主問禪師何故不許青青翠竹盡是法身鬱鬱黃華無非般若師曰法身無象應翠竹以成形般若無知對黃華而顯相非彼黃華翠竹而有般若法身故經云佛眞法身猶若虛空應物現形如水中月黃華若是般若般若即同無情翠竹若是法身翠竹還能應用座主會麼曰不了此意師曰若見性人道是亦得道不是亦得隨用而說不滯是非若不見性人說翠竹著翠竹說黃華著黃華說法身滯法身說般若不識般若所以皆成爭論志禮謝而去人問將心修行幾時得解脫師曰將心修行喻如滑泥洗垢般若玄妙本自無生大用現前不論時節曰凡夫亦得如此否師曰見性者即非凡夫頓悟上乘超凡越聖迷人論凡論聖悟人超越生死涅槃迷人說事說理悟人大用無方迷人求得求證悟人無得無求迷人期遠劫悟人頓見維摩座主問經云彼外道六師等是汝之師因其出家彼師所墮汝亦隨墮其施汝者不名福田供養汝者墮三惡道謗於佛毀於法不入衆數終不得滅度汝若如是乃可取食今請禪師明爲解說師曰迷徇六根者號之爲六師心外求佛名爲外道有物可施不名福田生心受供墮三惡道汝若能謗於佛者是不著佛求毀於法者是不著法

求不入衆數者是不著僧求終不得滅度者智用現前若有如是解者便得法喜禪悅之食有行者問有人問佛答佛問法答法喚作一字法門不知是否師曰如鸚鵡學人語話自語不得爲無智慧故譬如將水洗水將火燒火都無義趣人問言之與語爲同爲異師曰夫一字曰言成句名語且如靈辯滔滔譬大川之流水峻機疊疊如圓器之傾珠所以郭象號懸河春鸚稱義海此是語也言者一字表心也內著玄微外現妙相萬機撓而不亂清濁渾而常分齊王到此猶慙大夫之辭文殊到此尚歎淨名之説如今常人云何能解源律師問禪師常譚即心是佛無有是處且一地菩薩分身百佛世界二地增千十倍禪師試現神通看師曰闍梨自已是凡是聖曰是凡師曰既是凡僧能問如是境界經云仁者心有高下不依佛慧此之是也又問禪師每云若悟道現前身便解脱無有是處師曰有人一生作善忽然偷物入手即身是賊否曰故知是也師曰如今了了見性云何不得解脱曰如今必不可須經三大阿僧祇劫始得師曰阿僧祇劫還有數否源抗聲曰將賊比解脱道理得通否師曰闍梨自不解道不可障一切人解自眼不開瞋一切人見物源作色而去云雖老渾無道師曰即行去者是汝道講止觀慧座主問禪師辯得魔否師曰起心是天魔不起心是陰魔或起不起是煩惱魔我正法中無如是事曰一心三觀義又如何師曰過去心已過去未來心未至現在心無住於其中間更用何心起觀曰禪師

不解止觀師曰座主解否曰解師曰如智者大師說止破止說觀破觀住止沒生死住觀心神亂且爲當將心止心爲復起心觀觀若有心觀是常見法若無心觀是斷見法亦有亦無成二見法請座主子細說看曰若如是問俱說不得也師曰何曾止觀人問般若大否師曰大曰幾許大師曰無邊際曰般若小否師曰小曰幾許小師曰看不見曰何處是師曰何處不是維摩座主問經云諸菩薩各入不二法門維摩默然是究竟否師曰未是究竟聖意若盡第三卷更說何事座主良久曰請禪師爲說未究竟之意師曰如經第一卷是引衆呵十大弟子住心第二諸菩薩各說入不二法門以言顯於無言文殊以無言顯於無言維摩不以言不以無言故默然收前言語故第三卷從默然起說又顯神通作用座主會麼曰奇怪如是師曰亦未如是曰何故未是師曰且破人執情作如此說若據經意只說色心空寂令見本性教捨僞行入眞行莫向言語紙墨上討意度但會淨名兩字便得淨者本體也名者迹用也從本體起迹用從迹用歸本體體用不二本迹非殊所以古人道本迹雖殊不思議一也一亦非一若識淨名兩字假號更說什麼究竟與不究竟無前無後非本非末非淨非名只示衆生本性不思議解脫若不見性人終身不見此理僧問萬法盡空識性亦爾譬如水泡一散更無再合身死更不再生即是空無何處更有識性師曰泡因水有泡散可即無水身因性起身死豈言性滅曰既言有性將出來看

師曰汝信有明朝否曰信師曰試將明朝來看曰明朝實是有如今不可得師曰明朝不可得不是無明朝汝自不見性不可是無性今見著衣喫飯行住坐卧對面不識可謂愚迷汝欲見明朝與今日不異將性覓性萬劫終不見亦如盲人不見日不是無日講青龍疏座主問經云無法可説是名説法禪師如何體會師曰爲般若體畢竟清淨無有一物可得是名無法即於般若空寂體中具河沙之用即無事不知是名説法故云無法可説是名説法講華嚴座主問禪師信無情是佛否師曰不信若無情是佛者活人應不如死人死驢死狗亦應勝於活人經云佛身者即法身也從戒定慧生從三明六通生從一切善法生若説無情是佛者大德如今便死應作佛去有法師問持般若經最多功德師還信否師曰不信曰若是靈驗傳十餘卷皆不堪信也師曰生人持孝自有感應非是白骨能有感應經是文字紙墨性空何處有靈驗靈驗者在持經人用心所以神通感物試將一卷經安著案上無人受持自能有靈驗否僧問未審一切名相及法相語之與默如何通會即得無前後師曰一念起時本來無相無名何得説有前後不了名相本淨妄計有前後夫名相關鏁非智鑰不能開中道者病在中道二邊者病在二邊不知現用是無等等法身迷悟得失常人之法自起生滅埋没正智或斷煩惱或求菩提背却般若波羅蜜人問律師何故不信禪師曰理幽難顯名相易持不見性者所以不信若見性者號之爲

佛識佛之人方能信入佛不遠人而人遠佛佛是心作迷人向文字中求悟人向心而覺迷人修因待果悟人了心無相迷人執物守我爲巳悟人般若應用見前愚人執空執有生滯智人見性了相靈通乾慧辯者口疲大智體了心泰菩薩觸物斯照聲聞怕境昧心悟者日用無生迷人見前隔佛人問如何得神通去師曰神性靈通徧周沙界山河石壁去來無礙刹那萬里往返無蹤火不能燒水不能溺愚人自無心智欲得四大飛空經云取相凡夫隨宜爲説心無形相即是微妙色身無相即是實相實相體空喚作虛空無邊身萬行莊嚴故云功德法身即此法身是萬行之本隨用立名實而言之只是清淨法身也人問一心修道過去業障得消滅否 師曰不見性人未得消滅若見性人如日照霜雪又見性人猶如積草等須彌只用一星之火業障如草智慧似火曰云何得知業障盡師曰見前心通前後生事猶如對見前佛後佛萬法同時經云一念知一切法是道場成就一切智故有行者問云何得住正法師曰求住正法者是邪何以故法無邪正故曰云何得作佛去師曰不用捨衆生心但莫汚染自性經云心佛及衆生是三無差别曰若如是解者得解脱否師曰本自無縛不用求解法過語言文字不用數句中求法非過現未來不可以因果中契法過一切不可比對法身無象應物現形非離世間而求解脱僧問何者是般若師曰汝疑不是者試説看又問云何得見性師曰見即是性無性不能見又問

如何是修行師曰但莫汙染自性即是修行莫自欺誑即是修行大用現前即是無等等法身又問性中有惡否師曰此中善亦不立曰善惡俱不立將心何處用師曰將心用心是大顛倒曰作麼生即是師曰無作麼生亦無可是人問有人乘船船底刺殺螺蜆爲是人受罪爲復船當辜師曰人船兩無心罪正在汝譬如狂風折樹損命無作者無受者世界之中無非衆生受苦處僧問未審託情勢指境勢語默勢乃至揚眉動目等勢如何得通會於一念間師曰無有性外事用妙者動寂俱妙心眞者語默總眞會道者行住坐卧是道爲迷自性萬惑茲生又問如何是法有宗旨師曰隨其所立即有衆義文殊於無住本立一切法曰莫同太虛否師曰汝怕同太虛否曰怕師曰解怕者不同太虛人問言方不及處如何得解師曰汝今正說時疑何處不及有宿德十餘人同問經云破滅佛法未審佛法可破滅否師曰凡夫外道謂佛法可破滅二乘人謂不可破滅我正法中無此二見若論正法非但凡夫外道未至佛地者二乘亦是惡人又問眞法幻法空法非空法各有種性否師曰夫法雖無種性應物俱現心幻也一切俱幻若有一法不是幻者幻即有定心空也一切皆空若有一法不空空義不立迷時人逐法悟時法由人如森羅萬象至空而極百川衆流至海而極一切賢聖至佛而極十二分經五部毗尼五圍陀論至心而極心者是總持之妙本萬法之洪源亦名大智慧藏無住涅槃百千萬名盡心之異號耳

又問如何是幻師曰幻無定相如旋火輪如乾闥婆城如機關木人如陽燄如空華俱無實法又問何名大幻師師曰心名大幻師身爲大幻城名相爲大幻衣食河沙世界無有幻外事凡夫不識幻處處迷幻業聲聞怕幻境昧心而入寂菩薩識幻法達體幻不拘一切名相佛是大幻師轉大幻法輪成大幻涅槃轉幻生滅得不生不滅轉河沙穢土成清淨法界僧問何故不許誦經喚作客語師曰如鸚鵡只學人言不得人意經傳佛意不得佛意而但誦是學語人所以不許曰不可離文字言語别有意耶師曰汝如是說亦是學語曰同是語言何偏不許師曰汝今諦聽經有明文我所說者義語非文衆生說者文語非義得意者越於浮言悟理者超於文字法過語言文字何向數句中求是以發菩提者得意而忘言悟理而遺教亦猶得魚忘筌得兔忘蹄也有法師問念佛是有相大乘禪師意如何師曰無相猶非大乘何況有相經云取相凡夫隨宜爲說又問願生淨土未審實有淨土否師曰經云欲得淨土當淨其心隨其心淨即佛土淨若心清淨所在之處皆爲淨土譬如生國王家決定紹王業發心向佛道是生淨佛國其心若不淨在所生處皆是穢土淨穢在心不在國土又問每聞說道未審何人能見師曰有慧眼者能見曰其樂大乘如何學得師曰悟即得不悟不得曰如何得悟去師曰但諦觀曰似何物師曰無物似曰應是畢竟空師曰空無畢竟曰應是有師曰有而無相曰不悟如何師曰大德不自悟

亦無人相障人問佛法在於三際否師曰見在無相不在其外應用無窮不在於内中間無住處三際不可得曰此言大混師曰汝正説混之一字時在内外否曰弟子究檢内外無蹤迹師曰若無蹤迹明知上來語不混曰如何得作佛師曰是心是佛是心作佛曰衆生入地獄佛性入否師曰如今正作惡時更有善否曰無師曰衆生入地獄佛性亦如是曰一切衆生皆有佛性如何師曰作佛用是佛性作賊即是賊性作衆生用是衆生性性無形相隨用立名經云一切賢聖皆以無爲法而有差别僧問何者是佛師曰離心之外即無有佛曰何者是法身師曰心是法身謂能生萬法故號法界之身起信論云所言法者謂衆生心即依此心顯示摩訶衍義又問何名有大經卷内在一微塵師曰智慧是經卷經云有大經卷量等三千大千界内在一微塵中一塵者是一念心塵也故云一念塵中演出河沙偈時人自不識又問何名大義城何名大義王師曰身爲大義城心爲大義王經云多聞者善於義不善於言説言説生滅義不生滅義無形相在言説之外心爲大經卷心爲大義王若不了了識心者不名善義只是學語人也又問般若經云度九類衆生皆入無餘涅槃又云實無衆生得滅度者此兩段經文如何通會前後人説皆云實度衆生而不取衆生相常疑未決請師爲説師曰九類衆生一身具足隨造隨成是故無明爲卵生煩惱包裹爲胎生愛水浸潤爲濕生欻起煩惱爲化生悟即是佛迷號衆生菩薩

只以念念心爲衆生若了念念心體空名爲度衆生也智者於自本際上度於未形未形旣空即知實無衆生得滅度者僧問言語是心否師曰言語是緣不是心曰離緣何者是心師曰離言語無心曰離言語旣無心若爲是心師曰心無形相非離言語非不離言語心常湛然應用自在祖師云若了心非心始解心心法僧問如何是定慧等學師曰定是體慧是用從定起慧從慧歸定如水與波一體更無前後名定慧等學夫出家兒莫尋言逐語行住坐卧並是汝性用什麼處與道不相應且自一時休歇去若不隨外境風心性水常自湛湛無事珍重

汾州大達無業國師上堂有僧問曰十二分教流于此土得道果者非止一二云何祖師東化别唱玄宗直指人心見性成佛豈得世尊説法有所未盡只如上代諸德高僧並學貫九流洞明三藏生肇融叡盡是神異間生豈得不知佛法遠近某甲庸昧願師指示師曰諸佛不曾出世亦無一法與人但隨病施方遂有十二分教如將蜜果換苦葫蘆淘汝諸人業根都無實事神通變化及百千三昧門化彼天魔外道福智二嚴爲破執有滯空之見若不會道及祖師來意論什麼生肇融叡如今天下解禪解道如河沙數説佛説心有百千萬億纖塵不去未免輪迴思念不亡盡須沉墜如斯之類尚不能自識業果妄言自利利他自謂上流並他先德但言觸目無非佛事舉足皆是道場原其所習不如一箇五戒十善凡夫觀其發言嫌他二乘十地菩

薩且醍醐上味爲世珍奇遇斯等人翻成毒藥南山尚自不許呼爲大乘學語之流爭鋒脣舌之間鼓論不形之事並他先德誠實苦哉只如野逸高士尚解枕石漱流棄其利禄亦有安國理民之謀徵而不赴況我禪宗途路且別看他古德道人得意之後茅茨石室向折脚鐺子裏煑飯喫過三十二十年名利不干懷財寶不爲念大忘人世隱跡巖叢君王命而不來諸侯請而不赴豈同我輩貪名愛利汩没世途如短販人有少希求而忘大果十地諸賢豈不通佛理可不如一箇博地凡夫實無此理他說法如雲如雨猶被佛呵云見性如隔羅縠只爲情存聖量見存果因未能逾越聖情過諸影跡先賢古德碩學高人博達古今洞明教網蓋爲識學詮文水乳難辯不明自理念靜求眞嗟乎得人身者如爪甲上土失人身者如大地土良可傷哉設有悟理之者有一知一解不知是悟中之則入理之門便謂永出世利巡山傍澗輕忽上流致使心漏不盡理地不明空到老死無成虛延歲月且聰明不能敵業乾慧未免苦輪假使才並馬鳴解齊龍樹只是一生兩生不失人身根思宿淨聞知即解如彼生公何足爲羨與道全遠共兄弟論實不論虛只這口食身衣盡是欺賢罔聖求得將來他心慧眼觀之如喫膿血一般總須償他始得阿那箇有道果自然招得他信施來不受者學般若菩薩不得自謾如冰凌上行似劒刃上走臨終之時一毫凡聖情量不盡纖塵思念未忘隨念受生輕重五陰向驢胎馬腹裏託質泥

犂鑊湯裏煑煠一遍了從前記持憶想見解智慧都盧一時失却依前再爲螻蟻從頭又作蚊䖟雖是善因而遭惡果且圖什麽兄弟只爲貪欲成性二十五有向脚跟下繫著無成辦之期祖師觀此土衆生有大乘根性唯傳心印指示迷情得之者即不揀凡之與聖愚之與智且多虛不如少實大丈夫兒如今直下便休歇去頓息萬緣越生死流逈出常格靈光獨照物累不拘巍巍堂堂三界獨步何必身長丈六紫磨金輝項佩圓光廣長舌相若以色見我是行邪道設有眷屬莊嚴不求自得山河大地不礙眼光得大總持一聞千悟都不希求一餐之直汝等諸人儻不如是祖師來至此土非常有損有益有益者百千人中撈漉一箇半箇堪爲法器有損者如前已明從他依三乘教法修行不妨却得四果三賢有進修之分所以先德云了即業障本來空未了還須償宿債

池州南泉普願和尚上堂曰諸子老僧十八上解作活計有解作活計者出來共你商量是住山人始得良久顧視大衆合掌曰珍重無事各自修行大衆不去師曰如聖果大可畏勿量大人尚不奈何我且不是渠渠且不是我渠爭奈我何他經論家說法身爲極則喚作理盡三昧義盡三昧似老僧向前被人教返本還源去幾恁麽會禍事兄弟近日禪師太多覓箇癡鈍人不可得不道全無於中還少若有出來共你商量如空劫時有修行人否有無作麽不道阿你尋常巧脣薄舌及乎問著總皆不道何不出來莫論佛出世時

事兄弟令時人擔佛著肩上行閙老僧言心不是佛智不是道便聚頭擬推老僧無你推處你若東得虛空作棒打得老僧著一任推時有僧問從上祖師至江西大師皆云即心是佛平常心是道今和尚云心不是佛智不是道學人悉生疑惑請和尚慈悲指示師乃抗聲答曰你若是佛休更涉疑却問老僧何處有恁麼傍家疑佛來老僧且不是佛亦不曾見祖師你恁麼道自覔祖師去曰和尚恁麼道教學人如何扶持得師曰你急手托虛空著曰虛空無動相云何托師曰你言無動相早是動也虛空何解道我無動相此皆是你情見曰虛空無動相尚是情見前遣某甲托何物師曰你既知不應言托擬何處扶持他曰即心是佛既不得是心作佛否師曰是

心是佛是心作佛情計所有斯皆想成佛是智人心是采集主皆對物時他便妙用大德莫認心認佛設認得是境被他喚作所知愚故江西大師云不是心不是佛不是物且教你後人恁麼行履今時學人披箇衣服傍家疑恁麼閑事還得否曰既不是心不是佛不是物和尚今却云心不是佛智不是道未審若何師曰你不認心是佛智不是道老僧勿得心來復何處著曰總既不得何與太虛師曰既不是物比什麼太虛又教誰異不異曰不可無他不是心不是佛不是物師曰你若認這箇還成心佛去也曰請和尚說師曰老僧自不知曰何故不知師曰教我作麼生說曰可不許學人會道師曰會什麼道又作麼生會曰某甲不知師曰不知却好若取老僧

語喚作依通人設見彌勒出世還被他㝵却頭尾曰使後人如何師曰你且自看莫憂他後人曰前不許某甲會道今復令某甲自看未審如何師曰冥會妙會許你你作麽生會曰如何是妙會師曰還欲學老僧語縱說是老僧說大德如何曰某甲若自會即不煩和尚乞慈悲指示師曰不可指東指西賺人你當哆哆和和時作麽不來問老僧今時巧黠始道我不會圖什麽你若此生出頭來道我出家作禪師如未出家時曾作什麽來且說看共你商量曰恁麽時某甲不知師曰既不知即今認得可可是耶曰認得既不是不認是否師曰認不認是什麽語話曰到這裏某甲轉不會也師曰你若不會我更不會曰某甲是學人即不會和尚是善知識合會師曰

這漢向你道不會誰論善知識莫巧黠看他江西老宿在日有一學士問如水無筋骨能乘萬斛舟此理如何老宿云這裏無水亦無舟論什麽筋骨兄弟他學士便休去可不省力所以數數向道佛不會道我自修行用知作麽曰如何修行師曰不可思量得向人道恁麽修恁麽行大難曰還許學人修行否師曰老僧不可障得你曰某甲如何修行師曰要行即行不可專尋他背曰若不因善知識指示無以得會如和尚每言修行須解始得若不解即落他因果無自由分未審如何修行即免落他因果師曰更不要商量若論修行何處不去得曰如何去得師曰你不可逐背尋得曰和尚未說教某甲作麽生尋師曰縱說何處覔去且如你從旦至夜忽東行西

行你尚不商量道去得不得別人不可知得你曰當東行西行總不思量是否師曰恁麽時誰道是不是曰和尚每言我於一切處而無所行他拘我不得喚作徧行三昧普現色身莫是此理否師曰若論修行何處不去不說拘與不拘亦不說三昧曰何異有法得菩提道師曰不論異不異曰和尚所說修行迢然與大乘別未審如何師曰不管他別不別兼不曾學來若論看教自有經論座主他教家實大可畏你且不如聽去好曰究竟今學人作麽生會師曰如汝所問元只在因緣邊看你且不奈何緣是認得六門頭事你但會佛那邊却來我與你商量兄弟莫恁麽尋逐不住恁麽不取古人語行菩薩行唯一人行天魔波旬領諸眷屬常隨菩薩後覓心行起處便擬撲倒如是經無量劫覓一念異處不得方與眷屬禮辭讚歎供養猶是進修位中下之人便不奈何況絕功用處如文殊普賢更不話他兄弟作麽生道行是無覓一日行底人不可得今時傍家從年至歲只是覓究竟作麽生空弄脣舌生解曰當恁麽時無佛名無衆生名使某甲作麽圖度師曰你言無佛名無衆生名早是圖度了也亦是記他言語曰若如是悉屬佛出世時事了不可不言師曰你作麽生言曰設使言言亦不及師曰若道言不及是及語你虛恁麽尋逐誰與你爲境曰既無爲境者誰是那邊人師曰你若不引教來即何處論佛既不論佛老僧與誰論這邊那邊曰果雖不住道而道能爲因如何師曰是他古人如今不可不奉戒我不是

渠渠不是我作得伊如狸奴白牯行復却快活你若一念異即難爲修行曰云何一念異難爲修行師曰纔一念異便有勝劣二根不是情見隨他因果更有什麽自由分曰每聞和尚說報化非眞佛亦非說法者未審如何師曰緣生故非曰報化既非眞佛法身是眞佛否師曰早是應身也曰若恁麽即法身亦非眞佛師曰法身是眞非眞老僧無舌不解道你教我道即得曰離三身外何法是眞佛師曰這漢共八九十老人相罵向你道了也更問什麽離不離擬把楔釘他虛空曰伏承華嚴經是法身佛說如何師曰你適來道什麽語其僧重問師顧視歎曰若是法身說你向什麽處聽曰某甲不會師曰大難大難好去珍重

趙州從諗和尚上堂云金佛不度鑪木佛不度火泥佛不度水眞佛內裏坐菩提涅槃眞如佛性盡是貼體衣服亦名煩惱不問即無煩惱且實際理什麽處著得一心不生萬法無咎汝但究理坐看三二十年若不會道截取老僧頭去夢幻空華何勞把捉心若不異萬法一如既不從外得更拘執作什麽如羊相似亂拾物安向口裏老僧見藥山和尚道有人問著者便教合却口老僧亦教合却口取我是淨一似獵狗專欲喫物佛法在什麽處這裏一千人盡是覔作佛漢子於中覔一箇道人無若與空王爲弟子莫教心病最難醫未有世間時早有此性世界壞時此性不壞從一見老僧後更不是别人只是一箇主人公這箇更用向外覔物作什麽正恁麽時

莫轉頭換腦若轉頭換腦卽失却去也時有僧問承師有言世界壞時此性不壞如何是此性師曰四大五陰僧曰此猶是壞底如何是此性師曰四大五陰法眼云是一箇兩箇是壞不壞且作麼生會試斷看

鎭府臨濟義玄和尚示衆曰今時學人且要明取自已眞正見解若得自已見解卽不被生死染去住自由不要求他殊勝自備如今道流且要不滯於惑要用便用如今不得病在何處病在不自信處自信不及卽便忙忙徇一切境脫大德若能歇得念念馳求心便與祖師不別汝欲識祖師麼卽汝目前聽法底是學人信不及便向外馳求得者只是文字學與他祖師大遠在莫錯大德此時不遇萬劫千生輪迴三界徇好惡境向驢牛肚裏去也如今諸人與古聖何別汝且欠少什麼六道神光未曾間歇若能如此見是一生無事人一念淨光是汝屋裏法身佛一念無分別光是汝報身佛一念無差別光是汝化身佛此三身卽是今日目前聽法底人爲不向外求有此三種功用據教三種名爲極則約山僧道三種是名言故云身依義而立土據體而論法性身法性土明知是光影大德且要識取弄光影人是諸佛本源是一切道流歸舍處大德四大身不解說法聽法虛空不解說法聽法是汝目前歷歷孤明勿形段者解說法聽法所以山僧向汝道五蘊身田內有無位眞人堂堂顯露無絲髮許間隔何不識取心法無形通貫十方在眼曰見在耳曰聞在手執捉在足運奔心若不在隨處解脫山僧見處坐斷報化佛頭十地滿心猶如客

作兒等妙二覺如擔枷帶鎖羅漢辟支猶如糞土菩提涅槃繫驢馬橛何以如斯蓋爲不達三祇劫空有此障隔若是真道流盡不如此如今略爲諸人大約話破自看遠近時光可惜各自努力珍重

玄沙宗一師備大師上堂曰太虚日輪是一切人成立太虚見在諸人作麽生滿目覷不見滿耳聽不聞此兩處不省得便是瞌睡漢若明徹得坐却凡聖坐却三界夢幻身心無一物如針鋒許爲縁爲對直饒諸佛出來作無限神通變現設如許多教綱未曾措著一分毫唯助初學誠信之門還會麽水鳥樹林却解提綱他甚端的自是少人聽非是小事天魔外道是辜恩負義天人六趣是自欺自狂如今沙門不薦此事翻成弄影漢生死海裏浮沈幾時休息去自家幸有此廣大門風不能紹繼得更向五蘊身田裏作主宰還夢見麽如許多田地教誰作主宰大地載不起虚空色不盡豈是小事若要徹即今這裏便明徹去不教仁者取一法如微塵大不教仁者捨一法如毫髮許還會麽時有僧問從上宗旨如何師默然僧再問師乃叱之僧問從何方便門令學人得入師曰入是方便僧問初心人來師如何指示師曰什麽處得初心來僧問學人創入叢林乞師提接師以杖指之僧曰學人不會師曰我恁麽爲汝却成抑屈於人如今若的自肯當人分上不論初學入叢林可謂共諸人久踐與過去諸佛無所乏少如大海水一切魚龍初生至老吞吐受用悉皆平等所以道初發心者與古佛齊肩

奈何汝無始積劫動諸妄情結成煩惱如重病人心狂熱悶顛倒亂見都無實事如今所覩一切境界皆亦如是對汝諸根盡成顛倒古人以無窮妙藥醫療對治直至十地未得惺惺將知大不容易古人思惟如喪考妣如今兄弟見似等閑何處別有人爲汝了得可惜時光虛度何妨密密地自究子細觀尋至無著力處自息諸縁去縱未發萌種子猶在若總取我傍家打鼓弄粥飯氣力將此造次排遣在死賺汝一生有何所益應須如實知取好無事珍重

漳州羅漢桂琛和尚上堂大衆立久師曰諸上座不用低頭思量思量不及便道不用揀擇委得下口處麼汝向什麼處下口試道看還有一法近得汝還有一法遠得汝麼同得汝異得汝麼既然如是爲什麼却特地艱難去蓋爲不丈夫男子儱儱侗侗無些子威光慼慼地遮護箇意根恐怕人問著我常道汝若有達悟處但去却人我披露將來與汝驗過直下作麼不肯莫把牛迹裏水以爲大海佛法遍周沙界莫錯向肉團心上妄立知見以爲疆界此是聞覺知識想情縁然非不是若向這裏點頭道我眞實即不得只如古人道此事唯我能知是何境界還識得麼莫是汝見我我見汝便是麼莫錯會若是這箇我我隨生滅身有即有身無即無所以古佛爲汝今日人說異法有故異法出生異法無故異法滅盡莫將爲等閑生死事大此一團子消殺不到在處乖張不少聲色若不破受想行識亦然役得汝骨出在莫道五陰本來空

也不由汝曰便解空去所以道須得親徹須眞實也不是今日老師始解作麽道他古聖告報汝喚作金剛祕密不思議光明藏覆陰乾坤生凡育聖亘古亘今誰人無分旣若如此更藉何人所以諸佛慈悲見汝不柰何開方便門示眞實相我今方便也汝還會麽若不會莫向意根下揑怪僧問從上宗門乞師方便師曰方便即不無汝喚什麽作宗門曰恁麽即學人虛施此問師曰汝有什麽罪過問佛法還受雕琢也無師曰作麽不受曰如何雕琢師曰佛法問諸行無常是生滅法如何是不生不滅法師曰用不生不滅作麽問才擬是過不擬時如何師曰擬有什麽過曰恁麽即便自無瘡也師曰合取口問諸境中以何爲主師曰那箇是諸境曰莫是疑處是麽師曰把將疑處來問正恁麽時是什麽師曰不恁麽時是什麽曰學人道不得師曰口裏是什麽塞却師又曰諸人朝晡恁麽上來下去也只是被些子聲色惑亂身心不安若是聲色名字不是佛法又疑伊什麽若是佛法不是聲色名字汝又作麽生擬把身心湊泊伊若是聲色名字總是聲色名字若是佛法總是佛法會麽異聲無聲異色無色離字無名離名無字試把舌頭點看有多少聲色名字自何而色以何爲名三界如是崢嶸尚覓出頭不得因什麽却特地難爲去只爲諸人自生顚倒以常爲斷悟假迷眞妄外馳求强揑異見終日共人商量便有佛法不與人商量便是世間閑人話到這裏才舉著佛法便道擬心即差動念即乖尋常諸處光無口

似紡車總便不差去佛法事不是隔日瘧皆由汝狂識凡情作差與不差解忽然見我拈箇槌子搥背便作意度顢頇不然見我把箇箒子掃東掃西便各照管是汝尋常打柴何不顧覽招呼便悟去上座佛法莫向意根下皮袋裏作測度汝成自賺我不敢網絆初心籠罩後學各自究去無事珍重

大法眼文益禪師上堂曰諸上座時寒何用上來且道上來好不上來好或有上座道不上來却好什麼處不是更用上來作什麼更有上座道是伊也不得一向又須到和尚處始得諸上座且道這兩箇人於佛法中還有進趣也未上座實是不得並無少許進趣古人喚作無孔鐵鎚生盲生聾無異若更有上座出來道彼二人總不得爲什麼如此爲伊執著所以不得諸上座總似恁麼行脚總似恁麼商量且圖什麼爲復只要弄脣觜爲復别有所圖恐伊執著且執著什麼爲復執著理執著事執著色執著空若是理理且作麼生執若是事事且作麼生執著色著空亦然山僧所以尋常向諸上座道十方諸佛十方善知識時常垂手諸上座時常接手十方諸佛垂手時有也什麼處是諸上座時常接手處還有會處會取好若未會得莫道總是都來圓取諸上座傍家行脚也須審諦著些精彩莫只藉少智慧過却時光山僧在衆見此多矣更有一般上座自已東西猶未知向這邊那邊東聽西聽説得少許以爲胷襟仍爲他人注脚將爲自已眼目上座總似這箇行脚自賺亦乃賺他奉勸諸上座且明取道眼

好些子粥飯智慧不足可恃若是世間造作種種非違之事入地獄猶有劫數且有出期若是錯與他人開眼目陷在地獄冥冥長夜無有出期莫將爲等閑奉勸且依古聖慈悲門好他古聖所見諸境唯見自心祖師道不是風動旛動仁者心動但且恁麽會好别無親於親處也師良久又云諸上座貶也得剥也得時僧問學人不爲别事請師直道師曰汝是不爲别事問如何是不生不滅底心師曰那箇是生滅底心僧曰爭奈學人不見師曰汝若不見不生不滅底也不是問如何是佛法大意師曰便會取問古人纔見人恁麽來便叫失也古人意如何師曰汝不信但問别人問維摩與文殊對談何事師曰汝不妨聰明問法同法性入諸法故古意如何師曰汝是行脚僧問如何是解修行底人師曰汝是什麽人曰恁麽即不落因果也師曰莫作野干鳴問識本還源時如何師曰謾語問明暗不分時如何師曰道什麽問如何是對境數起底心師曰恰道著問如何是學人本分事師曰謝指示問決擇之次如履輕冰如何決擇師曰待汝疑即道曰學人即今疑師曰嚇阿誰問從上宗乘如何履踐師曰雷聲甚大雨點全無問如何是末後句師曰苦問如何是玄言妙旨師曰用玄言妙旨作什麽問如何是直道師曰恐難副此問問承教有言佛眞法身猶若虚空應物現形如水中月如何得恁麽師曰如何得恁麽問教云佛以一音演説法衆生隨類各得解學人如何解師曰汝甚解師又曰此問已是不會古人語也

因什麽却向伊道汝甚解何處是伊解處莫是於伊分中便㸃與伊麽莫是爲伊不會問却反射伊麽且素非此理愼莫錯會除此兩會別又如何商量諸上座若會得此語也即會得諸聖總持門且作麽生會若也會得一音演說不會隨類各解恁麽道莫是有過無過說麽莫錯會好既不恁麽會作麽生說一音演說隨類得解有箇去處始得每日空上來下去又不當得人事且究道眼始得他古人道一切聲是佛聲一切色是佛色何不且恁麽會取僧問遠遠尋聲請師一接師曰汝尋底是什麽聲是僧聲是俗聲是凡聲是聖聲還有會處麽若也實不會上座吵吵是聲吵吵是色聲色不柰何莫將爲等閑上座若會得即是眞實若不會即是幻化若也會得即是幻化若也不會即是眞實他古人亦向上座道唯我能知除此外別無作計校處上座成不成從何而出是不是從何而出理無事而不顯事無理而不消事理不二不事不理不理不事恁麽注解與上座若更不會不如且依古語好他古人見上座百般不得所以垂慈向汝道將聞持佛佛何不自聞聞無事珍重

景德傳燈録卷第二十八

音釋

汾符分切　諗式荏切　瞬舒閏切目動也　揑之日切撞也　糅女救切雜也　聾瞽聾盧紅切耳病也瞽公戶切目但有眹也　螻蟻螻落侯切蟻魚豈切　卓錐錐職垂切鑽也　鏁蘇果切與鎖同　鑰以灼切鑰鍉也　螺蜆螺落戈切蜆音顯螺蜆並蚌屬　筌此緣切魚筍也　蹄杜奚切兎網也　叡

俞芮切　縠胡谷切縐紗也　煠士洽切湯瀹也　蚊蝱蚊無分切蝱莫耕切

澇漉澇魯刀切漉盧谷切　債側界切逋負也　燖徐廉切火熟物也又湯爚

肉也　楔先結切木楔也　釘丁定切以釘釘之也　懱偰懱莫結切偰先結切

崢嶸崢鋤庚切嶸戶萌切崢嶸高峻貌　瘧魚約切病痁也　賺直陷切

錯也　絆博慢切羈絆也　嚇呼格切誑嚇也　吵吵初爪切

景德傳燈録卷第二十九

宋沙門道原纂

大乘讃十首　梁寳誌和尚

大道常在目前雖在目前難覩若欲悟道眞體莫除色聲言語言語即是大道不假斷除煩惱煩惱本來空寂妄情遞相纏繞一切如影如響不知何惡何好有心取相爲實定知見性不了若欲作業求佛業是生死大兆生死業常隨身黒闇獄中未曉悟理本來無異覺後誰晚誰早法界量同太虚衆生智心自小但能不起吾我涅槃法食常飽

妄身臨鏡照影影與妄身不殊但欲去影留

身不知身本同虛身本與影不異不得一有一無若欲存一捨一求與眞理相疎更若愛聖憎凡生死海裏沉浮煩惱因心有故無心煩惱何居不勞分別取相自然得道須臾夢時夢中造作覺時覺境都無飜思覺時與夢顛倒二見不殊改迷取覺求利何異販賣商徒動靜兩亡常寂自然契合眞如若言衆生異佛迢迢與佛常疎佛與衆生不二自然究竟無餘

法性本來常寂蕩蕩無有邊畔安心取舍之間被他二境迴換斂容入定坐禪攝境安心覺觀機關木人修道何時得達彼岸諸法本空無著境似浮雲會散忽悟本性元空恰似熱病得汗無智人前莫說打你色身星散報你衆生直道非有即是非無非有非無不二何須對有論虛有無妄心立號一破一箇不居兩名由爾情作無情即本眞如若欲存情覓佛將網山上羅魚徒費功夫無益幾許枉用工夫不解即心即佛眞似騎驢覓驢一切不憎不愛這箇煩惱須除除之則須除身除身無佛無因無佛無因可得自然無法無人

大道不由行得說行權爲凡愚得理返觀於行始知枉用工夫未悟圓通大理要須言行相扶不得執他知解迴光返本全無有誰解會此說教君向己推求自見昔時罪過除却五欲瘡疣解脫逍遙自在隨方賤賣風流誰是發心買者亦得似我無憂

內見外見總惡佛道魔道俱錯被此二大波旬便即厭苦求樂生死悟本體空佛魔何處

安著只由妄情分別前身後身孤薄輪迴六道不停結業不能除却所以流浪生死皆由橫生經略身本虛無不實返本是誰斟酌有無我自能爲不勞妄心卜度衆生身同太虛煩惱何處安著但無一切希求煩惱自然消落

可笑衆生蠢蠢各執一般異見但欲傍鏊求餅不解返本觀麪麪是正邪之本由人造作百變所須任意縱橫不假偏耽愛戀無著即是解脫有求又遭羅罥慈心一切平等真如菩提自現若懷彼我二心對面不見佛面

世間幾許癡人將道復欲求道廣尋諸義紛紜自救已身不了專尋他文亂說自稱至理妙好徒勞一生虛過永劫沉淪生老濁愛纏心不捨清淨智心自惱真如法界叢林返作荊棘荒草但執黃葉爲金不悟棄金求寶所以失念狂走强力裝持相好口內誦經誦論心裏尋常枯槁一朝覺本心空具足真如不少

聲聞心心斷惑能斷之心是賊賊賊遞相除遣何時了本語默口內誦經千卷體上問經不識不解佛法圓通徒勞尋行數墨頭陀阿練苦行希望後身功德希望即是隔聖大道何由可得譬如夢裏度河船師度過河北忽覺牀上安眠失却度船執則船師及彼度人兩箇本不相識衆生迷倒羈絆往來三界疲極覺悟生死如夢一切求心自息

悟解即是菩提了本無有階梯堪歎凡夫傴僂八十不能跋蹄徒勞一生虛過不覺日月遷移向上看他師口恰似失妳孩兒道俗崢

嶫聚集終日聽他死語不觀已身無常心行貪如狼虎堪嗟二乘狹劣要須摧伏六府不食酒肉五辛邪眼看他飲咀更有邪行猖狂修氣不食鹽醋若悟上乘至眞不假分別男女

十二時頌　寶誌和尚

平旦寅狂機內有道人身窮苦已經無量劫不信常擎如意珎若著物入迷津但有纖毫即是塵不住舊時無相貌外求知識也非眞

日出卯用處不須生善巧縱使神光照有無起意便遭魔事撓若施功終不了日夜被他人我拘不用安排只麼從何曾心地生煩惱

食時辰無明本是釋迦身坐卧不知元是道只麼忙忙受苦辛認聲色覓踈親只是他家染汙人若擬將心求佛道問取虛空始出塵

禺中巳未了之人教不至假使通達祖師言莫向心頭安了義只守玄沒文字認著依前還不是暫時自肯不追尋曠劫不遭魔境使

日南午四大身中無價寶陽焰空華不肯拋作意修行轉辛苦不曾迷莫求悟任你朝陽幾迴暮有相身中無相身無明路上無生路

日昳未心地何曾安了義他家文字沒親踈不用將心求的意任縱橫絕忌諱長在人間不居世運用不離聲色中歷劫何曾暫拋棄

晡時申學道先須不厭貧有相本來權積聚無形何用要安眞作淨潔却勞神莫認愚癡作近隣言下不求無處所暫時喚作出家人

日入酉虛幻聲音不長久禪悅珎饈尚不餐誰能更飲無明酒勿可拋勿可守蕩蕩逍遥不曾有縱你多聞達古今也是癡狂外邊走

黄昏戌狂子施功投暗室假使心通無量時歷劫何曾異今日擬商量却啾唧轉使心頭黑如漆晝夜舒光照有無癡人喚作波羅蜜

人定亥勇猛精進成懈怠不起纖毫修學心無相光中常自在超釋迦越祖代心有微塵還質礙放蕩長如癡兀人他家自有通人愛

夜半子心住無生即生死生死何曾屬有無用時便用無文字祖師言外邊事識取起時還不是作意搜求實沒蹤生死魔來任相試

鷄鳴丑一顆圓光明已久内外推尋覓總無境上施爲渾大有不見頭亦無手世界壞時渠不朽未了之人聽一言只這如今誰動口

十四科頌 誌公和尚

菩提煩惱不二

衆生不解修道便欲斷除煩惱煩惱本來空寂將道更欲覓道一念之心即是何須別處尋討大道衹在目前迷倒愚人不了佛性天眞自然亦無因緣修造不識三毒虛假妄執浮沉生老昔時迷日爲晚今日始覺非早

持犯不二

丈夫運用無礙不爲戒律所制持犯本自無生愚人被他禁繫智者造作皆空聲聞觸途爲滯大士肉眼圓通二乘天眼有翳空中妄執有無不達色心無礙菩薩與俗同居清淨曾無染世愚人貪著涅槃智者生死實際法性空無言說緣起略無人子百歲無智小兒小兒有智百歲

佛與衆生不二

衆生與佛無殊大智不異於愚何須向外求寶身田自有明珠正道邪道不二了知凡聖

同途迷悟本無差別涅槃生死一如究竟攀緣空寂惟求意想清虚無有一法可得翛然自入無餘

事理不二

心王自在翛然法性本無十纏一切無非佛事何須攝念坐禪妄想本來空寂不用斷除攀緣智者無心可得自然無爭無喧不識無爲大道何時得證幽玄佛與衆生一種衆生即是世尊凡夫妄生分別無中執有迷奔了達貪嗔空寂何處不是眞門

靜亂不二

聲聞猒喧求靜猶如棄麪求餅餅即從來是麪造作隨人百變煩惱即是菩提無心即是無境生死不異涅槃貪瞋如焰如影智者無心求佛愚人執邪執正徒勞空過一生不見

如來妙頂了達婬欲性空鑊湯鑪炭自冷

善惡不二

我自身心快樂翛然無善無惡法身自在無方觸目無非正覺六塵本來空寂凡夫妄生執著涅槃生死平等四海阿誰厚薄無爲大道自然不用將心晝度菩薩散誕靈通所作常含妙覺聲聞執法坐禪如蠶吐絲自縛法性本來圓明病愈何須執藥了知諸法平等翛然清虚快樂

色空不二

法性本無青黃衆生謾造文章吾我說他止觀自意擾擾顛狂不識圓通妙理何時得會眞常自疾不能治療却教他人藥方外看將爲是善心内猶若豺狼愚人畏其地獄智者不異天堂對境心常不起舉足皆是道場佛

與衆生不二衆生自作分張若欲除却三毒迢迢不離災殃智者知心是佛愚人樂往西方

生死不二

世間諸法如幻生死猶若雷電法身自在圓通出入山河無間顛倒妄想本空般若無迷無亂三毒本自解脱何須攝念禪觀只爲愚人不了從他戒律決斷不識寂滅眞如何時得登彼岸智者無惡可斷運用隨心合散法性本來空寂不爲生死所絆若欲斷除煩惱此是無明癡漢煩惱即是菩提何用別求禪觀實際無佛無魔心體無形無段

斷除不二

丈夫運用堂堂逍遥自在無妨一切不能爲害堅固猶若金剛不著二邊中道脩然非斷非常五欲貪瞋是佛地獄不異天堂愚人妄生分別流浪生死猖狂智者達色無礙聲聞無不恛惶法性本無瑕翳衆生妄執青黃如來引接迷愚或説地獄天堂彌勒身中自有何須別處思量棄却眞如佛像此人即是顛狂聲聞心中不了唯只趂逐言章言章本非眞道轉加鬬爭剛强心裏蚖蛇蝮蝎螫著便即遭傷不解文中取義何時得會眞常死入無間地獄神識枉受災殃

眞俗不二

法師説法極好心中不離煩惱口談文字化他轉更增他生老眞妄本來不二凡夫棄妄覓道四衆雲集聽講高坐論義浩浩南坐北坐相爭四衆爲言爲好雖然口談甘露心裏尋常枯燥自已元無一錢日夜數他珍寶恰

似無智愚人棄却真金擔草心中三毒不捨未審何時得道

解縛不二

律師持律自縛自縛亦能縛他外作威儀恬靜心内恰似洪波不駕生死船筏如何渡得愛河不解真宗正理邪見言辭繁多有二比丘犯律便却往問優波優波依律説罪轉增比丘網羅方丈室中居士維摩便即來訶優波默然無對淨名説法無過而彼戒性如空不在内外娑婆勸除生滅不肯忽悟還同釋迦

境照不二

禪師體離無明煩惱從何處生地獄天堂一相涅槃生死空名亦無貪瞋可斷亦無佛道可成衆生與佛平等自然聖智惺惺不爲六塵所染句句獨契無生正覺一念玄解三世坦然皆平非法非律自制翛然真入圓成絶此四句百非如空無作無依

運用無礙

我今滔滔自在不羨公王卿宰四時猶若金剛苦樂心常不改法寶喻於須彌智慧廣於江海不爲八風所牽亦無精進懈怠任性浮沉若顛散誕縱横自在遮莫刀劒臨頭我自安然不采

迷悟不二

迷時以空爲色悟即以色爲空迷悟本無差別色空究竟還同愚人喚南作北智者達無西東欲覓如來妙理常在一念之中陽焰本非其水渴鹿狂趂忽忽自身虚假不實將空更欲覓空世人迷倒至甚如犬吠雷叿叿

頌一首　歸宗至眞禪師智常

歸宗事理絶　日輪正當午　自在如師子
不與物依怙　獨步四山頂　優游三大路
欠呿飛禽墜　嚬呻衆邪怖　機竪箭易及
影沒手難覆　施張若工伎　裁剪如尺度
巧鏤萬般名　歸宗還似土　語默音聲絶
旨妙情難措　棄箇眼還聾　取箇耳還瞽
一鏃破三關　分明箭後路　可憐大丈夫
先天爲心祖

頌十九首　香嚴襲燈大師智閑授指

古人骨多靈異賢子孫密安置此一門成孝
義人未達莫差池須志固遣狐疑得安靜不
傾危向即遠求即離取即急失即遲無計校
忘覺知濁流識今古僞一刹那通變異嵳峩
山石火氣內裏發焚巔巢無遮攔燒海底法
網踈靈燄細六月卧去衣被蓋不得無假僞
達道人唱祖意我師宗古來諱唯此人善安
置足法財具慚愧不虛施用處諦有人問少
呵氣更審來說米貴

最後語

有一語全規矩休思惟不自許路逢達道人
揚眉省來處蹋不著多疑慮却思看帶伴侶
一生參學事無成慇懃抱得栴檀樹

暢玄與崖大夫

達人多隱顯　不定露形儀　語下不遺迹
密密潛護持　動容揚古路　明妙乃方知
應物但施設　莫道不思議

達道場與城隍行者

理奧絶思量　根尋徑路長　因茲知隔闊
無那祓封疆　人生須特達　起坐覺馨香

清淨如來子　安然坐道場

與薛判官

一滴滴水一焔焰火飲水人醉向火人老不飲不向無復安卧抝折弓箭蹋倒射垜若人要知先去鈎錐人須問我我是阿誰快道快道

與臨濡縣行者

丈夫咄哉久被塵埋我因今日得入山來揚眉示我因茲眼開老僧手風書處龍鍾語下有意的出樊籠

顯旨

思遠神儀奥精虛履踐通見聞離影像密際語前蹤得意塵中妙投機露道容藏明照警覺肯可達眞宗

三句後意

書出語多虛　虛中帶有無　却向書前會放却意中珠

答鄭郎中問二首

語中埋迹聲前露容即時妙會古人同風響應機冝無自他宗訶起駮蟒奮迅成龍

語裏埋筋骨　音聲染道容　即時才妙會拍手趂乖龍

譚道

的的無兼帶　獨運何依賴　路逢達道人莫將語默對

與學人玄機

妙旨迅速言說來遲纔隨語會迷却神機揚眉當問對面熈怡是何境界同道方知

明道

思思似有蹤　明明不知處　借問示宗賓

徐徐暗迴顧
玄旨
去去無標的　來來只麽來　有人相借問
不語笑咍咍
與鄧州行者
林下覺身愚　緣不帶心珠　開口無言説
筆頭無可書　人問香嚴旨　莫道在山居
三跳後
三門前合掌　兩廊下行道　中庭上作舞
後門外摇頭
上根
咄哉莫錯頓爾無覺空處發言龍驚一著小
語呼召妙絶名邈巍巍道流無可披剥
破法身見
向上無爺孃　向下無男女　獨自一箇身

切須了却去　聞我有此言　人人競來取
對他一句子　不話無言語
獨脚
子啐母啄子覺無殻母子俱亡應緣不錯同
道唱和妙云獨脚
無心合道頌　洞山和尚良价
道無心合人　人無心合道　欲識箇中意
一老一不老
頌十八首　龍牙和尚居遁
龍牙山裏龍形能世間色世上畫龍人巧巧
描不得唯有識龍人一見便心息
唯念門前樹能容鳥泊飛來者無心喚騰身
不慕歸若人心似樹與道不相違
一得無心便道情六門休歇不勞形有緣不
是余朋友無用雙眉却弟兄

悟了還同未悟人無心勝負自安神從前古
德稱貧道向此門中有幾人
學道先須有悟由還如曾鬬快龍舟雖然舊
閑於空地一度贏來方始休
心空不及道空安道與心空狀一般參玄不
是道空士一生相逢不易看
自小從師學祖宗閑華猶似纏人蜂僧眞不
假居雲外得後知無色自空
學道無端學畫龍元來未得筆頭蹤一朝體
得眞龍後方覺從前枉用功
成佛人希念佛多念來歲久却成魔君今欲
得自成佛無念之人不較多
在夢那知夢是虛覺來方覺夢中無迷時恰
是夢中事悟後還同睡起夫
學道蒙師指却閑無中有路隱人間饒君講
得千經論一句臨機下口難
菩薩聲聞未盡空人天來往訪眞宗爭如佛
是無疑士端坐無心只麼通
此生不息息何時息在今生共要知心息只
緣無妄想妄除心息是休時
迷人未了勸盲聾土上加泥更一重悟人有
意同迷意只在迷中迷不逢
夫人學道莫貪求萬事無心道合頭無心始
體無心道體得無心道亦休
眉間毫相燄光身事見爭如理見親事有只
因於理有理權方便化天人一朝大悟俱消
却方得名爲無事人
人情濃厚道情微道用人情世豈知空有人
情無道用人情能得幾多時
尋牛須訪迹學道訪無心迹在牛還在無心

道易尋

頌三首　　玄沙師備宗一大師

玄沙游徑別　時人切須知　三冬陽氣盛

六月降霜時　有語非關舌　無言切要辭

會我最後句　出世少人知

奇哉一靈叟　那頓許吺吺音兜　風起引箜篌

迷子爭頭湊　設使總不是　蝦蟆大張口

開口不開口　終是犯靈叟　欲識箇中意

南星眞北斗

萬里神光頂後相沒頂之時何處望事已成

意未休此箇從來觸處周智者聊聞猛提取

莫待須臾失却頭

頌二首　招慶省僜都陵切　眞覺大師

示執坐禪者

大道分明絶點塵　何須長坐始相親

遇緣儻解無非是　處憒那能有故新

散誕肯齊支遁侶　逍遥曷與慧休隣

或遊泉石或闤闠　可謂煙霞物外人

示坐禪方便

四威儀内坐爲先　澄濾身心漸坦然

瞥爾有緣隨濁界　當須莫續是天年

修持只話從功路　至理寧論在那邊

一切時中常管帶　因緣相湊豁通玄

明道頌一首　漳州羅漢桂琛和尚

至道淵曠　勿以言宣　言宣非指　孰云有是

觸處皆渠　豈喻眞虛　眞虛設辯　如鏡中現

有無雖彰　在處無傷　無傷無在　何拘何閡

不假功成　將何法爾　法爾不爾　俱爲脣齒

若以斯陳　埋沒宗旨　宗非意陳　無以見聞

見聞不脱　如水中月　於此不明　翻爲剩法

一法有形　翳汝眼睛　眼睛不明　世界崢嶸
我宗奇特　當陽顯赫　佛及衆生　皆承恩力
不在低頭　思量難得　拶破面門　覆蓋乾坤
快須薦取　脫却根塵　其如不曉　謾說而今

覺地頌一首　南嶽惟勁禪師

略明覺地名同異　起復初終互换生
性海首建增名號　妙覺還依性覺明
體覺俱含於明妙　明覺妙覺並雙行
妙覺覺妙元明體　全成無漏一真精
明覺覺明明所了　或因了相失元明
明妙二覺宗體覺　體覺性覺二同明
湛覺圓圓無增減　此中無佛與衆生
不覺始終非了了　不聞迷悟豈惺惺
是稱心地如來藏　亦無覺照及無生
非生非滅真如海　湛然常住名無名
太虛未覺生霞點　豈聞微塵有漏聲
空漚匪離於覺海　動寂元是一真明
覺明體爾含靈談　覺明逐談致虧盈
差之不返名無覺　會之復本始覺生
本覺由因始覺生　正覺還依合覺明
由他二種成差互　遂令渾作賴耶名
具含染淨雙岐路　覺明含處異途萌
性起無生不動智　不離覺體本圓成
性起轉覺翻生所　遂令有漏墮迷盲
無明因愛相滋潤　名色根本漸次生
七識轉處蒙圓鏡　五六生時蔽覺明
觸受有取相依起　生老病死繼續行
業識茫茫沒苦海　徇流浩浩逐飄零
大聖慈悲興救濟　一聲用處出三聲
智身由從法身起　行身還約智身生

智行二身融無二　還歸一體本來平
萬有齊含眞海印　一心普現總圓明
湛光燄燄何依止　空性蕩蕩無所停
處處示生無生相　處處示滅無滅形
珠鏡頓印無來往　浮雲聚散勿常程
出沒任眞同水月　應縁如響化群情
衆生性地元無染　只縁浮妄翳眞精
不了五陰如空聚　豈知四大若乾城
我慢癡山高屹屹　無明欲海杳溟溟
每逐旃陁憍誑友　常隨猛獸作悲鳴
自性轉識翻爲幻　自心幻境自心驚
了此幻性同陽燄　空花識浪復圓成
太虛忽覺浮雲散　始覺虛空本自清
今古湛然常皎瑩　不得古今凡聖名

入道淺深頌五首　郢州臨谿敬脫和尚

露柱聲聲喚　猢猻繩子絆　中下莫知由
上士方堪看
露柱不聲喚　猢猻繩子斷　上士笑呵呵
中流若爲見
猢猻與露柱　未免東西步　任唱太平歌
徒話超佛祖
我見匠者誇　語默玄妙句　不善本根源
巧布祇園事
少室與摩竭　第代稱揚許　我今問汝徒
誰作將來主

頌十四首　大法眼禪師文益

三界唯心
三界唯心　萬法唯識　唯識唯心　眼聲耳色
色不到耳　聲何觸眼　眼色耳聲　萬法成辦
萬法匪縁　豈觀如幻　大地山河　誰堅誰變

華嚴六相義

華嚴六相義　同中還有異　異若異於同
全非諸佛意　諸佛意總別　何曾有同異
男子身中入定時　女子身中不留意
不留意　絶名字　萬象明明無理事

贍須菩提

須菩提　貌古奇　說空法　法不離
信不及　又懷疑　信得及　復何之
倚筇杖　視東西

街鼓鳴

鼓鼕鼕　運大功　滿朝人　道路通
道路通　何所至　達者莫言登寶地

示捨棄慕道

東堂不折桂　南華不學僊　却來乾竺寺
披衣效坐禪　禪若效坐得　非想亦何偏

經劫守閑不出生死　爲報參禪者　須悟道中玄
如何道中玄　眞規自宛然

金剛經爲人輕賤章（註云持經者證佛地也）

寶劒不失　虛舟不刻　不失不刻　彼子爲得
倚待不堪　孤然仍則　鳥迹虛空　有無彌忒
思之

僧問隨色摩尼珠

摩尼不隨色　色裏勿摩尼　摩尼與衆色
不合不分離

牛頭庵

國城南　祖師庵　庵舊址　依雲嵐
獸馴淑　人相參　忽有心　終不堪

乾闥婆城

乾闥婆城　法法皆爾　法爾不爾　名相眞軌
日煖月涼　海深山起　乾闥婆城　是非亡矣

因僧看經
今人看古教　不免心中鬧　欲免心中鬧
但知看古教
問僧云會麽對不會
會與不會　與汝面對　若也面對　眞箇不會
庭栢盆蓮
一朶菡萏蓮　兩株青瘦栢　長向僧家庭
何勞問高格
正月偶示
正月春　順時節　情有無　皆舍悦
君要知　得誰力　叓問誰　教誰決
寄鍾陵光僧正
西山巍巍兮聳碧　漳水澄澄兮練色
對現分明有何極
八漸偈并序　白居易

唐貞元十九年秋八月有大師曰凝公遷化于東都聖善寺鉢塔院越明年春二月有東來客白居易作八漸偈偈六句句四言賛之初居易嘗求心要於師師賜我言焉曰觀曰覺曰定曰慧曰明曰通曰濟曰捨繇是入於耳貫於心嗚呼今師之報身則化師之八言不化至哉八言實無生忍觀之漸門也故自觀至捨次而賛之廣一言爲一偈謂之八漸偈蓋欲以發揮師之心教且明居易不敢失墜也既而升于堂禮于牀跪而唱泣而去偈曰

觀
以心中眼　觀心外相　從何而有　從何而喪
觀之又觀　則辯眞妄
覺

惟眞常在　爲妄所蒙　眞妄苟辯　覺生其中
不離妄有　而得眞空

定

眞若不滅　妄即不起　六根之源　湛如止水
是爲禪定　乃脱生死

慧

專之以定　定猶有繫　濟之以慧　慧則無滯
如珠在盤　盤定珠慧

明

定慧相合　合而後明　照彼萬物　物無遁形
如大圓鏡　有應無情

通

慧至乃明　明則不昧　明至乃通　通則無礙
無礙者何　變化自在

濟

通力不常　應念而變　變相非有　隨求而見
是大慈悲　以一濟萬

捨

衆苦既濟　大悲亦捨　苦既非眞　悲亦是假
是故衆生　實無度者

詩十首　同安禪師

心印

問君心印作何顔　心印誰人敢授傳
歷劫坦然無異色　呼爲心印早虚言
須知本自靈空性　將喻紅鑪焰裏蓮
莫謂無心便是道　無心猶隔一重關

祖意

祖意如空不是空　盡機爭墮有無功
三賢尚未明斯旨　十聖那能達此宗
透網金鱗猶滯水　回塗石馬出沙籠

慇懃爲說西來意　莫問西來及與東

玄機

迢迢空刧勿能收　豈爲塵機作繫留
妙體本來無處所　通身何更有蹤由
靈然一句超群象　逈出三乘不假修
撒手那邊諸聖外　迴程堪作火中牛

塵異

濁者自濁清者清　菩提煩惱等空平
誰言卞璧無人鑒　我道驪珠到處晶
萬法泯時全體現　三乘分處假安名
大夫自有衝天氣　莫向如來行處行

佛教

三乘次第演金言　三世如來亦共宣
初說有空人盡執　後非空有衆皆緣
龍宮滿藏醫方義　鶴樹終談理未玄
眞淨界中纔一念　閻浮早已八千年

還鄉曲

勿於中路事空王　策杖還須達本鄉
雲水隔時君莫住　雪山深處我非忘
尋思去日顔如玉　嗟歎迴來鬢似霜
撒手到家人不識　更無一物獻尊堂

破還鄉曲

返本還源事亦差　本來無住不名家
萬年松逕雪深覆　一帶峯巒雲更遮
賓主默時純是妄　君臣道合正中邪
還鄉曲調如何唱　明月堂前枯木華

轉位歸

涅槃城裏尚猶危　陌路相逢沒定期
權挂垢衣云是佛　却裝珍御復名誰
木人夜半穿靴去　石女天明戴帽歸

萬古碧潭空界月　再三撈摝始應知

迴機

披毛戴角入鄽來　優鉢羅花火裏開
煩惱海中爲雨露　無明山上作雲雷
鑊湯爐炭吹教滅　劍樹刀山喝使摧
金鎖玄關留不住　行於異類且輪迴

正位前

枯木巖前差路多　行人到此盡蹉跎
鷺鷥立雪非同色　明月蘆華不似他
了了了時無所了　玄玄玄處亦須訶
慇懃爲唱玄中曲　空裏蟾光撮得麼

詩十首　雲頂山僧德敷

語默難測

閑坐冥然聖莫知　縱言無物比方伊
石人把板雲中拍　木女含笙水底吹
若道不聞渠未曉　欲尋其響你還疑
教君唱和仍須和　休問宮商竹與絲

祖教迥異

祖意迥然傳一句　教中廣布引三乘
淨名倒嶽雷聲吼　鶖子孤潭月影澄
鄽市賣魚忘進趣　巖林飼虎望超升
雖知同體權方便　也似炎天日裏燈

學雖得妙

棲心學道數如塵　認得曹谿有幾人
若使聖凡無罣礙　便應塼瓦是修真
瞥然一念邪思起　已屬多生放逸因
不遇祖師親的指　臨機開口卒難陳

問來祇對不得

莫誇祇對句分明　執句尋言誤殺卿
只合文殊便是道　虧他居士杳無聲

見人須龔敲門物　知路仍忘堠子名
儻若不疑言會盡　何妨默默過浮生

無指的

不居南北與東西　上下虛空豈可齊
現小毛頭猶道廣　變長天外尚嫌低
頓乾四海紅塵起　能竭三塗黑業迷
如此萬般皆屬壞　更須前進問曹谿

自樂僻執

雖然僻執不風流　懶出松門數十秋
合掌有時慵問佛　折腰誰肯見王侯
電光夢世非堅久　欲火蒼生早晚休
自蘊本來靈覺性　不能暫使挂心頭

問答須知起倒

問答須教知起倒　龍頭蛇尾自欺謾
如王秉劒由王意　似鏡當臺待鏡觀
貶眼參差千里莽　低頭思慮萬重灘
各於此道爭深見　何啻前程作野干

言行相扶

言語行時不易行　如烏如兔兩光明
寧闗晝夜精勤得　非是貪嗔懈怠生
菩薩尚猶難說到　聲聞焉敢擬論評
然無地位長閑坐　誰料龍神來捧迎

一句子

一句子玄不可盡　颯然會了奈渠何
非干世事成無事　祖教心魔是佛魔
貧子喻中明此道　獻珠偈裏顯張羅
空門有路平兼廣　痛切相招誰肯過

古今大意

古今以拂示東南　大意幽微肯易參
動指掩頭元是一　斜眸拊掌固非三

道吾舞笏同人會　石鞏彎弓作者諳
此理若無師印授　欲將何見語玄談

詩三首　僧潤

因覽寶林傳

祖月禪風集寶林　二千餘載道堪尋
雖分西國與東國　不隔人心到佛心
迦葉最初傳去盛　慧能末後得來深
覽斯頓悟超凡衆　嗟彼常迷古與今

贈道者

一語眞空出世間　可憐迷者蟻循環
此生勝坐三禪樂　好句長吟萬事閑
秋月圓來看盡夜　野雲散去落何山
到頭自了方爲了　休執他經扣祖關

贈禪客

了妄歸眞萬慮空　河沙凡聖體通同
迷來盡似蛾投焰　悟去皆如鶴出籠
片月影分千澗水　孤松聲任四時風
直須密契心心地　休苦勞生睡夢中

景德傳燈録卷第二十九

音釋

瘡疣瘡初良切痍也疣羽求切瘤也　蠢尺尹切蠢動也　鏊五到切餅鏊也
罥古泫切網也　羂居宜切縶也　傴僂傴於武切僂力主切傴僂背曲也
妳奴蟹切乳也　咀慈語切咀齧也　猖尺良切狂也　撓奴巧切擾亂也
拗於教切戾也　禺語俱切　眣徒結切日側也　啾唧啾即由切
唧資悉切啾唧小聲也　兀五忽切兀兀不動貌　翛相邀切翛然飛揚貌　蝮
蠍蝮房六切蝎許竭切蝮蠍並毒蟲　螫施隻切蟲行毒也　叿叿火紅
切　欠呿呿丘據切欠呿張口運氣也　嵳峩嵳昨何切峩五何切嵳峩
山貌　巔嵔巔都年切山頂也嵔力罪切嵔嵬山貌　騃蟒騃五駭切癡騃
也蟒莫朗切大蛇也　咍咍呼來切蚩笑也　啐子律切　啄竹角切　憒

古對切心亂也閡五漑切限也蹉跎蹉七何切跎徒何切蹉跎言不遂意也慵蜀容切嬾惰也啻矢利切止也颯悉合切颯颯風聲也諳烏含切悉也

景德傳燈録卷第三十

宋沙門道原纂

心王銘

傅大士

觀心空王玄妙難測無形無相有大神力能滅千災成就萬德體性雖空能施法則觀之無形呼之有聲爲大法將心戒傳經水中鹽

味色裏膠清決定是有不見其形心王亦爾身内居停面門出入應物隨情自在無礙所作皆成了本識心識心見佛是心是佛是佛是心念念佛心佛心念佛欲得早成戒心自律淨律淨心心即是佛除此心王更無別佛欲求成佛莫染一物心性雖空貪嗔體實入此法門端坐成佛到彼岸已得波羅蜜慕道眞士自觀自心知佛在内不向外尋即心即佛即佛即心心明識佛曉了識心離心非佛離佛非心非佛莫測無所堪任執空滯寂於此漂沉諸佛菩薩非此安心明心大士悟此玄音身心性妙用無更改是故智者放心自在莫言心王空無體性能使色身作邪作正非有非無隱顯不定心性離空能凡能聖是故相勸好自防慎剎那造作還復漂沉清淨心智如世黃金般若法藏並在身心無爲法寶非淺非深諸佛菩薩了此本心有緣遇者非去來今

信心銘　三祖僧璨大師

至道無難唯嫌揀擇但莫憎愛洞然明白毫釐有差天地懸隔欲得現前莫存順逆違順相爭是爲心病不識玄旨徒勞念靜圓同太虛無欠無餘良由取捨所以不如莫逐有緣勿住空忍一種平懷泯然自盡止動歸止止更彌動唯滯兩邊寧知一種一種不通兩處失功遣有沒有從空背空多言多慮轉不相應絕言絕慮無處不通歸根得旨隨照失宗須臾返照勝卻前空前空轉變皆由妄見不用求眞唯須息見二見不住慎莫追尋才有是非紛然失心二由一有一亦莫守一心不

生萬法無咎無咎無法不生不心能隨境滅境逐能沉境由能境能由境能欲知兩段元是一空一空同兩齊含萬象不見精麤寧有偏黨大道體寬無易無難小見狐疑轉急轉遲執之失度必入邪路放之自然體無去住任性合道逍遥絶惱繫念乖眞昏沉不好不好勞神何用踈親欲取一乘勿惡六塵六塵不惡還同正覺智者無爲愚人自縛法無異法妄自愛著將心用心豈非大錯迷生寂亂悟無好惡一切二邊良由斟酌夢幻虚華何勞把捉得失是非一時放却眼若不睡諸夢自除心若不異萬法一如一如體玄兀爾忘縁萬法齊觀歸復自然泯其所以不可方比止動無動動止無止兩既不成一何有爾究竟窮極不存軌則契心平等所作俱息狐疑盡淨正信調直一切不留無可記憶虚明自照不勞心力非思量處識情難測眞如法界無他無自要急相應唯言不二不二皆同無不包容十方智者皆入此宗宗非促延一念萬年無在不在十方目前極小同大忘絶境界極大同小不見邊表有即是無無即是有若不如此必不須守一即一切一切即一但能如是何慮不畢信心不二不二信心言語道斷非去來今

心銘　　牛頭山初祖法融禪師

心性不生何須知見本無一法誰論熏鍊往返無端追尋不見一切莫作明寂自現前際如空知處迷宗分明照境隨照冥蒙一心有滯諸法不通去來自爾胡假推窮生無生相生照一同欲得心淨無心用功縱横無照最

爲微妙知法無知無知知要將心守靜猶未離病生死忘懷即是本性至理無詮非解非纒靈通應物常在目前目前無物無物宛然不勞智鑒體自虛玄念起念滅前後無別後念不生前念自絶三世無物無心無佛衆生無心依無心出分別凡聖煩惱轉盛計校乖常求眞背正雙泯對治湛然明淨不須功巧守嬰兒行惺惺了知見網轉彌寂寂無見暗室不移惺惺無妄寂寂明亮萬象常眞森羅一相去來坐立一切莫執決定無方誰爲出入無合無散不遲不疾明寂自然不可言及心無異心不斷貪淫性空自離任運浮沉非清非濁非淺非深本來非古見在非今見在無住見在本心本來不存本來即今菩提本有不須用守煩惱本無不須用除靈知自照萬法歸如無歸無受絶觀忘守四德不生三身本有六根對境分別非識一心無妄萬緣調直心性本齊同居不攜無生順物隨處幽棲覺由不覺即覺無覺得失兩邊誰論好惡一切有爲本無造作知心不心無病無藥迷時捨事悟罷非異本無可取今何用棄謂有魔興言空象備莫滅凡情唯教息意意無心滅心無行絶不用證空自然明徹滅盡生死冥心入理開目見相心隨境起心處無境境處無心將心滅境彼此由侵心寂境如不遣不拘境隨心滅心隨境無兩處不生寂靜虛明菩提影現心水常清德性如愚不立親踈寵辱不變不擇所居諸緣頓息一切不憶求日如夜永夜如日外似頑嚚內心虛直對境不動有力大人無人無見無見常現通達一

切未甞不徧思惟轉昏汨亂精魂將心止動轉止轉奔萬法無所唯有一門不入不出非靜非喧聲聞緣覺智不能論實無一物妙智獨存本際虛沖非心所窮正覺無覺真空不空三世諸佛皆乘此宗此宗毫末沙界含容一切莫顧安心無處無處安心虛明自露寂靜不生放曠縱横所作無滯去住皆平慧日寂寂定光明明照無相苑朗涅槃城諸緣忘畢詮神定質不起法座安眠虛室樂道恬然優遊真實無爲無得依無自出四等六度同一乘路心若不生法無差互知生無生現前常住智者方知非言詮悟

息心銘　僧亡名

法界有如意實人焉久緘其身銘其膺曰古之攝心人也戒之哉戒之哉無多慮無多知多知多事不如息意多慮多失不如守一慮多志散知多心亂心亂生惱志散妨道勿謂何傷其苦攸長勿言何畏其禍鼎沸滴水不停四海將盈纖塵不拂五嶽將成防末在本雖小不輕關爾七竅閉爾六情莫現於色莫聽於聲聞聲者聾見色者盲一文一藝空中小蚋一伎一能日下孤燈英賢才藝是爲愚蔽捨棄淳朴耽溺淫麗識馬易奔心猿難制神既勞役形必損斃邪行終迷脩途永泥莫貴才能日益昏瞢誇拙羨巧其德不弘名厚行薄其高速崩内懷憍伐外致怨憎或談於口或書於手邀人令譽亦孔之醜凡謂之吉聖謂之咎賞翫蹔時悲哀長久畏影畏跡逾遠逾極端坐樹陰跡滅影沉猒生患老隨思隨造心想若滅生死長絕不死不生無相無

名一道虛寂萬物齊平何貴何賤何辱何榮何勝何劣何重何輕澄天愧淨皎日慙明安夫岱嶺同彼金城敬貽賢哲斯道利貞

菩提達磨略辯大乘入道四行弟子曇彬序

法師者西域南天竺國是大婆羅門國王第三之子也神慧疎朗聞皆曉悟志存摩訶衍道故捨素從緇紹隆聖種冥心虛寂通鑒世事內外俱明德超世表悲悔邊隅正教陵替遂能遠涉山海遊化漢魏忘心之士莫不歸信存見之流乃生譏謗于時唯有道育慧可此二沙門年雖後生俊志高遠幸逢法師事之數載虔恭諮啓善蒙師意法師感其精誠誨以眞道令如是安心如是發行如是順物如是方便此是大乘安心之法令無錯謬如是安心者壁觀如是發行者四行如是順物者防護譏嫌如是方便者遣其不著此略序所由云爾夫入道多途要而言之不出二種一是理入二是行入理入者謂藉教悟宗深信含生同一眞性但爲客塵妄想所覆不能顯了若也捨妄歸眞凝住壁觀無自無他凡聖等一堅住不移更不隨於文教此即與理冥符無有分別寂然無爲名之理入行入者謂四行其餘諸行悉入此中何等四耶一報寃行二隨緣行三無所求行四稱法之行云何報寃行謂修道行人若受苦時當自念言我從往昔無數劫中棄本從末流浪諸有多起寃憎違害無限今雖無犯是我宿殃惡業果熟非天非人所能見與甘心忍受都無寃訴經云逢苦不憂何以故識達故此心生時與理相應體寃進道故說言報寃行二隨緣

行者衆生無我並緣業所轉苦樂齊受皆從緣生若得勝報榮譽等事是我過去宿因所感今方得之緣盡還無何喜之有得失從緣心無增減喜風不動冥順於道是故說言隨緣行也三無所求行者世人長迷處處貪著名之爲求智者悟眞理將俗反安心無爲形隨運轉萬有斯空無所願樂功德黒暗常相隨逐三界久居猶如火宅有身皆苦誰得而安了達此處故捨諸有息想無求經云有求皆苦無求乃樂判知無求眞爲道行故言無所求行也四稱法行性淨之理目之爲法此理衆相斯空無染無著無此無彼經云法無衆生離衆生垢故法無有我離我垢故智者若能信解此理應當稱法而行法體無慳於身命財行檀捨施心無悋惜達解二空不倚不著但爲去垢稱化衆生而不取相此爲自行復能利他亦能莊嚴菩提之道檀施既爾餘五亦然爲除妄想修行六度而無所行是爲稱法行

顯宗記　荷澤大師

無念爲宗無作爲本眞空爲體妙有爲用夫眞如無念非想念而能知實相無生豈色心而能見無念念者即念眞如無生生者即生實相無住而住常住涅槃無行而行即超彼岸如如不動動用無窮念念無求求本無念菩提無得淨五眼而了三身般若無知運六通而弘四智是知即定無定即慧無慧即行無行性等虛空體同法界六度自茲圓滿道品於是無虧是知我法體空有無雙泯心本無作道常無念無念無思無求無得不彼不

此不去不來體悟三明心通八解功成十力富有七珍入不二門獲一乘理妙中之妙即妙法身天中之天乃金剛慧湛然常寂應用無方用而常空空而常用用而不有即是真空空而不無便成妙有妙有即摩訶般若真空即清淨涅槃般若是涅槃之因涅槃是般若之果般若無見能見涅槃涅槃無生能生般若涅槃般若名異體同隨義立名故云法無定相涅槃能生般若即名真佛法身般若能建涅槃故號如來知見知即知心空寂見即見性無生知見分明不一不異故能動寂常妙理事皆如如即處處能通達即理事無礙六根不染即定慧之功六識不生即如如之力心如境謝境滅心空心境雙亡體用不異真如性淨慧鑒無窮如水分千月能見聞覺知見聞覺知而常空寂空即無相寂即無生不被善惡所拘不被靜亂所攝不猒生死不樂涅槃無不能無有不能有行住坐卧心不動搖一切時中獲無所得三世諸佛教旨如斯即菩薩慈悲遞相傳受自世尊滅後西天二十八祖共傳無住之心同說如來知見至於達磨屆此爲初遞代相承於今不絶所傳祕教要藉得人如王髻珠終不妄與福德智慧二種莊嚴行解相應方能建立衣爲法信法是衣宗唯指衣法相傳更無別法內傳心印印契本心外傳袈裟將表宗旨非衣不傳於法非法不受於衣衣是法信之衣法是無生之法無生即無虛妄乃是空寂之心知空寂而了法身了法身而真解脫

參同契

南嶽石頭和尚

竺土大僊心東西密相付人根有利鈍道無南北祖靈源明皎潔枝派暗流注執事元是迷契理亦非悟門門一切境迴互不迴互迴而更相涉不爾依位住色本殊質象聲元異樂苦暗合上中言明明清濁句四大性自復如子得其母火熱風動摇水濕地堅固眼色耳音聲鼻香舌鹹醋然依一一法依根葉分布本末須歸宗尊卑用其語當明中有暗勿以暗相遇當暗中有明勿以明相覩明暗各相對比如前後步萬物自有功當言用及處事存函蓋合理應箭鋒拄承言須會宗勿自立規矩觸目不會道運足焉知路進步非近遠迷隔山河固謹白參玄人光陰莫虛度

五臺山鎮國大師澄觀答皇太子問心要

至道本乎其心心法本乎無住無住心體靈知不昧性相寂然包含德用該攝內外能深能廣非有非空不生不滅無終無始求之而不得棄之而不離迷現量則惑苦紛然悟眞性則空明廓徹雖即心即佛唯證者方知然有證有知則慧日沉沒於有地若無照無悟則昏雲掩蔽於空門若一念不生則前後際斷照體獨立物我皆如直造心源無知無得不取不捨無對無修然迷悟更依眞妄相待若求眞去妄猶棄影勞形若體妄即眞似處陰影滅若無心忘照則萬慮都捐若任運寂知則衆行爰起放曠任其去住靜鑒覺其源流語默不失玄微動靜未離法界言止則雙亡知寂論觀則雙照寂知語證則不可示人說理則非證不了是以悟寂無寂眞知無知以知寂不二之一心契空有雙融之中道無

住無著莫攝莫收是非兩亡能所雙絕斯絕亦寂則般若現前般若非心外新生智性乃本來具足然本寂不能自現實由般若之功般若之與智性翻覆相成本智之與始修實無兩體雙亡正入則妙覺圓明始末該融則因果交徹心心作佛無一心而非佛心處處成道無一塵而非佛國故眞妄物我舉一全收心佛衆生渾然齊致是知迷則人隨於法法法萬差而人不同悟則法隨於人人人一智而融萬境言窮慮絶何果何因體本寂寥孰同孰異唯忘懷虛朗消息沖融其猶透水月華虛而可見無心鑑象照而常空矣

坐禪箴　杭州五雲和尚

坐不拘身禪非涉境拘必乃疲涉則非靜不涉不拘眞光逈孤六門齊應萬行同敷嗟爾初機未達玄微處沉隨掉能所支離不有權巧胡爲對治驅策抑按均調惛亂息慮忘緣乍同死漢隨宜合闢靡專壁觀（達磨大師正付法眼外委示初機修心之要啓四門四行匪專一也）馳想頗多安那鉢那（或掉舉猛利及惛住等宜易觀修於數息或出或入不得交互）沿流劒閣無滞木鵜如火得水如病得醫病瘳醫罷火滅水傾一念清淨體寂常靈是靈是寂非靈非寂是非迭生犯過無極前滅後興還如步走患手不知知則無咎日由背夜鏡奚照後此則不然圓明通透照而不緣寂而誰守萬象瀛漚太虛閃電摧壞魔宮衝倒佛殿跛者得履瞽者發見法界塵賓齊輪頓現曠蕩郊鄽或坐或眠既明方便乃號金僊吾雖强說奚符聖言聖言何也要假重宣不動不禪是無生禪又云若學諸三昧是動非坐禪心隨境界

流云何名爲定故知歷代祖唯傳此一心祖光旣遠大吾子幸堪任聊述無言旨乃曰坐禪箴

證道歌

永嘉眞覺大師

君不見絶學無爲閑道人不除妄想不求眞無明實性卽佛性幻化空身卽法身法身覺了無一物本源自性天眞佛五陰浮雲空去來三毒水泡虛出沒證實相無人法刹那滅却阿鼻業若將妄語誑衆生自招拔舌塵沙劫頓覺了如來禪六度萬行體中圓夢裏明明有六趣覺後空空無大千無罪福無損益寂滅性中莫問覓比來塵鏡未曾磨今日分明須剖析誰無念誰無生若實無生無不生喚取機關木人問求佛施功早晚成放四大莫把捉寂滅性中隨飮啄諸行無常一切空卽是如來大圓覺決定說表眞乘有人不肯任情徵直截根源佛所印摘葉尋枝我不能摩尼珠人不識如來藏裏親收得六般神用空不空一顆圓光色非色淨五眼得五力唯證乃知誰可測鏡裏看形見不難水中捉月爭拈得常獨行常獨步達者同遊涅槃路調古神清風自高貌悴骨剛人不顧窮釋子口稱貧實是身貧道不貧貧則身常披縷褐道卽心藏無價珍無價珍用無盡利物應時終不吝三身四智體中圓八解六通心地印上士一決一切了中下多聞多不信但自懷中解垢衣誰能向外誇精進從他謗任他非把火燒天徒自疲我聞恰似飮甘露銷融頓入不思議觀惡言是功德此則成吾善知識不因訕謗起怨親何表無生慈忍力宗亦通說

亦通定慧圓明不滯空非但我今獨達了河沙諸佛體皆同師子吼無畏説百獸聞之皆腦裂香象奔波失却威天龍寂聽生欣悦遊江海涉山川尋師訪道爲參禪自從認得曹谿路了知生死不相干行亦禪坐亦禪語默動靜體安然縱遇鋒刀常坦坦假饒毒藥也閑閑我師得見然燈佛多劫曾爲忍辱僊幾迴生幾迴死生死悠悠無定止自從頓悟了無生於諸榮辱何憂喜入深山住蘭若岑崟幽邃長松下優遊靜坐野僧家閴寂安居實蕭灑覺即了不施功一切有爲法不同住相布施生天福猶如仰箭射虛空勢力盡箭還墜招得來生不如意爭似無爲實相門一超直入如來地但得本莫愁末如淨瑠璃含寶月既能解此如意珠自利利他終不竭江月照松風吹永夜清宵何所爲佛性戒珠心地印霧露雲霞體上衣降龍鉢解虎錫兩股金鐶鳴歷歷不是標形虛事持如來寶杖親蹤跡不求眞不斷妄了知二法空無相無相無空無不空即是如來眞實相心鏡明鑒無礙廓然瑩徹周沙界萬象森羅影現中一顆圓明非内外豁達空撥因果漭漭蕩蕩招殃禍棄有著空病亦然還如避溺而投火捨妄心取眞理取捨之心成巧僞學人不了用修行眞成認賊將爲子損法財滅功德莫不由斯心意識是以禪門了却心頓入無生知見力大丈夫秉慧劒般若鋒兮金剛燄非但能摧外道心早曾落却天魔膽震法雷擊法鼓布慈雲兮灑甘露龍象蹴蹋潤無邊三乘五性皆惺悟雪山肥膩更無雜純出醍醐我常納

一性圓通一切性一法徧含一切法一月普現一切水一切水月一月攝諸佛法身入我性我性還共如來合一地具足一切地非色非心非行業彈指圓成八萬門刹那滅却阿鼻業一切數句非數句與吾靈覺何交涉不可毀不可讃體若虛空勿涯岸不離當處常湛然覔則知君不可見取不得捨不得不可得中只麼得默時說說時默大施門開無壅塞有人問我解何宗報道摩訶般若力或是或非人不識逆行順行天莫測吾早曾經多劫修不是等閑相誑惑建法幢立宗旨明明佛勑曹谿是第一迦葉首傳燈二十八代西天記法東流入此土菩提達磨爲初祖六代傳衣天下聞後人得道無窮數眞不立妄本空有無俱遣不空空二十空門元不著一性

如來體自同心是根法是塵兩種猶如鏡上痕痕垢盡除光始現心法雙亡性即眞嗟末法惡時世衆生福薄難調制去聖遠兮邪見深魔强法弱多怨害聞說如來頓教門恨不滅除令瓦碎作在心殃在身不須怨訴更尤人欲得不招無間業莫謗如來正法輪栴檀林無雜樹鬱密深沉師子住境靜林閑獨自遊走獸飛禽皆遠去師子兒衆隨後三歲即能大哮吼若是野干逐法王百年妖恠虛開口圓頓教勿人情有疑不決直須爭不是山僧逞人我修行恐落斷常坑非不非是不是差之毫釐失千里是即龍女頓成佛非即善星生陷墜吾早年來積學問亦曾討疏尋經論分別名相不知休入海筭沙徒自困却被如來苦訶責數他珍寶有何益從來蹭蹬覺

虛行多年枉作風塵客種性邪錯知解不達如來圓頓制二乘精進勿道心外道聰明無智慧亦愚癡亦小騃空拳指上生實解執指爲月枉施功根境法中虛揑恠不見一法即如來方得名爲觀自在了即業障本來空未了還須償宿債飢逢王饍不能飡病遇醫王爭得差在欲行禪知見力火中生蓮終不壞勇施犯重悟無生早時成佛于今在師子吼無畏說深嗟懵懂頑皮靼（音折）只知犯重障菩提不見如來開祕訣有二比丘犯婬殺波離螢光增罪結維摩大士頓除疑還同赫日銷霜雪不思議解脫力此即成吾善知識四事供養敢辭勞萬兩黃金亦銷得粉骨碎身未足酬一句了然超百億法中王最高勝河沙如來同共證我今解此如意珠信受之者皆相應了了見無一物亦無人亦無佛大千世界海中漚一切聖賢如電拂假使鐵輪頂上旋定慧圓明終不失日可冷月可熱衆魔不能壞眞說象駕崢嶸謾進途誰見螗蜋能拒轍大象不遊於兎徑大悟不拘於小節莫將管見謗蒼蒼未了吾今爲君決

了元歌　　騰騰和尚

修道道無可修問法法無可問迷人不了色空悟者本無逆順八萬四千法門至理不離方寸識取自家城郭莫謾尋他州郡不用廣學多聞不要辯才聰俊不知月之大小不管歲之餘閏煩惱即是菩提淨華生於泥糞人來問我若爲不能共伊談論寅朝用粥充飢齋時更飡一頓今日任運騰騰明日騰騰任運心中了了總知且作佯癡縛鈍

南嶽懶瓚和尚歌

兀然無事無改換無事何須論一段直心無散亂他事不須斷過去已過去未來猶莫筭兀然無事坐何曾有人喚向外覓功夫總是癡頑漢糧不畜一粒逢飯但知嚪陟立切世間多事人相趂渾不及我不樂生天亦不愛福田饑來喫飯困來即眠愚人笑我智乃知焉不是癡鈍本體如然要去即去要住即住身披一破衲脚著孃生袴多言復多語由來反相誤若欲度衆生無過且自度莫謾求眞佛眞佛不可見妙性及靈臺何曾受熏鍊心是無事心面是孃生面劫石可移動箇中無改變無事本無事何須讀文字削除人我本冥合箇中意種種勞筋骨不如林下睡兀兀舉頭見日高乞飯從頭𩛰將功用功展轉冥㦗取即不得不取自通吾有一言絶慮亡縁巧説不得只用心傳更有一語無過直與細如毫末大無方所本自圓成不勞機杼世事悠悠不如山丘青松蔽日碧澗長流山雲當幕夜月爲鈎卧藤蘿下塊石枕頭不朝天子豈羨王侯生死無慮更復何憂水月無形我常只寧萬法皆爾本自無生兀然無事坐春來草自青

草庵歌　石頭和尚

吾結草庵無寶貝飯了從容圖睡快成時初見茅草新破後還將茅草蓋住庵人鎮常在不屬中間與内外世人住處我不住世人愛處我不愛庵雖小含法界方丈老人相體解上乘菩薩信無疑中下聞之必生怪問此庵壞不壞壞與不壞主元在不居南北與東西

基址堅牢以爲最青松下明牕内玉殿朱樓未爲對衲被幪頭萬事休此時山僧都不會住此庵休作解誰誇鋪席圖人買迴光返照便歸來廓達靈根非向背遇祖師親訓誨結草爲庵莫生退百年抛却任縱横擺手便行且無罪千種言萬般解只要教君長不昧欲識庵中不死人豈離而今這皮袋

樂道歌　　道吾和尚

樂道山僧縱性多天迴地轉任從他閑卧孤峯無伴侶獨唱無生一曲歌無生歌出世樂堪笑時人和不著暢情樂道過殘生張三李四渾忘却大丈夫須氣槩莫順人情無妨礙汝言順即是菩提我謂從來自相背有時憨有時癡非我途中爭得知特達一生常任運野客無鄉可得歸今日山僧只這是元本山僧更若爲探祖機空王子體似浮雲没隈倚自古長披一衲衣曾經幾度遭寒暑不是眞不是僞打鼓樂神施拜跪明明一道漢江雲青山緑水不相似禀性成無揩改結角羅紋不相礙或運慈悲喜捨心或即逢人以棒鬬慈悲恩愛落牽纏棒打教伊破恩愛報乎月下旅中人若有恩情吾爲改

一鉢歌　　杯渡禪師

遏喇喇閙聒聒總是悠悠造抹撻如饑喫鹽加得渴枉却一生頭栟栟究竟不能知始末抛却死屍何處脱勸君努力求解脱閑事到頭須結撮火落身上當須撥莫待臨時叫菩薩丈夫語話須豁豁莫學癡人受摩捋趁時結裹學擺撥也學柔和也麤糲也剃頭也披褐也學凡夫作生活直語向君君未達更作

長歌歌一鉢一鉢歌多中一一中多莫笑野人歌一鉢曾將一鉢度娑婆青天寥寥月初上此時影空含萬象幾處浮生自是非一源清淨無來往更莫將心造水泡百毛流血是誰教不如靜坐眞如地頂上從他鵲作巢萬代金輪聖王子只這眞如靈覺是菩提樹下度衆生度盡衆生不生死不生不死眞丈夫無形無相大毗盧塵勞滅盡眞如在一顆圓明無價珠眼不見耳不聞不見不聞眞見聞從來一句無言說今日千言强爲分强爲分須諦聽人人盡有眞如性恰似黄金在鑛中鍊去鍊來金體淨眞是妄妄是眞若除眞妄更無人眞心莫謾生煩惱衣食隨時養色身好也著弱也著一切無心莫染著亦無惡亦無好二際坦然平等道麤也餐細也餐莫學凡夫相上觀也無麤也無細上方香積無根帶坐亦行行亦坐生死樹下菩提果亦無坐亦無行無生何用覓無生生亦得死亦得處處當來見彌勒亦無生亦無死三世如來總如此離則著著則離幻化門中無實義無可離無可著何處更求無病藥語時默默時語語默縱横無處所亦無語亦無默莫喚東西作南北嗔即喜喜即嗔我自降魔轉法輪亦無嗔亦無喜水不離波波即水慳時捨捨時慳不離内外及中間亦無慳亦無捨寂寂寥寥無可把苦時樂樂時苦只這修行斷門戸亦無苦亦無樂本來自在無繩索垢即淨淨即垢兩邊畢竟無前後亦無垢亦無淨大千同一眞如性藥是病病是藥到頭兩事須拈却亦無藥亦無病正是眞如靈覺性魔作佛

佛作魔鏡裏尋形水上波亦無魔亦無佛三世本來無一物凡即聖聖即凡色裏膠青水裏鹽亦無凡亦無聖萬行總持無一行眞中假假中眞自是凡夫起妄塵亦無眞亦無假若不喚時何應喏本來無姓亦無名只麽騰騰信脚行有時鄽市并屠肆一朶紅蓮火上生也曾策杖遊京洛身似浮雲無定著幻化由來似寄居他家觸處更清虛若覓戒三毒瘡痍幾時差若覓禪我自縱横汩碖眠大可憐不是顛世間出世天中天時人不會此中意打著南邊動北邊若覓法雞足山中問迦葉大士持衣在此中本來不用求專甲若覓經法性眞源無可聽若覓律窮子不須教走出若覓修八萬浮圖何處求只知黄葉止啼哭不覺黒雲遮日頭莫怪狂言無次第篩羅漸入麤中細只這麤中細也無即是圓明眞實諦眞實諦本非眞但是名聞即是塵若向塵中解眞實便是堂堂出世人出世人莫造作獨行獨步空索索無生無死無涅槃本來生死不相干無是非無動靜莫謾將身入空井無善惡無去來亦無明鏡挂高臺山僧見解只如此不信從他造劫灰

浮漚歌　樂普和尚

雲天雨落庭中水水上漂漂見漚起前者已滅後者生前後相續無窮已本因雨滴水成漚還縁風激漚歸水不知漚水性無殊隨他轉變將爲異外明瑩内含虚内外玲瓏若寶珠正在澄波看似有及乎動著又如無有無動静事難明無相之中有相形只知漚向水中出豈知水亦從漚生權將漚水類余身五

蘊虛揩假立人解達蘊空漚不實方能明見
本來眞

牧護歌　蘇溪和尚（即五洩小師也）

聽説衲僧牧護任運逍遥無住一條百衲鉼盂便是生涯調度爲求至理參尋不憚寒暑辛苦還曾四海周遊山水風雲滿肚內除戒律精嚴不學威儀行步三乗笑我無能我笑三乗謾做智人樺立階梯大道本無迷悟達者不假修治不在能言能語披麻目視雲霄遮莫王侯不顧道人本體如然不是知佛去處生也猶如著衫死也還同脱袴生也無喜無憂八風豈能驚怖外相猶似癡人肚裏非常峭措活計雖無一錢敢與君王鬭富愚人擺手憎嫌智者點頭相許那知傀儡牽抽歌舞盡由行主一言爲報諸人打破畫鉼歸去

古鏡歌三首　法燈禪師泰欽

盡道古鏡不曾見借你時人看一徧目前不覩一纖毫湛湛冷光凝一片凝一片勿背面嫫母臨粧不稱情潘生迴首頻嘉歎何欣欣何戚戚好醜由來那箇是只這是轉沉醉演若晨窺怖走時子細思量還有以我問顛狂不暫迴淚流向子聲哀哀哽咽未能申吐得你頭與影悠悠哉悠悠哉爾許多時那裏來迷雲開行行攜手上高臺

其二

誰云古鏡無樣度古今出入何門戸門戸君看不見時即此爲君全顯露全顯露與汝一生終保護若遇知音請益來逢人不得輕分付但任作見面不須生怕怖看取當時演若多直至如今成錯誤如今不省影分明還是當時同一顩同一顩苦苦苦

其三

古鏡精明皎皎皎皎徧照河沙到處安名題字除儂更有誰家過去未來現在諸佛鏡上纖瑕纖瑕垢盡無物此眞火裏蓮華蓮華千朶萬朶朶朶端然釋迦誰云俱尸入滅誰云穿膝蘆芽不信鏡中看取羊車鹿車牛車時人不識古鏡盡道本來清淨只看清淨是假照得形容不正或圓或短或長若有纖毫俱病勸君不如打破鏡去瑕消可瑩亦見杜口毗耶亦知圓通少剩

徧參三昧歌　潭州龍會道尋

天涯海角參知識徧咨惠我全提力師乃訶余退步追省躬廓爾從茲息覲諸方垂帶直善財得處難藏匿棒頭喝下露幽奇縱去奪來看殊特趙州關雪嶺陟築盧峯前驗虛實據證靈由闢萬機横揮祖刃開三域卷舒重重孰可委休呈識意謾猜揣衲子攢眉碧眼咦黃河倒逆崑崙崙潙山牛道吾唱馬師奮迅呈圓相執水投針作後規把鏡持旛看先匠廣陵歌誰繼唱擬續宮商調難況石人愠色下鞭撾木馬奔嘶梵天上麗水金藍田玉祝融峯攢湘浪蹙滿月澄谿松韻清雲從龍騰好觀矚

翫珠吟二首　丹霞和尚

般若靈珠妙難測法性海中親認得隱顯常遊五蘊中內外光明大神力此珠非大亦非小晝夜光明皆悉照覓時無物又無蹤起坐相隨常了了黃帝曾遊於赤水爭聽爭求都不遂罔象無心却得珠能見能聞是虛僞吾師權指喻摩尼採人無數溺春池爭拈瓦礫將爲寶智者安然而得之森羅萬象光中現

體用如如轉非轉萬機消遣寸心中一切時
中巧方便燒六賊爍衆魔能摧我山竭愛河
龍女靈山親獻佛貧兒衣下幾蹉跎亦名性
亦名心非性非心超古今全體明時明不得
權時題作弄珠吟　其二
識得衣中寶無明醉自醒百骸雖潰散一物
鎮長靈知境渾非體神珠不定形悟則三身
佛迷疑萬卷經在心心可測歷耳耳難聽罔
象先天地玄泉出杳冥本剛非鍛鍊元淨莫
澄渟盤泊輪朝日玲瓏映曉星瑞光流不滅
眞氣觸還生鑒照崆峒寂羅籠法界明挫凡
功不滅超聖果非盈龍女心親獻闍王口自
呈護鵝人却活黃雀意猶輕解語非關舌能
言不是聲絶邊彌汗漫無際等空平演教非
爲說聞名勿認名兩邊俱莫立中道不須行
見月休觀指還家罷問程識心心則佛何佛
更堪成
獲珠吟　關南長老
三界兮如幻六道兮如夢聖賢出世兮如電
國土猶如水上泡無常生滅日遷變唯有摩
訶般若堅猶若金剛不可鑽輭似兜羅大等
空小極微塵不可見擁之令聚而不聚撥之
令散而不散側耳欲聞而不聞瞪目觀之而
不見歌復歌盤陀石上笑呵呵笑復笑青松
影下高聲叫自從獲得此心珠帝釋輪王俱
不要不是山僧獨施爲自古先賢作此調不
坐禪不修道任運逍遥只麼了但能萬法不
干懷無始何曾有生老
勵覺吟二首　香嚴和尚智閑
滿口語無處說明明向人道不決急著力勸

咬齧無常到來救不徹日裏語暗瑳切快磨古錐淨挑揭理盡覺自護持此生事終不説玄學求他古老吟禪學須窮心影絶

歸寂吟贈同住

同住道人七十餘共辭城郭樂山居身如寒木心牙絶不話唐言休梵書心期盡處身雖喪如來弟子沙門樣深信共崇鉢塔成巍巍置在青山掌觀夫參道不虚然脱去形骸甚高上從來不説今朝事暗裏埋頭隱玄暢不留蹤迹異人間深妙神光飽明亮

心珠歌　韶山和尚

山僧自達空門久淬鍊心珠功已搆珠迥玲瓏主客分往往聲如師子吼師子吼非常義皆明佛性眞如理有時往往自思惟豁然大意心歡喜或造經或造論或説漸兮或説頓若在諸佛運神通或在凡夫興鄙悋此心珠如水月地角天涯無殊别只因迷悟有參差所以如來多種説地獄趣餓鬼趣六道輪迴無暫住此非諸佛不慈悲豈是閻王配交做勸時流深體悉見在心珠勿浪失五蘊身全尚不知百骸散後何處覓

魏府華嚴長老示衆

佛法事在日用處在你行住坐卧處喫茶喫飯處言語相問處所作所爲舉心動念又却不是也會麼若會得即今無礙自在眞人若也未會則是箇檐枷帶鎖重罪之人何故如此佛法不遠隔塵沙劫你一念中見得在你眉毛鼻孔上你若不見得如接竹點月在處切莫思惟不可言語你時中承何恩力若知得你須有箇歡喜處古人道常寂寂常歷歷

諸佛不求覓衆生斷消息你會得麼一切諸法本無情一切諸佛本自靈混然同太虛無欠亦無餘會麽若不會直是箇觸途成滯不知箇身落地處茫茫劫劫只是戀物著境認色爲實不捨恩愛癡迷財寶立我爭人一團子意氣些子箇違情面青面赤說強道弱我不受人欺瞞我是大丈夫兒養妻養子你豈知在業海之中罪坑之内喫肉如似餓鬼吞屍噇酒如餓狗飲水愛色如渴蠅咂血不知此身是大禍患恣縱無明愚養意氣不久敗壞浪死虛生枉經千劫徒然出沒何不識取金剛堅固之體長生不滅之道在世頭栴栴地口子吧吧地眼子眨眨地無常殺鬼到來向牀上猶似使心用行戀財戀境驀然驅去見閻老子一詞不措鑊爐火炭銅柱刀山盡爲戲謔傷時追悔大段難爲免離你如今病未來尋身何不於十二時中求一毫善利辦取津梁幻化色身憑何爲實諸佛過去留經造論一切善法與你初學底人懺罪滅障漸漸增長利益求善知識開示解脫法門向無明性中認取箇眞實主人於萬劫中得箇人身也不容易你還知箇身本性與佛同時本無欠少有一大事在你尿囊裏糞堆頭光爍爍地圓陀陀地還信得及麼若信不及也從你深坑罪海永墮沉淪你若迴光返照於一剎那中即心念息時中迷惑煩惱癡暗狂情頓自消滅諸緣境界轉爲甘露醍醐安樂國土豈不是好否聖人道萬法從心生萬法從心滅皆由你心善惡也只由你心地獄天堂也只由你心只今相應與佛合智即是佛也

更無相誑直下奉信無疑心即正覺又何必歷僧祇大劫此身今生甚大難遇莫道我是凡夫自家退屈千經萬論只爲衆生迷亂不識本性你暫時間那取些子貪物底工夫看經書上義理只言衆生被一切境攝著慾之故山僧苦口實爲忉忉你還肯麼你還信麼尋常著寒著熱些子違情喫辛受苦不得却於日用時中自不醒悟整頓取心好爲取身好百年如箭富貴如夢恩情也只不久百年無多日頭白是病來病是業債來業債是死來死是地獄來你莫道我爲人平生好心吉善只依本分不作惡事我無罪過別教你有箇好生處我即今朝未信你在何故你平等在甚處你還知否不依佛法一切法皆是邪法外道見解更莫說擔人擔我貪色愛財餐魚啖肉妄言綺語日費上事罪業極深你莫道我捨財造塔起殿設僧轉經便爲長久功德以此爲實未可託倚衆中老和尚也爲你不得你還知麼你有千般萬種無明罪業佛亦爲你不得須是你自家著力前程自辦你若作一切有爲功德只是造業增長頑福不生箇清淨知見山僧雖然求得供養日夜不安爲慮未是在還知麼一任你說向諸方者宿笑我也嫌山僧不得欲問你施主得錢處想你應不濟潤於人不救拔貧苦者了得了取喫休了取著休早修行休度此身休悔取心休悔取心休伏惟珍重

景德傳燈録卷第三十

音釋

瓚才旦切　氂陵之切十毫曰氂　嚚語巾切　緘居咸切封也　竅苦弔切孔竅也　蚋而銳切齧人小飛蟲也　斃毗祭切困也　瞢彌登切不明也　瀛怡成切海也　跛布火切足偏廢也　鄽直連切市鄽也　縷褐縷力主切褐胡葛切　訕所晏切毀謗也　岑崟崟魚金切　股公户切　鐶户關切　逞丑郢切矜而自呈也　蹭蹬蹭千鄧切蹬徒亘切蹭蹬失道也　螗蜋螗徒郎切蜋魯當切　拒轍拒其呂切禦也轍直列切車轍也　律力沒切　憨火舍切愚癡也　闓口漑切開也　喇喇力葛切　枿牙葛切斫髡而復生曰枿　捋郎括切摩也　擺撥擺北買切撥也撥北未切　糲盧逵切脫粟也　鑛古猛切金鐵撲也　喏人者切　痍弋支切瘡瘢也　汩碖汩古忽切碖力迍切　傀儡傀口猥切儡落猥切傀儡木偶戲也　嫫母嫫莫胡切嫫母黃帝妃　哽咽哽古杏切咽於結切哽咽悲塞也　儂奴冬切我也　盍苦盍切崩損也　猜揣猜倉才切測也揣初委切量也　撾陟瓜切捶擊也　渟特丁切水止也　瑳七何切磨也　淬鍊淬七內切燒而納水中以堅之也鍊連彥切鍛鍊也　噇宅江切喫貌　咂子合切入口也　啖徒濫切食也

明覺禪師語録

參學小師惟蓋竺編

清刻龍藏佛說法變相圖

明覺禪師語錄卷第一

參學小師惟蓋竺編

住蘇州洞庭翠峯禪寺語

師在萬壽開堂日白槌了師云宗乘一唱三藏絶詮祖令當行十方坐斷其有達士不避死生眨上眉毛出衆相見問人天普集佇聽雷音學人上來乞師垂示師云十萬八千不是遠進云恁麽則大衆霑恩也師云後五日看問師唱誰家曲宗風嗣阿誰師云分明記取進云恁麽則昔日智門今朝和尚師云有甚麽交涉問如何是和尚爲人一句師云量才補職學云謝師方便師云自領出去師乃云一問一答總未有事在直饒乾坤大地草木叢林盡爲衲僧異口同聲各置百千問難也不消長老彈指一下並乃高低普應前後

無差曠祖佛之妙靈廓天人之幽迹如是則何假覺城東際五衆咸居古佛廟前此時參畢

師在杭州靈隱受疏了衆請陞座時有僧問寶座先登於此日請師一句震雷音師云徒勞側耳進云恁麽則一音普徧於沙界大衆無不盡咸聞師云忽有人問爾作麽生舉僧云三十年後敢爲流芳師云賺了也師乃云天下絶勝之覺場靈隱導師之廣座暫借畢僧陞陟實愧非材豈敢於五百員衲子前提唱佛祖抑揚古今衒耀見知恥他先作假饒說得天雨四華地分六震於曹溪路上一點使用不著何以行脚高士有把定世界函蓋乾坤底眼誰敢錯悞絲毫其知有者必共相悉

師在靈隱諸院尊宿茶筵日衆請陞座僧問禪侶盡臨於座側未審師還說也無師云寰中天子塞外將軍進云恁麽則一震雷音滿大唐也師云看取令行師乃云上士相見一言半句如擊石出火瞥爾便過應非即言定旨滯句迷源從上宗乘合作麽生議論直得三世諸佛不能自宣六代祖師全提不起一大藏教註注不及所以棒頭取證喝下承當意句交馳並同流浪其有知方作者相共證明

師到蘇州日僧俗迎在萬壽衆請上堂問向上一路千聖不傳和尚從何而得師云將謂是衲僧學云恁麽則大衆霑恩學人禮謝也師云龍頭蛇尾問選佛場開還許學人選也無師云切忌點頟學云恁麽則心空及第歸

也師云堦下漢師乃云如天普蓋似地普擎有如是自在具如是威德誰不承恩誰不景慕過去諸聖於無量劫勤苦受盡所得祕要法門今將普示大衆不用纖毫心力各請一時驗取於此薦得便能求出四流高步三界其或不知剛是諸人諱却

師初到院陞座僧問杖錫已居於此日請師一句定乾坤師云百雜碎進云恁麼則海晏河清去也師云非公境界問如何是佛法大意師云龍吟霧起虎嘯風生問如何是祖師西來意師云山高海闊進云學人不會師云緊峭草鞋師乃云未來翠峯多人疑著及乎親到一境蕭然非同善財入樓閣之門暫時歛念莫比維摩掌中世界別有清規冀諸人飽足觀光以資欣慰

上堂問答罷師乃云釋迦已滅彌勒未生正當今日佛法委在翠峯放開捏聚總由者裏放開也七縱八横是處填溝塞壑捏聚也天下老和尚盡在拄杖頭不消一劄

上堂僧問如何是實學底事師云針劄不入進云乞師方便師云水到渠成問如何是教外別傳一句師云看看臘月盡學云恁麼則流芳去也師云瘂子喫苦瓜問言迹之興異途之所由生不犯鋒鋩請師道師云誰家無白月清風進云還當也無師云土上加泥漢師乃云劒輪飛處日月沉輝寶杖敲時乾坤失色衆魔從兹膽裂千聖由是眼開其如二聽不圓震迅雷而莫覺孤根將敗霈春雨以非滋致使凡聖岐分悟迷派列奔馳七趣汩沒四流重業相纏無有休日爾諸禪德覬善

參詳如人上山各自努力

上堂僧問昭昭於心目之間而相不可覩晃晃在色塵之内而理不可分既於心目之間爲甚麽不覩其相師云華須連夜發莫待曉風吹進云恁麽則雲散家家月師云毗婆尸佛早留心僧方禮拜師以拄杖打一下云不得放過問猿抱子歸青嶂後鳥啣華落碧巖前古人意旨如何師云夾山猶在學云和尚如何師云依稀似曲纔堪聽又被風吹別調中僧却問如何是翠峯境師云春至桃華亦滿溪僧禮拜師云山僧今日敗闕有人點撿得出許他頂門上一隻眼便下座

上堂僧問古人借問田中事插鍬叉手意如何師云人從陳州來不得許州信問古人道有讀書人到來意旨如何師云且在門外立學云請師相見師云任是顔回亦不通師乃云立賔立主剜肉作瘡舉古舉今抛沙撒土直下無事正是無孔鐵槌別有機關合入無間地獄明眼衲子應須自看

上堂僧問古人一喝不作一喝用是否師云是僧便喝師便棒僧無語師云詿我問古人道有佛法處不得住無佛法處急走過意旨如何師云氣急殺人僧擬議師云甚麽處去也問只在目前爲恁麽再三不覩師云截耳卧街僧云恰是師云令我攅眉問黒豆未生芽時如何師云餧驢餧馬進云生後如何師云透水透沙僧禮拜師云一似不齊來問功巧諸技藝盡現行此事如何是此事師云諸方牓様進云莫便是學人會處也無師云有頭無尾漢師乃云過去諸如來斯門已成就

放過一著現在諸菩薩今各入圓明兩重公案未來修學人總被翠峯穿却鼻孔

上堂云智者聊聞猛提取莫待須臾失却頭問丹霄獨步時如何師云脚下踏索進云天下横行去也師云徐六擔板問學人乍入叢林諸事不會未審師還拯濟也無師云蘇州紙貴進云和尚豈無方便師云腦後拔楔師云爐鞴之所固無鈍鐵良醫之門誰是病夫向後鼻孔遼天莫辜負人好

上堂云欲得不招無間業莫謗如來正法輪便下座

上堂纔有僧出禮拜師云大衆一時記取者僧話頭便下座

上堂大衆雲集以拄杖拋下云棒頭有眼明如日要識眞金火裏看

上堂云從天降下從地湧出南北東西一棚傀儡顚杍停機苦屈苦屈

上堂云古人道譬如擲劍揮空莫論及之不及斯乃空輪絶跡劍刃非虧好諸禪德若能如是心心無知即是踞妙峯孤頂非但善財七日不逢設使文殊百劫親來也摸𢱢不著

上堂有僧出禮拜了方伸問師云啼得血流無用處便下座

上堂云藏鋒斂客便請施呈有僧方出來師云什麼處去也便下座

上堂云語漸也返常合道且任諸人點頭論頓也不留朕跡衲僧又奚爲開口師以拄杖一劃云上無衝天之計下無入地之謀蔡州千箇萬箇打破只在須臾

上堂問答罷乃云映眼時若千日萬像不能

逃影質凡夫只是未曾觀何得自輕而退屈師拈起拄杖云把定世界不漏絲髮還觀得也無所以雲門大師道直得乾坤大地無纖毫過患分只是轉句不見一色猶爲半提直得如此更須知有全提時節諸上座翠峯若也全提盡大地人並須結舌放一線道轉見不堪以拄杖一時趂下

上堂僧問如何是翠峯境師云有眼底見學云如何是境中人師云貪觀白浪失却手橈問如何是和尚家風師云客來須看進云恁麼則學人得見也師云三十年後問如何是第一義師云道士倒騎牛學云乞師再垂方便師云無孔鐵槌問道遠乎哉師云青山夾亂流學云恁麼則得聞於未聞去也師云千里萬里師乃云大衆前共相詶唱也須是箇漢始得若未有奔流度刃底眼不勞拈出所以道如大火聚近著則燎却面門亦如按太阿寶劒衝前則喪身失命師乃頌云太阿橫按祖堂寒千里應須息萬端莫待冷光輕閃爍復云看看便下座

拈古

舉米胡問僧近離甚處僧云藥山米云藥山近日如何僧云大似頑石一般米云得恁麼鄭重僧云也無提撥處米云非但藥山米胡亦恁麼僧近前顧視而立米云看看頑石動也其僧便出師拈云米胡也縱奪可觀爭奈死而不弔

舉罽賓國王仗劒詣師子尊者所乃問師得蘊空否尊者云已得王曰可施我頭尊者曰身非我有豈況於頭王遂斬之白乳高丈餘

王臂自落師拈云作家君王天然有在

舉鏡清於僧堂前自擊鍾子云玄沙道底玄沙道底時有僧出來云玄沙道什麼鏡清作一圓相僧云若不久叅爭知恁麼清云還我草鞋錢來師拈云洎被打破蔡州

舉寶公云終日拈香擇火不知身是道場玄沙云終日拈香擇火不知真箇道場師拈云一對無孔鐵槌

舉五通仙人問佛云佛有六通我有五通如何是那一通佛召五通仙人仙人應喏佛云那一通爾問我師云老胡元不知有那一通却因邪打正

舉思和尚令石頭送書去讓和尚處云廻日與子箇鈯斧子住山去石頭纔到讓和尚處便問不慕諸聖不重已靈時如何讓云子問太高生何不向下問將來石頭云作可求劫沉淪不求諸聖解脫便歸思和尚問書達否石頭云書亦不達信亦不通去日蒙和尚許鈯斧子便請思垂下一足石頭便禮拜師拈云石頭洎擔板過却又云大小讓師不解據令

舉長髭到石頭處頭問什麼處來髭云嶺南來石頭云大庾嶺頭一鋪功德還成就也未髭云成就久矣只欠點眼石頭云莫要點眼麼髭云便請石頭垂下一足髭便禮拜石頭云見什麼道理便禮拜髭云如紅爐上一點雪石頭便休師拈云無眼功德有什麼點處

德山和尚到龍潭問久響龍潭及乎到來潭又不見龍又不現龍潭云子親到龍潭德山便休去師拈云將錯就錯又云大小德山

師一日因事舉往日有老宿一夏不爲師僧說話有僧自歎云我只恁麼空過一夏不望和尚說佛法得聞正因兩字也得老宿聊聞云闍黎莫嗔若論正因一字也無恁麼道了扣齒云適來無端恁麼道隣壁有老宿聞云好一釜羹被兩顆鼠糞汚却師拈云誰家鍋釜無一兩顆

觀和尚見新到來觀作麵引次示之其僧便去觀晚間問第一座今日新到在什麼處第一座云當時去也觀云是即是只得一橛師拈云老觀大似失錢遭罪

舉外道問佛不問有言不問無言世尊據坐外道禮拜云世尊大慈大悲開我迷雲令我得入外道去後阿難問佛外道有何所證而言得入佛云如世良馬見鞭影而行師拈云邪正不分過猶鞭影

傅大士云夜夜抱佛眠朝朝還共起起坐鎮相隨如身影相似要識佛去處只者語聲是玄沙云大小傅大士只認得箇昭昭靈靈師拈云玄沙也是打草蛇驚

寶公令人傳語思大和尚何不下山教化衆生目視雲漢作什麼思大云三世諸佛被我一口吞盡何處更有衆生可度師拈云有什麼屎臭氣

趙州云至道無難唯嫌揀擇纔有語言是揀擇是明白老僧不在明白裏是爾作麼生護惜時有僧問云既不在明白裏護惜箇什麼州云我亦不知僧云和尚既不知爲什麼道不在明白裏州云問事即得師拈云趙州到退三千

南泉示衆云三十年來牧一頭水牯牛欲擬東邊放不免侵他國王水草欲擬西邊放不免侵他國王水草不如隨分納些子免被官主勞撓長慶云爾道南泉前頭爲人後頭爲人雲門云且道牛内納牛外納直饒道得納處分明我更問你牛在甚處師拈云一時穿却

鄧隱峯在襄州破威儀堂只著襯衣於砧槌邊舉槌云道得即不打于時大衆默然隱峯便打一下師拈云果然果然

僧問玄沙大耳三藏第三度爲什麼不見國師玄沙云爾道前來兩度還見麼師拈云敗也敗也

室中舉古

舉睦州問僧近離甚處僧云河北睦州云河北有箇趙州和尚曾到麼僧云某甲近離彼中睦州云趙州有何言教示徒僧云每見新到便問曾到此間來麼云曾到趙州云喫茶去忽云不曾到趙州亦云喫茶去睦州云慚愧却問僧趙州意作麼生僧云只是一期方便睦云苦哉趙州被爾將一杓屎潑了也便打睦州却問沙彌爾作麼生沙彌便禮拜睦州亦打其僧往沙彌處問適來和尚打爾作什麼沙彌云若不是我和尚不打某甲師云者僧克由叵耐將一杓屎潑他二員古佛諸上座若能辯得非唯趙睦二州雪屈亦乃翠峯與天下老宿無過若道不得到處潑人卒未了在

舉僧問長慶如何是正法眼慶云有願不撒沙保福云不可更撒也師云夫宗師決定以

本分相見不敢撒沙且那箇是諸人正眼不受人瞞底漢出來對衆道看共相知委若道不得翠峯一一與爾點過開眼也著合眼也著

舉黄蘗有六人新到五人作禮其中一人提起坐具作一圓相蘗云我聞有一獵犬甚惡僧云尋麏羊聲來蘗云麏羊無聲到汝尋僧云尋麏羊跡來蘗云麏羊無跡到汝尋僧云尋麏羊蹤來蘗云麏羊無蹤到汝尋僧云恁麼則死麏羊也黄蘗便休到來日上堂云獵犬在甚處僧便出來蘗云昨日公案未了老僧休去你作麼生僧無語蘗云將謂是本分衲子元來是義學沙門以拄杖打出師云只如聲響蹤跡既無獵犬向甚處尋逐莫是絶聲響蹤跡見黄蘗麼諸禪德要明陷虎之機也須是本分衲子

舉外道問佛不問有言不問無言世尊良久外道云世尊大慈大悲開我迷雲令我得入師云諸禪德迷雲既開決定見佛還許他同条也無若共相委知則天下宗師並爲外道伴侣如各非印證則東土衲僧不如西天外道

舉龍牙和尚問翠微如何是祖師西來意翠微云與我過禪板來牙取禪板與翠微接得便打牙云打即任打要且無祖師意後又問臨濟如何是祖師西來意濟云與我過蒲團來牙取蒲團與臨濟接得便打牙云打即任打要且無祖師意師云臨濟翠微只解放不解收我當時若作龍牙待伊索蒲團禪板拈得劈胷便擲

舉柙樹問定山不落數量請師道定山提起數珠云是落不落樹云圓珠三竅人人有請師圓前話山便打柙樹便去定山云三十年後槌胷大哭去在柙樹果後開堂示衆道三十年前被定山老子瞞我一上不同小小師云定山用即用爭奈險柙樹知即知要且未曾具擇法眼試請辯看

舉雪峯問投子一槌便成時如何投子云不是性燥漢峯云不假一槌時如何投子云者漆桶師云然則一期折挫雪峯且投子是作家爐鞴我當時若作雪峯待投子道不是性燥漢只向伊道鉗槌在我手裏諸上座合與投子著得箇什麼語若能道得便乃性燥平生光揚宗眼若也顢頇頂上一槌莫言不道

舉趙州問僧曾看法華經麼僧云看來州云衲衣在空閑假名阿練若誑惑世間人爾作麼生會其僧擬禮拜州云爾披衲衣來麼僧云披來州云莫惑我僧云如何得不惑去州云莫取我語師云大小趙州龍頭蛇尾諸人若能辯得便乃識破趙州如或不明箇箇髙擁衲衣莫惑翠峯好

舉長髭問僧甚處來僧云九華控石菴髭云菴主是什麼人僧云馬祖下尊宿髭云名什麼僧云不委他法號髭云他不委爾不委僧云尊宿眼在甚處髭云若是菴主親來今日也須喫棒僧云賴遇和尚放過某甲髭云百年後討箇師僧也難得師云是則二俱作家要且只解收虎尾不能據虎頭若使德山令行並須瓦解

舉保福示衆云此事如擊石火閃電光搆得

搆不得未免喪身失命僧便問未審搆得底人還免喪身失命也無保福云適來且致閙犁還搆得麽僧云若搆不得未免大衆笑保福云作家作家僧云是什麽心行福云一杓屎攔面潑不知臭師云諸上座保福有生擒虎兕底爪牙者僧也不易相敵雖然如此要且放過保福一著只如翠峯與大衆還許諸方撿責也無若免不得平地上死人無數其中有得活底麽師拈起拄杖云來也來也

舉歸宗鋤草次見一條蛇以鋤斬之僧見便問久響歸宗元來是箇麤行沙門宗云爾麤我麤後雪峯問德山古人斬蛇意旨如何德山便打雪峯便走德山召云布衲雪峯迴首德山云他後悟去方知老漢徹底老婆心師云歸宗只解慎初不能護末德山頗能據令且未明斬蛇師召大衆云看翠峯今日斬三五條以拄杖一時打下

勘辯

問僧甚處來僧云和尚問誰師云我問爾僧云何不領話師云翠峯今日敗闕

寶華侍者來看師師問寶華多少衆侍者云不勞和尚如此師云我好好問爾勃跳作什麽侍者云不得放過師云眞師子兒喫茶了師把住云適來得恁麽無禮侍者擬議被師一掌云歸去分明舉似寶華

有數人新到至師云新到那僧云是師云參堂去僧便去師復喚來來其僧却迴師云洞庭難得師僧與爾一椀茶喫

問僧甚處受業僧云天章師云將得蘭亭記來麽僧云爭敢呈似和尚師云草本不勞拈

出

五人新到師云洞庭絶頂無行路不假梯航速道看僧云特來禮拜和尚師云湛水停舟徒誇運濟僧無語師云過者邊來其僧齊過師云將頭不猛帳累三軍叅堂去

問僧名什麽云義懷師云何不名懷義僧云當時致得師云誰與汝安著僧云某甲受戒來十年也師云行脚費却多少草鞋僧云和尚莫瞞人好師云我也没量罪過爾作麽生

僧無語師云脱空謾語漢便打

問新到近離甚處僧云興教師云達磨一宗掃土而盡僧無語師云天上天下唯我獨尊復問僧闍棃名什麽僧云宗雅師云雅即不問作麽生是宗僧無對師云且限三日其僧頻來下語師皆不諾僧却問某甲見處只恁麽和尚作麽生師云爾何不問我僧方擬問被師連打數下

問新到發足甚處僧拍掌一下師云兩重公案僧云恰是師便喝僧無語師云還我一拍來僧擬議師云瞎漢叅堂去

六人新到師問叅頭夫爲上將須是七事隨身兩刃交鋒作麽生僧云久響翠峯有此一著師云一著放過還我草鞋錢來僧喝師便棒僧約住拄杖與師一拍師云未到翠峯與爾二十棒了也僧無語師云且在一邊却問第二副將作麽生僧茫然師云一狀領過喫茶了師把住叅頭云適來公案者裏即恁麽堂中作麽生舉僧擬議師打一坐具推出

雪峯和尚塔銘并序

夫從緣有者始終而成壞非從緣得者歷劫

而常堅堅之則在壞之則捐雖然離散未至
何妨預置者哉所以疊石結室翦木合函般
土積石爲龕諸事已備頭南脚北横山而卧
惟願至時同道者莫違我意知心者不易我
志深囑載囑幸勉勵焉縱饒他日邪造顯揚
豈如當今正眼密弘善思之審思之　師註
兄弟添十字云國無二君又云知麽同心著一儀云風行草
偃又云直與土主曰松山云四顧匪絶又云看卵塔號難提
云獨露相倚又云嶮更有胡家曲云一西一東又云大難汝等切
須知云自南自北又云會也我唱泥牛吼云聞莫舉頭又云呵呵
汝和木馬嘶云見應合眼又云撫掌但看五六月云豈可徒
然又云吁水片滿長街云事非草草又云苦薪盡火滅後云去
去誰同又云好住密室爛如泥云須到如此又云努力
受師號上堂僧問皇恩已降海衆同觀學人
上來願聞舉唱師云好音在耳人皆聽進云
聽後如何師云問著元來總不知僧云學人
到者裏實謂不知師云許爾是箇草賊復云
禪家流還如戰將見鬬勇健索不來即便擒
下雖一期之作爭似借水獻華唱太平歌好
夜雨山草滋爽籟生古木閑吟竺仙偈勝於
囋金玉蟋蟀啼壞墻苟免悲局促道人優曇
華迢迢遠山緑是知道無不在誰云閒然故
天有道以輕清地有道以肅靜谷有道以盈
滿君有道以敷化故我今上皇帝金輪統御
歙澤雰流草木禽魚無遠不及巖野抱疾之
士俄承寵光此生他生無以云報賢守司封
高扶堯舜下視龔黄襲千載之雅風鎖萬邦
之春色佇當明詔别振休聲貳車屯田諸廳
朝宰不敢飾辭褒讚仲尼言云吾禱久矣
住明州雪竇禪寺語

師開堂日於法座前顧謂大衆云若論本分相見不必高陞寶座乃以手指一劃云諸人隨山僧手看無量諸佛國土一時現前各各子細觀瞻其或涯際未知不免拖泥帶水即便陞座僧正宣疏了維那白槌云法筵龍象衆當觀第一義時有僧出來師乃約住云如來正法眼藏委在今日放行則瓦礫生光把定則真金失色權柄在手殺活臨時其有作者相共證據僧乃問遠離翠峯祖席已届雪竇道場未審是一是二師云馬無千里謾追風進云與麽則雲散家家月也師云龍頭蛇尾漢問德山臨濟棒喝已彰和尚如何接人師云放過一著僧擬議師便喝僧云未審只與麽別有在師云射虎不真徒勞没羽問布髮掩泥因底事全身半偈爲誰施師云天上天下唯我獨尊進云若然者立雪豈能傳妙旨三拜伸後始爲親師云莫亂統問梵王請佛蓋爲羣生學士請師當爲何事師云相識滿天下進云與麽則大衆霑恩也師云你分上作麽生進云學士證明師云未在有俗士問十方同聚會箇箇學無爲此是選佛處心空及第歸如何得及第去師云徒遭點額進云如此則辜負平生也師云教休不肯休問一焚龍鬬萬像咸臻未審是何境界師云金殿草漫漫進云向上更有事也無師云白雲千里萬里問吹大法螺擊大法鼓朝宰臨筵如何即是師云清風來未休進云與麽則得遇於師也師云一言已出駟馬難追僧禮拜師云放過一著師又普觀大衆一迴乃云人天普集合發明箇什麽事焉可互分賓主馳

驍問答便當宗乘去廣大門風威德自在輝騰今古把定乾坤千聖只言自知五乘莫能建立所以聲前悟旨猶迷顧鑑之端言下知宗尚昧情識之表諸人要知真實相爲但以上無攀仰下絶已躬自然常光見前箇箇壁立千仞還辯明得也無未辯辯取未明明取既辯明得能截生死流同踞祖佛位妙圓超悟正在此時堪報不報之恩以助無爲之化

師在翠峯受疏日洞庭檀越與明州專使相爭紜紜不已師乃陞座普告大衆不須作鬧事在況僧家也無固無必住則孤鶴冷翹松頂去則片雲忽過人間應非彼此殊源動靜乖趣今與諸人評議念三二年洞庭晦迹承四遠信心恩顧棲衆方諧舊轍藏教復乃新歸豈可知感頓忘遠致前邁誠爲不可而又四明太守星馳介使輜重俄臨既已跋涉數州迢遞千里投誠苦逼一至於斯進退審詳不能自決敢問大衆住翠峯好往雪竇好于時衆僧高聲云往雪竇好師乃顧謂洞庭諸檀越云不用爲訝宜各知時且佛法委自王臣兼住持亦以緣斷在彼在此本無閒然希披疏文以塞來命便下座

師至晚小參僧問四明侯伯遠降公文未涉程途請師速道師云劄進云鄞江一枝今日獨秀師云不許夜行師乃云諸仁者未有長行而不住未有長住而不行古之今之各有攸往且如茲院僻處一隅若非念報佛恩無以四來居此恐山僧進發之後法席空虛今命素公開士接續住持幸冀衆慈同心勸請

師辭翠峯上堂僧問承學士有言輟翠峯之

祖席登雪竇之道場如何是不動尊師云下坡不走快便難逢進云與麼則動若行雲止猶谷神師云你須緊帩草鞋師乃云山僧斯者抑徇彼請難可稽留東裝告行但多攀感況住持久煩勤舊備認歲寒希各務道專孜以副誠祝其有叅隨諸高士動逾千里俯近百僧忽齋粥疎遺舩車隘窄與相回互禪悅自貽則佛國徧遊亦不爲遠何以諸禪德去來不以象故無器而不形動靜不以心故無感而不應然則心生於有心象出於有象象非我出故金石流而不燋形非我生故日用而不勤紜紜自彼於我何爲請諸人高挂征帆不勝珍重

師到萬壽衆請上堂僧問七事隨身便請相見師云打退鼓進云方始交鋒已見大敗師云噓僧擬議師便喝者般漢有什麼死急問翠峯一箭已射雪竇雪竇一箭當射何人師云不爲鼷鼠發機進云非但聞名今日親見師云添得一場愁僧禮拜師云若是便休師乃云萬壽門下一一作家蓋是强将之兵也然雖如此保福有言擊石火閃電光搆得搆不得未免喪身失命若教據令而行盡蘇臺一境人箇箇三頭六臂到翠峯手裏也須瓦解氷消如今放過一著分付萬壽和尚

師到秀州百萬道者備茶筵請陞堂僧問赴請雪竇先至嘉禾向上宗乘請師舉唱師云鳥啼處處皆相似進云與麼則得聞於未聞也師云不是苦心人不知僧擬進語師便喝僧禮拜師云別有問話者出來問如何是教外別傳一句師云三生六十劫進云學人未

會師云碧眼胡僧笑點頭師乃云山僧此者承鄞江太守之命俾赴雪竇住持再至嘉禾彌增嘉幸仍承百萬道者曲賜周勤仰荷之壞無以忘也兼勞廣命碩德抑令舉唱宗乘況達士相逢非存目擊若云言中有響句裏呈機猶曲為中下之流向本分衲僧遠之遠矣秖如適來僧問教外別傳一句對云三生六十劫諸人還知落處也無且鷲池鷲嶺海甸菴園三百法會之中甚處有者箇消息所以道三世諸佛不能自宣一代時教詮注不及除非知有莫能知之久立衆慈伏惟珍重

師到靈隱衆請陞座僧問遠別翠峯丈室將届雪竇道場如何是不動尊師云看風使帆進云恁麼則觀方知彼去去者不至方師云龍頭蛇尾問如何是祖師西來意師云點進云猶有者箇在師云三十年後進云與麼則翠峯今日瓦解氷消師云有些子師乃云莫是與上座相爭然則論戰也箇箇力在箭鋒相拄又須是箇特達漢始得若意根尚滯直須向前決擇所以長沙和尚道百尺竿頭坐底人雖然得入未為真百尺竿頭須進步十方世界是全身僧舉問南泉百尺竿頭如何進步泉云更進一步僧復問瓦官官云百尺竿頭用進作什麼僧不肯官便打師云大衆古人機變出在一時其間別有商量亦未言著且如雪竇今日再入靈隱也似百尺竿頭依南泉之言得進一步喜與大衆相見則十方世界一時周币便下座

師到越州承天寺衆請陞座僧問學人不問西來意藏身北斗意如何師云拈頭作尾漢

進云請師答話師云西天令嚴問有問有答賓主歷然無問無答時如何師云古路草漫漫進云若不上來焉知與麼師云利劍不斬死漢師乃云作者相見一拶一捺撩起便行若佇思停機卒摸㨶不著若言問在答處答在問宗箇箇依草附木問不在答處答不在問宗罕見頂上有眼諸人還薦得也無薦得薦不得並是新雪竇之過且莫鈍致承天和尚

越州檀越備茶筵請師陞座僧問檀越殷勤伸三請乞師方便指迷津師云不許夜行投明須到進云非但學人四衆有賴師云百千年後問如何是祖師西來意師云迢迢十萬餘僧禮拜師云拄杖不在師乃云諸檀信山僧暫以經過邂逅相遇何沐特隆異待抑俾敷揚且如承天和尚寅暮流慈諸人況是異聞已絕希奐何必更煩雪竇重為發宣直饒三世聖人六代開士利生間出故不敢錯誤諸人絲毫然雖與麼放過即不可良久云不解作客勞煩主人

師歸寺上堂有僧問如何是雪竇正主師云何不問雪竇山中人進云與麼則把定乾坤去也師云出門唯恐不先到當路有誰長待來問如何是古佛家風師云青天白日進云還許學人領會也無師云不是劍客請莫相過問如何是第一句師云袖裏金槌僧便喝師云朝三千暮八百問如何是雪竇境師云天無四壁進云如何是境中人師云月在中峯進云與麼則從苗辯地因語識人師云是僧禮拜師云酌海持蠡一場困苦師乃云甚

生標格還知也無諸禪德祖佛不能宣傳天地不能覆載二乘聞之膽裂十地到此亀鷩其或達士切磋頗逢決戰一拨一捺略露風規句滯則嶽立磨空源迷則雲横布野所以先聖道一言纔舉千車同轍該括微塵猶是化門之説你衲僧合作麽生覿自知時便下座

上堂僧問承師有言三更過鐵門意旨如何師云忠言不避截舌僧禮拜師云臨筌方覺取魚難問千山萬水穿雲去撥草瞻風事若何師云踢破草鞋進云爲什麽如此師云人無遠慮必有近憂問如何是向去底人師云伊蘭樹下坐進云却來時如何師云白日繞須彌進云天上天下唯我獨尊師云二頭三手漢問承師有言釋迦老子出氣不得甚處諸訛師云君子千里同風進云與麽則殃及子孫也師云素非鴨類師乃云諸禪德直饒文殊辯説認螢火爲太陽居士杜詞指魚目同明月所以雪竇尋常道威音王已前無師自悟是第二句還我第一句來若未能把定要津不免奔馳南北

上堂因僧送拄杖上師師拈起成頌云清峻孤根别有靈勢含山水自分明提來勝得豐城劒報盡人間兩不平復云大凡以平報不平是義烈常準以不平報不平爲格外清規亦猶以智遣惑頗逢下士以智遣智罕遇作家要會兩不平麽諸人也没量罪過雪竇也没量罪過雪竇過自能檢責你者漆桶不打更待幾時以拄杖一時趂下

冬至上堂僧問鼓聲纔罷海衆齊臻新節一

句請師垂示師云三日前五日後進云與麽則聞於未聞師云索短不搆深泉問文殊仗劒其意如何師云八十老僧閑灌頂進云學人不會師云四溟無浪月輪孤僧良久師喝云甚處去也僧禮拜師云放過一著師乃云相逢不拈出舉意便知有早是不唧𠺕漢更亂蹋步向前實謂苦屈諸禪德看他先覺未離兜率已降閻浮未出母胎度人已訖若言周行七步目顧四方天地之間唯我獨尊尚有人不放伊過如今巧說異端不肯荷負真可哀愍所以道天魔外道是辜恩德漢聲聞二乘是自欺誑人你見如此不平之事便合憤悱驅將去喝將去隨例道我不知不會者般底苦海裏有什麽出頭時

上堂云形興未質名起未名形名既兆遊氣亂清師拈起拄杖云大衆拄杖子是形名雙舉還有過也無有即水裏月無即形名兆若也究得實謂恩大難酬

上堂云未出母胎見成公案周行七步過犯彌天更入鹿野苑中枝蔓上復生枝蔓乃拈起拄杖云㗚㗚便下座

上堂僧問如何是觸目菩提師云風動塵起鳥飛落毛進云乞師再垂方便師云洎被打破蔡州問如何是教外別傳一句師云好問進云還許學人領會也無師云有頭無尾漢師乃云諸仁者夫宗師唱道譬若滄溟上客獨泛蘭舟月渚煙波隨情放曠欲拋香餌須待長鯨縱有纖鱗應無希冀

上堂云一徑直二周遮衲子辯得眼裏生華便下座

上堂僧問達磨西來單傳心印諸方爲什麽各説異端師云誰進云爭柰即今何師云西天今嵗進云與麽則入水見長人師云韓信臨朝底問三通鼓罷羣賢集請師拋下御前題師云長因送人處憶得别家時進云與麽則退身三步師云依舊漁翁把釣竿問不除妄想不求眞底是什麽人師云一宿覺進云與麽則天上天下唯我獨尊師云一撥便轉師乃云大凡出衆切磋也須是本分禪客若未具啐啄同時眼卒摸㨶不著

上堂衆方集定師云不用低頭思量難得便下座

上堂云直鈎釣鯤鯨曲鈎釣鼉鼈曲鈎若在鯤鯨理應未可直鈎若在鼉鼈情亦不甘如今抛釣也負命者上鈎來良久云勞而無功便下座

上堂衆集定師起立云雪竇得與麽長諸人得與麽短若人道得齊肩句許伊把定乾坤便下座

上堂云久雨不晴衲僧向甚處曬眼皮草便下座

上堂云布袋裏盛錐子不出頭是好手復云大衆雪竇錐頭出也莫有傍不肯底禪客出來良久云諸人旣乃縮頭且聽諸方檢責

明覺禪師語録卷第一

音釋

剜烏歡切刻削也 榍先結切 韛步拜切吹火韋囊也 嘶先奚切 襯初覲切近身衣也 ⿰羊靈音零與羚同 禆音卑 ⿰亻夒蘇到切狂䟫貌 顢頇莫安切 許安切 ⿰牛甬倉胡切與麤同 鼷音兮小鼠 蠡音離瓠瓢也

明覺禪師語録卷第二

門　人　一　軫　等　編

舉古

舉僧問趙州道人相見時如何州云呈漆器師云諸禪德還有識趙州底麼出來相共商量若未能辯明大好從頭舉與你點破四九三十六收

舉臨濟示衆云有一無位眞人常在汝等面門出入初心未證據者看看時有僧問如何是無位眞人臨濟下禪牀擒住者僧擬議濟托開云無位眞人是什麽乾屎橛雪峯聞云臨濟大似箇白拈賊師云夫善竊者神鬼莫知既被雪峯覷破臨濟不是好手復召大衆雪竇今日換你諸人眼睛了也你若不信各歸寮舍自摸𢱢看

舉僧侍立保福次福云你得與麽麤心福拈一塊土與僧你抛向門外著僧抛了却來云甚處是某甲麤心福云我見你築著磕著所以道你麤心師云然則者僧被保福熱瞞爭奈眞不掩僞曲不藏直雪竇將今視古於理不甘是你者一隊漢忽僧堂裏來寮舍內出築著磕著亦乃不知近來麤心轉盛我若放過便見諸方檢責師驀拈拄杖下座大衆一時走散

舉雪峯敲觀和尚門觀云誰峯云鳳凰兒觀云作什麽峯云鵮老觀觀便開門雪峯方入被觀把住云道道峯擬議被觀推出峯住後示衆云我當時若入得老觀門你者一隊噇酒糟漢向甚處摸𢱢有老宿云雪峯徒有此語當時入不得如今也入不得師云者辜恩

負德漢有什麽交涉當時入不得豈是教你入今既摸摝不著累他雪峯俱在老觀門下

舉臨濟侍立德山山云今日困濟云者老漢寱語作什麽山便打濟掀倒繩牀山便休師云二員作者具啐啄同時眼有啐啄同時用雪竇擬向猛虎口中奪鹿饑鷹爪下分兔敢謂臨濟德山二俱瞎漢有人辯得天下橫行

舉乾峯和尚云舉一不得舉二放過一著落在第二雲門出衆云昨日有人從天台來却往南嶽去峯下座云大衆來日不要普請師云看他作者吐露箇消息宛爾不同若是瞌睡漢遞相鈍致乃拈起拄杖云放過一著便下座

舉玄沙云吾有正法眼藏付囑摩訶大迦葉猶如話月曹谿豎拂猶如指月鼓山云月吥玄沙云者阿師就我覓月鼓山不肯却歸衆云道我就他覓月師云玄沙鼓山如排百萬軍大陣只抛瓦子相擊或有衲僧辯得當知正法眼藏付囑有在

舉長慶云淨潔打疊了也却近前就我覓我劈脊與你一棒有一棒到你你須生慚愧無一棒到你你又向什麽處會師云雪竇即不然淨潔打疊了也直須近前我劈脊與你一棒有一棒到你你即受屈無一棒到你與你平出但與麽會

勘辯

一日侍者報有三人新到從瑞巖來師云教伊大展坐具禮拜著其僧方入門師驀拈起拄杖僧云某甲特來禮拜和尚師云吽吽那箇是衆頭一僧近前問訊師云你爲什麽失

却本道公驗僧云深領和尚慈悲師云過者邊立復問第二人求朋須勝已似我不如無師以拄杖指叅頭云你爲什麽隨者漆桶僧云某甲新戒師亦約云過者邊立又問第三人適來兩箇敗闕了也你堪作箇什麽僧擬議師便喝云過者邊乃云據合一時埋却且念遠來叅堂去

問新到尋師訪道翫水遊山僧云謝和尚顧問師便喝鼻孔裏秖對我僧無對師云苦殺人來來曾到雪竇麽僧云不曾到師打一棒云他後不得諱却

一日二人新到師云座主衲僧僧云請和尚鑑師云一不成二不是僧云不勞如此師云我且放過朝到西天暮歸東土作麽生僧無對師云杜衲僧叅堂去

問新到近離甚處僧云和尚道什麽師云我問你近離甚處僧退身立師云克由叵耐不言來處將拄杖來僧云某甲近離奉川師云打野榸漢何不早與麽道復問第二人你也一處來僧云某甲近離大梅師云兩段不同好與三十棒且放過

一日宗首座到方擬人事師約住云旣知信之韜略便須拱手歸降宗云今日敗闕師云劒刃未施賊身已露宗云氣急殺人師云敗將不斬宗云是師云禮拜著宗云三十年後有人舉在師云已放你過

問聰道者久叅事作麽生道者云青天白日師云亂走作什麽者便喝師云喫棒者擬舉手師打一坐具云你看者瞎漢亂與

一日五人新到師云你總不消行脚僧擬議

師云一狀領過

有良周上座到師作瞌睡勢僧云新到相看師不應僧又云新到相看師高聲云阿誰僧云新到師云已知叅堂去僧云某甲是大龍受業師喝云漆桶誰識你僧便近前人事師云好好禮拜著相看了師云還識宗首座麽僧云是師兄師云你爲什麽鈍致他僧云和尚休得也師云踏破草鞋漢不能打得你且坐喫茶

問僧近離甚處僧云天台師云還見智者麽僧云見師云爲什麽在我脚底僧無語師云脫空妄語

問僧近離甚處僧云温州師云還識永嘉大師麽僧云是鄉人師云與你隔海僧云酌然師云面赤不如語直僧無對師云噓

師在大龍爲知客李殿院到山茶話次問師知客是長老鄉人師云不敢院云且在者裏不得亂走師云本爲行脚院云行脚爲甚事師云看亂走底院微笑

師在池州景德爲首座時太守曾學士入院相訪茶果次學士拈箇棗子拋在地上召師首座師應諾士云古人道不離當處常湛然在那裏師指景德長老云只者老子也不知落處士云首座知也不得無過師云明眼人難瞞

師到太湖有余巡檢請師并志依上座齋臨起檢問卑官今日命二衲僧齋得何果報師云圖他一粒米失却半年粮依云臨行方覺主人寬師召舍人舍人擡頭師指依云粱根衲子齋他有甚益巡檢大笑師便起去

師赴雪竇經過杭州徐轉運問師雪竇名山多有具眼底衲僧忽相靠來長老作麽生支遣他師高聲召客司近前師云運使問箇什麽使云推過來師云推過又爭得使無語師云彼此没便宜使又問長老幾日渡錢塘江師云山僧未敢前去使云作箇什麽師云徐轉運把斷要津使云今日被長老揉我一上師便辭退

師在南嶽福嚴爲藏主李殿院同雅長老入藏院師出接殿院云藏主那師云不敢院云藏中說著下官麽師云目前可驗院云驗底事作麽生師云不消一劄院無語師云且請殿院歸寮喫茶坐次山嵐忽起雅云殿院遊山恰阻煙霧院云靈峯聖跡爲什麽却有者箇師云下方無院擬道雅云藏主壯觀福嚴師云和尚且莫鬧眼院云作家作家師云殿院尊重時有道士秀才到院又問三教中那教最尊師乃起側身而立院云有口何不道師云對夫子難言院云休休便起師云適來造次

師在舒州海會時因看胥通判問山中多少衆師云一百來僧胥云既是海會爲甚只有百僧師云人貧智短胥云更道師云他後有人舉在又問山中長老每日說箇什麽師云路逢劒客胥云吽師便辭退

師在明州看曾學士坐次士問曾與清長老商量趙州勘破婆子話端的有勘破處麽師云清長老道箇甚麽士云又與麽去也師云清長老且放過一著學士還知天下衲僧出者婆子綣繢不得麽士云者裏別有箇道處

趙州若不勘破婆子一生受屈師云勘破了也

師與僧衆入城縁化學士先有公文止絶僧道投刺師亦同例乃有頌寄士云碧落煙凝雪乍晴住山情緒寄重城使君道在未相見空聽甘棠影裏行學士回答云勞勞世務逐浮沈一性澄明亘古今目擊道存無阻隔何須見面始知心復令人請師相見了士云道存無阻因甚入來不得師云他後見別處長老學士不請舉向伊士云舉著又何妨師云山僧罪過士云好好師云諾諾

學士解印後師送到越州住數日乃辭士堅留師云歸山住持不忘學士此日士云衲僧家愛把不定師云爭得到者裏士無語師云已沐學士放辭士云容出城相送師便退士至客亭排果子茶湯了師問學士自此一別甚處再得相見士云長老何以對面忘却師云微僧心亦足矣時廣慧和尚復問師自此一別甚處與學士再得相見師云直是千里萬里於是取別士云善爲道路師云諾諾

謌頌

贈天衣長老

天衣長老無價之寶金烏東昇是何杲杲他年或要見孫無端須入荒草

寄妙果政長老

有叟機宜太孤絶冷澹情懷止金鐵游歷不知叅訪誰曾道天無第二月近聞鎖斷奔馳問何物拈來固其本飛騰直上三十三見不見兮爲君困中巖藏晦亦枯槁年光休競七十九南北東西追古風時有其人繼其後

送宗侍者

深憶韶陽示奇句昔人到此猶不住宗禪九萬曾列程吾想七閩還獨步重巖忽爾來扣門自謂孤蹤若斷雲雪庭乍遠雖多恨且有中峯月共分（斯句乃宗禪者離山日有作）如斯慷慨非希冀浩浩清風無處避天上天下知不知五葉千燈復何啻

小谿贈溥禪者

歲月將闌天光普寒鄙叟復枕盤桓且難萬杉禪客來尋我言意勤勤勉清墮拂曙片帆重率歸百節四肢難負荷風之泠泠潮之平平强寫離辭幾不成巖層落落舊知已相見無忘極此情

送清禪者

有禪者兮曠發靈機出洪都兮聲光步隨一文一技不爲用方內方外誰論之春風來兮何所別何曾拂盡古巖雪極目寥寥思遠人曹谿堪共此時節清兮清苦宜存歷亮兮辜馬休同跡彈指凋殘六葉華西山一去斷消息

送一禪者

天得一地得一王得一兮無等四谷得一兮歸巨溟應見三山皆岌岌一得一又何必今古不曾居丈室千華影裏復是誰八面風清照紅日一禪一禪須記取象骨齡難兮且相許負石投針忽載來拂袖雙雙便回去

送全禪者

有龍彪兮時之相宜有藝行兮人之所歸東西武步兮復誰是我上下觀方兮存機未機全禪全禪知不知大施門開兮塵區可依

送靜山水
松根石上曾唯我四顧寥寥誰未可豈知白鳳傳好音拋却亂雲千萬朶谿山重疊春將暮風遞殘華柳飛絮金盂待月應有期寶冠照水寧無據靜禪復記吾深囑彼兮國士真烈宿相見從容莫等閑人天景行存髙躅

寄藏主收禪者
新州出箇賣樵者龍朔年中藏晝夜黃梅舂得古菱華不倚物兮便高挂秀禪拂拭無塵埃歷盡諸難眼未開交馳石上求文字爭得孤峯却載來近還有箇尋吾祖云在盧村深處住偷得隣家些子光用作千燈擬流布呵呵呵地久天長爭奈何

送雲禪德
中巖老兮八十一閑寄十年助辭筆縱誇步驟當此時豈免龍鍾笑他日他時誰也流機變午夜寒蟾生水面別有清光何處來舉目亂飛星斗轉歌兮歌兮苦搜索遠贈雲禪愧標格黃梅席上追古風高唱自知天地窄

贈陸學士
古之陸大夫多集遊方輩今之陸使君復與空生會大國正搜羅長劒今磨淬或問清曠閑不知若爲對

舟行
孤舟選勝傍江干乘興幽游思未闌向日望來春色晚順潮歸去野情寬高歌釣客收綸線弄影沙禽刷羽翰廻想古祠無限意海蟾初上逼人寒

東軒偶作
叢竹小山些子境偶來閑坐解疎慵怡然縱

目誰知我勝入摩雲千萬峯

明覺禪師後録

上堂云日日日東上日日日西没循環三百六十幾箇解知窠窟放開精精冥冥把定恍光惚惚君不見毗耶離城彼上人一室寥寥是何物師召大衆云高著眼便下座

上堂云黄金爲地白銀爲壁釋迦老子不合向者裏扃師以拄杖撥一下云看看落爾諸人頭上

上堂云三千劒客今何在獨許莊周致太平便下座

一日云大衆者一片田地分付來多時也爾諸人四至界畔猶未識在若要中心一樹子我也不惜良久云放憨作麼便下座

因雪示衆云頭上皚皚脚下皚皚金色尊者獨上高臺開眼造罪合眼受災如何如何天網恢恢

上堂衆方集定師云勘破了也便下座

上堂拈起拄杖云物中眼眼中物十方如來同此超出還會麼瞎漢歸堂

上堂云龍泉與刀斧同鐵利鈍懸殊駑駘與驥馬同途遲速有異酌然酌然一出一入半合半開平展之流試辯緇素

上堂云直得動地雨華何如歸堂向火便下座

師一日晚衆於僧堂前立云不打鼓上去不得把却門入來不得速道速道大衆眼目定動師以拄杖一時打趂

上堂舉雲門大師云禪河隨浪靜山河大地不是浪師拈起拄杖云看看一處起千處百

處没觜一處息千處百處不識還會麽歸堂

上堂云見一則瞎汝眼知一則翳汝眼翳生則天上人間瞎却則三頭六臂或若辯得許爾十字縱横

上堂云以字不成八字不是優曇華正開齅著無香氣翻笑釣魚船上客不愛南山愛鼈鼻僧問萬里無雲伸一問青天喫棒意如何師云軍隨印轉僧云恁麽則在和尚手裏師云利劍不斬死漢

上堂云春山疊亂青春水漾虚碧寥寥天地間獨立望何極便下座却顧謂侍者云適來有人看方丈麽云有師云作賊人心虚

上堂云大無外小無内半合半開成團成塊老胡既隔絶衲子多違背從他千古萬古長漫漫塡溝塞壑没人會以拄杖卓地一下云歸堂

一日上堂衆方集以拄杖横按膝上云恁麽會得瞎却天下人眼復拋下拄杖云救取一半便下座

上堂云十方無壁落四面亦無門淨躶躶赤傻傻没可把灌溪老出頭不得且致我騎牛入爾鼻孔裏一般漢聞人恁麽道若風過樹頭有什麽共語處

上堂云一不定二不可上下四維春風包裹桃華杏華鬪開柳條桑條慜破可憐昔日靈雲剛道迷逢達磨師拈起拄杖云靈雲鼻孔穿了也

上堂云垂絲千尺意在深潭離鉤三寸釣得一箇是好手良久云負命者上鉤來

一日小叅示衆云須菩提巖中宴坐諸天雨

華讚歎尊者云空中雨華讚歎復是何人云我是梵天尊者云汝云何讚歎天云我重尊者善說般若波羅蜜多尊者云我於般若未曾說一字汝云何讚歎天云尊者無說我乃無聞無說無聞是眞說般若波羅蜜多又復動地雨華師云避喧求靜處世未有其方他在巖中宴坐也被者一隊漢塗糊伊更有者老把不住問云空中雨華讚歎復是何人早見敗闕了也我重尊者善說般若波羅蜜多惡水驀頭潑我於般若未曾說一字草裏走尊者無說我乃無聞識甚麼好惡總似者般底何處有今日師復召大衆雪竇幸是無事人爾來者裏覓箇甚麼以拄杖一時趂下

上堂舉僧問趙州至道無難唯嫌揀擇是時人窠窟否州云曾有人問我直得五年分疎不下師云識語不能轉死却了也好與二十棒者棒須有分付處爾若辯不出且放此話大行

示衆云春力不到處枯樹亦生華九年人不識幾度過流沙便下座

有時云馬祖陞堂百丈捲蓆正令不從拗曲爲直

上堂云似地擎山不知山之孤峻如石含玉不知玉之無瑕晝行三千夜行八百是我尋常用底拈放一邊爾諸人向甚處見盤山速道速道

上堂舉僧問趙州二龍爭珠誰是得者州云老僧只管看師云看即不無爭即不得且道扶者僧扶趙州

上堂云不是金色頭陀有理也無雪處便下

座

一日示衆云城東老母與佛同時而生一世共處而不欲見佛每見佛來即便迴避周迴上下皆避不及乃以手掩面十指掌中悉皆見佛諸上座他雖是箇老婆宂有丈夫之作既知迴避稍難不免呑聲飲氣如今不欲見佛即許爾切忌以手掩面何以明眼底覷著將謂雪竇門下教爾學老婆禪

舉黃檗入堂於南泉位中坐泉問長老甚年中行道檗云威音王已前泉云猶是王老師兒孫下去檗便起去師云可惜王老師只見錐頭利我當時若作南泉待伊道威音王已前即便於第二位坐令黃檗一生起不得雖然如此也須救取南泉

舉藥山乆不上堂知事白云大衆乆思和尚示誨山云教槌鍾著大衆方集山便掩却門知事咨白既許爲大衆上堂爲什麽一言不施山云經有經師論有論師爭怪得老僧師云可惜藥山老漢平地上喫撲盡大地人扶不起

舉石鞏曽爲獵人趂一鹿從馬大師菴前過問云還見我鹿麽大師云爾是甚人鞏云我是獵人馬云爾還解射也無云解射馬云一箭射幾箇云一箭射一箇馬云爾不解射鞏云和尚莫解射否云我解射鞏云和尚一箭射幾箇馬云我一箭射一羣鞏云彼此生命何用射他馬云爾既如是何不自射鞏云若教某甲自射直是無下手處馬云者漢無明煩惱頓歇鞏於是以刀斷其髪在菴給侍師云馬大師一箭射一羣信彩射得有甚用處

不如他石鞏一箭射一箇却是好手雪竇今日効古人之作擬放一箭高聲喝云看箭復云中也便下座

舉同光帝命諸禪師坐次云朕收得中原之寶只是無人酬價興化云如何是陛下中原之寶帝以兩手展幞頭脚化云君王之寶誰敢酬價師云至尊所得只可傍觀若非興化作家往往高價酬却

一日上堂良久云大施門開無擁塞忽然有箇衲子出來雪竇倒退八百何以臨危不悚人便下座

舉保壽問胡釘鉸云莫便是胡釘鉸云不敢壽云還釘得虛空麽云請和尚打破將來壽便打鉸云莫錯打某甲壽云向後遇多口阿師與爾點破去在後至趙州舉前話問云不知某甲過在甚處趙州云只者一縫尚不柰何胡釘鉸於此有省師云雪竇要打者三箇漢第一趙州不合瞎却胡釘鉸眼第二保壽不能塞斷趙州口第三胡釘鉸放過保壽師驀拈起拄杖云更有一箇大衆一時走退師擊繩牀一下便起去

上堂善財別後誰相訪樓閣門開竟日閑便下座

舉肅宗帝問國師百年後所須何物國師云與老僧作箇無縫塔子帝曰請師塔樣國師良久云會麽帝云不會國師云吾有付法弟子躭源却諳此事請詔問之國師遷化後帝詔躭源問此意如何源云湘之南潭之北中有黃金充一國無影樹下合同船瑠璃殿上無知識師云肅宗不會且致躭源還會麽只

消箇請師塔樣盡西天此土諸位祖師遭者一拶不免將南作北有傍不肯底出來我要問爾那箇是無縫塔

舉雲門與長慶在雪峯日因舉石鞏見僧便云看箭三平到遂擘開胷鞏云三十年一張弓兩下箭只射得半箇聖人雲門問長慶作麼生道免得石鞏喚作半箇聖人慶云若不還價爭辯眞僞雲門云入水始知有長人師云石鞏要先拗折不難爭奈三平中的了也然則老宿要活三平且未免張弓架箭

上堂云一華開天下春古佛爲什麼不著便爾若透得救取天下老宿忽若有箇衲僧出來云和尚且自救也許伊是金毛獅子

舉舍利弗問須菩提夢中說六波羅蜜與覺時同別須菩提云此義幽深吾不能說此會有彌勒大士汝往彼問師云當時若不放過隨後與一劄誰名彌勒誰是彌勒者便見氷消瓦解

舉傅大士云要知佛去處師云三生六十劫未後一句天下衲僧跳不出直饒口挂壁上漢別有一竅勘過了打

舉紫湖和尚山門立一牌牌上有字云紫湖有狗上取人頭中取人腰下取人脚擬議則喪身失命時見新到便喝看狗僧纔廻首湖便歸方丈師云衆中總道者僧著一口著即著了也爭奈者僧在敢問諸人紫湖狗著者便死因甚麼者僧猶在若無知方眼救得者僧設使紫湖出世咬殺百千萬箇有甚益我當時若見先斫下牌然後入院待者老漢喝云看狗與伊放出箇焦尾大蟲如今諸人要

見麽日勢稍晚歸堂
上堂云國無定亂之劒四海晏清也不是分外還有梯山入貢底麽
因中山主爲師煎茶師問僧爾隨例喫茶將何報答僧云因風吹火師不肯自代云難爲和尚復云還會麽僧云不會師云爾也須煎一會茶始得
舉長慶示衆云撞著道伴交肩過一生叅學事畢師云是即是針不劄風不入有甚麽用處
上堂云摩竭掩室計校未成毗耶杜辭伎倆俱盡還有人點檢得者兩箇老漢出頭不得處麽直饒覰透更有箇漢礙著以拄杖擊繩牀一下便下座
有時云椎擊妙喜世界百雜碎底人爲甚麽處處解持鉢
又云知時頻到香積國底人爲甚麽拄杖頭上失却眼
一日云義出豐年儉生不孝於佛法中作麽生辯損益便下座
上堂云一塵一佛國一葉一釋迦德山何以卓牌於鬧市又云入林不動草入水不動波投子因甚麽脚下五色索透關底試辯看
上堂云世事悠悠不如山丘卧藤蘿下塊石枕頭者般底有甚用處喚起了打
有時云一切不是句瞎却時人眼還有出得底麽
上堂云一切法皆是佛法瞞瞞頇頇非爲正觀一切法即非一切法莽莽鹵鹵還同天鼓賞箇名安箇是立箇非向甚處見釋迦老子

還會麼以拄杖卓地一下云各請歸堂

示衆云父子親其居尊卑異其位於衲僧分上是放開是捏聚或若辯得分半院與爾

一日云寶山到也須開眼勿使茫茫空手廻便下座

上堂云機輪轉處作者猶迷千眼頓開與君相見

師問新到闍棃甚處人僧提起坐具師云蝦跳不出斗僧云踔跳師便打僧云更踔跳師又打僧便走師喚廻僧便禮拜云觸忤和尚師云我要者話行爾又走作什麼僧云巳徧天下了也師復打五下僧云有諸方在師云爾只管喫棒師喚第二人近前來甚處人云鼎州人師云敗也僧云青天白日師云兩重公案僧云恰是師以拄杖指云爾擬踔跳僧擬議師亦打五下叅頭云者僧喫棒與其甲不同師一時喚近前其僧珍重便走師隨後與一拄杖

上堂云孟甞之門劒客何在良久云點即不到便下座

上堂云泡幻同無礙拈起拄杖云泡幻何處得來又擊一下云西天四七聖東土二三祖鼻孔眼睛總穿在者裏瞌睡漢歸堂

上堂云目前無法意在目前不是目前法非耳目之所到師拈起拄杖云夾山老子甚處去也何不出來百草頭與大衆相見又卓地一下云在者裏復云咄者野狐精縮頭去便下座

僧問牛頭未見四祖時如何師云恰滑麽僧云見後如何師云三生六十劫僧禮拜師長

吁一聲

上堂云一舉不載説作麼生舉得作麼生會

上堂云久雨不晴今日晴衲僧曬了也未良久自云曬了也師云收復拈起拄杖大衆定動師云無一箇靈利便下座打趂

示衆云譬若二龍爭珠有爪牙者不得或有衲僧問旣是有爪牙者爲什麼不得請大衆爲雪竇下一轉語

上堂僧問承和尚有言道士倒騎牛意旨如何師云泥人眼赤僧云不會師云有甚麼了期便下座

上堂云天得一以清地得一以寧衲僧得一無風浪起爾若辯得禍不入愼家之門

舉僧問鏡清學人啐請師啄清云還得活也無學云若不活遭人怪笑清云也是草裏漢師云衲僧有此奇特事若一人半箇互相平展古聖也不虛出來一廻問承和尚有言金剛鑄鐵券意旨如何師云三頭六臂云學人不會師云擡上擡下師拈起拄杖云人天交接兩得相見太茫茫何擾擾穿來且放一邊三十三二十八敲落又在一處復云退後退後便起去

問承古有言九九八十一意旨如何師云金剛合掌進云學人不會師云皈依佛法僧

上堂云應緣而化物方便呼爲智拈起拄杖喚作什麼爾若道不得也許具一隻眼

上堂舉雪峯示衆云盡乾坤是箇解脫門把手拽不肯入一僧云和尚怪某甲不得一僧云用入作什麼師云三箇中有一人受救在忽若總不辯明平地上有甚數便下座

一日云此大講堂洞開東方日輪昇天則有明矅中夜黒月雲霧晦瞑則復昏暗戸牖之隙則復見通墻宇之間則復觀壅分别之處則復見縁頑虚之中徧是空性鬱𡋯之象則紆昏塵澄霽歛氛又觀清淨慚愧釋迦老子説甚還與不還文殊堂裏萬菩薩到處覓不得元來總在者裏靈利漢一見便請拗折拄杖

上堂舉鏡清問僧近離甚處云石橋清云本分事作麽生云某甲近離石橋清云我不管爾石橋本分事作麽生云和尚何不領話清便打僧云某甲話在清云爾但喫棒我要話行師云然則倚勢欺人奈縁事不孤起者僧若能慎初護末棒則須是鏡清自喫

舉雲門大師示衆云爾若不相當且覓箇入頭處微塵諸佛在爾舌頭上三藏聖教在爾脚跟底不如悟去好還有人悟得麽出來對衆道看師拈云然則養子之縁爭奈壓良爲賤其間忽有不甘底出掀倒繩牀豈不是大丈夫漢然雖如此且問據箇甚麽師驀拈起拄杖云洎合停因長智擊繩牀一下便下座

上堂云窮諸玄辯若一毫致於太虚竭世樞機似一滴投於巨壑不如歇去好還會麽客亭不遠

上堂云青蘿夤縁直上寒松之頂白雲淡泞出没太虚之中師拈起拄杖云國師眼睛在者裏瞌睡漢七穿八穴甚處得來

一日舉乾峯示衆云舉一不得舉二放過一著落在第二雲門大師出衆云昨日有人從天台來却往南嶽去峯云來日不要普請師

云諸禪德雲門老漢只解一手擡不能一手搦還有共相著力底麽試露爪牙看

上堂云不得春風華不開華開又被風吹落爾若明得褒貶句未必善因而招惡果歸堂

一日云古人道其爲也形其寂也冥轉變天地自在縱横河沙而用混沌而榮誰聞不喜誰聞不驚如何以無價之寶隱在陰入之坑師以拄杖擊一下云打破了也寶在甚處

有時云不犯之令大衆必合依行

上堂云萬法本閑而人自閙國師走入露柱裏去也見麽見麽良久云出頭便死歸堂

示衆云廻而更相涉拈起拄杖云頭上是天脚下是地眼前緑水背靠青山衲僧道我會也忽若騎驢入爾鼻孔裏牽牛入爾眼睛中又作麽生商量

上堂云欲得現前莫存順逆者裏糸見祖師了更買草鞋行脚三千里外也被雪竇穿却鼻孔

一日舉馬祖上堂衆方集百丈出捲簾祖便下座諸方皆謂奇特渭麽舉還當麽若當譬若水母以蝦爲目若不當又空讚歎圖箇什麽衆中一般漢亂踏向前問古人意旨如何更有老底不識好惡對云將謂仙陀客又云來日更到座前苦哉苦哉如此自稱宗匠欲開人天眼目驢年去諸上座雪竇當時若見伊出來捲簾劈胷與一踏令坐者倒者俱起不得且要後人别有生涯去免見互相鈍置豈不箇箇英靈底漢還會也無歸堂

上堂云虚空爲鼓須彌爲槌打者甚多聽者極少且問誰是解打者莫謗壒官好只如南

泉道王老師不打者破鼓法眼去王老師不打兩箇既不柰何一箇更是懡㦬

上堂云還有鬧市裏出頭底麼良久云不如策杖歸山去長嘯一聲煙霧深便下座

舉僧問趙州學人乍入叢林乞師指示州云喫粥了也未云喫粥了也州云洗鉢盂去雲門大師云且道有指示無指示若云有向他道什麼若道無何得悟去師拈云我不似雲門爲蛇畫足直言向爾道問者如蟲蝕木荅者偶爾成文然雖恁麼瞎却衲僧眼作麼生免得此過諸仁者要會麼還爾趙州喫粥未拈却者僧喫粥了雪竇與爾拄杖子歸堂

舉雲門大師云盡十方世界乾坤大地天下老和尚以拄杖一畫云百雜碎師云者老漢是即是要且未有出身之路如今拄杖在雪竇手裏復橫按云東西南北甚處得來

舉僧問投子如何是十身調御投子下繩牀立又問凡聖相去多少投子下繩牀立師云此公案諸人無不委知若渭歷舉天下衲僧盡爲念話杜家雪竇莫有長處也無試爲大衆舉看凡聖相去多少投子下繩牀立如何是十身調御投子下繩牀立且道與前來舉底同別若道一般許上座具一隻眼若云別有奇特也許上座具一隻眼復更開一線道凡聖相去多少請上座下一轉語如何是十身調御荅一轉話非但衆見投子亦乃知雪竇長處或若總道下繩牀立惜取眉毛便下座

舉洞山聰和尚每見新到便問潙山水牯牛上座作麼生會前後皆不相契師到亦乃垂

問師云後人標牓洞山擬道師以坐具拂一下便行洞山云且來上座師云未条堂

舉雲門大師云三乘十二分教達磨西來放過即不可若不放過不消一喝師隨舉了便喝復云大衆好喝落在甚處若要鼻孔遼天辯取者一喝便下座

師因事示衆云杜耳目於胎㲉掩玄象於霄外而責宫商之異辯玄素之殊底是甚麽人還知落處麽那一箇者一箇兼本三人放過一著便下座

上堂云三十年來尋劍客有麽有麽幾迴葉落又抽枝衲僧眼光失却了也自從一見桃華後塡溝塞壑直至如今更不疑敗軍之將以拄杖卓地一下云看便下座

舉歸宗問僧甚處去云諸方學五味禪去宗云我者裏有一味禪爲甚不學僧云如何是一味禪宗便打僧云莫打某甲會也宗云爾作麽生會僧擬開口宗又打黄檗聞舉云馬大師出八十四員善知識問著箇箇屙漉漉地只有歸宗老較些子師云以彊欺弱有甚麽難我者裏有一味禪爲甚麽不學但向道收待伊拈起有般無眼漢只管喫吽吽雪霣門下誰敢便下座

上堂云胡蜂不戀舊時窠猛將不在家中死若是箇漢聊聞舉著剔起眉毛便行

一日六人新到師問云還有作家禪客麽条頭云和尚道什麽師云點即不到僧擬議師便喝僧無語師云龍頭蛇尾復問第二箇僧指条頭云和尚問何不祇對師與一掌僧無語師復指云第三其僧茫然師云一狀領過

上堂僧問如何是時節因緣師云瞌睡漢僧便喝師云詐惺惺復云譬若世界壞時大水競作其間無量衆生或没未没互相悲號仰望蒼蒼皆云相救當爾之時四禪天人一見高聲便喝咄哉衆生我預曾報汝令頻頻上來汝都不聽如今有甚麼救處乃拍手一下云歸堂

上堂云乾坤之内宇宙之間中有一寶挂在壁上達磨九年不敢正眼覷著如今衲僧要見劈脊打

上堂僧問如何是佛師云頭鬅鬠耳卓朔學云不會師云堪笑堪悲復云不著便也不奈何爾從江南江北來笠子下爲什麼撥破洛浦徧衆底

上堂云乾坤把定即不無爾作麼生是手擎日月底句又云周遊四天下道我知有須彌頂上著得幾人復云舉步已經諸佛剎是爾草鞋踏破多少

上堂云長觜鳥芳樹不棲喃喃獨語摩斯吒滄溟不入戰戰却廻三十年後悟去提起手云吽吽便下座

上堂舉在衆日僧問如何是佛師云四衆圍繞如何是涅槃師云雙林樹下復云便是釘觜鐵舌漢也卒話會不及歸堂

有時豎起拄杖云洪機在掌排巨靈擘太華之峯復橫按云明鏡當臺絶演若逐東西之徑又以拄杖一劃云比擬張麟兔亦不遇便下座

上堂云不與一法作對便是無諍三昧或是箇漢聞我舉著悉能坐斷有甚麼近處雖然

如此向後莫辜負人好便下座

上堂舉古人道明眼漢没窠臼我且問爾各從德山臨濟下來棒喝向爾不能施語言向爾使不著我既如此汝合必然又作麽生露得箇消息令雪竇知爾是箇風不入底漢去便下座

一日三僧辭師把住云天無門地無戸亂走衲僧擬往何處僧皆無對師劈面唾云枉喫我多少粥飯便推出

示衆云摩竭正令譬若拔沙揀金毗耶杜辭頗類守株待兎設使頓開千眼未辯機關黙著不來白雲萬里

舉永嘉云六般神用空不空一顆圓光色非色雲門大師拈起拄杖云是色非色師云雪竇即不然圓光一顆儱侗眞如神用六般和泥合水塻窪人設齋且致水中拈月致將一問來

有時云袖頭打領腋下剜襟諸方一任剪裁南山起雲北山下雨衲子作麽生話會

一日上堂大衆繞集師云一任諸方貶剥便下座

舉僧問乾峯十方薄伽梵一路涅槃門路頭在什麽處乾峯云在者裏師代僧便喝復有僧問長慶長慶云問取堂中第二座師代僧云錯復有僧問師師云墮坑落壍自代云作賊人心虚

上堂云糞掃堆上現丈六金身遇賊則貴赤肉團上壁立千仞遇明則暗鼻孔遼天底衲僧試辯雪竇爲人眼

示衆云一法不通萬縁方透會與不會成羣

作隊築著磕著一時拈却管取乾坤獨露便下座

上堂云禪河隨浪靜定水逐波清若拄杖子是浪衲僧便七縱八横忽乾坤大地是浪便見扶籬摸壁且道放行好把定好一日云春雷已發陽鳥未啼迷身句即不問爾透出一字作麽生道

上堂云巢知風穴知雨靈利衲僧未可相許若問如何苦哉佛陀參

舉馬大師云一切語言是提婆宗以者箇爲主雲門大師云好語只是無人問我僧便問如何是提婆宗雲門云西天九十六種爾是最下種師云赤旛被者僧奪了也便下座

一日云山河無隔礙光明處處透傅大士騎驢入爾鼻孔裏見爾諸人不惺惺却歸雙林寺去也便下座

舉僧問翠微自到和尚法席每沐上堂不蒙一法示誨意在於何微云嫌箇什麽僧復問洞山山云爭怪得老僧後有僧問法眼眼云祖師來也師云兩箇老漢被者僧穿却唯有法眼與他同參若是雪竇門下喫棒了趂出

上堂云種種幻化皆生如來圓覺師云住住三世諸佛是幻六代祖師是幻天下老和尚是幻復拈起拄杖云拄杖子是幻那箇是圓覺良久以拄杖擊繩牀一下云幻出大衆礙議師云者一隊漆桶總無孔竅以拄杖一時趂下

舉夾山問僧甚處來云湖南來山云曾到石霜麽云要路經過爭得不到山云承聞石霜有毬子話是否云和尚也須急著眼山云作

麽生是毬子云越不出云作麽生是毬杖云勿手足山云老僧未曾與闍黎相識出去師云雪竇親見者僧從石霜來夾山因甚麽道不相識

舉趙州問僧甚處來云雪峯來州云雪峯近日有何言句示徒僧云雪峯道盡大地是沙門一隻眼爾諸人向什麽處屙州云爾若過嶺我附箇鍬子去師云者僧旣不從雪峯來可惜趙州鍬子

舉僧問石霜三千里外遠聞石霜有箇不顧霜云是僧云只如萬像歷然是顧不顧霜云我道不驚衆僧云不驚衆是不與萬像合如何是不顧霜云徧界不曾藏師拈云誰是不顧者

示衆云世界與麼廣闊爲甚麽向雪竇手裏乞命

上堂云乾坤側日月星辰一時黑東西不辯南北不分底衲僧向甚處見雪竇

上堂僧問雪覆蘆華時如何師云點僧云恁麽則爲祥爲瑞也師云兩重公案復成一頌

雪覆蘆華欲暮天謝家人不在魚船白牛放却無尋處空把山童贈鐵鞭

師問大龍語底黙底不是非語非黙底更非總是總不是拈却大用現前時人知有大龍如何龍云子有如是見解那師云這老漢今日瓦解氷消至晚龍問師那裏是老僧瓦解氷消處師云轉見不堪拂袖便出龍云叵耐叵耐師不顧後舉似福嚴雅雅云何不與他本分草料師云和尚更買草鞋行脚始得

僧問只在目前爲甚麽再三不覩師云截耳

卧街云黑豆未生芽時如何師云餧驢餧馬
云生芽後如何師云透水透沙

明覺禪師語録卷第二

音釋

鴿苦咸切鳥啄物曰鴿 [illegible]人者切 梩智乖切 [illegible]丘畏切 彪補尤切 皚魚開切 傻數瓦切 憋弁滅切急性貌 鉸居效切 搦女角切按也 湒時及切 轆音禄 塻莫模二音 窑餘招切與窯同

明覺禪師語録卷第三

叅學小師允誠等編

拈古

師舉德山示衆云今夜不答話問話者三十棒時有僧出禮拜山便打僧云某甲話也未問山云爾是甚處人云新羅人山云未踏船舷好與三十棒法眼拈云大小德山話作兩橛圓明道大小德山龍頭蛇尾師云二老宿雖善裁長補短捨重從輕要見德山亦未可何故德山大似握閫外威權有當斷不斷不招其亂底劒諸人要識新羅僧麼只是撞著露柱底箇瞎漢

舉雪峯一日普請自負一束藤路逢一僧峯便抛下僧方擬取峯便踏倒歸舉似長生乃云我今日踏者僧快生云和尚替者僧入涅槃堂始得峯便休去師云長生大似東家人死西家助哀也好與一踏

舉百丈再叅馬祖侍立次祖以目視禪牀角頭拂子丈云即此用離此用祖云爾他後開兩片皮將何爲人丈取拂子豎起祖云即此用離此用丈挂拂子於舊處祖便喝百丈直得三日耳聾師云奇怪諸禪德如今列其派者甚多究其源者極少總道百丈於喝下大悟還端的也無然刀刀相似魚魯叅差若是明眼漢瞞他一點不得只如馬祖道爾他後開兩片皮將何爲人百丈豎起拂子爲復如蟲禦木爲復啐啄同時諸人要會三日耳聾麼大冶精金應無變色

舉崇壽指凳子云識得凳子周帀有餘雲門云識得凳子天地懸殊師云澤廣藏山貍能

伏豹

舉永嘉大師到六祖繞禪牀三帀振錫一下卓然而立祖云夫沙門具三千威儀八萬細行大德從何方而來生大我慢師便喝乃云當時若下得者一喝免見龍頭蛇尾又再舉繞禪牀三帀振錫一下卓然而立代祖師云未到曹溪與爾三十棒了也

舉仰山指雪師子云還有過得此色者麼雲門云當時便與推倒師云只解推倒不能扶起

舉香嚴垂語云如人上樹口嗛樹枝手不攀枝脚不踏樹樹下有人問西來意不對則違他所問若對又喪身失命當恁時作麼生即是有虎頭上座云上樹即不問未上樹請和尚道嚴呵呵大笑師云樹上道即易樹下道即難老僧上樹也致將一問來

舉僧問魯祖如何是不言言祖云爾口在什麼處僧云某甲無口祖云將什麼喫飯僧無語師云好劈脊便棒者般漢開口了合不得合口了開不得

舉僧問雪峯古澗寒泉時如何峯云瞪目不見底僧云飲者如何峯云不從口入僧舉到趙州州云不可從鼻孔裏入僧却問趙州古澗寒泉時如何州云苦云飲者如何州云死雪峯聞舉云趙州古佛從此不答話師云衆中總道雪峯不出者僧問頭所以趙州不肯如斯話會深屈古人雪竇即不然斬釘截鐵本分宗師就下平高難爲作者

舉僧問西堂和尚有問有答賓主歷然無問無答時如何堂云怕爛却去那僧問長慶有

問有答賓主歷然無問無答時如何慶云相逢盡道休官去林下何曾見一人師云何不與本分草料

舉臨濟示衆云我於先師處三度喫六十棒如蒿枝子拂相似如今思一頓棒喫誰爲下手僧出衆云某甲下手濟拈棒與僧僧擬接便打師云臨濟放處較危收來太速

舉欽山一日上堂豎起拳又開云開即爲掌五指參差復握云如今爲拳必無高下還有商量也無一僧出衆豎起拳山云爾只是箇無開合漢師云雪竇即不然乃豎起拳云握則爲拳有高有下復開云開則成掌無黨無偏且道放開爲人好把定爲人好開也造車握也合轍若謂閉門造車出門合轍我也知爾向鬼窟裏作活計

舉僧問睦州高揖釋迦不拜彌勒時如何州云昨日有人問趯出了也僧云和尚恐某甲不實州云拄杖不在苕蒂柄聊與三十師云睦州只有受璧之心且無割城之意

舉棗樹問僧近離甚處云漢國樹云天子還重佛法也無僧云苦哉賴值問著某甲問著別人即禍生云作箇什麼僧云人尚不見有何佛法可重云闍黎受戒多少時僧云二十夏云大好不見有人便打師云者僧棒即喫要且去不再來棗樹令雖行爭奈無風起浪

舉趙州問婆子什麼處去云偷趙州筍去州云忽遇趙州又作麼生婆子便掌州便休去師云好掌更下兩掌也無勘處

舉保壽開堂日三聖推出一僧壽便打聖云渭麼爲人瞎却鎮州一城人眼去在壽便歸

方丈師云保壽三聖雖發明臨濟正法眼藏要且只解無佛處稱尊當時者僧若是箇漢纔被推出便掀倒禪牀直饒保壽全機也較三千里

舉無業馬祖僧問如何是佛云莫妄想師云塞却鼻孔又問如何是佛云即心是佛師云拄却舌頭

舉僧問德山從上諸聖什麼處去山云作麼作麼僧云勑點飛龍馬跛鼈出頭來山便休去至來日山浴出其僧過茶與德山山撫僧背一下僧云者老漢方始瞥地師云然精金百煉須要本分鉗鎚德山既以已方人者僧還同受屈以拄杖一劃云適來公案且致從上諸聖什麼處去大衆擬議師一時打趂

舉保福簽瓜次太原孚上座到來福云道得與爾瓜喫孚云把將來福度一片瓜與孚孚接得便去師云雖是死蛇解弄也活誰是好手者試請辯看

舉南泉示衆云道非物外物外非道趙州出問如何是物外道泉便打州云和尚莫打某甲向後錯打人去在泉云龍蛇易辯衲子難瞞師云趙州如龍無角似蛇有足當時不管盡法無民直須喫棒了趂出

舉洞山到雲門門問近離甚處山云查渡云夏在甚處山云湖南報慈云甚時離山云去年八月門云放爾三頓棒山至來日却上問訊昨日蒙和尚放三頓棒不知過在什麼處門云飯袋子江西湖南便滑麼去山於此大悟師云雲門氣宇如王撥著便氷消瓦解當時若據令而行子孫也未到斷絕

舉一僧叅馬大師師畫一圓相云入也打不入也打僧便入師便打僧云和尚打某甲不得大師靠却拄杖休去師云二俱不了和尚打某甲不得靠却拄杖擬議不來劈脊便打

舉興化問克賓離那不久爲唱道之首賓云不入者保社化云會來不入不會不入賓云没交涉化便打乃云克賓維那法戰不勝罰錢五貫充設饡飯至來日齋時興化自白槌云克賓維那法戰不勝不得喫飯即便趂出師云克賓要承嗣興化罰錢出院且致却須索取者一頓棒始得且問諸人棒既喫了作麽生索雪竇要斷不平之事今夜與克賓維那雪屈以拄杖一時打散

舉僧問長慶衆手淘金誰是得者慶云有伎倆者得僧云學人還得也無慶云大遠在師代者僧當時便喝復云有伎倆者得一手分付有伎倆者不得兩手分付學人還得也無蒼天蒼天

舉大慈示衆云山僧不解答話只是識病時有僧出大慈便歸方丈師云大凡扶豎宗乘須辯箇得失且大慈識病不答話時有僧出便歸方丈雪竇識病不答話或有僧出劈脊便打諸方識病不答話有僧出必然別有長處敢有一箇動著大唐天子只三人

舉趙州到黃蘗蘗見來便關却方丈州云救火救火黃蘗便出擒住云道道州云賊過後張弓師云直是好笑笑須三十年忽有箇衲僧問雪竇笑箇什麽笑賊過後張弓

舉僧問鏡清學人未達其源乞師方便清云是什麽源云其源清云若是其源爭受方便

師云死水裏浸却有什麽用處侍者問適來成褫伊清云無侍者云不成褫伊清云無侍者云和尚尊意如何清云一點水墨兩處成龍師云猶較些子雪竇不是減鏡清威光要與者僧相見是什麽源其源二十年後與爾三十棒

舉僧問香林如何是衲衣下事林云臘月火燒山師云臘月燒山萬種千般翹松鶴冷踏雪人寒達磨不會大難大難

舉本仁和尚示衆云尋常不欲向聲前句後鼓弄人家男女何故且聲不是聲色不是色時有僧問如何是聲不是聲仁云喚作色得麽云如何是色不是色仁云喚作聲得麽僧禮拜仁云且道爲汝說答汝話若人辯得有箇入處師云本仁也甚奇怪要且貪觀天上既非聲前句後且作麽生入

舉雲門示衆云老胡生下一手指天一手指地周行七步目顧四方天上天下唯我獨尊當時若見一棒打殺與狗喫却貴圖天下太平師云便與掀倒禪牀

舉國師三喚侍者點即不到侍者三應到即不點將謂吾辜負汝誰知汝辜負吾瞞雪竇不得雲門道作麽生是國師辜負侍者處會得也是無端師云元來不會作麽生是侍者辜負國師粉骨碎身未報得師云無端無端復舉僧問投子國師三喚侍者意旨如何投子云抑逼人作麽師云埰根漢僧問興化化云一盲引衆盲師云端的瞎僧問玄沙沙云侍者却會師云停囚長智僧問趙州州云如人暗中書字字雖不成文彩已彰師便喝僧

問雪竇雪竇便打也要諸方點撿乃成頌云
師資會遇意非輕無事相將草裏行負汝貿
吾人莫問任從天下競頭爭
舉僧問智門和尚如何是佛云踏破草鞋赤
脚走僧云如何是佛向上事云拄杖頭上挑
日月師云千兵易得一將難求
舉師祖問南泉摩尼珠人不識如來藏裏親
收得如何是如來藏云王老師與爾往來者
是藏師云草裏漢祖云不往不來者云亦是
藏師云雪上加霜祖云如何是珠師云嶮百
尺竿頭作伎倆不是好手者裏著得箇眼賓
主互換便能深入虎穴或不滑麽縱饒師祖
悟去也是龍頭蛇尾漢
舉僧禮拜雪峯峯打五棒僧云某甲有什麽
過峯又打五棒師云雪竇不曾與人葛藤前
五棒日照天臨後五棒雲騰致雨爾若辯得
也好與五棒
舉馬大師令智藏馳書上徑山山接書開見
一圓相於中下一點國師聞舉云欽師猶被
馬師惑師云徑山彼惑且致若將呈似國師
別作箇什麽伎倆免被惑去有老宿云當時
坐却便休亦有道但與劃破若與麽只是不
識羞敢謂天下老師各具金剛眼睛廣作神
通變化還免得麽雪竇見處也要諸人共知
只者馬師當時畫出早自惑了也
舉鏡清問僧趙州喫茶去爾作麽生會僧便
出去清云邯鄲學步師云者僧不是邯鄲人
爲什麽學唐步若辯得出與爾茶喫
舉僧問雲門如何是法身向上事云向上與
爾道即不難作麽生會法身僧云請和尚鑑

云鑑即且致作麼生會法身僧云與麼與麼云者箇是長連牀上學得底我且問爾法身還喫飯麼僧無語師云將成九仞之山不進一簣之土過在什麼處

舉趙州訪茱萸纔上法堂茱萸云看箭州亦云看箭茱萸云過州云中師云二俱作家蓋是茱萸趙州二俱不作家箭鋒不相拄直饒齊發齊中也只是箇射垛漢

舉臨濟與普化去施主家齋濟問毛吞巨海芥納須彌爲復是神通妙用爲復法爾如然化踢倒飯牀濟云太麤生化云者裏是甚所在說麤說細濟休去至來日又同赴一施主齋濟復問今日供養何似昨日化又踢倒飯牀濟云太麤生化云瞎漢佛法說什麼麤細濟吐舌師云兩箇老賊喫飯也不了好與二十棒棒雖行且那箇是正賊

舉三角示衆云若論此事眨上眉毛早是蹉過麻谷出云蹉過即不問如何是此事角云蹉過谷便掀倒禪牀三角便打師云兩箇有頭無尾漢眉毛未曾眨上說什麼此事蹉過有僧問眉毛爲什麼不眨上師便打

舉睦州喚僧大德僧迴首州云擔版漢師云睦州只具一隻眼何故者僧喚既迴頭因甚却成擔版

舉巖頭參德山跨門便問是凡是聖德山便喝巖頭便禮拜洞山聞舉云若不是奯公大難承當巖頭云洞山老漢不識好惡我當時一手擡一手搦師云然則德山門下草偃風行要且不能塞斷人口當時纔禮拜劈脊便打非唯勦絶洞山亦乃把定奯老還會麼李

將軍有嘉聲在不得封侯也是閑

舉巴陵示衆祖師道不是風動不是旛動既不是旛風向什麽處著有人與祖師作主出來與巴陵相見師云雪竇道風動旛動既是風旛向甚處著有人與巴陵作主亦出來與雪竇相見

舉則川與龐居士摘茶次士云法界不容身師還見我麽川云若不是老師洎與龐公答話士云有問有答蓋是尋常川不管士云適來莫怪相借問麽川亦不管士喝云者無禮儀漢待我一一舉似明眼人去在川拈茶籃便歸師云則川只解把定封疆不能同生同死當時好與拶下幞頭誰敢喚作龐居士

舉僧問雲門一言道盡時如何門云裂破師彈指三下

舉僧問睦州一言道盡時如何州云老僧在爾鉢嚢裏師呵呵大笑

舉本生和尚以拄杖示衆云我若拈起爾便向未拈起時作道理我若不拈起爾便向拈起時作主宰且道老僧爲人在甚處時有僧出云不敢妄生節目生云也知闍梨不分外僧云低低處平之有餘高高處觀之不足生云節目上更生節目僧無語生云掩鼻偷香空招罪犯師云者僧也善能切磋爭奈弓折箭盡然雖如此且本生是作家宗師拈起也天迴地轉應須拱手歸降放下也草偃風行必合全身遠害還見本生爲人處也無師復拈起拄杖云太平本是將軍致不許將軍見太平

舉僧問雪峯聲聞人見性如夜見月菩薩人

見性如畫見日未審和尚見性如何峯打三下其僧復問巖頭巖頭打三掌師云應病設藥且與三下若據令而行合打多少

舉太原孚上座參雪峯至法堂上顧視雪峯便下看知事師云一千五百人作家宗師被孚老一覷便高豎降旗孚至來日入方丈云昨日觸忤和尚峯云知是般事便休師云果然僧問雲門作麽生是觸忤處門便打師云打得百千萬箇有什麽用處直須盡大地人喫棒方可扶豎雪峯且道太原孚具什麽眼

舉安國問僧得之於心伊蘭作栴檀之樹失之於旨甘露乃蒺藜之園我要箇語具得失兩意僧豎起拳云不可喚作拳頭國云只爲喚作拳頭師云無繩自縛漢拳頭也不識

舉僧請益雲門大師玄沙三種病人話門云爾禮拜著僧禮拜起門以拄杖便挃僧退後門云爾不是患盲復喚近前來僧近前門云爾不是患聾乃云還會麽僧云不會門云爾不是患瘂僧於此有省師便喝云者盲聾瘖瘂漢若不是雲門驢年去如今有底或拈槌豎拂不管教近前又不來還會麽不應諸方還奈何得麽雪竇若不奈何爾者一隊驢漢有堪作箇什麽以拄杖一時打趂

舉僧問香嚴如何是王索仙陀婆嚴云過者邊來師云鈍置殺人僧問趙州王索仙陀婆時如何州曲躬叉手師云索鹽奉馬

舉鼓山示衆云若論此事如一口劍時有僧問承和尚有言若論此事如一口劍和尚是死屍學人是死屍如何是劍山云拖出者死屍僧應諾歸衣鉢下打擛便行山至晚問首

座問話僧在否座云當時便去也山云好與二十棒師云諸方老宿總道鼓山失却一隻眼殊不知重賞之下必有勇夫然雖如此若仔細點撿來未免一時埋却

舉睦州問武陵長老了即毛端吞巨海始知大地一微塵作麼生云和尚問誰州云問長老云何不領話州云我不領話爾不領話師云墮也墮也復云者葛藤老漢好與劃斷拄杖云什麼處去也

舉仰山坐次大禪佛到翹一足云西天二十八祖亦如是唐土六祖亦如是和尚亦如是某甲亦如是山下禪牀打四藤條師云藤條未到打折因什麼只與四下須是箇斬釘截鐵漢始得大禪後到藿山自云集雲峯下四藤條天下大禪佛叅山云打鍾著禪便走師云者漢雖見機而變爭奈有頭無尾

舉玄沙與天龍入山見虎龍云前面是虎沙云是汝師云要與人天爲師前面端的是虎

舉南泉山下有一菴主行僧經過謂菴主云近日南泉和尚出世何不去禮拜主云非但南泉直饒千佛出興亦不能去泉聞令趙州去看州見便禮拜主不管州從西過東主亦不管州又從東過西主亦不管州云草賊大敗拽下簾子便行歸舉似南泉泉云從來疑著者漢師云大小南泉趙州被箇擔版漢勘破了也

舉僧問風穴語默涉離微如何通不犯穴云常憶江南三月裏鷓鴣啼處百華鮮曾有僧問雪竇對他道劈腹剜心又且如何復云因風吹火別是一家傷鼈恕龜必應有主

舉巖頭雪峯欽山到德山欽山問天皇也恁麼道龍潭也恁麼道未審德山作麼生道山云爾試舉天皇龍潭底看欽山擬議德山便打欽山被打歸延壽堂云是即是打我大殺巖頭云爾恁麼他後不得道見德山師云諸禪德欽山致箇問端甚是奇特爭奈龍頭蛇尾爾試舉天皇龍潭底看坐具便摵大丈夫漢捋虎鬚也是本分他既不能德山令行一半令若盡行雪峯巖頭總是涅槃堂裏漢

舉僧問智門和尚如何是般若體云蚌含明月僧云如何是般若用云兎子懷胎師云非唯把定世界亦乃安貼邦家若善能叅詳便請丹霄獨步

舉烏臼有玄紹二上座到臼云二禪伯近離甚處云江西臼便打僧云久聞和尚有此機要臼云爾既不會第二箇近前來僧擬議臼亦打云同坑無異土叅堂去師云宗師眼目須至恁麼如金翅擘海直取龍吞有般漢眼目未辯東西拄杖不知顛倒只管說照用同時人境俱奪

舉僧辭大隨隨問甚處去云峨眉禮拜普賢去隨竪起拂子云文殊普賢總在者裏僧畫一圓相拋於背後隨云侍者將一貼茶與者僧雲門別云西天斬頭截臂者裏自領出去師云殺人刀活人劒具眼底辯取

舉雪峯問僧見說大德曾爲天使來是否云不敢峯云爭解與麼來僧云仰慕道德豈憚關山峯云汝猶醉在出去僧便出峯乃召大德僧廻首峯云是什麼僧亦云是什麼峯云者漆桶僧無語峯却顧謂鏡清云好箇師僧

尚漆桶裏著到清云和尚豈不是據欵結案峯云也是我尋常用底忽若喚廻是什麼被他道者漆桶又作麼生清云成何道理峯云我與麼及伊爾又道據欵結案他與麼及我又道成何道理一等是什麼時節其間有得不得清云不見道醍醐上味爲世所珍遇此之人翻成毒藥師云看他父子相投言氣相合知者謂粉骨碎身此恩難報不知者謂扶高抑下臨危悚人毒藥醍醐千載龜鑑還會麼者漆桶

舉僧問大梅如何是祖師西來意梅云西來無意僧舉到鹽官云一箇棺材兩箇死漢玄沙聞舉云鹽官是作家師云三箇也得

舉雲門問新羅僧爾是甚處人云新羅人門云將什麼過海云草賊大敗門云爲什麼在我手裏云恰是門云一任教趆師云雲門老漢龍頭蛇尾放過者僧爲什麼在我手裏恰是劈脊便打

舉北禪問僧近離甚處云黄州禪云夏在甚處云資福禪云福將何資云兩重公案禪云爭奈在我手裏云在手裏即收取禪便打者僧不甘隨後趂出師云奇怪宛有超師之作還知者僧麼只解貪前不能顧後若在雪竇手裏棒折也未放在

舉睦州示衆云我見百丈不識好惡大衆方集以拄杖一時打下復召大衆廻首丈云是什麼有什麼共語處黄檗和尚大衆方集以拄杖一時打下復召大衆廻首檗云月似彎弓少雨多風猶較些子師云說什麼猶較直是未在若據雪竇衆集一時打下便休或有

箇無孔鐵槌爲衆竭力善能擔荷可以籠罩古今乾坤把斷師驀拈拄杖云放過一著

舉玄沙見鼓山來作一圓相山云人人出者箇不得沙云情知爾向驢胎馬腹裏作活計山云和尚又作麽生玄沙云人人出者箇不得山云和尚渭麽道得某甲爲什麽不得沙云我得爾不得師云只解貪觀白浪不知失却手橈

舉南泉示衆云王老師賣身去也還有人買麽一僧出衆云某甲買泉云不作貴不作賤作麽生買僧無語卧龍代云和尚屬某甲禾山云是何道理趙州云明年與和尚作領布衫師云雖然作家競買要且不解輸機且道南泉還肯麽雪竇也擬酬箇價直令南泉進且無門退亦無地不作貴不作賤作麽生買別處容和尚不得

舉茱萸把一橛竹上堂云還有虛空裏釘得橛麽時有靈虛上座出云虛空是橛茱萸便打虛云莫錯打某甲茱萸休去師云若要此話大行直須打了趂出

舉夾山與定山同行言話次定山云生死中無佛則無生死夾山云生死中有佛則不迷生死互相不肯同上大梅相見了具說前事夾山問未審那箇親那箇踈梅云一親一踈山又問那箇親梅云且去明日來夾山至來日又問未審那箇親梅云親者不問問者不親夾山住後云我當時在大梅失却一隻眼師云夾山畢竟不知換得一隻眼大梅老漢當時聞舉若以棒一時打出豈止劃斷兩人葛藤亦乃爲天下宗匠

舉僧問保福雪峯平生有何言句得似羚羊挂角時福云我不可作雪峯弟子不得師云一千五百箇布衲保福較些些子

舉僧問長慶羚羊未挂角時如何慶云草裏漢云挂角後如何慶云亂呌喚云畢竟如何慶云驢事未了馬事到來師云寧可碎身若微塵終不瞎箇衆生眼長慶較些些子復云一般漢設使羚羊未挂角也似萬里望鄉關

舉僧問巴陵祖意教意同别陵云雞寒上樹鴨寒下水僧問睦州祖意教意同别州云青山自青山白雲自白雲師云問既一般答亦相似其中有利他自利瞞人自瞞若點撿分明管取解空第一

舉趙州示衆云今夜答話去有解問者出來時有僧出州云比來拋塼引玉引得箇墼子法眼和尚遂乃舉問覺鐵觜先師意作麼生覺云如國家拜將乃問甚人去得時有人出云某甲去得云爾去不得法眼云我會也師云靈利漢聞舉便知落處然雖如此放過覺鐵觜夫宗師語不虛發出來必是作家因什麼拋塼引墼諸禪德要識趙州麼從前汗馬無人見只要重論蓋代功

舉躭源辭國師歸省覲馬祖於地上作一圓相展坐具禮拜祖云子欲作佛去源云某甲不解揑目祖云吾不如汝師云然猛虎不食其子爭柰來言不豐諸人要識躭源麼只是箇藏身露影漢

舉溈山問仰山甚處來云田中來溈云田中多少人山揷下鍬子叉手而立溈云南山大有人刈茆山拈得鍬子便行玄沙云我當時

若見與踏倒鍬子鏡清云不奈船何打破戽斗僧問明招古人意在挿鍬處叉手處招喚某甲僧應諾招云還曾夢見仰山麼師云諸方老宿咸謂挿鍬話奇特也大似隨邪逐惡若據雪竇見處仰山被潙山一問直得草繩自縛去死十分

舉玄沙問僧近離甚處云瑞巖沙云瑞巖有何言句僧云長喚主人翁自云諾醒醒著他後莫受人瞞沙云一等是弄精魂甚奇怪却云何不且在彼中僧云瑞巖遷化也沙云如今還喚得應麼無對師云蒼天蒼天

舉雪峯問僧近離甚處云覆船峯云生死海未渡爲什麼覆船師代云久嚮雪峯侍者老漢擬議拂袖便行其僧當時無語歸舉似覆船船云何不道渠無生死僧再至雪峯舉此語峯云此不是爾語云是覆船恁麼道峯云我有二十棒寄與覆船二十棒老僧自喫不干闍棃事師云能區能别能殺能活若也辯得天下横行

舉德山圓明示衆云但有問答只竪一指頭寒則普天普地寒師云什麼處見俱胝老熱則普天普地熱師云莫錯認定盤星森羅萬像徹下孤危大地山河通上嶮絶甚麼處得一指頭禪

舉僧問南院從上諸聖什麼處去院云不上天堂即入地獄云和尚作麼生院云還知寶應老落處麼僧擬議院以拂子驀口打復喚僧近前云令合是爾行又打一拂子師云令既自行且拂子不知來處雪竇道箇瞎且要雪上加霜

舉保福問長慶盤山道光境俱忘復是何物洞山道光境未忘復是何物據二老宿總未得勦絕作麽生道得勦絕去慶良久福云情知向鬼窟裏作活計慶云爾作麽生福云兩手扶犂水過膝師云俱忘未忘總由我保福因什麽道未得勦絕酌然能有幾箇諸人又作麽生道免得長慶在鬼窟裏師云柳絮隨風自西自東

舉大梅聞鼯鼠鳥聲謂衆云即此物非他物汝善護持吾當逝矣師云者漢生前莽鹵死後顢頇即此物非他物是何物還有分付處也無有般漢不解截斷大梅脚跟只管道貪程太速

舉雪峯示衆云望州亭與爾相見了也烏石嶺與爾相見了也僧堂前與爾相見了也保福問鵝湖僧堂前且致望州亭烏石嶺什麽處相見鵝湖驟步歸方丈保福便入僧堂師云二老宿是即是只知雪峯放行不見雪峯把定忽有箇衲僧出問未審雪竇作麽生豈不是別機宜識休咎漢還有望州亭烏石嶺相見底衲僧麽良久云擔版禪和如麻似粟

舉趙州問大慈般若以何爲體慈云般若以何爲體州呵呵大笑至來日州掃地次大慈却問般若以何爲體州放下掃箒呵呵大笑師云前來也笑後來也笑笑中有刀大慈還識麽直饒識得也未免喪身失命

舉德山一日飯遲自掌鉢至法堂上雪峯見云者老漢鍾未鳴鼓未響托鉢向什麽處去德山便回峯舉似巖頭頭云大小德山不會

末後句山聞舉令侍者喚巖頭至方丈問爾不肯老僧那巖頭密啓其意山至來日上堂與尋常不同巖頭到僧堂前撫掌大笑云且喜得老漢會末後句他後天下人不奈何雖然如此只得三年明招代德山云咄咄沒處去沒處去師云曾聞說箇獨眼龍元來只有一隻眼殊不知德山是箇無齒大蟲若不是巖頭識破爭得明日與昨日不同諸人要會末後句麼只許老胡知不許老胡會

舉雪峯一日見獮猴乃云者獮猴各各背一面古鏡三聖便問歷劫無名何以彰爲古鏡峯云瑕生也聖云一千五百人善知識話頭也不識峯云老僧住持事煩師云好與二十棒者棒放過也好免見將錯就錯

舉僧問國師如何是本身盧舍那云與老僧過淨缾來僧將到淨缾云却安舊處著僧復問如何是本身盧舍那云古佛過去久矣雲門大師道無朕跡師云直得一手指天一手指地爭得無還會麼雲在嶺頭閑不徹水流澗下太忙生

舉僧問洞山時時勤拂拭莫遣惹塵埃爲什麼不得他衣鉢山云直饒道本來無一物也未合得他衣鉢且道什麼人合得僧下九十六轉語皆不相契末後云設使將來他亦不要洞山深肯師云他既不受是眼將來底必應是瞎還見祖師衣鉢麼若於此入門便乃兩手分付非但大庾嶺頭一箇提不起設使闔國人來且款款將去

舉僧問投子依稀似半月髣象若三星乾坤收不得師於何處明子云道什麼云想師只

有湛水之波且無滔天之浪子云閑言語師云投子古佛不可道不知若點撿來直是天地懸隔纔問便和聲打

舉洛浦久爲臨濟侍者到夾山問自遠趨風乞師一接山云目前無闍棃此間無老僧浦便喝山云住住闍棃莫草草忽忽雲月是同溪山各異截斷天下人舌頭即不無爭教無舌人解語浦無對山便打師云者漢可悲可痛鈍致他臨濟他既雲月是同我亦溪山各異說什麽無舌人不解語坐具劈扣便摵來山若是箇知方漢必然明窻下安排

舉三聖問雪峯透網金鱗以何爲食峯云待汝出網來向汝道聖云一千五百人善知識話頭也不識峯云老僧住持事煩師云可惜放過好與二十棒者棒一棒也饒不得直是罕遇作家

舉伏牛爲馬祖馳書到國師處國師問馬祖有何言句示人牛云即心是佛國師云是什麽語話良久再問更有什麽言句牛云不是心不是佛不是物國師云猶較些子師代當時便喝牛却問和尚此間如何國師云三點如流水曲似刈禾鐮師云是什麽語話也好與一摑見之不取千載難忘

舉玄沙問鏡清我不見一法爲大過患爾道不見什麽法清指露柱云莫是不見者箇法麽沙云浙中清水白米從爾喫佛法則未在師云大小鏡清被玄沙熱瞞我當時若見但只向道靈山授記也未到如此

舉先報慈問僧近離甚處云卧龍慈云在彼多少時云經冬過夏慈云龍門無宿客爲什

麽在彼許多時云師子窟中無異獸慈云爾試作師子吼看云若作師子吼即無和尚慈云念汝新到且放三十棒師云奇怪諸禪德若平展則兩不相傷據令則彼此俱嶮還點撿得麽

舉船子云千尺絲綸直下垂一波纔動萬波隨夜靜水寒魚不食滿船空載月明歸師云者漢勞而無功忽若雲門道一句合頭語萬劫繫驢橛又作麽生免此過良久云莫謂水寒漁不食如今釣得滿船歸

舉投子問巨榮禪客老僧未曾有一言半句挂諸方耳目何用要見山僧僧云到者裏不施三拜要且不甘子云出家兒得恁麽没碑記僧繞禪牀一帀而出子云有眼無耳朶六月火邊坐師云也不得放過纔轉便與擒住便喝是誰不甘若跳得出不妨是一員衲僧

舉祖師道六塵不惡還同正覺拄杖子是塵有甚麽過過既無應合辯主所以道糞掃堆上現丈六金身且拈在一邊赤肉團上壁立千仞又放過一著直饒八面四方正好連架打

舉古云眼裏著沙不得耳裏著水不得忽若有箇漢信得及把得住不受人瞞祖佛言教是什麽熱椀鳴聲便請高挂鉢囊拗折拄杖管取一員無事道人又云眼裏著得須彌山耳裏著得大海水一般漢受人商量祖佛言教如龍得水似虎靠山却須挑起鉢囊横擔拄杖亦是一員無事道人復云恁麽也不得不恁麽也不得然後没交涉三員無事道人中要選一人爲師

明覺禪師語錄卷第三

音釋

嗛胡箝切口銜也　瞪澄應切直視也　簽音僉　邯鄲邯音寒鄲音丹　簣求位切土籠也　眨側洽切　奯許活切　勦子小切絕也　覷七據切與覷同　挃竹栗切撞也　藿忽郭切　扈胡午切

明覺禪師瀑泉集卷第四

条學小師圓應編

師自兩處道場多應機語句門人集之離三已行於世斯所紀者乃垂帶自答及古今因緣朝暮提唱辭意曠嶮而學黨未喻復致之請益師蓋不獲已隨所疑問以此以彼乍放乍收或抑或揚或代或别近百五十則實一時之能事也況圓應忝預叅承寧忘捃拾然多聞未益誠有愧於宗師必記諸善言諒無譏於弟子可命曰瀑泉集意以飛流無盡爲義凡知我者幸同味焉時天聖八年八月十五日圓應序

上堂汝等諸人盡是久經陣敵慣戰作家倚天長劒即不問你作麼生是袖裏藏鋒代云寡不敵衆又云彼此

上堂寡不敵衆什麼人分上事代云總由和尚又云彼此又云龍蛇易辯衲子難瞞許你眼正頂後一相拈得也無代云收

有時云收之一字飲氣吞聲作麼生辯代云衲子難瞞

或云傾湫倒嶽尋常之用不涉泥水道將一句來代云三千里外

示衆云三千里外還且如何代云過或云佛未出世時人人鼻孔撩天出世後爲什麼杳無消息代云賊不打貧兒家問僧云賊不打貧兒家因什麼却打代云須到如此

或云祖師不到處時人知有時人不知處過在祖師作麼生辯代云不得春風華不開

上堂云不得春風華不開箇箇道我會會即且致作麼生舉代云時人相師又云空劫已

前徒指注空劫之後錯商量正當空劫什麼人爲主代云本是將軍致太平
有時云太平本是將軍致莫錯認定盤星我爲拈了也還會麼代云掩面出去
或云交鋒兩刃要定生死彼此無傷功勳不立作麼生是將軍正令代云到即不點
或云到即不點還甘也無代云赤心片片
有時云釋迦老子出氣不得甚麼處誵訛代云塡溝塞壑又代云退身三步問云塡溝塞壑負恩者多甚處見老底代云香積世界
或云五千四十八卷止啼之說如今啼止也還我黄葉來代云事不孤起
有時云事不孤起你也分一半代云哪又云合到某甲又云單傳心印過犯彌天甚人委悉代云須見如此
上堂須見如此著甚來由代云也是
或云善來文殊還知敗闕麼代云一箭兩垛
或云一箭兩垛爲什麼却敗闕代云善來文殊
或云乾坤崩陷且致再見天日道將一句來代云悔不愼當初
有時云悔不愼當初便下座却問僧他後作麼生舉代云好事不如無
有時云雄兵百萬且定邊疆劒客三千若爲驅使代云不許夜行投明須到
示衆云不許夜行投明須到何似生代云孟嘗門下或云一筆勾下不甘底出來代云只宜拄杖子
上堂云只宜拄杖子勾下屬何人代云傍觀者

或云威音王已前無師自悟是第二句還我第一句來代云掃土而盡問僧掃土而盡你還知麼代云因誰致得

有時云三世諸佛說夢六代祖師說夢翠峯今日說夢還有夢見底麼代云掀倒禪牀

或云掀倒禪牀蓋是本分過在什麼處代云惱亂春風卒未休

或云奔流度刃也是尋常啐啄同時略請相見代云什麼處去也

上堂云什麼處去也代云日月易流又云針眼裏藏身即不問你作麼生是遊戲十方代云踞虎頭收虎尾

一日云踞虎頭收虎尾諸方未曾見代云也是

或云上來則擾擾端坐則昏昏脫灑一句作麼生道代云春無三日晴

示衆云春無三日晴去住還堪笑且問諸衲僧曬却何時了代云某甲只管看

或云有佛法處不得住無佛法處急走過趙州爲什麼摘楊華代云更事多矣問僧更事多矣亦要商量代云莫教屈著

有時云明眼衲僧入門便話墮三十年後誰是知音代云拂袖便出

有時云拂袖便出也好與三十棒代云賊過後張弓

或云七縱八横拈却把定乾坤眼爲什麼却有沙代云黄連未是苦

或云黄連未是苦黄檗好爲隣復問還辯得這時節麼僧云不會自代云抑已而已

或云繞天下行脚到處豈無尊宿相爲還有

盡力道得底句麽代云口只堪喫飯
上堂云口只堪喫飯雲門大師拈了也你來者裏聽什麽椀鳴聲以拄杖一時打下代僧當時但近前把住拄杖云和尚今日困又云闍梨子即不問上座作麽生是牛頭横說豎說代云著甚來由
一日云著甚來由便下座代云能有幾箇
有時拈起拄杖云天不能蓋地不能載復以拄杖畫一畫云百千諸佛諸代祖師盡向翠峯乞命代云官不容針
或云舉一明三爲甚不著便代云作賊人心虚又云文殊起佛見法見貶向二鐵圍山衲僧起佛見法見列在三條椽下翠峯起佛見法見誰敢覷著代云秤尺在手
或云洞庭湖水一吸淨盡魚鼈向甚處藏身代云咦又云喝下承當崖州萬里棒頭薦得別有條章作麽生是衲僧本分代云惡
或云虚空爲鼓須彌爲槌王老師不打還肯得諸方也無代云千年田八百主
有時云髑髏常干世界鼻孔摩觸家風拈却別致一問來代云祖師遺下又云你若龜頭鼈頭向後道親見翠峯好代云何必
上堂天不能蓋地不能載衲僧坐斷如恒河沙鬧市裏指出一箇來代云便摑傍僧
或云生門易過死門難入逆順無拘底爲什麽不垂手代云收得安南又憂塞北
或云荒田不揀草變爲金信手拈來金變爲草古聖日用不知且致你爲什麽臨機道得代云如蟲禦木
上堂云如來惟一說無二說穿却衲僧鼻孔

換却衲僧眼睛即得若教我明破恐帶累你不是好人代云欲見其師先觀弟子

或云諸佛有難炭庫裏衆生有難火燄裏你衲僧不得動著代云魯般繩墨

或云火待日熱風待月凉北斗南星句不要你道留與後人貶剝代云一言已出駟馬難追

上堂云色不異空空不異色圞頭甚要古人道了也因什麼知而故犯代云爭奈轉多問僧我道轉多你作麼生僧云某甲不會師云惱亂春風卒未休

或云本分事道我知有將錯就錯甚人承當代云不惜眉毛者

或云年來一度春也畢竟事作麼生代云藏身露影

或云至道無難惟嫌揀擇德山不在付與黄檗代云洗脚上船復問僧云我恁麼道正是時人窠窟趙州直得五年分疎不下你何不救取僧無語師云雪峯道底

上堂云開門待知識知識不來過直得出門相接爲什麼土曠人稀代云和尚年老

或云放憨道著藥忌即不管你死中得活致將一問來代云略無些子

上堂云遠則照近則明你會也笠子拄杖拈放一邊入水見長人作麼生辯代云平出

或云因一事長一智針筒藥袋不得失却如履輕氷道將一句來代云以已妨人又云會則事同一家且放你過不會則東西南北付與驢年代云一日便頭白

或云今日也恁麼明日也恁麼第三第四不

問你後五日事作麽生若道只恁麽代云若哉佛陀耶

有時云什麽劫中無祖佛你不著便猶可代云解笑底亦少或云朝堂門下難舉令雲門道底不要代云但咳嗽一聲

一日云謀臣猛將用不著到即不點是什麽人代云不犯之令

上堂云若道得隔身句知你是箇了事人忽若總道不得我也知你親代云猛虎不食其子

一日云千兵易得一將難求上將來也三軍在什麽處代云退後退後

或云閫内者不出閫外者不入將相雙行句作麽生道代云弔民伐罪

因普請問僧甚處來云摘茶來師云茶園裏有玄沙見底還見麽代但指露柱云和尚問

又問僧甚處來云摘茶來師云人摘茶茶摘人不問你無底籃子重多少代云慣得其便

又問僧甚處來云摘茶來云茶叢列作鼻孔茶葉是你眼睛作麽生摘代云今日不著便

一日云佛法不用學觸目皆成滯百城既未遊樓閣門長閉勸君迴首看請下一轉語自云莫辜負人好

一日問僧南泉斬猫兒你作麽生會云有什麽難師云作麽生無語代云一刀兩段

一日遊園次問僧苦瓠連根苦甜瓜徹蔕甜明得箇什麽邊事僧無對代云平出

一日請益退侍者問訊云和尚不易師云有什麽不易無對師代云法堂上寸草不生僧便禮拜師云若不是我

師一日問僧諸方道不得底句你作麽生道僧云天平地平云㴱麽則王老師不如你僧無語師云只道得一半

師一日見僧來師云是什麽物與麽來僧云口痛秖對和尚不得師云鼻孔吤僧無語師云黄連未是苦

師一日見二僧來拈起拄杖云與你二人分取僧云只恐和尚不平第一僧云那上座先到雪竇師云有功者賞

師一日見二化主城中歸問云你憑箇什麽入城教化衆生僧云雖有好心且無好報第二僧云禍不入愼家之門師云近火先燋

師一日晚叅問僧是什麽時候也僧應諾師便喝僧云和尚何不領話師云日勢稍晚

師一日見僧來拈起拄杖云我兩手分付你作麽生僧退身云不敢師云爲什麽棒上不成龍僧云三十年後恐辜負和尚師放下拄杖云吽吽

師一日問僧你見雪竇後録未僧云見了師云向甚處見我僧云也知和尚是川中人師將拄杖打一下云夢見

師一日見僧出歸師云閙市裏還見天子麽僧無語師代云非但又云苦哉佛陀耶

一日十數僧侍立次師云佛法無人説雖慧不能了復問僧還有無師自悟底麽衆無語師云負命者上鉤

師因在莊數僧侍立次師問云維摩老云步步是道場這裏何似山裏衆下語師皆不諾師代云只恐和尚不肯

師一日問僧你作箇什麽來僧云合靈寶丹

來師云靈即不問作麼生是寶僧云不敢秖對和尚師不肯自代云洎與和尚答話

師一日問僧你浴未僧云某甲此生不浴師云你不浴圖箇什麼僧云今日被和尚勘破師云賊不打貧兒家

師一日同僧遊山次到開山和尚塔頭僧云見說開山便是黃巢師云黃巢是草頭天子爲什麼却作住山人僧云忌辰也好與他設粥師不肯自代云賞不避仇讎

師一日同三五僧看種田師云靈苗無根作麼生種僧云明年更有新條在師云你問我我與你道僧便問師云分付田舍奴

師一日出城見下院山主師云既是山主爲什麼却在城中山主無語師自云負命者上鈎來

師一日與數僧遊山次見牯牛舉頭師問牯牛舉頭作什麼僧云怕和尚穿却師不肯自云看入草底

師一日燒亡僧師問僧還將得火來麼僧云將得來師云弄假像眞

師一日問僧甚處來僧云浴來師云三身中那一身浴僧云或鼓聲前或鼓聲後師云飽叢林

師一日問僧你尋常爲什麼不上來僧云長上來只是門閉師云爲什麼不入來僧云來也師云賊過後張弓

師一日爲首座寫眞師云既是首座爲什麼却有兩箇首座云爭之不足師云你問我我與你道首座擬問師云雪竇門下

宋太宗皇帝因事六問當時無人奏對因入

寺見僧看經問云看什麽經對云仁王經帝云既是寡人經爲甚在卿手裏師代云皇天無親唯德是輔

因入塔院問僧卿是甚人僧云塔主帝云此是寡人塔爲什麽卿作主代云盡國咸知

因僧燒却藏經朝見告乞宣問昔日摩騰不燒如今爲什麽燒却代云陛下不忘付囑

因帝夜夢神人報云請陛下發菩提心帝至曉宣問左右街善提心作麽生發代云實謂今古罕聞

因僧朝見帝問甚處來云卧雲來帝曰朕聞卧雲深處不朝天爲什麽却到這裏代云難逃至化

因僧朝見帝賜坐僧云陛下還記得麽帝云甚處相見來僧云靈山一别直至如今帝曰以何爲驗僧無對代云貧道得得而來

唐憲宗迎舍利現五色光百辟俱賀惟韓愈端立帝問百僚皆賀卿爲甚不賀愈曰臣曾看經來佛光非青黄赤白等相此是神龍荷助之光帝云作麽生是佛光代云陛下高垂天鑑

裴相公捧一尊佛像於黄檗前跪云請師安名檗云裴休師代相公當時便喝

廣南劉王請雲門入内於含春殿坐次帝令鞠常侍宣問靈樹果子熟也未門云甚年中得信道生師代進語云猶帶酸澀在又代雲門云聖意難測又云諾諾復宣問如何是禪云皇帝有敕臣僧對代進語云錯又代雲門云念以臣僧年邁

龍光問僧名什麽云自覩光云自覩見什麽

代云有悞龍光

悟空禪師問座主講什麽經云法華經空云有説法華經處我現寶塔當爲證明座主讃請甚人證明代云私通車馬

投子示衆云汝等諸人盡道我實頭若出門三步有人問你作麽生是投子實頭處作麽道代云疑殺天下人

有老宿見官人手中執笏乃問在官人手中爲笏在天子手中爲珪在老僧手中喚作什麽代云弄巧成拙

四祖到牛頭後庵見虎便作怕勢牛頭云和尚猶有這箇在祖云適來見什麽代云但亦作怕勢又代云泊合放過

僧問惠濟古人道得坐披衣向後自看如何是得坐披衣濟云暢我平生代云諾諾

問投子定慧等學明見佛性此理如何投子云打水用桶舀粥用杓代云爭得不問

玄沙見孚上座便云新到相看孚云已相見了也沙云什麽劫中曾相見來孚云莫瞌睡別云這賊敗也

玄沙與地藏在方丈説話夜深沙云侍者關隔子門汝作麽生出得地藏云喚什麽作門別云珍重便行

崇壽問僧泉眼不通被沙礙道眼不通被甚麽礙僧云眼礙別云強將下無弱兵

保福在疾問僧我與你相識年深有何名方妙藥相救僧云甚有聞説和尚不解忌口別云只恐難爲和尚

有西天聲鳴三藏到王大王處王令玄沙驗過玄沙以銅火筯擊鐵火爐問三藏云是什

麽聲云銅鐵聲沙云大王莫受外國人瞞師別云大王宜加信敬又別三藏云莫瞞外國人

國師問座主講什麽經云金剛經國師云最初是什麽字座主云如是國師云是什麽別云以拄杖便打

陸郎中問仰山如何是不斷煩惱而入涅槃仰山竪拂子郎中便拜異時仰山却問郎中曾問不斷煩惱而入涅槃老僧竪拂子郎中作麽生會陸云據某甲見處入之一字也不用得仰山云入之一字不爲郎中師云作麽生會云別陸云拂子到某甲手裏也又別仰山後語云我將謂你是箇俗漢

陸大夫問南泉大悲菩薩甚處得許多手眼泉云如國家用大夫作什麽別云不及大夫所問

僧問雲門十方薄伽梵一路涅槃門如何是一路涅槃門門云我道不得云和尚爲什麽道不得云你舉話即得別云淺水無魚徒勞下釣

吴尚書訪睦州至門首便問三門俱開弟子從何門而入睦召尚書尚書應諾睦云從信門而入別云客是主人相師

南泉遷化陸亘大夫到院主云大夫何不哭大夫云道得即哭長慶代云合笑不合哭別云蒼天蒼天

雲巖遷化時道吾問離却殼漏子了後向何處再得相見巖云向不生不滅處相見別云喚侍者與我記取這一問

僧問法燈百骸俱潰散一物鎮長靈未審百

骸一物相去多少燈云百骸一物一物百骸
別云吾不如汝
僧問歸宗如何是佛宗云我向你道還信麽
云和尚言重爭得不信宗云只汝便是別云
侍者寮裏喫茶去
麻谷持錫到國師處振錫而立國師云汝旣
如是何用見吾谷又振錫一下別云洎不到
此
妙濟於僧前書一字問云是什麽僧云不識
濟云滿口道著別云老僧罪過
僧問曹山清稅孤貧請師拯濟山云稅闍黎
應諾山云清源白家酒三盞猶道未霑唇別
云稅闍黎應諾是什麽心行
僧問玄覺先師擧不及處請和尚擧覺云聽
者須是奇人別云大衆看者一員禪客

石頭問讓大師不慕諸聖不重已靈時如何
讓云子問太高生何不向下問將來別云三
十棒敎誰喫
僧問玄沙盡十方世界是一顆明珠學人爲
什麽不會沙云用會作麽別云諸方即得我
這裏不得
玄沙問南際云此事惟我能知長老作麽生
會際云須知有不求如者別云雪峯門下幾
箇如斯
法眼問百法座主云百法是體用雙陳明門
是能所兼擧座主是能法座是所作麽生說
箇兼擧有老宿代云和尚喚什麽作法座別
云和尚分半院與某甲始得
睦州問座主講什麽經云涅槃經州云問大
德一段義得麽云問什麽義州以脚趯空吹

一吹云箇是什麽義云經中無此義州云脫空謾語漢此是五百力士揭石義麽老宿代云和尚瞞其甲瞞大衆別云和尚慣得其便

雲門示衆云世尊生下一手指天一手指地周行七步目顧四方云天上天下唯我獨尊我當時若見一棒打殺與狗喫貴得天下太平法眼云雲門氣勢甚大要且無佛法道理老宿代云將謂無人證明別云鈎在不疑之地

巖頭雪峯欽山三人坐次洞山點茶來欽山閉眼洞云什麽處去來欽山云入定來洞云定本無門從何而入老宿代云大有人恁麽會別云當時但指巖頭雪峯云與者兩箇瞌睡漢茶喫

雲門問僧近離甚處云新羅門云將甚麽過海云草賊大敗門云你爲什麽在我手裏僧云恰是別云嘘嘘

雲門到洞巖得數日上叅恰見巖下來巖問什麽處去云親近去巖云亂走作什麽云暫時不在巖云什麽處去來別云好與三十棒

東平問官人風作何色無對却問僧僧提起衲衣云者箇在府下鋪平云用多少帛子別云蝦跳不出斗

雲門問曹山密密爲什麽不知有山云只爲密密所以不知有別云達磨來也

雪峯在國清拈起鉢盂問座主道得與你鉢盂主云此是化佛邊事別云只恐鈍置和尚峯當時云你作座主奴也未得主云某甲不會峯云你問我我與你道座主方禮拜峯便踏倒後座主舉似雲門云某甲得七年方見

門云你得七年方見云是別云草賊敗也

道吾見雲巖掃地問云太區區生巖云須知有不區區者吾云恁麼有第二月也別云洎合放過

清峯辭雪峯問甚處去清峯云識得者漢即知去處雪云你是了事人亂走作什麼別云西天斬頭截臂清峯當時云和尚莫塗汙人好雪云我即塗汙你你道古人吹布毛作麼生清峯云殘羹餿飯已有人喫了也雪峯休去師出雪峯語云一死更不再活

韶山勘僧云莫便是多口白頭因云不敢韶云多少口云徧身是韶云大小二事向甚處出云韶山口裏別云從來疑著韶山

保福到庵主處茶話次庵主云有僧問其甲如何是祖師西來意其豎起拂子不知得不得福云其爭敢道得不得有箇問有人讚歎此事如虎帶角有人輕毀此事分毫不直一等是恁麼事爲什麼讚毀不同庵主云適來出自偶爾有老宿云毀又爭得又老宿云惜取眉毛師都別云若非和尚證明拂子一生無用

石頭大師叅同契

予甞覽斯作頗見開士皆摛辭肇極成賛厥道因亦隨輿以擬之匪求蝕木於文也噫先覺洪規可洞照遐古豈復情謂逾越於其間哉蓋徃徃學者抑問勉意不獲而已其或金沙混流淘之汰之固必存彼匠手明矣

竺土大仙心（誰是能舉）東西密相付（惜取眉毛）人根有利鈍（作麼生）道無南北祖（且款款）靈源明皎潔（撫掌呵呵）枝派闇流注（亦未相許）執事元是迷（展開兩手）契理

亦非悟(拈却了也)門門一切境(捨短從長)回互不回互
(以頭換尾)回而更相涉(這箇是拄杖子)不爾依位住(莫錯認定)
(盤星)色本殊質像(豈弁闇睟)聲元異樂苦(還同掩耳)闇合
上中言(心不負人)明明清濁句(口宜掛壁)四大性自復
(隨所依)如子得其母(可知也)火熱風動搖(春水自消)水
濕地堅固(從旦至暮)眼色耳音聲(海晏河清)鼻香舌甘
醋(可憑可據)然於一一法(重報右)依根葉分布(好明耶)
本末須歸宗(惟我能知)尊卑用其語(不犯之令)當明中
有闇(闇必可明)勿以闇相遇(明還非覩)當闇中有明(一見)
(三)勿以明相覩(無異說)明闇各相對(若爲分)比如
前後步(不如此)萬物自有功(旨爾寧止)當言用及處
(縱橫十字)事存函蓋合(子細看)理應箭鋒拄(莫教錯)承
言須會宗(未兆非明)勿自立規矩(突出難弁)觸目不會
道(又何妨)運足焉知路(也不惡)進步非近遠(唱彌高)彌
迷隔山河爾(和彌寡)謹白參玄人(闇必同歸)光陰莫
虛度(誠哉是言也)

眞讚

禪定大師

虛凝不器有象殊域伊何郢流卓爾原極鶩
峯崔嵬蟾輪乍回列刹望重勞生眼開開也
誰覩迅振高古或葉或華自三自五天子褒
稱兮禪定師而今而後兮香風吹

集賢殿學士曾慥

天石麟豈輕獻日角月角藏億萬當年文陣
獲全功不奪龍頭幾人怨

若冰大師

氷之有光非珠澄徹山之有光非玉凝潔若
氷大師殊彼清絶殊兮必羣絶兮可覩一字
根極三千頂住乍曰義龍或稱律虎相對風
規分不分金田獨步君看取

清照大師

巨海秋碧鼇峯晝寒巧出匠手依依對看寶几乍凭華巾非結以談續談話月指月古兮今兮請試甄別

恭首座

道離微兮誰與隣貌古澹兮飛清塵巖檜蒼蒼經幾春乳竇堂中第一人

禪徒寫予幻質復請爲讃辭曰

祖佛怨兮非其師叢林害兮誰相資氷枯雪殘深索索水冷雲澹空纍纍寶聖錯僧繇知人間天上爭容伊

周生强圖夢身予亦不能伏筆

上下三指彼此七馬拈華未曽微笑何也石謂玉兮器必分水凌虚兮月非下不知誰是傍觀者

咄者枯株遽生瓜葛來自三川欺乎兩浙指鹿爲馬將日作月罪兮彌天焉可分説

廣慧禪師

寥寥雄機落落虚宇本之不兆傳之奚取取既有規規還倫古凝明孤寛垂應萬端海蚌光絶天珠影殘南來北來玄眸可觀

安巖山照禪師 并序

愚昔遊漢水抵廬嶽率訪叢室襲禪家流偕象馬蹴踏至於心口憤悱品藻當代誠難其師然非厚誣方來且指掌輪握何取豈斯欸陪老作覩繪真相古之今之歎恨亡矣高深莫究其極明悔靡盡其際故時欽依乃勉抉稱詠庶文外之士道存而同歸者也

覺雄慧燈記飲光滅光聯不已龍昌遽絶善續者誰梅峯之師化偃二浙聲流四維大名

無當高讓太白韜晦殊運虛明曠索歸休安巖寒籠翠杉我笑方外華非類啣郢工筆狂梵儀頓舉肩雲頂絲秋蟾夜渚靜應南軒兮相對時空生未解兮聞斯語開眸凝瞻迅雷不及揜耳

明覺禪師瀑泉集卷第四

音釋

捃（渠藴切　拾也）潰（胡對切　散也）餿（色求切　飯壊也）蹴（子六切　踏也）

明覺禪師祖英集卷第五

叅學小師文政編

師之形言也且異乎陽春白雪碧雲清風者也夫大圭不琢貴乎天真至言不文尚於理實乃世之衡鑑豈智識而擬議哉師自庚止翠峯雪竇或先德言句淵密師因而頌之或感與懷別貽贈之作固亦多矣其有好道者並録而囊之一日總緝成二百二十首乃寫呈師師曰余偶興而作寧存于本不許行焉禪者應曰乃祖闡千載之芳烈也勿輕舍諸師察其懇志勉弗獲已抑而從之文政幸侍座机輙述序引用識歲時炎宋天聖十年孟陬月文政謹序

偈頌

送寶相長老并序

大師歡禪德將赴丹丘辟命光闡宗乘盖時應必行固不可抑留者也且撫會之作肇曠絶之道雖一凝一流一彼一此又何間然率織蕪辭以代贐別

奥域靈區存物外獨標台嶺爲絶槩掩勝潛奇列作屏堆青寫碧深如黛彤霞暖影生巖壁香桂茂陰籠蘚石赤松子也浪虛閑白道猷兮大輕擲曹溪有叟歸其中風從虎兮雲從龍乘興正值二三月坐斷還依千萬峯華飛飛日遲遲清飈飈飈吹無時玲瓏八面自回合峭峻一方誰敢窺窺來須得乾坤眼照古騰今謂非間若能此去副全提開發人天有何限

送法海長老

常愛裴相國式芳塵斷際高風慕要倫擬欲

事師爲弟子不知將法付何人常愛李相國垂列星藥嶠深源宅性靈我來問道無餘說雲在青天水在瓶緬想當時二台輔出鎮藩維訪諸祖寥寥浮幻輕百年落落宏規照千古今聞仙都賢太守入政褰帷聲浩浩英佐一一分化條文經武緯亦難討遠遠歲函飛乳峯選開士兮恢吾宗覿夜光非震滄海聆正音豈玩焦桐徒誇麟龍自西自東應排罔象得象必須覺雄讓雄今既塞請還也奇別茫茫普熱紛紛下雪倒流四河載發枯枿卷舒立方外乾坤縱横掛域中日月黃頭碧眼知未知去去憑誰繼清絕

送文政禪者

古有焦桐音聽寡不在彈古有陽春曲和寡不在言言兮牙齒寒未極離微根彈兮歲月闌未盡昇沉源少林幾坐華木落庾嶺獨行天地寬因笑仲尼溫伯雪傾蓋同途不同轍麟兮鳳兮安可論許兮巢兮復何說秋光澄澄蟾印水秋風蕭蕭葉初墜送君高蹈誰不知如曰不知則爲貴

送昭敏首座

君不見鷲峯勝集百萬茫茫等閑過壞衲之外皆清憧君又不見熊嶺孤運歲月索索艱難生深雪之中有一箇死轉流落千餘年危分嶮布空平闐辯龍蛇兮眼何正擒虎兕兮機不全石窻四顧滄溟窄寥寥不許白雲白掣斷金鎖天麒麟高舉鐵鞭擊三百猶輕舍爭知也別有七星光鬪射風前把欲贈行人將報不平繞天下

送知白禪者

松不直棘不曲誰笑卞和三獻玉經天緯地太無端邁古超今亦輕觸靡羇束何必云素範還還眞規復復栴檀葉落香風清千里萬里長相逐

送勝因長老

黄梅散席三百載續燄聯芳事空在宗兮派兮生異端華兮葉兮太煩碎韶陽間出多慷慨權要雄雄曾絶待曲木據位知幾何利刀剪却令人愛近還有箇披老衲楚甸横身風颭颭鐵作一尋非等閑壁立千仞須摧踏報君知江南江北徒纍纍鼇轉海運兮纖鱗片甲雷奔電驅兮寸毫尺氂斯言勿謂存規矩平不留兮險非取周行獨立如便休誰振宏綱照千古

送重部禪者

春雨如膏春雲如鶴忽此忽彼乍休乍作枯荄離離維風太遲幽石片片遼空亦危一華開五葉兮不相似獨孤明兮還自知還自知歷魏遊梁徒爾爲

送僧歸靈隱 因屬白雲無爲

白雲無羇冷淡清奇雪格未可鶴態還卑垂天沃日兮似結不結爲雨從龍兮後期必期噫悠悠忽爾春風吹南北東西唯我知誰知藹藹峯前布影時

送僧之石梁

萬卉流芳不知春力巖畔澗底蹙紅皺碧乘興復誰同孤蹤遠鮮敵君不見五百聖者導雄機靈峯晦育深無極寒山老寒山老隨沉跡迢迢此去須尋覔華落華開獨望時記取白雲抱幽石

送師旻禪者

深巖寂寂披蘭芷碧霧紅霞映流水空生別我期未期絶域殊方擬輕擬堪笑歸嶺南奔馳何鄙彼危急亂抛下盡云提不起伊予本自不將來相送奚憑掛脣齒旻禪客旻禪客師子子應須落落存終始君不見古人有言兮撲碎驪龍明月珠大丈夫到如此行行不用頻彈指

寄白雲長老

八紘雲靜明寥泬夜永松堂對寒月凋殘片葉墜虚庭冷寂何人立深雪因憶錢唐勍禪者十載巖栖曾未下分飛誰謂絶相同遠念冥冥欲奚寫忽聞赴請之仙都聲光藹藹登清途孰云天驥騄方外自笑大鵬離海隅乾坤窄乾坤窄湛盧潛射斗牛白茫茫無限未歸人到必爲時除點額

送智遷首座

雲蘿杳杳藏巖曲碧疊清飛冷相促瘦藤輕衲休便休短餤殘芳續何續樿家本自冥羇絆洲渚園林曾不憚十影神駒立海涯五色祥麟步天岸君看取君看取帀地茫茫有誰舉㼚甗頻磨如未回爲吾深憶盧公語

送善暹首座

名之基實之蒂深兮固兮延相繼古之名也在希聲今之實也同浮瞖子州善卷之流也堯驅舜馳讓無暇歸去來兮歸不歸到頭未出冥冥者吾徒孰謂標奇絶動靜憑君試甄別葉零零兮秋暮半凋華片片兮春暖齊發暹禪老暹禪老意曽高曠排沽待忽致譏褒天人列請兮屢輕笑祖佛位卑兮還擬逃我

恐逃之逃不得大方無外皆充塞茫茫擾擾知何極八面香風惹衣裓

送僧

吳山碧楚江碧吳楚悠悠與何極一尋寒木自爲隣三事秋雲更誰識乾坤不是無知巳玉石休云辯眞僞待時沽譽漫淪生晦跡韜光亦何意春風急春風急八駿奔馳追不及南北東西把定時爲君直上孤峯立觀氣分枝非獨古有誠之言也

頌藥山師子話送僧

乇䫌金毛師子子栴檀林下青莎裏置也置也威自全一出六出眉剔起非擬擬知幾幾星流不問三千里天外風清哮吼時爲君吸盡西江水咄

送秀大師

巖竇宵寒擁山帔月高古木霜禽睡西菴禪者來扣門別我凌晨下層翠欲留不可留寫意不及意屈晌迢迢安足云華偈聯聯太容易君不見劉陽叟絶希冀送人只道無他事行行會有知音知何必清風動天地

送廣華嚴歸鷲峯

海山孤僻非蓬島霧冷雲深松桂老有客凝冬何太高臣野宵征苦相討巖房杳杳凌寒空氷霜落落分譚叢誰云百城沉古月自笑八面生清風俄然別我還歸去惠理之徒望回馭重重無盡樓閣門到必爲時略輕據

送遠塵禪者

衲卷殘雲風高絶鄰倚天照雪堪抗要津八紘極目兮春山若黛九野縱步兮汀草如茵三十四老未輕識凜然方外奚相親

送德隆山主
霜葉凋殘巖風凜寒彼之禪老忽下崇巒衲有雲兮曾卷未卷琴無絃兮解彈不彈迢迢既行宜聽斯語明闇路岐生死洲渚而今而後知不知頹綱委地憑誰舉

送澄禪者
春色依依襲爾原草春風浩浩拂我窻牖念此分飛贈無瓊玖片片亂飄巖上梅條條縱舞溪邊柳澄禪澄禪聽斯言古也今也行路難知之者石火星流未急不知者龍驤步驟魯寬看看孰云平地起波瀾

送惠儔禪者
少林風規何大瀟灑籠古罩今睥眞睨假誰云發機射虎自笑品類觀馬劒客茫茫不要呈醜人徃徃須擒下儔禪儔禪崢嶸象駕

送惠文禪者
正法眼絶塵沙二三四七水月空華千燈續燄魯間五葉分披未能君不見卷蓆百丈掩耳丹霞龍行虎步爭孤立盡同雲雨去無涯文禪文禪騰焕吾家

送道成禪者
曹溪流非止水一點忽來千波自起直須釣鼇釣鯨莫問得皮得髓君不見石頭有言兮聖不慕他靈不在巳成禪成禪誰家之子

送清演禪者
我年老大心力衰微贈别無語冥同振飛因思古之送人有言吾不知其殊途同歸獨愛新豐曲騰清輝寸草不生千萬里出門春色共依依

送繼寶禪者

實非寶日杲杲上上機無處討赤水求來何太狂荆山覓得苦相惱不惱不狂排夜光險惡道中爲津梁

送小師元楚

道之冥機一何相守汝競光陰我親蒲柳毋厚弁之奪席毋薄愚之誦篇深思彼伐木丁丁之聲照古照今兮宜善求友

送清果禪者

春雨濛濛春風飂飂動兮靜兮匪待時出雲霞閑澹作性金鐵冷落爲骨知我者謂我高蹈世表不知我者謂我下視塵窟道恣隨方情融羇鎖紫栗一尋青山萬朶行行思古人之言無可不可南北東西但唯我

酬行衮長老

黄金爲骨松爲姿道高曾鄙天人師有言遺我千古奇無人知石虎吞却木羊兒

至人不器

誰當機舉不賺亦還稀摧殘峭峻銷爍玄微重關曾巨闢作者未同歸玉兔乍圓乍闕金烏似飛不飛盧老不知何處去白雲流水共依依

因事示衆

石本落落玉自碌碌古之今之一何誓速師子不咬麒麟猛虎不食伏肉君不見洞庭孤島煙浪深木馬追風有人識

日暮遊東澗 五首

極目生晚照溪雲偶成朶大朴曾未分青山自唯我

極目生晚照遠樹籠微陰誰知清淺流別有滄海深

極目生晚照幽情眷蘭芷白蘋葉裏風不在
秋江起
極目生晚照步影何遲遲歸禽古木中相對
頻相窺
極目生晚照蓬萊匪仙境釣得十二鼇重來
謝孤影
思歸引三首
一住翠峯頂兩見溪草緑不知朝市間幾番
生榮辱蕭條巖上雲冷淡水邊竹報誰歸去
來向此空踟躅
常憶在廬山隨時寄缾錫五百與一千聚頭
同遣日猿攀影未回鶴望情還失教他王老
師癡鈍無處覓
時雨灑如膏萬卉皆滋益枯根甘自休也似
春無力耕夫曉尚眠蠶婦夜多息從兹家業
荒共落風塵跡
送蘊歡禪者西上
金闕路曾遥行行值開泰石房雲未開杳杳
若相待高蹤逾履水何人不傾蓋早晚承帝
恩再卜林泉會
送僧
春雲情旣高片段飛虚碧去留機未消今古
望還積澄澄天影回杳杳地形直別夜共相
思誰栖此泉石
法爾不爾
夏雲多奇峯乾城冷相映借問諸禪僧那箇
堪憑定乾城高鎖月夏雲欲爲雨若謂非全
功子細看規矩
送諸方化主
空巖暖律回極目望還普數點方外雲幾處

人間雨霶霶滄海月依依少林祖去必示勞生清風立千古

劉禹端公問雲居雨從何來東平問官人風作何色

雨從何來風作何色龍門萬仞曾留宿客進退相將誰遭點額

風作何色雨從何來不用彈指樓閣門開波波稜稜南方未回

送僧

松風清未休水月淡相對去來非等閑必許孤雲會

頌雲門九九八十一二首

三三九九八十一一一觀風隨召出千古有誰同共知一毛師子衆毛畢

九九八十一大勳不豎賞若謂無誵訛金剛曾合掌

烏龍和尚

空巖清夜坐蘚徑積深雪瞑目思古人徹曙落殘月童敲石磬寒猿掛枯枝折杳杳無限情分明向誰說

秋日送僧

邊鴈影邪寒蟬聲速乘時毛流遠別巖谷林驚一葉兮微風觸袖水肅百川兮片月在目因憶象骨老師曾送人行行不謂抽金鏃

早叅示衆

曉天雲靜濃霜白千峯萬峯鎖寒色驪龍失珠知不知無限平人遭點額

春風辭寄武威石秘校

春風何蕭蕭和雨復兼雪折華功未深偃草勢曾烈毗城癡愛老怯寒對清拙襄巖影響

士難御同孤岑鼇峯人不來柴門亦休閉松頭栗鼠下時把藤牀嚼庭際霜禽歸屢啄苔錢闕一旦春風息暖日生林樾幽徑磐石上拄節行且歌無絃兮莫彈有語兮存舌冷落流水聲古之若爲説凋殘早梅樹今之若爲别俯仰身力輕翻憶春風切爲吾吹却塵欲華分歧轍爲吾吹却雲欲問遼空月不知天地間堪爲誰交結

送百丈専使

大雄孤頂曾遐舉徧索諸方誰敢拒乳竇峯前捋虎鬚再得完全又歸去

送清素禪者之金華

古策風高瓶浪闊春雲片段分清絶金盆後夜孤頂寒去去誰同落殘月

擬寒山送僧

擇木有靈禽寒空寄羽翼不止蓬萊山冥冥去何極

送如香大師

栴檀葉落雨初歇天外風清亦何别後夜蓮城溪月寒孤光誰共倚寥泬

寄于祕丞二首

石徑通巖竇引步藏欹側蓬萊人不來掃盡蒼苔色

飛瀑千萬層五月狀氷雪將期雲霧開永夜對孤月

再成古詩

霜華一鏁中玉童摘未摘斯言如不聞千古動愁色因憶商山吟在烏不在白

答當生不生

咄咄休强名芻狗亦爲累寂寥金粟身曾未

求諸巳

戲靠安巖呈雙溪大師

陜府鐵牛却知有春秋幾幾成過咎一身還作二如來黒白不分辯香臭䟽黒白無從天地不仁萬化蠢蠢若謂非縁竹何從筭髮兮髮兮黒白是準

暮冬感懷寄瑞巖禪師

雪水繞松檻遲遲結清淺病眼時懶開幽情況難遣故人久相别飛文屢慚覥仰謝十二峯分照月如翦

送知久禪者

霜竹凝寒携九節銅瓶浪鎖千溪月天上人間不自知行行誰共分靖絶

送慶頻禪者

巖桂風清香露滴定起高秋映虚碧斷雲不是歸帝鄉飛落人間有誰識

春日懷古四首

門外春將半巖氷暖有聲玄沙曾未到虚得偃溪名

門外春將半青青野色分桃華開欲盡無處覔靈雲

門外春將半羣芳鬬盛時鄰家有庭栢諸祖共相知

門外春將半幽禽語共新寶陀巖上客應笑未歸人

送僧之金陵

勝遊生末跡杳自狎時羣卷衲消寒木揚帆寄斷雲曙瓶華外汲午磬浪邊聞别後石城月依依遠共分

送僧
知方流古意雲樹別諸鄰月不澄微水山應
立是塵靜空孤鶴遠高柳一蟬新欲究勞生
問歸思莫猒頻
千里不來
不見古君子因循又隔秋浮生多自擲好事
更誰留碧巘高沉月寒雲靜鎖樓宗雷何處
是白鳥下汀洲
僧歸雲上
海國浮輕檝悠悠興未闌草隨春岸綠風倚
夜濤寒沙鷺宜相狎霜蟾望更寬河聲西聽
日誰得共雲端
春晴野步
乘與携多士遲遲傍水濆春山不在目啼鳥
共誰聞片石寒籠蘚殘華冷襯雲只應融老
輩庵際境猶分
賦瑞雪送穆大師
五六皆名出飄華獨見稀若教同一色還似
負羣機玉馬猶空説銅駝轉更非爭如千萬
里相對共依依
送鐵佛專使
荷策來尋我泛舟思舊山不知何處月相照
在深灣風助秋濤急雲兼野樹閑到時如請
益先憶趙州關
同于祕丞賦瀑泉
大禹不知鑿來源亦自成色應鄰衆白聲合
讓孤清遠勢曾吞海飛流未噴鯨靈槎如可
泛天派問歸程
送簡能禪者歸仙都
荷策下冊嶂紛紛雪正飛浮生誰未到舊國

自重歸雲皆猿聲斷天遥鷃影微蓮城古風
月又得振清機

天竺送僧

雪霽蓮峯頂孤禪起石牀向時機自絶異域
路空長啼狖衝寒影歸鴻見斷行後期無定
跡煙水共茫茫

寄石祕校

重林冥坐久引望復遲遲煩暑未消日涼風
來幾時天雲飛積火巖溜散垂絲欲擬相尋
去浮生已共知

因事示衆

客從遠方來遺我徑寸璧中有四箇字字字
無人識清涵鯨海寬冷射蟾輪窄今朝呈似
看請道末後句

静而善應 二首

覿面相見不在多端龍蛇易辯衲子難瞞金
槌影動寶劒光寒直下來也急著眼看

對揚殊特本同參誰自遼空强指南今古不
存師弟子一輪秋月印寒潭

自誨

麟龍不爲瑞草木生光輝三尺一丈六且同
携手歸慚爾懲世師巍巍何巍巍

宗門三印 三首

印空印水印泥炳然字義還迷黄頭大士不
識敢問誰得親提

印泥印空印水帀地寒濤競起其中無限鱗
龍幾處爭求出背

印水印泥印空衲子不辯西東撥開向上一
竅千聖齊立下風

華嚴二門 四首

劫火曾洞然木人淚先落可憐傳大士處處失樓閣

德雲閑古錐幾下妙峯頂喚他癡聖人擔雪共填井

祖佛未生前已震塗毒鼓如今誰樂聞請試分回互

宛轉復宛轉真金休百鍊喪却毗耶離無人解看箭

擬弋者慕

翠羽立高枝危巢對落暉碧潭千萬丈直下取魚歸

透法身句　二首

潦倒雲門泛鐵船江南江北競頭看可憐無限垂鈎者隨例茫茫失釣竿

一葉飄空便見秋法身須透鬧啾啾明年更有新條在惱亂春風卒未休

靈隱小參

六合茫茫竟不知靈山經夏是便宜虛堂夜靜無餘事留得禪僧立片時

因雪示衆

清光歛月不相饒堆積虛庭卒未消爲瑞爲祥也難得不知誰解立齊腰

祕魔巖

把斷重津過者難擎杈須信髑髏乾藿山到後知端的同死同生未足觀

保福四謾人

竿木隨身老作家逢場作戲更難加謾人謾我無人會水長船高眼裏沙

靈雲和尚

本無迷悟數如麻獨許靈雲是作家借問徧

叅諸祖客不知何處見桃華

僧問緣生義

義列緣生笑未聞執呈布鼓向雷門金剛鐵劵諸方問報道三千海嶽昏

名實無當

玊轉珠回祖佛言精通猶是汙心田老盧只解長舂米何得黄梅萬古傳

迷悟相返

霏霏梅雨灑危層五月山房冷似氷莫謂乾坤乖大信未明心地是炎蒸

道貴如愚

雨過雲凝曉半開數峯如畫碧崔嵬空生不解巖中坐惹得天華動地來

大功不宰

牛頭峯頂鎖重雲獨坐寥寥寄此身百鳥不來春又過不知誰是到菴人

晦跡自貽

圖畫當年愛洞庭波心七十二峯青如今高卧思前事添得盧公倚石屏

五老師子

踞地盤空勢未休爪牙何必競時流天教生在千峯上不得雲擎也出頭

與時寡合

居士門高謁未期閑隈巖石且相宜太湖三萬六千頃月在清波說向誰

宜謙山主赴鄞城命

休向千峯過好時白雲高卧趣還卑塗中無限未歸客不待相依更待誰

庭前栢樹子 二首

七百甲子老禪和安貼家邦苦是他人問西

來指庭栢𨚫令天下動干戈
千聖靈機不易親龍生龍子莫因循趙州奪
得連城璧秦主相如總喪身
贈琴僧
太古清音發指端月當松頂夜堂寒悲風流
水多嗚咽不聽希聲不用彈
送僧
帆掛澄江雨霽時緑鋪春岸草離離定乾坤
句輕相送逢著知音舉向伊
送僧之婺城二首
孤雲徒自類行蹤高指金華思不窮日暮輕
帆映秋色沙禽啼斷一江風
婺溪煙景稱生涯輕泛蘭舟意未賒八詠清
風好相繼碧雲流水是詩家
送文用庵主歸舊隱

太白峯前舊隱基杉松寒翠滴無時經年抛
𨚫又歸去再聽巖猿只自知
送顯冲禪者之雪上覲兄著作
選佛選官應在我難兄難弟不唯他汀華岸
草芳菲日遠遠清風爭奈何
送寶月禪者之天台
春風吹斷海山雲别夜寥寥絶四隣月在石
橋更無月不知誰是月邊人
玄沙和尚
本是釣魚船上客偶除鬚髮著袈裟祖佛位
中留不得夜來依舊宿蘆華
偶作
拾翠尋芳烈夜燈蘆芽穿膝笑無能飛泉冷
淡與誰聽空落斷崖千萬層
送僧

路岐長草帶青青雲片相兼野思生多謝春風莫吹散等閑爲蓋贈君行

送純禪者

莎蘿雨滴蒼苔痕前峯後峯啼斷猿携筇別我下層翠何處靜敲仁者門

和頑書記見寄

古松吟繞石磷磷湯惠休辭豈易聞紅葉寫成藏不得暮風吹斷碧溪雲

送允誠侍者

飛泉列岫壓窮野冷碧寒青光鬬射片雲片石何太高爲誰留在長松下

送僧

古藤枝寒索索方倚靠又拈却海闊天遥非等閑風前曾共孤雲約

送清禪者

瘦藤春雲深天涯去無侶時笑野泉聲似共流鶯語落落風規今古情相逢會有知音舉

酧于祕丞

永夜潛思槁木身蓬仙門館漸經旬雖干清政爲高客爭奈白雲無主人巖瀉瀑泉機未息雨零寒葉夢猶頻此時賢宰容歸去古像焚檀祝有因

送僧

涼颷新葉墜巖陰禪起高秋別翠岑孤月冷光清有興斷雲閑影合無心瓶分吴浪情何極鉢化膺門道更深好是却廻舊房日倚欄同看橘鋪金

往復無間十二首

平旦寅眹兆之前已喪真老胡鶴樹漸開口猶舉雙趺誑後人

日出卯萬國香華競頭走邯鄲學步笑傍觀
豈知凶禍逐其後
食時辰大嚮那堪列主賓維摩香飯本非設
怪他鶖鷺獨生瞋
禺中巳荆棘園林徧大地南北東西卒未休
金剛燄復從何起
日南午寥廓騰輝示天鼓蠻頭藍巳定全身
何假周行誇七步
日昳未碧眼胡來欺漢地九年計較不能成
剛有癡人求斷臂
晡時申急急逃生路上人草鞋踏盡家鄉遠
頂罩燒鍾一萬斤
日入酉室內覆盆且依舊塵塵彼彼丈夫兒
井中之物同哮吼
黃昏戌寰中不礙平人出瓦礫光生珠玉閑
將軍豈用驅邊卒
人定亥六合茫茫誰不在長空有月自尋常
霧起雲騰也奇怪
半夜子樵唱漁歌聲未巳雨華徒說問空生
高枕千門睡方美
雞鳴丑貴賤尊卑名相守忙者忙兮閑者閑
古今休論自長久

送僧

巖泉高鎖黃金宅衲卷秋雲古標格離歌誰
贈欲行人徧界同爲一宿客春色依依日杲
杲南北東西好看好鬧市撥笑嬌尸迦草頭
青點俱胝老呵呵人間天上不知他糲竭
節有頂門眼歸去清風拂薜蘿

寄李都尉

水月拈來作者殊東西南北謾區區也知金

粟李居士端坐重城笑老盧咄

寄池陽曾學士

山萬重兮水萬枝堆青流碧冷便宜算來免
得生遥恨不在詩情在祖師

寄四明使君沈祠部 二首

露冕民謡物物成江山千里古風清曹溪客
是無機者日在深雲聽頌聲

蒼蒼德也亦如斯政化全歸副倚毗十萬人
家寫春色不知誰解立生祠

寄内侍太保 二首

千尺巖泉噴冷聲草堂雲淡竹風清蒲團時
倚無他事來日寥寥謝太平

蘿龕蘚室狎猿猱忽捧綸言掛紫袍恩大不
知何以報五雲天上望空勞

寄曹都護

故國休言萬里程爲官爲釋且分明道存不
必曾傾蓋俱有清風帀地生

送僧

虎角深藏不待時全機曾許雪林知如今百
越拈來也草偃風行是信旗

寄靈隱惠明禪師 二首

千峯影裏葉初凋極望還將慰寂寥也謂毫
端不相隔秋雲秋水柰遥遥

海嶠生片雲有時忽如蓋不掛飛來峯悠悠
擬何待

送益書記之霅水

白蘋汀是舊家鄉歸興蘭舟泛渺茫日暮沙
禽啼欲斷不知誰在碧雲房

明覺禪師祖英集卷第五

音釋

瓴甋（瓴音零甋音滴瓴甋甎也）襊（古得切衣襟也）毳（充芮切）樾（王月切木陰也）靦（他典切慙貌）檝（即涉切與楫同）狖（余救切獸名）糲（郎達切）

明覺禪師祖英集卷第六

參學小師文政編

三寶讚并序

子天禧中寓跡靈隱與寶眞禪者爲友或遊或處固以道義相揖投報相襲泠泠然自樂天常之性也一日眞公謂予曰愚近偶作三寶讚三十韻宜請賡唱因披閱加歎率爾而繼之類蝕木也俄屬分飛吳楚將二十載殊不復記憶眞公不以事曠誠隔遠遠附僧如衍而至再窺荒斐愧慰多集且夫聖人之立言也必朕虛必冥奥使文外之士同振古風垂千萬世又焉知來者及之不及道在其中也斯之讚辭曾不沽不待但遐仰覺皇宗致禪徒告而行之得不曲爲序引

佛寶

甘蔗流苗應刹塵覺場高發利生因紫金蓮捧千輪足白玉毫飛萬德身孤立大方資定慧等觀含類捨怨親挨星相好中天主帀地名聞出世人螺髮右旋仙島碧月眉斜印海門新鸞翔鳳舞非殊品象轉龍蟠絶比倫瓔珞聚中騰瑞色華鬘影裏奪芳春慈儀戀望知何極梵德言辭莫可陳肖字杳分無量義頂珠常照百由旬雙林孰謂歸圓寂坐斷乾坤日見眞

法寶

後得智生功德聚大悲留演潤禽魚貫華雖自科千品標月還歸理一如過量劫應期廣布剎那心合未忘書四衢道内拋紅燄五欲波中綻白蕖排斥泉魔登壽域引携諸子上安車義天星象熒熒也辭海波瀾浩浩歟達

背此恩難拯拔遭逢末世豈躊躇聞來半偈須相斅惜去全身莫共居飛辯恨曾虧激問頗幽欣且免長嘘生生頂奉輝心鏡廓照塵勞信有餘

僧寶

方袍圓頂義何宣績餤千燈豈小緣華雨座前猶滯相虎馴庵畔尚稽詮巖棲塚宿難休望鶴貌雲心逈灑然寶杖夜鳴寒嶠月銅瓶秋漱碧潭煙名標練若澄諠猾跡念昏衢警睡眠林下雅爲方外客人間堪作火中蓮情高不是超三際道在非同入四禪浮世勉誰知逝水深峯甘自聽飛泉苾蒭草馥僧祇後玳瑁盂傳古佛先珍重覺皇有真子坤維高步列金田

夏寄辯禪者山房

枕簟雲作屏必固黄金宅軒窻月爲畫豈止虚生白麟龍愧頭角鵰鶚慚羽翮庶擬孳類心在寛如在窄

和錢太傅見寄㒵山藥 二首

文柄誰持合自持憂民風槩乍清羸禪林草藥如爲效願見皇家急詔時

聖君鴻業在扶持日角龍章固不羸摛藻玉堂歸未晚百華開赴御筵時

送錢太傅應賢良選

賢才當召試彪炳對吾君千古不遺恨八元應主文岸華明列旆天籟拂微雲後夜觀垂象中台位已分

答天童新和尚

中峯深且寒歘接海邊島松凋不死枝華拆未萌草飛瀑吼蛟宮幽徑分鳥道伊余空寂

徒浮光寄枯槁冥遊天地間誰兮可尋討孤
立雲霞外誰兮可長保茲來仁者來還稱太
白老荷策扣巖扃重席展懷抱示我商頌清
休誇郢歌好報投慚抒辭難以論嘉藻

和頌

玲瓏巖古寺冠乎明越境海眼通洌泉天心
聳危嶺嘗遊興未闌遐想神忽凝彼士眞覺
雄相鄰不孤迴吾愛濟横流孰云煩慮屏吾
愛整頽綱豈止浮根靜棲梧瑞九苞追風駿
十影顧我不爭衡與誰閑鬬茗乘時既磊落
照世非昏暝佇爲王者師三千統摩頂

贈別太臻禪者

武陵山水何秘邃元化功兮不容易壇曾善
卷韜龍光洞亦桃華副麟趾仍思昔日吾祖
浩浩提綱宗消息曠斷寰宇空又聞高大舜
讓公器祥瑞却生蘆葦叢人由境兮冥道德
境有人兮分玉石臻禪本自偃殊方忽向其
中誕孤跡迢迢海甸來尋我一十二年同吟
坐羽翼摶風今是時拂盡天雲乃飛過

雲門俱字

百草頭何太極重與禪徒下錐剌雲門俱字
好衆詳雪峯輥毬亦端的黛非青兮藍一色
辰錦砂兮敢言赤紫羅帳裏有眞珠曹溪路
上生荆棘還會麼此時若不究根源直向當
來問彌勒

僧問四賔主因而有頌頌之

如何是賔中賔云滿面埃塵又曰噫

頌

賔中之賔少喜多嗔丈夫壯志當付何人

如何是賔中主云兆分其五又曰引

頌

賔中之主玄沙猛虎半合半開唯自相許

如何是主中賔云月帶重輪又曰收

頌

主中之賔温故知新互換相照師子嚬呻

如何是主中主云大千捏聚又曰揭

頌

主中之主正令齊舉長劒倚天誰敢當禦

都頌

賔主分不分顢頇絶異聞解布勞生手寄言

來白雲

令僧把衲

七八既難直須教透來不在前去不在後麤

細自看緊緩相就一日圓成呈似君想得諸

方未知有

送知一入京兼簡清河從事

六月千江水似秋片帆高掛岸雲收行行莫

謂朝天闕況倚文星在巨舟

送德珉山主

溪山春色映雲袍愛住隍城意轉高翻笑忘

機自安者不能垂手入塵勞

送僧二首

紅芍藥邊方舞蝶碧梧桐裏正啼鶯離亭不

折依依柳況有春山送又迎

祖域高親日未央家林歸去意何長舊交不

識初相見曽振滄溟奪夜光

送崇巳闍棃歸天台

石橋雲瀑冷相侵薜徑蘿龕入更深却羡揩

筇遠歸去半千尊者是知音

送遂悟上人之會稽

百越江山冠九州如屏還媿謾相褒惠休此去多吟賞贏得清風價轉高

送僧四首

乘興飛帆別翠峯水光春靜冷涵空到人若問曹溪意只報盧能在下風

禪石飛流濺碧莎刹生還喜下雲坡途中若立三千客剔起眉毛不在多

栴檀林裏振金毛四顧清風拂幾遭曾許全威作雲雨不知何處是塵勞

雲衣輕拂下層巒松檜生風觸衲寒誰問親遊乳峯意百千年後與誰看

寄員外黄君

碧岫層層列杳冥連漪環繞貢寒青韜藏未識古君子空仰嘉聲過洞庭

送僧

五色祥麟白月輪乘時應不念離羣松根石上未歸日誰看暮山飛斷雲

寄劉秀才

遠遠飛來一幅書愈風誠重復何如相逢相見未期日目斷千山插太虛

送僧

古之別今之別目對春江倚寥泬三樹兩樹啼斷猿千峯萬峯落殘雪華濛濛雨濛濛坤維步步生清風

聞百舌鳥送僧

曾來芳樹幾回飛煙靄初晴又見伊巧語向人莫相笑知音知後更誰知

送中座主入廣

船主船中寄惠持雲霞無跡共依依海山見說多嘉賞莫便因循忘却歸

送隴西秀才入京

國器難藏孰可知攜來書劍莫遲遲明年桂籍登文陣奪取龍頭更是誰

送僧

雪殘春島路迢迢水靜雲開見碧霄別後誰同此深意只應孤月共寥寥

因仰山氣毬頌

四大假合非虛妄儱儱侗侗爲一相東西南北不相知留與衲僧作榜樣

赴翠峯請別靈隱禪師

臨行情緒懶開言提唱宗乘亦是閑珍重導師并海衆不勝依戀向靈山

送僧歸閩

雪老當年曾入嶺眞禪今日又思鄉孤帆隱隱曾唯我月照夜濤空渺茫

送僧

春風颸颸華正飛紅霞碧靄籠高低越山日暮少林客應聽子規深夜啼

寄陳悅秀才

水中得火旨何深握草由來不是金莫道莊生解齊物幾人窮極到無心

寄錢塘觀音朋山主

遠念依依闕附書還同秋水淡相於沖雲況是曾無定幾掩寒蟾出太虛

送僧

極目春光水照空岸莎汀草碧茸茸三千里外生靈望獨倚寒藤振祖風

春日示衆 二首

門外春將半閑華處處開山童不用折幽鳥自衘來

門外春將半開華處處開山童曾折後幽鳥不啣來

寄烏龍長老

雪帶煙雲冷不開相思無復上高臺江山況是數千里只聽嘉聲動地來

寄太平端和尚

千朶危峯杳靄間石房長帶瀑聲寒鳥啼華發尋常事松本青青雪裏看

送僧

千峯雨雪時別我情何極不知天地間更有誰相識

因官人請陞座

曉天雲靜冷涵霜滿檻風清敵夜光莫謂座間人不識孤明孤影射虛堂

因金鵝和尚語藥病

藥病相治見最難百重關鎖太無端金鵝道者來相訪學海波瀾一夜乾

賦冲雲鷂送僧

側翼雄飛天勢闊電閃星流太輕脫南北東西相對看千里萬里阿喇喇

風旛競辯 二首

不是旛兮不是風衲僧於此作流通渡河用筏尋常事南山燒炭北山紅

不是風旛何處著新開作者曾拈却如今懵懂癡禪和謾道玄玄為獨脚

漁父

春光冉冉岸煙輕水面無風釣艇橫千尺絲綸在方寸不知何處得鯤鯨

牧童

嘔啊唱與那嗚咿百草拈來鬪不知日晚騎

牛未歸去指前坡笑又嘘嚱

送僧

巖房高下折寒梅極目寥寥鴈影回相別相逢竟何事一聲江上發春雷

寄天童疑

經旬抱疾阻春霖莎砌重重蘚暈侵曾約偕遊未能得暮山空鎖碧雲深

送僧入城

雲籠碧嶂月籠臺此去城中早晚回不爲佛光謁韓愈問君何事出山來

病中寄諸化主

雪裏梅華見早春東西南北路行人不知何處圓蟾夜同念山頭老病身

和于祕丞見召之什二首

民瘼求來吏放閑萬家深夜啓重關齋中既是清涼國應笑支公別買山

垂垂甘自養衰殘度歲無人到竹關何幸文星枉嘉什殷勤相喚出層山

和王殿直見寄二首

華野非殊古所難得安閑處未爲安大方無外誰相到空笑重雲鎖碧巒

清風凜凜字人官堪對彌天釋道安不日歸朝狎鴛鷺也須音問寄層巒

送僧

澄江依棹碧光流風冷蒹葭雨乍收別夜新吟許誰約白蘋汀上月陵秋

送僧歸永嘉

韶石曾披此性靈三年孤與急流爭永嘉舊隱今歸去堪聽海濤中夜聲

兔角拄杖

少室傳來兔角杖千聖護持爲頂相虎踞龍蟠勢未休雲影山形冷相向有時閑倚在虛空寥寥帀地凝秋霜有時大作師子吼德嶠臨濟何茫茫今日提來還不惜分明普示諸知識解拈天下任橫行高振風規有何極

送從吉禪者

君不見行路難亦容易握草爲金不爲貴難曾平地湧波瀾易復到處列祥瑞堪笑堪悲能幾幾天上人間立高軌兄弟十字越參星一義同心淡秋水因憶韶陽古風骨石火電光遲出沒隔身之句是程途扣門之問非窠窟殷勤報君君記取方外周遊看爪距虎狼叢不遇知音剔起眉毛便歸去

寄承天長老

道義相資復是誰巖房深夜思遲遲海山雲靜見孤月高照婺城人不知

送僧

古路枝分列洲渚網兮領兮若爲舉病眼方開忽送人落華鷲斷山禽語親禪客親禪客行復行獨步坤維消此情

送因大師

瘦藤清對紫方袍閑步坤維意轉高若到愼江人借問金輪王子是吾曹

送實師弟

天倫曾重意難分爭奈孤蹤若斷雲去去休同亮禪者西山一入杳無聞

送新茶 二首

元化功深陸羽知雨前微露見鎗旗收來獻佛餘堪惜不寄詩家復寄誰

乘春雀舌占高名龍麝相資笑解醒莫訝山

家少爲送鄭都官謂草中英
賦月生雲際送誠監寺
皎潔離雲鶴夢時孤光還與雪相宜金盆後
夜重垂影拂盡天風不自知
送僧之金華兼簡周屯田
瘦藤輕屨蘚衣并路過危峯截杳冥若到金
華拂雲霧不應容易見文星
送僧之永嘉
故園不是阻天涯華木光中見獨歸蜃水鄞
江人莫問月分春浪吟依依
寄送凝長老
德不孤兮必有鄰四明留住是因循如今高
步錢塘境只許靈山箇老人
放白鷴
朱冠青戢雪爲毛不近鸞凰意亦高放你雲
林莫廻首如今何處是仙曹
喜禪人迴山
別我遊方意未論缾盂還喜到雲根舊巖房
有安禪石再折松枝拂蘚痕
送僧
七尺巖藤握便行舊山歸去幾多程相逢忽
問迢迢意應發春雷動地聲
送僧歸天童
峩峩太白峯倚翠列霄岸羨君乘興歸凭欄
與誰看
和曾推官示嘉遁之什
少微星出古風還市地聲光不掩關三館峻
遷同陌路九華高卧是蓬山巖莎步入祥麟
穩海樹飛來白鳳閑只恐致君休未得蒲輪
重到薜蘿間

經古堰偶作
出城四十里古堰若天外飛棹清淺中孤影自相對

謝張太保見訪
老病還同葉半凋經旬門掩夜蕭蕭海城都護曾垂訪一片清風慰寂寥

送宗朴禪者
洞庭乳竇皆泉石抱疾何緣寄幽跡曾列狂機一二三東山西嶺非相識屈指嚬眉不可尋雲飛雨散空沉沉如今轉覺流年陽强把冥悰苦搜索縱止言欺白雪辭寧忘笑與黃梅客朴禪者朴禪者珠月有光慚照夜

送尚辭
浮屠之子履道爲貴天兮地兮何泰何否動無飾非靜還雕僞辭也云行後生可畏

歌寄留英禪德
當時臨濟辟黃檗或指河南或河北英禪此日下中峯机案曾焚笑仍則九苞一角慚稱瑞導月觀星亦非意爭似韶陽振古風半途未肯還希冀歸去來歸去來飛泉浩浩聲如雷

送小師元貢
愧爾求師爲吾弟子學雖無聞道亦可擬平飛辯月照復流水斯意斯言兮如不忘行行飈飈兮步蘭芷善應殊宗吾不知也思之

送文信歸廬嶽
春色未深與無邇早瓶謝九江峯尋五老到日攀蘿獨上時依依莫忘海山腦

送侃禪者之丹丘
石橋多古跡路嶮少人過如同白日閑冷拂

青苔坐寒老若相逢爲吾略嘲破

送實山主

野水春山風光極目千里萬里太遲太速絶域澄澄兮非犀炬可照希聲杳杳兮非鳳膠可續葉落華開知不知人天景行爲高躅

示衆

丫角女子白頭絲報你諸方作者知借問住山何境界春風颸颸春鳥喧喧翠峯不能助發心印却是他傳

和范監簿二首

吏散簾垂思莫窮山光溪影恣相容誰誇靖節偏栽柳自笑隱居高聽松丹闕尚遥芝檢密訟庭閑列藓華重巖間野客雖多病終再携筇謁士龍

品彙不自適善政還可尋縣樓清夜上島月思雲侵誰有古菱華照此眞宰心

因香嚴和尚

我有一機禪子須知爍迦羅眼總是膠黐若人借問伏惟伏惟

送雄直歲

罷叅還欲勘諸方竿木隨身不易當（是則俱行非則擒下）翻憶古來興化老主賓用盡力牽羊

爲道日損

三分光陰二早過靈臺一點不揩磨貪生逐日區區去喚不廻頭爭奈何

蹤古

我有面鏡到處懸挂凡聖不來誰上誰下

訪俞秀才

萬疊雲山未得歸寂寥心許老盧知江城雨雪書名紙不謁鴻儒更謁誰

再訓

萬卷無書道用歸閑文公也未須知倚天長劔如重戰更有龍頭復是誰

留暹首座

從龍爲雨復清閑片段依依水石間慚問秋風欲吹散不能留得覆青山不慚問者爲我留之

送俞居士歸蜀

何處深棲役夢頻青城拋却數溪雲如今老大歸難得只寫情懷遠送君

和王殿丞蘡薁栗種之什

纖纖圓實占芳春得自侯門勝楚珍開葉開華人不會百千年是等閑身

和江橋晚望

公餘縱目望江山萬化窮來囘象間聞說聖君將下詔未容清淡與僧閑

病起示衆

門掩還同歲月摧石窻經雨積苺苔一牀枕簟淨名老時見斷雲孤月來

送麻居士

紗帽山儀白苧袍遠披孤頂近吾曹携來七尺霜前竹劃斷天雲不放高

酧李校書

一回辭我一回吟賸戀巖叢意轉深勸謝霜松不凋落與君同有歲寒心

苦熱中懷寄永固山主

火雲高下影相連幾欲披尋恨不前無限清風無處問只應遲步繞林泉

送元安禪者

羣峯杳藹留不住遠道依依只藤屨舊隱蘿龕付與誰寒猿後夜啼高樹

賦病鶴送奉倫禪者
欲飛飛未得泠泊杉松枝如何垂天雲遠遠同一涯
偶作
列岫齊新雨凭欄只簷交夕陽明遠水秋葉露空巢思極曾無玷神清未動爻只應千古意誰得共雲坳
謝鮑學士惠臘茶
叢卉乘春獨讓靈建溪從此振嘉聲使君分賜深深意曾敵禪曹萬慮清
因遊育王亭寄牧主郎給事
冷翠千萬峯當軒列如黛蒲團及禪板永日澹相對形雲曾無機燒松亦成蓋遠謝幽隱情難與台星會
送遇能禪者
湖繞嚴城列象寬萬家臺榭水光寒片帆隱隱生遥極誰問曹溪意轉難
送覺海大師
秋雲巖葉兩悠悠半逐風馳半水流憑問禪家有何意不知方外若爲酬
送曾侍禁
冷匣秋波射斗星鐵衣隨從古霜清宣池莫問當年事一片威風動地生
病起酬如禪德
大明一寸光腐草一何假人命呼吸間誠哉是言也呼之曾已休吸之尚未含寄問諸苦源來者不來者
送雲禪德
古之送人言作懷寶我慚老病困乏辭藻態嶺迢迢兮曾立夜雪謝池依依兮笑生春草

頭角麟龍安可論清風步步應相討

送久禪德歸蘭亭

右軍墨池月照我復照誰千里忽相到中峯

多病師

送義大師

巖房抱病經一月門有諸生阻來謁長往之
期猶未能七十之年更何說若耶溪老忽留
語溪上舊遊且歸去春風颸颸兮兼斷雲弱
柳依依兮帶輕絮古今離恨雖如此動靜於
吾亦多意高握霜筇獨步時音書莫忘遠飛
寄

酬海宗二侍者　二首

蓀之得蘭其道匪難扶吾病起如珠在盤一
兮二兮自看誰看

蘭之得蓀其道必存扶吾病起古風入門二
兮一兮且論勿論

謝郎給事送建茗

陸羽仙經不易誇詩家珍重寄禪家松根石
上春光裏瀑水烹來鬬百華

送山茶上知府郎給事

穀雨前收獻至公不爭春力避芳叢煙開曾
入深深塢百萬鎗旗在下風

送郎侍郎致政歸錢塘

帆掛西風別海城二踈千古道相應誰誇富
貴沽時譽自笑經綸作技能殘葉賦題紅片
片遠山供望碧層層武林到日符嘉遁高訪
巖扃只許僧

山行逢懃禪德

乳巖秋日無他作策杖層層上寥廓四顧有
誰分野情一點彤雲起深壑蘚石遲遲略輕

踞逄箇衲僧忽驟歩頻㘞回頭不肯回及至回兮眉卓竪阿喇喇千里萬里横該抹㘞

送小師元㨗

老盧之子四三二一將欲振飛卷比叢室松凌霜兮運青水帶巖兮流急南北東西雲開見日

求豐莊新植徑松忽二本鄰偃抒辭紀之

雙偃松何似螺文結數遭清聲雖競發寒影不相高對客圓分蓋孤禪翠滴袍若教圖畫得爭奈有蕭搔

送白雲宣長老

鄞江秋晚忽成春況有台星作主人去去高携古刀尺二千年運續芳塵

送親禪者

萬木帶秋聲古今念睽别我有贈行意臨行爲君説重巖休滯雲遠水且觀月生生知不知天風助清徹

送顯冲禪者

聚散非常凖古今亦標格如何無事人還似未歸客秋風生羣林野水資寒色誰兮謝寸陰觀彼青山白冲禪行復行五葉待時拆

送天童普和尚

迢迢别海涯帆掛杪秋時島樹落寒葉人誰訪祖師浪閑遊象急天闊過鴻遲早晚歸林下千徒不共知

張秀才下第

得第何人愧不平道存頽巷亦爲榮應知未喪斯文也且把新詩樂性情

寄久監收

田中稻熟及時收顆粒圓成免外求一日歸

來古巖上白雲紅樹共悠悠

暮冬夜坐寄岫禪者

碧落無片雲虛庭積深雪負春還有誰徹曙對孤月巖松影拂翠不斷瀑水聲來聽忽絶岫禪岫禪知也如未知八面清風遠遠待時說

寄崇壽懷長老歌

寂住峯兮觸星斗寂住師兮古爲道死中得活未輕訓不許夜行投曉到藹藹聲光一百年吾其後兮吾其先振領提綱笑多事掩扉塞路空依然龍朔老盧同兀兀土爲貌兮金作骨萬國爭求肯便行我要重新敲鐵佛東西南北休云識枯槁冥冥頗相憶天外清風結陣來狂歌遠寄從拋擲

送廷利禪者

雪峯孤頂誰家路上兮下兮復何故曾列三千一半徒我今獨滿當時數鯨麟麟龍鱗鱗坤維高步生清塵休云裴相慕黃檗額有圓珠七尺身利禪者利禪者倚天長劍應牢把或謂風雲不再來誰爲蒼蒼分晝夜

送倧禪者

涪江怒激鯨鼇宅岌岌三山大傾側冥數俄然一箇來步武羣方作禪客振聲謂我分綱宗今兮古兮何忽忽今吾強爲抉辭句句字字凛凛生狂風拂散四七單傳之落葉掃蕩二三直指之流蓬似帶微芒敢未勦絶寒木在握兮全機可笑秋水橫按兮半提可滅使八極頂目者不自爭衡見斯人兮駕御昂枅

送鼎禪者

落落禪家流携笻巻雲毳別我振辭鋒夜堂消祖偈鼎禪之句霜天飛一鶚目對彈其滯春岸立千峯指也乎其勢行行復行行清飈起蘭蕙

觀泉送演禪者

雲根漱野泉照空復照月泠聲曾未消飛瀾似相別巖近生風雷天遥新氷雪演禪乗興知不知源流依依共澄潔

答忠禪者

一字七字三五字萬象窮來不爲據夜深月白下滄溟捜得驪珠有多許

和陸軫學士夏日見寄

良牧歸詩匠雅風消鬱蒸官清難滯爵吏散遠同僧棠樹非煙合仙槎碧浪乗因思窮萬化使君早製圓明鑑圖冠之序引或問或見令人曠達千古更無能

送化主

春色依依籠遠樹巻衲揹藤躋輕屨塵世茫茫無限人不知誰問曹溪路

送通判劉國博黄中

爲星當貳職攉化不相饒白屋如多恨清風何處消岸鷗窺列旆天辟看陞朝別有生靈意寒枝未變條

送別陳祕丞古意

悠悠層山雲斷兮仍復續離離雙岸草變兮且兼緑如何苦雪霜後凋轟松竹松竹有節操雪霜無伎倆敢折歳寒枝贈君作嘉賞行行天地間清風在誰掌

送通判學士歸南國楊

旆擁帆開照德星天風高興國風清武夷仙仗知回也各下祥雲到地迎千里之外應之非此則殊待者

也

和酬郎簽判殿丞

向國心存了了身大方無外且同塵江城早晚重相見解笑宗雷十八人

歌送范陽盧君兼簡華嚴昱大師

范陽居士來鄞水動地仙飈向人起乳峯直上雲霞開步驟天衢到如此茫茫塵世誰知交當場問我非相饒禪家畢竟無他事古雪巖前曾未消俄然悵望辭叢室荷負難兮淚深溢遠幸流方且莫論再得從容又何日迢迢故國殊存想冷碧柯山分指掌況有覺雄華藏師歸去百城共遊賞

送廣教專使

峩峩石頭使乎讓祖巳之匪存聖之奚慕或妄以山或索云斧音耗不通兮清源派分吾斯語兮詎可論古

送微文章

雙蓮亭上送行客菡萏清香散秋色野輿斷山雲片高孤影澄江月華白希聲險絶堪誰知大道機存曾未可縱闢天常立下風安教類變叢流火君不見梁兮闔國難滯留千古遺恨空悠悠君又不見魏兮小桂生寒犇一華對雪開無休徽禪亦並聯芳駕德星文星仰蕭灑物外情深不等閑環中趣别非輕捨相訪從容爲我言屈指多求更何者

送懷秀禪者

麻衣草座思靈徹一食安閑更無別條忽遷流數百年杳杳誰來繼其絶吾兮亦是踈慵輩冷澹身心存慷愷偶續靈峯照夜燈遠泛鐵船下滄海深嗟知困不知休奔馳駭浪空淹留縱得長鼇擬何待堪白頭時好白頭因

觀壞衲秀禪客清苦如氷復如檗别我携笻步大方爲葉爲華恣披折伏枕寥寥情意闌率寫狂歌贈行色

孤運銘

雲根石壙容身待老南來北來閑且尋討五葉一華兮堪對誰寥寥萬古兮空知有

寄海會之長老

百華開後一華開風遞清香遠遠來誰問黄梅不平事照中依舊惹塵埃

雜言送賢專使

使乎誰老作者百戰場中飛鐵馬秋水藏來人不知笑李將軍被擒下阿呵呵却歸湖山唱凱歌

歌紀四明汪君信士

古君子兮道諸已道器用兮合天理同塵還若待時生觀象不知何處起荆叢叢襲我叢叢孝兮悌兮非沚中聚應落落滴仙露散或泠泠揚士風風之上兮風之下近一指兮遠一馬秋水澹交無限情夜光照乘胡爲者伊予匪謂存餘力詠高義兮困肖聴巴歌百字巖葉書飛寄汪門舊知識

送仲卿禪德

高兮竺卿秋水虛明夫何之象堪云指程知吾不知笑（理出情謂宜撫掌爾）伽耶城

眞州資福禪院新鑄鍾銘（并序）

國朝紫微舍人趙公丙戌年出鎮姑蘇裁情示空巖之客所恨不能効善財展轉南方以求先覺如别幅叙雲嶽長老令僧惠敏造鍾既成栁重樓以簴之欲爲銘記且言當使學者有所警悟槩也縱能道其歸禪人惡肯信

惟師爲善知識行重名當代顒爲此銘因機垂化不亦美乎然重顯固陋荷大君子外奬敢不從命輙復引寄夫形聲未先曠然奚准器用之後幽靈絶常故聖人以鍾爲大惟聖人則之襲兮忘兮求以深矣其能具諸種智對飛雄辯但未兼極有生權化之來未易窮也感通傳稱昔拘留孫於乾竺造青石鍾如青玉色可容十斛頂類諸天腹陷衆寶八角四面華光互分有化如來與日偕出明宣祕演或聞不聞王舍城中大千界内匪同錚錚者乎今嶽禪老於淮甸造青銅鍾如青珠色過百鈞之用上旋旁植繞獸蹲熊其或層城晝閑祇園夜永寥寥霜月射寒影以爭輝殷殷地雷發虚音而交振師之唱險資之繼難寅夕鏗鏗主伴索索足使一鱗半甲無違眞化之方二聽五觀有寄神遊之域善存殊應扣惟良哉謹爲銘曰

淮之要衝 眞之會府 中列梵摩 居我禪祖
衆徒駢羅 慧敏千櫓 爰搆鯨音 息彼輪苦
峻横崇臺 金飛碧回 斯門屢掩 向人或開
希兮微兮 乍延乍催 先聞未及 後時不來
增悲遐宣 無困天理 帶識萬端 警悟齊起
導晦陟明 其母得子 塵塵訪誰 刹刹問已
大縁斯成 大功不宰 君奉禹湯 臣仰元凱
碑勒紺園 銘募文彩 庶期妙峯 永聳滄海

明覺禪師祖英集卷第六

明州雪竇山資聖寺第六祖明覺大師塔銘

尚書度支員外郎直秘閣兼充史館檢討賜緋魚袋呂夏卿撰

夫眞空不空是有無證寂滅不滅是往來相佛以權實一法開頓漸之徑使隨器而趣之有不離道場得大智慧有難行苦行爲人天業日月爲明矣而盲者不見睫毛舟楫可濟矣而溺者淪於波浪人之未有惡明而忘濟者其心一也其途異矣昆蚑之性羣行食豖倦則息觸則避求所以安樂不待教而能也人之於貴賤貧富壽夭得喪不知自然之分愛惡悲欣廉貪靜躁糾纏桎梏無所解脫晝勞形骸夜動夢寐至于老死且不知息彼昆蚑知所以安樂人顧不能也佛之教人推性命之際以極天地之外乃至觀身如掌中物傳付法寶不寓文字是謂禪那山嶽之大有時而泐金石之剛有時而刓形器之用也我則異於是無去無住無取無離不見于內不見于外不見中間自利義也利他仁也是謂涅槃妙心諸佛法印無上微妙秘密圓明眞實正法眼藏佛以授摩訶迦葉傳僧伽棃衣以待補處出世爲成道之符自是衣法相傳二十有七世香至王子初入中國謚曰圓覺圓覺傳大祖大祖傳鑑智鑑智傳大醫大醫傳大滿大滿傳大鑑大鑑藏衣傳法而已大慧繼之大寂承之其後皆以所居稱若天皇龍潭德山雪峯雲門香林智門其世次也禪師諱重顯字隱之大寂九世之孫智門之法嗣也俗姓李氏母丈氏以太平興國五年四月八日生大師於遂州始生瞑目若寐三日既浴乃豁然而寤屏去葷血不習戲弄七歲

有僧過其門挽持袈裟喜不自勝聞梵唄之聲輒泣下父母問其故懇請出家父母執不可師不食者累日咸平中終父母喪詣益州普安院仁銑師落髮爲弟子大慈寺僧元瑩講定慧圓覺疏師執卷質問大義至心本是佛由念起而漂沉伺夜入室請益往復數四瑩不能屈乃拱手稱謝曰子非滯教者吾聞南方有得諸佛清淨法眼者子其從之彼待子之求也久矣師於是東出襄陽至石門聰禪師之席居三歲機緣不諧聰諭之曰此事非思量分別所解隨州智門祚禪師子之師也師乃徙錫而詣之一夕問祚曰古人不起一念云何有過祚招師前席師攝衣趨進祚以拂子擊之師未曉其旨祚曰解麽師擬荅次祚又擊之師由是頓悟尋往廬山林禪師道場問之曰法爾不爾云何指南林曰只爲法爾不爾師遂拂衣而退衆皆股栗有毀於林者林諭衆曰此如來廣大三昧也非汝等輩以取捨心可了別也師辭往池州景德寺爲首座爲衆解肇法師般若論知州曾公會以果子抵于地曰古人云不離當處常湛然即今在何許師指景德長老曰只此長老亦不知落處曾公云上座知也不得無過師曰明眼人難瞞師南遊杭州住持蘇州洞庭翠峯嗣智門也未幾曾公出守明州手疏請師住持雪竇資聖蘇人固留不可師曰出家人止如孤鶴翅松去若片雲過頂何彼此之有雪竇本智覺禪師道場智覺亦雪峯五世孫備傳琛琛傳益益傳韶而壽繼之智覺其號也一法同源而地有盈虛師之至猶家焉決

潢汙變清洮被甓偃爭迅馳州邦遠近輻輳座下駙馬都尉和文李公表錫紫方袍侍中賈公又奏加明覺之號師住持三十一載度僧七十八人先是門弟子建壽塔於寺之西南五百餘步一日命侍者灑掃塔亭行至山椒歷覽久之曰自今過此何日復至左右皆大驚衆迎師還師堅指塔所衆皆號泣隨至塔前或曰師無頌辭世耶師曰吾平生患語之多矣翌日出杖屨衣盂散遺其徒有問疾者留食殷勤與之約曰七月七日復來相見其夜盥浴整衣側卧而滅時皇祐四年六月十日俗壽七十三僧臘五十夏以七月初六日入塔如師之約嗚呼師得妙用善機不取諸法能知去來達性命故方是時陞堂皇遊墻藩者悟性相體空頓息萬緣爲大乘法器

曰義懷在和凡百五十人傳其法於天下彼遮護意根網絆初心背覺合塵逐念流從得少爲多妄立知見雖三詣投子九陟洞山師亦援手濡足而無以救之是猶孔子之有宰我孟子之有盆成括非其師之過也自師出世門人惟益文軫圓應文政遠塵允誠子環相與裒記提唱語句詩頌爲洞庭語録雪竇開堂録瀑泉集祖英集頌古集拈古集雪竇後録凡七集師患語之多而其徒愴然猶以爲編擿有遺蓋利他之謂也余得其書而讀之二十餘年雖瞻仰高行而禄利所縻無由親近使得稽首避席霑彼法雨覺悟塵勞庶幾可教者今蔑如之何師辭世十有三年碑表未立餘杭僧惠思撰行業録與其徒元圭覺濟大師悟朋繼踵裒文請銘以予跂慕之

心重之以門人之請之勤抑有待耶愚公叩壤以移山雖不量力其誠則至矣謹焚香再拜繫之以銘曰

噫惷愚　背本源　一念異　生二根
勝與劣　駟馬奔　嗜所得　自詐諼
失大道　南北轅　艾至老　愉朝昏
正徧覺　人天尊　迷者挽　溺者掀
朝暾出　彗霾雲　渴得漿　寒得薪
悟報化　知非眞　趣安隱　擺客塵
王叔生　廣佛事　破六宗　應彈指
法來東　非會際　信衣傳　隻履逝
頂五山　眞法器　立積雪　殊其臂
忍非忍　得法髓　債必償　有裔嗣
晥公潛　佛日翳　翩南遊　立如椔
乞解脫　彊哉慧　攘蜂蠆　神獄衛
破頭峯　衆雲從　横六氣　驪二宗
教任意　任懶融　黄梅兒　陌上童
闕七相　了諸空　聖服勞　杵臼傭
和心偈　掊爭鋒　夜南鶩　懷是逢
帝稽首　睎下風　舟復新　葉歸叢
有道得　無心通　世有承　四衆依
燈相續　塤應箎　師異稟　自孩提
斥腴雋　蹈聖梯　慈固拒　不得施
起恭孝　終苴縗　銑落髮　瑩質疑
漢之東　得我師　抉盲瞶　柞荒菑
昔無有　今委蛇　遇霑洽　發萌蘖
淫靁鳴　鍾未簴　魚目藏　明珠吐
歸二山　下檐聚　來萬里　足繭踽
訇春雷　披蟄户　辯縛解　決去住
沃醍醐　蚪甘露　百五十　胄蕃廡

窮車轍　誦句語　瞻骨目　軸繪素
逺胡越　近杖屨　捐麤相　悉開悟
山茀鬱　泉咿幽　虎跡交　鼪猱啾
塔門閟　松栢槮　天南垂　海彪虓
囊破褐　笈單裯　來環繞　五體投
名殭身　禄飽喉　狃怨憎　甘鮑鱐
睨眞乗　等贅疣　慶我生　辯薫蕕
蘄誘掖　邈無由　琢堅石　攄我憂

治平二年乙巳歲二月五日

音釋

濺子賤切水激灑也　搘章移切拄也　儱力董切　侗他孔切　𩗩甫勿切　茸如容切草生貌　婺亡遇切郡名　黐丑知切黏　悰叢宗二音　涪房九切水名　錚初耕切金聲　睫即涉切目旁毛也　枻以制切楫也　桎梏桎職日切足械也梏姑沃切手械也　股公上切髀

幹也　泚此禮切水清也　躄必亦切足不能行也　暾他昆切日始出貌　椔莊持切木立死也　釃山宜切也分也　苴縗苴七余切麻有子者又顆也縗倉回切喪衣也　銑蘇典切小鑿也　聵胡對切聾也　柞疾各切木名　委蛇委於危切蛇余支切委蛇自得也　鼃烏瓜切淫聲也　簴臼許切架鐘鼓木横曰栒縱曰簴栒思尹切　巋丘軌切高峻貌　踽九禹區禹二切獨行貌　訇呼宏切大聲也　斞九娛切酌也　茀方未切木盛貌　鼪音生鼠名　猱奴刀切猴屬　槮居虯切木枝曲垂也　鱐音宿魚腊　贅疣贅朱芮切疣于求切贅疣瘤也　琢柱兖切雕刻也

禪林寶訓

東吳沙門　淨善　重集

清刻龍藏佛說法變相圖

寶訓者昔妙喜竹菴誅茅江西雲門時共集予淳熙間遊雲居得之老僧祖安惜其年深蠹損首尾不完後來或見于語錄傳記中積之十年僅五十篇餘仍取黃龍下至佛照簡堂諸老遺語節葺類三百篇其所得有先後而不以古今爲詮次大槩使學者削勢利人我趣道德仁義而已其文理優游平易無高誕荒邈詭異之跡實可以助入道之遠猷也且將刊木以廣流傳必有同志之士一見而心許者予雖老死丘壑而志願足矣東吳沙門淨善書

禪林寶訓卷第一

東吳沙門　淨善　重集

明教嵩和尚曰尊莫尊乎道美莫美乎德道德之所存雖匹夫非窮也道德之所不存雖王天下非通也伯夷叔齊昔之餓夫也今以其人而比之而人皆喜桀紂幽厲昔之人主也今以其人而比之而人皆怒是故學者患道德之不充乎身不患勢位之不在乎已 鐔津集

明教曰聖賢之學固非一日之具日不足繼之以夜積之歲月自然可成故曰學以聚之問以辨之斯言學非辨問無由發明今學者所至罕有發一言問辨於人者不知將何以裨助性地成日新之益乎 九峯集

明教曰太史公讀孟子至梁惠王問何以利吾國不覺置卷長嘆嗟乎利誠亂之始也故夫子罕言利常防其原也原者始也尊崇貧賤好利之弊何以別焉夫在公者取利不公則法亂在私者以欺取利則事亂事亂則人爭不平法亂則民怨不伏其悖戾鬬諍不顧死亡者自此發矣是不亦利誠亂之始也且聖賢深戒去利尊先仁義而後世尚有恃利相欺傷風敗教者何限況復公然張其征利之道而行之欲天下風俗正而不澆不薄其可得乎 鐔津集

明教曰凡人所爲之惡有有形者有無形者無形之惡害人者也有形之惡殺人者也殺人之惡小害人之惡大所以游宴中有鴆毒談笑中有戈矛堂奧中有虎豹鄰巷中有戎狄自非聖賢絶之於未萌防之於禮法則其

爲害也不亦甚乎 西湖廣記
明教曰大覺璉和尚住育王因二僧爭施利不已主事莫能斷大覺呼至責之曰昔包公判開封民有自陳以白金百兩寄我者亡矣今還其家其子不受望公召其子還之公嘆異即召其子語之其子辭曰先父存日無白金私寄他室二人固讓久之公不得已責付在城寺觀修冥福以薦亡者予目覩其事且塵勞中人尚能疎財慕義如此爾爲佛弟子不識廉耻若是遂依叢林法擯之 西湖廣記

大覺璉和尚初遊廬山圓通訥禪師一見直以大器期之或問何自而知之訥曰斯人中正不倚動靜尊嚴加以道學行誼言簡盡理凡人資稟如此鮮不有成器者 九峯集

仁祖皇祐初遣銀璫小使持綠綈尺一書召圓通訥住孝慈大伽藍訥稱疾不起表疏大覺應詔或曰聖天子旌崇道德恩被泉石師何固辭訥曰予濫厠僧倫視聽不聰幸安林下飯蔬飲水雖佛祖有所不爲況其它耶先哲有言大名之下難以久居予平生行知足之計不以聲利自累若厭于心何日而足故東坡嘗曰知安則榮知足則富避名全節善始善終在圓通得之矣 行實

圓通訥和尚曰譬者命在杖失杖則顛渡者命在舟失舟則溺凡林下人自無所守挾外勢以爲重者一旦失其所挾皆不能免顛溺之患 廬山野録

圓通訥曰昔百丈大智禪師建叢林立規矩欲救像季不正之弊曾不知像季學者盜規

矩以破百丈之叢林上古之世雖巢居穴處人人自律大智之後雖高堂廣厦人人自廢故曰安危德也興亡數也苟德可將何必叢林苟數可憑曷用規矩　野録

圓通謂大覺曰古聖治心於未萌防情於未亂盖預備則無患所以重門擊柝以待暴客而取諸豫也事預爲之則易卒爲之固難古之賢哲有終身之憂而無一朝之患者誠在於斯　九峯集

大覺璉和尚曰玉不琢不成器人不學不知道令之所以知古後之所以知先善者可以爲法惡者可以爲戒歷觀前輩立身揚名於當世者鮮不學問而成之矣　九峯集

大覺曰妙道之理聖人嘗寓之於易至周衰先王之法壞禮義亡然後奇言異術間出而亂俗逮我釋迦入中土醇以第一義示人而始末設爲慈悲以化羣生亦所以趨於時也自生民以來淳朴未散則三皇之教簡而素春也及情竇日鑿五帝之教詳而文夏也時與世異情隨日遷故三王之教密而嚴秋也昔商周之誥誓後世學者故有不能曉比當時之民聽之而不違則俗與今如何也及其弊而爲秦漢也則無所不至矣故天下有不忍願聞者於是我佛如來一推之以性命之理冬也天有四時循環以生成萬物聖人設教迭相扶持以化成天下亦由是而已矣然至其極也皆不能無弊者弊者迹也要當有聖賢者世起而救之自秦漢以來千有餘載風俗靡靡愈薄聖人之教列而鼎立互相詆訾大道寖寖莫之返良可嘆也　荅侍郎孫莘老書

大覺曰夫爲一方主者欲行所得之道而利於人先須克已惠物下心於一切然後視金帛如糞土則四衆尊而歸之矣與九仙謝和尚書

大覺曰前輩有聰明之資無安危之慮如石門聰棲賢舜二人者可爲戒矣然則人生定業固難明辨細詳其原安得不知其爲忽慢不思之過歟故曰禍患藏於隱微發於人之所忽用是觀之尤宜謹畏九峯集

雲居舜和尚字老夫住廬山棲賢日以郡守槐都官私忿罹横逆民其衣往京都訪大覺至山陽楚州也阻雪旅邸一夕有客携二僕破雪而至見老夫如舊識已而易衣拜於前老夫問之客曰昔在洞山隨師荷擔之漢陽斡僕宋榮也老夫共語疇昔客嗟嘆之久凌晨備飯贈白金五兩仍喚一僕客曰此兒來往京城數矣道途間關備悉師行固無慮乎老夫由是得達輦下推此益知其二人平昔所存矣九峯集

大覺曰舜老夫賦性簡直不識權衡貨殖等事日有定課曾不少易雖炙燈掃地皆躬爲之嘗曰古人有一日不作一日不食之戒予何人也雖垂老其志益堅或曰何不使左右人老夫曰經涉寒暑起坐不常不欲勞之

舜老夫曰傳持此道所貴一切真實别邪正去妄情乃治心之實識因果明罪福乃操履之實弘道德接方來乃住持之實量才能請執事乃用人之實察言行定可否乃求賢之實不存其實徒衒虛名無益於理是故人之操履惟要誠實苟執之不渝雖夷險可以一致

二事坦然庵集

舜老夫謂浮山遠錄公曰欲究無上妙道窮則益堅老當益壯不可循俗苟竊聲利自喪至德夫玉貴潔潤故丹紫莫能渝其質松表歲寒霜雪莫能凋其操是知節義爲天下之大惟公標致可尚得不自強古人云逸翮獨翔孤風絕侶宜其然矣廣錄

浮山遠和尚曰古人親師擇友曉夕不敢自怠至於執爨負舂陸沈賤役未嘗憚勞予在葉縣備曾試之然一有顧利害較得失之心則依違姑息靡所不至且身既不正又安能學道乎岳侍者法語

遠公曰夫天地之間誠有易生之物使一日暴之十日寒之亦未見有能生者無上妙道昭昭然在於心目之間故不難見要在志之堅行之力坐立可待其或一日信而十日疑之朝則勤而夕則憚之豈獨目前難見予恐終其身而背之矣雲首座書

遠公曰住持之要莫先審取捨取捨之極定於內安危之萌定於外矣然安非一日之安危非一日之危皆從積漸不可不察以道德住持積道德以禮義住持積禮義以刻剝住持積怨恨怨恨積則中外離背禮義積則中外和悅道德積則中外感服是故道德禮義洽則中外樂刻剝怨恨極則中外哀夫哀樂之感禍福斯應矣

遠公曰住持有三要曰仁曰明曰勇仁者行道德興教化安上下悅往來明者遵禮義識安危察賢愚辨是非勇者事果決斷不疑姦必除佞必去仁而不明如有田不耕明而不

勇如有苗不耘勇而不仁猶知刈而不知種
三者備則叢林興缺一則衰缺二則危三者
無一則住持之道廢矣二事與淨因臻和尚
書

遠公曰智愚賢不肖如水火不同器寒暑不
同時蓋素分也賢智之士醇懿端厚以道德
仁義是謀發言行事惟恐不合人情不通物
理不肖之者姦險詐佞矜己逞能嗜慾苟利
一切不顧故禪林得賢者道德修綱紀立遂
成法席厠一不肖者在其間攪群亂衆中外
不安雖大智禮法縱有何用智愚賢不肖優
劣如此爾烏得不擇焉惠力芳和尚書

遠公曰住持居上當謙恭以接下執事在下
要盡情以奉上上下既和則住持之道通矣
居上者驕倨自尊在下者怠慢自踈上下之
情不通則住持之道塞矣古德住持閒暇無
事與學者從容議論靡所不至由是一言半
句載于傳記逮今稱之其故何哉一則欲使
上情下通道無壅蔽二則預知學者才性能
否其於進退之間皆合其宜自然上下雍肅
遐邇皈敬叢林之興由此致耳與青華嚴書

遠公謂道吾真曰學未至於道衒耀見聞馳
騁機解以口舌辯利相勝者猶如厠屋塗汚
丹雘秖增其臭耳西湖記聞

遠公謂演首座曰心爲一身之主萬行之本
心不妙悟妄情自生妄情既生見理不明見
理不明是非謬亂所以治心須求妙悟悟則
神和氣靜容敬色莊妄想情慮皆融爲真心
矣以此治心心自靈妙然後導物指迷孰不
從化浮山實録

五祖演和尚曰今時叢林學道之士聲名不揚匪爲人之所信者蓋爲梵行不清白爲人不諦當輙或苟求名聞利養乃廣衒其華飾遂被識者所譏故蔽其要妙雖有道德如佛祖聞見疑而不信矣爾輩他日若有把茅蓋頭當以此而自勉佛鑒與佛果書

演祖曰師翁初住楊岐老屋敗椽僅蔽風雨適臨冬暮雪霰滿牀居不遑處衲子投誠願充修造師翁却之曰我佛有言時當減劫高岸深谷遷變不常安得圓滿如意自求稱足汝等出家學道做手脚未穩已是四五十歲詎有閑工夫事豐屋耶竟不從翌日上堂曰楊岐乍住屋壁踈滿牀盡撒雪珍珠縮却項暗嗟吁翻憶古人樹下居廣録

演祖曰衲子守心城奉戒律日夜思之朝夕行之行無越思思無越行有其始而成其終猶耕者之有畔其過鮮矣

演祖曰所謂叢林者陶鑄聖凡養育才器之地教化之所從出雖群居類聚率而齊之各有師承今諸方不務守先聖法度好惡偏情多以已是革物使後輩當何取法二事坦然集

演祖曰利生傳道務在得人而知人之難聖哲所病聽其言而未保其行求其行而恐遺其才自非素與交遊備詳本末探其志行觀其器能然後守道藏用者可得而知沽名飾貌者不容其僞縱其潛密亦見淵源夫觀探詳聽之理固非一朝一夕之所能所以南岳讓見大鑒之後猶執事十五秋馬祖見讓之時亦相從十餘載是知先聖授受之際固非

淺薄所敢傳持如一器水傳於一器始堪克紹洪規如當家種草此其觀採詳聽之理明驗也豈容巧言令色便僻諂媚而充選者哉 圓悟書

演祖曰住持大柄在惠與德二者兼行廢一不可惠而罔德則人不敬德而罔惠則人不懷苟知惠之可懷加其德以相濟則所敷之惠適足以安上下誘四來苟知德之可敬加其惠以相資則所持之德適足以紹先覺導愚迷故善住持者養德以行惠宣惠以持德德而能養則不屈惠而能行則有恩由是德與惠相蓄惠與德互行如此則德不用修而敬同佛祖惠不勞費而懷如父母斯則湖海有志於道者孰不來歸住持將傳道德興教化不明斯要而莫之得也 與佛眼書

演祖自海會遷東山太平佛鑑龍門佛眼二人詣山頭省覲祖集耆舊主事備湯果夜話祖問佛鑑舒州熟否對曰熟祖曰太平熟否對曰熟祖曰諸莊共收稻多少佛鑒籌慮間祖正色厲聲曰汝濫爲一寺之主事無巨細悉要究心常住歲計一衆所係汝猶罔知其他細務不言可見山門執事知因識果若師翁輔慈明師祖乎汝不思常住物重如山乎蓋演祖尋常機辯峻捷佛鑑既執弟子禮應對含緩乃至如是古人云師嚴然後所學之道尊故東山門下子孫多賢德而超邁者誠源遠而流長也 耿龍學與高菴書

演祖見衲子有節義而可立者室中峻拒不假辭色察其偏邪諂佞所爲猥屑不可教者愈加愛重人皆莫測烏乎蓋祖之取捨必有

道矣 耿龍學跋法語

演祖曰古人樂聞已過喜於爲善長於包荒厚於隱惡謙以交友勤以濟衆不以得喪二其心所以光明碩大照暎今昔矣 荅靈源書

演祖謂佛鑒曰住持之要臨衆貴在豐盈處已務從簡約其餘細碎悉勿關心用人深以推誠擇言故須取重言見重則主者自尊人推誠則衆心自感尊則不嚴而衆服感則不令而自成自然賢愚各通其懷小大皆奮其力與夫持以勢力迫以驅喝不得已而從之者何啻萬倍哉 與佛鑒書見蟾侍者日錄

演祖謂郭功輔曰人之性情固無常守隨化日遷自古佛法雖隆替有數而興衰之理未有不由教化而成昔江西南嶽諸祖之利物也扇以淳風節以清淨被以道德教以禮義使學者收視聽塞邪僻絕嗜慾忘利養所以日遷善遠過道成德備而不自知今之人不如古之人遠矣必欲參究此道要須確志勿易以悟爲期然後禍患得喪付之造物不可苟免豈可預憂其不成而不爲之耶纔有絲毫顧慮萌于胸中不獨今生不了以至千生萬劫無有成就之時 坦然菴集

功輔自當塗太平州也絕江訪白雲端和尚于海會白雲問公牛淳乎公曰淳矣白雲叱之公拱而立白雲曰淳乎淳乎南泉大溈無異此也仍贈以偈曰牛來山中水足草足牛出山去東觸西觸又曰上大人化三千可知禮也 行狀

白雲謂功輔曰昔翠巖真點胸躭味禪觀以口舌辯利呵罵諸方未有可其意者而大法

實不明了一日金鑾善侍者見而笑曰師兄參禪雖多而不妙悟可謂癡禪矣白雲夜話

白雲曰道之隆替豈常耶在人弘之耳故曰操則存捨則亡然非道去人而人去道也古之人處山林隱朝市不牽於名利不惑於聲色遂能清振一時美流萬世豈古之可爲今之不可爲也由教之未至行之不力耳或謂古人淳朴故可教今人浮薄故不可教斯實鼓惑之言誠不足稽也荅功輔書

白雲謂無爲子曰可言不可行不若勿言可行不可言不若勿行發言必慮其所終立行必稽其所蔽於是先哲謹於言擇於行發言非苟顯其理將啓學者之未悟立行非獨善其身將訓學者之未成所以發言有類立行有禮遂能言不集禍行不招辱言則爲經行則爲法故曰言行乃君子之樞機治身之大本動天地感鬼神得不敬乎白雲廣録

白雲謂演祖曰禪者智能多見於已然不能見於未然止觀定慧防於未然之前作止任滅覺於已然之後故作止任滅所用易見止觀定慧所爲難知惟古人志在於道絕念於未萌雖有止觀定慧作止任滅皆爲本末之論也所以云若有毫端許言於本末者皆爲自欺此古人見徹處而不自欺也實録

白雲曰多見衲子未嘗經及遠大之計予恐叢林自此衰薄矣楊岐先師每言上下偷安最爲法門大患予昔隱居歸宗書堂披閱經史不啻數百過目其簡編弊故極矣然每開卷必有新獲之意予以是思之學不負人如此白雲實録

白雲初住九江承天次遷圓通年齒甚少時晦堂在寶峰謂月公晦曰新圓通洞徹見元不忝楊岐之嗣惜乎發用太早非叢林福公晦因問其故晦堂曰功名美器造物惜之不與人全人固欲之天必奪之逮白雲終于舒之海會方五十六歲識者謂晦堂知幾知微真哲人矣 湛堂記聞

晦堂心和尚慕月公晦于寶峰公晦洞明楞嚴深肯海上獨步晦堂每聞一句一字如獲至寶喜不自勝衲子中間有竊議者晦堂聞之曰扣彼所長礪我所短吾何慊焉英邵武曰晦堂師兄道學為禪衲所宗猶以尊德自勝為強以未見未聞為媿使叢林自廣而狹於人者有所矜式豈小補哉 靈源拾遺

晦堂曰住持之要當取其遠大者略其近小者事固未決宜諮詢于老成之人尚疑矣更扣問于識者縱有未盡亦不致甚矣其或主者好逞私心專自取與一旦遭小人所謀罪將誰歸故曰謀在多斷在獨謀之在多可以觀利害之極致斷之在我可以定叢林之是非也 與草堂書

晦堂不赴潙山請延平陳瑩中移書勉之曰古人住持無職事選有德者居之當是任者必將以斯道覺斯民終不以勢位聲利為之變今學者大道未明各趨異學流入名相遂為聲色所動賢不肖雜糅不可別白正宜老成者惻隱存心之時以道自任障回百川固無難矣若夫退求靜謐務在安逸此獨善其身者所好非叢林所以望公者 出靈源拾遺

晦堂一日見黃龍有不豫之色因逆問之黃

龍曰監收未得人晦堂遂薦感副寺黃龍曰感尚暴恐爲小人所謀晦堂曰化侍者稍廉謹黃龍謂化雖廉謹不若秀莊主有量而忠

靈源嘗問晦堂黃龍用一監收何過慮如此晦堂曰有國有家者未嘗不本此豈特黃龍爲然先聖亦曾戒之大溈秀雙嶺化感鐵面三人也通菴壁記

晦堂謂朱給事世英曰予初入道自恃甚易逮見黃龍先師後退思日用與理矛盾者極多遂力行之三年雖祁寒溽暑確志不移然後方得事事如理而今咳唾掉臂也是祖師西來意章江集

朱世英問晦堂曰君子不幸小有過差而聞見指目之不暇小人終日造惡而不以爲然其故何哉晦堂曰君子之德比美玉焉有瑕生内必見於外故見者稱異不得不指目也若夫小人者日用所作無非過惡又安用言之章江集

晦堂曰聖人之道如天地育萬物無有不備於道者衆人之道如江河淮濟山川陵谷草木昆蟲各盡其量而已不知其外無有不備者夫道豈二耶由得之淺深成有小大耶荅張無盡書

晦堂曰久廢不可速成積弊不可頓除優游不可久戀人情不能恰好禍患不可苟免夫爲善知識達此五事涉世可無悶矣與祥和尚書

晦堂曰先師進止嚴重見者敬畏衲子因事請假多峻拒弗從惟聞省侍親老氣色穆然見於顏面盡禮津遣其愛人恭孝如此與謝景温書

晦堂曰黃龍先師昔同雲峰悅和尚夏居荆南鳳林悅好辯論一日與衲子作喧先師閱經自若如不聞見已而悅詣先師桉頭瞋目責之曰爾在此習善知識量度耶先師稽首謝之閱經如故已上並見靈源拾遺

黃龍南和尚曰予昔同文悅遊湖南見衲子擔籠行脚者悅驚異蹙頞已而呵曰自家閨閤中物不肯放下返累及他人擔夯無乃太勞乎林間錄

黃龍曰住持要在得衆得衆要在見情先佛言人情者爲世之福田盖理道所由生也故時之否泰事之損益必因人情情有通塞則否泰生事有厚薄則損益至惟聖人能通天下之情故易之別卦乾下坤上則曰泰乾上坤下則曰否其取象損上益下則曰益損下益上則曰損夫乾爲天坤爲地天在下而地在上位固乖矣而返謂之泰者上下交故也主在上而賓處下義固順矣而返謂之否者上下不交故也是以天地不交庶物不育人情不交萬事不和損益之義亦由是矣夫在人上者能約己以裕下下必悅而奉上矣豈不謂之益乎在上者蔑下而肆諸己下必怨而叛上矣豈不謂之損乎故上下交則泰不交則否自損者人益自益者人損情之得失豈容易乎先聖喻人爲舟情爲水水能載舟亦能覆舟水順舟浮違則沒矣故住持得人情則興失人情則廢全得而全興全失而全廢故同善則福多同惡則禍甚善惡同類端如貫珠興廢象行明若觀日斯歷代之元龜也與黃檗勝書

黄龍謂荆公曰凡操心所爲之事嘗要面前路徑開闊使一切人行得始是大人用心若也險隘不通不獨使他人不能行兼自家亦無措足之地矣章江集

黄龍曰夫人語默舉措自謂上不欺天外不欺人内不欺心誠可謂之得矣然猶戒謹乎獨居隱微之間果無纖毫所欺斯可謂之得矣荅荆公書

黄龍曰夫長老之職乃道德之器先聖建叢林陳紀綱立名位選擇有道德衲子命之曰長老者将行其道德非苟竊是明也慈明先師嘗曰與其守道老死丘壑不若行道領衆於叢林豈非善守長老之職者則佛祖之道德存歟與翠岩真書

黄龍謂隱士潘延之曰聖賢之學非造次可成須在積累積累之要惟專與勤屏絶嗜好行之匆倦然後擴而充之可盡天下之妙龍山廣録

潘延之聞黄龍法道嚴密因問其要黄龍曰父嚴則子敬今日之規訓後日之模範也譬治諸地隆者下之窪者平之彼将登于千仞之山吾亦與之俱困而極於九淵之下吾亦與之俱伎之窮妄之盡彼則自休也又曰姁之嫗之春夏所以生育也霜之雪之秋冬所以成熟也吾欲無言可乎林間録

黄龍室中有三關語衲子少契其機者脱有訓對惟斂目危坐殊無可否延之益扣之黄龍曰已過關者掉臂而去從關吏問可否此未透關者也林間録

黄龍曰道如山愈升而愈高如地愈行而愈

遠學者畢淺盡其力而止耳惟有志於道者乃能窮其高遠其他孰與焉 記聞

黄龍曰古之天地日月猶今之天地日月古之萬物性情猶今之萬物性情天地日月固無易也萬物性情固無變也道胡爲而獨變乎嗟其未至者厭故悅新捨此取彼猶適越者不之南而之北誠可謂異於人矣然徒勞其心苦其身其志愈勤其道愈遠矣 通庵壁記

黄龍謂英邵武曰志當歸一久而勿退他日必知妙道所歸其或心存好惡情縱邪僻雖有志氣如古人予終恐不得見其道矣 壁記

寶峰英和尚曰諸方老宿批判先覺語言拈提公案猶如捧土培泰山掬水沃東海然彼豈賴此以爲高深耶觀其志在益之而不自知非其當也 廣録

英邵武每見學者恣肆不懼因果嘆息久之曰勞生如旅泊住則隨緣去則亡矣彼所得能幾何爾輩不識廉耻干犯名分汚瀆宗教乃至如是大丈夫志在恢弘祖道誘掖後來不應私擅已慾無所避忌媟一身之禍造萬刼之殃三途地獄受苦者未是苦也向袈裟下失却人身實爲苦也 壁記

英邵武謂晦堂曰凡稱善知識助佛祖揚化使衲子迴心向道移風易俗固非淺薄者之所能爲末法比丘不修道德少有節義往往苞苴骯髒搖尾乞憐追求聲利於權勢之門一旦業盈福謝天人厭之玷汚正宗爲師友累得不太息晦堂領之

英邵武謂潘延之曰古之學者治心今之學者治迹然心與迹相去霄壤矣

英邵武謂真淨文和尚曰物暴長者必夭折功速成者必易壞不推久長之計而造卒成之功皆非遠大之資夫天地最靈猶三載再閏乃成其功備其化況大道之妙豈倉卒而能辦哉要在積功累德故曰欲速則不達細行則不失美成在久遂有終身之謀聖人云信以守之敏以行之忠以成之事雖大而必濟昔喆侍者夜坐不睡以圓木爲枕小睡則枕轉覺而復起安坐如故率以爲常或謂用心太過喆曰我於般若緣分素薄若不刻苦勵志恐爲妄習所牽況夢幻不真安得爲久長計予昔在湘西目擊其操履如此故叢林服其名敬其德而稱之（靈源拾遺）

真淨文和尚久參黄龍初有不出人前之言後受洞山請道過西山訪香城順和尚順戲之曰諸葛昔年稱隱者茅廬堅請出山來松花若也沾春力根在深岩也着開真淨謝而退（順語録）

真淨舉廣道者住五峯輿議廣疎拙無應世才逮廣住持精以治己寬以臨衆未幾百廢具舉衲子往來競爭喧傳真淨聞之曰學者何易毀譽邪予每見叢林竊議曰那箇長老行道安衆那箇長老不侵用常住與衆同甘苦夫稱善知識爲一寺之主行道安衆不侵常住與衆甘苦固當爲之又何足道如士大夫做官爲國安民乃曰我不受贓不擾民且不受贓不擾民豈分外事耶（山堂小參）

真淨住歸宗每歲化主納疏布帛雲委真淨視之顰蹙已而嘆曰信心膏血予慙無德何以克當（李商老日涉記）

真淨曰末法比丘鮮有節義每見其高談闊論自謂人莫能及逮乎一飯之惠則始異而終輔之先毀而後譽之求其是曰是非曰非中正而不隱者少矣壁記

真淨曰比丘之法受用不宜豐滿豐滿則溢稱意之事不可多謀多謀終敗將有成之必有壞之予見黃龍先師應世四十年語默動靜未嘗以顏色禮貌文才牢籠當世衲子唯確有見地履實踐真者委曲成褫之其慎重真得古人體裁諸方罕有倫比故今日臨衆無不取法日涉記

真淨住建康保寧舒王齋襯素縑因問侍僧此何物對曰紡絲羅真淨曰何用侍僧曰堪做袈裟真淨指所衣布伽黎曰我尋常披此見者亦不甚嫌惡即令送庫司估賣供衆其不事服飾如此日涉記

真淨謂舒王曰日用是處力行之非則固止之不應以難易移其志苟以今日之難掉頭弗顧安知他日不難於今日乎日涉記

真淨聞一方有道之士化去惻然嘆息至於泣涕時湛堂爲侍者乃曰物生天地間一兆形質枯死殘蠧似不可逃何苦自傷真淨曰法門之興賴有德者振之今皆亡矣叢林衰替用此可卜日涉記

湛堂準和尚初參真淨常炙燈帳中看讀真淨呵曰所謂學者求治心也學雖多而心不治縱學而奚益而況百家異學如山之高海之深子若爲盡之今弃本逐末如賤使貴恐妨道業直須杜絕諸緣當求妙悟他日觀之如推門入臼故不難矣湛堂即時屏去所習

專注禪觀一日聞衲子讀諸葛孔明出師表豁然開悟凝滯頓釋辯才無礙在流輩中鮮有過者

湛堂曰有道德者樂於衆無道德者樂於身樂於衆者長樂於身者亡今稱住持者多以好惡臨衆故衆人拂之求其好而知其惡惡而知其好者鮮矣故曰與衆同憂樂同好惡者義也義之所在天下孰不歸焉二事懶可贅疣集

禪林寶訓卷第一

禪林寶訓卷第二

東吴沙門　淨善　重集

湛堂曰道者古今正權善弘道者要在變通不知變者拘文執教滯相殢情此皆不達權變故僧問趙州萬法歸一一歸何處州云我在青州做領布衫重七斤謂古人不達權變能若是之酧酢聖人云幽谷無私遂至斯響洪鍾虛受扣無不應是知通方上士將返常合道不守一而不應變也（與李商老書）

湛堂曰學者求友須是可爲師者時中長懷尊敬作事取法期有所益或智識差勝於我亦可相從警所未逮萬一與我相似則不如無也（寶峯實録）

湛堂曰祖庭秋晚林下人不爲囂浮者固自難得昔真如住智海嘗言在湘西道吾時衆雖不多猶有老衲數輩履踐此道自大溈來此不下九百僧無七五人會我說話予以是知得人不在衆多也（實録）

湛堂曰惟人履行不可以一訕一詰固能盡知盖口舌辯利者事或未可信辭語拙訥者理或不可窮雖窮其辭恐未窮其理能服其口恐未服其心惟人難知聖人所病況近世衲子聰明不務通物情視聽多只伺過隙與衆違欲與道乖方相尚以欺相冒以詐使佛祖之道靡靡而愈薄殆不可救矣（荅魯直書）

湛堂謂妙喜曰像季比丘外多徇物内不明心縱有弘爲皆非究竟盖所附卑猥而使然如摶牛之虻飛止數步若附驥尾便有追風逐日之能乃依托之勝也是故學者居必擇處遊必就士遂能絶邪僻近中正聞正言也

昔福嚴雅和尚每愛真如喆標致可尚但未知所附者何人一日見與大寧寬蔣山元翠巖真偕行雅喜不自勝從容謂喆曰諸大士法門龍象子得從之遊異日支吾道之傾頹彰祖教之利濟固不在予多囑也 日涉記

湛堂謂妙喜曰參禪須要識慮高遠志氣超邁出言行事持信於人勿隨勢利苟枉自然不爲朋輩描摸時所上下也 寶峯記聞

湛堂曰予昔同靈源侍晦堂于章江寺靈源一日與二僧入城至晚方歸晦堂因問今日何往靈源曰適往大寧來時死心在旁厲聲呵曰參禪欲脫生死發言先要誠實清兄何得妄語靈源面熱不敢對自爾不入城郭不妄發言予固知靈源死心皆良器也 日涉記

湛堂曰靈源好閱經史食息未嘗少懈僅能背誦乃止晦堂因呵之靈源曰嘗聞用力多者收功遠故黃太史魯直曰清兄好學如饑渴之嗜飲食視利養紛華若惡臭蓋其誠心自然非特爾也 贅疣集

靈源清和尚住舒州太平每見佛眼臨衆周密不甚失事因問其要佛眼曰用事寧失於寬勿失於急寧失於畧勿失於詳急則不可救詳則無所容當持之於中道待之以舍緩庶幾爲臨衆行事之法也 拾遺

靈源謂長靈卓和尚曰道之行固自有時昔慈明放意於荊楚間含恥忍垢見者忽之慈明笑而已有問其故對曰連城與瓦礫相觸予固知不勝矣逮見神鼎後譽播叢林終起臨濟之道嗟乎道與時也苟可強乎 筆帖

靈源謂黃太史曰古人云抱火措于積薪之

下而寢其上火未及然固以爲安此誠偷安危之機死生之理明如杲日間不容髮夫人平居燕處罕以生死禍患爲慮一旦事出不測方頓足扼腕而救之終莫能濟矣筆帖

靈源謂佛鑑曰凡接東山師兄書未嘗言世諦事唯叮嚀忘軀弘道誘掖後來而已近得書云諸莊早損我總不憂只憂禪家無眼今夏百餘人室中舉箇狗子無佛性話無一人會得此可爲憂至哉斯言與憂院門不辦怕官人嫌責慮聲位不揚恐徒屬不盛者實霄壤矣每念此稱實之言豈復得聞吾姪爲嫡嗣能力振家風當慰宗屬之望是所切禱蟾侍者日錄

靈源曰磨礲砥礪不見其損有時而盡種樹蓄養不見其益有時而大積德累行不知其善有時而用棄義背理不知其惡有時而亡學者果熟計而履踐之成大器播美名斯今古不易之道也筆帖

靈源謂古和尚曰禍福相倚吉凶同域惟人自召安可不思或專己之喜怒而隘於含容或私心靡費而從人之所欲皆非住持之急務實恣肆之悠漸禍害之基源也筆帖

靈源謂伊川先生曰禍能生福福能生禍禍生於福者緣處災危之際切於思安深於求理遂能祗畏敬謹故福之生也宜矣福生於禍者緣居安泰之時縱其奢欲肆其驕怠尤多輕忽侮慢故禍之生也宜矣聖人云多難成其志無難喪其身得乃喪之端喪乃得之理是知福不可屢僥倖得不可常覬覦居福以慮禍則其福可保見得而慮喪則其得必

臻故君子安不忘危理不忘亂者也筆帖

靈源謂伊川先生曰夫人有惡其跡而畏其影却背而走者然走愈急迹愈多而影愈疾不如就陰而止影自滅而迹自絕矣日用明此可坐進斯道筆帖

靈源曰凡住持位過其任者鮮克有終盖福德淺薄量度狹隘聞見鄙陋又不能從善務義以自廣而致然也日錄

靈源聞覺範貶竄嶺海嘆曰蘭植中塗必無經時之翠桂生幽壑終抱彌年之丹古今才智喪身讒謗羅禍者多求其與世浮沈能保其身者少故聖人言當世聰明深察而近於死者好議人者也博辯宏大而危其身者好發人之惡也在覺範有之矣章江集

靈源謂覺範曰聞在南中時究楞嚴特加箋釋非不肖所望盖文字之學不能洞當人之性源徒與後學障先佛之智眼病在依他作解塞自悟門資口舌則可勝淺聞廓神機則終難極妙證故於行解多致參差而日用見聞尤增隱昧也章江集

靈源曰學者舉措不可不審言行不可不稽寡言者未必愚利口者未必智鄙樸者未必悖承順者未必忠故善知識不以辭盡人情不以意選學者夫湖海衲子誰不欲求道於中悟明見理者千百無一其間脩身勵行聚學樹德非三十年而不能致偶一事過差而叢林棄之則終身不可立夫耀乘之珠不能無纇連城之璧寧免無瑕凡在有情安得無咎夫子聖人也猶以五十學易無大過爲言契經則曰不怕念起惟恐覺遲況自聖賢以

降孰無過失哉在善知識曲成則品物不遺矣故曰巧梓順輪桷之用枉直無廢材良御適險易之宜駑驥無失性物既如此人亦宜然若進退隨愛憎之情離合繫異同之趣是由捨繩墨而裁曲直棄權衡而較重輕雖曰精徹不能無謬矣

靈源曰善住持者以衆人心爲心未嘗私其心以衆人耳目爲耳目未嘗私其耳目遂能通衆人之志盡衆人之情夫用衆人之心爲心則我之好惡乃衆人好惡故好者不邪惡者不謬又安用私託腹心而甘服其諂媚哉既用衆人耳目爲耳目則衆人聰明皆我聰明故明無不鑒聰無不聞又安用私託耳目而固招其蔽惑耶夫布腹心託耳目惟賢達之士務求己過與衆同欲無所偏私故衆人莫不歸心所以道德仁義流布遐遠者宜其然也而愚不肖之意務求人之過與衆違欲溺於偏私故衆人莫不離心所以惡名險行傳播遐遠者亦宜其然也是知住持人與衆同欲謂之賢哲與衆違欲謂之庸流大率布腹心託耳目之意有殊而善惡成敗相返如此得非求過之情有異任人之道不同者哉

靈源曰近世作長老涉二種緣多見智識不明爲二風所觸喪於法體一應逆緣多觸衰風二應順緣多觸利風既爲二風所觸則喜怒之氣交於心鬱勃之色浮於面是致取辱法門譏誚賢達唯智者善能轉爲攝化之方美導後來如瑯琊和尚往蘇州看范希文因受信施及千餘緡遂遣人陰計在城諸寺僧數皆客送錢同日爲衆檀設齋其即預辭范

公是日侵早發船逮天明衆知已去有追至常州而得見者受法利而廻觀此老一舉使姑蘇道俗悉起信心增深道種此所謂轉爲攝化之方與夫竊法位苟利養爲一身之謀者實霄壤也（與德和尚書）

文正公謂瑯琊曰去年到此思得林下人可語者嘗問一吏諸山有好僧否吏稱北寺瑞光希茂二僧爲佳予曰此外諸禪律中別無耶吏對予曰儒尊士行僧論德業如希茂二人者三十年蹈不越閫衣惟布素聲名利養了無所滯故邦人高其操履而師敬之若其登座說法代佛揚化機辯自在稱善知識者非碩吏能曉逮暇日訪希茂二上人視其素行一如吏言予退思舊稱蘇秀好風俗今觀老吏尚能分君子小人優劣況其識者耶瑯琊曰若吏所言誠爲高議請記之以曉未聞（瑯琊別錄）

靈源曰鍾山元和尚平生不交公卿不苟名利以卑自牧以道自樂士大夫初勉其應世元曰苟有良田何憂晚成弟恐乏才具耳荆公聞之曰色斯舉矣翔而後集在元公得之矣（贅疣集）

靈源曰先哲言學道悟之爲難既悟守之爲難既守行之爲難今當行時其難又過於悟守蓋悟守者精進堅卓勉在已躬而已惟行者必等心死誓以損已益他爲任若心不等誓不堅則損益倒置便墮爲流俗阿師是宜祇畏

靈源曰東山師兄天資特異語默中度尋常出示語句其理自勝諸方欲效之不詭俗則

淫陋終莫能及求於古人中亦不可得然猶謙光尊物不啻饑渴嘗曰我無法寧克勤諸子真法門中罪人矣

靈源道學行義純誠厚德有古人之風安重寡言尤爲士大夫尊敬嘗曰衆人之所忽聖人之所謹況爲叢林主助宣佛化非行解相應詎可爲之要在時時檢責勿使聲名利養有萌於心儻法令有所未孚衲子有所未服當退思脩德以待方來未見有身正而叢林不治者所謂觀德人之容使人之意消誠實在茲記聞

靈源謂圓悟曰衲子雖有見道之資若不深蓄厚養發用必峻暴非特無補教門將恐有招禍辱圓悟禪師曰學道存乎信立信在乎誠存誠於中然後俾衆無惑存信於己可以教人無欺惟信與誠有補無失是知誠不一則心莫能保信不一則言莫能行古人云衣食可去誠信不可失惟善知識當教人以誠信且心既不誠事既不信稱善知識可乎易曰惟天下至誠遂能盡其性能盡其性則能盡人之性而自既不能盡於己欲望盡於人衆必給而不從自既不誠於前而曰誠於後衆必疑而不信所謂割髮宜及膚剪爪宜侵體良以誠不至則物不感損不至則益不臻蓋誠與信不可斯須去己也明矣與虞察院書

圓悟曰人誰無過過而能改善莫大焉從上皆稱改過爲賢不以無過爲美故人之行事多有過差上智下愚俱所不免唯智者能改過遷善而愚者多蔽過飾非遷善則其德日新是稱君子飾過則其惡彌著斯謂小人是

以聞義能徙常情所難見善樂從賢德所尚望公相忘於言外可也 與文主簿

圓悟曰先師言做長老有道德感人者有勢力服人者猶如鸞鳳之飛百禽愛之虎狼之行百獸畏之其感服則一其品類固霄壤矣

贅疣集

圓悟謂隆藏主曰欲理叢林而不務得人之情則叢林不可理務得人之情而不勤於接下則人情不可得務勤接下而不辨賢不肖則下不可接務辨賢不肖而惡言其過悅順其已則賢不肖不可辨惟賢達之士不惡言過不悅順已惟道是從所以得人情而叢林理矣 廣錄

圓悟曰住持以衆智爲智衆心爲心恒恐一物不盡其情一事不得其理孜孜訪納惟善是求當問理之是非詎論事之大小若理之是雖靡費大而作之何傷若事之非雖用度小而除之何害蓋小者大之漸微者著之萌故賢者慎初聖人存戒涓涓不過終變桑田炎炎靡除卒燎原野流熖既盛禍災已成雖欲救之固無及矣古云不矜細行終累大德此之謂也 與佛智書

圓悟謂元布袋曰凡稱長老之職助宣佛化常思以利濟爲心行之而無矜則所及者廣所濟者衆然一有矜已逞能之心則僥倖之念起而不肖之心生矣 雙林石刻

圓悟謂妙喜曰大凡舉措當謹始終故善作者必善成善始者必善終謹終如始則無敗事古云惜乎衣未成而轉爲裳行百里之半於九十斯皆嘆有始而無終也故曰靡不有

初鮮克有終昔晦堂老子曰黃蘗勝和尚亦奇衲子但晚年謬耳觀其始得不謂之賢 雲門庵集

圓悟謂佛鑑曰白雲師翁動用舉措必稽往古嘗曰事不稽古謂之不法予多識前言往行遂成其志然非特好古蓋今人不足法先師每言師翁執古不知時變師翁曰變故易常乃今人之大患予終不爲也 蟾和尚日錄

佛鑑懃和尚自太平遷智海郡守曾公元禮問孰可繼住持佛鑒舉昺首座公欵得一見佛鑑曰昺爲人剛正於世邈然無所嗜好請之猶恐弗從詎肯自來耶公固邀之昺曰此所謂呈身長老也竟逃于司空山公顧謂佛鑒曰知子莫若父即命諸山堅請抑不得已而應命 蟾侍者日錄

佛鑒謂詢佛燈曰高上之士不以名位爲榮達理之人不爲抑挫所困其有承恩而效力見利而輸誠皆中人以下之所爲 日錄

佛鑒謂昺首座曰凡稱長老要須一物無所好一有所好則被外物賊矣好嗜慾則貪愛之心生好利養則奔競之念起好順從則阿諛小人合好勝負則人我之山高好掊克則嗟怨之聲作總而窮之不離一心心若不生萬法自泯平生所得莫越於斯汝宜勉旃規正來學 南華石刻

佛鑑曰先師節儉一鉢囊鞋袋百綴千補猶不忍棄置嘗曰此二物相從出關僅五十年矣詎肯中道棄之有泉南悟上座送褐布裰自言得之海外冬服則溫夏服則凉先師曰老僧寒有柴炭紙衾熱有松風水石蓄此奚

爲終却之 日録

佛鑑曰先師聞眞淨遷化設位辦供哀哭過禮嘆曰斯人難得見道根柢不帶枝葉惜其早亡殊未聞有繼其道者江西叢林自此寂寥耳 日録

佛鑑曰先師言白雲師翁平生疏通無城府顧義有可爲者踴躍以身先之好引拔賢能不喜附離苟合一榻翛然危坐終日嘗謂凝侍者曰守道安貧衲子素分以窮達得喪移其所守者未可語道也 日録

佛鑑曰爲道不憂則操心不遠處身常逸則用志不大古人歷艱難嘗險阻然後享終身之安盖事難則志鋭刻苦則慮深遂能轉禍爲福轉物爲道多見學者逐物而忘道背明而投暗於是飾巳之不能而欺人以爲智強人之不逮而侮人以爲高以此欺人而不知有不可欺之先覺以此掩人而不知有不可掩之公論故自智者人愚之自高者人下之惟賢者不然謂事散而無窮能涯而有盡欵以有盡之智而周無窮之事則識有所偏神有所困故於大道必有所闕焉 與秀紫芝書

佛鑒謂龍牙才和尚曰欵華前人之弊不可亟去須因事而革之使小人不疑則庶無怨恨予嘗言住持有三訣見事能行果斷三者缺一則見事不明終爲小人忽慢住持不振矣佛鑒曰凡爲一寺之主所貴操履清淨持大信以待四方衲子差有毫髮猥媟之事於巳不去遂被小人窺覷雖有道德如古人則學者疑而不信矣 山堂小參

佛鑑曰佛眼弟子唯高庵勁挺不近人情爲

人無嗜好作事無儻援清嚴恭謹始終以名節自立有古人之風近世衲子罕有倫比與耿龍學書

佛眼遠和尚曰蒞衆之容必肅於閑暇之日對賓之語當嚴於私昵之時林下人發言用事舉措施爲先須籌慮然後行之勿倉卒暴用或自不能予决應須諮詢耆舊博問先賢以廣見聞補其未能燭其未曉豈可虛作氣勢專逞貢高自彰其醜苟一行失之于前雖百善不可得而掩於後矣與眞牧書

佛眼曰人生天地間稟陰陽之氣而成形自非應眞乘悲願力出現世間其利欲之心似不可卒去惟聖人知不可去人之利欲故先以道德正其心然後以仁義禮智教化隄防之日就月將使其利欲不勝其仁義禮智而全其道德矣與耿龍學書

佛眼曰學者不可泥於文字語言蓋文字語言依他作解障自悟門不能出言象之表昔達觀頴初見石門聡和尚室中馳騁口舌之辯聡曰子之所說乃紙上語若其心之精微則未覩其奥當求妙悟悟則超卓傑立不乘言不滯句如師子王吼哮百獸震駭廻觀文字之學何啻以什較百以千較萬也龍間記聞

佛眼謂高庵曰百丈清規大槩標正檢邪軌物齊衆乃因時以制後人之情夫人之情猶水也規矩禮法爲隄防隄防不固必致奔突人之情不制則肆亂故去情息妄禁惡止邪不可一時亡規矩然則規矩禮法豈能盡防人之情茲亦助入道之階墀也規矩之立昭然如日月望之者不迷攟乎如大道行之者

不惑先聖建立雖殊歸源無異近代叢林有力役規矩者有死守規矩者有蔑視規矩者斯皆背道失理縱情逐惡而致然曾不念先聖救末法之弊禁放逸之情塞嗜慾之端絕邪僻之路故所以建立也東湖集

佛眼謂高菴曰見秋毫之末者不自見其睫舉千鈞之重者不自舉其身猶學者明於責人昧於恕已者不少異也真牧集

高菴悟和尚曰予初遊祖山見佛鑑小參謂貪欲瞋恚過如寃賊當以智敵之智猶水也不用則滯滯則不流不流則智不行矣其如貪欲瞋恚何予是時雖年少心知其爲善知識也遂求掛搭雲居實錄

高菴曰學者所存中正雖百折挫而浩然無憂其或所向偏邪朝夕區區爲利是計予恐堂堂之軀將無措於天地之間矣貞牧集

高菴曰道德仁義不獨古人有之今人亦有之以其智識不明學問不廣根器不淨志氣狹劣行之不力遂被聲色所移使不自覺蓋因妄想情念積習濃厚不能頓除所以不到古人地位耳與耿龍學書

高菴聞成枯木住金山受用侈靡嘆息久之曰比丘之法所貴清儉豈宜如此徒與後生輩習輕肥者增無厭之求得不愧古人乎真牧集

高菴曰住持大體以叢林爲家區別得宜付授當器舉措係安危之理得失關教化之源爲人範模安可容易未見住持弛縱而能使衲子服從法度淩遲而欲禁叢林暴慢昔育王諶遣首座仰山偉貶侍僧載於典文足爲今範今則各徇私欲大隳百丈規繩懈於夙

興多鈌參會禮法或縱貪饕而無忌憚或緣利養而致喧爭至於便僻醜惡靡所不有烏乎望法門之興宗教之盛詎可得耶 龍昌集

高庵住雲居每見衲子室中不契其機者即把其袂正色責之曰父母養汝身師友成汝志無饑寒之迫無征役之勞於此不堅確精進成辦道業他日何面目見父母師友乎衲子聞其語有泣涕而不已者其號令嚴整如此 且菴逸事

高庵住雲居聞衲子病移延壽堂咨嗟嘆息如出諸已朝夕問候以至躬自煎煮不嘗不與食或遇天氣稍寒拊其背曰衣不單乎或值時暑察其色曰莫太熱乎不幸不救不問彼之有無常住盡禮津送知事或他辭高庵叱之曰昔百丈爲老病者立常住爾不病不死也四方識者高其爲人及退雲居過天台衲子相從者僅五十輩間有不能往者泣涕而别盖其德感人如此 山堂小參

高庵退雲居圓悟欲治佛印卧龍庵爲燕休之所高庵曰林下人苟有道義之樂形骸可外予以從心之年正如長庚曉月光影能幾時且西山廬阜林泉相屬皆予逸老之地何必有諸已然後可樂耶未幾即曳杖過天台後終于華頂峯 真牧集

高庵曰衲子無賢愚惟在善知識委曲以崇其德業歷試以發其器能旌奨以重其言優愛以全其操歲月積久聲實並豐盖人皆含靈惟勤誘致如玉之在璞抵擲則瓦石琢磨則圭璋如水之發源壅閼則淤泥疏濬則川澤乃知像季非獨遺賢而不用其於養育勸

羿之道亦有所未至矣當叢林啟盛之時皆是季代棄材在季則愚當興則智故曰人皆含靈惟勤誘致是知學者才能與時升降好之則至獎之則崇抑之則衰斥之則絕此學者道德才能消長之所由也與李都運書

高庵曰教化之大莫先道德禮義住持人尊道德則學者尚恭敬行禮義則學者恥貪競住持有失容之慢則學者有凌暴之弊住持有動色之諍則學者有攻鬭之禍先聖知於未然遂選明哲之士主於叢林使人具瞻不諭而化故石頭馬祖道化盛行之時英傑之士出威儀柔嘉雍雍肅肅發言舉令瞬目揚眉皆可以爲後世之範模者宜其然矣與死心書

高庵曰先師嘗言行脚出關所至小院多有不如意事因思法眼叅地藏明教見神鼎時便不見有煩惱也記聞

高庵表裏端勁風格凛然動靜不忘禮法在衆日屢見侵害殊不介意終身以簡約自奉室中不妄許可稍不相契必正色直辭以裁之衲子皆信服嘗曰我道學無過人者但平生爲事無愧於心耳

高庵住雲居見衲子有攻人隱惡者即從容諭之曰事不如此林下人道爲急務和乃脩身豈可苟縱愛憎壞人行止其委曲如此師初不赴雲居命佛眼遺書勉云雲居甲於江左可以安衆行道似不須固讓師曰自有叢林已來學者被遮般名目壞了節義者不爲不少佛鑒聞之曰高庵去就衲子所不及記聞

高庵勸安老病僧文曰貧道嘗閱藏教諦審佛意不許比丘坐受無功之食生懶惰心起

吾我見每至晨朝佛及弟子持鉢乞食不擇貴賤心無高下俾得福者一切均溥後所稱常住者本爲老病比丘不能行乞者設非少壯之徒可得而食逮佛滅後正法世中亦復如是像季以來中國禪林不廢乞食但推能者爲之所得利養聚爲招提以安廣衆遂輒逐日行乞之規也今聞數刹住持不識因果不安老僧背戾佛旨削弱法門苟不住院老将安歸更不返思常住財物本爲誰置當推何心以合佛心當推何行以合佛行昔佛在日或不赴請留身精舍徧巡僧房看視老病一一致問一一辦置仍勸請諸比丘遞相恭敬隨順方便去其嗔嫌此調御師統理大衆之楷模也今之當代恣用常住資給口體結托權貴仍隔絶老者病者衆僧之物掩爲己有佛心佛行渾無一也悲夫悲夫古德云老僧乃山門之標榜也今之禪林百僧之中無一老者老而不納益之壽考之無補反不如夭死願今當代各導佛語紹隆祖位安撫老病常住有無隨宜供給無使愚昧專權滅裂致招來世短促之報切宜加察

覺範和尚題靈源門榜曰靈源初不願出世隄岸甚牢張無盡奉使江西屢致之不可久之翻然改曰禪林下衰弘法者多假我偷安不急撐拄之其崩頹跬可須也於是開法於淮上之太平予時東遊登其門叢林之整齊宗風之大振疑百丈無恙時不減也後十五年見此榜于逄原之室讀之凛然如見其道骨山谷爲擘窠大書其有激云嗚呼使天下爲法施者皆導靈源之語以住持則尚何憂

乎祖道不振也哉傳曰人能弘道非道弘人靈源以之石門集

歸雲本和尚辨佞篇曰本朝富鄭公弼問道於投子顒禪師書尺偈頌凡一十四紙碑於台之鴻福兩廊壁間灼見前輩主法之嚴王公貴人信道之篤也鄭國公社稷重臣晚年知向之如此而顒必有大過人者自謂於顒有所警發士夫中諦信此道能忘齒屈勢奮發猛利期於徹證而後已如楊大年侍郎李和文都尉見廣慧璉石門聰幷慈明諸大老激揚酧唱班班見諸禪書楊無為之於白雲端張無盡之於兜率悅皆扣關擊節徹證源底非苟然者也近世張無垢侍郎李漢老叅政呂居仁學士皆見妙喜老人登堂入室謂之方外道友愛憎逆順雷揮電掃脫略世俗拘忌觀者歛袵辟易罔窺涯涘然士君子相求於空閑寂寞之濱擬棲心禪寂發揮本有而已後世不見先德楷模專事諛媚曲求進顯凡以住持薦名為長老者往往書刺以稱門僧奉前人為恩府取招提之物苞苴獻佞識者憫笑而恬不知恥嗚呼吾沙門釋子一瓶一鉢雲行鳥飛非有凍餒之迫子女玉帛之戀而欲折腰擁篲酸寒跼蹐自取辱賤之如此邪稱恩府者出一己之私無所依據一妄庸唱之於其前百妄庸和之於其後擬爭奉之真卑小之耳削弱風教莫甚於佞人實姦邪欺偽之漸雖端人正士巧為其所入則陷身於不義失德於無救可不哀歟破法比丘魔氣所鍾誑誕自若詐現知識身相指禪林大老為之師承媚當路貴人為之宗屬申

不請之敬啓壞法之端白衣登床膜拜其下曲違聖制大辱宗風吾道之衰極至於此嗚呼天誅鬼録萬死奚贖非佞者歟嵩禪師原教有云古之高僧者見天子不臣預制書則曰公曰師鍾山僧遠鑾輿及門而牀坐不迎虎谿慧遠天子臨潯陽而詔不出山當世待其人尊其德是故聖人之道振後世之慕其高僧者交卿大夫尚不得預下士之禮其出其處不若庸人之自得也況如僧遠之見天子乎況如慧遠之自若乎望吾道與吾人之脩其可得乎存其教而不須其人存諸何以益乎惟此未甞不涕下淳熈丁酉余謝事顯恩寓居平田西山小塢以日近見聞事多矯僞古風凋落吾言不足爲之重輕聊書以自警云叢林盛事

圓極岑和尚䟦云佛世之遠正宗淡薄澆漓風行無所不至前輩凋謝後生無聞叢林典刑幾至掃地縱有扶救之者迺以爲王蠻子也今觀疎山本禪師辯佞詞遠而意廣深切著明極能箴其病第妄庸輩智識暗短醉心於邪佞之域必以醍醐爲毒藥也盛事東山空和尚荅余才茂借脚夫書云向辱枉顧荷愛之厚别後又承惠書益自感愧某本巖穴間人與世漠然才茂似知之今雖作長老居方丈只是前日空上座常住有無一付主事出入支籍並不經眼不畜衣鉢不用常住不赴外請不求外援任緣而住初不作明日計才茂既以道舊見稱故當相忘於道今書中就覔數脚夫不知此脚出於常住耶空上座耶若出於空空亦何有若出常住是私用常

住一沙私則爲盜豈有善知識而盜用常住乎公既入帝鄉求好事不宜於寺院營此等事公閩人所見所知皆閩之長老一住著院則常住盡盜爲已有或用結好貴人或用資給俗家或用接陪巳知殊不念其爲十方常住招提僧物也今之戴角披毛償所負者多此等人先佛明言可不懼哉比年以來寺舍殘廢僧徒寥落皆此等咎頷公勿置我於此等輩中公果見信則他寺所許者皆謝而莫取則公之前程未可量也逆耳之言不知以謂如何時寒途中保愛語錄

浙翁琰和尚云此書真閻老子殿前一本赦書也今之諸方道眼不知若何果能受持此書則他日大有得力處浙翁每以此舉似於人璨隱山亦云常住金穀除供衆之外幾如鴆毒住持人與司其出入者纔霑著則通身潰爛律部載之詳矣古人將錢就庫下回生薑煎藥蓋可見今之踞方丈者非特刮衆人鉢盂中物以恣口腹且將以追陪自巳非泛人情又其甚則刓去搜買珍奇廣作人情冀遷大刹只恐他日鐵面閻老子與計筭哉枯崖漫錄

禪林寶訓卷第二

禪林寶訓卷第三

東吳沙門　淨善　重集

雪堂行和尚住薦福一日問暫到僧甚處來僧云福州来雪堂云㳂路見好長老麼僧云近過信州博山住持本和尚雖不曾拜識好長老也雪堂曰安得知其為好僧云入寺路徑開闢廊廡脩整殿堂香燈不絕晨昏鐘鼓分明二時粥飯精潔僧行見人有禮以此知其為好長老雪堂笑曰本固賢矣然爾亦具眼也直以斯言達于郡守吳公傳朋曰遮僧持論頗類范延齡薦張希顏事而閣下之賢不減張忠定公老僧年邁乞請本住持庶幾為林下盛事吳公大喜本即日遷薦福（東湖集）（延齡事出皇朝類苑）

雪堂曰金隄千里潰於蟻壤白璧之美離於瑕玷況無上妙道非特金隄白璧也而貪慾瞋恚非特蟻壤瑕玷也要在志之端謹行之精進守之堅確修之完美然後可以自利而利他也（與王十朋書）

雪堂曰予在龍門時昺鐵面住太平有言昺行脚離鄉未久聞受業一夕遺火悉為煨燼昺得書擲之於地乃曰徒亂人意耳（東湖集）

雪堂謂晦菴光和尚曰予弱冠之年見獨居士言中無主不立外不正不行此語宜終身踐之聖賢事業備矣予佩其語在家修身出家學道以至率身臨衆如衡石之定重輕規矩之成方圓捨此則事事失準矣（廣錄見獨居士者即雪堂父也）

雪堂曰高菴臨衆必曰衆中須知有識者予因問其故高菴曰不見溈山道舉措看他上

流莫謾隨於庸鄙平生在衆不沉於下愚者皆出此語稠人廣衆中鄙者多識者少鄙者易習識者難親果能自奮志於其間如一人與萬人敵庸鄙之習力盡真挺特沒量漢也予終身踐其言始得不負出家之志廣錄

雪堂謂且菴曰執事須權重輕發言要先思慮務合中道勿使偏頗若倉卒暴用鮮克有濟就使得成而終不能萬全予在衆中備見利病惟有德者以寬服人常願後來有志力者審而行之方為美利靈源嘗曰凡人平居内照多能曉了及涉事外馳便乖混融喪其法體必欲思紹佛祖之任啓迪後昆不可不常自檢責也廣錄

應菴華和尚住明果雪堂未嘗一日不過從間有竊議者雪堂曰華姪為人不悅利近名不先譽後毀不阿容苟合不佞色巧言加以見道明白去住翛然衲子中難得予固重之且菴逸事

雪堂曰學者氣勝志則爲小人志勝氣則為端人正士氣與志齊為得道賢聖有人剛很不受規諫氣使然也端正之士雖強使爲不善寧死不二志使然也廣錄

雪堂曰高菴住雲居普雲圓爲首座一材僧爲書記白楊順為藏主通烏頭為知客賢真牧爲維那華姪爲副寺用姪爲監寺皆是有德業者用姪尋常廉約不點常住油華姪因戲之曰異時做長老須是鼻孔端正始得豈可以此爲得耶用姪不對用姪處己雖儉與人甚豊接納四來略無倦色高菴一日見之曰監寺用心固難得更須照管常住勿令踈

失用姪曰在其失為小過在和尚尊賢待士海納山容不問細微誠為大德高菴笑而已故叢林有用大碗之稱(逸事)

雪堂曰學者不知道之所向則尋師友以參扣之善知識不可以道之獨化故假學者賛祐之是以主招提有道德之師而成法社必有賢智之衲子是為虎嘯風冽龍驤雲起昔江西馬祖因百丈南泉而顯其大機大用南岳石頭得藥山天皇而著其大智大能所以千載一合論説無疑翼然若鴻毛之遇風沛乎似巨魚之縱壑皆自然之勢也遂致建叢林功勳增佛祖光耀先師住龍門一夕謂予曰我無德業不能浩歸湖海衲子終愧老東山也言畢潸然予甞思之今為人師法者與古人相去倍萬矣(與竹菴書)

雪堂曰予在龍門時靈源住太平有司以非意擾之靈源與先師書曰直可以行道殆不可為枉可以住持誠非我志不如放意於千巖萬壑之間日飽蒭粟以遂餘生復何惓惓乎不旬浹間有黃龍之命乃乘輿歸江西(聡首座記聞)

雪堂曰靈源好比類衲子曰古人有言譬為土木偶人相似為木偶人耳鼻先欲大口目先欲小人或非之耳鼻大可以小口目小可以大為土偶人耳鼻先欲小口目先欲大人或非之耳鼻小可以大口目大可以小夫此言雖小可以喻大矣學者臨事取捨不厭三思可以為忠厚之人也(記聞)

雪堂曰萬菴送高菴過天台回謂予言有德貫首座隱景星巖三十載影不出山龍學耿

公為郡特以瑞巖迎之貫辭以偈曰三十年来獨掩關使符那得到青山休將瑣末人間事換我一生林下閒使命再至終不就耿公嘆曰今日隱山之流也萬菴曰彼有老宿能記其語者乃曰不體道本沒溺死生觸境生心隨情動念狼心狐意諂行誑人附勢阿容徇名苟利乖真逐妄背覺合塵林下道人終不為也予曰貫亦僧中間氣也逸事

雪堂生富貴之室無驕倨之態處躬節儉雅不事物住烏巨山衲子有獻鐃鏡者雪堂曰溪流清泚毛髮可鑑蓄此何為終却之行實

雪堂仁慈忠恕尊賢敬能戲笑俚言罕出于口無峻阻不暴怒至於去就之際極為介潔甞曰古人學道於外物淡然無所嗜好以至忘勢位去聲色似不勉而能今之學者做盡伎倆終不柰何其故何哉志不堅事不一把作匹似閒耳行實

雪堂曰死心住雲巖室中好怒罵衲子皆望崖而退方侍者曰夫為善知識行佛祖之道號令人天當視學者如赤子今不能施慘怛之憂垂撫循之恩用中和之教柰何如仇讎見則詬罵豈善知識用心乎死心拽拄杖趂之曰爾見解如此他日諂奉勢位苟媚權豪賤賣佛法欺罔聾俗定矣予不忍故以重言激之安有他哉欲其知恥改過懷慕不忘異日做好人耳聰首座記聞

死心新和尚曰秀圓通甞言自不能正而欲正他人者謂之失德自不能恭而欲恭他人者謂之悖禮夫為善知識失德悖禮將何以垂範後乎與靈源書

死心謂陳瑩中曰欲求大道先正其心少有忿懥則不得其正少有嗜慾亦不得其正然自非聖賢應世安得無愛惡喜怒直須不置之於前以害其正是為得矣廣錄

死心曰節儉放下最為入道捷徑多見學者心憒憒口悱悱孰不欲繼踵古人及觀其放下節儉萬中無一恰似庶俗之家子弟不肎讀書要做官人雖三尺孺子知其必不能為也廣錄

死心謂湛堂曰學者有才識忠信節義者上也其才雖不高謹而有量者次也其或懷邪觀望隨勢改易此真小人也若置之於人前必壞叢林而汚瀆法門也實錄

死心謂草堂曰凡住持之職發言行事要在誠信言誠而信所感必深言不誠信所感必淺不誠之言不信之事雖平居庶俗猶不忍行恐見欺于鄉黨況為叢林主代佛祖宣化發言行事苟無誠信則湖海衲子孰相從焉黃龍實錄

死心曰求利者不可與道求道者不可與利古人非不能兼之盖其勢不可也使利與道兼行則商賈屠沽閭閻負販之徒皆能求之矣何必古人弃富貴忘功名灰心泯智於空山大澤之中澗飲木食而終其身哉必謂利與道行之不相違礙譬如捧漏卮而灌焦釜則終莫能濟矣因與韓子蒼書

死心曰晦堂先師昔遊東吳見圓照赴淨慈請蘇杭道俗爭之不已一曰此我師也汝何奪之一曰今我師也汝何有焉一本見林間錄

死心住翠巖聞覺範竄逐海外道過南昌邀

歸山中迎待連日厚禮津送或謂死心喜怒不常死心曰覺範有德衲子鄉者極言去其圭角今罹横逆是其素分予以平日叢林道義處之識者謂死心無私於人故如此 西山記聞

死心謂草堂曰晦堂先師言人之寬厚得於天性若強之以猛必不悠久猛而不久則返爲小人侮慢然邪正善惡亦得於天性皆不可移惟中人之性易上易下可從而化之 實錄

草堂清和尚曰燎原之火生於熒熒壞山之水漏於涓涓夫水之微也捧土可塞及其盛也漂木石沒丘陵火之微也勺水可滅及其盛也焦都邑燔山林與夫愛溺之水瞋恚之火曷常異乎古之人治其心也防其念之未生情之未起所以用力甚微收功甚大及其情性相亂愛惡交攻自則傷其生他則傷其人殆乎危矣不可救也 與韓子蒼書

草堂曰住持無他要在審察人情周知上下夫人情審則中外和上下通則百事理此住持所以安也人情不能審察下情不能上通上下乖戾百事矛盾此住持所以廢也其或主者自恃聰明之資好執偏見不通物情捨僉議而重已權廢公論而行私惠致使進善之途漸隘任衆之道益微毀其未見未聞安其所習所蔽欲其住持經大傳遠是猶却行而求前終不可及 與山堂書

草堂曰學者立身須要正當勿使人竊議一涉異論則終身不可立矣昔太陽平侍者道學爲叢林推重以處心不正識者非之遂致終身坎坷遠死無歸然豈獨學者而已爲一方主人尤宜祇畏 與一書記書

草堂謂如和尚曰先師晦堂言稠人廣衆中賢不肖接踵以化門廣大不容親踈於其間也惟在少加精選苟才德合人望者不可以已之所怒而踈之苟見識庸常衆人所惡者亦不可以已之所愛而親之如此則賢者自進不肖者自退叢林安矣若夫主者好逞私心專已喜怒而進退於人則賢者緘默不肖者競進紀綱紊亂叢林廢矣此二者實住持之大體誠能審而踐之則近者悅而遠者傳則何慮道之不行衲子不來慕乎踈山石刻

草堂謂空首座曰自有叢林已來得人之盛無如石頭馬祖雪峯雲門近代唯黃龍五祖二老誠能收拾四方英俊衲子隨其器度淺深才性能否發而用之譬如乘輕車駕駿駟總其六轡奮其鞭策抑縱在其顧眄之間則何往而不達哉廣録

草堂曰住持無他要在戒謹其偏聽自專之弊不主乎先入之言則小人諂佞迎合之讒不可得而惑矣盖衆人之情不一至公之論難見須是察其利病審其可否然後行之可也踈山實録

草堂謂山堂曰天下之事是非未明不得不愼是非既明以理決之惟道所在斷之勿疑如此則姦佞不能惑強辯不能移矣清泉記聞

山堂震和尚初郄曹山之命郡守移文勉之山堂辭之曰若使飯粱齧肥作貪名之衲子不若草衣木食爲隱山之野人清泉才菴主記聞

山堂曰蛇虎非鵰鳶之讎鵰鳶從而號之何也以其有異心故牛豕非鸜鵒之馭鸜鵒集而乘之何也以其無異心故昔趙州訪一菴

主值出生飯州云鵶子見人爲甚飛去主罔然遂躡前語問州州對曰爲我有殺心在是故疑於人者人亦疑之忘於物者物亦忘之古人與虵虎爲伍者善達此理也老龐曰鐵牛不怕獅子吼恰似木人見花鳥斯言盡之矣與周居士書

山堂曰御下之法恩不可過過則驕矣威不可嚴嚴則怨矣欲恩而不驕威而不怨恩必施於有功不可妄加於人威必加於有罪不可濫及無辜故恩雖厚而人無所驕威雖嚴而人無所怨功或不足稱而賞之已厚罪或不足責而罰之至重遂使小人故生驕怨矣與張尚書書

山堂曰佛祖之道不過得中過中則偏邪天下之事不可極意極意則禍亂古今之人不節不謹殆至危亡者多矣然則孰無過歟惟賢達之士改之勿吝是稱爲美也與趙超然書

山堂同韓尚書子蒼萬菴頻首座賢眞牧避難于雲門菴韓公因問萬菴近聞被李成兵吏所執何計得脫萬菴曰昨被執縛饑凍連日自度必死矣偶大雪埋屋其所繫屋壁無故崩倒是夜幸脫者百餘人公曰正被所執時如何排遣萬菴不對公再詰之萬菴曰此何足道吾輩學道以義爲質有死而已何所懼乎公頷之因知前輩涉世禍害死生皆有處斷矣眞牧集

山堂退百丈謂韓子蒼曰古之進者有德有命故三請而行一辭而退今之進者惟勢與力知進退而不失其正者可謂賢達矣記聞

山堂謂野菴曰住持存心要公行事不必出

於已爲是以他爲非則愛惡異同不生於心暴慢邪僻之氣無自而入矣幻庵集

山堂曰李商老言妙喜器度凝遠節義過人好學不倦與老夫相從寶峰僅四五載十日不見必遣人致問老夫舉家病腫妙喜過舍躬自煎煮如子弟事父兄禮既歸元首座責之妙喜唯唯受教識者知其大器湛堂嘗曰杲侍者再來人也山僧惜不及見湛堂遷化妙喜躡足千里訪無盡居士於渚宮求塔銘湛堂末後一段光明妙喜之力也日涉記

妙喜杲和尚曰湛堂每獲前賢書帖必焚香開讀或刋之石曰先聖盛德佳名詎忍弃置其雅尚如此故其亡也無十金之聚唯唐宋諸賢墨蹟僅兩竹籠衲子競相譏唱得錢八十餘千助茶毗禮可庵集

妙喜曰佛性住大潙行者與地客相毆於口切捶也佛性欲治行者祖超然因言若縱地客摧辱行者非惟有失上下名分切恐小人乘時侮慢事不行矣佛性不聽未幾果有莊客弑知事者可庵集

妙喜曰祖超然住仰山地客盜常住穀超然素嫌地客意欲遣之令庫子行者爲彼供狀行者欲保全地客察超然意抑令供起離狀仍返使呌喚不肎供責超然怒行者擅權二人皆決竹篦而已蓋超然不知陰爲行者所謀嗚呼小人狡猾如此可庵集

妙喜曰愛惡異同人之常情惟賢達高明不被其所轉昔圓悟住雲居高菴退東堂愛圓悟者惡高菴同高菴者異圓悟由是叢林紛紛然有圓悟高菴之黨竊觀二大士播大名

于海山非常流可擬惜乎昧於輕信小人謟言惑亂聰明遂爲識者笑是故宜其亮座主隱山之流爲高上之士也（智林集）

妙喜曰古人見善則遷有過則改率德循行思免無咎所患莫甚於不知其惡所羨莫善於好聞其過然豈古人之才智不足識見不明而若是耶誠欲使後世自廣而狹於人者爲戒也夫叢林之廣四海之衆非一人所能獨知必資左右耳目思慮乃能盡其義理善其人情苟或尊居自重謹細務忽大體賢者不知不肖者不察事之非不改事或是不從率意狂爲無所忌憚此誠禍害之基安得不懼或左右果無可諮詢者猶宜取法於先賢豈可如嚴城堅兵無自而入耶此殆非所謂納百川而成大海也（與寶和尚書）

妙喜曰諸方舉長老須舉守道而恬退者舉之則志節愈堅所至不破壞常住成就叢林亦主法者救今日之弊也且詐佞狡猾之徒不知羞耻自能謟奉執位結托于權貴之門又何須舉（與竹菴書）

妙喜謂超然居士曰天下爲公論不可廢縱抑之不行其如公論何所以叢林舉一有道之士聞見必欣然稱賀或舉一不諦當者衆人必慽然嗟嘆其實無他以公論行與不行也烏乎用此可以卜叢林之盛衰矣（可菴集）

妙喜曰節儉放下乃脩身之基入道之要歷觀古人鮮有不節儉放下者年来衲子遊荆楚買毛褥過浙右求紡絲得不愧古人乎

妙喜曰古德住持不親常住一切悉付知事掌管近代主者自恃才力有餘事無大小皆

歸方丈而知事徒有其虛名耳嗟乎苟以一身之資固欲把攬一院之事使小人不蒙蔽紀綱不紊亂而合至公之論不亦難乎與山堂書

妙喜曰陽極則陰生陰極則陽生盛衰相乘乃天地自然之數惟豐亨宜乎日中故曰日中則昃月滿則虧天地盈虧與時消息而況於人乎所以古之人當其血氣壯盛之時慮光陰之易往則朝念夕思戒謹彌懼不恣情不逸欲惟道是求遂能全其令聞若夫恣之以逸慾敗之以恣情殆於不可救方頓足扼腕而追之晚矣時乎難得而易失也鄭林書

妙喜曰古人先擇道德次推才學而進當時苟非良器置身于人前者見聞多薄之由是衲子自思砥礪名節而立比見叢林凋喪學者不顧道德少節義無廉恥識淳素爲鄙朴獎囂浮爲俊敏是故晚輩識見不明涉獵抄寫用資口舌之辯日滋月浸遂成澆漓之風建語于聖人之道曹若面牆此殆不可救也與韓子蒼書

妙喜曰昔晦堂作黃龍題名記曰古之學者居則巖穴食則土木衣則皮草不係心於聲利不籍名於官府自魏晉齊梁隋唐以來始剏招提聚四方學徒擇賢者規不肖俾智者導愚迷由是賓主立上下分矣夫四海之衆聚于一寺當其任者誠亦難能要在終其大捨其小先其急後其緩不爲私計專利於人比汲汲爲一身之謀者實霄壤矣今黃龍以歷代住持題其名于石使後之來者見而目之曰孰道德孰仁義孰公於衆孰利於身嗚呼可不懼乎石刻

張侍郎子韶謂妙喜曰夫禪林首座之職乃選賢之位今諸方不問賢不肖例以此爲僥倖之津途亦主法者失也然則像季固難得其人若擇其履行稍優才德稍備識廉恥節義者居之與夫險進之徒亦差勝矣可菴集

妙喜謂子韶曰近代主法者無如真如喆善輔弼叢林莫若楊岐議者謂慈明真率作事忽略殊無避忌楊岐忘身事之惟恐不周惟慮不辦雖衝寒冒暑未嘗急已惰容始自南源終于興化僅三十載總柄綱律盡慈明之世而後已如真如者初自東包行脚逮于應世領徒爲法忘軀不啻如饑渴者造次顛沛不遷色無疾言夏不排窓冬不附火一室翛然疑塵滿按嘗曰衲子内無高明遠見外乏嚴師良友尠克有成器者故當時執拗如孚鐵脚倔強如秀圓通諸公皆望風而偃嗟乎二老實千載衲子之龜鑑也可菴記聞

子韶同妙喜萬菴三人詣前堂本首座寮問疾妙喜曰林下人身安然後可以學道萬菴直謂不然必欲學道不當更顧其身妙喜曰爾遮漢又顛邪子韶雖重妙喜之言而終愛萬菴之語爲當記聞

子韶問妙喜方今住持何先妙喜曰安著禪和子不過錢穀而已時萬菴在座以謂不然計常住所得善能撙節浮費用之有道錢穀不勝數矣何足爲慮然當今住持惟得抱道衲子爲先假使住持有智謀能儲十年之粮座下無抱道衲子先聖所謂坐消信施仰愧龍天何補住持子韶曰首座所言極當妙喜回顧萬菴曰一箇箇都似你萬菴休去已上並見

可菴集

萬庵顏和尚曰妙喜先師初住徑山因夜叅持論諸方及曹洞宗旨不已次日音首座謂先師曰夫出世利生素非細事必欲扶振宗教當隨時以救弊不必取目前之快和尚前日作禪和子持論諸方猶不可妄況今登寶華王座稱善知識耶先師曰夜來一時之說焉首座曰聖賢之學本於天性豈可率然先師稽首謝之首座猶說之不已萬庵曰先師竄衡陽賢侍者録貶詞揭示僧堂前衲子如失父母涕泗愁歎居不遑處音首座詰衆寮白之曰人生禍患不可苟免使妙喜平生如婦人女子陸沈下板緘默不言故無今日之事況先聖所應爲者不止於是爾等何苦自傷昔慈明瑯琊谷泉大愚結伴叅汾陽適當西北用兵遂易衣混火隊中往今徑山衡陽相去不遠道路絕間關山川無險阻要見妙喜復何難乎由是一衆寀然翌日相繼而去廬山智林集

萬庵曰先師移梅陽衲子間有竊議者音首座曰大凡評論於人當於有過中求無過詎可於無過中求有過夫不察其心而疑其跡誠何以慰叢林公論且妙喜道德才器出於天性立身行事惟義是從其量度固過於人今造物抑之必有道矣安得不知其爲法門異時之福耶聞者自此不復議論矣智林集

音首座謂萬庵曰夫稱善知識當洗濯其心以至公至正接納四來其間有抱道德仁義者雖有讎隙必須進之其或姦邪險薄者雖有私恩必須遠之使來者各知所守一心同

德而叢林安矣與妙喜書

又曰凡住持者孰不欲建立叢林而鮮能克振者以其忘道德廢仁義捨法度任私情而致然也誠念法門凋喪當正己以下人選賢以佐佑推奬宿德疎遠小人節儉修於身德惠及於人然後所用執侍之人稍近老成者存之便佞者疎之貴無醜惡之謗偏黨之亂也如此則馬祖百丈可伴臨濟德山可逮智林集

音首座曰古之聖人以無灾爲懼乃曰天豈弃不穀乎范文子曰惟聖人能内外無患自非聖人外寧必内憂古今賢達知其不能免甞謹其始爲之自防是故人生稍有憂勞未必不爲終身之福蓋禍患謗辱雖堯舜不可逃況其他乎與妙喜書

萬庵顔和尚曰比見叢林絶無老成之士所至三百五百一人爲主多人爲伴據法王位拈槌竪拂互相欺誑縱有談說不涉典章宜其無老成人也夫出世利生代佛揚化非明心達本行鮮相應詎敢爲之譬如有人妄號帝王自取誅滅況復法王如何妄竊嗚呼去聖逾遠水潦鶴之屬又復縱横使先聖化門日就淪溺吾欲無言可乎屬菴居無事條陳傷風敗教爲害生者一二流布叢林俾後生晚進知前輩兢兢業業以荷負大法爲心如冰凌上行劔刃上走非苟名利也知我罪我吾無辭焉智林集

萬菴曰古人上堂先提大法綱要審問大衆學者出來請益遂形問答今人杜撰四句落韻詩喚作釣話一人突出衆前高吟古詩一聯喚作罵陣俗惡俗惡可悲可痛前輩念生

死事大對衆決疑既以發明未起生滅心也

萬菴曰夫名行尊宿至院主人陞座當謙恭敘謝屈尊就卑增重之語下座同首座大衆請陞于座庶聞法要多見近時相尚舉古人公案令對衆批判喚作驗他切莫萌此心先聖爲法忘情同建法化互相訓唱令法久住肯容心生滅與此惡念耶禮以謙爲主宜深思之

萬菴曰比見士大夫監司郡守入山有處次日令侍者取覆長老今日特爲某官陞座此一節猶宜三思然古来方冊中雖載皆是士大夫訪尋知識而来住持人因叅次畧提外護教門光輝泉石之意既是家裏人說家裏兩三句淡話令彼生敬如郭公輔楊次公訪白雲蘇東波黄太史見佛印便是樣子也豈是特地妄爲取笑識者

萬庵曰古人入室先令掛牌各人爲生死事大踴躍来求决擇多見近時無問老病盡令來納降款有覊自然香安用公界驅之因此妄生節目賔主不安主法者當思之

萬庵曰少林初祖衣法雙傳六世衣止不傳取行解相應世其家業祖道愈光子孫益繁大鑑之後石頭馬祖皆嫡孫應般若多羅懸讖要假兒孫脚下行是也二大士玄言妙語流布寰區潛符密證者比比有之師法既衆學無専門曹溪源流派别爲五方圓任器水體是同各擅佳聲力行已任等閑垂一言出一令網羅學者叢林鬨沸非苟然也由是互相訓唱顯微闡幽或抑或揚佐佑法化語言無味如煮木札羹炊鐵釘飯與後輩咬嚼目

爲拈古其頌始自汾陽暨雪竇宏其音顯其旨汪洋乎不可涯後之作者馳騁雪竇而爲之不顧道德之奚若務以文彩煥爛相鮮爲美使後生晚進不克見古人渾淳大全之旨嗚呼予遊叢林及見前輩非古人語録不看非百丈號令不行豈特好古蓋今之人不足法也望通人達士知我於言外可矣

萬庵曰比見衲子好執偏見不通物情輕信難迴愛人佞巳順之則美逆之則踈縱有一知半解返被此等惡習所蔽至白首而無成者多矣已上並見智林集

萬庵曰叢林所至邪說熾然乃云戒律不必持定慧不必習道德不必修嗜慾不必去又引維摩圓覺爲證賛貪瞋癡殺盜婬爲梵行嗚呼斯言豈特起叢林今日之害真法門萬世之害也且博地凡夫貪瞋愛慾人我無明念念攀緣如一鼎之沸何由清冷先聖必思大有於此者遂設戒定慧三學以制之庶可廻也今後生晚進戒律不持定慧不習道德不脩專以博學强辯搖動流俗牽之莫返予固所謂斯言乃萬世之害也惟正因行脚髙士當以生死一着辨明持誠存信不爲此輩牽引乃曰此言不可信猶鴆毒之糞虵飲之水聞見猶不可況食之乎其殺人無疑矣識者自然遠之矣與草堂書

萬菴曰草堂弟子惟山堂有古人之風住黄龍日知事公幹必具威儀詣方丈受曲折然後備茶湯禮始終不易有智恩上座爲母修冥福透下金二錢兩日不尋聖僧才侍者因掃地而得之掛拾遺牌一衆方知蓋主法者

清淨所以上行下效也清泉集

萬菴節儉以小參普說當供衲子間有竊議者萬庵聞之曰朝饗膏粱暮厭麄糲人之常情汝等既念生死事大而相求於寂寞之濱當思道業未辦去聖時遥詎可朝夕事貪饕耶真牧集

萬庵天性仁厚處躬廉約尋常出示語句辭簡而義精慱學強記窮詰道理不爲苟止而妄隨與人評論古今若身履其間聽者曉然如目覩衲子嘗曰終歳參學不若一日聽師談論爲得也記聞

萬庵謂辯首座曰圓悟師翁有言今時禪和子少節義勿廉恥士大夫多薄之爾異時儻不免做遮般蟲豸常常在繩墨上行勿趨勢利佞人顏色生死禍患一切任之即是不出魔界而入佛界也法語

辯首座出世住廬山棲賢常携一笻穿雙屨過九江東林混融老見之呵曰師者人之模範也舉止如此得不自輕主禮甚滅裂辯笑曰人生以適意爲樂吾何咎焉援毫書偈而去偈曰勿謂棲賢窮身窮道不窮草鞋獰似虎柱杖活如龍渴飲曹溪水饑呑栗棘蓬銅頭鐵額漢盡在我山中混融覽之有愧月窟集

辯公謂混融曰像龍不足致雨畫餅安可充饑衲子内無實德外恃華巧猶如敗漏之舡盛塗丹雘使偶人駕之安於陸地則信然可觀矣一旦涉江湖犯風濤得不危乎月窟集

辯公曰所謂長老者代佛揚化要在潔已臨衆行事當盡其誠豈可擇利害自分其心在我爲之固當如是若其成與不成雖先聖不

能必吾何荀乎月窟集

辯公曰佛智住西禪衲子務要整齊惟水庵賦性沖澹奉身至薄昂昂然在稠人中曾不屑慮佛智因見之呵曰柰何藞苴如此水庵對曰某非不好受用直以貧無可為之具若使有錢亦欲做一兩件皮毛同入社火既貧固無如之何佛智笑之意其不可強遂休去月窟集

佛智裕和尚曰駿馬之奔逸而不敢肆足者銜轡之禦也小人之強橫不敢縱情者刑法之制也意識之流浪不敢攀緣者覺照之力也嗚呼學者無覺照猶駿馬無銜轡小人無刑法將何以絶貪慾治妄想乎與鄭居士法語

禪林寶訓卷第三

禪林寶訓卷第四

東吴沙門　淨善　重集

佛智謂水庵曰住持之體有四焉一道德二言行三仁義四禮法道德言行乃教之本也仁義禮法乃教之末也無本不能立無末不能成先聖見學者不能自治故建叢林以安之立住持以統之然則叢林之尊非為住持四事豐美非為學者皆以佛祖之道故是以善為住持者必先尊道德守言行能為學者必先存仁義遵禮法故住持非學者不立學者非住持不成住持與學者猶身之與臂頭之與足大小適稱而不悖乃相須而行也故曰學者保於叢林叢林保於道德住持人無道德則叢林將見其廢矣（實錄）

水庵一和尚曰易言君子思患而預防之是故古之人思生死大患防之以道遂能經大傳遠今之人謂求道迂闊不若求利之切當由是競習浮華計較毫末希目前之事懷苟且之計所至莫肯為周歲之規者況生死之慮乎所以學者日鄙叢林日廢綱紀日墜以至陵夷顛沛殆不可救嗟乎可不鑑哉（雙林實錄）

水庵曰昔遊雲居見高菴夜參謂至道逕捷不近人情要須誠心正意勿事矯飾偏邪矯飾則近詐佞偏邪則不中正與至道皆不合矣竊思其言近理乃刻意踐之遠見佛智先師始浩然大徹方得不負平生行脚之志（與月堂書）

水庵曰月堂住持所至以行道為己任不發化主不事登謁每歲食指隨常住所得用之衲子有志充化導者多却之或曰佛戒比丘

持鉢以資身命師何拒之弗容月堂曰我佛在日則可恐今日為之必有好利者而至於自鬻矣因思月堂防微杜漸深切著明稱實之言今猶在耳以今日觀之又豈止自鬻而已矣法語

水庵謂侍郎尤延之曰昔大愚慈明谷泉瑯琊結伴參汾陽河東苦寒衆人憚之惟慈明志在於道曉夕不怠夜坐欲睡引錐自刺嘆曰古人為生死事大不食不寢我何人哉而縱荒逸生無益於時死無聞於後是自棄也一旦辭歸汾陽嘆曰楚圓今去吾道東矣西湖記聞

水庵曰古德住持率已行道未嘗苟簡自恣昔汾陽每嘆像季澆漓學者難化慈明曰甚易所患主法者不能善導耳汾陽曰古人淳誠尚且三二十年方得成辦慈明曰此非聖哲之論善造道者千日之功或謂慈明妄誕不聽而汾地多冷因罷夜參有異比丘謂汾陽曰會中有大士六人奈何不說法不二年果有六人成道者汾陽嘗有頌曰胡僧金錫光請法到汾陽六人成大器勸請為敷揚西湖記聞及僧傳

投子清和尚畫水庵像求贊曰嗣清禪人孤硬無敵晨昏一齋脇不至席深入禪定離出入息名達九重談禪選德龍顏大悅賜以金帛力辭者三上乃嘉歎真道人也草木騰煥傳予陋質炷香請贊是所謂青出於藍而青於藍者也見畫像

水庵曰佛智先師言東山演祖嘗謂耿龍學曰山僧有圓悟如魚之有水鳥之有翼故丞

相紫巖居士贊曰師資相可希遇一時始終之分誰能間之然巖居士可謂知言矣比見諸方尊宿懷心術以御衲子衲子挾勢利以事尊宿主賓交利上下欺侮安得法門之與叢林之盛乎與梅山潤書

水庵曰動人以言惟要深切言不深切所感必淺人誰肯懷昔白雲師祖送師翁住四面叮嚀曰祖道凌遲危如累卵毋恣荒逸虛喪光陰復敗至德當寬容量度利物存衆提持此事報佛祖恩當時聞者孰不感慟爾昨來召對宸庭誠爲法門之幸切宜下身尊道以利濟爲心不可矜己自伐從上先哲謙柔敬畏保身全德不以勢位爲榮遂能清振一時美流萬世予慮光景不長無復面會故此切囑見按子書

水庵少倜儻有大志尚氣節不事浮靡不循細檢肯次岸谷徇身以義雖禍害交前不見有殞穫之色住持八院經歷四郡所至兢兢業業以行道建立爲心淳熙五年退西湖淨慈有偈曰六年灑掃皇都寺瓦礫翻成釋梵宮今日功成歸去也杖頭八面起清風士庶遮留不止小舟至秀之天寧未幾示疾別衆告終行實

月堂昌和尚曰昔大智禪師慮末世比丘驕惰特製規矩以防之隨其器能各設攸司主居丈室衆居通堂列十局頭首之嚴肅如官府居上者提其大綱在下者理其衆目使上下相承如身之使臂臂之使指莫不率從是以前輩遵承翼翼戴奉拳拳奉行者以先聖之遺風未泯故也比見叢林衰替學者貴通才賤

守節尚浮華薄真素日滋月浸漸入澆漓始則偷安一時及玩習既久謂其理之當然不謂之非義不謂之非理在上者惴惴焉畏其下在下者睽睽焉伺其上平居則甘言屈體以相媚悅得間則狠心詭計以相屠獪成者為賢敗者為愚不復問尊卑之序是非之理彼既為之此則傚之下既言之上則從之前既行之後則襲之嗚呼非彥聖之師秉願力積百年之功其弊固則莫能革矣與舜和尚書

月堂住淨慈最久或謂和尚行道經年門下未聞有弟子得不辜妙湛乎月堂不對他日再言之月堂曰子不聞昔人種瓜而愛甚者盛夏之日方中而灌之瓜不旋踵而淤敗何也其愛之非不勤然灌之不以時適所以敗之也諸方老宿提挈衲子不觀其道業內充才器宏遠止欲速其為人逮審其道德則淫污察其言行則乖戾謂其公正則邪佞得非愛之過其分乎是正猶日中之灌瓜也予深恐識者笑故不為也北山記聞

月堂曰黃龍居積翠因病三月不出真淨宵夜懇禱以至然頂煉臂仰祈陰相黃龍聞之責曰生死固吾分也爾叅禪不達理若是真淨從容對曰叢林可無克文不可無和尚識者謂真淨敬師重法其誠至此他日必成大器北山記聞

月堂曰黃太史魯直嘗言黃龍南禪師器量深厚不為事物所遷平生無矯飾門弟子有終身不見其喜怒者雖走使致力之輩一以誠待之故能不動聲氣而起慈明之道非苟然也一本見黃龍石刻

月堂曰建炎已酉上巳日鍾相叛於澧陽文殊導禪師尼於難賊勢既盛其徒逸去師曰禍可避乎即殺然處于丈室竟為賊所害無垢居士跋其法語曰夫愛生畏死人之常情惟至人悟其本不生雖生而無所愛達其末嘗滅雖死而無所畏故能臨死生禍患之際而不移其所守師其人乎以師道德節義足以教化叢林垂範後世師名正導眉州丹稜人佛鑑之嗣也一本見廬山岳府惠太師記聞

心聞賁和尚曰衲子因禪致病者多有病在耳目者以瞠眉努目側耳點頭為禪有病在口舌者以顛言倒語胡喝亂喝為禪有病在手足者以進前退後指東劃西為禪有病在心腹者以窮玄究妙超情離見為禪據實而論無非是病惟本色宗師明察幾微目擊而知其會不會入門而辨其到不到然後用一錐一劄脫其廉纖攻其搭滯驗其真假定其虛實而不守一方便昧乎變通俾終蹈於安樂無事之境而後已矣語錄

心聞曰古云千人之秀曰英萬人之英曰傑衲子有智行聞于叢林者豈非近英傑之士耶但能勤而參究去虛取實各得其用則院無大小眾無多寡皆從其化矣昔風穴之白丁藥山之牛欄常公之大梅慈明之荊楚當此之時悠悠之徒若以位貌相求必見而詬之一旦據師席登華座萬指圍繞發輝佛祖叔世之光明叢林孰不望風而靡矧前輩皆負瓌偉之材英傑之氣尚能區區於未遇之際含恥忍垢混世同波而若是況降茲者歟嗚呼古猶今也此猶彼也若必待藥山風穴

而師之千載一遇也若必待大梅慈明而友之百世一出也蓋事有從微而至著功有積小而成大未見不學而有成不修而先達者若悟此理師可求友可擇道可學德可修則天下之事何施而不可古云知人誠難聖人所病況其他乎（與竹庵書）

心聞曰教外別傳之道至簡至要初無他説前輩行之不疑守之不易天禧間雪竇以辯博之才美意變弄求新琢巧繼汾陽爲頌古籠絡當世學者宗風由此一變矣逮宣政間圓悟又出己意離之爲碧巖集彼時邁古淳全之士如寧道者死心靈源佛鑒諸老皆莫能迴其説於是新進後生珍重其語朝誦暮習謂之至學莫有悟其非者痛哉學者之心術壞矣紹興初佛日入閩見學者牵之不返日馳月鶩浸漬成弊即碎其板闢其説以至袪迷援溺剔繁撥劇摧邪顯正特然而振之衲子稍知其非而不復慕然非佛日高明遠見乘悲願力救末法之弊則叢林大有可畏者矣（與張子韶書）

拙庵佛照光和尚初參雪堂於薦福有相者一見而器之謂雪堂曰衆中光上座頭顱方正廣顙豐頤七處平滿他日必爲帝王師孝宗皇帝淳熙初召對稱旨留内觀堂七宿待遇優異度越前來賜佛照之名聞于天下（記聞）

拙庵謂虞尹文丞相曰大道洞然本無愚智譬如伊呂起於耕漁爲帝王師詎可以智愚階級而能擬哉雖然非大丈夫其孰能與焉（廣録）

拙庵曰璇野菴常言黄龍南禪師寛厚忠信

恭而慈愛量度凝遠慱學洽聞常同雲峰悅遊湖湘避雨樹下悅箕踞相對南獨危坐悅瞋目視之曰佛祖妙道不是三家村古廟裏土地作死模樣南稽首謝之危坐愈甚故黃太史曾直稱之曰南公動靜不忘恭敬真叢林主也幻菴集

拙庵曰率身臨衆要以智遣妄除情須先覺背覺合塵則心蒙蔽矣智愚不分則事紊亂矣畫監寺書

拙庵曰佛鑑住太平高菴充維那高菴齒少氣豪下視諸方少有可其意者一日齋時鳴楗見行者別器置食于佛鑑前高庵出堂厲聲曰五百僧善知識作遮般去就何以範模後學佛鑑如不聞見逮下堂詢之乃水齏菜盖佛鑑素有脾疾不食油故高庵有愧詣方丈告退佛鑑曰維那所言甚當緣惠懃病乃爾嘗聞聖人言以理通諸礙所食既不優於衆遂不疑也維那志氣明遠他日當柱石宗門幸勿以此芥蔕逮佛鑑遷智海高庵過龍門後為佛眼之嗣

拙庵曰大凡與官員論道酬酢須是剗去知觧勿令他坐在窠窟裏直要單明向上一著子妙喜先師嘗言士大夫相見有問即對無問即不可又須是箇中人始得此語有補於時不傷住持之體切宜思之與興化普安書

拙庵曰地之美者善養物主之仁者善養士今稱住持者多不以衆人為心急已所欲惡聞善言好蔽過惡恣行邪行徒快一時之意返被小人就其好惡取之則住持之道安得不危乎與洪老書

拙庵謂野菴曰丞相紫巖居士言妙喜先師平生以道德節義勇敢爲先可親不可疎可近不可迫可殺不可辱居處不淫飲食不溽臨生死禍患視之如無正所謂干將鏌鎁難與爭鋒但虞傷闕耳後如紫巖之言幻菴記聞

拙庵曰野庵住持通人情之始終明叢林之大體甞謂予言爲一方主者須擇有志行衲子相與毗賛猶髮之有梳面之有鑑則利病好醜不可得而隱矣如慈明得楊岐馬祖得百丈以水投水莫之逆也幻庵集

拙庵曰末學膚受徒貴耳賤目終莫能究其奥妙故曰山不厭高中有重巖積翠海不厭深内有四溟九淵欲究大道要在窮其高深然後可以昭燭幽微應變不窮矣與覲老書

拙庵謂尤侍郎曰聖賢之意含緩而理明優游而事顯所用之事不期以速成而許以持久不許以必進而許以庶幾用是推聖賢之意故能亘萬世而持之無過失者乃爾幻庵集

侍郎尤公曰祖師以前無住持事其後應世行道迫不得已然居則蓬蓽取蔽風雨食則麤糲取充饑餒辛苦憔悴有不堪其憂而王公大人至有願見而不可得者故其所建立磊磊落落驚天動地後世不然高堂廣厦美衣豐食順指如意於是波旬之徒始洋洋然動其心趦趄權門揺尾乞憐甚者巧取豪奪如正晝攫金不復知世間有因果事妙喜此書豈特爲愽山設其拈畫諸方自來習氣不遺毫髮如飲滄公上池之水洞見肝腑若能信受奉行安用別求佛法見靈隱石刻

侍郎尤公謂拙庵曰昔妙喜中興臨濟之道

於凋零之秋而性尚謙虛未嘗馳騁見理平生不趨權勢不茍利養嘗曰萬事不可佚豫爲不可奢態持盖有利於時而便於物者有其過而無其功者若縱之奢佚則不濟矣不肖佩服斯言遂爲終身之戒老師昨者遭遇主上留宿觀堂實爲佛法之幸切冀不倦悲願便進善之途開明任衆之道蓋大庶幾後生晚輩不謀近習各懷遠圖豈不爲叢林之利濟乎（然侍者記聞）

密庵傑和尚曰叢林興衰在於禮法學者美惡在乎俗習使古之人巢居穴處澗飲木食行之於今時則不可也使今之人豐衣文采飯粱齧肥行之於古時亦不可也安有他共習不習故夫人朝夕見者爲常必謂天下事正宜如此一旦驅之就彼去此非獨生疑而不信將恐亦不從矣用是觀之人情安於所習駭其未見是其常情又何足恠（與施司諫書）

密菴謂悟首座曰叢林中惟浙人輕懦少立子之才器宏大量度淵容志尚端確加以見地穩密他日未易言但自韜晦無露圭角毀方㐌合持以中道勿爲勢利少枉即是不出塵勞而作佛事也（與笑庵書）

密庵曰應菴先師嘗言賢不肖相返不得不擇賢者持道德仁義以立身不肖者專勢利詐佞以用事賢者得志必行其所學不肖者處位多擅私心妬賢嫉能嗜慾苟財靡所不至是故得賢則叢林興用不肖則叢林廢有一于斯必不能安靜（見岳和尚書）

密庵曰住持有三莫事繁莫懼無事莫尋是非莫辨住持人達此三事則不被外物所惑

矣（慧侍者記聞）

容庵曰衲子履行傾邪素有不善之迹者叢林互知此不足疾惟衆人謂之賢而内實不肖者誠可疾也（與普慈書）

容庵謂水庵曰人有毀辱當順受之詎可輕聽聲言妄陳管見大率便佞有類邪巧多方懐險詖者好逞私心起猜忌者偏廢公議蓋此輩趨尚狹促所見暗短固以自異爲不群以沮議爲出衆然既知我所用終是而毀謗固自在彼久而自明不須别白亦不必主我之是而訐觸於人則庶可以爲林下人也（與水庵書）

自得輝和尚曰大凡衲子誠而向正雖愚亦可用佞而懐邪雖智終爲害大率林下人操心不正雖有才能而終不可立矣（見簡堂書）

自得曰大智禪師特剏清規扶救末法比丘不正之弊由是前賢遵承拳拳奉行有教化有條理有始終紹興之末叢林尚有老成者能守典刑不敢斯須而去左右近年以來失其宗緒綱不綱紀不紀雖有綱紀安得而正諸故曰舉一綱則衆目張弛一機則萬事隳殆乎綱紀不振叢林不興惟古人體本以正末但憂法度之不嚴不憂學者之失所其所正在於公令諸方主者以私混公以末正本上者苟利不以道下者賊利不以義上下謬亂賓主混淆安得衲子向正而叢林之興乎（與尤侍郎書）

自得曰良玉未剖瓦石無異名驥未馳駑駘相雜逮其剖而瑩之馳而試之則玉石駑驥分矣夫衲子之賢德而未用也混於稠人中

竟何辨別要在高明之士以公論舉之任以職事驗以才能責以成務則與庸流迥然不同矣（與或庵書）

或庵體和尚初叅此庵元布袋於天台護國因上堂舉龐馬選佛頌至此是選佛場之句此庵喝之或庵大悟有投機頌曰商量極處見題目途路窮邊入試塲拈起毫端風雨快遮回不作探花郎自此匿跡天台丞相錢公象先慕其爲人乃以天封招提勉令應世或庵聞之曰我不解懸羊頭賣狗肉也即宵遁去

乾道初瞎堂住國清因見或庵讃圓通像曰不依本分惱亂衆生瞻之仰之有眼如盲長安風月貫今昔那箇男兒摸壁行瞎堂驚喜曰不謂此庵有此兒即遍索之遂得於江心固於稠人中請充第一座（天台野錄）

或庵乾道初翩然訪瞎堂于虎丘姑蘇道俗聞其高風即詣郡舉請住城中覺報或庵聞之曰此菴先師囑我他日逢老壽止今若合符契矣遂欣然應命蓋覺報舊名老壽庵也（虎丘記聞）

或庵入院後施主請小叅曰道常然而不渝事有弊而必變昔江西南岳諸祖若稽古爲訓考其當否持以中道務合人心以悟爲則所以素風凌然逮今未泯若約衲僧門下言前薦得屈我宗風句下分明沈埋佛祖雖然如是行到水窮處坐看雲起時由是緇素喜所未聞歸者如市（語錄異此）

或庵既領住持士庶翕然來歸衲子傳至虎丘瞎堂曰遮箇山⿱䜌魚杜拗子放拍盲禪治你

那一隊野狐精彧菴聞之以偈答曰山巒杜拗得能憎領衆匡徒似不曾趂格倒拈苕箒柄柏盲禪治野狐僧瞎堂笑而已記聞

彧菴謂侍郎曾公逮曰學道之要如衡石之定物持其平而已偏重可乎推前近後其偏一也明此可學道矣見曾公書

彧菴曰道德乃叢林之本衲子乃道德之本住持人棄厭衲子是忘道德也道德既忘將何以修教化整叢林誘來學古人體本以正末憂道德之不行不憂叢林之失所故曰叢林保於衲子衲子保於道德住持無道德則叢林廢矣見簡堂書

彧菴曰夫爲善知識要在知賢不在自賢故傷賢者愚蔽賢者暗嫉賢者短得一身之榮不如得一世之名得一世之名不如得一賢衲子使後學有師叢林有主也與圓極書

彧菴遷焦山之三載寔淳熈六年八月四日也先示微恙即手書并硯一隻別郡守侍郎曾公逮至中夜化去公以偈悼之曰翩翩隻履逐西風一物渾無布袋中留下陶泓將底用老夫無筆判虛空行狀

瞎堂遠和尚謂彧菴曰人之才器自有大小誠不可教故褚小者不可懷大綆短者不可汲深鷦鷯夜撮蚤察秋毫晝出瞋目之不見丘山蓋分定也昔靜南堂傳東山之道頴悟幽奧深切著明逮應世住持所至不振圓悟先師歸蜀同範和尚訪之大隨見靜率略凡百弛廢先師終不問回至中路範曰靜與公爲同叅道友無一言啓迪之何也先師曰應世臨衆要在法令爲先法令之行在其智能

能與不能以其素分豈可教也範領之虎丘記聞

瞎堂曰學道之士要先正其心然後可以正己正物其心既正則萬物定矣未聞心治而身亂者佛祖之教由內及外自近至遠聲色惑於外四肢之疾也妄情發於內心腹之疾也未見心正而不能治物身正而不能化人蓋一心爲根本萬物爲枝葉根本壯實枝葉榮茂根本枯悴枝葉夭折善學道者先治內以敵外不貪外以害內故導物要在清心正人固先正己心正己立而萬物不從化者未之有也與顏侍郎書

簡堂機和尚住鄱陽莞山僅二十載羹藜飯黍若絕意於榮達嘗下山聞路旁哀泣聲簡堂惻然遠詢之一家寒疾僅亡兩口貧無斂具特就市貨棺瘞之鄉人感嘆不已侍郎李公椿年謂士大夫曰吾鄉機老有道衲子也加以慈惠及物莞山安能久處乎會樞密汪明遠宣撫諸路達于九江郡守林公叔達虛圓通法席迎之簡堂聞命乃曰吾道之行矣即忻然曳杖而來登座說法曰圓通不開生藥鋪單單只賣死貓頭不知那箇無思筭喫着通身冷汗流緇素驚異法席因茲大振懶庵集

簡堂曰古者修身治心則與人共其道興事立業則與人共其功道成功著則與人共其名所以道無不明功無不成名無不榮今人則不然專己之道惟恐人之勝於己又不能從善務義以自廣也專己之功不欲他人有之又不能任賢與能以自大也是故道不免於蔽功不免於損名不免於辱此三者乃古

今學者之大分也

簡堂曰學道猶如種樹方榮而伐之可以給樵薪將盛而伐之可以作榱桷稍壯而伐之可以充楹枋老大而伐之可以為梁棟得非取功遠而其利大乎所以古之人惟其道固大而不狹其志遠與而不近其言崇高而不卑雖適時齟齬窮於饑寒殆亡丘壑以其遺風餘烈亘百千年後人猶以為法而傳之鄉使狹道苟容邇志求合卑言事勢其利止榮於一身安有餘澤溥及于後世哉（與李侍郎二書）

簡堂淳熙五年四月自天台景星巖再赴隱靜給事吳公芾佚老于休休堂和淵明詩十三篇送行其一曰我自歸林下已與世相疎賴有善知識時能過吾廬伴我說道話愛我讀佛書既為巖上去我亦為膏車便欲展我鉢隨師同飯蔬脫此塵俗累長與巖石居此巖固高矣卓出山海圖若比吾師高此巖還不如（二）我生山窟裏四面是孱顏有巖號景星欲到知幾年今始信奇絕一覽小衆山更得師為主二妙未易言（三）我家湖山上觸目是林丘若比茲山秀培塿固難儔雲山千里見石泉四時流我今纔一到已勝五湖遊（四）我年七十五木末掛殘陽縱使身未逝亦能豈久長尚兾林間住與師共末光孤雲俄暫出遠近駭蒼黃（五）愛山端有素拘俗亦可憐昨守當塗郡不識隱靜山羡師來又去愧我復何言尚期無久位歸送我殘年（六）師心如死灰形亦如槁木胡為衲子歸似響答空谷顧我塵垢身正待醍醐浴更願張佛燈為我代明燭（七）扶疎巖上樹入夏總成陰幾年荆

棘地一旦成叢林我方與衲子共聽海潮音人生多聚散離別忽驚心 八 我與師來往歲月雖未長相看成二老風流亦異常師宴坐巖上我方爲聚糧倘師能早歸此樂猶未央 九 紛紛學禪者腰包競奔走纔能說葛藤癡意便自負求其道德尊如師蓋稀有願傳上乘人永光臨濟後 十 吾邑多緇徒浩浩若雲海大機久已亡賴有小機在仍更與一岑純全兩無悔堂堂二老禪海內共期待 十一 古無住持事但只傳法肯有能悟色空便可超生死庸僧昧本来豈識西歸履買帖坐禪林佛法将何恃 十二 僧中有高僧士亦有高士我雖不爲高心麤能知止師是箇中人特患不爲爾何幸我與師俱是隣家子 十三 師本窮和尚我亦窮秀才忍窮俱已徹老肎不歸来今師雖暫別泉石莫相猜應緣聊復爾師豈有心哉 景星石刻

給事吳公謂簡堂曰古人灰心泯智於千巖萬壑之間澗飲木食若絕意於功名而一旦奉紫泥之詔韜光匿跡於負舂賤役之下初無念於榮達而卒當傳燈之列故得之於無心則其道大其德宏計之於有求則其名甲其志狹惟師度量疑遠繼踵古人乃能棲遲於筦山一十七年遂成叢林良器今之衲子內無所守外逐紛華少遠謀無大體故不能扶助宗教所以不逮師遠矣 高侍者記聞

簡堂曰夫人常情罕能無惑大抵蔽於所信阻於所疑忽於所輕溺於所愛信既偏則聽言不考其實遂有過當之言疑既甚則雖實而不聽其言遂有失實之聽輕其人則遺其

可重之事愛其事則存其可棄之人斯皆苟縱私懷不稽道理遂忘佛祖之道失叢林之心故常情之所輕乃聖賢之所重古德云謀遠者先驗其近務大者必謹於微將在慱採而審用其中固不在慕高而好異也與吳給事書

簡堂清明坦夷慈惠及物衲子稍有詿誤蔽護保惜以成其德嘗言人誰無過在改之為美住鄱陽筦山日適值隆冬雨雪連作饘粥不繼師如不聞見故有頌曰衲被蒙頭燒榾柮不知身在寂寥中平生以道自適不急於榮名赴廬山圓通請日拄杖草屨而已見者色莊意解九江郡守林公叔達目之曰此佛法中津梁也由是名重四方其去就真得前輩體格歿之日雖走使致力為之涕下

侍郎張公孝祥致書謂楓橋演長老曰從上諸祖無住持事開門受徒迫不得已像法衰替乃至有實封投狀買院之說如鄉來楓橋紛紛皆是物也公之出處人具知之啐啄同時元不著力有緣即住緣盡便行若稗販之輩欲要此地造地獄業不若兩手分付為佳耳寒山寺石刻

慈受深和尚謂徑山訥和尚曰二三十年來禪門蕭索殆不堪看諸方長老奔南走北不知其數分煙散眾滿目皆是惟師兄神情不動坐享安逸豈可與碌碌者同日而語也欽歎欽歎此段因緣自非道充德實行解相應豈多得也更冀勉力誘引後昆使曹源洞而復漲覺樹凋而再春實區區下懷之望也筆帖

靈芝照和尚曰讒與謗同邪異邪曰讒必假謗而成蓋有謗而不讒者未見讒而不謗者

也夫讒之生也其始因於憎嫉而終成於輕
信爲之者諂佞小人也古之人有輸忠以輔
君者盡孝以事親者抱義以結友者雖君臣
之相得父子之相愛朋友之相親一日爲人
所讒則反目攘臂擯逐離間至於相視如寇
讐雖在古聖賢所不能免也然有初不能辯
久而後明者有生而不能辯死而後明者有
至死不能辯終古不能明者不可勝數矣子
游曰事君數斯辱矣朋友數斯踈矣此所以誡人遠讒也
嗚呼讒與謗不可不察也且經史載之不爲
不明學者覽之莫不知其非往往身自陷於
讒口噎鬱至死不能自明者是必怒受讒者
之不察爲讒者之諂佞也至有群小至其前
復讒於他人則又聽之以爲然是可謂聰明
乎蓋善爲讒者巧便鬪搆迎合蒙蔽使其瞢
然如爲鬼所魅至有終身不能察者孔子曰

浸潤之譖膚受之愬言其浸潤之來不使人
預覺雖曾參至孝毋必疑其殺人市非林藪
人必疑其有虎間有不行焉者則謂之明遠
君子矣予以愚拙踈懶不喜諂附妄悅於人
遂多爲人所讒謗予聞之竊自省曰彼言果
是歟吾當改過彼則我師也彼言果非歟彼
亦徒爲耳焉能浼我哉於是耳雖聞之而由
未嘗辯士君子察不察在彼才識明不明耳
吾孰能申其枉直求知於人哉然且不知久
而後明邪後世而後明邪終古不明邪文中
子曰何以息謗曰無辯吾嘗事斯語矣（芝圃集）
懶菴樞和尚曰學道人當以悟為期求真善
知識決擇之絲頭情見不盡即是生死根本
情見盡處須究其盡之所以如人長在家愁
什麼家中事不辦溈山云今時人雖從緣得

一念頓悟自理猶有無始習氣未能頓盡須教渠淨除現業流識即是修也不可別有行門令渠趣向溈山古佛故能發此語如或不然眼光落地時未免手脚忙亂依舊如落湯螃蟹也

懶菴曰律中云僧物有四種一者常住常住二者十方常住三者現前常住四者十方現前常住且常住之物不可絲毫有犯其罪非輕先聖後聖非不丁寧往往聞者未必能信信者未必能行山僧或出或處未甞不以此切切介意猶恐有所未至因述偈以自警云十方僧物重如山萬劫千生豈易還金口共譚曾未信他年爭免鐵城關人身難得好思量頭角生時歲月長堪笑貪他一粒米等閑失却半年糧

懶菴曰涅槃經云若人聞說大涅槃一句一字不作字相不作句相不作聞相不作佛相不作說相如是義者名無相相達磨大師航海而來不立文字者蓋明無相之旨非達磨自出新意別立門戶近世學者不悟斯旨意謂禪宗別是一種法門以禪爲宗者非其教以教爲宗者非其禪遂成兩家之說互相詆呰譊譊不能自已噫所聞淺陋一至於此非愚即狂甚可歎息也心地法門

禪林寶訓卷第四

首楞嚴經義海

清刻龍藏佛說法變相圖

首楞嚴經義海總序

大佛頂首楞嚴經是諸佛之法印群生之心宗得此印者成正覺於十方迷此心者淪生死於塵劫是以釋迦如來獨佩此最上乘之法印而出現於世全提直指曲折開遮五十年間普印群生心地末後再垂洪範重起眞慈故以阿難示遭魔嬈而啓發宣明遂有首楞嚴王無見頂法之稱審問心見揀辯圓通宣勝義中眞勝義性是故於中一爲無量現寶剎於毫端無量爲一轉法輪於塵裏全彰頓悟併銷權乘發眞歸元入如來藏以至天魔外道咸悟心宗無量法門一印印定所謂是名無上寶印者不虛語也已而般剌蜜諦持此印逾海越漠彌伽釋迦用此印譯梵成華相國房公秉筆授而潤其文主法璿師立

科條而疏其義自唐至宋閱五百年凡箋註解釋者故不可勝數皆此印之力也今有閩僧咸輝上人念佛祖之囑累慨法道之陵夷力於禪學之餘綜集多書圓成大部且以楞嚴義海爲題求檀鏤板確志流通實有助於王化而補於宗教以開悟後來若非乘曩願力安能及此華嚴主山之神所得法門名出現無邊大義海者誠有在於是焉比因姑蘇定慧長老顯公特以此經遠來相示余三復其文究其深旨隨喜贊揚乃援筆樂與敘其大略書以授之偉乎義海沖深法流瀰漫事理俱備性相混融惟心法之大旨盡於兹矣後世讀是經者能頴脱名相旋復根塵脩然游戲寶明空海而直下取證楞嚴圓照三昧豈非悟自本心而得此法印者歟旹皇宋乾道八年十一月十五日左太中大夫參知政事魯郡開國侯食邑一千一百戶食實封二百戶賜紫金魚袋曾懷謹序

義疏序

大佛頂畧因了義首楞嚴經者乃竺乾之洪範法苑之寶典也昔能仁以出震五天獨尊三界假金輪而啓物現玉毫而應世觀四生之受苦也惠濟庶物愍群機之未悟也力垂善誘于是俯仰至理述宣微言闢大慈之門廓眞如之海以爲一切諸法唯依妄念而起一切衆生不出因緣而有乃知生死輪轉貪欲爲本修證常樂禪慧爲宗則斯經也可以辨識諸魔破滅七趣謂止及觀修圓教妙明之心發眞歸元證上乘至極之說懿其般剌譯其義房相筆其文今江吴釋璿師學識兼

高辯才無礙以是經典爲時教於一代分妙理於十門功濟大千道傳不二瞪目合手以明妄毀相泯心以會宗信受則爲世津梁開悟則入佛知見乃顯經以作疏因疏以明理故可以開前疑而決後滯披迷雲而覩慧日然後知色空無異同歸實際生佛靡殊不離方寸隨志在外護慙無内學因獲覽閲輙述序引歸依法寶幸精究於真詮讃揚佛乘願普沾於聖果者已大宋天聖八年青龍庚午孟冬二十一日辛丑中散大夫守御史中丞充理檢使權判吏部流内銓上護軍瑯琊郡開國侯食邑一千九百戸食實封二百戸賜紫金魚袋王隨撰

惟淨上王中丞書

譯經三藏朝散大夫試鴻臚卿光梵大師賜紫惟淨謹上書于中丞閤下近蒙新製首楞嚴經疏序特賜寵示者鴻儒大士嘉讃寶乘淺學緇流叨窺法句身心適悅種智增明頂奉依歸不任慶幸竊以大佛頂如來密因修證了義諸菩薩萬行首楞嚴經者菩薩行門諸佛心印開有爲即塵沙妙用歸無相即法界真源不有不空絶名相於言筌之外現因示果分階位於神化之中境不礙心惑不礙智七大之性大無所待八還之法還無所從所以了真如心息虚妄本起方便慧宣祕密言萬法以之圓融諸佛以之自在入不二之二諦悟不空之三空偉矣真宗不可思議聿有高士著述疏章煥決祕詮簡談佛旨恭惟中丞入佛知見解法因緣學佛修行祛拂有空之病宣法性相融明起滅之端爲護法城

作不請友高製序引愜闡教乘永代作程長冥示炬惟淨夙承道顧忝覩奇文佩戴恩私不任抃躍不宣惟淨頓首

標指序

長老月公向者遊黃龍時予爲西安令而走檄他郡不及見也近移掌郡庾乃因其嗣延慶居晉者來而寄予以書詢之云月公居道濟庵日與其徒論楞嚴要義而參學應乾者記而集之因囑予爲之序焉予以爲眞無自性全物而彰物無自體全眞而現故妙性無爲者其光明受用歷然素備非言迹之所測而昧者迷方以狥物則偏滯染縛之不窮雖復以學解馳求而去眞愈背矣夫學解於聲論起於本聞聞明循聲則能所茲建而國土由之以生故此經開示密路使學者知根歸元以消垢念則六門眞用本爾圓成如木人息機則諸幻皆滅而月所在者則於表亦亡故茲論集以標指爲目斯盡之矣若聞義者超然證悟與群聖交光其所密非從外得乃可知月公未嘗言也熙寧六年二月十五日將仕郎祕書省著作郎洪州監苗米倉兼發遣綱運范峋序

集解序

夫經者傳道之器復性之路雖妙有之韞固息於名言而解脫之説弗離於文字因心以會道見月而遺指此聖者所以有作明者所以能述微言之緒繼繼不絶焉大佛頂密因了義首楞嚴經者迦文轉物之機慶喜開權之教實第一之義諦不二之法門也原夫眞心常住本體無生三界緣興始由於妄念一

精體變遂汨於前塵色相外冥心目隨轉涅槃迷而生死作菩提昧而煩惱興流爲衆生溺於濁劫如來哀其然也爲說斯經近取諸身誘致於性除攀緣之妄七處而推其心破封執之迷八還以研其賾以至飛光左右寶手開合顯眞性不動之妙展觀智無涯之照洞諸相之幻妄識自心之廣大則是經也以三摩爲根力以六入爲藏性眞如常徧妙用在前無法而弗圓無入而非道所謂證金剛三昧超妙嚴之一門者不其然乎當是時佛尚住世人未去聖室羅筏之會千二百五十人俱皆是大阿羅漢妙堪遺囑故佛與之說法其言簡其旨明直破咎根不存枝葉而阿難訓詁猶多悲淚繫辭云作易者其有憂患乎乃知大權起教不爲佛世衆生正憂五濁末世耳去聖既遠遺文但存外說實繁上根蓋寡非妙解之士廣爲詮釋則入神精義大懼淪晦先是唐神龍初梵僧般剌蜜諦三藏於廣州制止道場譯此經適會宰相房融領南銓於此爲之潤文筆高語奇音旨清暢冥契佛志綽同神會乃知大經因緣豈偶然哉宋長水大士子璿解行高妙名稱普聞特稟圓機振發大教爲之注解王丞相冠其篇福唐沙門可度亦復勝流嘗箋了義夏英公序其首吳興大士仁岳辯才無礙多聞第一道力全於正定智性了於眞空棲神斯文入佛正解多歷年所廣集言詮有若孤山智圓檇李洪敏資中弘沇眞際崇節興福惟慤並遼乎此經雅於言道咸即法句注其章旨岳公懼諸家之文不表於後即正經之說傳致其

下仍以他著各以義解獨於已說標爲私謂總成十卷題之曰首楞嚴經集解莫不文義璀璨華梵宣明亦猶室中千燈多光互入堂下六樂正聲相通鼓吹大經藻火圓教噫佛滅後僅二千年經初至于唐又四百年而教始興於宋神僧大士精文審旨續佛慧命爲世導師津梁未來藥石病者法施功德豈有涯哉後之濟彼岸入法界者當以此經爲舟檝爲門戶云時嘉祐已亥七月十一日翰林學士兼侍讀學士朝散大夫尚書左司郎中知制誥充史館修撰判館事兼判尚書禮部提舉在京諸司庫務上騎都尉安定郡開國侯食邑一千三百戶賜紫金魚袋胡宿撰

首楞嚴經義海緣起序

若夫半滿偏圓之教皆先大覺聖人被衆生機器所宜權實開遮耳會其至要問難致詰對辨酬酢終始研窮究竟發明乎勝淨明心者其惟大佛頂首楞嚴經歟此經乃三世如來無見之頂法亦是十方諸佛一門超出妙莊嚴路欲脫生死超證聖位最初方便唯此門爲捷逕矣予初學楞嚴即依泐潭月禪師標指要義也就而書之且以弊文題其後及得長水法師璿公義疏遂宗師之仍寄郵辭託之卷末則知月亦師長水也其標指之作是本乎義疏雖名題不同而其語意實不可得而異也但廣略爲小差耳或者疑璿之文不行假月而後行或謂月雖善標終借璿之所說更相矛盾互爲是非以予攷諸年歲先後月既得之非不行也標疏相資學者遵之非不說也明矣矧乎宗師立意必有所據豈

取次而爲之耶然大率長水識量遠大自製義疏以集名之蓋是於中援引佛祖經論證其深義以故不肯揜前人之善此則善之至矣泐潭宗眼明白見徹法源不務名相直爾擷掇樞要精義發明佛意則意亦大焉二者皆前輩禪講中珪璋小子何敢輒議其優劣耶今盡取乎義疏標指并科合經而集之至於標指文句與義疏大同處即色目焉不重録也庶幾資此二説以輔翼性宗大教使流通於無窮不唯斷兩宗學者之疑抑亦俾長水之壁缺而復全泐潭之絃斷而復續文雖重疊不妨義亦反顯譬如精金百鍊而愈見精明兼採吳興淨覺法師岳公所集諸家之解用以參之貴得義天星象燦然教海波瀾浩爾其間或各以智證遞遞銓衡者亦是相與抑揚聖教洗蕩物情若執文生解則反墮疑網昧於權宜而失乎指歸之意要須以理契會同融通之可也且夫一經而具多釋非摩尼吐耀衆珎自至乎政所謂百川同會于海者其在斯焉故統名之曰楞嚴義海亦欲後來學楞嚴者便於觀覽易爲和會豈不至簡哉何言其繁也科行線路疏標解等並依元所安處隨經文下入之於中唯疏或本一段而標分三四疏本三四而標通之者此要知也其他臨卷自悉起盡之詳茲不備言之耳噫楞嚴祕典密因了義情識不到心緣莫及況語言文字而能造之耶然善學楞嚴者不住心相不著文言而自然得乎無見頂法不傳之妙云爾時鉅宋乾道改元乙酉歲福唐稟釋迦遺教比丘咸輝謹序

首楞嚴經義海卷第一 經一之一

中天竺沙門般剌蜜諦譯經

烏長國沙門彌伽釋迦譯語

唐菩薩戒弟子前正議大夫同中書門下平章事清河房融筆授

唐羅浮沙門懷迪證譯

宋江吳長水沙門子璿集義疏注經并科

宋泐潭沙門曉月標指要義

宋吳興沙門仁岳集解

宋福唐沙門咸輝排經入注

稽首我大師　十方調御尊　佛頂首楞嚴
大覺如來藏　圓明諸聖衆　上首龍尊王
常闢大慈門　救攝衆生者　願垂加護我
顯說妙難思　普共諸含靈　速證眞如海

將釋此經十門分別一教起因緣二藏乘分攝三教義分齊四所被機宜五能詮體性六所詮宗趣七教迹前後八傳譯時年九通釋名題十別解文義初中二一總二別總者請訓因訓請顯理度生一代教興皆由此矣若原佛本意唯爲一大事因緣欲令衆生開示悟入佛之知見雖三車通許唯賜白牛但爲一乘無三及二也別者有十故說此經一爲克示眞三昧故謂阿難遭難蓋無眞定故請諸佛得成菩提妙奢摩他三摩禪那最初方便及佛告許云有三摩提名大佛頂首楞嚴王具足萬行十方如來一門超出妙莊嚴路至於再請責已將謂惠我偈讚希有等乃至如來諷歎名金剛王如幻三昧勑說圓通文殊揀顯指三世佛同此一門道場加行成就聖位立此經名破滅七趣辨識諸魔皆爲此也二爲廣破諸妄執故謂阿難執妄迷眞匿

王執常爲斷七處徵詰三疑拒諍佛再語云若汝執悋分别覺觀爲汝心等故約心見二門隨執廣破此之執相不離人法也三爲開顯妙明心故謂阿難初請三昧佛先審問發心旣陳愛見之源全迷真實之體遂云衆生無始生死相續皆由不知常住真心此真妙明即是菩提涅槃元清淨體故阿難自責不知寂常如來許可發妙明性先就心見二門乍徵乍顯後約三科七大分明顯會令於法法咸見性常俱徧俱融含攝無礙衆皆領悟自知心徧十方諸所有物皆即菩提妙體元明心徧含裹十虛身土虛空了無所得唯一本妙常住不滅洎滿慈疑於有相慶喜再責因緣佛隨開示令得知見矣四爲決斷衆疑網故謂佛顯示真見阿難隨見疑生或縮斷離身因緣自爾和合非合執相疑性諸大徧圓滅妄生妄成真不真修無常因獲常住果疑網旣衆佛隨斷之矣五爲辨析修行門故謂佛廣示藏體慶喜深解現前舉喻天王賜與華屋雖知所賜將入無門已悉多聞不逮修習故請問云從何攝伏疇昔攀緣入佛知見佛舉二義決定以爲發覺初心謂止及觀斯爲要也初令以湛旋妄成不生滅次令審詳煩惱知根降伏一根旣返餘根自旋諸妄銷亡不真何待六爲分别邪正行故謂阿難已悟修行後代罔知邪正雖期正道多陷邪宗水灌漏巵若爲取滿慶喜請云衆生去佛漸遠邪師說法至多欲令心入佛乘遠魔無退佛舉四種明誨諸聖同遂戒根不虧定慧可據如其不切清禁禪慧洪深鬼屬魔民斯

難逭免祈進却步誠可悲夫七爲顯咒功能勝故謂慶喜難在登伽如來遣咒往救承力雖至容言闕聞況能潛護根門防閑宿習齋戒不禀而自備果證不遠而可得消難獲利自行化他因人果人靡不由此而辨其事也八爲證入有階降故謂理絶修證事存階漸偏一則病空有圓通則融眞俗故不損寂滅而建立諸位阿難知機爲請如來就行開示始從漸次終乎極果於無生忍中立五十七位不斷而斷惑障必亡非證而證神用斯備豈同魔外都無位次耶文云是種種地皆以金剛觀察如幻十種深喻奢摩他中用諸如來毗婆舍那清淨修證漸次深入耳九爲廣示諸魔境故修禪觀人靡不有初而鮮克有終者蓋不諳其魔境妄生取著不了唯心遂

派諸道佛慈無緣不問自說觀中破陰每陰十種五十境界分析邪源末代修禪免爲所惑十爲究盡妄想源故謂五陰諸經皆說未聞五妄想成今明破一陰時出一妄想破則從麤至細起則自細現麤其之根源唯一識陰識陰無體但是圓常文云湛入合湛歸識邊際既知五陰咸是妄想五陰攝法何所不該論云一切諸法唯依妄念而有差別若離心念則無一切境界之相也由斯十意而說此經二藏乘分攝者謂三藏之中修多羅攝二藏之中菩薩藏攝若此攝彼則兼該二三持戒證果有小乘故徵難辨析最明顯故諸乘之中一乘所攝若此攝彼亦該諸乘十二分中契經方廣二分所攝攝彼如前三教義分齊者依賢首大師二義分别一約教詮法

通局顯分齊謂以義分教教類有五一小乘教但說我空縱少說法空亦不明顯但依六識三毒建立染淨根本未盡法源故多諍論二大乘始教亦名分教但說諸法皆空未盡大乘法理故名爲始但說一切法相有不成佛故名爲分三大乘終教亦名實教說如來藏隨緣成阿梨耶識緣起無性一切皆如定性二乘無性闡提悉當成佛方盡大乘至極之說故名爲終以稱實理故名爲實四大乘頓教總不說法相唯辨眞性亦無八識差別之相呵教勸離毀相泯心但一念不生即名爲佛不依地位漸次故說爲頓五一乘圓教所說唯是法界性海圓融緣起無礙相即相入帝網重重主伴無盡也若於五中顯此經所詮正唯終教兼於頓圓若將此經與五教通局攝者五唯後三攝此此總攝彼諸教二約法生起本末顯分齊依起信論明諸染法本末五重論中初唯一心爲本源二依一心開二門一心眞如門所謂心性不生不滅二心生滅門謂依如來藏與生滅合名阿梨耶識三依此識明二義一覺義謂心體離念等二不覺義謂不如實知眞如法一一不覺心動等四依後義生三細一依不覺故心動名業相二依動故能見名轉相三依見故境界妄現名現相五依最後生六麤一智相依境分別也即法執俱生二相續相依智起念不斷即法執分別三執取相心起著故即我執俱生四計名字相我執分別上四皆惑五起業相業也六業繫苦相報也若以諸宗就此五重顯分齊者謂人天唯齊業報小乘齊後四麤法相極於三細終頓圓通詮本末方窮初一心源

初一心源即此經常住真心性淨明體經標此心爲宗本故一切因果世界微塵因心成故二根本中説爲無始菩提涅槃元明體故第一重約見約心或破或會至於備歷三科七大咸言妙真如性等即心真如門經喻瞪目合手青見燈光性明圓故因明發性識精元明性一切心等即生滅門第二重滿慈致疑佛舉本覺明妙性覺必明妄爲明覺覺非所明因明立所等即本覺不覺也了然自知發真歸元覺迷迷滅等即始覺也第三重三相四輪晦昧爲空空晦暗中結暗爲色等即三細第四重引起塵勞煩惱聚縁内揺趣外奔逸業果衆生二種相續等即後六麤第五重由是此經具詮本末學者備覽足見幽深四所被機宜者依圓覺疏略有二種初料揀後普收初謂

樂著名相以文爲解者繫滯行位高推聖境者情尚於空觸言實無者自恃天真輕欺進習者固執先聞擔麻棄金者如上皆非其器反上即皆是器後普收一切衆生皆有佛性但得聞之無不獲益謂宿種深者悟入淺者信解都無種者亦皆熏成圓頓種性如華嚴經食金剛喻若約五性正被菩薩性及不定性兼爲餘性作遠因縁三聚之中爲正定聚令增妙行爲不定聚令修信心爲邪定人作遠因縁也五能詮體性者略作四門一隨相門復二一聲名句文體體用假實二相資故二通攝所詮體若不詮義文非教故二唯識門前二不離識所變故然有本質影像之異三歸性門此識無體唯真如故四無礙門心境理事交徹相攝以一心法有二門故六所

詮宗趣者即有通別初謂統論佛教因緣爲宗以佛聖教自淺至深說一切法不出因緣二字若佛滅後賢聖弟子相承傳習通大小乘宗途有五如起信疏別明此經者又有總別總以心境空徧計如虵鬼經云如虛空花本無所有又經云妄爲色空及與聞見寂依他如影像等經云當處出生隨處滅盡等藏性圓滿由空寂故圓滿成實經云此見及緣元是菩提妙淨明體等凡聖平等爲宗下云迷悟死生了不可得又聖凡無二路又生死涅槃皆即狂勞等令修行者忘情由悟宗故下云即汝心中狂性自歇旋流無妄等佛由情忘故經云歇即菩提即同如來等觀行速成文云方便易成就爲趣又以前趣爲宗令惑業消滅三緣斷故三因不生求絶輪迴若得妙發三摩提者則妙常寂有無二無無二亦滅起大神用不須天眼自然觀見等安樂身心快然獲大安隱自在一爲無量小中現大等爲趣別有五對一教義二事理三境行四行寂五寂用皆初宗後趣此五亦是從前起後漸漸相由也若以要言之不出解行修證初解如來藏爲宗行首楞嚴爲趣謂佛許示眞修却約心見徵解故次修此眞定爲宗證彼藏體爲趣故下請云雖獲大宅要因門入等七敎迹前後者佛說此經非謂一時頓說說必前後集者約類總爲一部謂佛初說匿王在座叙外致疑破彼斷見後至阿難疑問七趣擧瑠璃王誅釋種姓善星比丘妄說法空二俱生身陷入地獄瑠璃豈非匿王之子王死爲嗣方誅瞿曇豈有事之未形而預致問耶故知此經非一時說若以文義往定即法華後涅槃前也經文明指耶輸受記持地證經以義往推序歎聲聞非約小行應身無量度脫衆生法華已前無此歎故聲聞入實法華已前亦無顯露今經有故各說圓通諸小乘者皆

叙本時或述今遇盡證圓妙法華前無應知在後然又不唱入滅之期定涅槃前二經同部此經居中俱醍醐味無所疑也八傳譯時年下云大唐神龍元年乙巳歲五月二十三日中天竺沙門般剌蜜諦於廣州制止道場譯先是三藏將梵本汎海達廣州制止寺遇宰相房融知南銓聞有此經遂請對譯房融筆授烏長國沙門彌伽釋迦譯語翻經纔竟三藏被本國來取奉王嚴制先不許出三藏潛來邊境被責爲解此難遂即去迴房融入奏又遇中宗初嗣未暇宣布目録闕書時禪學者因内道場得本傳寫好而祕之遂流北地大通在内親遇奏經又寫隨身歸荆州度門寺有魏北館陶沙門慧振搜訪靈迹常慕此經於度門寺遂遇此本初得科判又據開元中沙門智昇撰釋教目録二十卷其第九云大佛頂首楞嚴經十卷大唐沙門懷迪於廣州譯迪循州人住羅浮山南樓寺久習經論備諳五梵因遊廣府遂遇梵僧未詳其名對文共譯勒成十卷經之題目紙數文句與今融本並不差異迪筆受經旨緝綴文理等今詳二經譯人雖別譯本是同或恐迪因證義各據流行故今目録書寫有異不爾豈無一處差別譯主名字何得未詳耶二本既同今解融本九通釋名題者

大佛頂如來密因修證了義諸菩薩萬行首楞嚴經經有五名題目三號者謂該教行人理因果顯密悉具足故先略配者上之三字是總即一經法體總含教理行果教行明指理果義含明指者文云有三摩提名大佛頂此指行也又云雖蒙如來佛頂神咒又云亦說此咒名如來頂此指教也教有顯密顯了宣示令悟修無妄即前後諸文祕密受持令障盡功著即是咒辭義含者寂照含

空故名爲大性覺妙明等故名爲佛此顯理也我以不滅不生合如來藏周徧法界等故名大明極即如來等故名佛此顯果也頂者至極無上之義也若以此三字全約理說藏體周徧無不含容曰大即體大靈照不昧離諸妄想曰佛佛有二義一自性顯照義即相大二隨緣現益義即用大此大及佛是至尊至極無上無過諸佛所師之法故名爲頂三大之義不離一心故名一心爲大佛頂如來下別顯勝能初入字約果八自行修證說敎利他以別顯即十方如來依此法門修因證果顯了宣說究竟利他也諸菩薩下八字約因人修習具足自他諸行以別顯菩薩行門自利利他廣多無量此之眞定咸具足故文殊歎云此是微塵佛一路涅槃門等次廣釋者大者當體得名常徧爲義當體者不同法相宗揀小名大外有小可揀猶是分限豈爲至大今以藏體性無邊涯絕諸分量強名爲大常徧者常則竪窮三世徧則橫該十方竪者過去無始未來無終無有一法先之唯此先於諸法故名大也涅槃云所言大者名之爲常徧者十方窮之無有涯畔涅槃又云所言大者其性廣博今經常徧廣有其文仍具三義如下可見佛頂者究竟覺也覺有二義一本二始本謂藏體靈鑒無昧絕諸妄想具足無量性功德故起信云所言覺義者謂心體離念離念相者等虛空界無所不徧法界一相即是如來平等法身依此法身說名本覺始覺義者依本覺故而有不覺依不覺故而有始覺始覺是用本覺是體用合體時

始本不二名究竟覺究竟覺者即前藏性顯現時也無上最極名之爲頂此約果位以顯法體名佛頂也若約現事即今佛頂放光化佛所說敎行是故敎行俱號佛頂也如來者如謂本覺來謂始覺始本合故名爲如來此指一佛即該諸佛下說敎行俱約諸佛以顯同故密因者有二一敎二行敎者下說心咒是佛密語唯佛與佛乃能知之不通他解但言而受之思而持之滅障成德也行者以此眞定具空假中即是一心非縱橫並別不可思議具足萬行三世諸佛同此法門此行成時名三祕藏是故稱密修謂行因證謂克果地前地上緣眞二種俱名爲修初地妙覺分滿二果同名爲證所修所證俱大佛頂此自行也如觀音圓通了義者說敎化他詮表義理無有覆相窮理盡性稱實談故下文云宣勝義中眞勝義性今汝會中定性聲聞皆獲一乘寂滅場地非有餘說故名了義諸菩薩萬行者三世因人各修其行自利利他有無量義今舉大數故名萬也此之三昧具斯多義故下文云有三摩提名大佛頂首楞嚴王具足萬行等首楞嚴者梵語也涅槃云首楞者名一切事竟嚴者名堅即一切事究竟堅固也得此三昧觀法如幻於法自在能破最後微細無明能獲二種殊勝之力現身說法無礙自在故下經中名爲如幻金剛王佛母妙蓮華等此三昧以無分別智寂用爲體以一切法皆同智性窮盡法界更無遺餘名一切事究竟一切事言無離染淨此智現時染淨都盡一法不立又染法究竟盡淨用究竟

顯如下文云我以不滅不生合如來藏而如來藏唯妙覺明圓照法界是故一爲無量等又云塵垢應念消成圓明淨妙既觀如幻不爲物壞能破無明故名堅固經者訓法訓常是貫是攝謂依此言說詮顯性相令物生解故稱爲法一切諸佛皆同此說故名爲常能令義理無有散失名之爲貫以此化生令不顛墜稱之爲攝若約所詮如來藏體說名經者亦具四義謂此心性諸佛所師可軌可則故名爲法不生不滅無有變異故名爲常上聖下凡情與非情無不同此故說爲貫具諸功德徧含染淨故稱爲攝心性既爾一切法亦然故下文云五陰六入生滅去來本如來藏故一切法任運有四義悉名爲經一

名中印度那爛陀大道場經於灌頂部録出

別行此別目也印度月名具云印特伽此云月邦以此大國形諸小國如星中月彼有五印此當中也即一境之都名此境之中有多國別最尊大者號摩竭提此云大體以總攝故或云不害皆義翻也那爛陀此云施無猒即龍名也西域記云菴沒羅國有池池中有龍名施無猒寺近彼池故以標號大道場者沙門體心修道之地也佛滅度後六帝緝興選睞維宇園林普合都建一門主客萬僧住持增崚印度名寺莫先於比故名曰大灌頂部者彼有五部此當其一毗盧爲主大既標部處尋檢可憑無謂近翻疑非正說

唐神龍元年龍集乙巳五月己卯朔二十三日辛丑長安三年則天罷政中宗嗣位是歲改爲神龍元年龍集者龍星亦曰歲星歲行一次也集居也乙巳即所舍之次朔蘇也月死復蘇蘇生也**中天竺沙門般刺密諦於廣州制止道場譯**天竺亦云乾竺乾豆身毒印度等沙門云勤息取生善滅惡之稱般刺密諦此云到彼岸譯者以有才智通四方語名曰象胥之學四方各有其名今取比方掌語者也**菩薩戒弟子前正諫大夫同中書門下平章事清河房融筆授**雖爲宰官而受大乘戒者經云欲受國王位時乃至百官受位時應先受菩薩戒一切鬼神救護王身百官之身也資於師長以父兄之道事之故云弟子正諫者今之諫議也舉賢達能大扶進人故曰大夫中書門下二省之名平和章明國政之事曰平章事筆授或云筆受謂以此方文體筆其所授梵本緝綴潤色令順物情不失正理也**烏長國沙門彌伽釋迦譯語**國名未詳彌伽釋迦此云能降伏翻梵爲華故云譯語其中證義應有別錄餘如翻譯時年中說

標宜陽叅學比立應乾集錄

師云文字性空無離文字說解脫法必也捨文字而見法非見法也謂此娑婆界聲論得宜明衆生迷本聞循聲故流轉此經故假阿難示遺魔嬈溺在愛坑雖具多聞未全道力故啟勤啓請十方如來得成菩提最初方便亦是十方如來究竟修證最後垂範今標指

要義道濟和尚就依長水璿師科節此經仍更刪繁補闕後之學者無滯於名言耳此經一部十軸先釋題目後銷本文題有總別總即二十字其中十九字所詮之義經之一字能詮之文本有五名今只具三號正宗經中七大科第五出聖教名殊經云文殊師利法王子在大衆中即從座起而白佛言當何名是經佛答五名見第八卷不復錄耳大佛頂三字是一部經之宗本含攝教行人理因果顯密悉具足故教行明指理果義含明指者文云有三摩提名大佛頂首楞嚴王具足萬行十方如來一門超出妙莊嚴路此指行也又云雖蒙佛頂神咒又云亦說此咒名如來頂此指教也教有顯密顯即十軸中前後諸文密即四百十九句心咒義含者謂大佛頂三字寂照含虛曰大此指當人法身體大非對小得大也性覺妙明曰佛即指當人般若也至極無上曰頂指當人解脫也謂當人得此首楞嚴三昧健勇力定更是此三德秘藏不縱不橫不並不別亦具體相用三大不離當人一心也如來密因八字別顯妙用三世果人依此大佛頂之體從果入因不滯名相直顯心源於無修而修無證而證自利利他隨機設教直指人心決了大義更無不了之談諸菩薩下八字謂三世因人從生死地面反妄歸眞修五十七位差別智門從因入果如下經中阿難請問如是修證佛三摩提未到涅槃云何名爲乾慧之地四十四心至何漸次得修行目詣何方所名入地中云何名爲等覺菩薩故佛答阿難指大佛頂妙性圓明離

諸名相本無世界衆生因妄有生因生有滅生滅名妄滅妄名眞是有菩提涅槃二轉依號故聖人立三漸次令行人從因入果返妄歸眞舉喻如淨器中除去毒蜜以諸香水及雜灰湯洗滌其器後貯甘露一者除其助因不食五辛二者剗其正性殺盜邪妄不起三者違其現業根境解脫謂塵旣不緣根無所偶返流全一六用不行十方國土皎如瑠璃內含寶月從是漸修入乾慧地此自利也未與如來法流水接即以此心起十信十住十行十回向煖頂忍世第一位十地等覺妙覺也五十七位皆從三種漸次以金剛觀察如幻十種深喻奢摩他中用諸如來毗鉢舍那清淨修證漸次深入金剛觀察者即是首楞嚴定也亦名勇健三昧亦名一切事竟堅固也下文云是名妙蓮華金剛王寶覺如幻三摩提彈指超無學又文殊歎云此是微塵佛一路涅槃門是故三世果人因人皆以大佛頂爲體建法幢竪宗旨也此上十九字是所詮之義經之一字是能詮之文字般若也謂義理須假此文字爲教貫攝流通後代也若攄西竺梵語修多羅此華夏翻爲線或云素恒覽此翻爲契線者能貫華不散契者契佛理契生機此華夏云經者經能持緯此方組織布帛不散亂也又經者聖人之教也具常法攝貫四義常則道軌百王法乃德模千葉生資教攝汞出樊籠理藉文貫長離散滅百王不易千代良規利物詮眞目爲經也此依名相而解若約當人如來藏性爲經者亦具四義謂此心性不生不滅無有變異名常諸

佛所師可軌可則名法上聖下凡情與非情無不同此名貫具諸功德徧含染淨名攝心性旣爾一切法亦然故下文云五陰六入生滅去來本如來藏故一切法任運有四義悉名爲經上來略解釋總題竟

首楞嚴經義海卷第一

音釋

璿旬宣切　鏤盧候切雕刻也　確苦角切堅也　銓此緣切謂掌選也　罤音題筌罤也　抃皮變切拊手也　峋相倫切　𢇍吉詣切與繼同　研倪堅切窮究也　賾士革切深也　檇將遂切檇李地名　沇以轉切　愨克角切　璀璨璀七罪切璨七旦切璀璨玉光也　噫於其切歎也　詰溪吉切問也　酬酢酬市流切酢在各切酬酢謂以言相答報也　矛盾矛莫浮切盾食尹切　擷掇擷奚結切掇都活切擷掇採取也　卮章移切飲酒器也　逭胡玩切逃也　眚所景切目病生翳也　刳音枯屠也

釋首楞嚴經大科分二

初解經題要見前文

後釋正文三

首楞嚴經義海卷第二之二 經一 州二

疏此下第十別解文義准常三分謂序正流通序中二證信發起證信之立由阿難問佛令置之意為斷疑息諍及興邪故然此雖具六種成就今均廣略總分為二。標謂聖人說法須假此六成就方可隨宜說教也

如是

疏若蕉我聞今釋即指法之辭也如是之法我從佛聞佛地論云謂結集時衆共請言如汝所聞當如是說傳法菩薩便許可言如是當說如我所聞離釋如是者信成就也智度論云佛法大海信為能入智為能度信者言是事如是不信者言是事不如是肇公亦云信順之辭也信則所言之理順順則師資之道成故萬行中以信為首故云如是又契理契機曰如求離過非曰是如理而說如理而信故言如是若約今經如來藏心體性不動曰如真實義故曰是又一切諸法本無生滅皆如來藏故名為如離一切相即一切法故稱為是更有餘義繁而不論

我聞

聞成就也我即阿難自指五蘊假者然一切法佛說無我今稱我者我有四種一凡夫編計二外道宗計三諸聖隨世假立寥注四法身真我經指後二非邪慢心而有所說故無過矣開謂耳根發識聽受雖因耳處廢別從總故稱我聞無相宗說我既無我聞亦無聞從緣生故不壞假名即不聞聞也若約法性此經旨趣傳法菩薩以我無我不二之真我根境非一異之妙耳聞真俗無礙之法門○標此非凡夫外道執神我此顯法身真我假立世諦流布我為賓主也

初明序分二

次明正宗

後釋流通

一時

疏時成就也師資合會說聽究竟總言一時一者揀異餘時時者隨世假立如來說經有無量時不能別舉一言略周但云一時涅槃經云一時在恒河岸等又諸方時分延促不定故但言一時若約法義釋者即說聽之時心境泯理智融凡聖如本始會此諸二法皆一之時○標不標春夏秋冬日月歲時但是佛說法時解孤山曰如是所傳之法我聞能傳之人會機會理之時故云一時真際曰阿難指下如是之經我從佛聞一時說教時也

佛

疏主成就也具云佛陀此云覺者謂覺了真妄性相之者即究竟覺也論云以覺心源故名究竟覺未覺心源故非究竟覺然具三義一自覺覺知自心本無生滅二覺他覺一切

初正信序二

法無不是如三覺滿二覺理圓稱之爲滿佛地論中具有十義謂具一切智一切種智出煩惱障及所知障覺了一切諸法性相能自開覺亦能開覺一切有情如睡夢覺如蓮華開故稱爲佛○標即法報化三身隨機應現也

初說經時處

在室羅伐城祇桓精舍

疏處成就也處有二種一所化處即伐城二所住處即祇園具云室羅伐悉底此云豐德或云聞物或云好道此乃城名非是國號以其城中多財物好欲境饒多聞豐解脫道德名稱五天共聞故或云聞者城昔有老仙於此修道後有少仙從其受學厥號聞者老仙歿後少仙於此建城而住故以名焉國都號爲憍薩羅但以就勝易彰故舉城號祇桓者具云祇陀或云逝多制多此云戰勝即太子名林主是彼故云勝林桓即林也精舍者即沙門精行所舍處也謂須達貲園置舍太子捨樹造門二人共建以延僧佛標同○解孤山曰在者住也以佛内住首楞嚴能建大義故迹住精舍以利群生室羅伐或云舍衛戰勝生時父王與外國戰勝因立美號○疏△二引衆同聞

二引衆同聞二

者同聞之衆匪唯三乘亦該諸趣下具天龍八部王臣菩薩發起序中今文但有二類蓋譯之巧也

初聲聞衆二

初標類舉數

與大比丘衆疏標類也與者并蕪共及也佛與阿難及大比丘等證非虛謬梵云摩訶此具三義謂大多勝也器量尊重爲天王大人之所恭敬故云大徧知内外經書故言多勝出九十五種外道故言勝比丘名含三義乞士怖魔破惡謂出家者上於諸佛求法以内資令慧命增長下於檀越離邪正命乞食以外資令色身無損故云乞士又出家者最初發出家心或云菩提心或至成道皆令魔怖失人衆故名爲怖魔又能破斷身口七支九十八使業煩惱故稱爲破惡四入已上乃至無量能作說毖芻磨法故名爲衆矣千二百五十人俱舉數也佛初成道先度陳如等五人次度三迦葉兄弟兼徒一千次度舍利弗目連各兼徒一百次度耶舍長者等五十人經舉大數故減五人此衆先並事外勤苦累劫一無所證纔過見佛便得上果感佛恩深常隨佛化爲常隨衆也標此皆應化聲聞故稱大也

次總嘆行德

皆是無漏大阿羅漢疏總指也漏有三種皆斷

盡故阿羅漢名含三義故翻爲應應已永害煩惱賊故不受分段生故應受人天妙供養故此皆無疑故名爲大已下別歎◦標漏有三稱謂無明漏欲漏有漏◦解孤山曰無漏者內眞中道不漏落二邊也阿羅漢含三義應供殺賊無生也準涅槃四依品第四依即十地菩薩名阿羅漢**佛子住持善超諸有**疏從佛口生從法化生得佛法分堪紹佛種故云佛子安住覺性三德祕藏任持萬善功德不失故云住持諸有者二十五有皆得二十五種三昧不爲界繫故云善超此歎自利已下歎利他同標歎◦解此眾已經法華開權發迹故今歎德從實從本而言也**能於國土成就威儀**疏無剎不見故云能於國土有威可畏有儀可則行住坐卧皆成軌範可爲標準故云成就等淨名所謂不起滅定現諸威儀也此儀止可觀也同標**從佛轉輪妙堪遺囑**智堪遺付也常隨從佛轉大法輪法有摧輒業煩惱義喻之若輪自既摧破惑障亦能轉教令他破惑於一法中作無量說一一逗機一一稱性以善巧方便令其得入如來知見妙好堪任護持法藏

令燈燈相然明明不絕囑法令住囑生令度總名遺囑也同標◦解與福曰從佛受教自證已圓能演佛言轉化群品孤山曰此諸尊者見佛始卒佛所說法皆悉隨從故於今經及以涅槃妙堪遺囑下文佛告阿難汝今未須先取寂滅縱得無學留願入彼末法之中救度眾生涅槃中佛語文殊今以此法付囑於汝乃至迦葉阿難未來復當付囑如是正法即其事也**嚴淨毗尼弘範三界**疏戒可遵依也毗尼云律律法也斷罰重輕開遮持犯非法不定弘大也範法也既嚴持清禁身心弗違大能軌則世間眞是法中綱紀也◦解毗尼是三界之大法稟之則出生死故**應身無量度脫眾生**疏定能現化也住首楞嚴化復作化普現色身隨十界機宜何身相現而說法令彼度苦解脫業惑得自在故法華所謂內祕外現從法身地隨緣赴應如一月不降百水不升慈善根力法爾如是若非發迹之後無如是歎醍醐味教於茲現矣**拔濟未來越諸塵累**結悲化無盡也拔今脫苦濟使得樂佛滅度後故曰未來煩惱與業染汙繫縛喻之塵累皆令清淨

自在無礙故稱越也。解孤山曰垂應益物實通三世今從部意正爲未來

後列衆上首

其名曰大智舍利弗

疏具云舍利弗怛羅此云鶖子其人母眼黑白分明轉動流利從彼所生連母爲號亦云身子是佛右面弟子慧解過人故云大智增一云我佛法中智慧無雙決了諸疑者舍利弗第一。標從眼識入圓通也五百弟子各稱行業第一蓋徧證示現未具徧知覺母懷聖子有辯如春鷺才生其子無辯似鶖鷺不鳴也。解諸經列名不同或尚年臘則先陳如或尚擧德則先身子今從尚德之例也攜李曰此翻身子以其母好身形故以子連母而呼也

摩訶目犍連

疏具云摩訶沒特伽羅此云大采菽氏又云胡豆即尊者母姓上古仙人所嗜因以命族左面弟子神通無過下經云我遊十方得無罣礙神通發明推爲無上。標神通第一從意識入圓通也。解上古有仙好食胡豆尊者是彼苗裔故

摩訶拘絺羅

疏此云大膝舍利弗舅常論勝姊姊懷身子論則不勝知孕智人寄辯母口何況出胎遂往南大學十八經人笑之曰累世難通一生非異聞而立誓學不休止無暇剪爪號長爪梵志學畢還家知甥爲佛弟子起大憍慢往佛所奪佛令立論因即義墮負媿低頭得法眼淨成阿羅漢獲四辯才觸難能答南方天王常隨侍彼也。標與難陀孫陀羅觀鼻識入圓通也

後緣覺衆

富樓那彌多羅尼子

疏富樓那父名此云滿父是滿江禱天求得正值江漲又願獲滿夢滿器寶入於母懷從此有孕由此多義得有此稱彌多羅尼母名此翻爲慈亦云知識其母慈行仍誦韋陀知識品故尼女聲也是彼所生連父母召云滿慈子此於如來說法人中最爲第一下經云我曠劫來辯才無礙宣說苦空深達實相河沙如來祕密法門於衆中微妙開示得無所畏等。標因說法舌識入圓通也。解孤山曰那男也尼女也增一云我父名滿我母名慈諸梵行人謂我爲滿慈子

須菩提

疏此云空生或云善吉善現等生時家中庫藏器血皆空故相者謂言兒必善吉此善吉相現於器故從是得名於大衆中解空第一入無諍定喜說空法所修行業以空爲本如下經云我曠劫來心得無礙初在母

胎即知空寂如是乃至十方成空亦令衆生證得空性蒙如來發性覺真空空性圓明得阿羅漢。標從意根入圓通也

優波尼沙陁觀色性入圓通也**等而爲上首**疏此云近少義翻塵性觀塵性空而得道故微塵即是色近少分隣近虛空是色邊際故云塵性爲近少也如下經云我悟色性以從不淨白骨微塵歸於虛空空色二無成無學道如來印我名尼沙陁更有餘人經不具載故云等也即三迦葉輩此皆頭角爲衆知識綱領佛法各有弟子故云上首也。標等諸大羅漢此六爲首

復有無量辟支無學幷其初心同來佛所疏具云辟支迦羅此云緣覺以觀十二因緣而覺悟故此是部行非同麟喻不預歎德列名者以貶喧樂靜不爲衆所知識故主伴咸集故云并其初心遇佛迴向必證大果故下經云有學二乘及諸一切新發心菩薩等皆獲本心遠塵離垢得法眼淨通序竟。標若獨覺者出無佛世起無師自然智常居巖穴春觀百花秀秋看黃葉落無師禪自解端坐證無餘。解資中曰若麟喻者出無佛世三千界中獨一而出如麟一角也孤山曰今云無量辟支者將非他方無佛之土大權引實而來此會乎故下文云十方大阿羅漢辟支佛等俱願樂聞此其證也私謂經家既云并其初心正似師徒共集實部行也縱是獨覺如圓師說來亦無妨況部行亦出無佛世然則大權引實或佛知此衆當獲大益咸神攝至不亦可乎

後發起序分四

一夏制圓成衆求密義

疏二別序者諸經不同發起各別或放光微笑乞食入禪自唱位號勸人令問等今經由夏滿衆集王臣請齋慶喜外歸無供徇乞因遭淫室邪術所加自無定慧不能降伏由是外假祕密攝護令歸意顯生死輪迴莫過淫愛超證聖位豈逾定慧定慧內具祕密外資塵飈順風有何艱險文有四

屬諸比丘休夏自恣屬值遇會也聖禁三月滿在此日故云休夏也自述所犯恣任僧舉當悔清淨故云自恣制限恣法如律所明。解孤山曰自恣律開三日七月十四十五十六也

十方菩薩咨決心疑欽奉慈嚴將求密義疏具云菩提薩埵此云覺有情此有三釋一菩提所

二師資感應
敷演眞乘

求果薩埵所度生二菩提所求果薩埵能求人三菩提覺悟智薩埵情慮識總約悲智能所眞妄以立名也此等安居非止一處故云十方限內修行萛盡通達從師指授夏滿方遂故云咨決心疑恭敬遵承故曰欽奉思念威重故曰慈嚴將求密義者意請宣說如來密因修證了義之法門也。解孤山曰大論云菩提名佛道也薩埵名成衆生用諸佛道成就衆生故又菩提是自行薩埵是化他左傳云訪問於善爲咨欽奉顯菩薩之心慈嚴明如來之德欲請楞嚴之祕說故曰將求密義

即時如來敷座宴安 疏非禪不慧故先入定不爲後軌也即敷尼師壇靜然安坐如金剛法華皆先入定後方始說常法爾也。標因戒生定因定發慧聖人隨宜。蓋不出此三無漏法也

爲諸會中宣示深奧 疏前求密義今宣深奧隨其所問皆與說示如法華先說無量義經以爲一乘之本今此會中亦復如是必有經目隱而不言也標即直指覺心也。解未談密義先說餘經不散其衆乃演斯典亦猶法華以前說無量義淨名以前說普集經但今所指未來此耳

三王臣請供
主伴分臨

法筵清衆得未曾有 疏教主既非生滅心行說實相法能聽之衆亦無一法可爲領受稱實說聽無有垢染故云清衆斯爲究竟無上法會得未曾有

迦陵仙音徧十方界 佛聲和雅衆所愛樂聽之無厭如迦陵頻伽在於卵殼鳴勝餘鳥故堪喻佛聲此鳥非常故云仙也徧十方界者顯其圓義如來梵音於諸相中最爲勝故如別處說。標佛以一音演說法衆生隨類各得解。解迦陵頻伽此翻妙聲

恒沙菩薩來聚道場文殊師利而爲上首 疏正云曼殊室利此云妙吉祥或妙德下文將神咒揀圓通與奪衆心無私不伏智德之尊故爲上首前文十方菩薩咨決心疑今此復云恒沙來衆者或因結上首重指前文或因前說法聲徧十方後始來集二義無在。標文殊是根本智始末皆歸文殊也。解文殊以分證法身般若解脫三德故也

時波斯匿王爲其父王諱日營齋請佛宮掖自迎如來廣設珍羞無

四慶喜無齋入城循乞二

初歸國無請

後入國循求二

上妙味兼復親延諸大菩薩疏具云鉢羅斯那恃多此云勝君先王崩日忌諱之辰故云諱日即自恣後之一日諱忌也以忌舉吉事諱避其名宮掖內庭也后妃居所在天子左右如肘腋耳王之宮禁策掖者所居故標。解祭義云忌日必哀稱諱如見親齊者齋也不過中食以齋身口而內表中道爲方言云羞熟也謂熟食也周禮膳夫掌王者之羞城中復有長者居士同時飯僧佇佛來應佛勅文殊分領菩薩及阿羅漢應諸齋主十德具足三品居財故云長者居士又守道自怡寡欲蘊德故曰居士佛爲化主王請須臨臣爲輔佐餘聖可赴。標長者爲輔相也十德具足三品居財名長者十德者一姓貴二位高三大富四威德五智深六年耆七行淨八禮備九上歎十下歸。解天竺以積斗鉅億爲長者守道居正爲居士

唯有阿難先受別請遠遊未還不遑僧次疏阿難此云歡喜佛初出家淨飯憂惱聞子成道王大忻然復有鮮飯奏云生兒舉國大喜因立斯號又彼端正或語或默行住坐卧進止動轉見者咸喜故云歡喜先受別請者涅槃經說不受別請乃不隨佛故受別請或因他事而非齋也遑暇也。標阿難陀云慶喜年二十世尊化令出家爲佛侍者總持多聞第一即如來成道夜生既無上座及阿闍梨途中獨歸其日無供疏同輩上下曰上座阿闍梨此云軌範謂與衆中作軌範故。標律中僧遠出須此二人也

初平等行乞二

初正行平等以循乞

即時阿難執持應器於所遊城次第循乞疏當日初分乞食易得故云即時鉢多羅此云應量器色與體量皆應法度也無問淨穢故云次第順於軌則故云循乞食十利如寶雨經說心中初求最後檀越以爲齋主無問淨穢刹利尊姓及旃陀羅方行等慈不擇微賤發意圓成一切衆生無量功德

後仰劝無遮以除謗

檀越此云施者阿難乞食意祈末後來請僧者我當赴彼故曰齋主淨穢即刹利旃

陀也刹帝利此云田主即王種也
故云尊姓旃陀羅此云殺者即魁
創婬酒家也方法也軌則如來行
平等慈不取貴擇賤俾施者見者
得福無量○解欲令淨穢皆
趣菩提故云圓成無量功德

阿難已知如來世尊訶須菩提及
大迦葉爲阿羅漢心不均平欽仰
如來開闡無遮度諸疑謗疏迦葉
波此云
飲光氏上古元祖是仙身有光明
呑蔽燈光人皆異之曰飲光仙因
立族姓尊者頭陀上行第一故云
大也標同不均平者善現捨貧從
富迦葉捨富從貧皆爲淨名所訶
今言如來者就其印可功歸佛也
然佛常乞食無遮間者由五義故
一由內證平等理故外不見貧富
相二心離貪慢慈無偏利三表威
德不懼惡象沽酒婬女家四息凡
夫猜嫌五破二乘分別故得仰效
行平等耳度疑謗者即凡夫猜嫌
也

經彼城隍徐步郭門嚴整威儀
肅恭齋法城之濠壍曰隍齋莊齊
整不失威儀安靜恭謹
標同上文足成令則以斯行乞物無
不從仰效尊儀故云齋法也

次示遇難緣

後佛垂哀救三

爾時阿難因乞食次經歷婬室遭
大幻術摩登伽女以娑毗迦羅先
梵天咒攝入婬席婬躬撫摩將毀
戒體爾時此時也摩登伽義翻本
性下經云性比丘尼是也娑
毗迦羅亦云劫毗羅此言金頭或
云黃髮食米齊外道也師事梵天
而得此咒咒是梵天先說外道施
行世人諷習以爲幻術將毀戒體
者別解脫戒白四所發形願業體
體即無作從作戒生是第三聚非
色非心爲戒所依持之則肥犯之
則羸故云戒體阿難無心遭逼入
舍欲犯未犯故云將毀若據下云
八萬行中秖毀一戒心清淨故尚
未淪溺應知阿難不毀吉羅緣起
如別○標摩登伽經云此女過去
爲婆羅門女名曰本性今從昔號
○解摩登伽經云阿難昔五百世
曾與摩登伽女而爲夫婦愛習未
忘故有斯事將毀戒體者經家明
危窘之意生起如來往護之文也
其實初果孕人得道具戒雖遭咒
攝任久居婬室終無毀犯何者見
惑巳除唯存正使是故雖有於貪
非婦不婬雖有於瞋壑地不天雖
有於癡不計性實若在僧中或心

設起則捨戒還家故有欲飽還來之事故涅槃云初果生惡國道具不爲惡大論云初果生殺羊家寧死不殺此皆道具戒故自然無犯也世人準律同凡結罪將恐通經之功未補毀聖之過私謂據摩鄧女經女之毋名摩鄧耳長水所翻未見其義詳夫將毀戒體之語蓋言此女欲破阿難所持之體也故下文云彼雅咒汝破佛律儀八萬行中秖毀一戒心清淨故尚未淪溺歷觀諸解悉以將毀二字屬于阿難雖曰不犯豈無疵乎

一齋畢歸園

如來知彼婬術所加齋畢旋歸王及大臣長者居士俱來隨佛願聞法要

疏如來知者知即是見也謂以生死智明不二天眼見也如來常儀受請齋了皆爲說法今日速歸知佛必有所爲故隨而來願聞法要然大衆根熟妙悟是時不有因緣無由發起故託慶喜婬逼摩登愛纏俾知生死輪迴貪欲爲本修證常樂禪慧是基故下文中天龍八部有學二乘及諸一切新發心菩薩其數凡有十恒河沙聞是法已皆得本心遠塵離垢獲法眼淨性比丘尼成阿羅漢無量衆生發無上道心等是知機應相扣啐啄同時形對像現故無差濫矣標同

○二正宗分三

次放光說咒二

于時世尊頂放百寶無畏光明光中出生千葉寶蓮有佛化身結加趺坐宣說神咒

歸園既畢主伴咸臻於此之際故曰于時佛頂體也寂無相故光明相也具性德故蓮華用也成萬行故化佛果也理智行三所成就故宣神咒者自果既圓說咒利他故又釋迦顯果海無說頂光蓮現表大定智悲三法冥熏而起大用故現化佛說神咒也。標此經一部五次放光第一從頂表體無說第二面門表說顯心三從卍字表因心顯見四諸佛頂表一多無礙五從五體表耳根圓通總攝五根。解孤山曰頂表法身光表報身化佛表應身光從頂出即智由理發徧照百界故云百寶而有化佛說咒者即理智相冥能起大用折惡攝善也

後遣咒往救

勑文殊師利將咒往護惡咒銷滅提獎阿難及摩登伽歸來佛所

疏提

携奬勸也文殊顯傳佛旨密護阿難先令登伽見佛離欲聞法增道意顯呪力不可思議也如下文云彼尚婬女無心修行神力冥資速證無學何況汝等在會聲聞求最上乘決定成佛等序分竟。標智能解惑明能破暗也下文云自我出家恃佛憍愛求多聞故未證無爲遭彼梵天邪術所禁心雖明了力不自由賴遇文殊令我解脫雖

蒙如來佛頂神呪冥獲其力尚未親聞。解登伽得益證阿那含而經家不叙者下文顯故然約實行則機熟得道之時由阿難牽以欲鈎故使後入佛智也若是大權則同阿難發起斯教以益群機耳私謂長水科經齊此爲序分諸家皆至佛告以下方入正宗今覩阿難啓請巳涉楞嚴法門一經所談皆酬斯請當依墉師爲正△。次疏

下正宗分由阿難正請如來正說解行圓備不偏不邪當機得益也文三

阿難見佛頂禮悲泣恨無始來一向多聞未全道力多聞習定止觀雙修若但偏攻豈全道力故涅槃云先以定動後以慧拔定如縛賊慧如殺賊定慧

雙運目足更資到清涼池保無留難佛與阿難空王佛時同發大心爲樂多聞匪勤修習佛今成道我始入流仍值惡緣不能免脫良由偏失誠可悲夫故下文云汝聞微塵佛一切祕密門欲漏不先除畜聞成過悞。解孤山日法華云昔於空王佛所同時發心汝常好多聞我常勤精進是則如來由全道力定慧均修故能速證菩提降魔

初阿難悲恨請修三昧

制外我由偏著小慧於今尚住初果反遭邪術勞佛慈救悲泣恨悔其在此焉

殷勤啓請十方如來得成菩提妙奢摩他三摩禪那最初方便

疏如來極證人也菩提極證法也人法雙舉者簡所請行非耿劣耳奢摩他云止三摩提云觀禪那云靜慮釋其相者如圓覺經此三種義只在一心非三而三不一而一舉一則具故稱爲妙即天台一心三觀也此觀若成即證涅槃三德名祕密藏故舉十方如來得成菩且等最初方便者然方便多種今問成佛妙行復云最初者意請成妙行之方便也淺深雖異俱方便爾如圓覺經方便隨順圓攝所歸即有三種此指妙行即方便也如下經文佛問圓通從何方便入三

次同時大衆俱欲欽聞

後如來垂機廣爲開演七

初顯如來藏心二

二明修行方便。

三辨禪魔業行。

摩地即指入妙行之方便也今文請即通問下文答則別說如下文云有大佛頂首楞嚴等即許說成道妙行也復先徵詰發心推逐妄執破群疑顯藏性令信解不謬阿難因此了悟發菩提心等此即信解眞正成本起因若無此因縱歷多劫修諸行門皆成邪僻猶如煑沙欲成嘉饌終不能得故圓覺中示三觀顯諸輪一一皆云悟淨圓覺此經亦爾從初至第四卷半已來則總明信解眞正爲最初方便也信解雖正明識藏心多聞無功不逮修習如得大宅罔知入門故請修行從何攝伏佛即具辨止觀爲正修法止觀成處名眞三昧入此行時須有方便方便之法不離根門入一無妄餘皆清淨故問二十五聖復勑文殊令揀此即以根門順機爲最初方便如下文云我今欲令阿難開悟二十五聖誰當其根何方便門得易成就此則的取從聞思修爲初方便最初之義先解後行無出於斯或可最初是無上第一之義即指眞定爲方便耳如別有說吾弗知也○標七處徵心破執八還四義三因不生即令信解眞正爲最初方便○解資中曰準圓覺經奢摩他以寂靜爲相三摩提以幻化爲相禪那俱離

四示地位階差。

五出聖教名殊。

六辨趣生因異。

七陳禪那現境。

靜幻二相此大意與一心三觀相應寂靜相即空觀也幻化相即假觀也俱離相即中觀也孤山曰涅槃明三一奢摩他此云止二毗婆舍那此云觀三優畢义此云止觀等今阿難雖專請於止以即一而三故此止即觀亦即平等三一互融是以稱妙妙故方曰楞嚴大定耳今於一止復有三名奢摩他即體眞止止於眞諦三摩提亦曰三摩地此云等持即方便隨緣止止於俗諦禪那此云靜慮即息二邊分別止止於中道第一義諦私謂圓覺三名既同今經流師所解固如其義涅槃中三雖一名有異其體亦同但禪那以雙遮爲離優畢以雙照爲等而孤山專用天台三止配今三名者斯又得經之深也何則止屬於定觀屬於慧阿難既以多聞小慧自咎正以楞嚴大定爲請大定非三止而何況三摩禪那顯是定名雖此定即慧而所主從別若然則豈唯見孤山得經之深抑亦知天台三止寘有聖言矣最初方便者阿難所請得通有別通謂奢摩他等是諸佛成道之法也別謂最初方便即當機發行之由也應知下文從破心見以去詶其通請如佛告阿難有三摩提名大佛頂首楞嚴王具足萬行十方

如來一門超出妙莊嚴路汝今諦聽等至辨諸聖圓通本根訓其別請如佛告大衆吾今問汝最初發心悟十八界誰爲圓通從何方便入三摩地擧要言之唯觀音所觀耳根圓通方是此經最初方便舊有多說今無取焉

初破阿難認妄遺真顯如來藏二

後破滿慈執相雜性顯如來藏○見第十二

初正約心見以破顯五

於時復有恒沙菩薩及諸十方大阿羅漢辟支佛等俱願樂聞疏如渴思冷水如饑思飲食如病思良藥如衆蜂依蜜我等亦如是願聞甘露法退坐默然承受聖旨大衆欲聞假其請主三乘賢聖八部王臣瀉已虛心收視返聽而寂默也智論偈云聽者端視如渴飲一心入於語義中踊躍聞法心悲喜如是之人可爲說斯受聖旨豈合不然△此下如來乘機廣爲開演古人科判各是一途春蘭秋菊互擅其美振公八段資中顯稱今詳經文復有理在文中前後兩庋說經初從此去至標經名是訓問正說分次從說是經已下至不戀三界爲請益再陳分初有四段一開妙解二示修行三顯妙位四立妙名此四即八段中前五科開合之異也次再陳中有二一辨趣生差別二示禪境差別即八中後三段也然開判之設各隨其人吾今從古依振公判略沒第八但取七名○解孤山曰前通序同聞不言菩薩別序集衆不言二乘此中備有三乘驗前二序影略互現耳

後總約諸法以會通見第七卷

一審其初心二

初問發心之始

佛告阿難汝我同氣情均天倫疏慶喜是佛堂弟祖父相傳亦名同氣或可但是兄弟同一氣類也兄弟之序上下相次恩愛相屬蓋自然而然非使之然也故曰天倫倫理均等也○標汝我者權分賓主也解詩云兄弟天倫汝雖堂從我之情愛實同天理言同父兄弟也當初發心於我法中見何勝相頓捨世間深重恩愛疏父毋妻子是恩愛之深者世人以捨麤重恩愛爲其至道而不知修行見愛尚是妄心故審問之後方推破○解私謂阿難既默多聞而欣妙定如來欲談是義先詰妄緣故問發心見相之由爲止散入寂之本迷解之要並在于兹

阿難白佛我見如來三十二相勝

後舉捨愛之緣

二彰其妄失二

初總彰淪溺

妙殊絕形體映徹猶如瑠璃疏如來大相有三十二謂足下安平至頂成肉髻小相有八十種謂無見頂至手足有德相從大相海流出小相故名爲好釋梵輪王亦有大相然無其好暗昧不明不名勝妙殊絕形狀體質清淨無垢踰瑠璃也○標此經一部只從我見而發起也常自思惟此相非是欲愛所生何以故欲氣麤濁腥臊交遘膿血雜亂疏從戒定慧所成就故故非欲愛欲愛之生純是不淨大集經中具說受生皆由父母與已識情互生愛欲由是託彼赤白二滴爲識所依一處和合名歌羅邏而漸增長至於出胎五穀長養雖成人相如革囊盛糞故云膿血雜亂不能發生勝淨妙明紫金光聚閻浮檀金展轉比至迦葉身金猶如聚墨若比佛身迦葉如墨欲愛所招終非如此是以渴仰從佛剃落勝相妙絕知非愛生思渴瞻仰故求捨愛願從佛化俾易妙身斯不知以愛指愛轉增妄矣○標阿難我見未忘故見淨穢是以見佛淨妙之身故渴仰

後別釋因由二

從佛剃落○解孤山曰見相實有生滅究竟緣此發心安趣常果故下經云若於因地以生滅心爲本修因而求佛乘不生不滅無有是處交遘者易曰男女遘精萬物化生佛言善哉阿難汝等當知一切衆生從無始來生死相續疏久成積苦也○標非但今日

初迷眞

皆由不知一念情生三細便起此根本無明曰不知也常住眞心性淨明體疏迷自本眞也無始晦昧故曰不知不生不滅名爲常住離諸偽妄靈鑒不昧故曰眞心三德具足爲一切法之所依止故云性淨明體衆生悉爾故曰皆由○標摩訶般若解脫法身三德具足惑者不知

後認妄

用諸妄想此想不眞故有輪轉疏認他妄想也下文云此是前塵虛妄相想惑汝眞性從無始來認賊爲子失汝元常故受輪轉舉世修行多同此計故託阿難總彰其失○標總指執於我見○解常住眞心即下文如來藏心圓融三諦也用

諸妄想謂九界衆生不達此三本唯一心於是六趣見其俗二乘見其真菩薩見其中皆由不了圓融妄生取著故致輪轉二種生死

三勸其直語三

汝今欲研無上菩提真發明性應當直心詶我所問疏下文識精元明即是無始菩提涅槃元清淨體此體非妄無有變異故云真性研究窮也淨名云直心是道場無虛假故今推本意豈得異想發言欲正修行當須確實故今勸也

初正勸

十方如來同一道故出離生死皆以直心諸佛同道脫苦得樂皆由直心者此有二種一發言無虛假如此文所勸淨名道場二向理之心無別岐路即如起信三心之直心也故論云一者直心正向真如法故此為二行根本也今此經意須具二焉始令發言無妄終成向理心絕方為十方同道

次引證

心言直故如是乃至終始地位中間永無諸委曲相因苗辨地言直心直苟或反此罪非輕小如下經云若大妄語即三摩提不得清淨成愛見魔失如

來種若諸比丘心如直絃一切真實入三摩地永無魔事我印是入成就菩薩無上知覺也發心曰始究竟名終彈指能超故無委曲○標二心先聖云發心畢竟二無別如是二心前心難○解言者心之聲由心直故所以言直三諦真常名心直了義頓說名言直由此心言乃能趣道

後結益

阿難我今問汝當汝發心緣於如來三十二相將何所見誰為愛樂疏心見兩門由茲所問下既認心不迭指見謬稱故成二障為纏三空罔契故下徵詰俾識妄源

四問其見愛二

初問

阿難白佛言世尊如是愛樂用我心目單牒雙指巧略故也由目觀見如來勝相心生愛樂故我發心願捨生死

後答

此正陳妄體也目即眼根心即意識根識虛妄猶如空華若執有體能見能樂豈唯迷於法空亦起人我見愛故下文云六為賊媒自劫家寶無始虛習住地無明皆由根識更非他物想相為塵識情為垢

生死輪轉莫不由斯故下推徵令知虛妄上標文同

首楞嚴經義海卷第二

音釋

旃陀羅梵語也此云屠者旃諸延切　劊古外切　窘巨殞切窘迫也

首楞嚴經義海卷第三 經一之三

○五推妄所在七

△初破在內十

初立四

佛告阿難如汝所說眞所愛樂因 凡遇圓相即是標辭與疏同其上文 于心目若不識知心目所在則不能得降伏塵勞 疏心目是本塵勞爲末若迷本之依處群末難除染汙故名塵擾惱故名勞即通指二障也○標塵勞者通指煩惱所知二障

一牒前以喻

譬如國王 疏眞性也 爲賊所侵 煩惱迷眞也 發兵討除 用智也 是兵要當知賊所在 兵人所執器也○標窮盡妄源也○解孤山曰發兵討除喻修止觀

二舉事說

使汝流轉心目爲咎 疏示過也 吾今問

三示過以問

汝唯心與目今何所在 總問所依也○標心爲萬法之源見爲六根之首若知心見根本塵勞即清淨也

阿難白佛言世尊一切世間十種異生同將識心居在身內縱觀如來青蓮華眼亦在佛面 疏下文有十二類今舉大數凡夫造業不同感果差別名爲異生一切世間者舉依顯正也前舉凡心在內後指佛眼在面欲取例已亦復然也○標佛聖凡心目亦同譯人巧略凡夫識心在身內眼在面上文略其眼聖人青蓮相眼在佛面識心亦在身內文略其心也

四引例以答二

初引他爲例

後指已結答

我今觀此浮根四塵秖在我面如是識心實居身內 疏以眼根色是不可見故指浮根聖凡既爾在己必然面與身中心眼定處也○標浮塵根假地水火風內外八法成體如蒲桃朶勝義根元一精明淨色不可見心也○解楞李曰浮根四塵即外五根名浮塵根然內五根皆清淨四大所造屬不可見有對色也又內外五根皆具八法所成能造四大地水火風所能造四塵色香味觸今浮塵眼根中能造四大性不可見故指所造也

後破二

佛告阿難汝今現坐如來講堂觀

初正破三

祇陁林今何所在世尊此大重閣清淨講堂在給孤園今祇陁林實在堂外疏堂在園中林居堂外内外既分計宗危矣

初舉事定其所見三

初問境内外

阿難汝今堂中先何所見世尊我在堂中先見如來次觀大衆如是外望方矚林園疏定先後者欲破阿難在内之心不能如此次第見故

次定見先後

阿難汝矚林園因何有見世尊此大講堂戶牖開豁故我在堂得遠瞻見講堂身也阿難心也如來大衆五臟也戶牖根也○解孤山曰此三問將破心目之執故先定之

後審見因申

爾時世尊在大衆中舒金色臂摩阿難頂告示阿難及諸大衆有三摩提名大佛頂首楞嚴王具足萬行十方如來一門超出妙莊嚴路疏以慈攝也如父囑子捎背而告此有三意一安慰其心令無恐懼二囑其諦受令無忘失三示令許說無有虛妄故舒其手現慈相也下云十方薄伽梵一路涅槃門直道無異通至寶所故云一門清淨果海衆德具足故曰莊嚴眞三摩提因行所履故名爲路汝今

次示益安其所懷

諦聽阿難頂禮伏受慈旨破妄意欲顯眞故略標宗歎德令其忻慕豈謂徒然譴責罔知所歸於是阿難伏而諦受○解阿難向以三名爲請今如來但舉三摩提者圓融三止舉一即三故下云奢摩他路其意亦爾

後引例明其所失三

佛告阿難如汝所言身在講堂戶牖開豁遠矚林園亦有衆生在此堂中不見如來見堂外者疏反常理以致問引慶喜以直答

初引例正問

阿難答言世尊在堂不見如來能見林泉無有是處只知據理直申不覺計宗危矣○解欲破執心在内故況指其人以例之案定阿難之答也身喩内

心堂喻人事林喻外物

次依理以答

後合喻奪破三

初正奪

阿難汝亦如是疏心在身內如人在堂汝之心靈一切明了若汝現前所明了心實在身內爾時先合了知內身解如人在堂先見如來頗有衆生先見身中後觀外物疏心能虛鑒內外俱緣故云一切明了向外既了萬緣在內合知五臟〇頗猶可也亦語辭也汝觀衆生可有此者〇解以無有人先見身內故茲責問即是破也

次縱破

縱不能見心肝脾胃爪生髮長筋轉脉搖誠合明了如何不知疏腑臟內容設使不知筋脉膚淺寧容難了

後反責

必不內知云何知外五臟同居最爲親眤萬象離異誠謂踈遥若使不了身中豈合能觀外物〇解身內至近尚不見知況外物至遠乎

後結破

是故應知汝言覺了能知之心住在身內無有是處疏境風外動妄想內熏識浪潛生爲自心相空花幻化起滅無從不了本如遂成久執及推所在妄謂身中反覆窮研理無所據故佛結指令悟其非

△三破在外二

初立二

初正立

阿難稽首而白佛言我聞如來如是法音悟知我心實居身外疏身中無救身外必然不遇尊言莫悟斯旨故稽首於佛謝非立是以頭至地稽留少時名稽首

後釋成二

初引喻領悟前非

所以者何譬如燈光然於室中是燈必能先照室內從其室門後及庭際引喻例法伏受前非也

後躡喻成立今義

一切衆生不見身中獨見身外亦如燈光居在室外不能照室室外之燭不及內明身外之心何能反照此計心有離身之過故下破之是義必明將無所惑同佛了義得無妄耶身外之理法喻正齊以此觀之合無疑暗佛說了義

可得同乎

後破二

初立破二

初引例立理二

初一多同飽問

後自他殊體答

後據理推破二

佛告阿難是諸比丘適來從我室羅筏城循乞摶食歸祇陁林我已宿齋汝觀比丘一人食時諸人飽不前云赴請此云乞食者乞食乃是常儀泛舉爲喻又前雖赴請未必僧盡餘人乞食故此舉也宿預也

阿難答言不也世尊何以故是諸比丘雖阿羅漢軀命不同云何一人能令衆飽前問一食衆飽今答軀命不同反前問也意顯心若離身即同他食他食既非我飽心知何關我身身心相外自他可例○解孤山曰提獎阿難在赴請日爲他演法事應闕宵故指即日循乞爲例

佛告阿難若汝覺了知見之心實在身外也疏牒身心相外自不相干定其相外外猶離也心既離身不相干涉如前所答一人食時不令衆飽

則心所知身不能覺覺在身際心不能知釋成其相心若在外理合如是文顯可見○標眼見心不知也

初以理定其相外

後約見驗其相知

我今示汝兜羅緜手汝眼見時心分別不阿難答言如是世尊佛告阿難若相知者云何在外疏具云兜沙羅此云霜佛手柔輭如兜羅緜三十二相中一相也眼屬身分心若離者合不分別若分別者應不離身以不離故名爲相知故此責云若相知者云何在外○解檇李曰兜羅此云細香

後結破

是故應知汝言覺了能知之心住在身外無有是處疏可知

△二破潛根二

初立三

初述前所破況立一處

阿難白佛言世尊如佛所言不見內故不居身內身心相知不相離故不在身外我今思惟知在一處雙叙別立文顯易知

次問令所立答在諸根

佛言處今何在阿難言此了知心既不知內而能見外如我思忖潛伏根裏知外而不知內非根如何此即妄計識心潛立五根

後舉喻所成復伸潛理二

裏

初舉喻合法

猶如有人取瑠璃椀合其兩眼雖有物合而不留礙彼根隨見隨即分別疏瑠璃喻根眼喻於識眼根色淨不能礙心同瑠璃椀不礙於眼隨照一境心隨根知若此成立作觀可爾洎乎推破同喻不成

後據理成立

然我覺了能知之心不見內者為在根故分明矚外無障礙者潛根內故但知妄計不覺隨語過生下文即破

後破二

初正破三

佛告阿難如汝所言潛根內者猶如瑠璃略牒語簡可以意知彼人當以瑠璃籠眼當見山河見瑠璃不如是世

初顯喻定其俱見

尊是人當以瑠璃籠眼實見瑠璃遠觀物象近見瑠璃問答極成故云如是

次據法責其獨觀

佛告阿難汝心若同瑠璃合者當見山河何不見眼喻則近遠俱見法則唯見山河既失近觀何成同喻法喻不等潛根理虧下更縱破令無所據

後縱見不見咸失

若見眼者眼即同境不得成隨設使見眼即成敵對云何前言隨即分別此有自語相違過也若不能見云何說言此了知心潛在根內如瑠璃合結成法喻不齊過也二過既彰潛根理喪○標若不見眼法喻不齊○解真際曰喻見瑠璃法不見根縱許見根根即是境若是境者不得言隨以前文云彼根隨見隨即分別故

後結破

是故應知汝言覺了能知之心潛伏根裏如瑠璃合無有是處標已上破

△四破見內二

潛根境

初約見暗以成立

阿難白佛言世尊我今又作如是

後約對眼以推破二

初難破二

初破前計二

初雙徵一

後牒破二

初破對二

思惟是衆生身腑臟在中竅穴居外有臟則暗有竅則明我今對佛開眼見明名為見外閉眼見暗名為見內是義云何疏此中立意復宗歸內最初所計心在身中佛即推徵不合在內以不能見身中物故由此轉計身外潛根及至窮研二俱不當再思理道在內義長遂立臟暗竅明責無不見內過七竅明靈五臟顯然闇竅緣明合眼對暗明暗若見內外俱緣由是在內決無所惑○標白虎通云五臟即肝心肺腎脾六腑者即五臟之官府也胃為脾之府膀胱為腎之府三焦為命之府膽為肝府大小腸為心府肺府○解私謂初計心在身內佛以不見腑臟為破次計在外復招身心相離之難义計潛根且乖瑠璃籠眼之喻今立內外欲免前之三過也何者良以有藏則暗故見暗時即名為內何必須見身內之物耶有竅則明故見明時即名為外豈應更責外不相干耶內外若成自顯此心不在一處亦異潛根也然雖云見外所執心體還成在內以開眼見明不同燈在室外故

初對眼不屬內

後外室成焦腑

後破不對

後破轉計二

初牒計奪破

後展轉縱破四

佛告阿難汝當閉眼見暗之時此暗境界為與眼對為不對眼疏徵詰標對與不對俱不成理若與眼對暗在眼前云何成內疏對眼在前前豈成內若成內者居暗室中無日月燈此室暗中皆汝焦腑若謂不論前後但是見暗便即內者汝處幽室無三光時此室黯然應是汝內以同暗故焦腑即內也應立量云汝處幽室應汝焦腑以是暗故同汝見暗若不對者云何成見未曾見有境不對眼而稱見物若離外見內對所成牒轉計也此計由前以暗室暗例眼前暗不合成內恐彼計云我所見暗與暗室暗二體不同何也彼暗室暗是身外暗名為外見以是開眼之所緣故我所見暗是身內境名為內對以是合眼之所緣故今取合眼所對之暗名為

見內非同所見室中暗爾如何不得見見暗名內故此牒也然諸師敘計殊不分明蓋譯人巧略但牒而已有智請詳無執麻矣○解此縱計也

一在空非內同他破

合眼見暗名為身中開眼見明

何不見面若不見面內對不成疏奪破也設許合眼對暗名見身中亦應開眼對明而見自面內屬於暗尚許返見面屬於明豈無返見一成則俱成一破則俱破故云若不見面內對不成○解牒計難之若謂合眼見暗名為內對焦腑義者何不開眼見明亦有外對面目之相乎外相既無內義安在

二見他還同己體破

見面若成復以前難縱其所許此了知心及

與眼根乃在虛空何成在內若在

三根身互闕能知破

虛空自非汝體疏設汝執言能見面者汝心及眼應處虛空以眼境相對方成見故若許處空顯是在外如何復執心居身內又若在空即同他人自然不是汝之心體此之二過應立量云汝之心靈定不在內見汝面故猶如他人破次過者但改宗云定非汝體同喻如前

即應如來今見汝面亦是汝身汝或執言雖見我面定是我體即復破云佛亦見汝應是汝身應立量云如來之身定是汝體見汝面故如汝心眼設或不許佛身是汝汝之心眼亦非是汝便同前文自非汝體也

四二覺應成兩佛破

汝眼已知身合非覺又若汝心能見面者本分身處應無知覺以在眼根處虛空故身若有覺眼必無知在一不在一經文巧略故不言也○解汝眼在空空中有知知既離身身合無覺

後結破

必汝執言身眼兩覺應有二知即

汝一身應成兩佛疏必汝現今眼根自知身處自覺非互闕者須有二心知即心也凡有心者皆當作佛豈汝一身成兩佛耶此之四段展轉破逐皆由前文內對所成見面之執妄情紛擾執計多端故盡破之令無所救○解所執與難豈其然乎蓋防至鈍者耳

△五破隨合二

是故應知汝言見暗名見內者無

有是處不言見明爲外者略也又見外爲成見內從正計結也

初引經成立

阿難言我常聞佛開示四衆由心生故種種法生由法生故種種心生疏引教也第八本識變生三境故云心生法生境界風動能起識浪故云法生心生今雖通舉要取後句法生心生以爲據也○解孤山曰心生法生境從心起也法生心生心逐境遷也

後牒計顯證

我今思惟即思惟體實我心性隨所合處心則隨有亦非內外中間三處疏現今思惟識有緣慮及推所止三處元非應知隨境而生心與境合境既不一心亦隨多頗合佛言必無虛論○解根與塵合故心隨生亦非三處翻前四計也內即在內見內外即在外中間即潛根

初破二

初破無體

佛告阿難汝今說言由法生故種種心生隨所合處心隨有者疏牒前計也是心無體則無所合既言因法有心應知心本無體無體言合理必不然一法云何合斯之謂矣若無有體而能合者則十九界因七塵合是義不然若汝堅執無體能合十九界第七塵體畢竟無亦應有合世間學者誰信有之故云不然○解心既隨合而有則自無體若本無體而能合者則十九界與七塵一俱無體亦應能合彼既不爾此云何然以界但十八塵唯有六故

二破有體二

初內外出入不成破二

初正奪破

若有體者如汝以手自挃其體汝所知心爲復內出爲從外入若復內出還見身中若從外來先合見面疏挃猶觸也以手觸身必先知覺既言有體不無所止內外二處必從一縱故今雙詰難同前破○解既無來處心體自無

後破轉救二

初破

阿難言見是其眼心知非眼爲見非義疏轉救也若如前難令見面等理恐不然以心能鑒覺但名爲知眼有照明方稱曰見若將心知爲眼見者必無此理故云非義○解真際曰阿難意謂見自是眼心但能知不可以心爲見故云

後破

非義而不知根不自見心依根見故下破其眼獨能見

後一多偏局非理破二

佛言若眼能見汝在室中門能見不疏引喻難也如世間人稱見外者必待出門方名人見若人居室門豈自見門眼也人心也汝稱眼見理恐不然則諸已死尚有眼存應皆見物若見物者云何名死舉事破也若眼明見死者眼存心識離體豈說有見有見非死死必無見稱見在眼不其謬哉

初總徵

阿難又汝覺了能知之心若必有體爲復一體爲有多體今在汝身爲復偏體爲不偏體一多心體也偏局身體也

餘文可知

後別破二

若一體者則汝以手挃一肢時四肢應覺若咸覺者挃應無在若挃有所則汝一體自不能成破一也心體若一四處咸同一肢受觸四應俱覺設許俱覺失本觸處故云無在若覺元所觸處一體之義豈存○解孤山曰挃應無在者謂非定在一肢也

初一體多體義失

若多體者則成多人何體爲汝疏破多也汝心唯一豈合言多若許多心汝亦多體多體之內誰爲阿難故云何體爲汝○解若言四肢各自有心故觸一肢餘肢不覺則成四人何肢是汝

後偏與不偏理非

若偏體者同前所挃疏破偏也挃一肢時四肢應覺故云同前○解同體也若不偏者當汝觸頭亦觸其足頭有所覺足應無知今汝不然疏破不偏也若汝執心不偏身者頭足之觸同時而下一合有覺一當不知今汝咸知孰成不偏故云今汝不然○解既俱觸俱覺則非不偏

後結破

是故應知隨所合處心則隨有無有是處標已上破隨合竟

六破中間二

初引經成立

阿難白佛言世尊我亦聞佛與文殊等諸法王子談實相時世尊亦

言心不在内亦不在外疏引教文也如我思惟内無所見外不相知内無知故在内不成身心相知在外非義合教理也不相知者合云外又相知恐文悞耳今相知故復内無見當在中間○正立中也解相知故不在外塵内無見故不在内根

後據理推破二

初推破二

初就身處以顯破二

初定其中位

佛言汝言中間中必不迷非無所在今汝推中中何爲在爲復在處爲當在身疏若心在中中應無惑必有所在何者爲中故舉身處以定中位○標在身在處義無所取

後隨計斥破二

初在身無中破

若在身者在邊非中在中同内疏若汝於身立中位者身有中邊若居身中與内何別應合見内若就身邊邊則非中便有自語相違過也○標身中如前執心在内

若在處者爲有所表爲無所表無表同無表則無定解若無表示心則無體若有表

後在處不定破

示中則無定何以故如人以表表爲中時東看則西南觀成北表體既混心應雜亂疏若身外處立中位者必須約表何處見中若可不可表即畢竟無猶如兔角若可表示即成不定東西南北皆可道故能表既亂心應混雜理應不然○標無表同龜毛兔角有表中位四望不定

後托根境以立中二

初立

阿難言我所説中非此二種如世尊言眼色爲緣生於眼識眼有分別色塵無知識生其中則爲心在疏身處二種非我立意眼色爲緣生眼識者豈非尊言今約根境兩極之間以立中位心在此也根能照境故云分別

後破二

初總徵

佛言汝心若在根塵之中此之心體爲復兼二爲不兼二以此爲中爲復兼帶根塵二法爲不爾耶○標兼與不兼義無所取也

後別破二

若兼二者物體雜亂疏因心所兼根塵相雜塵

亦分別根亦無知物即塵也體即根也○標物是境亦有心分別體是根亦帶心有分別世間不成安立

初破兼二

初若兼成雜亂

物非體知成敵兩立云何為中 疏令若不雜物自無知體自照境宛成相敵但有二相中云何存○標阿難救云雖兼於二物體不雜物非體知者物不知體自知若如此佛破云物是境境既無知體是根有知一知一不知成敵如牛角相對也故○解資中曰物無所知體有所知故云物非體知知與無知相形而立故云成敵兩立

後不雜非中破

後破不兼

兼二不成非知不知即無體性中何為相 疏不兼根故名為非知不兼境故名非不知二義既非將何以表心之體性體性不有中位自無○標其義轉跡也非知者去根也非不知者無境也根境既無非猶無也自無中位云何分中○解離知不知之外復以何相表心有體既無體性將何為中

後結破

是故應知當在中間無有是處 標已上破中間竟

△七破無著二

初引經成立

阿難白佛言世尊我昔見佛與大目連須菩提富樓那舍利弗四大弟子共轉法輪常言覺知分別心性既不在內亦不在外不在中間俱無所在一切無著名之為心則我無著名為心不 疏既非內外中間即知心無所著而不知佛意破妄無體令識本真如云三際求心心不有心不有故妄元無妄心無處即菩提生死涅槃本平等不了此意謬指其文妄立無著○便謂合教舉世修行多作此計但一切時都無所著即我真心而不知執此無著亦是妄想楞伽經云無心為心量我說為心量故下彼之

後據理推破二

初破二

初牒計雙徵

佛告阿難汝言覺知分別心性俱無在者世間虛空水陸飛行諸所物象名為一切汝不著者為在為無 汝言一切無著一切不出水陸空行即汝無著之心決定於彼

一切法上爲在不在在即著也若在不在二俱有過如下破之○解私謂欲破無著先以外境定之在即有也

後展轉推破三

初不在同無破

無則同於龜毛兔角云何不著無疏者不在也若此決定不著諸法何處是心名爲不著便同世間龜毛兔角畢竟無體體既全無而欲名誰爲不著耶○解無者心不見境也境既本無心何所離而云無著耶

次有體成著破

有不著者不可名無疏若此不著之心是有體者則不可言不在一切無猶不在也○解有不著者心見其境也境若是有心則成著豈名爲無耶

後雙指二過結責前非

無相則無疏指初過也無即不在也相即一切也不在諸相即是無體如兔角等非無則相指次過也非無有體也體若必有即在一切故云即相相有即在云何無著結前非也相若有心則名爲著云何安立不著義耶○解謂境亡則心滅心存則境生夫相不自有由心在故有心不自無由相盡故無是以有相而言無著者理不可也昔文慤度云但無心於萬境萬境未甞無詰其所談稍似今計肇師破云此得在神靜失在物虛以經驗之亦未爲得

後結

是故應知一切無著名覺知心無有是處疏此上七段破妄所依竟然凡情所計雖復萬差因依之處不過此七欲推妄體先破所依其猶城陷則賊亡巢傾則卵覆徵雖有七處則唯五第四第七無別處故隨合無著似破能依正意在所詳之可見○解孤山曰總此七番似破四性在內潛根見內似自性在外似他性中間似共性隨合無著似無因性故龍樹云諸法不自生亦不從他生不共不無因是故說無生是知如來七番逐破使介爾妄心無逃避處妄戝既除眞王得顯無生之理於茲見矣

△後破妄顯眞二△

△初破妄心顯眞心三

次正推眞妄二體○

利根上智已合潛悟但爲中下之輩更廣說耳私謂若四性未破此覺了心世而非諦破性執已乃名世諦世諦虛假猶存於相若破此相方名眞諦亦曰第一義諦故天台云世諦破性眞諦破假假破即相空性破即性空由是言之經文七番義含三空也資中判經從初至第二卷破心見二執以顯人空從汝猶未明一切浮塵諸幻化相空

至第三卷破陰處界等以顯法空余愛流師善分義趣但未知人法皆有性相耳泊下富樓那章秖是總顯前之二空故曰今汝會中未得二空廻向上乘阿羅漢等皆獲一乘寂滅場地

初阿難伸請二

初責躬遭難

爾時阿難在大衆中即從座起疏此下皆咨求法要恭敬之儀也梵漢兩儀聽衆咸坐欲有所問從座而作如理請益則起更端則起將有承聽必須復坐經有退坐一面儒有居與汝言皆令攝儀受法無謬也有言座起者從法空體起悲濟用也

偏袒右肩袒肉袒也致敬之極西方俗儀見王者必肉袒示非敢有犯佛教亦隨此用然此以表將荷大法之重擔耳

右膝著地入胡跪也屈智就理期悟故皆言右者順而無逆

合掌信解冥符俾悟入也已上皆身業恭敬意業也謹肅曰恭仰重曰敬而白佛言此上皆是經家綴葺叙敬儀也下即口業我是如來最小之弟斛飯之子得道夜生於諸弟中是最小故蒙佛慈愛雖今出家猶恃憍憐所以多聞未得無漏見惑雖除俱生全在至下方得第二果故○解孤山曰猶在預流未得四果永無三漏又於大乘未得初住中道無漏不能折伏娑毗羅咒爲彼所轉溺於婬舍當由不知真際所詣疏真實邊際即至極義此即大教所指示處悔過責躬遺難未證蓋由不知此所指處即如來藏體也

後請示修行

惟願世尊大慈哀愍開示我等奢摩他路令諸闡提隳彌戾車涅槃經云一闡云信提云不具信不具足名曰闡提或云焚燒善根此即斷善根衆生也彌戾車此云樂垢穢人此等全不識佛法即邊邪不正之見由不正見即謗正法死墮邊地永不識佛隳毀也阿難請意自得正修識知真際即離邪見庶幾成佛亦兾展轉令無信根斷善衆生毀滅邪見識佛正法自利利他始爲正請○解闡提正法云阿闡底迦此翻無欲謂不樂欲涅槃也亦言一闡底柯此翻多貪謂貪樂生死不信正法也彌戾車惡見也

次衆現瑞

作是語已五體投

地及諸大衆傾渴翹佇欽聞示誨䟽請罷展禮深樂聞也傾心渴仰翹誠佇望敬聞開示誨令得入

後正爲開示 三

爾時世尊從其面門放種種光其光晃耀如百千日將陳法和宜先表報警動令信也前放頂光表體無說此從口放欲顯言詮聲色用中無非智體種種百千具足衆德破無明闇如日之照普佛世界六種震動三種世間不離本覺名佛世界四大分甚諸根妄生故云六種無明堅厚土石成形震動既屬佛光妄本必爲智拔六種動相如華嚴經說

初雙示眞妄二源 三

如是十方微塵國土一時開現六情妄隔國土殊形妄執既融十方開現佛之威神令諸世界合成一界妄執未融六情殊隔眞智一發法界洞然唯爲自他故成一界即彼說如來藏心之先瑞也其世界中所有一切諸大菩薩皆住本國合掌承聽因果不二不二之體本周法界名大菩薩無明即明無所移動皆住本國眞合此理隨順不逆名合掌承聽大衆將悟斯理故今預此表示法華說一乘竟十方世界通爲一國土亦表下方佛土中唯有一佛乘第三末經大衆領悟是此表也〇解此中現瑞凡有四意謂教行理入也口放種種光表從一理演出衆教即此方眞教體清淨在音聞也六種震動表依教修行破六根惑即一根既反源六根成解脫也十方合成一界表十界染淨同一眞心即泯滅空本無況復諸三有也諸大菩薩皆住本國表行門雖殊各證本理即歸元無二性方便有多門也〇標一初破妄心者心有眞妄見有正邪一法破二義由衆生一念而起故先破妄心心爲萬法之源是體見爲六根之首是用苟得體用即寂而照或迷心逐物即生死輪迴故破妄顯眞如來藏即當人一眞法界絶緣絶相法身之體如如之境

佛告阿難一切衆生從無如來種種顛倒業種自然如惡叉聚䟽凡夫外道常等四倒聲聞緣覺無常等四故云種種無始無明熏習成種種必有果子子相生熏習不斷如線貫珠次第相連名惡叉聚惡叉梵

語此云線貫珠經云諸法於識藏藏於法亦然更互爲果性亦常爲因性應法師云惡叉樹名其子形如沒石子彼國多聚以賣之如此聞杏仁故以爲喻喻惑業苦也諸修行人不能得

初總斥不了

成無上菩提乃至別成聲聞緣覺及成外道諸天魔王及魔眷屬失正墮邪也不叙五道故云乃至二乘心行理外亦同邪見不入正理名外但修邪因名道梵云魔羅此云殺者皆由不知二

次示妄源

種根本錯亂修習猶如煑沙欲成嘉饌縱經塵劫終不能得明失所以也迷真習妄種苦求甘沙飯異因寧論劫數心期正覺果入迷倫自謂真修爲知妄習不循至教但縱臆談一失通塗莫返幽徑悲夫○標業惑苦三不出四諦十二因緣也淨意菩薩所造此論云因緣所生法彼唯三所攝煩惱業及苦次說應當知煩惱初八九無明愛取業二及以十行有餘七說爲苦識名色六入觸受生老死三攝十二法從三故生二從二故生七從七復生三是故有輪轉一切世間法唯因果無人聲聞觀此十二因緣爲四諦無明愛取行有此五緣爲集諦識至老死七緣爲苦諦彼十二斷滅爲滅諦若於緣生如實能知爲道諦

後示真源二

云何二種阿難一者無始生死根本疏標指也則汝今者與諸衆生用攀緣心爲自性者正顯也衆生受身輪回五道莫窮初際故云無始衆緣內搖趣外奔逸故曰攀緣造善惡因受苦樂報死此生彼皆因此心故云根本不了是妄一迷爲心決定惑爲色身之內故云爲自性者吁嗟世人莫不用此攀緣妄心以爲真性執妄心爲佛心恃此修行轉增我慢涅槃經云是諸外道無有一法不從緣生計爲常者悉是顛倒○解攜李曰攀緣心即有爲緣生生滅心也此心攬妄塵爲體緣會即有緣散即無

初正宗

二者無始菩提涅槃元清淨體疏標指也菩提智果涅槃斷果二果本具故云無始所依之性本來不與妄染相應故云元清淨體何者是耶下云則汝今者識

精元明能生諸緣緣所遺者正顯也第八梨耶於諸識中最極微細名爲識精此微細識有二種義一者覺義二者不覺義覺義即是此文元明元明者本覺也不覺即是無明生滅謂不生不滅與生滅和合非一非異名爲識精從此變起根身種手器世間等名生諸緣識相既現元性即隱名緣所遺者遺失也故下文云一切衆生從無始來迷已爲物失於本心對法經云無始時來界一切法等依由此有諸趣及涅槃證得斯之謂矣○解孤山曰菩提了因佛性也涅槃緣因佛性也元清淨體正因佛性也識精猶心性也其性本來即寂而照故曰元明隨染緣則成九界隨淨緣則成佛界故曰能生諸緣雖染淨俱緣而得失兩異淨得眞性染失眞性今別指染緣故曰緣所遺者

後斥迷

由諸衆生遺此本明雖終日行而不自覺枉入諸趣疏本明周徧含裹無餘妙覺湛然斯須匪離步步是道故云雖終日行而日用罔知故云迷不自覺眞所謂持珠乞丐懷寶迷邦枉受淪蹟誠可憐愍○解日用不知是謂不覺

首楞嚴經義海卷第三

音釋

矚之欲切視也　眤尼質切進也　膀胱膀音傍胱音光　挃陟栗切撞也　隳許規切壞也　彌戾車梵語也亦云蔑隸車此云惡見戾郎計切　㸦胡誤切與互同

首楞嚴經義海卷第四 經一之四

次正推真妄二體四　初推徵妄體四　初屈指推徵四　初舉拳以問

凡遇圓相即是標辭與疏同其上文

阿難汝今欲知奢摩他路願出生死疏奢摩他即出生死到涅槃之道路也今復問汝即時如來舉金色臂屈五輪指語阿難言汝今見不地水火風空輪各對一指又一一指端有千輻輪相故云輪指屈指問見意欲推心

阿難言見佛言汝何所見阿難言我見如來舉臂屈指為光明拳耀我心目佛手金光耀我心目此即心目俱見

二約見以詶

佛言汝將誰見阿難言我與大衆同將眼見舉拳初問便言耀我心目再審誰見又却獨不言心意引推徵明露妄想師資善巧共破執情善哉大權懸知今日

三再審推緣

佛告阿難汝今答我如來屈指為光明拳耀汝心目汝目可見以何為心當我拳耀當猶對也汝目顯然故云可見又汝眼實可見我拳相意欲推心且許其眼眼即可見何者是心研覈至窮妄想須顯

四別推心見

二正陳妄體

阿難言如來現今徵心所在而我以心推窮尋逐即能推者我將為心能推之心攀緣妄想生死輪迴是此為根固執既深河沙叵第故今呈露必待破除

三頓呵令問

佛言咄阿難此非汝心解前以七番逐破復示二種根本未能領悟猶執能推嗟其迷重故叱以語之阿難瞿然避座合掌起立白佛此非我心當名何等疏世尊現相以呵叱過之深也阿難驚起以避座執之重也情之主宰皆謂我心今被頓呵執不驚愕咄呵聲瞿逸起見

四槃非真

佛告阿難此是前塵虛妄相想惑汝真性前塵之相本自虛妄從識變生猶如影像而復引起

念想緣慮名之爲心心之與境二俱虛妄此心及境即真如海中一浮漚耳故下云汝身汝心皆是妙明真精妙心中所現物浮塵既現實體即隱能覆能暗故云惑汝真性

由汝無始至於今生認賊爲子失汝元常故受輪轉此之妄想能損法身能傷慧命功德法財由之喪失名之爲賊

二顯示真心二

初阿難伸疑二

迷而不識認爲真常將謂嫡生欲期嗣世返遭破喪歷劫貧窮故失元常受輪轉也故下文云昏擾擾相以爲心性一迷爲心決定惑爲色身之內不知色身外洎山河虛空大地咸是妙明真心中所現物棄之大海唯認浮漚迷中倍人真可憐愍〇解執妄爲真如認賊爲子也無二顯示真心者真心之體本周法界非妄非真絕言離相能攝一切世間出世間法然具三大通二門若約真如門顯此心者則亡因果絕染淨口欲談而辭喪心欲緣慮亡無法可破無法可會此則唯顯體大義也若就生滅門顯此心者則彰染淨明體用顯真妄論因果有修有證或破或會如斯顯示皆爲隨順入於真如真如之體即一真心也一心真如及生滅相無二無別即三明一即一論三故

得治生產業皆與實相不相違背已界佛界衆生亦然今之所顯真心相者依生滅門破妄顯也然破會之相諸經論中具有此二蓋隨執心輕重根有利鈍乘有頓漸教分權實若執重根鈍理須破斥若藥不瞑眩厥疾弗瘳若根性調柔妄情輕薄指相即性一切皆如猶良馬見鞭影動即正令經先破後會俾輕重二執皆盡利鈍兩根俱

初別叙疑三

入如此段經即明心能生法自性元常不同前塵分別影事但隨境轉體是無常下經又明見與見緣本無所有元是菩提妙淨明體又云生滅去來本如來藏此則先令明識真妄後令了妄即真洎乎開悟無妄可了即云皆即菩提妙明元心維摩法華皆有此意如調馬善豎適時御物在座根性既殊說者理須兼二如來善巧妙達時機

文二

初發修行疑

阿難白佛言世尊我佛寵弟心愛佛故令我出家我心何獨供養如來乃至徧歷恒沙國土承事諸佛及善知識發大勇猛行諸一切難

行法事皆用此心起意修行親近善友即是發菩提心如來常教令發此心今復何故說爲非心故叙爲難準涅槃經發菩提心不是佛性師子吼云若一切衆生先有佛性何故復有初發菩提心者佛言菩提之心實非佛性是無常故乃至雖念念滅相續不斷名爲修道猶如燈焰雖念念滅亦能破暗菩提之心亦復如是今經欲明如來藏心常住眞性即是涅槃正因佛性發菩提心乃是緣了體是無常是故阿難同師子吼以緣了性難正因性此則不辨三因常無常義妄以爲難也○標頓教因地既有修證須具三重之因初了悟覺性二發菩提心三修菩薩妙行

次謗法退善根疑

縱令謗法永退善根亦因此心疏依之修行能成佛道因之謗法永作闡提佛說非心誠爲難信○標阿難示相懷疑無始時來善惡業行皆用此心

後無心土木疑

若此發明不是心者我乃無心同諸土木疏土木不能了知不能修謗爲無此心此若非心土木何異

離此覺知更無所有云何如來說此非心我實驚怖兼此大衆無不疑惑解私謂阿難以對境覺知異乎土木封爲我心此則正當人執之相忽聞訶斥故以無情爲難而不知眞我無我靈知無知妙淨明心何所不在斯由大權起教豈慶喜之實然乎惟垂大悲開示未悟疏不了正因體徧通情無情但執修謗之心便見土木無性泊被呵責此非汝心由不早辨遂至驚怖然阿難豈謂不知直爲末世多作此計用妄心即是佛心惑者既群卒難領悟故再三疑難請爲開示也

後總結請

爾時世尊開示阿難及諸大衆欲令心入無生法忍於師子座摩阿難頂而告之言摩頂安慰也阿難疑問將謂無心今若開示必知體徧冥合此理了法無生印可決定名無生忍得此忍時通達一切法門成就一切佛法此非小緣故佛安慰警動其意是故摩頂也○解構李曰無生法即眞如理忍即智也證此法時忍可

後如來正顯示

印持決定不謬故云忍也如來常說諸法所生

初約法隨緣以顯心

唯心所現一切因果世界微塵因心成體疏總標色心故云諸法無別生處故曰唯心此法生起謂由真如不守自性爲因無始妄想熏習爲緣因緣和合成梨耶識從此變生根身種子器世間等如水起波如鏡現像故云唯心所現一切因果者別舉正報聖凡總該故云一切世界微塵別指依報一切之言亦通此轉既由真心隨緣所現亦依真心以爲自體如像不離鏡波不離水如下文云我常說言色心諸緣及心所使諸所緣法唯心所現外洎山河虛空大地咸是妙明真心中物故云因心成體。解孤山曰一切因果即十界正報世界微塵即十界依報此釋上諸法所生也因心成體此釋上唯心所現也因心本具隨緣能造故所造法全能造心依正既是一心一心實無能所

後約自性不變以顯心二

初舉況

阿難若諸世界一切所有其中乃至草葉縷結詰其根元咸有體性縱令虛空亦有名貌疏世間妄有不出色空色中小者草葉縷結草葉有根種縷結因絲麻太清爲名顯色是貌妄相尚爾況真心耶。解如涅槃說無空有四名謂虛空無所有不動無礙也貌謂體貌如雜集論說空一顯色

後正顯

何況清淨妙淨明心性一切心而自無體疏清淨揀異妄染妙淨明心即三德具足靈鑒無昧也雖能隨緣成一切法而一切法不能變動若變動者即無諸法以不變故爲諸法性如鏡現像不爲像變若爲像變則不能現一切諸像以不變故爲像所依此亦如是故云性一切也豈得妄想不實真亦無體故此責云而自無體也。真解性一切心即常住真心能爲九界妄心之本性也

三重破執情二

初就執定其有性

若汝執悋分別覺觀所了知性必爲心者疏牒其明執也堅守不捨故云執悋思惟尋伺藉緣託塵如劃水印空隨手即滅。汝必以此爲真性者下即語云。解資中曰藉緣託塵以立分別

後就因顯其唯塵二

初正示唯塵二

此心即應離諸一切色香味觸諸塵事業別有全性

疏定其有性也色香等即是事境有牽心用故名爲業既因境有自性元無若保爲真離塵應在。解分別覺觀並是依他假合全性自無

初例對五塵顯

如汝今者承聽我法此則因聲而有分別因聲分別全性元無色香味觸例此可見

後單就法塵顯

縱滅一切見聞覺知內守幽閑猶爲法塵分別影事五境不對明了不行既絕外緣故云內守幽閑也當爾之時不無分別若便將此內分別心爲全性者此亦非理而不知此全由第六法塵影像事境所發亦非全性乃是意識在獨散位此量別緣取獨影境非是明了同五所取故云縱滅見聞覺知也。解真際曰縱滅見聞覺知前六不行也意有四種定位明了夢中覺寤今約明了與五同緣俱不行也所取法塵乃散位獨頭也不緣外境泯迹藏用故曰內守幽閑祇此虛想是名法塵影事

後遣其自揣亍

我非勑汝執爲非心疏我今非是不徇理道强制勒汝執爲非心意顯如來言無枉逼也

但汝於心微細揣摩但猶獨也此勸不由他人獨於自心諦審揣度研摩理道也此即理長即就何必求人矣。解孤山曰我所訶斥非謂令汝執同土木無心勸其揣摩分別之心爲當離塵有體爲復離塵無體

初塵亡體在客是真常

若離前塵有分別性即真汝心疏若汝研窮此分別體離六塵外實有性者我即容許是汝真心世人只知即心是佛曾不子細度量此心刹那變異猶如猿猴害馬紛然亂想無暫時停故楞伽云當於靜處觀此妄想流注生滅凡夫不覺妄謂不動故下經云如瀑流水望如恬靜流急不見非是無流起信亦云一切衆生不名爲覺以從本已來念念相續未曾離念故說無始無明故佛再令微細揣塵楷定真僞。解分別性即妄心也若此妄心離塵有體則容是真心既離塵無體非妄是何應知即真汝心乃暫縱之語非顯真也

後境去心空是影塵妄亍

初正示

若分別性離塵無體斯則前塵分別影事疏若離前塵無此分別足顯分別宛是妄想自性本

無屬於前塵故可名爲分別影事如下文云若塵真汝心則無所去云何離聲無分別性斯則豈惟聲分別心分別我容離諸色相無分別性解六塵如形分別如影影由形有。故無自體心因塵有豈有體耶

後釋成

塵非常住若變滅時此心則同龜毛兔角 疏心因塵有塵屬無常塵既無常必歸變滅皮之不存毛將安附

則汝法身同於斷滅其誰修證無生法忍 若汝堅執無常之心是真性者應合法身同於斷滅以法身體即真性故法身若斷依何修行證無生忍若了如來藏心本周法界本無生滅含裹十方寧有方所凡夫身心如影如像執此影像爲佛性者一何鄙哉。解心隨塵滅修證者誰

四彰其自失

即時阿難與諸大衆默然自失 初疏聞佛斥此非汝心則驚疑設難將謂無心泊乎顯示清淨妙明性一切心本來徧圓而爲世界因果微塵平等體性佛雖開示又恐久執尚堅再約緣塵重研妄想離塵無體豈是元真若堅執不融法身應斷修證法忍必無所依阿難雖未悟真且知執妄是失故云默然自失。解所執既銷故云自失

○後結示執妄爲失

△後破妄見明真見三

佛告阿難世間一切諸修學人現前雖成九次第定不得漏盡成阿羅漢 疏四禪四空及滅受想名爲九定通名次第者若入禪時智慧深利能從一禪入一禪心心相續更無異念可間雜故然修此定能成無漏今言不得漏盡者乃通指世間有漏心修欲界未至及四禪四空定耳凡夫修禪多生未著隨禪感果不出三界。故非無漏非別指於滅盡等九亦可斥前之九定雖通無漏俱是不了問既修此定能得無漏何故經云不得漏盡成阿羅漢答此明不得大乘阿羅漢也瓔珞經中初歡喜地名鳩摩羅伽秦言逆流乃至七地名阿羅漢秦言不過三有故知今言不得漏盡乃指不斷二障之漏不言證大乘羅漢也況究竟無學佛地始稱故佛三號有阿羅訶也

初承前開示責己求哀三

初責已無修二

皆由執此生死妄想誤爲真實是故汝今雖得多聞不成聖果 若了真妄達法

界性見與見緣似現前境元我覺明終不悞執生死根本以爲眞實由是不辨認妄爲眞久處輪回不成聖果然阿難亦得初果以未究竟故云未得若約大乘故無所惑。標或修行人猒下苦麤障欣上淨妙利既有欣猒故云不得漏盡梵語禪那此云靜定定有二種一自性定二作得定作得定者爲行人不見性迷心取捨隨此九次第定亦名世定色界中初二三禪慧多定少無色界中定多慧少唯第四禪定慧俱等是大菩薩眞修行處報身成道處號華藏世界居四禪項此九次第是作得定若了自性定即此經性淨明體不逐緣生非因境有亦名正法眼藏各各自悟本性性本無念無念即寂寂而常用即我眞心用而常寂假名眞念即名清淨法身亦名常住眞心亦名清淨法界亦名自性定亦名無漏界也。疏二破妄見明眞見者由前佛問入道發心遂答因覩如來勝相由眼觀見心生愛樂洎乎舉拳再問復云耀我心目七處徵詰三疑拒抗但且論心未言其見蓋心爲萬法之元見爲六根之首心有眞妄見具正邪故前破妄心顯如來藏即一眞法界離緣絕相是所觀境境既已說次明能觀之智智即是慧慧用差別說名爲見見有正邪故須料揀故下文云唯願如來開我道眼得清淨眼等此蓋先體後用法如是故然體用二法不相捨離體是即用之體是即體之用故前後經文明心則約見而辨顯見則就心而論故知一法義分爲二也文三

初正叙

阿難聞已重復悲淚五體投地長跪合掌責已內重涕淚外形拜而復跪與聞正說而白佛言自我從佛發心出家恃佛威神常自思惟無勞我修將謂如來惠我三昧不知身心本不相代失我本心雖身出家心不入道初心入道罔解克修恃賴親因將惠正受豈知身戒雖從佛得心定宜當自證本不相代斯之謂歟涅槃云汝諸比丘身雖出家而未曾染大乘法服雖復乞食經歷多年初未曾求大乘法食衣嚴法體食資慧命不識本常衣食俱失

後喻明

譬如窮子捨父逃逝解貧中曰迷眞習妄五道

輪轉今日乃知疏窮子捨父喻也絕無功德法財以養法身慧命故云窮子不識本真背清淨覺故云捨父輪轉五道往而不返故云逃逝因佛指示方知過悞故云今日乃知雖有多聞若不修行與不聞等如人說食終不能飽說食不飽喻也前法後喻合之可知夫修行者必須內修理觀外助多聞如人有目日光明照見種種色若偏文字不習觀門說食何異故大論云有慧無多聞是不知實相譬如大暗中有目無所觀多聞無智慧亦不知實相譬如大明中有燈而無目多聞利智慧是所說應受無聞無智慧譬如人身牛

後述迷求解

世尊我等今者二障所纏良由不知寂常心性煩惱所知名爲二障由煩惱障障心心不解脫造業受報由所知障障慧慧不解脫迷法空理不知諸法性相若了本性常寂諸法元空自然擾惱不生業性不結誰曰生死誰爲涅槃涅槃生死猶如昨夢今爲所縛實爲不知二障名體如常所辨也○解煩惱障謂根本及隨也所知障亦名智障障一切種智故

次放光灌頂許爲宣說二

惟願如來哀愍窮露發妙明心開我道眼疏無財之極曰窮無上可覆曰露既無功德法財非窮如何既無權實父母非露如何發妙明心破煩惱障也開我道眼破所知障也既開道眼見性明心二障若六二執隨遣近成住地遠至妙覺善哉妙請不亦至哉○解私謂前破妄心但離麤執故今請云發妙明心也將破妄見欲顯真見故復請云開我道眼也又則眼見必由識心故心眼雙舉叩佛音教其旨甚微問何故先破妄心後破妄見答應有三義一者心爲迷妄之元復是人執之本妄元破之二者心屬王數通乎三性故在前破見唯眼識但屬無記故在後破三者所破妄心且離緣塵分別想相而未能知心性常住今破妄見

初放光灌頂

則引盲人矚暗等以彰見性不滅乃至舉手飛光皆顯性無搖動當知如來善巧方便從麤至細自淺由深開示阿難奢摩他路也

後許爲開演

即時如來從胷萬字涌出寶光疏前光從口此光從胷者前文從說顯心此文從心發見萬字者表無漏性德梵云阿悉底迦此云有樂即是吉祥勝德之相有此相者必受

後約破執辨見性二

初且示見性惟心一

初舉前問答引出常情一

初舉所答問其因由一

初闡因

後審

安樂則天長壽二年權制此字安於天樞其形如此凡音爲萬字佛胷前有此之形然八種相中此當第一謂吉祥萬德之所集也

其光晃昱有百千色十方微塵普佛世界一時周徧徧灌十方所有寶剎諸如來頂旋至阿難及諸大衆體既具德用不離體用亦具德故云有百千色一時周徧者無漏淨眼普見十方智照無遺微塵皆遍遍灌佛頂智果必同及諸大衆乘因不二。解孤山曰胷有萬字表自心中道爲萬法之源涌出寶光表從中理發於中智有百千色表般若是一法佛說種種名周遍十方表十界等照徧灌佛頂表佛佛理齊及諸大衆表彼彼性等

告阿難言吾今爲汝建大法幢亦令十方一切衆生獲妙微密性淨明心得清淨眼疏根本智性因茲顯發能建大義名大法幢三德秘藏不縱橫並別故云妙十地見之如隔羅縠故曰微唯佛與佛乃能究盡故曰密心即體也眼即用也。解圓頓大法超出偏小諭之以幢獲妙明心證中理也得清淨眼發中智也

後且約無拳例其無見二

初約無拳以例開一

阿難汝先答我見光明拳此拳光明因何所有云何成拳汝將誰見疏此問有三正在誰見餘即兼耳

阿難言由佛全體閻浮檀金赩如寶山清淨所生故有光明我實眼觀五輪指端屈握示人故有拳相疏先光次見後拳也不從問次者文便故也閻浮檀金正云染部捺陁此西域河名其河近其樹其金出彼河此則河名因樹名金因河稱也或云閻浮果汁點物成金因流入河染石爲金也其色赤黃兼帶紫焰故也觀經疏說閻浮檀金超過紫磨金色百千萬倍唯聖所知佛身光明猶如聚日紫磨必不如此赩大赤色也。解閻浮檀此云上勝赩（許極反）盛見

初智諭

後正例

佛告阿難如來今日實言告汝諸有智者要以譬喻而得開悟疏無智之

人縱喻難明故舉智者因喻開悟

一 後據常情以類答

後約盲緣境以奪破六

阿難譬如我拳若無我手不成我拳若無汝眼不成汝見以汝眼根例我拳理其義均不以其情見必然故順情而問待其伸答後乃奪之。標若無手必無拳人雖無眼豈是無見

一奪

阿難言唯然世尊既無我眼不成我見例如來拳事義相類疏果然情見不出於斯故答相類。標無眼心見不昧無手畢竟無拳

二驗

佛告阿難汝言相類是義不然何以故如無手人拳畢竟滅彼無眼者非見全無疏意明盲雖無眼且心中有見後自釋之

三難

所以者何汝試於途詢問盲人汝何所見彼諸盲人必來答汝我今眼前唯見黑暗更無他矚以是義觀前塵自暗見何虧損盲雖不見明還能見

暗即此見暗亦名為見故云見何虧損

阿難言諸盲眼前唯覩黑暗云何成見常情見暗不名為見故有此難

四徵

佛告阿難諸盲無眼唯觀黑暗與有眼人處於暗室二黑有別為無有別徵詰。標在人身肉眼為見緣在人眼日月燈為助緣

五通

如是世尊此暗中人與彼群盲二黑校量曾無有異疏無眼見黑與有眼見黑二見無別故知見即是心不唯在眼

六釋三

初牒前執情

阿難若無眼人全見前黑忽得眼光還於前塵見種種色名眼見者無眼見黑有眼見塵汝必許此是眼所見

次引燈例破

彼暗中人全見前黑忽獲燈光亦於前塵見種種色應名燈見此正例無燈見黑有燈見塵亦應許此是燈所見

若燈見者燈

能有見自不名燈又則燈觀何關汝事此縱破設或汝許名爲燈見燈若有見應名爲人不合名燈又若燈見彼暗中人得燈光時不合名見燈自見故應知因燈見色燈不名見因眼見色眼不是見燈之與眼但是見緣體非是見也

後結歸心見

後廣約諸相辨釋 三

初對境動搖粗論真見 二

是故當知燈能顯色如是見者是眼非燈舉前有眼在暗室時因燈顯照前塵境界眼方得見**眼能顯色如是見性是心非眼**此名眼見此舉盲者得眼光時因眼顯照前塵境界心方得見以前例此應知見性是心非眼也窮其根本見性元心遍遍相推心爲其主餘是助因以常情只知眼見不識是心今此且令知其根本未辨真妄

初阿難佇佛慈旨

阿難雖復得聞是言與諸大衆口已默然心未開悟猶冀如來慈音宣示合掌清心佇佛悲誨解資中曰既知見性屬心漸明真見矣疏雖知見性唯心未識真妄若言是妄如來又許獲妙明心得清淨眼若謂是真前文廣破非真乃云前塵虛妄相想惑汝真性進之又不可退之又難明羝羊觸藩斯之謂矣心既未了口即默然冀如來慈音開示。標此是結集阿難之意。解真際曰大衆默然佇誨良由真妄未明若認見境之心前來已奪若謂本真之見豈假根塵口既亡言心希開示

後如來廣爲開示 三

初問悟客塵引其開解 二

初如來開悟因由

爾時世尊舒兜羅緜網相光手開五輪指誨勅阿難及諸大衆我初成道於鹿園中疏即波羅柰國鹿野苑中五仙所居修行處也佛成道後先入此園度五人耳**爲阿若多五比丘等及與四衆言一切衆生不成菩提及阿羅漢皆由客塵煩惱所誤汝等當時因何開悟今成聖果**五比丘者謂阿若憍陳如摩訶男頞鞞比丘婆提婆數此五佛初出家雪山修道父王憶戀遂召往彼親近承事彼疑非真相次捨去同在鹿園習外道法佛成道後思欲先度彼勞苦者天眼觀見在

後陳如述已領解 二

仙人苑故往開示三轉法輪說生滅四諦苦集滅道今言客塵者即別指集諦分別煩惱麤動如客俱生微細難辨如塵此俱喻煩惱障也若下圓通陳如述證即通大乘客如煩惱塵如所知二義無在。解資中曰言客塵煩惱即見思二惑非無始無明也私謂此中所問且約昔時小乘所悟耳意令答出客塵是動主空不動欲將動以譬妄不動以喻眞下文屈指飛光義亦如是或曰此教既經開顯故今問答客塵二義即是根本無明者非也

初標所悟

後述所解

時憍陳那起立白佛我今長老於大衆中獨得解名因悟客塵二字成果 疏德長臘高最初度故名為長老佛轉法輪五人之中陳如先悟佛問解否答云已解因得解名悟此見修如客如塵證得無為生空涅槃湛然不動如主及空因即獲果。標梵語憍陳如此云火器。解孤山曰憍陳那此云解本際以第一解法者也故曰獨得解名

初述客義

世尊譬如行客投寄旅亭或宿或食食宿事畢俶裝前途不遑安住若實主人自無攸往如是思惟不住名客住名主人以不住者名為客義 疏旅亭止客舍也俶始前進遑暇也此明客義忽忽不暇停住喻分別煩惱數數造業流轉五道未曾暫息三界旅泊受果始畢又造新業故云食宿事畢俶裝前途

後述塵義

又如新霽清暘升天光入隙中發明空中諸有塵相塵質搖動虛空寂然如是思惟澄寂名空搖動名塵以搖動者名為塵義 解私謂小乘客塵喻見思生滅主空喻眞諦寂然眞諦理一以喻從法則主之與空不可分二見思惑異以法觀喻則客之與塵應有二義何者客義麤故喻迷事之惑塵義細故喻迷理之惑又亭客過遲如鈍使難破也隙塵過速如利使易斷也

次放光屈指辨其靜搖二

初約境開合以辨見三

佛言如是 疏此舉新晴太陽高照光入牖隙現空中塵搖動不息此喻俱生煩惱微細難見自非觀智照

現終不覺知與身俱生與心同事故此煩惱體全是生滅虛妄不息主人及空俱俞真性不動之義始佛開悟客塵此欲陳如明其行相意引阿難聞而開解了真見常寂身境動搖隙如剖析甚合佛心故此印可言如是也

初引手問答

即時如來於大衆中屈五輪指屈已復開開已又屈謂阿難言汝今何見阿難言我見如來百寶輪掌衆中開合問答可知。標屈開五輪指表聖人出入五道也

次就見推窮

佛告阿難汝見我手衆中開合爲是我手有開有合爲復汝見有開有合阿難言世尊寶手衆中開合我見如來手自開合非我見性有開有合疏此明境有開合見無開合

後再審動靜

佛言誰動誰靜阿難言佛手不住而我見性尚無有靜誰爲無住佛言如是阿難已聞客塵搖動虛空與主常自寂焉今遇此問例知見性無動無靜若以動靜相形則佛手是動見性是靜若只就見體所明本不動今亦無靜此答稍符於真故佛印言如是。

後約身搖動以辨見二

△二約身搖動以辨見上來明境有開合見無動靜此則約對外境以辨義則易顯向下只於內身自分動靜動中有不動意明境之與身俱是生滅而凡夫人執身執境不了空無常故於此造業流轉無窮本真自性迷而不識故圓覺云妄認四大爲自身相下經亦云諸可還者自然非汝又云云何汝今以動爲身以動爲境從始洎終念念生滅此等皆明身境無常不見性常住也不見性常二乘所執不知無常凡夫迷倒下自雙破至文當知然此所明對境對身以辨見性一性麤淺若原佛意非離此見別有性常真體只就此顯以見見與見無緣無體可得本同空花元是妙明無生滅故下經觀河之見亦復如是良以諸疑未斷執情深重是故宜就淺近寄明濬旨至下文殊爲問方顯其意學者知之文二

初放光左右以辨頭

如來於是從輪掌中飛一寶光在阿難右阿難即時迴首右盼又放一光在阿難左阿難又則迴首左盼佛告阿難汝頭今日何因搖動阿難言我見如來出妙寶光來我左右故左右觀頭自搖動稍知見體無動審問不移故言頭自搖動。標若原佛意非離此見別有性常以見與見緣元是妙明也

後約頭搖動前見

阿難汝盼佛光左右動頭爲汝頭動爲復見動世尊我頭自動而我見性尚無有止誰爲搖動佛言如是疏阿難認見不移若無相形亦無動止故佛印可。標無住者本自不動也尚無有止者謂眞見不逐緣生非因境有。解孤山曰擧手開合飛光左右現玆二相秖是證成陳那之義以開示阿難也

後雙結會通責其迷失二

初雙又結會通

於是如來普告大衆若復衆生以搖動者名之爲塵以不住者名之爲客疏此結陳如悟客塵客塵動搖俱喻煩惱汝觀阿難頭自搖動見無所動又汝觀我手自開合見無舒卷此結阿難答身境手有開合頭自動搖身境客塵同一生滅更無二別應知客必有主塵處有空對佛手之見形頭動之性未嘗動靜豈成去來前後會通其揆一也

云何汝今以動爲身以動爲境從始洎終念念生滅遺失眞性顚倒行事總責也總責凡夫二乘無常計常常計無常凡夫不了身境無常妄執實有計我我所起惑造業流轉三界受於一切身心大苦尚不知生滅豈知本如來藏故云以動爲身念念生滅等此即責無常計常也二乘雖知一切無常而不悟知本常妙性湛然不動故云遺失眞性既不識眞亦不辨妄故云顚倒行事其猶棄海認浮漚者耳。解私謂此因阿難謂身境有動見性不動寄斥大衆迷眞常

後總責迷失

而見無常也智論明無常有二種謂相續無常法壞及念念生滅今云從始洎終蓋言從生至死即相續法壞也既失真性唯造妄業故曰顛倒行事

性心失真認物為己輪迴是中自取流轉疏結失也不了性一切心即是失真此斥二乘不知常也認物為已此指凡夫以動為身等下認文身為之與心皆是真心中所現物執為自已顛倒斯甚自體不識妄取他緣如懷至寶於外求丐誰之過歟故云自取流轉○標下經云以諸眾生從無始來循諸色聲逐念流轉曾不開悟性淨妙常不循所常逐諸生滅由是生常雜染流轉若棄生滅守於真常常光現前根塵識心應時銷落想相為塵識情為垢二俱遠離則汝法眼應時清明云何不成無上知覺○解前云顛倒行事但是為物所轉正斥能迷之心今言認物為已又斥認所迷之境為我我所也如圓覺云妄認四大為自身相六塵緣影為自心相若如是則塵勞之境何由可出故曰輪迴是中等已上經文雖明見性不動然猶未論此見亦妄離見乃真資中曰此寄麤相容談真見分別顯了並在後文也

首楞嚴經義海卷第四

經第一終

音釋

矍 居縛切矍然左右驚顧貌
愕 五各切驚愕也
睧 音昏
擾 音遶亂也
䀎眩 䀎正作瞑眠見切眩熒絹切䀎眩憒亂也
瘳 音抽病愈也
縷 力主切線也
劃 呼麥切分剖也
揣 初委切
羝 都奚切壯羊也
頞鞞 頞烏葛切鞞步迷切
俶 昌六切
暘 音陽日出也
隙 迮逆切孔隙也
盼 普莧切顧

首楞嚴經義海卷第五之一 經二

凡遇圓相即是標辭與疏同其上文

二就破顛倒漸明真見二△

△初且對匿王破其斷見二

初述阿難所懷願辨真見

爾時阿難及諸大衆聞佛示誨身心泰然念無始來失却本心妄認緣塵分別影事今日開悟如失乳兒忽遇慈母 疏悟知緣塵之心是影事又識對境之見是不動搖思往日妄認失真流浪既深昏惑難脫幸逢嘉會遭此良時法乳既滋如子遇母不亦快哉 合掌禮佛願聞如來顯出身心真妄虛實現前生滅與不生滅二發明性 前文叱責此非汝心蓋令識妄仍指諸法唯心所現此又令了所現之妄本無自性元是一真一真未嘗動搖諸法何曾生滅佛意欲其即妄見真逐印對境之見元來無動廣責認物爲已性心失真阿難罔測佛之深旨將謂真妄二體全殊生滅之外有不生滅若如是者唯心之言虛設妄法之語徒施逐語迷旨終成顛倒雖懷疑念未敢形言故云合掌禮佛願聞等也。標此是結集家敘其意也。解資中曰由前佛言云何汝今以動爲身念念生滅遺失真性顛倒行事故有斯請也

後明匿王引外請證不生四

一引外敘疑

○時波斯匿王起立白佛我昔未承諸佛誨勑見迦旃延毗羅胝子咸言此身死後斷滅名爲涅槃 疏迦旃延姓也名迦羅鳩馱此外道執一切法亦有亦無剛闇夜是名毗羅胝母號此外道起自然見外計雖多不離斷常二見此二皆斷見類故云咸言斷滅此人異計不知業種相生妄謂死後即是涅槃 我

二述身遷改四

雖值佛今猶狐疑 解狐山曰此外道六師中二人也準今經所說則有三人皆斷滅見故匿王引旃延毗羅而問後如來舉末伽而斥也。標波斯匿此亦云月光。 云何發揮證知此心不生滅地今此大衆諸

一問答身常不常

有漏者咸皆願聞 疏狐性多疑凡遇氷處聽水無聲然後方行昔聞死後斷滅今聞不滅不生執是執非猶豫不決故云狐疑而匿王深體阿難所懷知於生滅之外求不生滅心雖密請

口不形言故引外宗異佛開示近破外道斷見令知死後續生深引阿難悟真不離生滅妄識故云證知此心不生滅地○解發越揮散也託彼邪疑以咨極理

佛告大王汝身現在今復問汝汝此肉身爲同金剛常住不朽爲復變壞世尊我今此身終從變滅疏佛舉此問欲顯生滅中有不生滅如前頭自搖動見無所動○解私謂前示阿難見無搖動後示匿王性無生滅一往似同義須甄別何則阿難以身境爲動此相猶麤謂見性不動且據現前對揚而說今佛問匿王內身變壞乃至答云剎那剎那不得停住其相甚微洎談見性自童至耄不遷不變由是而知所破生滅則麤細有殊所顯見性則近遠成異聖人引物入如來藏其致漸深讀者詳此

二問答未滅知滅

佛言大王汝未曾滅云何知滅世尊我此無常變壞之身雖未曾滅我觀現前念念遷謝新新不住如火成灰漸漸銷殞殞亡不息決知此身當從滅盡疏前念滅後念生剎那變異如火燒薪必歸磨滅俱舍云以諸有爲法剎那盡故

三問答老幼何異

佛言如是大王汝今生齡已從衰老顏貌何如童子之時王述無常念念遷謝其理必然故印如是欲其更敘遷謝之相以老少相比爲問十五曰童未巾冠也齡年也世尊我昔孩孺膚腠潤澤年至長成血氣充滿而今頹齡迫於衰耄形色枯悴精神昏昧髮白面皺逮將不久如何見比充盛之時始生曰孩始行曰孺孺濡弱也膚布也布在表也文理光美曰腠此皆童子時相長成謂成人之時此從二十已上至強壯時故云血氣充滿頹齡即今六十有二年齡頹朽近於七十故云迫於衰耄老少相異云何世尊見此相比○解孤山曰佛問兩時答出三時謂孩孺長成衰耄也耄昏忘也然八十曰耄時匿王方六十二蓋

四問答頓漸流年

三示性不滅三

通言惛忘耳

佛言大王汝之形容應不頓朽疏前敘相變今問年變由年變故令其相變不頓朽言要敘漸老念念遷移王言世尊變化密移我誠不覺寒暑遷流漸至於此何以故我年二十雖號年少顏貌已老初十歲時三十之時又衰二十于今六十又過于二觀五十時宛然強壯世尊我見密移雖此殂落其間流易且限十年十年爲限麤相而觀殂往也落猶不住也少壯不住往往而不還也故云殂落流變易改也若復令我微細思惟其變寧唯一紀二紀實爲年變此以一年爲限年年變改何啻十年十二年曰紀也豈唯年變亦兼月化此以一月爲限月月不同不唯約年也何直月化兼又日遷何直猶不但也此以一日爲限日日更化不但約月已上從寬至狹四限觀察無常之相猶是麤浮未爲微細沉思諦觀剎那剎那念念之間不得停住故知我身終從變滅此至細而觀也若以沉靜其思審諦觀察即剎那不停念念流變此即微細四相遷流不息凡夫心麤殊不知覺古德偈云如以一睫毛置掌人不覺若置眼睛上爲害極不安愚人如手掌不覺行苦遷智者如眼睛爲極生厭患言剎那者時之極少也俱舍論說時之極少名曰剎那時之極長名之爲劫乃至年之與月俱是時之分剎又云百二十剎那爲一怛剎那六十怛剎那爲一臘縛三十臘縛爲一須臾三十須臾爲一晝夜三十晝夜爲一月十二月爲一年十二年爲一紀前約十年爲限是約一紀舉全數爾。解答有二相一約麤相順觀則以十年爲限始從十歲增至六十又過于二猶云六十有二也殂落猶云遷謝也尚書以殂落爲死非今經義一約細相逆觀則始從一紀減至二年年減爲月月減爲日以至剎那也十二年日紀前麤相十年而增此細相一紀而減者由向自云六

初佛問不滅王答不知

十又過于二觀五十時宛然強壯則是以今六十有二反觀五十是爲一紀故約紀而滅之

佛告大王汝見變化遷改不停悟知汝滅亦於滅時汝知身中有不滅耶波斯匿王合掌白佛我實不知疏生滅麤相如前可知不生滅性亦在汝身汝知之否匿王舉外敘疑比欲世尊明示今蒙佛問故答不知。

二許示無生廣辨無改三

次許示無生廣辨無改此下約王自小至長見河不變以明見性意顯只於生滅了不生滅相雖麤近旨甚深微一令匿王驗麤相而悟捨生趣生一使慶喜發深解而知滅元不滅即相顯性在此密談頭自搖動見無所動是此意也維摩云如自觀身實相觀佛亦然肇公以萬物即不遷何但於見下文佛答又殊及三科文首分明顯會始見其意文三

初許示無生

佛言我今示汝不生滅性許於正生滅時示無生理也○解眞際曰前王示不知意欲如來爲凡開演也

大王汝年幾時見恒河水王言我生三歲慈母攜我謁耆婆天經過此流爾時即知是恒河水疏耆婆此云命西國風俗皆事長命天神子生三歲即謁彼廟謝求得也此以年問見者意明年變見不變也

次問答見河同異

佛言大王如汝所說二十之時衰於十歲乃至六十日月歲時念念遷變則汝三歲見此河時至年十三其水云何王言如三歲時宛然無異乃至于今年六十二亦無有異無異之語甚好思量一往麤浮再思有旨

後問答見有童耄

佛言汝今自傷髮白面皺其面必定皺於童年則汝今時觀此恒河與昔童時觀河之見有童耄不王言不也世尊色身麤相童耄易知見性不遷誠難覺了對此辨異令悟無生也○標觀河之見既無童耄生滅去來豈有動

轉。解孤山曰既知見境不易可喻真性無遷大聖動樹訓風舉扇類月故令先識見無童耄然後直示性無生滅也

後克指常性斥彼置疑

佛言大王汝面雖皺而此見精性未曾皺皺者為變不皺非變變者受滅彼不變者元無生滅云何於中受汝生死疏克指常性生滅但遷有為無為不受生死若知不變即見無生。解見精即見性也皺者為變則顯生死無常不皺非變則顯涅槃常住生死涅槃雖分兩泒克論體性豈有二殊言偏意圓變即非變若然者豈但破匿王引外之見抑亦訓阿難二發之精也而猶引彼末伽梨等都言此身死後全滅疏斥彼置疑也末伽梨是字母名俱奢梨此指匿王所引異者俱是外道趣爾指也色身變異可說無常見性不遷理非斷滅。標是六師中斷見之類也。解此說衆生雖有苦樂無有因緣自然而然也等者等取旃延胝子二人準此文意則六師中三執斷明矣彼之三者必也執常乎

四信悟續生

王聞是言信知身後捨生趣生與諸大衆踊躍歡喜得未曾有疏敘其淺悟但云捨生趣生鞠彼深意必知滅元不滅隨宜領解主伴同致未即顯言也

後正對阿難破其常見二

初阿難乘違發問

阿難即從座起禮佛合掌長跪白佛世尊若此見聞必不生滅云何世尊名我等輩遺失真性顛倒行事願興慈悲洗我塵垢據此見河見聞無殊於王即云不滅不生於我我即云遺失真性王之與我執親執蹤苟或殊途如何分辨然此問意由來久矣始因手自開合見無開合頭自搖動見無搖動一一佛印皆言如是此則如來令於妄見即辨真見無離生滅有不生滅阿難罔知佛旨猶謂生滅與不生滅別遂合掌禮佛願聞如來顯出身心真妄虛實現前生滅與不生滅二發明性匿王知其懷抱又不發問伸誠於是引外六師執見死後斷滅所異佛親開示即妄見真責引阿難無執二別阿難古佛豈兹

後如來驗破執情三

不了蓋爲今日惑重情深須示普然確陳拒諍故茲問也○解資中曰阿難良由不達對機之意故此疑也私謂前斥遺真蓋託身境以破當體之妄也向示無滅乃附見精以顯所依之性也當體故不即所依故不離應知以不離言之阿難何甞爲失以不即言之匿王亦未爲得今既惑此故問以辨之

初驗出倒情二

即時如來垂金色臂輪手下指示

初垂手問引出常情四

阿難言汝今見我母陁羅手爲正爲倒 疏下指指下也母陁羅此云印此意欲明見手不同有正有倒以況其見亦有正倒○標母陁羅印者三十二相中一相也

一問

阿難言世間衆生以此爲倒而我不知誰正誰倒 疏此推世人以此爲倒而我不知云何○標誰何也世人以垂手爲倒以指上指爲正喻凡夫執正爲倒

佛告阿難若世間人以此爲倒即世間人將何爲正 疏若以垂手爲倒復將何者爲正○標此驗出凡夫執正爲倒之情

二答

阿難言如來竪臂兜羅緜手上指於空則名爲正 疏竪手爲倒却以爲正以不順身故此爲阿難不辨真妄執妄爲真故如來責顛倒行事既了妄本無體合知真自寂然遂許對頭動之見觀河之性即是性真無別真也慶喜依前不了將謂妄外有真遂不甘我爲顛倒之人正是無生之性

三徵

阿難既陳諍問如來就事以驗逆順之境不辨顛倒之情難脫下文即破

四釋

佛即竪臂告阿難言若此顛倒首尾相換諸世間人一倍瞻視 既云竪臂爲正佛便竪臂隨而責之此即正是顛倒也指本垂下今却逆上故云首尾相換世人不依本分以正爲正而別生異見以倒爲正故云一倍瞻視○解孤山曰若此顛倒謂垂手竪手也垂則以手爲尾竪則以手爲首故云相換首尾相翻名爲一倍手實無殊既瞻垂爲尾視竪爲首非一倍如何

後竪臂以示比出倒見

則知汝身與諸如來清淨法身比類發明如來之身名

次徵其倒處二

正徧知汝等之身號性顛倒疏若以此驗之則知汝身與如來身比並類倒顯發彰明佛身是正汝身應倒亦可若以佛之見手類顯佛身明知佛身名正徧知若以汝之見手比並汝身明知汝身號性顛倒汝胡非是顛倒行事正徧知者離倒名正窮盡法界名徧凡夫二乘無此號者皆顛倒故○標蓋爲衆生妄分別自生正倒也○解汝身迷理比垂手也如來悟理類竪手也垂竪自異手實無殊迷悟不同理常平等

初徵倒所在

隨汝諦觀汝身佛身稱顛倒者名字何處號爲顛倒疏隨者猶任從也任汝心中諦審觀察佛若是倒汝名佛身何處名倒汝若是倒汝名自身何處名倒此則令其識顛倒處也名字去聲字猶諸目也古人於此作泯相解遂令下經正辨顛倒血脉不貫便成孤起既絶正倒如來何故却說顛倒學者請詳○解令審自身望佛正知汝稱顛倒過由何處得顛倒名

後叙其罔知

于時阿難與諸大衆瞪瞢瞻佛目睛不瞬不知身心顛倒所在疏瞪直視貌瞢昏悶不了也聞徵倒處瞢然不了既不措其一辭但知向佛直視○標阿難示同凡夫執正爲倒洎令識其正倒故不知也○解私謂夫妙明真心本無倒正但由諸佛悟之假名爲正衆生迷之暫說爲倒苟了迷非迷達悟無悟真心尚泯倒復何倒正於其間哉阿難既以匿王見精不滅疑乎自身遺失真性故佛方便以倒正示之向問顛倒名字意斥阿難認悟中迷爲身爲心即是顛倒所在時衆未曉於是瞢然

後廣示倒相二

初興悲告語叙其常說

佛興慈悲哀愍阿難及諸大衆發海潮音徧告同會解孤山曰機熟即說感應無差喻以海潮來不過限諸善男子我常說言色心諸緣及心所使諸所緣法唯心所現疏天鼓無思隨人發響海潮無念要不失時此表無緣慈悲應機而說不待請也色謂十一種色心謂八識心王諸緣即總指色心或可別指不相應行心所即五十一心所諸所緣法謂六無爲

後顯示眞妄斥其倒情二

初就法辯釋迷情五

也此上五位一百法攝諸法盡皆是眞心之所現起如鏡現像不離於鏡無體可得問前五無爲名體俱假可同前法無體如影眞如無爲名假體實爲諸法性何言無體如影像耶答此宗所說眞如猶是對妄而立既因對待還成妄法如下經云言妄顯諸眞妄眞同二妄又云無爲無起滅不實如空華圓覺云圓覺流出一切清淨眞如菩提涅槃等由是五位諸法唯心所現皆同影像者也○標五位都一百法攝盡眞妄法五位者一心法二心所有法三色法四不相應行法五無爲法彼論釋云一切最勝故與此相應故分位差別故能現影像故有所顯示故○解資中曰此五皆依眞心所現如鏡中像

一標指

○汝身汝心皆是妙明眞精妙心中所現物疏心現身心如鏡現物物不是鏡物體虛妄鏡不是物鏡體實故虛實既辨由是顚倒於茲可識

○云何汝等遺失本妙圓妙明心寶明妙性認悟中迷心即是性體徧故圓無昧故明是法可重故名爲寶元來自爾非適今也故云本言語道斷心行處

二責失

滅故稱妙再三歎美故疊言之悟即是覺圓明性也迷即不覺妄身心也不覺處覺如像處鏡虛實可辨今棄如鏡之本性執似像之身心不辨虛實斯爲大失故云認悟中迷前云名字何處號爲顚倒今正指此顚倒處也○解孤山曰汝等遺失責九界迷妄也本妙下示所迷三諦也本妙即中諦圓妙明心即眞諦寶明妙性即俗諦性具諸法如如意珠具足衆寶也三諦互融故皆稱妙認悟中迷者諸佛成道空界依正無非佛之眞心佛心既然汝心亦爾今既不達名悟中迷

三叙妄

○晦昧爲空空晦暗中結暗爲色色雜妄想想相爲身迷性明故而成無明故云晦昧由此無明變起頑空故曰爲空即下經云迷妄有虛空也又空謂所變頑空晦昧即能變無明二法和合變起四大依報外色故云結暗爲色即下經云想澄成國土也以四大色雜妄想心變起衆生正報內色故想相爲身想謂妄心相謂妄色色心和合五陰備矣即下經云知覺乃衆生也聚緣內搖趣外奔逸疏無

明體暗故云晦昧內有無明外現空相故云爲空此則最初濁劫也下文云迷妄有虛空又云汝見虛空遍十方界空見不分有空無體有見無覺相織妄成是第一重名爲劫濁此三細中業轉二相亦云同異亦云動靜由此動靜互相待故於此二相暗中結成形色即根身器界也形色既現想處其中色想相雜有知覺處成於根身想澄疑處即是器界此則第三現相也以有境界緣故牽起麤識念念分別相續不斷故云聚緣內搖此前二麤也由念相續熏習不斷遂成分離取六塵相流趣不息故云趣外奔逸此後二麤分離識也從微至著三細四麤爲煩惱道畢於此矣

四顯執

昏擾擾相以爲心性一迷爲心決定惑爲色身之內世人不知元是無明展轉麤動將此昏迷擾擾之相便爲眞實心性一從迷執決定不改謂言我心在色身內遂起有情無情之異有性無性之殊認妄心爲佛心何鄙哉○性標謂不如實知自性彼我既分色心有異愛情取捨也○解以妄想四心聚四大色內而外緣六境心不暫停故曰聚緣內搖趣外奔逸也昏擾擾相即內搖外逸無明顛倒也既失本妙故用此相以爲心性又執此心在色身內無情有情莫能融一是知順九界妄心者豈信草木有佛性乎

五結迷

不知色身外洎山河虛空大地咸是妙明眞心中物疏根身種子屬內緣而執受山河大地屬外但緣非執受此之三境皆是賴耶相分○又此空界從迷妄生識所變故能變之識全是無明迷眞而起亦無自體能變所變皆是鏡心所現影故前文云汝身汝心皆是眞心中所現物不知此理却執我心在色身內故此結示

後約喻結指倒相

譬如澄清百千大海棄之唯認一浮漚體目爲全潮窮盡瀛渤如來藏有四義故以海喻永絕百非如海甚深包含萬有如海廣大無德不備如海珎寶無法不現如海現影其體湛寂不與妄染相應故云澄清即前甚深義也百千者即前廣大義也不識是元清淨體故云棄之只取昏擾擾相以爲心性故云唯認等全潮大瀛渤瀣皆海之異名

也。解百千大海喻真心非徧而徧一浮漚體喻妄心非局而局背真起妄如棄海認漚執妄爲真如認漚爲海全潮則徧海而涌故云窮盡瀛渤

汝等即是迷中倍人如我垂手等無差別如來說爲可憐愍者

疏例前結指也棄之大海是一迷也認漚爲海是倍迷也垂手是正執爲倒一迷也豎手是倒認爲正倍迷也前舉事以驗後引喻以況中間以法進退相例正指倒相。皎然明白如何謂言是泯相耶有智請詳。解迷悟相翻各名一倍全迷爲悟是一倍於迷全悟成迷是一倍於悟手之垂豎相倍易明今既斥迷故言垂手真際曰迷中更迷故云倍也遺失明心早是迷矣復執前塵以爲自性又一迷故

三廣約緣塵正顯真見四

一顯緣心非性二

初阿難述悟彰疑二

。疏三廣約緣塵正顯真見以前文中約對手觀河示見無生相淺意深猶成隱密未爲顯了不名正顯故科之粗論漸明也今此已下廣對緣塵破除名相顯此見性不落戲論然後遂段會通令知諸法虛妄本無所有唯一菩提妙淨明體分明顯會故云正顯真見也文四

初述悟

阿難承佛悲救深誨垂泣叉手而白佛言我雖承佛如是法音悟妙明心元所圓滿常住心地因佛廣示顯倒顯出真心於能詮言音悟所詮心地

後彰疑

而我悟佛現說法音現以緣心允所瞻仰徒獲此心未敢認爲本元心地解私謂前破妄心已責因聲分別之性令阿難重以緣心而爲問者欲顯真性無能所之相也既於緣心已離麤執是故但言未敢認爲本元心地豈同前云若此發明不是心者我乃無心同諸土木耶所以下文略簡所緣之法能緣之心真體可見矣

願佛哀愍宣示圓音拔我疑根歸無上道

後如來約喻顯釋二

疏佛以言音詮此真性令我領解復是緣心所悟真性能悟緣心還同如來前所責言如汝今者承聽我法此則因聲而有分別有何別耶由是未敢認爲本元心地。心有能生可依止義喻之地也言圓音者以佛一一語言徧窮生界而其音韻常不雜亂如起信疏

解

初指定其非

佛告阿難汝等尚以緣心聽法此法亦緣非得法性
因聲而有分別此分別性即是生滅維摩云無以生滅心行說實相法說既不可聽豈可耶緣心者但緣語言文字故云非得法性若能忘懷合道離能所相一念不生前後際斷斯可名為真得法性。解真際曰以能緣心緣佛法音認為自性非自性也以此法音但是所緣聲教故

後喻顯其失二

初執指盲月所認能詮二

初喻二

如人以手指月示人彼人因指當應看月
孤山曰人喻如來手指喻教月喻真理示人喻化衆生也教詮真理理是衆生之心聞教自合觀心離指方能識月耳

初指月雙迷

若復觀指以為月體此人豈唯亡失月輪亦亡其指何以故以所標指為明月故
疏指喻能詮言教月喻所詮真理若欲見月須亡指以觀之若欲見性須亡言而體之不能亡言豈能見性不能遺指豈識月輪圓覺云修多羅教如標月指若復見月了知所標畢竟非月一切如來種種言說開示菩薩亦復如是指月俱迷詮旨兩失在文可見

後明暗俱失

後合

豈唯亡指亦復不識明之與暗何以故即以指體為月明性明暗二性無所了故
言教屬有為無記故暗真理屬無為性善故明能喻可解。解教是聲塵故如暗理是真心故如明

後客主留責滯緣想二

汝亦如是
疏以法合喻如上所辨

初約法喻順推有體三

初法

若以分別我說法音為汝心者此心自應離分別音有分別性
若因佛說法生分別心此分別心本無自性故屬緣塵隨塵有無非是常住但如其客。解如前文云若離前塵有分別性即真汝心既離塵無性自知是妄也私謂上指月喻以阿難所標之指正簡能緣之心以遣云現以緣心允所瞻仰故由是今文唯破分別之性良有以也

次喻

譬如有客寄宿旅亭暫止便去終不常住而掌亭人都無所去名為

亭主疏此明緣心隨境往來眞心湛然常住以客喻妄以主喻眞

後合

此亦如是若眞汝心則無所去如下經云聲無既無滅聲有亦非生生滅二圓離是則常眞實。標眞性不逐緣生豈因境有

後約緣塵反責無性三

初例成無性

云何離聲無分別性斯則豈唯聲分別心分別我容離諸色相無分別性疏緣心若是眞性應如其主常住何得隨聲來去以離聲時無分別故豈同眞心周徧法界湛然常住隨聲之心既然隨色之心亦爾故云豈唯等。解資中曰以聲例色相從而說非但聲分別心離聲無體色分別心離色相外亦無其性

次指同外宗

如是乃至分別都無疏前舉色聲顯心無體亦合徧歷香味觸法今此超過故云乃至分別都無非色非空拘舍離等昧爲冥諦不可見故非色緣會有故非空言冥諦者或云冥性或云自性梵云僧伽奢薩怛羅此云數論立二十五諦最初二諦名爲冥性計以爲常第二十五名爲神我亦計爲常我思勝境冥性即變二十三諦爲我受用我既受用爲境纏縛不得解脫我若不思冥諦不變既無纏縛我即解脫名爲涅槃如別處說拘舍梨者非即數論是彼類耳趣爾舉也。解孤山曰如是指上聲色也乃至例餘四塵也分別都無謂分別六塵之心皆

後結責非主

離塵無性也塵謝則滅故非色塵對則有故非空是故外道昧彼眞心遂以塵謝心滅爲冥諦塵對心生爲覺諦即二十五諦中冥初生覺也略舉冥諦意對覺諦而論方合上云非色非空也私謂二十五諦除冥諦外不出色心空也今分別都無非心也即覺諦及我心等非色即五塵五大等非空即五大中空大也既非此等正同外道所見冥諦非對覺諦而論也資中曰拘舍離者數論外道立二十五諦此之所立從慧數生故名數論

三示眞見無還二

離諸法緣無分別性則汝心性各有所還云何爲主疏眞心如主妄想如客客有去來主無移動若離法緣無分別性顯汝心性隨塵各還是則爲客云

何名主

初阿難承前叙難

後如來約相對辯三

初約權標指以許說

阿難言若我心性各有所還則如來說妙明元心云何無還惟垂哀愍爲我宣說心性之言通於真妄阿難執者是妄如來示者爲真今以所執之生滅疑於所示之妙明故云則如來說云何無還還猶滅也。解私謂此問心性云何無還向下別指見精爲不還者蓋前文已說如是見性是心非眼故然其見精真妄猶雜所以廣約緣塵簡出真性披沙若盡金體自純

佛告阿難且汝見我見精明元疏且者權宜之辭權指阿難能見之心爲明元也此見雖非妙精明心如第二月非是月影汝應諦聽今當示汝無所還地此之明元非本真性其猶揑目所見之月本無所有非月影者非水中之影也水中月影從真月降可喻妙應感而遂通揑目所觀全體虛妄從病眼生甚喻妄見本不可得只就此見權示無還也。解孤山曰見精明元即同匿王觀河之見雖異緣塵而猶是妄妄依真起故曰明元此見雖非下簡妄異真也如第二月非是月影者真月喻真心第二月喻見精水中影喻緣塵分別私謂阿難所問妙明元心云何無還而佛以見精爲答者以真心無朕發悟良難故託見精方便開示此雖屬妄切近於真如第二月取喻非遠應知此見亦是前來緣塵之見但緣塵分別之性則破云有還緣塵能見之性則示云不還若不爾者何故佛言且汝見我見精明元耶況若例同觀河之見觀非無緣也所舉月喻諸家並以三義解之至於孤山亦依舊說唯配法有異耳余謂月影即第二月非水中之影也今先消文次引證言見精明元者即能見之性也妙精明心者謂離見之體也如第二月即於月邊別有圓影而云非是月影者謂非月上實有斯影蓋揑目所成也以喻能見之性雖非離見之體且非體上實有斯見蓋虛妄所生也次引證者下文云目有赤眚夜見燈光別有圓影而此圓影唯眚之觀乃至云如第二月非體非影以是觀之非水中之影明矣

初明境有還二

次約境可還以明辯二

初列八境

阿難此大講堂洞開東方日輪升

後明各還

天則有明曜中夜黑月雲霧晦暝則復昏暗戶牖之隙則復見通牆宇之間則復觀壅分別之處則復見緣頑虛之中遍是空性鬱𡏖之象則紆昏塵澄霽斂氛又觀清淨疏舉此明暗通塞空有染淨八種之相皆仗因托緣以立其像也。解之真際曰欲示無還之性先指可還之相此八但是舉要而已此五約心所分別處即是見緣此境則通私謂此八緣中七緣皆就能映色根論之雖分別緣則於七境而起分別是故經文列在中間蓋通上下也如下文破識大中云汝今徧觀此會聖衆用目循歷其目周視但如鏡中無別分析此即見精也又云汝識於中次第標指此是文殊等即分別緣也

後示見無還三

初標

阿難汝咸看此諸變化相吾今各還本所因處云何本因阿難此諸變化明還日輪何以故無日不明

次釋

明因屬日是故還日暗還黑月通還戶牖壅還牆宇緣還分別頑虛還空鬱𡏖還塵清明還霽則諸世間一切所有不出斯類疏此之八境既從緣有還從緣無有去有來非同真見

汝見八種見精明性當欲誰還能觀八種之見名爲見精明性既非緣生當還何所豈同八境各有所歸何以故若還於明則不明時無復見暗雖明暗等種種差別見無差別真見離緣緣還見在若隨境去後更誰觀境自見差見且無別

後結

諸可還者自然非汝不汝還者非汝而誰八境可還自非汝見汝不還性正是汝真此若非真孰爲真耶

後就實見彰還以結責

則知汝心本妙明淨解見性不還猶喻二月此見屬妄將亦須還唯有真月所喻真性誠不還耳下文云但一月真

中間自無是月非月又云見見之時見非是見豈非此見亦可還乎問此還何所荅還無明也由無明故而有能見無明若破此見即還起信云若離業識則無見相厥旨顯然

汝自迷悶喪本受輪於生死中常被漂溺是故如來名可憐愍

疏前將八境以對妄見權示無還由是則知本妙明心未嘗生滅本有真性迷而不知卻執緣塵自取流浪如前文云由汝無始至于今生認賊爲子失汝元常故受輪轉然雖權指意顯即是以未不離本故

三約體用重明二

初伸問

阿難言我雖識此見性無還云何得知是我真性

阿難問意前對八境權指妄見有無

後荅釋二

還義因是得識本真元性不生不滅爲復只此表知性常爲更有義別得真妄故云云何得知等○有解此問意者如云雖云識二月何謂真月○疏向下更約用有優劣體無差異用約人辨體對物論斯則前後三義以辨真也一顯無生滅二明有勝用三示無差別故此答釋分爲二科

初約用優劣以略明

佛告阿難吾今問汝今汝未得無漏清淨承佛神力見於初禪得無障礙

得初果證方斷分別故云未得無漏自無定力假他而見故云承佛神力借通令見者意欲阿難信知自已見之真用有若是也色界之首梵衆梵輔大梵俱名初禪

而阿那律見閻浮提如觀掌中菴摩勒果

阿那律此云如意亦云無貧過去以食施辟支佛九十一劫天上人中受如意樂無所劣少未入道時爲性多睡爲佛所呵因是不寐遂失明耳佛教修天眼用見世事因是修得見三千界如觀掌果大論所明大阿羅漢見小千界大辟支見百佛界諸佛見一切佛土那律獨見大千者以彼偏修作意數故於諸聲聞天眼第一今言閻浮者以大千皆有閻浮以別顯總亦不相違○標阿那律斛飯王子身雖出家性多睡眠佛呵爲畜之類咄咄胡爲寐蠡螺蚌蛤類一睡一千年佛出無由值從此七日七夜不眠失其雙目世尊愍之令修樂見金剛三昧遂證半頭天眼能覩一薄伽梵所化之境○解孤山曰準淨名經那

後約體非物以廣辯二

初正辯見體非物三

律答嚴淨梵王云吾見三千大千世界如觀掌果此云見閻浮者且從近示閻浮提者洲有此樹從樹得名無故不翻私謂菴摩羅舊翻難分別其果似桃非桃似柰非柰故耳

諸菩薩等見百千界疏初地見百佛土二地見千世界乃至十地見無量不可說佛剎微塵數世界也十方如來窮盡微塵清淨國土無所不矚佛具五眼三智所見窮盡法界已上四位階級所見淺深不同蓋真見之用隨證所得漸明漸遠也衆生洞視不過分十隔紙暎不見外物隔反膚不見五臟豈同前聖真見之用斯則真見妄見前後五重條然可辨而云云何得知是我真性胡不察焉

初標塵

阿難且吾與汝觀四天王所住宮殿中間徧覽水陸空行雖有昏明種種形像無非前塵分別留礙分別者差別也或可前塵留礙即是所分別之境○標權與汝觀須彌山半腹四萬由旬其間物象

次勅揀

汝應於此分別自他疏此標勸也汝應於此所緣境中試分自他令其差別自即見性他即物象吾今將汝擇於見中誰是我體誰爲物象將請也誰何也我今請汝於所見中詳而擇之何者是汝見體何者是其物象此正勸令揀

後正辯二

初明非見之物是前塵

阿難極汝見源從日月宮是物非汝至七金山周徧諦觀雖種種光亦物非汝漸漸更觀雲騰鳥飛風動塵起樹木山川草芥人畜咸物非汝極窮也研窮汝之見性自遠至近所見無非物象非是汝之見性芥小草也○標從四天王宮至南海岸六十四萬里

後明非物之見是真性

阿難是諸近遠諸有物性雖復差殊同汝見精清淨所矚則諸物類自有差別見性無殊此精妙明誠汝見性疏物類雖殊見性常一不隨境異即是汝真此顯真

見平等無差汝前問云云何得知是我真性今明境自差別見性無殊由是得知是汝真性○解孤山曰而此見性猶屬二月私謂阿難所疑我雖識此見性無還云何得知是我真性如來所答豈不顯真但由見性似在於內真性必周於外佛欲示之故指一切物象皆是見精所矚矚既斯徧性何攸局此寄見性之徧以顯真性之徧夫何二說各從一義乎然則肉眼所見物象森羅佛眼所觀真空冥寂猶恐阿難認此見性既周外物仍謂外物同我能見是故下文推而破之

後廣破展轉執情二

初師資能見互緣破三

初正破

若見是物則汝亦可見吾之見

疏汝若執言汝能見心同所見物亦有差別斯則見即是物佛之見性亦合是物應被汝見○解真際曰若汝認見爲物吾見亦同是物汝應可見

若同見者名爲見吾吾不見時何不見吾不見之處

疏汝若執言我與世尊同緣物時世尊之見既着彼物我見物時便是見佛之見經文省略但言見吾此牒所計也即便破云吾不見時何不見吾不見之處意云我若不緣彼物之時名爲不見此不見體汝應合見爲何不見也○解孤山曰汝縱救云我與世尊同將心眼緣境之時即是見佛之見吾不緣境之時此不見處汝何不見耶

次轉破

若見不見自然非彼不見之相

疏此破轉計也汝若執言我亦見佛不見之體復有何失故云若見不見即便破云自然非彼不見之相意云不見之體既被汝見此則何成不見之相不見之體已被見故○解若有處可見即是物象秖可名見何名見不見耶

後結破

若不見吾不見之地自然非物云何非汝

疏此文之意展轉結歸都有五重以顯阿難見性經文存三而隱二意若具論者合云若不見吾不見之處亦不見吾見處既不見吾見處吾見自然非物吾見若非是物汝見亦非是物汝見既非是物云何非汝真見

後心境更觀雜亂破三

又則汝合見物之時汝既見物物亦見汝體性紛雜則汝與我并諸

初正破

世間不成安立又若汝執見性是物亦應彼物即是於見如是則應汝見物時物亦見汝斯則人物如何分辨物體見性自然雜亂物即是汝汝即是物世間一切俱不成立如何名爲安立諦耶○標復云世界安立諦中須安心境○解眞際曰見若爲物許汝見者汝見亦須爲他所見是則體性雜亂自他不分情與無情不成安立

次顯是

阿難若汝見時是汝非我見性周徧非汝而誰䟽若汝現見物時究然分辨阿難非佛佛非阿難此則世間顯然安立皆汝見性周徧了知此周徧性若非汝眞復是何耶故結云非汝而誰○解見性雖同各自受用一室千燈光豈有別而彼此自照不相雜矣

後斥疑

云何自疑汝之眞性性汝不眞取我求實䟽責其不認也此是汝之眞性能性於汝謂性一切心也前云汝身汝心皆是妙明眞精妙心中所現物而不自識却從他求豈不迷倒此之大意明眞見離緣周徧法界湛然常住妙用無邊平等清淨體非差別用釋前文云何得知是我眞性○解孤山曰眞性在汝而自不能知其眞翻取我言以求其實迷之甚也責之深也

四就疑難廣釋

首楞嚴經義海卷第五

音釋

胝張尼切　䏲于敏切　腠倉奏切膚理也　耄莫報切老耄也　悴秦醉切憔悴也　皺側救切皮縮也　劑在詣切分劑限量也　殂昨胡切　鞠居六切推審也　瞪澄應切直視貌　瞢莫亘切目不明也　瞬音舜目動也　洎其兾切及也　瀛音盈　渤音勃　澥胡買切　瞑芒于切　壅於用切塞也　燉蒲沒切　氛敷文切氣也

首楞嚴經義海卷第六經二之二

凡遇圓相即是標辭與疏同其上文

一破見性離斷疑三

初伸疑

阿難白佛言世尊若此見性必我非餘我與如來觀四天王勝藏寶殿居日月宮此見周圓徧娑婆國退歸精舍秖見伽藍清心戶堂但瞻簷廡 疏敘見近遠也因前開示雖了是真洎觀遠近不無疑悔四天宮殿與日月齊同四萬由旬娑婆此云堪忍大千界之都名今舉總顯別也僧伽藍摩此云衆園廡堂下也○標復云衆園即衆修道之所○解孤山曰既觀初天則惟見一四天下言娑婆者舉其通名耳非指大千也

次正破三

世尊此見如是其體本來周徧一界今在室中唯滿一室爲復此見縮大爲小爲當墻宇夾令斷絶我今不知斯義所在願垂弘慈爲我敷演 疏一界初天也一室講堂也借力見寬自力見狹寬狹既著縮斷堪疑猶豫在懷故云不知斯義所在以阿難未證真如未發真用佛隨外相對物辨真既未親證故難領會此之疑意亦約外相以明縮斷乘前起難以洗物情○解大如一界小如一室內外如墻宇夾斷也

初總斥其非

佛告阿難一切世間大小內外諸所事業各屬前塵不應說言見有舒縮 疏大小內外對待假立俱屬前塵能見之心何舒何卷故此總責令知其非

次舉喻釋義四

譬如方器中見方空吾復問汝此方器中所見方空爲復定方爲不定方 器喻前塵空喻見性空之方圓喻疑見舒縮

一雙問

二雙破

若定方者別安圓器空應不圓若不定者在方器中應無方空 方器中空若定方者除去方器別著圓器此處虛空應無圓相若言虛空不定方者顯是方器無方虛空

三答顯

後就疑難破二

初以延破縮疑

汝言不知斯義所在義性如是云何爲在疏汝疑見性縮斷要在一義決定見性之義猶如虛空虛空豈有方圓而可在耶此明眞見周徧無有方所如彼虛空故涅槃云有常之法遍一切處虛空常故無處不徧如來亦爾徧一切處是故無常之法此有彼無如來不爾是故爲常○解方圓因器不在虛空大小由塵何關見性是故責言云何爲在

四會釋

阿難若復欲令入無方圓但除器方空體無方不應說言更除虛空方相所在疏入達解也若欲達解無方圓義但去器之方圓不可更除虛空方相若欲達解無大小義但去塵境大小不可說

言見性寬狹○解空性無動寧有出入因器去留強云出入故云若復入無方圓等空體無方喩見性無二也以虛空無方圓可除況見性無大小可還唯言方者義攝於圓佛語之略耳

若如汝問入室之時縮見令小仰觀日時汝豈挽見齊於日面疏若汝執言縮見成小應可引見令伸等到日邊挽引齊等面猶邊也

後以續破斷疑

若築牆宇能夾見斷穿爲小竇寧無續迹是義不然疏竇孔穴也若執夾令見斷應可接之令見相續若相接者應有續迹

後會通二

一切衆生從無始來迷已爲物失於本心爲物所轉故於是中觀大

初迷心執境

觀小迷眞性之已成色心之物色心既成眞性即隱故云失於本心前文云能生諸緣緣所遺者境從心變心隨境轉故見大小之異內外之殊不能離緣觀性但知隨境生執故有前來種種疑倒

後悟物同眞

若能轉物即同如來解私謂上云爲物所轉則物爲能轉心爲所轉以心逐境遷故此文則心爲能轉物爲所轉以境隨智亡故楞伽云未達境爲心起種種分別達境唯心已分別即不生上二句爲物所轉也下二句若能轉物也則同如來者肇師云會萬物以成已者其唯聖人乎身心圓明不動道場於一毛端徧能含受十方國土

二破見性離身疑三

初伸疑三

疏若了色心因緣和合虛妄有生因緣別離虛妄名滅生滅去來本如來藏性眞常中求於去來迷悟生死了無所得斯則了妄唯眞無物可轉爲眞轉物背塵合覺同諸佛矣身心圓明者身圓明則毛端現土心圓明則徧照法界此乃悟物咸眞即成妙用故下文云我以不生不滅合如來藏而如來藏唯妙覺明圓照法界是故於中一爲無量乃至坐微塵裏轉大法輪等然上諸文俱約對境辨見顯不生滅如對手之開合身之還變境之可還物之差別麤相而辨密示生滅即小生滅尚見外境是生滅法今此會通令了心之與境皆是迷已所成無心外法可以相對則法法皆如塵塵咸徧分明顯示令悟本眞同如來耳下文縱有破諸疑難一一隨文會通皆此意也○解毛端含受十方國土一往觀此似同下文然今正明無量爲一蓋攝事成理非從體起用也大品云一切法趣一法斯之謂矣下文理事雙顯體用備陳故有一爲無量之言塵中轉法之義彼詳此略意不徒然近古諸師並作用解唯眞際云既滅前塵形量不立一切即一性乃圓成斯亦節公之知言矣○疏二破見性離身疑此疑因前佛令轉物則同如來身心圓明不了會通萬法之旨便謂如來令轉前物成我眞見物若是見此則見性離身而有故成此疑文三

初疑

阿難白佛言世尊若此見精必我妙性今此妙性現在我前解孤山曰向云迷已爲物失於本心故爲物轉若能轉物則同如來是則所見山河皆我妙性故云今此妙性現在我前此領旨也見必我眞我今身心復是何物疏若此物處見精定是我之眞性顯是此性在我眼前已離我體此眼前見既是眞我現今身心須不是我復是何物○解此由阿難尚存能所所見既是眞性能見復是何物

次難

而今身心分別有實彼見無別分辨我身解若謂身無見性而今分別非虛若言現前是見彼之外物別無心智反辨我身若實我心令我今見見性實我而身非我疏若以現理而推今此身心實有分別緣於境界彼在前見且無別反彼列識分辨我身彼

若實我真心令我見者彼既真我我應非我○解若彼外物實是我心見今能見則成外物外物是我內身非我

後結

次廣破三

初如來破其疑三

何殊如來先所難言物能見我解前既難破今復何用惟垂大慈開發未悟跡設使彼見能有分辨何殊前難汝既見物物亦見汝則諸世間不成安立

初標指其非

佛告阿難今汝所言見在汝前是義非實前顯諸法唯心故云若能轉物不了斯旨妄謂見在眼前雖形其言實無斯理

次牒疑立理

若實汝前汝實見者則此見精既有方所非無指示設若眼前可見應有處所可指豈成真見離名絕相

後依理正破二

初約離物以推是見三

且今與汝坐祇陀林徧觀林渠及與殿堂上至日月前對恒河汝今於我師子座前舉手指陳是種種相陰者是林明者是日礙者是壁通者是空如是乃至草樹纖毫大小雖殊但可有形無不指著物象差異

初推徵其體四

一令觀物象

巨細雖殊形相既分必歸指示

二勸指見精

若必其見現在汝前汝應以手確實指陳何者是見見性若在汝前便同物象可指見性如何

三以理推徵

阿難當知若空是見既已成見何者是空若物是見既已成見何者為物諸象雖差不離空有故將二事以辨是見也

四使其明示

汝可微細披剝萬象析出精明淨妙見元指陳示我同彼諸物分明無惑披開剝析析辨也物象現前洪纖咸見應於此處開析分辨令此見精分明出現如諸物象更無迷亂

次答釋不能二

阿難言我今於此重閣講堂遠洎

恒河上觀日月舉手所指縱目所觀指皆是物無是見者（目觀手指但見緣塵於諸物中不辨是見○標自日月宮須彌山半腹觀指萬象皆是外物何處有見）

初迷已不能

後引他況已

世尊如佛所說況我有漏初學聲聞乃至菩薩亦不能於萬物象前剖出精見離一切物別有自性（疏若如佛說令指見精分明無惑至於證真大菩薩等亦不能於諸物之中分出其見況我聲聞初學者乎）

後印成難辯

佛言如是如是（印其不能分出見性）

後約即物以推非見㽞

佛復告阿難如汝所言無有精見離一切物別有自性則汝所指是物之中無是見者（既不能於物中辨出見性斯則所指咸物無於是見既無是見應即非見故下徵之）

一牒前無是

今復告汝汝與如來坐祇陁林更觀林苑乃至日月種種象殊必無見精受汝所指汝又發明此諸物中何者非見（所指物象既不是見反應非見若了唯真更無是見非見以不了故隨語生執泊乎徵詰罔知所從向下會通皎然可見）

二徵此有非

三答釋不知

阿難言我實徧見此祇陁林不知是中何者非見何以故若樹非見云何見樹若樹即見復云何樹如是乃至若空非見云何見空若空即見復云何空我又思惟是萬象中徵細發明無非見者（先答不知也何以下釋不知所以若也樹不是見應離能見之外所不及云何現今復見於樹又若此樹即是於見云何更名此以為樹空例此釋離之既不可即之又難明進退研之未知所適）

四印成難曉

佛言如是如是（如汝所辯無非見者無乃是乎故云）

如是。解即離二答佛皆印成者以由見性非即非離即離求之定不可得則此見性宛如空華

次大衆失其守

於是大衆非無學者聞佛此言茫然不知是義終始一時惶悚失其所守疏茫然者瞑眛不明也是見義既失非見理復乖終始難明守歸何所而不知能見所緣俱爲勞相是非即離咸是緣塵既法空之慧未開智照之惑難破由是非無學者一時惶悚。標在有漏中從無始來晦昧眞性只於外境堅執是非也。解眞際曰向執心境各別見相歷然今蒙一異推之是非不決心無所措於是茫然私謂終始者終則見性非物始則見性是物又始謂妙性現在我前終謂究竟指歸何所

後法王安其意

如來知其魂慮變慴心生憐愍安慰阿難及諸大衆諸善男子無上法王是眞實語如所如說不誑不妄非末伽梨四種不死矯亂論議汝諦思惟無忝哀慕疏變動慴懼也世間王者尚無二語何況法王親證而說故云如所如說佛有五語謂眞語實語如語不誑語不異語無僞曰眞稱理曰實不變曰如心境相應曰不誑懸見未然曰不異也知時知機應根而說豈同外道不死矯亂四種矯亂至下當辨此意所明是非雙離心境俱融顯眞妙體無戲論相故令諦而思惟不須忝辱哀慕

後會通二

初文殊旁爲請問三

初叙其不悟

是時文殊師利法王子愍諸四衆在大衆中即從座起頂禮佛足合掌恭敬而白佛言世尊此諸大衆不悟如來發明二種精見色空是非是義大衆茫然不知所措雖聞安慰令諦思惟智慧不明罔解所問文殊智德旁爲發機先叙不悟後方請示言二種者謂於色空之上辨於精見是與非是之二義也。解眞際曰二種謂精見色空孤山曰二種即是非是義

世尊若此前緣色空等象若是見

次出其因由

者應有所指若非見者應無所矚而今不知是義所歸故有驚怖非是疇昔善根輕尠疏自是非難明非謂善根尠少故此惶悚疇昔往日也。標若了達妙性圓明不被明相所惑故於得失是非有何罣礙

後為其請問

惟願如來大慈發明此諸物象與此見精元是何物於其中間無是非是疏阿難前云無是見者無非見者如來一一印許意令於真法界達無是非及至魂慮變慴又囑汝諦思惟深欲令了法界一相文殊愍眾請佛明示此見及緣元是何物無是非相

後絜立與會通三

初顯諸法唯真是非雙絕

佛告文殊及諸大眾十方如來及大菩薩於其自住三摩地中自住之定即首楞嚴三昧也諸法如幻法界一相起信云諸佛已離業識無自他相見登地已上分證此法亦如佛見也見與見緣并所想相見謂識體見緣即根是增上緣能生識故所想相即境也是所緣緣牽生識故下文云想相為塵識情為垢或可見即是根見緣即境所想相即識此眼境識即十八界攝一切盡即龍樹四句中因緣所生法也如虛空華本無所有此根境識從妄心有其體元無如空中華翳病故見下文云見聞如幻翳三界若空華此則我說即是空此見及緣雖如幻華本無其體世俗諦中說名根境即亦名為假名元是菩提妙淨明體云何於中有是非是諸法無體不覺故有不覺即覺元是菩提起信云念無自相不離本覺若離覺性則無不覺下經亦云見與見緣似現前境元我覺明即亦是中道義也文殊前問此諸物象及此見精元是何物等故佛答云元是菩提妙淨明體此則顯一真法界離性離相圓收諸法無不是如云何更說是見見非見即洗滌前來緣塵辨見或見或塵是非之相若不以三昧遺蕩何能契此一如故淨名息言意在於此

次引文殊為例二相元無三

初引例二

初問

文殊吾今問汝如汝文殊更有文殊是文殊者為無文殊佛意問云如汝文殊

是一體性吾欲於此更立是名爲是文殊復欲於此立一無名爲無文殊爲得已不意顯一眞體上不立是名不立無相是即對非以立無即待有而稱是非有無戲論之見豈會一眞前約觀門無是非相雖證乃知若不指事以明未證如何領解故託文殊以明一相○解私謂問意有三如汝文殊一也更有文殊是文殊者二也爲無文殊三也

後答

如是世尊我眞文殊無是文殊何以故若有是者則二文殊然我今日非無文殊於中實無是非二相

疏先答無是若立是者即須對非便有二相故云則二文殊次答無無若立無者即成斷滅將何名爲眞文殊體但於眞體無是非相亦不可說眞體全無見之與緣亦復如是同一眞故無二相也○解我眞文殊答第一義例立菩提妙淨明體也無是文殊答第二義例破色空非見也何以故下釋成上義然我今日非無文殊答第三義例破色空非見也於中實無是非二相總結破意夫眞無是非是非由妄若謂色空是眞見者斯乃從妄辨眞對於無妄之眞則成二義故曰若有是者則二文殊又若謂色空非眞見者其如妄境全體是眞故曰然我今日非無文殊實而言之眞性本來無是非是

次合顯

佛言此見妙明與諸空塵亦復如是本是妙明無上菩提淨圓眞心妄爲色空及與聞見

疏此見及緣皆是妄心分別故有說何爲是而更立非若了法界一相咸是一如即同文殊無是非相故云亦復如是○標一切幻化皆生覺心

後重喻

如第二月誰爲是月又誰非月文殊但一月眞中間自無是月非月

疏本雖一月未曾有二病眼不了二相俄生既知第二無體更欲名誰爲是月非月○解前第二月別喻見精明元今通喻色空及與聞見者由佛爲阿難已約諸法偏示眞性故大衆惶悚正述諸法是非是義故文殊對揚既無二相復擧月喻以遣妄情且第二月適言是月捏目所見故適言非月影不離眞故皆言誰者責問之辭捏影若

亡是非何在

後指妄顯眞結成得失

是以汝今觀見與塵種種發明名爲妄想不能於中出是非是由是精眞妙覺明性故能令汝出指非指疏妄想若存心境難脫故不能出是非是相若一念不生前後際斷唯一妙覺湛然周徧於中更無是相非相指即是見也非指即非見也但文變耳然文字法師困於章句竟不能通一相一味者莫不競執空華爭馳二月攻乎異端彼我天隔茍能一切時不起妄念於諸妄心亦不居息滅住妄想境不加了知於無了知不辨眞實斯則隨順覺性云何更容是非是相於其間哉○解物爲所指見非可指眞性俱離可云出焉

三破因緣自然疑二

初破自然疑二

初伸難三

阿難白佛言世尊誠如法王所說覺緣徧十方界湛然常住性非生滅疏覺之緣由行相也周徧無生即是其緣○解覺謂菩提緣即色空聞見等如前文云此見及緣元是菩提妙淨明體與先

初外計同眞難

梵志娑毗迦羅所談冥諦及投灰等諸外道種說有眞我徧滿十方有何差別疏婆羅門此云梵志或淨志投灰等即苦行外道裸形拔髮鞭纏棘刺五熱炙身也我徧十方者此外道不知阿賴耶識爲界趣生本含藏種子識潤受生遂計身中有一神我常在不滅處處受生徧十方界彼之所說計我行相似濫眞覺故云有何差別○標計執神我爲常住不知業種含藏八識之內隨善惡業緣受報好醜便謂鶴白烏玄松直棘曲皆自然也遂立自然之宗頌云誰開河海堆山原誰削荊棘畫禽獸世無一物能生者是故諸法皆自然○解眞際曰冥諦者數論二十五諦中第一諦也

次自語相違難

世尊亦曾於楞伽山爲大慧等敷演斯義彼外道等常說自然我說因緣非彼境界疏毗楞伽此云能種種現佛於彼山爲大慧菩薩說楞伽經明諸因緣破彼外道執自然見因緣之義非是外道所知境故○標楞伽山者此云不可往其山高峻下瞰大海

旁無門戶得大神通堪能升往表心地法門無修無證方能升也如來昔於此山下過羅婆那夜叉王與摩諦菩薩乘華宮殿請如來說此法也。解彼經第二大慧舉佛昔說如來藏性與外道計我何別佛述眞我爲斷愚夫畏無我句故說如來藏性不同外道之我又爲破外道自然說有因緣依世間相分別緣起今引次義爲難

後雙結請開示

我今觀此覺性自然非生非滅遠離一切虛妄顚倒似非因緣與彼自然云何開示不入群邪獲眞實心妙覺明性 疏今觀覺性本是無生離諸虛妄有似不同楞伽所說與彼外道自然執見如何分辨此不知如來隨宜說法

後正破二

初牒疑畓定

在楞伽時爲破外道不了業種熏習感外增上遂即妄計烏自然黑鶴自然白等故佛說有因緣約世間相緣起道理今此直明一眞法性豈同因緣隨他意語耶。解似非因緣恐不是因緣也與彼自然即合彼自然也孤山曰與類也私謂向云我今觀此覺性自然今云自然與彼自然云何開示蓋言今之自然似非昔之因緣則與外道自然

如何分別耶

後就緣推破二

佛告阿難我今如是開示方便眞實告汝汝猶未悟惑爲自然阿難若必自然自須甄明有自然體 疏示方便者約理約事就喩就境一一無非顯眞實性尚此不了迷作自然若是自然必須有體如何甄別

初徵

汝且觀此妙明見中以何爲自此見爲復以明爲自以暗爲自以空爲自以塞爲自 自然之體爲何所在故約四境以問顯體無得

後破

阿難若明爲自應不見暗若復以空爲自體者應不見塞如是乃至諸暗等相以爲自者則於明時見性斷滅云何見明 若四境即是見之自體則互相乖反爲自不成隨屬一境即不見三今汝不然云何妄執。解與福

日愛喜所疑雅約眞體如來何故約相而破然一體凝然理無能所既與能計必有所緣緣則約相方生離相必無緣理是以假緣推自自且不成相息心亡求袪邪計

後破因緣義二

初翻前爲難三

初伸難

阿難言必此妙見性非自然我今發明是因緣生心猶未明諮詢如來是義云何合因緣性疏既非自然必是因緣因緣之義無常生滅此有彼無體非周徧豈同覺性湛然常住圓滿十方行相相違故云云何合因緣性○解孤山曰始疑妙性同外自然既聞逐破則謂如佛昔說正因緣義但未知妙性云何符合耳

次破二

佛言汝言因緣吾復問汝汝今因見見性現前此見爲復因明有見因暗有見因空有見因塞有見疏以境爲因有此見性故云因見還以四境徵其見因

初破因義二

阿難若因明有應不見暗如因暗有應不見明如是乃至因空因塞同於明暗四境相違一三互闕爲因不成○標若因明境有見應不見三境

初徵

後破

復次阿難此見又復緣明有見緣暗有見緣空有見緣塞有見疏因親緣疎分爲二門互相違破四義徵詰

後破緣義二

初徵

阿難若緣空有應不見塞若緣塞有應不見空如是乃至緣明緣暗同於空塞疏如文○標若緣一境有見應不見於三境○解因略空塞緣略明暗佛言之巧相例可知真際曰因親緣疎故分二門

後破

後會通二

當知如是精覺妙明非因非緣亦非自然非不自然解私謂非正因緣非外自然非不自然者不無也謂非覺性之自然如下文云無生滅者名爲自然不言非不因緣者以此中正破因緣生義故且置之無非不非無是非是此顯覺性本無非與不非亦無是與非是

初妄相顯法

上句謂因緣下句謂自然離一切相疏所亡之相通有八句謂因緣也自然也是也非也此四是病非因緣非自然非是非非此四是藥經文從非因緣非下三句雙亡因緣自然之藥病謂非因緣非自然非不因緣非不自然不因緣義在自然中也無非下二句雙亡是非之藥病謂無非無不非無是無不是藥病俱亡無迹可滯心行處滅言語道斷故云離一切相以前諸相皆是虛妄偏計執故

即一切法精覺妙明非別有體但於諸法遠離前來虛妄偏執即是圓成妙覺明性故起信云是故一切法從本已來離言說相離名字相離心緣相乃至唯是一心故名眞如唯識亦云此諸法勝義亦即是眞如常如其性故即唯識實性又云圓成實於彼常遠離前性下經廣辨須預此知。標眞覺非別有體但於諸法遠離情妄當處即眞也。解離則顯眞非俗即則觸境唯心亡然存然不可得而名焉

後結責滯情

汝今云何於中措心以諸世間戲論名相而得分別如以手掌撮摩虛空秖益自勞虛空云何隨汝執捉疏因緣自然等皆是世間戲論名相如何以此於眞覺中舉心分別如下文云汝暫舉心塵勞先起以名相手摩眞覺空勞顯自爲一無所益。解孤山曰手掌喩妄情撮摩喩推度虛空喩眞心秖益自勞喩生滅輪轉

後引經伸難三

初伸難

阿難白佛言世尊必妙覺性非因非緣世尊云何常與比丘宣說見性具四種緣所謂因空因明因心因眼是義云何疏此依俗諦具緣能見爲難唯識說九緣此唯出四約小乘義滅大五緣心即分別緣也。標復云滅種子緣增上緣所緣緣根本緣染淨緣唯識九緣者頌云眼識九緣生謂種子爲因緣與第五生起爲增上緣牽境爲所緣緣第八識爲根本緣第七識爲染淨緣第六識爲分別緣空緣明緣根緣耳識唯從八者除明緣暗中亦聞鼻舌身三七此三識具七緣除空緣與明緣後三五三四後三識謂意識末那識阿賴耶識意具五緣一根本二染

次正破三

淨三分別四根本五增上末那具
三緣一根本二染淨三增上阿賴
耶具四緣一根本二因緣三增上
四染淨。解唯識明九緣今經及
涅槃但明四種
廣略之異耳

初總示雙徵

佛言阿難我說世間諸因緣相非

次別答雙難二

第一義疏說第一義故非諸相今
以世諦因緣爲難如說鏡
體明淨以像差別爲難於理如何
。解因緣假立世諦則有第一義
諦則無
阿難吾復問汝諸世間人說

初答

我能見云何名見云何不見疏徵問世
諦見與不
見之由
阿難言世人因於日月燈光見種
種相名之爲見若復無此三種光
明則不能見此舉由一明緣以答
見種種相世間之法
假因託緣方始名見非是離相湛
然之見如下文云緣見因明暗成
無見不明自發則
諸暗相永不能昏

後難二

初正難

阿難若無明時名不見者應不見
暗若必見暗此但無明云何無見
若無明相名不見者暗時無明應
不見暗若實見暗只可說無明相
不可說爲
無見也

後反難

阿難若在暗時不見明故名爲不
見今在明時不見暗相還名不見
如是二相俱名不見若汝執言雖
然見暗只名
不見以不見明故此牒計也次即
破云今雖見明亦合名爲不見以
不見暗故若立見明爲見見暗亦
合名見若立見暗爲不見見明亦
合名不見故云俱名不見也。標
復云一破一切破也一成一切成
也

後結成俱見

若復二相自相陵奪非汝見性於
中暫無如是則知二俱名見云何
不見疏明暗自有相陵見性未曾
移動斯則見明見暗俱名爲
見不可說言見暗之時名爲不見
。標明顯暗隱暗顯明隱眞見湛
然云何不見。解私謂此與初卷
中盲人覩暗見性是同所破有異

後會通二

前顯見性是心且破眼根能見今顯見性非明廣破因緣能見破緣既廣顯性實深由是下文談見見非見

初結顯會通三

初會前見性非他所成

是故阿難汝今當知見明之時見非是明見暗之時見非是暗見空之時見非是空見塞之時見非是塞四義成就

疏明等四境自屢前塵見性未曾生滅雖見四境而非四境成就於見譯人巧略故別列而總結也若欲經文當句中具者應云見明之時見非是明成就乃至見非是塞成就此之四見古今多解不看前文及此非字但見成就之語便別作意度解釋文無連貫旨非起盡孤然作解豈稱佛心然此經意明真見不假明暗等緣而體常照故下經云不由前塵所起知見明不循根寄根明發則諸暗相永不能昏等見性既然聞性亦爾故下文云聲無既無滅聲有亦非生生滅二圓離是則常真實豈得復言因明因空因心因眼耶。解孤山曰以明暗空塞四義推之成就見性離塵而有也

次正示見體離自見相

汝復應知見見之時見非是見

疏前約信解行位明此真見不逐緣生不因境起仍留真見不亡自相今此所明約見道已去直至極果真用顯發照真體時體之與用俱非見相若以上見為用下見為體用照體時理智泯然無體可得用相亦亡故云見非是見若以上見為體下見為用體發用時無法可照亦不名見若以上見為真下見為妄真覺妄時無妄可得亦不名見唯一法界無二相故斯則由無相境發無緣智以無緣智緣無相境境智冥合如水投水不可分別說名為見唯識云若時於所緣智都無所得爾時住唯識離二取相故

見猶離見見不能及

真見自體尚離見相無體可得豈令見用照所及乎又見體尚無體豈及有見用又所覺之妄尚無有體能覺之見豈能及乎。解見見之時者上見是能見之真智下見是所見之真理以真智契真理之時也見非是見者契理之真見非向離塵之妄見也前非所見故離四塵今非能見故離見性上文云見精明元此見雖非妙精明心如第二月非是月影今云見非是見上見即妙精明心如真

月也下所非者即見精明元如第二月也妙精明心尚非見精明元故云見猶離見緣塵妄見安能及理故云見見不能及猶云眞月尚非二月水中之影安能及眞私謂孤山既約三義釋月故此簡見亦分三義今不取三唯存其二但以見不能及釋成上句意云何故見猶離見良由見精屬妄不能及於眞理故也又解準前文云見明之時見非是明等皆以能見見於所見能非是所也例今見見之時義亦如是即以前之能見復爲今之所見蓋言眞見見於見精之時眞旣無妄故曰見非是見也問見精是妄何以眞見復見於妄乎答夫見精者映色之性也見雖屬妄其性元眞當知見見之時無別所見秪是見於見中之性耳然則若未見性性在見中同名見精若能見性性脫于見方名見見故下文云覺非肯中此實見見更有異說余弗能知

後責小無識
勸進大途

云何復說因緣自然及和合相

疏此則結責以世間戲論名相分別眞見也或可從見猶離見下名結眞離妄意云眞見自體離自見相尚不可以見之名字之所能及云何更說屬乎因緣及自然等耶

後躡請廣
釋三

汝等聲聞狹劣無識不能通達清淨實相吾今誨汝當善思惟無得疲怠妙菩提路

實相無相即見無見識劣智昧無法空慧如何通達故勸善思不怠大行可庶幾矣。標爲未斷所知障法執全在實相無是非一切所執相

初承前疑請

阿難白佛言世尊如佛世尊爲我等輩宣說因緣及與自然

疏指已聞也已知眞見非是因緣及自然相

諸和合相與不和合心猶未開

述未悟也心中猶疑此見和合與不和合未得開解是一迷悶。解眞際曰前世尊責言云何復說因緣自然及和合相意顯性體非和與引阿難伸難乘勢破之而慶喜心麤謂和合等與因緣等無異故此舉之下無問而破意可知也

而今更聞見見非見重增迷悶

疏和合等義尚未明白何堪更聞見非是見斯則醉更洪飲孰能醒悟故云重增迷悶

伏願弘慈施大慧目開示我等

覺心明淨作是語已垂淚頂禮承受聖旨求法空智名施大慧目見實相理名覺心明淨此明眞見離緣絕相言思不及非二乘境界故增迷悶不承決擇孰能通曉故垂淚禮請也。標阿難疑眞見合有見妄見合無見慧目開通眼也

次總告許宣

爾時世尊憐愍阿難及諸大衆將欲敷演大陁羅尼諸三摩提妙修行路疏陀羅尼此云總持然有一字多字無字之異若指下文神咒即多字也若顯實相妙理即無字也今此所明眞覺妙心是諸三昧妙修行門之基址故若不通達而修行者皆爲邪僻故指此法爲通徹耳。解孤山曰總持即慧性也三摩提此云正受即定性也定慧均平故名妙修行是趣果之要故喻以道路也告阿難言汝雖強記但益多聞於奢摩他微密觀照心猶未了奢摩他三止也微密觀照三觀也前經家敘則先慧而後定今佛正告則先定而後慧用顯圓融上觀體無二也私謂阿難所迷心境轉細如來所示觀照愈深故曰微密

汝今諦聽吾當爲汝分別開示亦令將來諸有漏者獲菩提果疏此之妙心若欲衆生生信解者故可詮辨種種開示若欲明證親顯此境應以微密觀照奢摩他中現量所得離諸分別方爲親證故起信中說離言眞如是觀智境依言眞如是生信境此斥多聞強記不修理觀故於此境心猶未了故般若云以無所得故得阿耨菩提姑蘇曰前阿難見佛殷勤啓請十方如來得成菩提妙奢摩他三摩禪那最初方便從上宗師或以圓覺三觀釋之或用天台三止會之至於經中別請正說皆不指示至徵心已後阿難再請惟願世尊大慈哀愍開示我等奢摩他路佛言汝今欲知奢摩他路願出生死於是摩頂而告之言如來常說諸法所生唯心所現一切因果世界微塵因心成體此乃正明唯心說奢摩他也涅槃云奢摩他者名爲能滅能滅一切煩惱結故又名能調能調諸根惡不善故又名寂靜能令三業成寂靜故是名定相三昧定相與今經唯心同也阿難聞已

重復悲淚至惟願如來哀愍窮露發妙明心開我道眼如來廣辨真見此乃正說三摩提也涅槃謂毗婆舍那名爲正見了見能見徧見是名慧相真見正見名體全同三摩毗婆名異義一也

首楞嚴經義海卷第六

音釋

慴之涉切　甄之人切明察也　撮倉括切兩指取也　黷徒谷切慁也　湣正作脗弭盡切脗合也

首楞嚴經義海卷第七 經二之三

凡遇圓相即是標辭與䟽同其上文

後舉事開顯三○

○阿難一切衆生輪迴世間由二顚倒分別見妄當處發生當業輪轉

解私謂迷已爲物是名顚倒知見立知是謂分別而此分別離塵無性故云見妄妄即無明發生即見見即成業業即有苦所以輪轉爲顯妄業苦三吏非異時故日當處發生當業輪轉

云何二

○初雙標二見

見一者衆生別業妄見二者衆生同分妄見

䟽一念心動名爲分別動故有見俱無實體故云見妄此一念動無別所依只迷一眞忽然而起故名當處發生此即無明無始義也起信云以不達一法界故忽然念起名爲無明即此無明動心名之爲業動即有苦果不離因故云當業輪轉此顯無始根本無明亦名爲業亦名見妄如下文云汝見虛空徧十方界空見不分有空無體有見無覺名爲劫濁也妄見是一約人分二故有同別之名衆生望佛見無見殊又衆生妄識緣境有異故名別業如

○次雙釋能喻二

初別業三

下文云見我及汝并諸世間皆即見眚性非眚者故不名見○起信云若離業識則無見相應知未離業識則皆有見無見即眞有見皆妄故云妄見此之妄見約衆生界彼彼皆然故云同分是知妄見是一約人名異故不可將常途二業而得相配恐失經旨下文即云一病目人同彼一國彼見圓影眚妄所生此衆同分所現不祥同見業中瘴惡所起俱是無始見妄所生問阿難此疑見見非見故請開示如來何故不便直答而却廣明二種妄見耶答若不廣示妄見有見不能顯於眞見無見若據阿難所疑既名眞見合須有見如何却云見見非見若見無見應不名爲見精明元而不知寂而常照故名眞見照而常寂故非是見故佛廣約一人多人對辯眞妄見無見與應知未離無明眚病俱名有見眚病若亡彼見精眞故不名見如下細辯

○初別徵略示

云何名爲別業妄見阿難如世間人目有赤眚夜見燈光別有圓影五色重疊目喻眞見眚喻業相眚因熱氣逼成業因無明

次廣破即離二

初別破二

初破即燈即見

所動燈喻法性夜見喻妄見圓影喻五蘊斯則由不如實知眞如法一故不覺心動說名爲業以依動故能見依能見故境界妄現以有境界緣故起心分別等○標復云第八識初業相由心動爲業相轉細爲麤爲轉相境界現前爲現相三細爲妄根本○解孫山日世間人喻九界衆生目喻本具眞智燈喻本具眞理亦眚目喻妄心圓影喻妄境境謂五陰故云五色重疊私謂此別業中離通指世人意且趣舉一人爲喻至同分中方語多人耳

於意云何此夜燈明所現圓光爲是燈色爲當見色阿難此若燈色則非眚人何不同見而此圓影唯眚之觀 疏若此圓影是燈上現無眚之人應合俱見何以獨有眚人自觀餘無見者○解孤山曰非眚人喻佛界也 若是見色見已成色則彼眚人見圓影者名爲何等 疏影若從彼眚者見發其見爾時已成於影不合名見見圓影者復是何物色即影也

後破離燈離見

復次阿難若此圓影離燈別有則合傍觀屛帳几筵有圓影出離見別有應非眼矚云何眚人目見圓影 若離燈外別有圓影旁見餘物何無影出色若離見別有體者不合眚眼見於圓影几案屬筵席也

後總結

是故當知色實在燈見病爲影影見俱眚 色燈光也燈實有光不曾有影今見影者乃是青病使之然也以此而推所見之影能見之見俱爲眚病○解色實在燈理體本眞也見病爲影妄心成境也影見俱眚心境皆安也 見眚非病終不應言是燈是見於是中有非燈非見 疏見無眚病之人自然無影可緣說誰是燈是見非燈非見亦可見是了知義了知五影是眚所成則無執影之病終不說影有生處也下文云然見眚者終無見咎○解有智眚人知因目眚終不執言圓影實有故雖有眚不爲見病也譬圓初心無明雖在而達無明本自不有則無妄境可得故大經云知大

涅槃者雖有煩惱如無煩惱私謂詳夫目眚見燈之喩諸師並用法相配之未必然也今一往且順圓師所解應知如來舉此推破性執者正欲引例阿難目觀山河等皆是妄見義在下文其昭然矣

後重以喩顯二

初喩

如第二月非體非影何以故第二之觀揑所成故疏非是眞月之體又非水中之影但是捺目根識參差故見二相其實無體如彼圓影目眚所成無體可得

諸有智者不應說言此揑根元是形非形離見非見揑猶月也非形見也非見形也智人不言此月生處是形是見離形離見譯人用巧變其文耳。解上句雙是形與非形下句雙離見與非見文略而互顯也

後合

此亦如是目眚所成今欲名誰是燈是見何況分別非燈非見疏以喩顯喩合前可見。解是燈是見謂圓影由燈見而有即因緣義也非燈非見謂圓影離燈見而有即自然義也前文已破此重責之故曰今欲名誰等姑蘇曰初別業妄見目有赤眚的指轉識依無明動心能見相故燈喩藏性夜見喩妄見圓影喩五蘊以依能見故境界妄現斯乃菩薩八識妄見心外無法唯識云唯識無境界以無塵妄見起信論依於業識謂諸菩薩從初發意乃至菩薩究竟地心所見者名爲報身身有無量色等謂雖見報佛猶有見相故

後同分二

初通列外報

云何名爲同分妄見阿難此閻浮提除大海水中間平陸有三千洲正中大洲東西括量大國凡有二千三百其餘小洲在諸海中其間或有三兩百國或一或二至于三十四十五十疏水中可居曰洲三千總號閻浮中而復大者是此五天也括結量數也國域也有限域也有標此閻浮提者須彌盧南岸也大國凡有二千三百盡屬五天竺國一化佛所化之地也

阿難若復此中有一小洲秖有兩國唯一國人同感惡緣則彼小洲

後別示業緣

○後雙例所喻二

當土衆生覩諸一切不祥境界或見二日或見兩月其中乃至暈適疏兩國二土也衆生穢土以有漏識爲體煩惱造業所共感故諸佛淨土以無漏智爲體眞如淨用之所現故暈適謂日月之暈適近也近日月也珮玦玉器也妖氣近日月如珮玦之形人之所珮或環或現或玦今氣如之也彗孛飛流此皆妖星其光似箒孛孛然起絕迹而去曰飛光迹相連曰流負耳虹蜺負氣日邊如耳之有珥也雄曰虹雌曰蜺即陰陽之精氣也種種惡相但此國見彼國衆生本所不見亦復不聞所現不一故云種種皆是災惡所表前相凡夫五濁同業共感如惡相國諸佛淨土唯一清淨如不見國○標復云華嚴云衆生妄分別有佛有世界若了眞法性無佛無世界○解狐山日暈適等孟康注漢書天文志云皆日旁氣也適日將食先有黑氣之變也珮應作背聲之誤也漢書注云背形如背字玦其形如玉玦彗孛者張晏曰彗所以除舊布新也孛氣似彗飛流者謂飛星流星也孟康曰飛絕迹而去也流光迹相連也負耳者耳宜作珥聲之誤也珠在耳曰珥其狀似之通占日負氣戰氣圓氣青赤如半暈著暈上爲圓日上爲負負倚也五行志作抱珥孟康曰抱氣向日也珥形黙黑也虹蜺多在日旁雙出鮮盛者爲虹暗者爲蜺姑蘇曰同分妄見小洲兩國喻淨穢兩土淨土則無有惡相穢土則同見不

初總標

後別列二

初例合別業二

初舉喻例法二

祥此是凡夫二乘六識妄見心外有法故起信云依分別事識凡夫二見心所見者名爲應自不知轉識現故見從外來取色分齊不能盡知故二見雖殊同是妄見境界經云彼見精眞性非眚者故不名見又論云若離業識則無見相以諸佛法身無有彼此色相迭相見故方了眞見無見則無所不知無所不見名眞知見故仁王云金剛定前所有知見皆不名見唯佛頓解具一切智所有知見而得名見阿難吾今爲汝以此二事進退合明疏進例於法退例於喻互相合顯以明見與無見也○解眞際曰將同例別以別例同交互雙明故云進退阿難如彼衆生別業妄見矚燈光

初能喻燈眚二

初示妄

中所現圓影雖似前境終彼見者目眚所成眚即見勞非色所造疏妄心變起似有不眞眚病所生故非色造

後顯眞

然見眚者終無見咎若知五影因眚故見終不執影是實有體既無所見能見何立故無見咎此約喻釋見無見也○標若了知眞法性即無淨穢境也

後所喻心境二

初示妄

例汝今日以目觀見山河國土及諸衆生皆是無始見病所成疏國土衆生依正二報皆是妄念分別故有若離於念則無一切境界之相○華嚴云衆生妄分別有佛有世界若了眞法性無佛無世界○解私謂阿難目觀如別業妄見也山河國土等如燈光圓影也見病如目眚也以法言之即黎耶識能見相分以惑言之正屬無明

後顯眞

見與見緣似現前境元我覺明疏見之與境皆如空華本無所有故云似現前境此見及緣元是菩提妙淨明體故云元我覺明○解上云雖似前境終彼見者目眚所成喻無明成事也今云似現前境元我覺明示眞如不變也法喻乎顯旨在茲明

後重釋結酬二

初寄喻重釋

見所緣眚覺見即眚疏覺猶見也若見實有所緣之境及能緣見皆是眚病以能所緣如空華故或可見與見緣已俱是眚若起覺智覺此二空此能覺者亦是眚也圓覺亦云依幻說覺亦名爲幻○標能見所緣俱是心病若起覺妄之見亦是病也○解見謂能覺之智所緣即眚即見與見緣皆喻於眚覺見即眚者此能覺之見亦即是眚以隨分覺未得究竟覺時所有眞智帶無明故猶屬於眚本覺明心覺緣非眚疏此顯眞覺妙明非生非滅遠離一切虛妄顛倒湛然常住故非眚也言覺緣者覺之緣由行相也如前文云誠如法王所說覺緣遍十方界等○標此顯眞覺妙明之緣應物而照故非對待之眚病○解釋成上義何故覺見即眚以本覺性中覺之與緣融融一體非如眚人見有能所覺所覺眚覺非眚中疏此雙結眞妄也若起能覺覺於所覺俱是眚病眞覺之體非能所中故云覺非眚中此

實見見解覺所覺眚重牒上見所緣眚但變其文耳覺非眚中等者指上覺見即眚若離於眚此覺方是眞實見見前文云見見之時見非是見言猶總略故委論之云何復名覺聞知見疏此無能所本覺明心名爲見見以寂而常照照而常寂故於此豈名見聞知等然一切衆生自無始來由見聞知以爲病本分能立所顚倒從生今聞非見頑乖先志於是迷悶由此廣示妄故有見眞元無見是故指云此實見見云何可立覺聞知見圓覺經中無知覺明正同此也。解顯其離妄亦責其未悟也然佛所說二種顚倒分別見妄者由前阿難云世尊爲我宣說因緣及與自然等心猶未開是故廣示別業同列所見之相皆是虛妄此即重破因緣自然二種之執也又阿難云而今又聞見見非見重增迷悶故今再示覺非眚中此實見見也悶此文者當曉大途

後寄喻結酬

後例合同分二

是故汝今見我及汝并諸世間十類衆生皆即見眚非見眚者解此亦阿難不是見眚非病之人彼見精眞性非眚者

初舉喻例法二

故不名見疏分別彼此生佛依正皆屬見妄無見妄者說不名眞精故此眞精無境可見故不名見如前觀燈有圓影者皆屬於眚見若無眚說名淨眼此眞淨眼無影可見故不名見此則結酬前問見非是見也。標非見眚者即了眞法性也。解若彼見性無眚之人不見有世間之相

初能喻一多理齊

阿難如彼衆生同分妄見例彼妄見別業一人一病目人同彼一國上文云吾今爲汝以此二事進退合明義見於此如彼衆生等進同例別也一病目人等退別例同也問何故作此例耶答由別業中引目眚爲喩顯妄則易以因皆見影人皆知虛故同分中引瘴惡爲喩顯妄則難以因瘴覩相事皆如實故佛意欲彰同分之妄悉如別業之妄故有進退合明之說彼見圓影眚妄所生此衆同分所現不祥同見業中瘴惡所起疏一人所見與多人同由眚病故見圓影出由瘴惡故感災祥起瘴即病也將有惡病預見此事俱是無始

見妄所生 約法雙結汝及衆生一多雖殊分別世間業果衆生更無有異斯則俱是無始無明分別見妄反顯眞心本非見也。解孤山曰病目瘴惡雖是引喻而實能喻即是見妄以一切世間虛實分別無非妄故如此解者豈於能喻事小別求所喻法耶私謂雖能喻皆妄然目喻之法要顯阿難一人及閻浮提乃至十方衆生安見咸爾又同業中瘴惡之妄猶易可知諸有漏國及諸衆生虛妄病緣其實難信是故經文從狹至廣以易例難次第發明展轉相濟也如此姑蘇曰同分妄見謂凡夫二乘六識妄見別業一人謂菩薩八識妄見以八識病目一人同一國六識妄見故云彼見圓影眚妄所生八識眚病也此衆同分所現不祥同見業中瘴惡所起六識三毒所感也俱是無始妄見所生六八雖殊同是妄見

後所喻心境俱妄

例閻浮提三千洲中兼四大海娑婆世界并洎十方諸有漏國及諸衆生同是覺明無漏妙心見聞覺知虛妄病緣和合妄生和合妄死

疏從一衆生止十方衆生以少及多若依若正皆由不了一法界相。於無漏心忽起見妄而分見聞覺知以爲虛妄病緣遂見一切差別境界生之與死俱不離妄故云和合和合者不相離義也故下文云見聞如幻翳三界若空華起信亦云三界虛偽唯心所作離心則無六塵境界。解眞妄和合故有生死偏言妄者眞如在迷也

後息妄歸眞

若能遠離諸和合緣及不和合則復滅除諸生死因圓滿菩提不生滅性清淨本心本覺常住 疏三相應染名爲和合三不相應名不和合此是麤細妄念起信名爲染心是生死本輪迴之因若能遠離即滅生滅生滅既滅寂滅現前菩提涅槃二轉依果於斯成就故云圓滿即同起信遠離微細念故得見心性心即常住名究竟覺。解不和合者有似自然下文所破其義碩異

四破和合非合疑二

初牒前未曉

阿難汝雖先悟本覺妙明性非因緣非自然性而猶未明如是覺元非和合生及不和合 疏前文叙云諸和合相及

不和合心猶未開故今牒也然因緣自然和合非和合義雖無別詮言有殊故隨一門一一偏破以世間人説能證智是菩提心假因仗緣和合而生其所證理名爲涅槃不從因緣但了因所了一向偏執有爲無爲二性全別不知如來常依二諦説法遂成戲論皆障一眞法界能所宛然微細法執故今破之○解眞際曰前破因緣文末佛訶阿難言云何復説因緣自然及和合相意欲憂喜難問和合不和合義次第破之而喜慶不覺但叙云心猶未開重增迷悶今廣示既畢故無問而説

後別破疑情二

初破和合疑二

初指出疑情

阿難吾今復以前塵問汝汝今猶以一切世間妄想和合諸因緣性而自疑惑證菩提心和合起者疏執方便教依安立説遂疑勝義一眞菩提從和合有生住異滅是無常性即違淨名寂滅是菩提滅諸相故乃至無爲是菩提無生住異滅故○解私謂菩提心者即覺性也上文云而猶未明如是覺元非和合生等古人以佛果菩提解者謬矣

後正破和合二

初破和二

初總徵

後別破二

則汝今者妙淨見精爲與明和爲與暗和爲與通和爲與塞和疏見若是和和必從境故舉此四境總而徵之

初就明推破四

一明見相雜何形

若明和者且汝觀明當明現前何處雜見見相可辯雜何形像明屬前境見屬內心齊何處所而論其雜見之與相目擊可辯若其相雜作何形像

二若見不見非理

若非見者云何見明若即見者云何見見若此雜相不可見者應亦不見明相云何現見於明若此雜相即可見者雜中有見應合見見○解孤山曰若言明非是見故不可説其相雜形像者故破曰云何見明若言明即是見名相雜者故破云何見見

三互徧失其和義

必見圓滿何處和明若明圓滿不合見和疏若一切處徧是於見則無明相可和若一切處總是於明則無有見可雜○解圓滿猶云周徧也若見自周徧則無明

可雜若明自周徧則無見可雜

四俱妄立理不成

見必異明雜則失彼性明名字雜失明性和明非義疏心境不同能所殊體故云必異明見若雜各失其義明則非明見亦非見二義既失名字亦亡猶如微塵與水相和但名泥團不名塵水明見既失將何名和故云非

後略例餘塵

義也○解性請見性見被明雜豈得名見明被見雜豈得名明和雜既失明性兩名則知謂見和明不成義理故云和明非義

後破合二

彼暗與通及諸群塞亦復如是疏明相既爾餘境亦然

初總徵

復次阿難又汝今者妙淨見精爲

後別破二

與明合爲與暗合爲與通合爲與塞合和則如水雜塵合則如函與蓋故成二門

初就明推破二

若明合者至於暗時明相已滅此

初正推破

見即不與諸暗合云何見暗見與明合暗相現前明相必滅既與明合應隨明滅不應見暗設使不滅亦不見暗以此不與諸暗合故合即有見不合無見如鼻聞香

後破轉救

若見暗時不與暗合與明合者應非見明既不見明云何明合了明非暗彼若救云我此見性雖不與暗合無妨見暗斯有何失故此牒云若見暗時不與暗合隨即破云與明合者應非見明若許不合有見即應合必無見復云何言見與明合了明非暗故知見明而無合義和合見性既而不成菩提證心因和合有從茲破矣

後略例餘塵

彼暗與通及諸群塞亦復如是如文

後破非和合疑二

初述所解

阿難白佛言世尊如我思惟此妙覺元與諸緣塵及心念慮非和合耶由前破菩提心不從因緣和合而得便計離緣別有體性執菩提心有別異相從分別生還成法執障一真性故今破之淨名云當令此諸天子捨於分別菩提之見○解真際曰若和合不成即非和合形對必然故也此計真妄二法了不相觸名非和合私謂中論破計不出四性謂自他共無因也初破自然即無因也次破因緣即自

他共也。如以明暗空塞推於因緣正約他性。又阿難所執空明心眼四種因緣。空明即他。心眼即自。又佛說同別二種見境。見亦自也。境亦他也。既有自他。必合共性。但由共性難破。是故更作和合而說。然則非和合義。亦從自他開出。為防末習委曲推揚耳。問此與前七處推心四性何別。答七處四性都未涉真。但破第六識心分別校計。今自然等皆依覺性破妄顯真。徵審觀照。於茲見矣。

後破所計二

初破非和二

初牒計總徵

佛言汝今又言覺非和合吾復問汝此妙見精非和合者為非明和為非暗和為非通和為非塞和疏此總牒別徵如文可解

次就明推破二

若非明和則見與明必有邊畔汝且諦觀何處是明何處是見在見在明自何為畔若見明時明見不和明之與見應分邊際汝今細審於見於明齊何處所而論邊畔

初非和宛成其畔

阿難若明際中必無見者則不相及自不知其明相所在畔云何成如或定不相和見應緣明不及尚自不知明相約何以分畔義

後不及畔義全乖

後略例餘塵

彼暗與通及諸群塞亦復如是

後破非合三

又妙見精非和合者為非明合為非暗合為非通合為非塞合疏四義徵疏。解非和約體不相入故以際畔推之非合約性自差別故以乖角破之是則和親而合疏

初總徵

若非明合則見與明性相乖角如耳與明了不相觸見且不知明相所在云何甄明合非合理疏若見明時不與明合明見二性應相乖異如牛之角敵對各立曾不相應亦如耳根對於明緣何曾相觸耳但聞聲不緣明故若以此例見須不知明相所在若無明相亦不顯見明見既無如何分別合與非合二種義耶○解孤山曰乖角若角謂隅也物在隅則不相對性既乖角何殊以彼耳根對此明境故云如耳與明等

次別破

後例餘塵

彼暗與通及諸群塞亦復如是

疏已上破妄顯真唯約心見二門歷緣對境以辯雖有會通止就一門而顯次下備約三科七大一切法上即妄顯真即相顯性廣斥世間虛妄分別說有因緣及自然性而不知生滅去來本如來藏豈唯心見是藏性耶故次前段有此文來文三姑蘇曰此正說禪那也涅槃謂之憂畢又名曰平等亦各不諍不觀不行是名捨相不見定慧異相故名捨相今經心見平等唯一真性清淨本然周徧法界體相同也然阿難示迹病因心目故如來正就病根發藥對治顯示三觀破妄心顯真心破妄見明真見破幻相顯真性妄盡真發心見性圓藥病俱亡真常獨露四悉檀義可以意洋

後總約諸法以會通四

初正就三科顯性二

阿難汝猶未明一切浮塵諸幻化相

總指諸相前文雖說眼之一門顯真見體離緣絕相非生非滅略會見之與緣元是菩提妙淨明體而未明三科諸法皆如幻化故此指也虛假不實汙染真性故曰浮塵假託虛偽妄設情名稱幻無而忽有畢竟無體稱之曰化

當處出生隨處滅

初會緣稱相以總標四

一總指咸真

盡幻妄稱相其性真為妙覺明體

此諸幻相本無所依但是迷真忽然而起故云當處出生生而無生本自寂滅故云隨處滅盡○楞伽經云一切法不生我說剎那義初生即有滅不為愚者說中論云諸法不自生亦不從他生不共不無因是故知無生彼之無生即此無滅盡也以妄見取似有浮相畢竟無體猶如幻事故云幻妄稱相無體之處元是菩提妙覺明性故云其性真為妙覺明體問幻相不實畢竟無體為何得復云其性真為妙覺明體答譬如空華由依翳病觀空故有離空無別華相空華雖無自性然以虛空為所依體若病無差華相雖滅空性不滅諸法性相亦復如是幻滅相空真性不動問若如是者斯則真如即萬法萬法即真如何得一體立真立妄答亦如空華瞖者妄見若無翳目唯見晴空而無華相故知萬法雖真唯證乃知非是識心之所能見以凡夫人心識麤動唯見世間麤動之相執此麤相為相所礙不見真性故前文云迷已為物故於是中觀大觀小故今廣破執喪空明因茲悟入佛之知見故華嚴云一切法無生一切法無滅若能如是解諸佛

常現前前文亦云若能轉物即同如來皆斯義也○解資中曰浮虛不實塵翳真性故曰浮虛當處出生隨處滅盡謂刹那不相到也此刹那性亦不可得前雖總明真性離緣絕相而未別明一切浮塵諸有境界皆如幻化故二乘人雖知無我仍計五陰等法實有體性諸小菩薩未得空色一如是名法執此下廣破也私謂二乘非不破法菩薩非無有我一往分配斯亦可然原夫阿難目觀勝相心生愛樂於是發心願捨生死中間所破若心若見莫不爲除心目之安也須知此妄正是阿難所執之我我以主宰爲義即屬見惑人執之相雖云初果斷見但是通惑巳盡別惑未亡故前之所破皆是迷如來藏無始無明必不可以凡夫見惑爲類人執既爾法執例然若於浮塵諸幻化相了如來藏此如來藏亦是法相苟有所執豈曰真常故下文云性真常中求於去來迷悟生死了無所得分別性相略如初卷

二別列諸妄

如是乃至五陰六入從十二處至十八界因緣和合虛妄有生因緣別離虛妄名滅

疏諸法名數不能盡言但舉三科自攝一切故云乃至三科者謂蘊處界今於處中別出六根故有六入此之三科乃是世間虛妄分別幻因緣合假名爲生幻因緣離假名爲滅實無有體可生可滅 解孤山曰諸經皆列〻科謂陰處界三對愚根樂各有三故而今有四更加六入秪是破十二處中內六處耳隨機增減何必定三此並色心開合之殊廣上浮塵諸幻化相也

三斥迷圓實

殊不能知生滅去來本如來藏常住妙明不動周圓妙真如性

疏殊不知者斥其異乎能知也一切諸法本自不生今則無滅非三世法故無云來生滅去來既不可得如來藏性元自常住本不曾動○周徧圓寂然生迷倒爲物所轉殊不覺知是迷圓實也○解此明九界即見佛界迷故不知一一界中咸具陰等而此妄相即是真理故無生滅去來等相如來果稱果有三身而因理含攝名之爲藏非去來今故常住即寂而照故妙明即照而寂故不動三一互攝故周圓體非妄僞故真如隨緣不變故名性

四結顯超情

性真常中求於去來迷悟生死了

後破執顯眞以別釋四△

△初破五陰二

初總徵

後別破五

初色陰三

初寄喻總標

無所得疏了畢竟也迷悟生佛也亦眞妄也生佛眞妄去來生死一切對待情謂故有一眞如性尚無此名況有諸法對待相耶情忘體現畢竟無得○解此明佛界圓理無二邊相也私謂去來是業迷悟是惑生死是若言性眞常中無三道流轉也問既稱爲悟復何名惑答因中所悟帶無明故如前文云覺見即眚豈非惑乎

阿難云何五陰本如來藏妙眞如性疏梵云塞健陀此云蘊古翻爲陰蘊是積聚陰是蓋覆積聚有爲蓋覆眞性此陰有五攝有爲盡前文總標乃至五陰等皆如來藏今此別徵逐科推撿令知虛妄本非因緣及自然有元是藏體妙眞如性

阿難譬如有人以清淨目觀睛明空唯一睛虛迥無所有喻眞性本空也目喻智空喻理以果海無別色聲唯如如理及如如智獨存○解孤山曰淨目況本具眞智睛空況本具眞理唯一睛虛即理智一如也迥無所有絕九界妄色也其人無故不動目睛瞪

次約喻廣破二

初標無生

後破生處

以發勞則於虛空別見狂華復有一切狂亂非相解其人喻衆生也背眞合妄故曰無故不動目睛妄心取著也瞪以發勞妄惑潤業也於妙性中現九界色故曰於空見狂華等色陰當知亦復如是疏喻迷眞起妄故事也瞪直視貌不由別事只因自不動目直視於空目睛勞倦遂見華相或見毛輪第二月等故云一切色陰亦爾以不如實知眞如法一故不覺動念現六塵境即色陰起也

阿難是諸狂華非從空來非從目出空元無華妄見生起說誰出來眞元無色妄分質礙復何從所

如是阿難若空來者既從空來還從空入若有出入即非虛空空若非空自不容其華相起滅如阿難體不容阿難破空生也見華既從空生不見應從空入空無內外何出入之有設有出入即是實色不合名空既非虛空云何華出見實物時無華生故如阿難體是其實色見汝體時豈更容

有阿難出耶○解譬空有實體則不容空華若目出者既從目出還從目入即此華性從目出故當合有見眼既有見華亦應見若有見者去既華空旋合見眼若無見者出既翳空旋當翳眼又見華時目應無翳云何睛空號清明眼疏此下破目出如人從屋出必有入目既有見能出於華華應有見從目出去能華於空自空歸目合見於眼若此華性雖從目出而無有見斯但爲翳既從目出去翳虛空歸目之時應合翳眼若汝執言實不成翳無妨見華既無翳目而能見華見睛明空應是翳眼云何見空號清明眼○解重約華從眼出破也若以無翳見有空華則見無空華復是何眼

後結成虛妄

是故當知色陰虛妄本非因緣非自然性疏華無所出色陰不生本妙眞常何曾起滅而有說爲因緣自然者眞爲虛妄○解資中曰若知華相即空則顯色陰本

二受陰三

初寄喻總標

如來藏

阿難譬如有人手足宴安百骸調適忽如忘生性無違順疏喻一眞也宴靜調和適悅也骸體也忘生忘形也身肢安靜恬然暢適而無苦樂二境相過忽然如其無形一般斯蓋但以捨受相應不覺此形之有生也李陵云每一念至忽如忘生法中可知○解喻眞性寂然也其人無故以二手掌於空相摩於二手中妄生澀滑冷熱諸相妄本無因故云無故眞妄和合如二手相摩領納違順如妄生澀滑

次約喻廣破二

受陰當知亦復如是疏喻起妄也妄本無因故云無故眞妄和合如二手相摩阿賴耶識變起世間故云生澀滑等或可二手及空喻根境識三和合生觸觸明是受因從此根境識故知受陰無妄念迷眞和合假託而生故下經破之○標手足宴安喻一眞無爲也

初標無生

阿難是諸幻觸不從空來不從掌

出 疏冷暖本無手合故有故云幻觸○受陰不實妄緣假生故無來處

後破生處

○如是阿難若空來者既能觸掌何不觸身不應虛空選擇來觸 疏破空生也虛空平等無所不在豈能選擇不觸乎身而觸於掌 若從掌出應非待合 疏已下破掌出若此澀滑從掌而出掌未合時何無澀滑 又掌出故合則掌知離則觸入臂腕骨髓應亦覺知入時蹤迹必有覺心知出知入自有一物身中往來何待合知要名為觸 疏若汝執言掌雖生觸須待合時此觸方出若爾合既觸出離應觸入若觸入時所經之處應亦覺知觸入蹤迹若實覺知觸常在體應須常覺何待合知○標又掌出故者破轉計也

後結成虛妄

三破想陰三

○是故當知受陰虛妄本非因緣非自然性 疏既知幻觸能生於受推其觸性都無故知受陰虛妄也

初寄喻總標

○阿難譬如有人談說酢梅口中水出思蹋懸崖足心酸澀想陰當知亦復如是 疏想謂取像想像不實從虛妄有故以說酢水生思崖酸起為喻因說想酸因思想峻故有水酸以想喻想近取譬耳 酢與醋同

次約喻廣破三

初標無生

○阿難如是酢說不從梅生非從口入 疏以水喻想今推酢說既不有水從何生

次破生處

○如是阿難若梅生者梅合自談何待人說若從口入自合口聞何須待耳若獨耳聞此水何不耳中而出 疏因人說梅梅何有說故非梅生若因人說水便口有流口既流水應合聞說何用耳聞口若不聞唯耳聞者耳既聞說亦合流水故云此水何不耳中流出說不得梅梅不至口耳自聞說水却口流說梅與水二俱叵得

後類思崖

想蹋懸崖與說相類類說應云如是崖想不從崖生不從足入若崖生者崖合自思何待人想若從足入足應有思何須心想若獨心思此酸只應心中自有何以足心却有酸澀

後結成虛妄

是故當知想陰虛妄本非因緣非自然性說酢思崖水酸形體想像虛僞能所俱空元是菩提妙覺明性何因緣自然之有耶

四行陰三

初寄喻總標

阿難譬如暴流波浪相續前際後際不相踰越行以遷流造作爲義剎那無常念念遷謝生死死生如旋火輪無有休息故以暴流波浪相續無踰越義以爲喻也行陰當知亦復如是解孤山曰前念滅後念生後不至前故云不相踰越

次約喻廣破二

初標無生

阿難如是流性不因空生不因水有亦非水性非離空水疏即空即水離空離水求暴流體俱不可得行陰亦爾本無生處

如是阿難若因空生則諸十方無盡虛空成無盡流世界自然俱受淪溺破空生流也流從空生空體常在流應常生虛空性徧流亦應徧斯則但見暴流應無世界又如何分水陸空行耶

後破生處

若因水有則此暴流性應非水有所有相今應現在破水生流也流從水生水與暴流兩體應異水爲能生流爲所生如樹生果果不是樹二俱現在今且不然如何因水耶○解資中曰若因其水別有流性因果性別則暴流性不應是水能有是水所有是流二相若殊俱應現在若即水性則澄清時應非水體疏破流即水也流相漂動水相澄清若此漂動便是水相者至澄清時應非是水暴流漂動已是水故若離空水空非有外水外無流破離空離水也離空有流空且無外何離之有若離水有水外求波故應非理流既無生行陰元寂

後結成虛妄

是故當知行陰虛妄本非因緣非自然性如前可解

五識陰三

初寄喻總標

阿難譬如有人取頻伽缾塞其兩孔滿中擎空千里遠行用餉他國識陰當知亦復如是頻伽好聲鳥缾形似彼識陰無形在有情身如缾盛空遠餉他國者阿賴耶識爲業所使隨處受生此陰若滅彼陰續生如人擎空遠餉千里死有至時諸根不通如塞兩孔○標第八識是三界生滅根本○解私謂法句經云精神居形內猶雀藏缾中缾破雀則飛去矣今以人喻業以缾喻身以空喻識八擎缾空而行猶業持身識而去他國者六道依報也

次約喻廣破二

初標無生

阿難如是虛空非彼方來非此方入疏虛空非出入喻識無往來既無往來將何以爲識而了別耶○解孤山曰非從彼方來入此力

如是阿難若彼方來則本缾中既貯空去於本缾地應少虛空若此方入開孔倒缾應見空出疏彼方缾來此方也名本缾地空若彼方來於此方本缾來處應少虛空本處既無所少應知非彼方來缾倒之地名爲此方若此方空入於缾內先合見空從缾而出方知空入出空既無入空何有空既無出入何曾往來○又此方入者入此方也其文易解○解若缾盛空從彼入此何故彼方不見空少此方不見空出

後破生處

後結成虛妄

是故當知識陰虛妄本非因緣非自然性疏可解○標空無出入識陰不生本妙真常何曾起滅如執因緣自然者皆是虛妄也

首楞嚴經義海卷第七經第二終

音釋

暈音運　適音責　珮蒲昧切　玦古穴切　彗祥歲切　孛蒲沒切星名　箒之九切　虹音洪　蜺音倪　珥仍吏切　碩常隻切大也　酢倉故切與醋同　蹋徒盍切踐也　餉式亮切饋餉也

首楞嚴經義海卷第八 經三之一

凡遇圓相即是標辭與疏同其上文

△二破六入二

初總徵

○疏第二破六入梵語鉢囉吠奢此云入亦云處境入之處也亦是識生處故然根境二法俱識生處今分六根別破故獨以根爲入也文二

後別破六

復次阿難云何六入本如來藏妙眞如性 如五蘊初解

一眼入三

初標其無體二

阿難即彼目睛瞪發勞者兼目與勞同是菩提瞪發勞相 借前色陰中見華瞪目以爲喻也目睛喻覺性瞪發勞喻妄念忽生兼目與勞等者即此眼根能結所結起不離眞故云同是菩提經文語略若細論之即淨目喻覺性因瞪發勞喻無明不了故成念動由發勞故見空中華喻由念動故現妄境界及根身等兼目與勞下約喻指法也目即無明心勞即所現根境及能見心此之心境及與動念俱是菩提性中無明勞相無體可得虛妄發生猶如瞪目見空中華俱爲勞也○標安不離眞故云同是菩提○解私謂前色陰中譬如目睛瞪以發勞則於虛空別見狂華等相蓋以目喻眞以勞喻妄以華喻色今指前說故云即彼目睛等兼目與勞下斯取前文能喻之根便爲此中所喻之法以彼勞目正是眼入虛妄之相當知眼入乃至意入皆如空華故六入文並云同是菩提瞪發勞相問何不直就根塵推破見性而須指前勞目之事乎答夫根塵徧迷悟必從要故指凡夫易解之妄事用開阿難未了之執情向下塞耳閉聲畜鼻覺觸例之亦如是

初舉喻顯妄

後約塵辯無

因于明暗二種妄塵發見居中吸此塵象名爲見性此見離彼明暗二塵畢竟無體 疏既因動心現妄境界於此妄境界成根塵乎爲對待相形而立本無自性體不可得○下文云由塵發知因根有相相見無性同於交蘆故云因于明暗發見居中塵既發根根還取境根境既備方成見性故云吸此名見性等既因耳境而得名見故知此見從影象生象喻塵也起信云猶如明鏡現於色像現識亦爾隨其五塵對至即現明暗尚如影象無體可得況於發見

次破成無相二

而有體耶故云離彼無體○解由塵發見故名眼入離塵無性是識虛妄也皆放此

初標無生

如是阿難當知是見非明暗來非於根出不於空生

疏前文雖云因于明暗爲顯根性本無假他而有就妄分別而似有因今以四處推窮體無生處故此標也

後破生處

何以故若從明來暗即隨滅應非見暗若從暗來明即隨滅應無見明若從根生必無明暗如是見精本無自性若於空出前矚塵象歸當見根又空自觀何關汝入

初破境生境中自有明暗相背因明即不見暗以暗時無明見隨明滅故因暗反此次破根生根生即不假明暗明暗不來根無自性此中言根生者以自望自非謂破識亦可勝義望世俗根故云根生次破空生若言虛空能生勝義在浮塵內進既觀象退應觀根○又空中自能有見何關汝之根

後結成虛妄

是故當知眼入虛妄本非因緣非自然性

如前所解

二耳入三

初標其無體二

初舉喻顯妄

阿難譬如有人以兩手指急塞其耳耳根勞故頭中作聲兼耳與勞同是菩提瞪發勞相

耳喻真性手喻無明真妄和合名塞動念初起名勞由念動故境現如頭作聲兼耳與勞下此之動念與妄境界能結之心所現之境皆是菩提性中無明勞相此中塞耳同彼直視故亦言瞪○解言譬如者此以假設其事曉訓今悟故云譬如非取比況之義也下文亦爾往人一向作比況而解乃謂耳鼻等皆言瞪者蓋借眼根直視之貌若明今意朱紫自分

後約塵辯無

因于動靜二種妄塵發聞居中吸此塵象名聽聞性此聞離彼動靜二塵畢竟無體

疏塵既發根根還取境根境相待聞始得成故此耳根離塵無體○標因由動靜塵境發聞知之性也○

解孤山曰耳聞動靜猶目見明暗也諸經所説對聲有聞緣明有見今文了義靜亦名聞暗亦名見鼻聞通塞意知生滅例亦如是

次破成無相二　初標無生

如是阿難當知是聞非動靜來非於根出不於空生標此聞性非根境空三處生也

後破生處

何以故若從靜來動即隨滅應非聞動若從動來靜即隨滅應無覺靜若從根生必無動靜如是聞體本無自性若於空出有聞成性即非虛空又空自聞何關汝入疏先破境生境有動靜聞一則不聞一以隨能生有生滅故次破根生不假動靜聞亦無故後破空生空若有聞自成於根又空自聞豈干于耳

後結成虛妄

是故當知耳入虛妄本非因緣非自然性

三鼻入三

阿難譬如有人急畜其鼻畜久成勞則於鼻中聞有冷觸因觸分別

通塞虛實如是乃至諸香臭氣兼鼻與勞同是菩提瞪發勞相鼻喻臭性外風喻無明畜謂縮氣喻真妄和合勞喻心動冷觸香臭喻妄境餘文如前

初標其無體二　初舉喻顯妄

後約塵辯無

因于通塞二種妄塵發聞居中吸此塵象名齅聞性此聞離彼通塞二塵畢竟無體釋如前文○標通塞是鼻家境

次破成無相二　初標無生

當知是聞非通塞來非於根出不於空生疏通塞根空俱無生處

後破生處

何以故若從通來塞則聞滅云何知塞如因塞有通則無聞云何發明香臭等觸若從根生必無通塞如是聞機本無自性若從空出是聞自當迴齅汝鼻空自有聞何關汝入先破境生通塞互破可知發明顯了也次破根生根生則

無境無境則無根由塵發知故機亦根也次破空生前則聞境歸則齅根空自聞香汝鼻何用○解私謂機者弩之牙也根有發聞之義故取譬之

後結成虛妄

是故當知鼻入虛妄本非因緣非自然性

四舌入亍

初標其無體二

初舉喻顯妄

阿難譬如有人以舌舐吻熟舐成勞其人若病則有苦味無病之人微有甜觸由甜與苦顯此舌根不動之時淡性常在兼舌與勞同是菩提瞪發勞相疏舌根不動喻真性吻喻無明舐喻真與妄合勞即念動念動故境生如甜苦淡問甜苦由勞故生可喻妄境淡是舌根不動合喻於真爲何喻境答元來不動可以喻真今以由動故顯不動既是形待故成妄矣如下云言妄顯諸真妄真同二妄餘如文

因甜苦淡二種妄塵發知居中吸此塵象名知味性此知味性離彼甜苦及淡二塵畢竟無體標甜苦因動而有顯於不動淡性常存

後約塵辯無

如是阿難當知如是嘗苦淡知非甜苦來非因淡有又非根出不於空生四處本無

次破成無相丁

初標無生

後破生處

何以故若甜苦來淡則知滅云何知淡若從淡出甜即知亡復云何知甜苦二相若從舌生必無甜淡及與苦塵斯知味根本無自性若於空出虛空自味非汝口知又空自知何關汝入疏從境從根從空亦如前釋虛空自味者味猶嘗也○標若甜苦來破境生若從舌生破根生

後結成虛妄

是故當知舌入虛妄本非因緣非自然性

五身入三

初標其無體二

初舉喻顯妄

阿難譬如有人以一冷手觸於熱手若冷勢多熱者從冷若熱功勝冷者成熱如是以此合覺之觸顯於離知涉勢若成因于勞觸兼身與勞同是菩提瞪發勞相 疏二手喻真妄合喻真妄和合真有不守自性隨緣成根境等如隨冷熱緣成冷熱手問二手之中何手喻真答以勢劣者喻真思之餘如文

後約塵辯無

因于離合二種妄塵發覺居中吸此塵象名知覺性此知覺體離彼離合違順二塵畢竟無體 標違順二塵者因離合有違順也

次破成無相二

初標無生

如是阿難當知是覺非離合來非違順有不於根出又非空生 離合違順根境俱無生義方顯妙真如性

何以故若合時來離當已滅云何覺離違順二相亦復如是若從根生必無離合違順四相則汝身知元無自性必於空出空自知覺何關汝入 疏破境生更約違順二相廣其道理例前離合次根生空生皆如文○標合離根空了不可得

後破生處

後結成虛妄

是故當知身入虛妄本非因緣非自然性

六意入三

初標其無體二

阿難譬如有人勞倦則眠睡熟便寤覽塵斯憶失憶為忘是其顛倒生住異滅吸習中歸不相踰越稱意知根兼意與勞同是菩提瞪發勞相 疏人喻真性本自覺故勞倦則眠喻無明迷真性不了故睡熟喻動念現境謂睡故成夢具心境心喻業轉境喻現相寤喻夢事識事識取所現境分別染淨不了自心所現見從外來如憶夢中之事不得明了故云覽塵斯憶失憶為忘也○已上總指生滅結成

初舉喩顯妄

意根夢中現境因睡故有脱體是假既睡寤已不了假有覺而憶想謂是眞實名爲顛倒生住異滅寤寐憶忘皆生滅也法中亦爾動心現境已是虚妄事識不了現境假有名爲顛倒境與分別前後託替念念移易名生住異滅覺此生滅全歸意根熏習不斷念念分別名意根耳能分別意所分別境皆是覺性之中無明勞相○解寤則覺塵斯憶睡則失憶爲忘又睡中有夢寤中有忘皆是覺塵失憶之相憶之則生忘之則滅下文云因于生滅二種妄塵也以妄對眞即是顛倒此二妄塵復爲生住異滅四種細相念念遷流吸習此相中歸意根四相剎那前後不雜故曰不相踰越

後約塵辯無

因于生滅二種妄塵集知居中吸攝內塵

疏集聚也中猶內也吸攝皆取也由生滅境引發集聚內覺知性此之覺知常取生滅於內分別非同前五照外境界故名內塵以意根內緣不緣外故即前文中聚緣內搖也

見聞逆流流不及地名覺知性此覺知性離彼寤寐生滅二塵畢竟無體

次破成無相二

初標無生

揀異前五也逆流猶返緣也地處也前五但順取外境不能返緣內塵名此內塵爲緣不及處此不及處唯意根合即此合處爲意知根○標復云此覺知性離彼色香等五塵畢竟無體○解孤山曰前舉四相今唯二者以生攝住以滅收異而且以憶者爲生忘者爲滅內塵法塵也見聞逆流者以憶故則能逆緣落謝五塵即覽塵斯憶也流不及地者以忘故則成緣於思不及處即失憶爲忘也又解眼等五根但緣現境唯意知根能緣過去乃是入五根不及之地雖通兩釋前義爲正

如是阿難當知如是覺知之根非寤寐來非生滅有不於根出亦非空生

後破生處

何以故若從寤來寐即隨滅將何爲寐必生時有滅即同無令誰受滅若從滅有生即滅無誰知生者若從根出寤寐二相隨身開合離

斯二體此覺知者同於空華畢竟無性若從空生自是空知何關汝入

疏先約寤寐次約生滅法喻雖異俱破境生皆互有互亡也次破根生意根無相約寤寐顯寤能思察寐則成夢知是意根今破寤寐自是身之開合非干意根列子云其寤也形開其寐也形交交即合也莊子亦云其寐也魂交其覺也形開意云寤寐無體自隨於身非是意根應知意根畢竟叵得若從空生故爲不可○解資中曰寤寐二相自是形之開合汝覺知性則無別體故云同於空華

後破成虛妄

三破十二處二

是故當知意入虛妄本非因緣非自然性

疏三破十二處此則正破境也文二

初總徵

復次阿難云何十二處本如來藏妙眞如性

前已總標今別徵起以顯藏性

阿難汝且觀此祇陀樹林及諸泉池於意云何此等爲是色生眼見眼生色相

處以生門爲義六根六境是識生處根已前破

後別破六

今正破境然亦以根相對而破故雙問色生眼生等也○解私謂初五陰中以喻比法用破執情次六入中指假設事顯其妄相今十二處乃至七大即於現前見聞之境及近所目擊者示其藏性是則經文從踈泊親去假就實善巧開發之意了然可別矣

一眼色處二

初舉事以徵

阿難若復眼根生色相者見空非色色性應銷銷則顯發一切都無色相既無誰明空質空亦如是

疏破根生境也初二句牒見空非色下破境有色空今以色空相對而破此破色也若見空時則無有色根既生色名爲色性應合銷亡能生既亡所生何有故云顯發一切都無此則空現色銷也色相下有二義一空不自顯由色所顯今既無色從誰顯空又能生根同是色法色相既亡根亦隨滅根既巳滅復欲將何以了空質此則空無色顯也空亦如是者例破空生色行相如色○解此以根爲能生色爲所生若見空時所生之色既銷能生之根亦滅故云銷則一切都無色相既無喋前義也誰明空質責其失也若謂色銷根滅其誰明見空

之體質乎空亦如是應云若復眼根生空相者見色非空空性應銷等若復色塵生眼見者觀空非色

次隨計牒破

見即銷亡亡則都無誰明空色疏破境生根也初二句牒觀空下破此亦色空相對而破此破色也色既生根觀空之時色已銷滅從誰生根而了於空又色能顯空見空之時色已銷滅從誰顯空下色之一字義含空能生見例色應知單破雙結妙盡譯旨○解此以色爲能生見爲所生若觀空時能生之色既銷所生之見亦滅故云亡則都無例前應云見性既無誰明空質空亦如是此義可了故佛言存略或譯者省之誰明空色者若破空生眼見應須責云誰明色相今兼舍二義故曰色空

後結示虛妄

是故當知見與色空俱無處所即色與見二處虛妄本非因緣非自然性疏無處所者無生處也餘文可見

二耳聲處二

阿難汝更聽此祇陀園中食辦擊鼓衆集撞鐘鐘鼓音聲前後相續於意云何此等爲是聲來耳邊耳往聲處此約耳聽鐘鼓二音以破根境往來之相也若知二俱虛妄何往何來

初舉事以徵

阿難若復此聲來於耳邊如我乞食室羅筏城在祇陀林則無有我此聲必來阿難耳處目連迦葉應不俱聞何況其中一千二百五十沙門一聞鐘聲同來食處破聲來耳處也初二句牒如我下破初舉喻佛音聲也城耳根也林鐘鼓也此聲下例破聲既來汝耳邊此聲已離鐘鼓只合汝自獨聞不合他人亦聽今且不爾一切皆聞應知聲無來往○解孤山曰以我喻聲城喻阿難耳林喻餘人耳我入城內則林中無我如聲入汝耳他耳豈聞

次隨計牒破

若復汝耳往彼聲邊如我歸住祇陀林中在室羅城則無有我汝聞鼓聲其耳已往擊鼓之處鐘聲齊

出應不俱聞何況其中象馬牛羊
種種音響疏破耳往聲處也初二
句牒如我下破初舉喻
佛喻耳根祇園喻鼓城喻阿難汝
開下例破耳根既往鼓處阿難應
聞耳根鐘聲與鼓聲齊鳴不合更
聞鐘響況餘聲耶○解以我喻耳
林喻鼓聲城喻鐘聲我歸林中則
城內無我如耳往鼓處鐘處則無
若無來往亦復無聞疏雙結不成
聞義也○解
聲不來耳耳不
往聲聞義不立

後結示虛妄

○是故當知聽與音聲俱無處所即
聽與聲二處虛妄本非因緣非自
然性

三鼻香處三

阿難汝又齅此鑪中栴檀此香若
復然於一銖室羅筏城四十里內
同時聞氣於意云何此香為復生
栴檀木生於汝鼻為生於空疏此
中但
問境生之處不同
前文根境對破

初舉爭以徵

阿難若復此香生於汝鼻稱鼻所
生當從鼻出鼻非栴檀云何鼻中
有栴檀氣稱汝聞香當於鼻入鼻
中出香說聞非義破根生也初牒
稱鼻下正破稱
汝下縱破設許汝鼻能生於香生
義雖成聞義不立以但能出香不
從外入與
鼻合故
若生於空空性常恆香
應常在何藉鑪中爇此枯木破空
生也
空性常住應常有香若常
有香何煩燒木方聞香氣若生於
木則此香質因爇成煙若鼻得聞
合蒙煙氣其煙騰空未及遙遠四
十里內云何已聞破木生也此約
所見煙相麤顯
而破不論其氣若以煙表實謂末
通故云其煙勝空未及遙遠也煙
猶在近聞已遠通故知其香不從
木發○解檇李日此中義理稍難
成立且鼻舌身三者是合中知也
設四十里內聞香亦由香有殊勝
之力其氣遠勝彼合知處久久方
聞而言不待鼻蒙煙氣等甚與教

次隨計牒破

相及現量相違若約互用自在壞法相說又非此意今所釋者恐取聖人根力強利能速疾遠聞不約凡常鈍劣者說理實必須氣通於鼻方得成聞經中一往據麤顯邊似不到鼻故作斯破私謂敏師一往之說其實然也若爾則但是香有殊勝之力不須更取聖人根力強利也如法華云此香六銖價直娑婆世界不亦勝乎

後結成虛妄

是故當知香鼻與聞俱無處所即齅與香二處虛妄本非因緣非自然性

四舌味處三

初舉事以徵

阿難汝常二時衆中持鉢其間或遇酥酪醍醐名爲上味於意云何此味爲復生於空中生於舌中爲生食中標二時大食小食時此味於空於根於境俱無體也阿難若復此味生於汝舌在汝口中秖有一舌其舌爾時已成酥味遇黑石蜜應不推移若不變移不名知味若變移者舌非多體云何多味一舌之知疏破根生也初標在汝下正破一舌不知多味也若以味從舌味應無別也若不下縱破設若汝許味不別者味既不分何成知味若反變下破味變舌應多體也初二句反破後二句結破此則以舌從味舌便成多今汝不然故云云何多味一舌之知。解黑石蜜者善見律云甘蔗糖也其堅如石若生於食食非有識云何自知又食自知即同他食何預於汝名味之知

次隨計牒破

疏破境生也初三句正破味若生食應不假根無根別食焉能成味若成味者食須有識若無識者云何自知又食下縱破設許食自能知即同他人嘗味何關汝舌之知若生於空汝噉虛空當作何味必其虛空若作鹹味既鹹汝舌亦鹹汝面則此界人同於海魚既常受鹹了不知淡若不識淡亦不覺鹹必無所知云何

後結示虛妄

名味破空生也初三句牒計審味必其下正破初四句身面俱鹹後二句鹹同海族若俱鹹者海魚無異既常下縱破初四句互奪兩亡縱汝常受於鹹爭竟不能知淡若無淡味何顯於鹹淡之與鹹俱不安立必無下二句結非知味鹹淡既不能分不可說名知味是故當知味舌與嘗俱無處所即嘗與味二俱虛妄本非因緣非自然性

五身觸處三

阿難汝常晨朝以手摩頭於意云何此摩所知誰爲能觸能爲在手爲復在頭按摩之法常式皆然故擧頭也此徵能觸在頭在手二俱有過如下破之

初舉事以徵

若在於手頭則無知云何成觸若在於頭手則無用云何名觸互有互亡破也根境相顯觸乃得成一有一無故不名觸若各各有則汝阿難應有二身各存兩質破也頭手各有則有二知二知便成二阿難體何體爲汝若頭與手一觸所生則手與頭當爲一體若一體者觸則無成共成一體破也初四句正破若頭與手共生一觸遂令二種合爲一體設許一體觸自不成此結破也

次隨計牒破

若二體者觸誰爲在在能非所在所非能不應虛空與汝成觸破轉救也初二句牒救總徵若汝救云所生雖一能生自二云何令我頭手不異者此則二體之觸爲在何處故云觸誰爲在在能下二句推同前破前云若在於手頭則無用等不應下破空生也有形之法尚不能生豈況空無而能成觸

後結示虛妄

是故當知覺觸與身俱無處所即身與觸二俱虛妄本非因緣非自然性

六意法處三

阿難汝常意中所緣善惡無記三性生成法則解眞際曰意識所緣法塵之境三性不同

假實有異執生物解互不相涉故云生成法則此法爲復即心所生爲當離心別有方所疏意中所緣三性之法攝一切盡自然而然故云生成此所緣法即心離心二俱有過下文即破

初舉事以徵

次隨計牒破

阿難若即心者法則非塵非心所緣云何成處破即心也初一句牒次句定非心下破既即是心定非是塵若非是塵則不是心家所緣之境何名法處下破離心若離於心別有方所則法自性爲知非知牒計雙徵也初二句牒則法下徵此法既離於心更以知不知徵而破之知則名心異汝非塵同他心量即汝即心云何汝心更二於汝破有知也初句奪成心量離心之法若有知者應名爲心異汝下更分即異以破初二句破異有知之法若異汝心即同他人異於汝心又有知故即汝下三句破於即心初句半牒半定後二句破有知之法既即汝心即應汝心之外更有汝心也故云更二於汝○解孤山曰知則名心者離心有法法既有知亦名爲心也異汝非塵者異汝則非汝心有知則非汝塵既異且非則是他人心矣即汝即心者防轉計也云何下難也汝心唯一云何有二根塵俱知是二心也若非知者此塵既非色聲香味離合冷煖及虛空相當於何在今於色空都無表示不應人間更有空外心非所緣處從誰立疏破無知也初五句定非色空次一句審問何在色空二事攝諸法盡既非色空今何所在今於下二句推無所表也若此法塵亦色空攝以何表示知是法塵不應下二句破空外無成也色空之內既無表示不應此塵處在空外以空無外故心非下二句結無處義如上推撿法塵不有則心無所緣之境從何以立處耶○解此意法塵非是五塵五塵及以虛空攝一切法皆現量境自屬五根法塵既不屬五是故責云當於何在離合冷煖即觸塵也都無表示者以意法無形緣落謝五塵故既於色空之境不見法塵之狀豈是空外別有法塵耶心無

所緣處義安立

是故當知法則與心俱無處所則意與法二俱虗妄本非因緣非自然性

後結示虗妄

首楞嚴經義海卷第八

音釋

舐（神帋切以舌取物也）吻（武粉切脣吻也）甜（徒兼切甘也）

首楞嚴經義海卷第九之二 經三

凡遇圓相即是標辭與疏同其上文

△四破十八界二

初總徵

復次阿難云何十八界本如來藏妙真如性 疏 梵云馱都此云界界是因義根境識三互爲因故又種族義根境識三各一種族又眼等六種族別故○解此十八界雖相對推破而正在六識其根與境前已破故

後別破六

一眼識界三

初牒計雙徵

阿難如汝所明眼色爲緣生於眼識此識爲復因眼所生以眼爲界因色所生以色爲界 疏 佛於小乘方便教說諸因緣法今明第一義諦因緣自然俱爲戲論故此牒而徵之○解私謂如汝所明者小乘所解因緣生法皆是實有不了即空今據彼詰之用破其執也他皆倣此

阿難若因眼生既無色空無可分別縱有汝識欲將何用汝見又非青黃赤白無所表示從何立界 疏 破根生也初句牒既無下四句無境有識何用破也既從根生即不須境若無其境何所分別所緣已無能緣何用汝見下四句即能生識根無體破也若謂根生根非青等是不可見復無表示根尚不立識從何有下破境生○解真際曰汝見指根也以是不可見有對色故既不可見即無表示

次隨計牒破

若因色生空無色時汝識應滅云何識知是虛空性若色變時汝亦識其色相遷變汝識不遷界從何立 疏 此色空相傾無識破也初一句牒空無下四句立理正破既從色生空現色亡識應隨滅誰了虛空若色下五句據理質破色若遷變汝能了變識元不遷既無色相從何立界

從變則變界相自無不變則恒既從色生應不識知虛空所在 此隨變不變非界破初二句隨變無識若變時識亦隨變名誰爲識不變下四句不識變無知破若不隨變識則常在元從色生不合知空○解孤山曰破有三意一識隨色滅二界義不立若色滅識不滅則一遷

一不遷兩類不同何名種族故云汝識不遷界從何立若隨色滅兩法已滅界相何存故云從變則變界相自無三常不知空性既不變既從色生祇合識色不應識空若兼二種眼色共生合則中離離則兩合體性雜亂云何成界疏破共生也若根培合生中界者此識中界知不知別故云中離若成別者此識中界一半合根一半合境故云兩合兩合若成有雜亂過知與不知同界故界義應非或離者開義或猶無也○解合則中離中謂識也既識從合生則屬根境離則兩合釋上句也一半合根一半合境根境兩屬體性雜亂亦乖種族界義不成

後結示虛妄

是故當知眼色爲緣生眼識界三處都無則眼與色及色界三本非因緣非自然性

二耳聲界三

阿難又汝所明耳聲爲緣生於耳識此識爲復因耳所生以耳爲界因聲所生以聲爲界標雙徵根境爲緣生耳識也

初牒計雙徵

阿難若因耳生動靜二相既不現前根不成知必無所知知尚無成識何形貌疏先破根生此勝義也初一句牒動靜下三句

次隨計牒破

若取耳聞無動靜故正破能生若無前境根自不成由塵發知故必無下況破所生若實無知根尚不立更有何識聞無所成云何耳形雜色觸塵名爲識界則耳識界復從誰立破浮塵也初三句縱破設取浮塵之耳容有聞者若無動靜亦不成聞云何下三句正責破也如何將此可見浮塵雜色觸法爲識之界則耳下二句雙質二根從何爲界生耳識耶若生於聲識因聲有則不關聞無聞則亡聲相所在已下破境生初句牒識因下根境俱亡破聲能生識何假於聞此亡根也若無於根聲亦不有此亡境也根境俱亡識從誰生

識從聲生許聲因聞而有聲相聞應聞識聞聲同識破初三句雙牒汝謂識因聲生又許因根有相今聞聲時即是聞識不聞非界聞則同聲初句不聞無界破若不聞識亦不聞聲能聞所聞俱無界義後一句聞識同聲破可知識已被聞誰知聞識成所無能破也能了之識已作所聞之境誰爲能知知此聞識若無知者終如草木無知草木破也了別既無草木何異不應聲聞雜成中界界無中位則內外相復從何成破共生也初二句正破中界根境各生尚非共生豈有此理後三句顯無根塵對邊立中中既不成邊亦不立也○解孤山曰識若雜成則一半屬聲一半屬聞故云界無中位既無中識則內根外境義皆不成

後結示虛妄

是故當知耳聲爲緣生耳識界三處都無則耳與聲及聲界三本非因緣非自然性

三鼻識界三

初牒計雙徵

阿難又汝所明鼻香爲緣生於鼻識此識爲復因鼻所生以鼻爲界因香所生以香爲界標鼻香根境不能生識

阿難若因鼻生則汝心中以何爲鼻爲取肉形雙爪之相爲取齅知動搖之性疏先破根生此以浮塵勝義二根雙問二俱有過○解肉形即浮塵齅知即勝義

次遣計牒破

若取肉形肉質乃身身知即觸名身非鼻名觸即塵鼻尚無名云何立界疏破浮塵也初句牒次二句破若取雙爪此乃身攝非屬鼻根設有所知但名知觸不名知香名身下二句結非香鼻鼻尚下指無界義此下破勝義根○解私謂若名爲觸即是身根所覺之塵故曰名觸即塵若取齅知又汝心中以何爲知以肉爲知則肉之知元觸非鼻疏初三句牒計總問以肉下破浮塵是知身自知觸非是鼻根也以空爲知空

則自知肉應非覺如是則應虛空是汝汝身非知今日阿難應無所在破空是知初三句根無知覺破如是下二句空即是身破汝身下三句結無本體○解孤山曰言空是汝則不見形言身是汝則不能知兩求不得是無所在以香爲知知自屬香何預於汝破香是知此正破也香自有知何關汝鼻若香齅氣必生汝鼻則彼香臭二種流氣不生伊蘭及栴檀木疏破轉計也初二句牒計設汝若言非不相干由有我鼻香臭方立猶如鼻根由香故有則彼下破今四句質不生香破也○解伊蘭是臭樹也二物不來汝自齅鼻爲香爲臭疏齅根何氣破臭則非香香應非臭香臭相傾破也非無也無不聞也若香臭二俱能聞者則汝一人應有兩鼻對我問道有二阿難誰爲汝體俱聞兩體破鼻若生香必不聞臭若必生臭應不聞香今既俱聞鼻須有二二鼻若立兩體還成正爲何體○解私謂從二物不來下疏根從境破境既有二根應成兩先定云爲香爲臭次責云臭則非香香應非臭意在俱聞墮兩鼻之失也若鼻是一香臭無二臭既爲香香復成臭二性不有界從誰立疏互即雙亡破若汝不許鼻有二者則香臭混然都無有別以從一鼻之所流故若無香臭說何爲知名生識界○解此復以境從根破根既唯一境云何二二性不立識界奚存巳上皆破根生也問上文云以香爲知知自屬香豈非破境耶答斯蓋對根而說正破勝義下文不對根辨方破境生也若因香生識因香有如眼有見不能觀眼因香有故應不知香疏此下破境生也初句牒識因下五句舉例奪破眼能有見見不觀眼香能生識識不知香知即非生不知非

後結示虛妄

識香非知有香界不成識不知香因界則非從香建立反覆縱破也縱許汝識能

知香者此則不合言從香生故云知則非生設若不能知此香臭又何名識稱了別耶故云不知非識香不因根無有香界故云香非知有香界不成識不了香非可說言因香有識既無中間不成內外彼諸聞性畢竟虛妄總結破也識既無生根境不立設有聞性皆虛妄耳○解孤山曰中間識也內外根境也是故當知鼻香為緣生鼻識界三處都無則鼻與香及香界三本非因緣非自然性

四舌識界三

初牒計雙徵

阿難又汝所明舌味為緣生於舌識此識為復因舌所生以舌為界因味所生以味為界標如前徵問根境生識

阿難若因舌生則諸世間甘蔗烏梅黃連石鹽細辛薑桂都無有味汝自嘗舌為甜為苦疏破根生也初句牒則諸

次隨計牒破

下舉無五味以問舌根即無味自嘗問也若舌性苦誰來嘗舌舌不自嘗孰為知覺舌性非苦味自不生云何立界計破也有無隨舌若有味根已成境孰知根者無味之時味必境生獨有汝根為能生識下破境生若因味生識自為味同於舌根應不自嘗云何識知是味非味引例無知破也從味所生豈合名識故云識自為味設許名識亦不自嘗引例可見又一切味非一物生味既多生識應多體如前五味各生一物識必境生亦應多體即識從於味識即成多也識體若一體必味生鹹淡甘辛和合俱生諸變異相同為一味應無分別分別既無則不名識云何復名舌味識界一若體識必從境生能生之境亦應一體何分五別分別下縱破五味不分何名了別說為識耶此則味從於識味應無別云何下二句總責

識體從二得名根生境生二俱失故○解私謂鹹淡甘辛略舉四味詳則有六更加苦酢言和合者衆味共成也俱生者本性不易也變異者燒煑異本也斯等種相若謂能生一識體者所生之識既一能生之味豈殊是則一切味塵混而無別苟無別識界義不成

應虛空生汝心識疏破空生也舌味和合即於是中元無自性云何界生破共生也既從合生自性屬誰而名界耶○解孤山曰初因舌是破自生二因味是破他生三虛空是破無因生四舌味和合是破共生前後諸文皆爾此中最顯

後結示虛妄

是故當知舌味爲緣生舌識界三處都無則舌與味及舌界三本非因緣非自然性

五身觸界三

初牒計雙徵

阿難又汝所明身觸爲緣生於身識此識爲復因身所生以身爲界因觸所生以觸爲界標如前徵問根境生識

次隨計牒破

阿難若因身生必無合離二覺觀緣身何所識疏破根生也觀對待也無二所覺爲相待緣獨此身根無生識理下破境生○解麤尋曰覺細伺曰觀觸塵合離是身覺觀之緣既無觸緣則無覺觀也若因觸生必無汝身誰有非身知合離者疏無身非覺破也有身無觸尚不成知有觸無身故非能覺非身無身也下根境互亡破也

阿難物不觸知身知有觸此指現道理也物無覺觸之知身則能覺於觸斯理昭然明白可見○解物不觸知祇是物不知觸耳知身即觸知觸即身疏此下依理推破此二句根境相即也今汝若許觸能生識觸則有知與身何異應可身亦名觸觸亦名身俱有知故應立量云汝之身根定觸所攝以有知故如所執觸汝所執觸定身根攝以有知故如汝身根斯則觸既生識遂令相即也○解既身知有觸則知是身時即受觸知受觸時即是身也即觸非身即身非觸身觸二相元無處所疏身觸俱

非也以相即故遂令俱非則觸不
成觸身不成身也應立量云汝之
身根定非身根以有知故如所執
觸汝所執觸定非是觸以有知故
如汝身根將汝一因成我四量令
汝相即亦令俱亡身觸下二句結
無二位下破離合解若即唯是觸
則無身相若即唯是身即無觸相
私謂從阿難下乃是委破上文身
觸各生之義先簡物不觸知次顯
身知有觸既了身知有觸則曉身
觸同時若許同時故知身觸各生
兩無所以合身即為身自體性離身即

後結示虛妄

是虛空等相疏初二句合即唯身破觸既合身合應無
二唯一身根更無觸位後二句離
應無觸破觸若離身復何成觸如
虛空相亦無觸位○解推合與離
此破中間識界下文內外不成結
破根境也中云何立結破中間也內外不成中云
何立疏例破識體也觸立則根立內無則外無根境不存何為
識相中不復立內外性空則汝識生
從誰立界雙牒反質也三位俱空識從何立
是故當知身觸為緣生身識界三

處都無則身與觸及身界三本非
因緣非自然性

六意識界三

初牒計總徵

阿難又汝所明意法為緣生於意
識此識為復因意所生以意為界
因法所生以法為界標如前徵問根境生識

次隨計牒破

阿難若因意生於汝意中必有所
思發明汝意若無前法意無所生
離緣無形識將何用疏先破根生此離塵無體
破也初一句牒於汝下五句正破
能生由法生故種種心生若無法
塵意根不起離緣下二句例破所
生離前法緣尚無根之形貌況所
生識將何起用又汝識心與諸思量兼了
別性為同為異此下同異俱非破也此總問同異識
心第八也思量第七也了別第六
也七八二識俱第六根也亦同名意
故此雙問二俱有過○解俱舍論
云集起名心籌量名意了別名識
此云識心同彼第一即意根也思
量兼了別性同彼第二第三即意

根所生之識也然彼第二亦云意者蓋識之異名耳故婆沙中明心意意識三無有差別如火名焰亦名爲熾亦名燒薪是知意識名同但約先後以分二義**同意即意云何所生**疏破同也若識與意其體同者識即是意云何更分能生所生此下破異**異意不同應無所識**解若識同意云何復有能生所生若識異意則應所生同於無情**若無所識云何意生**疏無識非生破初句半牒半定應無下破既識與意異應一有所識一無了知苟無了知何言意生以意有知故。解又縱計云所生無識則與能生體性非類**若有所識云何識意**疏設使此識有了別者如何辯異識之與意此有識無異破也。解又若救云所生有識此識既無前法可緣必須反識其意意若爲境根義不成**唯同與異二性無成**疏雙結不成也同義無憑異又非理二性不立**界云何立**云何識生從汝根出下破境生。解上破根生下破境生**若因法生世間諸法不離五塵汝觀色**

後結示虛妄
口二重約七大會相三

法及諸聲法香法味法及與觸法相狀分明以對五根非意所攝疏此明五塵不即意攝也以各有所對故**汝識決定依於法生今汝諦觀法法何狀**總問法塵也法塵之法故云法法以別揀通也。解資中曰以五塵之法各配五根離五塵外意無別法**若離色空動靜通塞合離生滅越此諸相終無所得生則色空諸法等生滅則色空諸法等滅**疏前五句正顯無體法塵即前五塵影故離五無體生則下四句牒破轉救也設汝救言色及法雖非意境生滅二種正是法塵者若爾生滅無體全是色等若起若止無別生滅在色等外。解攜李曰色空動靜通塞即色聲香三塵也合離即味觸兩塵生滅即法塵然生滅但是五塵通相離五無體故云生則諸法生滅則諸法滅也**所因既無因生有識作何形相相狀不有界云何生**疏正破識界無體也所因

即法塵尚不可得豈生汝識能所俱無云何立界。標指之辭大率與疏相類故不重錄

是故當知意法爲緣生意識界三處都無則意與法及意界三本非因緣及自然性。疏二重約七大會相然大之爲名本乎世諦小乘法相說諸色法四大和合之所成就復分內外色說此名爲諸法自相寂而不圓猶爲諸法共相所揀麤而且淺是佛如來隨他意語世間安立有名無實雖名爲大大義不成勝義諦中所說不爾謂周徧含攝體無不在物無不是非因待小當體受稱故名爲大今此經中所說七義俱名大者七義之中攝一切法謂空有根塵色心性相塵塵法法無不周徧無不含容破彼權見令知實義如下文云均名七大性眞圓融皆如來藏世間無知惑爲因緣及自然性皆是識心分別計度但有言說都無實義斯則會相即性性徧相徧方稱勝義至極之大豈同權教說名自相文三

初伸難

阿難白佛言世尊如來常說和合因緣一切世間種種變化皆因四大和合發明叙昔聞也云何如來因緣自然二俱排擯我今不知斯義所屬難今說也排推擯棄也。標阿難伸難者示相懷疑以安立方便世俗諦疑聖諦第一義故有是難惟垂哀愍開示衆生中道了義無戲論法疏求開示也方便安立說有四大因緣和合成諸變化第一義中諸法不生今則無滅生滅去來本如來藏今以世諦疑第一義故有斯難。解孤山曰將恐衆生聞昔和合則滯於有聞今排擯則溺於空不達中道動成戲論故請開示

次許宣示

初指意標示

爾時世尊告阿難言汝先猒離聲聞緣覺諸小乘法發心勤求無上菩提解問阿難何處猒小求大答即經初云恨無始來一向多聞是猒小也殷勤啓請十方如來得成菩提妙奢摩他等是求大也亦可指法華中故我今時爲汝開示第一

義諦疏因緣和合四大發明皆小乘法諸法不生唯如來藏即第一義○標第一義諦即如來藏性不逐緣生境有

次牒疑舉呵

如何復將世間戲論妄想因緣而自纏繞汝雖多聞如說藥人真藥現前不能分別如來說爲真可憐愍疏纏繞疑惑也諸佛秘密靡不皆知故云說藥今聞諸法皆如來藏名真藥現前舉昔方便疑今真實名不能分別○標雖有多聞憶持如來十二部經未全道力故佛舉疑呵責

後勑許佇聽

汝今諦聽吾當爲汝分別開示亦令當來修大乘者通達實相阿難默然承佛聖旨疏勑聽許宣現未俱益○標通達實相者不認緣生境有是非之相

阿難如汝所言四大和合發明世間種種變化阿難若彼大性體非和合則不能與諸大雜和猶如虛

後正說二

初立理總非

空不和諸色解此明大性本真則非和合故引虛空喻之即同下文性色真空性空真色也和謂此破阿難不和合疑非顯大性不和合義所云汝言四大和合等者牒彼所執也若彼大性體非和合者正舉其疑也既執和合疑非和合故今破之意云若謂四大之性不和四大之相斯則性居相外二不相雜故曰猶如虛空不和諸色此約真如隨緣不同頑空之性也若和合者同於變化始終相成生滅相續生死死生生生死死如旋火輪未有休息阿難如水成冰冰還成水疏初四句牒所計次六句略破非和若四大性自體非和則不和諸大如空與色礙無礙異若和下破和合若大性體自是和合即成生滅始終即生滅也生死下釋初句釋相成次句釋相續謂生能成死等生能續生等謂現在生續過去生也如旋下二喻初喻相續次喻相成如文○標謂循環生滅無窮也○解此破和合名同昔說體異前執前所執者體唯世諦今所執者體兼真俗既破非和恐計於合故復破之

此約眞如不變不同變化等相也孤山曰生而復死死已還生故曰生死死生即始終相成也今生後生今死後死故曰生生死死即生滅相續也次舉二喻以相續如火輪相成如冰水

後舉性別破七

一地性四

汝觀地性麤為大地細為微塵至鄰虛塵析彼極微色邊際相七分所成更析鄰虛即實空性疏鄰虛無方分微也即是極微色邊際相微塵有方分微也今經言有方分微名色邊際相隨經所出不須和會○標此標事顯小乘析色明空四大和合俱無實義昔跋陀禪師問生法師何以明會色空生曰衆微聚而為色衆微散而為空跋陀曰此生滅世俗之論吾即不然一微空故衆微空衆微空故一微空衆微空中無一微衆微空中無一微也○解三藏二乘析法觀空故約彼解以破其執

一舉事以標

阿難若此鄰虛析成虛空當知虛空出生色相疏依標立理也既能析色成空亦可合空成色方曰相成相續耳汝今問言由和合故出生世間諸變化相牒起所疑也欲破先牒

二立理廣破

汝且觀此一鄰虛塵用幾虛空和合而有不應鄰虛合成鄰虛此下依理廣破此合空成色非理也汝許析色為空應許合空成色鄰虛極小成用幾空若合鄰虛自成方分不成鄰虛又鄰虛塵析入空者用幾色相合成虛空合色為空義乘也虛空至大鄰虛至小析小成大為用幾塵若色合時合色非空若空合時合空非色雙非色空互成也色合成色空合成空以類自合非互相作也色猶可析空云何合重責合空義失也析色明空不觀俱有合空成色內外無憑前文云猶如虛空不和諸色若言和合相成相續皆為虛妄○解資中曰若空不可合色從何生故知此色本無自性

汝元不知如來藏中性色眞空性空眞色清淨本然周徧法界隨衆

三會通實理

生心應所知量循業發現疏此明真色初一句指本迷如來藏即一法界心中道第一義諦也性色真空即俗之真性空真色即真之俗皆言性者顯即中之真俗也斯則舉一即具三言三體即一非縱橫並別名祕密藏此真地大也清淨下二句叙德量無妄相應具無漏法故名清淨非是有爲故云本然無所不在故云周徧比則種性體德體量悉具足耳若識此法成三妙觀方知一塵具一切佛法一切心法一切衆生法靡不皆在一微塵中即見毗盧舍那即見自已即見一切如一微塵一切法亦爾下皆準此隨衆生下顯隨緣也衆生十界無漏異業亦不同所感色法淨穢殊等也○解真際曰性色真空離一切相也性空真色即一切相也體用相即色空一如前文云離一切相即一切法斯之謂矣清淨本然周徧法界釋上性色真空也隨衆生心應所知量釋上性空真色也孤山曰如來藏即心性中道也即俗而真故云性色真空即真而俗故云性空真色以真俗即中故並云性三諦圓融不一不異非縱非橫名如來藏俗則十界備矣真則生佛寂

然此言理具非關事造然理必融事事豈殊理理事雙泯故曰清淨本然一心佛衆生三無差別彼彼互攝一一相融故曰周徧法界隨衆生下即如來藏隨染淨緣順差別業變造十界依正之事也私謂節公銷文一期爲美雖曰體用眉目未全洎圓師委解如來藏義包富博濟無所不在後來說者徒欲好異翔夫體要矣

四結責迷情

世間無知惑爲因緣及自然性皆是識心分別計度但有言說都無實義疏凡外小乘稟權教者皆名無知不了實義故名爲惑執成名相故稱曰爲皆是下總斥虛妄識心虛妄顛倒從生因迷積迷何實之有○解世間通指九界因緣義含自他共三性自然即無因性餘皆倣此

二火性四

一總標無生

阿難火性無我寄於諸緣疏緣生之火本無主宰無主即無性也因緣和合虛妄有耳

汝觀城中未食之家欲炊爨時手執陽燧日前求火舉事也陽燧出火鏡也○標緣

生之火非性火也○解檇李曰陽燧者崔豹古今注云以銅爲之形如鏡照物則影倒向日則火生以艾炷之也又淮南子云陽燧火方諸也論衡曰於五月丙午日午時銷鍊五方石圓如鏡中央窪天晴向日出火也 阿難名和合者如我與汝

二舉事廣破二

初舉事標徵

一千二百五十比丘今爲一衆衆雖爲一詰其根本各各有身皆有所生氏族名字如舍利弗婆羅門種優樓頻螺迦葉波種乃至阿難瞿曇種姓 疏引例也舉衆以明和合也因別成總總必有別故引三人顯其異也瞿曇此云地最勝亦云日種優樓頻螺此云木苽林○標舍利弗輔相種○解和合但是假名離彼實人無別體性孤山曰迦葉波云龜氏瞿曇星名從星立姓至于後代改姓釋迦

阿難若此火性因和合有彼手執鏡於日求火此火爲從鏡中而出爲從艾出爲於日來 疏牒徵可知

後依理推破

阿難若日來者自能燒汝手中之艾來處林木皆應受焚 破日生也從日至手四萬由旬凡所照處何不遭爇而獨燒汝手中艾耶

若鏡中出自能於鏡出然于艾鏡何不鎔紆汝手執尚無熱相云何融泮 破鏡生也前四句正破後三句縱破火能克金遇必融泮外能燒艾內合融鏡今汝不然應非鏡出

若生於艾何藉日鏡光明相接然後火生 破艾生也若出火日鏡不合何無火出若必待合然後火生顯非艾出○解紆屈也

汝又諦觀鏡因手執日從天來艾本地生火從何方遊歷於此 疏總結無從也三處不出火從何生應知必無

日鏡相遠非和非合不應火光無從自有 破和合無因也日鏡非近無和合義緣中既無非緣有火必無此理

三會通實理

汝猶不知如來藏中性火真空性

空眞火清淨本然周徧法界明眞火也初句指本迷如來下三句顯法體清淨下二句明德量並如前解隨衆生心應所知量阿難當知世人一處執鏡一處火生徧法界執滿世間起起徧世間寧有方所循業發現顯隨緣亦如前解

四結責迷情

世間無知惑爲因緣及自然性皆是識心分別計度但有言說都無實義如文可知

首楞嚴經義海卷第九

首楞嚴經義海卷第十經三之三

凡遇圓相即是標辭與疏同其上文

三水性四

一總標無性

阿難水性不定流息無恒疏緣水無常故云不定隨物流止即不定相

二舉事廣破二

初舉事標徵

如室羅城迦毗羅仙斫迦羅仙及鉢頭摩訶薩多等諸大幻師求太陰精用和幻藥是諸師等於白月晝手執方諸承月中水此水爲復從珠中出空中自有爲從月來迦毗羅云黄赤色斫迦羅云輪鉢頭摩云赤蓮華訶薩多未詳此皆外道也太陰精月也方諸出水珠也太陰當中以珠向之而求水也月珠虛空三處徵詰○解孤山曰月正中曰晝淮南子曰方諸見月則津而爲水高誘注曰方諸陰燧大蛤也熟拭令熱以向月則水生也許慎注曰諸珠也方石也譯人蓋取許慎之説

阿難若從月來尚能遠方令珠出水所經林木皆應吐流流則何待方諸所出不流明水非從月降疏破月生也前五句正牒破月去人間如日之量故云遠方月光照處皆合成流何獨珠出流則下四句雙結非也照處皆流何用珠出設無流者顯此水性不從月來○解林木既不吐流明知此水非從月降

後依理推破

若從珠出則此珠中常應流水何待中宵承白月晝疏破珠生也珠若生水合常有流不待照月何無水生若從空生空性無邊水當無際從人洎天皆同滔溺云何復有水陸空行破空生也空若生水有空皆水誰不受溺以空性徧故水亦周徧人天水陸應不各存滔水沒也汝更諦觀月從天陟珠因手持承珠水盤本人敷設水從何方流注於此總結無從也月從天升珠持手內盤由人置水自何來月珠相遠非和非合不應水精無

從自有破和合無因也言水精者是太陰精之所流故緣中尚無非緣豈有○解精猶性也

三會通實理

汝尚不知如來藏中性水眞空性空眞水清淨本然周徧法界隨衆生心應所知量一處執珠一處水出徧法界執滿法界生生滿世間寧有方所循業發現疏節釋如前

四結責述情

世間無知惑爲因緣及自然性皆是識心分別計度但有言說都無實義

四風性四

一總標無性

阿難風性無體動靜不常風性無狀動靜以表

汝常整衣入於大衆僧伽梨角動及傍人則有微風拂彼人面此風爲復出袈裟角發於虛空生彼人

面僧伽梨大衣也袈裟云壞色衣動於此風拂於彼二處及空三皆不生應知虛妄○解眞際曰此三衣通稱也

二舉事廣破二

初舉事標徵

阿難此風若復出袈裟角汝乃披風其衣飛搖應離汝體我今說法會中垂衣汝看我衣風何所在不應衣中有藏風地疏破衣生也前五句披衣離體破風性不靜若生衣中應見飛動今何不然我今下六句舉例無風破佛今垂衣不見飛搖獨汝袈裟云何風出衣中未必有潛風處令衣不動若生虛空汝衣不動何因無拂此下破空生也此正牒破空若生風何須假汝動衣方有空

後依理推破

性常住風應常生此下展轉難也今二句隨空常住難空性無滅風合常有不動衣時何無風出若無風時虛空當滅無風空滅難也若實生風風不起時應是無空滅風可見滅空何狀滅空無辯難物不動時應知風滅空若滅時以何表辯若有生滅不名虛

空生滅非空難虛空無爲爲無生滅今有生滅不名無爲名爲虛空云何風出反結空不生風也風性搖動虛空寂然豈有寂然而生搖動若風自生被拂之面從彼面生當應拂汝自汝整衣云何倒拂破面生也初二句牒從彼下四句破被拂之人面若生風應合順吹汝當受拂汝自整衣不干風出云何其風反吹彼面汝審諦觀整衣在汝面屬彼人

三會通實理

虛空寂然不參流動風自誰方鼓動來此重審也衣面空異動靜體殊風從何來吹拂其面風空性隔非和非合不應風性無從自有破和合無因也動寂不同故云性隔心即是性文變故顯

四結責迷情

汝宛不知如來藏中性風眞空性空眞風清淨本然周徧法界隨衆生心應所知量阿難如汝一人微動服衣有微風出徧法界拂滿國土生周徧世間寧有方所循業發現世間無知惑爲因緣及自然性皆是識心分別計度但有言說都無實義

五空性四

一總標無性

阿難空性無形因色顯發空無有質離色之處即顯是空以對待故故無性也

二舉事廣破二

如室羅城去河遙處諸剎利種及婆羅門毗舍首陀兼頗羅墮旃陀羅等新立安居鑿井求水舉事也剎帝利云田主婆羅門云淨志毗舍云坐估首陀云農者頗羅墮云利根亦云捷疾旃陀羅云殺者○解孤山曰剎帝利王種弈世君臨仁恕爲志婆羅門淨行也守道居正潔白其操毗舍商賈也貿遷有無逐利遠近首陀農人也肆力畊壟勤身稼穡九穀四姓清濁殊流婚嫁不通

飛伏異路頗羅墮眞諦翻捷疾亦利根慈恩云婆羅九十八姓此居其一也旃陀羅云嚴幟惡業自嚴行持標幟謂摇鈴持竹也

初舉事標徵

出土一尺於中則有一尺虛空如是乃至出土一丈中間還得一丈虛空虛空淺深隨出多少此空為當因土所出因鑿所有無因自生 疏標徵也隨出土之多少則見空之淺深虛空與色二俱是假互相因有體不離色今此推徵令知虛妄

後依理推徵

阿難若復此空無因自生未鑿土前何不無礙唯見大地迥無通達 破無因生也空若無因鑿前何無鑿後何有無因不成 若因土出則土出時應見空入若土先出無空入者云何虛空因土而出 破土生此正破也前三句牒破土若生空土出井時應見虛空出土入井若土下四句結非若見土出不見空入云何言空從土而有

若無出入則應空土元無異因無異則同則土出時空何不出 此轉破也若不見空出土入井則土因空果二無有異土即是空空即是土出井時何不見空從井而出 若因鑿出則鑿出空應非出土不因鑿出鑿自出土云何見空 破鑿生也前三句正破鑿出若鑿出空鑿自出空云何見土從井而出不因下三句反破不因土因鑿出空因何有

三會通實義三

汝更審諦諦審諦觀 解私謂應以三諦配前因 土因　鑿　無因 鑿從人手隨方運轉土因地移如是虛空因何所出 疏再審二處也土從地中運鑿移出故云地移 鑿空虛實不相為用非和非合不應虛空無從自出 此破和合重結無因也鑿空二體也虛實二義也豈相符順而稱和合餘文可知

初類通前義

若此虛空性圓周徧本不動搖當

知現前地水火風均名五大性真圓融皆如來藏本無生滅前三句顯虛空之大義虛空若從因緣所生體非周徧復是動搖豈名為大夫言大者常徧為義常故無生滅動搖徧故時處悉有若因緣生此有彼無現有未無緣會則生緣離則滅今此不爾本如來藏本自周徧本不動搖故名為大當知下六句類前四性同受大名咸稱大者皆周徧故無動搖故是藏性中真功德故無方大用徧一切處作利益故豈同方便有名無實而稱大耶○解私謂四大後所以點空均名五大者蓋諸經常談唯四而已此既異彼故特言之下根識中其例亦爾通名大者且從事立智論云佛說四大無處不有故名為大若言大

次斥勸研詳

性周徧必須指事即理攝末歸本不可名而名之是謂如來藏也或有直以藏性釋於大名者一何誤哉

後正會今理

阿難汝心昏迷不悟四大元如來藏當觀虛空為出為入為非出入疏無圓實智故名昏不了當徧故稱迷昔虛空性有出入等則體非常亦無徧義豈名為大故勸詳審也

汝全不知如來藏中性覺真空性空真覺清淨本然周徧法界隨衆生心應所知量阿難如一井空空生一井十方虛空亦復如是圓滿十方寧有方所循業發現例前可解

四結責迷情

世間無知惑為因緣及自然性皆是識心分別計度但有言說都無實義○六根性然小乘多出四大大教始有空名根之與識同名大者未見經出諸圓實教圓觀諸法根境識三周遍不動雖有其義不立大名今此特出真為最後究竟垂範也文四

六根性四

一總標無性

阿難見覺無知因色空有標根無自性因境而有見覺是根因色空顯下文由塵發知

如汝今者在祇陀林朝明夕昏設居中霄白月則光黑月便暗則明

暗等因見分析此見爲復與明暗相幷太虛空爲同一體爲非一體或同非同或異非異疏此約四句以徵謂一也異也亦一亦異也非一非異也

二舉事廣破二

初舉事標徵

阿難此見若復與明與暗及與虛空元一體者則明與暗二體相亡暗時無明明時非暗若與暗一明則見亡必一於明暗時當滅滅則云何見明見暗若明暗殊見無生滅一云何成此破一也前四句牒計則明下四句立理若與下六句推破見與境一境滅見亡如何分辯明之與暗若明下三句結非明暗自殊見不與境一不隨滅應知此見不與境一

後依理推破

若此見精與暗與明非一體者汝離明暗及與虛空分析見元作何形相離明離暗及離虛空是見元同龜毛兔角明暗虛空三事俱異從何立見破異也初三句牒計汝離下四句正難離境何相離明下四句結成畢竟無體上皆正破明暗下二句結破並可知明暗相背云何或同離三元無云何或異破兩亦也同即一也明暗互滅故云相背若與一同見即隨滅如前所破明暗虛空離此無見亦異不可分空分見本無邊畔云何非同見暗見明性非遷改云何非異破雙非也空見無辯故非不一明暗自遷見無生滅故非不異

三會通實義三

汝更細審微細審詳審諦審觀解私謂應以四審配前四句

初類通前義

明從太陽暗隨黑月通屬虛空壅歸大地如是見精因何所出疏重審也勸細審詳四境之中從何有見見覺空頑非和非合不應見精無從自出破和合無因也○解檇李曰前四句破因緣生此破無因自然生也

若見聞知性圓周徧本不動搖孤山曰前於六根廣破眼見餘根並略今類通顯示其性皆徧聞即耳根覺即鼻舌身根知即意根不言覺者略也當知無邊不動虛空幷其動搖地水火風均名六大性眞圓融皆如來藏本無生滅疏見聞覺知同名大者蓋常徧故如前文釋○標性圓周徧顯眞見不逐緣生非因境有

次斥勸研詳

後正會今理

阿難汝性沉淪不悟汝之見聞覺知本如來藏汝當觀此見聞覺知為生為滅為同為異為非生滅為非同異疏生滅同也非生滅異也為同為異兩亦也見聞既眞四句叵得不動周徧其大者歟○標汝性沉淪者小乘所知障在法塵不悅也

汝曾不知如來藏中性見覺明覺精明見清淨本然周徧法界隨衆生心應所知量如一見根見周法界聽齅嘗觸覺觸覺知解檇李曰覺觸覺知皆意根也私謂上云聽齅嘗者並約根說唯觸之一字且是觸塵下云覺觸方屬身根斯則與覺知意根不相濫矣妙德瑩然徧周法界圓滿十虛寧有方所循業發現疏曾則也聽齅嘗觸者鼻舌二根境合始覺故名嘗觸覺觸身也覺知意也

四結責迷情

世間無知惑為因緣及自然性皆是識心分別計度但有言說都無實義

七識性四

一總標無性

阿難識性無源因於六種根塵妄出標根境識三猶如交蘆

汝今徧觀此會聖衆用目循歷其目周視但如鏡中無別分析汝識於中次第標指此是文殊此富樓

二舉事廣破二
初舉事標徵
後依理推破

那此目犍連此須菩提此舍利弗解真際曰根但照境故如鏡中識有了別故能標指此識了知爲生於見爲生於相爲生於空爲無所因突然而出疏根能照境如鏡照物識能了境分別自他此識分別爲從何生○標四處不生顯無生也

阿難若汝識性生於見中如無明暗及與色空四種必無元無汝見見性尚無從何發識疏破根生也有相有見相無見無根尚無形識從何發若汝識性生於相中不從見生既不見明亦不見暗明暗不矚即無色空彼相尚無識從何發破境生也相見相待無見無相相猶不立從何有識若生於空非相非見非見無辯自不能知明暗色空非相滅緣見聞覺知無處安立此下破空生初二句審定不由根境也非見下正破前三句非見不辯四境破非相下三句非相不立五根破相即是緣四境既無即所緣境滅所緣既無五根何有上皆牒破不假根境也處此二非空則同無有非同物縱發汝識欲何分別正破識從空生也非相非見故云二非即正指空也同無者如龜毛兔角畢竟無故若言其空是有體者豈同物像可形可狀又此虛空昏鈍無辯無辯之空若有所生亦應無辯故云欲何分別○解孤山曰空則同無言無識也應云無則同空互其言耳有非同物言有識也既生於空巳無見相之物是故責云縱發汝識欲何分別

三會通實義三
初類通前義

若無所因突然而出何不日中別識明月疏破無因也日中無月既無見月之識應知非是無因而有汝更細詳微細詳審解私謂詳見詳相也見託汝睛相推前境可狀成有不相成無如是識緣因何所出識動見澄非和非合疏重審生處也睛即浮塵境即明暗生成有成無即虛

空也識動下二句結非和合動謂能了別也澄謂但照境也聞聽覺知亦復如是不應識緣無從自出前二句例破餘識聞聽即耳鼻覺知即舌身意識不應下二句結無生處識起緣由故云識緣

若此識心本無所從當知了別見聞覺知圓滿湛然性非從所兼彼虛空地水火風均名七大性眞圓融皆如來藏本無生滅初二句能類當知下所類了別謂識見聞謂根也是生識之根故云了別見聞等

次斥勸詳研

阿難汝心麤浮不悟見聞發明了知本如來藏汝應觀此六處識心爲同爲異爲空爲有爲非同異爲非空有同異如根中破空謂空生有謂根境非空有謂無因也○標汝心麤浮正同圓覺責金剛藏三疑也彼經云虛妄浮心多諸巧見不能成就圓覺方便如是分別非爲正問

後正會今理

汝元不知如來藏中性識明知覺明眞識妙覺湛然徧周法界含吐十虛寧有方所循業發現十虛十方十界也

四結責迷情

世間無知惑爲因緣及自然性皆是識心分別計度但有言說都無實義二乘凡夫外道皆由不知常住眞心故爾

二承前開示獲悟二

初具叙大衆領悟二

爾時阿難及諸大衆蒙佛如來微妙開示身心蕩然得無罣礙疏三科七大即相即性本自不生今則無滅生滅去來皆如來藏圓滿不動清淨本然此是如來宣勝義中眞勝義性故云微妙開示身心圓明故云蕩然更無諸法可爲所疑故無罣礙

是諸大衆各各自知心徧十方見十方空如觀手中所持葉物向執心在身中謂言是我眞性今知空在心內如片物持於掌間下文亦云空

生大覺中如海一漚發○解孤山曰各各自知即能覺之智也心徧十方即所覺之理也常住眞心徧融十方界故曰十方天台智者釋法華經深達罪福相徧照於十方亦云十方即十界也見十方空者謂十界循業發現之空也迷妄有空此眞爲小故以掌葉爲喻

初略叙除疑

一切世間諸所有物皆即菩提妙明元心心精徧圓含裹十方

疏同執心外有法令悟法法唯心離實相外無法可得故世間物皆菩提也○菩提云覺覺即是佛若執無情無佛性者請看此文縱信無情有性仍說不具諸法逐令佛性泒成二一具法佛性謂有情性二不具法佛性謂無情性若此泒分何異他說無情草木無佛性耶今立量示云一切草木是有法定具諸法故爲宗因云有佛性故同喻如有情正教量云地水火風均名七大性眞圓融皆如來藏妙覺湛然周徧法界含吐十方寧有方所稟彼說者宜悉詳之○解一切世間等謂依空立世界也即十界循業發現依正之法耳皆菩提等謂十方虛空十界依正一法叵得皆我眞心含裹十方者即此眞心具足十界而非斷滅觀此文者豈疑無情有性無情作佛之說耶

後廣述得益四

一悟心廣大益

二了物咸眞益

三反顧遺身益

反觀父母所生之身猶彼十方虛空之中吹一微塵若存若亡如湛巨海流一浮漚起滅無從

疏太虛處我心中尚如片物在掌更觀所生微質於心大小若何故舉空中一塵存亡豈辯喻至小也如湛下再舉漚喻了身無生也前喻猶存小相今喻相本無生故此二喻各顯一意○解阿難大衆自觀已界正報之身也虛空巨海以況心精微塵浮漚以況已質理即事故若塵存而漚起事即理故如塵亡而漚滅事理不二故曰無從

四妙獲元心益

了然自知獲本妙心常住不滅

疏了謂顯了猶分明也然語辭也明解在心故云自知獲得也迷妄名夫了悟名得既言常住不滅故非新得但顯現耳○標顯如來藏性不逐因緣自然永絕戲論○解得分眞智知本覺理姑蘇曰阿難獲悟經云是諸大衆各各自知心徧十方悟奢摩他了唯心也見十方空如觀手中所持葉物悟三摩提眞見洞然空如片葉一切世間諸所

後阿難說偈讚述二

有物皆即菩提妙明元心悟禪那知一切法即心自性了然自知獲本妙心常住不滅此乃悟前常住眞心性淨明體三觀頓圓一心本妙爲一部之宗體長水指起信初一心本源即此經常住眞心也孤山亦以常住眞心爲體是知眞心常住法界本然正是凡聖之本源也三惑既銷三德顯發不歷僧柢而獲法身圓頓眞詮斯可見矣

初標擧

禮佛合掌得未曾有於如來前說偈讚佛疏得益在懷蓋承開示故展禮伸讚述益發心也○標此結集家敘阿難意也○解得未曾有謂圓頓之解昔所未有而今得之

後正說四

一歎佛法希有二

妙湛總持不動尊首楞嚴王世希有疏初句讚佛佛有三身謂法報應今皆具歎妙湛法身也法身無相湛然常寂無作無爲徧一切處不生滅故總持報身也謂無量劫修行諸度之所顯發總攝一切無漏功德盡未來際任持不失無有壞滅訓彼因故不動尊者應身也謂隨機感赴求勝劣衆生心中之所顯現眞如用相名之爲應佛體不動無有作意如月不降百水不升慈善根力法爾如此亦如鏡像隨形所現鏡且不動故以不動爲應身也又妙及尊字通上下謂三身一體不三而三體相用法具一切義故名爲妙是最究竟極證所顯故名爲尊下句嘆法即行法也一經所顯唯此三昧最尊最勝於法自在故稱爲王上句理果下句是行理果行三是所詮義必因能詮所詮方顯是故曰法皆具嘆

初正歎

也○解妙湛歎眞諦般若德也總持讚俗諦解脫德也不動讚法身德也又即三而一故曰妙湛即一而三故曰總持非三非一故曰不動尊者十號之一也由證此三號此之尊首楞嚴大定之總名此云事究竟也冥三德之理故曰究竟別而往目即奢摩他等三焉阿難以別名而請今舉總名而嘆此顯圓定三一無礙也出徧小上諭顯以王是則行從理而得名教從行而立稱數行理三悉號楞嚴今正舉能詮以歎也如來在世五十年間所說經中最爲殊勝故曰世希有也

後述益

銷我億劫顛倒想不歷僧祇獲法身疏初句斷障即前身心蕩然得無聖礙也下經云從無始來顛

二願得果度生二

初正陳所願二

倒淪替今言憶者舉大數耳妄認四大六塵緣影爲身心相迷已爲物觀大觀小皆爲顛倒虛妄亂想今聞開示不執不認故名爲銷下句悟道即獲本妙心常住不滅也阿僧祇云無數劫波云時分方便教說一切諸佛皆於無數劫中修波羅密然後成佛今於此會言下頓悟獲本妙心常住不滅何歷僧祇之有乎故下文云歇即菩提不從人得何藉劬勞肯綮修證又云彈指超無學又圓覺云知幻即離不作方便離幻即覺亦無漸次皆此義也○然據今文且叙解悟如文云各各自知心徧十方知解即也叙雖論解不無證悟以隨人入位淺深不同且如兩教二乘稟權菩薩圓教根性未發信者悟此境界即是解悟若曾巳入信解行位聞法開悟即是證悟更有已入地住即增道損生乃至妙覺破惑證理發眞妙用皆隨位淺深而論廣狹此則一會之衆皆得妙益耳○解億劫顛倒想者即無始無明也不歷僧祇者若婆沙論明三僧祇劫修六度行百劫種相好因然後獲五分法身乃至如唯識云地前歷一僧祇初地滿二僧祇入地至等覺是三僧祇然後獲究竟法身此皆方便之談時長行遠今云不

歷即同法華八歲龍女南方作佛華嚴發心便成正覺胎經云凡夫賢聖人平等無高下唯在心垢滅取證如反掌資中日由前廣破人法二執故此分見如來藏心也又解或是諸佛神力示現暫令得見如華嚴中金剛藏說十地境界恐有不信即入三昧以神通力攝諸大衆皆入身中菩薩旣然佛亦如是不爾何故阿難何後方得二果耶私謂此文疑論者久矣而多所未決今試以愚情辯之且經家叙云爾時阿難及諸大衆蒙佛開示身心蕩然等是則說偈領悟非述一人而釋者競以阿難一人爲妨者不亦局故當知若約解證言之必屬於證以知爲解無的可憑如云正徧知者豈曰解乎須據偈中不歷僧祇獲法身義驗前知字實頓證之智也若釋銷我之言應有二義一者且捎諸菩薩及利根二乘等人爲我阿難雖在衆中未同其證蓋從多分得悟者稱之也二者設是阿難自稱爲我已同其證斯亦無妨下文所得二果不可以小乘實證爲比及乎喻以旅人請入華星乃爲鈍根者發起行相耳苟以下文爲疑胡不疑法華已入實相何於此經遭婬所攝又則此經旣獲常心何於涅槃爲魔所罥

大權引物唯變是宜或曰不然余不知其然也

初陳願

願今得果成寶王還度如是恒沙衆疏初句敘智即佛道無上誓願成也即於此身期獲智故故云願今次句敘悲即衆生無邊誓願度也下云除惑即煩惱無盡誓願斷○悲智二法即菩提心正是道體復以要誓總而持之即三法周徧四願具足發菩提心畢於此矣依圓覺疏頓教因地總有三重初了悟覺性即前獲妙本心得法身也二發菩提心即今悲智二願也後修菩薩行即向下問修行方便也謂若不了自心云何知正道故多劫修行非眞菩薩次不發大心無由起行故善財先陳已發方問修行圓頓修證莫過此矣○解孤山日前獲法身乃是初住分果今願成妙覺極果也此即佛道誓成以攝法門誓學由學法門而得果故次即衆生誓度以攝煩惱誓斷由斷煩惱方度生故

後述意

後重請證明

將此深心奉塵剎是則名爲報佛恩疏上句同佛化上求下化悲智二心一一先悟妙覺明性從深理生故名深心以此二心承順奉塵沙諸佛化行無二無別故名爲奉塵剎下句結報恩大論云假使頂戴經塵劫身爲床座徧三千若不傳法度衆生畢竟無能報恩者○解以上願心歸奉塵剎如來是報我佛微妙開示之恩也

伏請世尊爲證明五濁惡世誓先入如一衆生未成佛終不於此取泥洹疏我願成道本爲度生度生之心非暫時爾盡未來際衆生界盡我方入滅斯願至重故請證明○解前願度人如釋迦故云願度是衆今願取土如釋迦故云五濁誓入

三乞除惑速成

大雄大力大慈悲希更審除微細惑令我早登無上覺於十方界坐道場疏初句歎德威德猛盛如師子王故名雄十義具足不可屈伏故云力慈悲謂拔苦與樂無緣普救皆言大者顯無上也次句乞除惑自乘修惑大乘所知俱名微細下二句乞速成前文已願得果今再言者以度生心切願早得也上句眞身下句垂應證成也道場現入相也前云未成不滅約時監論今云於十方界約處橫說即

釋成上求下化也。標微細惑者謂所知障下文云理雖頓悟乘悟併消事非頓除因次第盡。此解前明三德之體故云妙湛等此明三德之用故云大雄等涅槃云佛性雄猛故知大雄是法身之用也又曰是諸聲聞無有慧力故知大力是般若之用也又曰慈即解脫故知大慈是解脫之用也既而理顯智極斷圓乃能無謀而化故今請更開導除我細惑以今始入初住尚有微細無明故於十方界者隨機利物如月現水耳

舜若多性可銷亡爍迦羅心無動轉

疏舜若多云空也虛空之性不可銷滅今尚可滅上求下化善提之心終無移動故不動轉爍迦羅云堅固不壞也又翻為輪輪有摧碾謂悲智之心自利利他皆能摧碾惑業苦故。標爍迦羅亦云勇健。解眞際曰爍迦羅類跛析羅此云金剛阿難懇陳請願二利周圓表此眞誠故玆比較虛空之性尚可銷亡我堅固心終無動轉

四前道心

無動

首楞嚴經義海卷第十 經第三終

音釋

貿 莫候切易也　幟 昌志切旛也　肯綮 綮去挺切肯綮結會處也　爍 書藥切　碾 尼展切轢也

○後滿慈執相難性顯如來藏四
初致請三
初總述未了三
初展敬伸難

首楞嚴經義海卷第十一 經四之一

凡遇圓相即是標辭與疏同其上文

爾時富樓那彌多羅尼子在大衆中即從座起偏袒右肩右膝著地合掌恭敬而白佛言大威德世尊善爲衆生敷演如來第一義諦 疏如來說法大衆咸坐欲有所問先起展敬展敬之儀不離三業胡跪合掌身也恭敬意也白言下口也如來藏心不空不有即性即相名第一義是佛所證決定無妄審實名諦○標富樓那從父母彰名已見前文十大弟子中說法第一○解真際曰如來藏心於諸說中更無有上名第一義

次引喻述迷

世尊常推說法人中我爲第一今聞如來微妙法音猶如聾人逾百步外聆於蚊蚋本所不見何況得聞 解私謂譬小乘根性遠第一義諦雖承如來微妙法音本不似見何況真聞

佛雖宣明令我除惑今猶未詳斯義究竟無疑惑地 地謂智之所踐 ○疏滿慈子善說法要衆推無上今聞佛說未盡領解猶壞耳者對微細聲遠逾百步詎能明辨第一義諦微妙寂滅微細聲也聞而不解與不聞等猶聾人也言語道斷心行處滅逾百步也說斯等法令我除惑猶拘疑網未盡悔結故引比也○標未達藏性本所不見何況得聞五目不覩其容二聽不聞其響

後比論得失

世尊如阿難輩雖則開悟習漏未除 解孤山曰初果已破見惑思惑全在阿難向悟常心實登圓位欲汲引小機令歸大道故舉其初果以爲請端也

次別叙所疑二

我等會中登無漏者雖盡諸漏今聞如來所說法音尚紆疑悔 疏開悟者如前獲妙本心常住不滅也小乘有學方斷分別俱生全在名習漏未除滿慈無學斷盡俱生此約小乘煩惱障說問何故無學尚紆疑悔初果之輩解悟不疑耶答煩惱所知二障差別人執法執輕重不同故正理論云

或有於境智不及愚所論凡夫善通三藏羅漢不識赤鹽以所知障障法界理羅漢雖得無漏煩惱輕故尚紆疑悔所知重故阿難雖得開悟所知輕也習漏未除煩惱重也○標羅漢不識赤鹽者藏中說舍衛城中法預婆羅門常請僧食問其義能答者自與美食不能者不同會食由是比丘皆不往因至佛所近佛不遠有羅漢法預乃問云何名赤鹽鹽有幾種羅漢曰我知汝是法預輕慢比丘今復惱我鹽止是鹽法預聞說心懷悵然來至佛所佛言此羅漢未從師學故不能答鹽也有比丘名弗絺盧佛令往答鹽義比丘云鹽有二義一種味如大海水同一鹹味二性味者有黑鹽有赤鹽辛頭鹽拔遮鹽毗藍鹽迦遮鹽私多鹽毗迦鹽略語二種若生若煑是名鹽義法預聞之歡喜而退○解資中曰羅漢雖斷煩惱障而所知障在

初藏性生相疑

世尊若復世間一切根塵陰處界等皆如來藏清淨本然云何忽生山河大地諸有爲相次第遷流終而復始

疏前五句引所聞即同圓覺剛藏云若諸衆生本來成佛也云何下五句敘疑難即同彼云何故復有一切無明彼反難云若諸無明衆生本有何因緣故如來復說本來成佛今經無此難者意已含故復有牒而縱之責無窮過即同下文別答違妨也然剛藏所問反覆成難文聚一處鈎鑠相連如來答釋亦總示云世界始終念念相續一切對待皆由分別生死垢心輪迴妄見未離妄見而辨覺性遂令覺性成諸輪轉乃至結云如是分別非爲正問今經問既前後答亦隨問二經答意廣略雖別大旨攸同如彼經云種種取捨皆是輪迴未出輪迴而辨圓覺彼圓覺性即同流轉若免輪迴無有是處等此即責剛藏不了圓覺自性絕諸對待生死涅槃猶如作夢遂引無明生死有爲反覆成疑以難衆生本來成佛故佛舉此正是生死垢心分別妄見遂合圓覺成輪轉也由是舉喻雲駛月運舟行岸移等今經即以常說本性覺體妙明明妙反而責之以辨滿慈解惑之心解則已知覺體本妙無明本空山河大地如空華相夫何致疑本則能所妄分強覺俄起三細爲本四輪成界遂有世界衆生業果相續斯皆未出輪迴而辨圓覺彼圓覺性即同流轉故二經之

意問答並同也然此是法空門下疑難大節最障修證滿慈迹雖小聖今經圓通述悟無非大途故所陳難剛藏無異學者至此請細觀所之○標復云法華所謂內祕菩薩行外現示聲聞也○解前破人法二執顯空如來藏今顯不空如來藏故生此疑

後大性俱徧疑

又如來說地水火風本性圓融周徧法界湛然常住世尊若地性徧云何容水水性周徧火則不生復云何明水火二性俱徧虛空不相凌滅世尊地性障礙空性虛通云何二俱周徧法界䟽此約世諦水火性異難第一義性相俱融下文答云觀相元妄無可指陳○觀性元真唯妙覺明妙覺明心先非水火云何復問相凌滅義

後雙結求誨

而我不知是義攸往唯願如來宣流大慈開我迷雲及諸大衆作是語已五體投地欽渴如來無上慈誨攸所也據說則本然清淨互徧互融據今則宛爾山河頑乖水火莫知所往○孰是孰非願垂慈誨與無所惑

次許宣三

初叙詮

爾時世尊告富樓那及諸會中漏盡無學諸阿羅漢如來今日普爲此會宣勝義中眞勝義性如來常依二諦說法謂世俗諦勝義諦今所說者異乎常說謂勝義勝義諦也一眞法界中道實相無法不收無法不徧上聖下凡情與非情皆成佛道斯爲極唱最後垂範也

次顯益

令汝會中定性聲聞及諸一切未得二空迴向上乘阿羅漢等皆獲一乘寂滅場地眞阿練若正修行處方便教說定性二乘無性闡提不得成佛如焦芽敗種等今此會通咸歸一乘究竟涅槃涅槃經云我於餘經說有聲聞不得作佛非於此經作如是說涅槃佛性即如來藏亦名一乘亦名首楞嚴二經同味不亦宜乎斯則會五性融三乘了義極談莫斯爲最阿練若

後勑聽

三佇聞

四答釋二

初答藏性生相疑二

後答大性俱徧疑。

初正答所疑三

後別答遣妨。

云無喧雜首楞嚴王即諸佛之大寂定名眞無喧雜正修行處也。標無喧雜處即首楞嚴大寂定是行人安心之地也。解孤山曰未得二空者未得大乘人法二空亦是未得大乘性相二空也此文明指定性皆獲一乘遂知五性之宗乃方便之說明矣寂滅場地者無中邊相故名寂滅地有二義能持能生既持諸法復生妙智也阿練若此云閑靜處或言阿蘭若此云無事處謂中道二地離二邊喧動無二邊諍事也即以此處爲正修行處私謂寂場指得果之地練若指修因之處因果所依皆是實相故曰寂曰眞也

汝今諦聽當爲汝說標諦審離緣

富樓那等欽佛法音默然承聽

佛言富樓那如汝所言清淨本然云何忽生山河大地此略牒前語

汝常不聞如來宣說性覺妙明本覺明妙富樓那言唯然世尊我常聞佛宣說斯義疏一眞如心是佛常說或名法界或

初牒疑

次正答二

初羅眞心

名實相或如來藏性或妙淨明心一經之內尚有多名況諸經耶名雖有異一體無別皆顯法界一相本來平等三科七大虛妄有生虛妄名滅生滅去來本如來藏不動周圓妙眞如性性眞常中求於去來迷悟生死了無所得若了斯旨何山河之忽起有爲之還流耶何致問於如來耶故茲責問已釋疑盡此就眞如門約體絕相以答也

性覺本覺指體也妙明明妙顯用也顯不由他故云性覺性自覺故性自明故豈由於他顯非有始故名本覺本來覺故本來明故豈因始有又體無改易故名性覺相非生起故名本覺體相寂滅心言不能及故名名妙靈鑒不昧昏惑不能暗故名明妙明明妙左右言耳或可寂而常照故稱妙明照而常寂故曰明妙此顯法界一相眞覺無二圓覺亦云一切覺故圓覺普照寂滅無二古人所解各隨其意云云在彼不能具叙。解眞際曰與福以性覺爲妄本覺爲眞資中以在經爲性出經爲本斯皆並去實存華背源尋派者矣今言性覺妙明者性謂自性其體靈鑒性即覺故此覺圓明絕諸名相故云妙明也本覺明妙重釋上句也本覺者謂本性自覺非有所覺故明妙者

後起諸妄法三

覺體自明非因所明故又解體即用故性覺妙明用即體故本覺明妙孤山曰本亦性也變其文耳以本元自性既能所雙絶而寂照互融即寂而照故曰妙明即照而寂故曰明妙寂則三諦俱寂照則三諦俱照秖是本性之覺妙明互融故作兩句說耳私謂孤山所釋文婉理順反觀諸家無以逮此節公攡萬抑泒自謂得其源實洎陳兩解未異枝流重釋之語且煩體用之義仍局是故應云性覺本覺中道之體也妙明明妙空假之用也體用不二空假相即如來藏性髣髴在茲又若復躡顯妙當如圓師云三諦俱寂三諦俱照亦應更云三諦俱非寂非照蓋是文略然此句義與前性色眞空性空眞色辭異意同上云忽生山河大地下云無同異中熾然成異即循業發現

初總問覺明

之謂也由當機未悟故滿慈發起如來重示又前文正明破妄顯眞此下多說從眞起妄故資中以空不空二藏收之頗得其旨。疏二起諸妄法即約生滅門隨緣成事以釋文三

佛言汝稱覺明爲復性明稱名爲覺爲覺不明稱爲明覺此之一問定其解惑

次答由所覺

也解則不合致疑惑則此非正問意云汝聞我說性覺妙明爲作何解爲此覺體本性自明名爲覺明爲復覺自不明由覺他明明與覺異名爲明覺覺明之號由誰而立故云汝稱等此二意一正一邪定滿慈答爲得何意得正則無疑認邪則生妄故此一問定其解惑也。解孤山曰此問眞妄二覺也初問爲復性體本明絶能絶所稱名爲覺次問爲是覺體不明虛妄分別稱爲明覺私謂二家所解初問則同次問則別今研次義復有異乎二師之說原佛所舉二覺之義皆眞覺也今牒前爲問良恐滿慈繆解此覺性雖本爾而現是無明必須藉智起修照了此性方名爲覺故佛二問乃是約性約修而設也初問可見次問云爲覺不明稱爲明覺者不明猶云無明也爲是覺了無明顯於性明方稱明覺耶愍沈節等所解並殊避煩不錄諸師既辨問意稍躡至於下文銷釋俱滯今皆私述覽者恕之

後約計敘妄亍

富樓那言若此不明名爲覺者則無所明疏據斯答意覺體自不能明必須別假他明爲其所覺若無所覺之明但可獨名爲覺不得兼稱覺明若欲兼稱覺明必

有明爲所覺斯則但認於邪以爲妄法生起之本佛之本意覺性元明必不因他而稱明覺覺妙明妙覺圓明圓明覺一相無二無別此唯眞覺更無別法除一實相餘皆魔事滿慈起教示自不知妄認所明迷成迷倒○解答意正順次問之義方稱爲覺也若謂無明即名覺者是則覺體無所照明姑蘇曰性覺妙明者清淨本覺也龍樹釋

初且破滿慈能所執見三

起信論云清淨本覺本有法身從無始來具足圓滿過恒沙德常明淨故本覺明妙者染淨本覺也釋論云染淨本覺自性淨心受無明熏流轉生死無斷絕故然滿慈示權變金作土故於染淨本覺能所妄生無同異中熾然成異山河大地萬象森然若能觀相元妄無可指陳觀性元眞唯妙覺明乃知萬法皆如來藏妙眞如性法界洞然平等顯觀也

初破眞覺墮能所

佛言若無所明則無明覺解牒前答意

有所非覺疏初二句總牒所計若汝執言必有所明方稱明覺若無所明無明覺者佛即破云有所非覺也意云若有能所焉稱眞覺夫眞覺者離能所相見道偈云若時於所緣智都無所得爾時住唯識離二取相故○經云不了心及緣則生二妄想了心及境界妄想則不生上文云覺所覺眚覺非眚中故知有所非眞覺也

次破妙性非湛明

無所非明疏解滿慈所謂覺者必假能覺之智方顯所覺之性故今示曰有所非覺蓋言若有所覺則非眞覺又恐疑云若無所覺應無能明耶故復示曰無所非明蓋言無所覺中亦復非有能明之智也此以性斥修顯修爲妄由無明尚混能所未亡究竟覺明始同本性故前文云見所緣眚覺見即眚本覺明心覺緣非眚者也

後結示眞妄二覺

無明又非覺湛明性疏初一句別牒所明若如汝言必有所明方稱覺明但可名覺者次二句破云若無所明如來常說覺湛明性豈得無明若實無明不合名爲覺湛明性○解釋上無所非明也無明即非明變其文耳意云上謂非明但是無於妄明非謂無於覺湛明性

後正顯迷眞起妄之由二

性覺必明妄爲明覺疏上句結眞下句結妄性覺必有眞明故云性覺妙明本覺明妙妄謂明異於覺是故汝言若無所明則無明覺以有所明方稱覺明故解惑之見於焉可辨○解

本性之覺必具湛明之性以不了故妄爲能明之明所覺之覺

初明妄覺托眞之相

覺非所明因明立所

疏眞覺之體本有妙明不逐縁生非由境起本來寂照法界一相故云覺非所明因此眞明無明不了妄執爲所由是一念纔起四惑俱生本識初相莫不是此起信云由不如實知眞如法一故不覺心動而有於念又云不生不滅與生滅和合非一非異名爲阿棃耶識是此眞明爲執所認而立所明也此即眞如不守自性爲妄所見便爲所相如前燈光爲靑所見便爲圓影此名無始住地無明○瓔珞經云四住地前更無法起故最極微細即此所相也○解性覺之體本非所明但因妄明對能立所然有二義一者因智立所觀之理二者因惑立所見之相今意在

後廣辨三相展轉生由二

初立因相一

次義也以下文即說迷眞立法故

初別明三相一

所既妄立生汝妄能

所見之相既立能見之相即生能所同時前後異說耳問滿慈初疑藏性清淨云何忽生山河大地至佛問覺義滿慈乃謂由覺不明稱爲明覺據斯答意佛應但示覺理之智爲妄何故復說迷理之惑爲妄廣明立法之相乎答秖

縁前問山河後答明覺涉於立法立修二義是故如來作此兼顯先據答意破能覺之非眞次順問情示所生之是妄微言奧旨固不徒然

初異相

無同異中熾然成異

疏起信名爲業相故論云以依不覺故心動說名爲業覺則不動動即有苦果不離因故此經名爲異相者異有二義一相望論異謂不覺則動覺則不動動異不動故二當體論異謂此業相具能所故有生滅故今前文云所既妄立生汝妄能者即當體異也眞覺妙明本非所相無明隨不覺妄認爲所妄所成故妄能隨生能所二心不相離也無同異中熾然成異者即相望論異也一眞之體離言說相離心縁相故無同異能所妄分二相俄起顯然成立相異無相也亦名動相異靜心故

次同相

異彼所異因異立同

起信名爲轉相故論云以依動故能見不動則無見轉者起也轉前動心起成能見故今言異彼所異異者能異即同相所異即異相欲異異相須立同名前異於眞今異於異待異立同○又麤顯故亦名靜相靜異動故此靜待動非絶待靜故云

因異立同

後無同異相

同異發明因此復立無同無異起信名爲現相故論云以依能見故境界妄現離見則無境界此則阿棃耶三細中現相也今云同異發明者由前同異二相和形顯發故遂令心相轉麤能成外境形對前二而立此名非前靜相故名無同非前動相名爲無異此則待同異之無同異非絶待之無同異也故云同異發明也此之三相本識分齊流注生滅念念不息非凡夫二乘之所能覺由彼一念無明所起起信名爲不相應染唯佛究盡○故文云依無明熏習所起識者非凡夫能知亦非二乘智慧所覺謂依菩薩從初正信發心觀察若謂法身得少分知乃至菩薩究竟地者不能盡知唯佛窮了○解此明所立境界下文云虛空爲同世界爲異彼

後總指釋成

無同異眞有爲法即顯示其相也資中以起信論業轉現三細配今三義乃至長水亦復承用洎乎孤山別以惑性具九法界執有執空及取中道三相釋之余研此文竊所不蹉若論三細應在因明立所所既妄立生汝妄能此三向中已有三相明即業相能即轉相所即現相斯由不生不滅與生滅和合非一非異而分三相微而未著故曰三細今文既云熾然成異又云同異發明合是六麤境界耳若將三細配屬同異等其義甚迂不煩敘引又若以惑性所具亦應須在性覺必明及覺非所明二句中攝其猶木具火性未有燒相今熾然發明豈是性具耶良由諸師見下文云如是擾亂相待成勞乃至引起塵勞煩惱等便謂此中未涉麤事抑爲細惑今謂不爾蓋此經所說迷眞起妄多是先說無情世界次說有情因果如前文晦昧爲空空晦暗中結暗爲色色雜妄想想相爲身聚緣內搖趣外奔逸等又下文明三種相續先世界次衆生後業果耳如是若將起信麤細次第對之則並成顛倒矣諸有學者試爲甄明苟失大塗請從良導

後辨異相二

初由因引果二

如是擾亂相待生勞勞久發塵自相渾濁疏如是三相互相擾惱互相雜亂形待不息遂成勞倦如勞目睛則有狂華三相虛妄染汙眞性故名爲塵汩清淨體令失明潔故名爲濁濁之麤細名相五重如下廣辨皆由此三而爲根本也

由是引起塵勞煩惱由前三細引起四麤謂智

相相續。執取計名也此四正是二
障之體。以妄想內熏境界外熏
因緣具足由是方生故云引起染
汙勞累造業受報輪轉無窮皆由
於此即煩惱道也下業果衆生即
後二義起信云以有境界緣故復
生六種相此即六麤也。解指前
因明立所動雜真性故曰擾亂所
既妄立生汝妄能即相待生勞無
同異中熾然成異等即勞久發塵

初由細引麤

後由內感外

自相渾濁也上言勞者且屬無
明下云塵勞正謂見思煩惱

起爲世界靜成虛空虛空爲同世
界爲異彼無同異眞有爲法

疏起即是
動動即異相異名差別爲世界體
世爲遷流界爲方位前後改轉隔
別不同故名世界皆由內有異相
爲本故云起爲世界靜即同相同
名不異形前差別動亂故名爲靜
。即虛空之體也虛空無差別動
轉由內有同相對動之靜爲此因
故故云靜成虛空虛空下二句結
由二相也彼無下指現相亦名現
識此就黎耶三相具足成就位說
名眞有爲法以能成就八識六塵
及根身種子等前之二相雖亦有
爲三相未具能事末辨故成就位
方說有爲又此一相名無同異濫

後正明異相三

前所說眞如覺體亦無同異故此
特指是有爲法即知非是眞無同
異無同異言眞妄俱有由此揀故
無相濫失然此三相說雖次第起
即同時所感外器虛空及有情根
一念頓現亦非前後不可以說之
次第而責現之後先耳。解由煩
惱故變起依正空界屬依有爲屬
正界是器界色相差別故云起云
異也空是頑空不動常一故云淨
云同也彼指上之辭眞猶實也上
云無同無異名濫於理今指其體
實有爲法耳何者衆生正報兼乎
色心造作善惡靡不由此以有心
性故非如世界之異以有色相故
非如虛空之同相待立之故云無
同異也然有爲之法實通依正既
以世界爲異則知別就衆生得名
如滿慈所問云何忽生山河大地
諸有爲相豈獨問依而不問正故
華嚴云何等名有爲法所謂三界
衆生沉下文云精研七趣皆是昏
沉諸有爲相豈非顯以正報名有
爲耶又如文殊云迷妄有虛空依
空立世界想澄成國土知覺乃衆
生此與今文三義符合但空界有
先後之異耳適時
之說理在不疑

初世界相續二

初辨其相一

覺明空昧相待成搖故有風輪執

初明四輪所起

持世界疏由前所既妄立生汝妄能所即影明能即妄覺此云覺明全是無明無明昏鈍遍迷法界即成空昧故下文云汝見虛空遍十方界空見不分等見即妄覺也一明一昧一動一靜剎那生滅相待不息於內生滅即名為搖於外即成風輪初起是故世界之初風輪為始虛空即為世界所依故下文云迷妄有虛空依空立世界也。解孤山曰四輪持世其實土輪金輪水輪風輪也此不言土者土與金同是堅性俱屬地大故此但言四大則已攝四輪矣私謂覺明空昧者真覺起於妄明妄明見於虛空晦昧之相也亦可明覺二字皆屬於妄以下文云明覺立堅故相待成搖者夫風以動為性元由心動之所感也是以空昧形于外覺明搖于內從微至著故有風輪矣俱舍論云謂諸有情業增上力先於最下依止虛空有風輪生

一風輪

二金輪

因空生搖堅明立礙彼金寶者明覺立堅故有金輪保持國土疏無明生滅形待不息故云因空成搖執認所明堅持不捨故云堅明立礙於內即是覺明於外即成金輪次起故云彼金寶者明覺立堅故知寶性因覺明有是故衆寶皆體堅而用明也。解因空生搖牒上文也堅明立礙謂堅凝妄明成立質礙也夫金以堅為性亦由情堅之所感也是以空既妄立搖於妄明明執堅凝故有金輪矣按俱舍論風輪之上次有水輪水輪之上方有金輪謂於有情業增上力起大雲雨澍風輪上滴如車軸積水成輪復有別風搏擊此水上結成金此與彼異者彼約安立世界自下升上以成其次此約生起世界由內感外以成其次然大小義別不須會通

三火輪

堅覺寶成搖明風出風金相摩故有火光為變化性疏前二句指前二性為生火之由於內則生滅不停堅執不捨於外則動搖不息堅剛難壞互相摩觸而有火生如取火法鑽燧與木一堅一動火能鎔散成熟萬物。故云為變化性。解上二句牒前二文風金下正明火大孤山曰變化性者火能變生為熟化有成無也

四水輪

寶明生潤火光上蒸故有水輪含

十方界疏於內則愛明堅執燥心熾盛於外則寶潤火蒸遂成流水也如世蒸物必有汗流故一切業種非愛不生一切草木非水不長由是四性互相假藉體不相離同一妄心所變起故如虛空華不離驗故愚人不了心外執境顛倒見故然小乘宗水輪在前金輪在後與此不同者而不知風輪持水即是堅礙約相在後舉性在初故風輪後即說金輪又彼但知增上業感而不知是何因種以教非了義麤相說也。解既風金起火而火復蒸金故金。潤下流遂成水大然此四大風金則由妄心而起火水復由風金而起下文結云遞相爲種義見此矣或曰愛心外感於水者則違經文

後明諸相發生

火騰水降交發立堅溼爲巨海乾爲洲潬水交於火火交於水其勢相敵而立於物故曰交發立堅溼爲巨海水降之所立也乾爲洲潬火騰之所立也以是義故彼大海中火光常起彼洲潬中江河常注疏火炎上而就燥水降注而流溼交互擊發立成堅礙火雖炎上而相擊發終爲水克故大海廣而洲潬狹也

皆由妄性不常前後變異愛心多故成巨海我心盛故成洲潬瞋性生慢執性生瞋於色起愛潬中流水違愛生瞋海中火起水中可居曰洲水中沙聚曰潬出爾雅。解觀海中火起則知火交於水也視洲中河注則知水交於火也郭璞云水中沙堆爲潬水勢劣火結爲高山是故山石擊則成燄融則成水疏外則水勢劣火內則瞋增愛微瞋復加慢結爲高山土勢劣水抽爲草木是故林藪遇燒成土因絞成水外則土勢劣水內則愛增慢輕愛能生水水能生長故抽草木瞋愛慢三互相滋蔓異類成形草木山川千差萬別。解水勢劣火謂水大少火大多以此相合結爲高山是故下舉融擊以驗其二大所成也土勢劣水比說可知

後結相續。

交妄發生遞相爲種交妄發生謂兩妄交合而生諸事也始則明昧相待成風輪終則水土相合成草木中間諸事盡由兩大而起也遞相爲種者如覺明空昧相待成搖爲風輪種因

搖立礙爲金輪種風金相摩爲火大種金火復爲水種水大種水火又爲海洲種水土復爲草木種應了此諸妄法於一真性如空中華華處空處本無有異故觀妄真唯見真具具無具相彼此誰名世界相續

次衆生相續二

既然下二相續其旨亦爾

以是因緣世界相續

疏先從明昧搖動有風輪風搖明立有金寶金風相摩生火性火蒸金潤有水生水火相交勢有勝劣水勝火劣爲海洲火勝水劣爲山石土劣水勝爲草木等外相雖爾皆由內心內心爲無變外豈差別經且約外故云遮相爲種

初辨其相二

復次富樓那明妄非他覺明爲咎

解私謂明妄即妄明也非他者言此妄明之體更非他法所成全是

初明根塵創結三

真覺起於妄明而爲過咎

所妄既立明理不踰

疏明謂顯發妄之顯發別非他緣但由自己一念不了能所妄分以爲過咎覺明即能所也所明既已成立引生能覺之心念念相續莫能離念故真明妙理爲念所礙隱而且礙不能踰越而顯現也○解上覺明爲咎已是妄能故今但言所妄既立即前文云因明立所由

初指前因相

妄明之性非局而局故曰明理不踰

以是因緣聽不出聲見不超色色香味觸六妄成就由是分開見覺聞知

後結成根塵

疏無明爲因所明爲緣展轉相形至無同異於此一相分出根塵根塵既偶識生其中根境識三爲業之性各自取吸他行他

緣故云不超等即於所明分出六塵於前妄覺開成聞見等由是前云覺明爲咎也。標以是因緣者根境識三爲業之性蓋爲衆生迷本圓明是生虛妄性無體非有所依將欲復真欲真妄已非真真如性非真求復究成非相非生非住非心非法展轉發生生力發明熏以成業同業相感相滅相生由是故有衆生顛倒是故世界因動有

後辨生類初因二

聲因聲有色因色有香因香有觸因觸有味因味知法六亂妄想成業性故十二區分由此輪轉矣○解示不踰之相也下文云元依一精明分爲六和合

初舉類總標

同業相纏合離成化

疏胎卵有情要因父母同業相感故云同業相纏淫化有情但因自己情想合離合處淫生離

處化生不由父毋同業相感故云合離化成化化即四生之總名也皆名變化故。解搆李曰下文云情想合離更相變易是也

後就因別釋二

見明色發明見想成異見成憎同想成愛

疏見謂妄見明即所明因見有明明能發色因明起見見能生想境與想異異即違也乃成於憎色同於心同則順也遂生於愛異則但想無愛同則想愛俱行由是受胎須資想愛。解孫山曰妄心見妄境故云見明色發即於中陰見其父毋也明見想成者依妄境起妄惑也異見謂父是所憎境同想謂毋是所愛境女子託胎反此

初攬塵成種二

初情想所因

流愛爲種納想爲胎交遘發生吸引同業故有因緣生羯羅藍遏蒱曇等

疏種謂已受愛取所潤即異本之種也故云流愛爲種胎即正約現行一念識心生起之時然種即想愛俱爲種胎即想愛俱爲胎經文存略故各舉一也父毋與子三處情想互爲交合互相遘遇引發吸取界趣同業令歸一處結成胎藏故云交遘發生吸引同業自業爲因三處情想爲緣羯羅藍云凝滑遏蒱曇云疱胎中前二七也若至三七胎卵即分故約前二未分位說。解流注也注愛於毋識託其中故涅槃明十二因緣無明有二一潤業無明謂過去煩惱也二潤生無明即託胎時於父毋起憎愛也納想爲胎者有福之人想其毋胎如華林殿堂薄福之者惟棘樹圊廁交遘發生謂男女會合染心成就吸引同業謂吸引過去同業而入胎也俱舍明胎中凡有五位一七名羯剌藍此云凝滑二七名頞部曇此云疱如瘡疱三七名閉尸此云輭肉四七名健南此云堅肉五七名鉢羅奢佉此云形位今略舉前二等取餘三

後結成種類

胎卵溼化隨其所應卵唯想生胎因情有溼以合感化以離應

疏略即四生廣即十二如下廣辨四生起時業與情想相應之處即便受生故云隨其所應情想合離四生皆具今各舉一據多分說下經自有情想多少等又卵殼中生多分是想如飛鳥魚龍皆迅疾故故云想生胎藏中生者情多想少以情多重墜不能輕舉也故云情有溼氣中

後分爲四生

生不由父母，但自情想與淫氣合，即便受生，故云合感。化亦自想懸想勝處，情愛彼境，即便化生，故云離應。標四生後列八生者，金剛論中謂依止攝四生，依止是身，即欲界色界身也。若有色障類，若無色上四空身無形故，惑類非有色。僞類非無色性類後有四生境界。攝就想明境也，若有想謂無所有處已下除無想天餘皆有麤想此

後結相續

影類也。若無想，謂無想天中想心不行，癡類也。若非有想，謂有頂天一地無麤想，罔類也。若非無想，有細想，故此殺類也。解資中曰：想多情少即受卵生，以想輕利故飛鳥魚龍皆迅疾也。情多想少印受胎生，以情多重故，不能輕舉也。淫化染香處，不因父母，同業相感，但以情潤即受淫生，故云合感。但隨想處，不假情潤即受化生故

應私謂：流師以第八卷情想多少，釋今卵胎二生者誤也。彼明衆生內外二分，情爲內分，謂因諸愛染發起妄情，情積不休，能生愛水等。想爲外分，謂因諸渴仰發明慮想，想積不休，能生勝氣等。當知下文據善惡二業別開二分，此中納愛取之心通名情想，若將此二望彼二分，茲屬內分耳。又內外中其義甚寬，今之情想唯說受生之時愛

染爲情，分別爲想，故上文云異見成憎，同想成愛，又曰流愛爲種，納想爲胎，由是觀之，此中情想與彼大異。所云想多情少即受卵生，情多想少即受胎生者，且胎生之龍不亦迅疾乎？卵生之人豈便舉乎？又豈可胎生之類俱屬內分，卵生之類悉屬外分耶？節敏璿師皆用沈義，蓋未之思也

後業果相續二

初辨其相二

情想合離更相變易所有受業逐其飛沈以是因緣衆生相續

疏情想不常剎那變易，或先胎而後卵，先淫而後化，所有受報隨業善惡，故云逐其飛沈，捨身受身，無能斷絕，故云衆生相續。標蓋由不如實知眞如法一故，逐乃情生智隔，相變體殊，隨其善惡業緣受報好醜。解資中曰：離合無定，故云更相變易。如下十二類生中，一一皆有八萬四千飛沈亂想，唯佛與佛乃能知之，故俱舍云：於一孔雀倫，一切種因相，非餘智境界，唯一切智知。

初正辨三

富樓那想愛同結愛不能離則諸世間父母子孫相生不斷是等則

初欲本

以欲貪爲本疏愛欲情深互相纏縛結滯難捨故云不離父母生子子復生孫子子孫孫續生不斷皆欲爲本也。解私謂欲貪通乎四生今正約胎生言之以又胎生復遍今多就人倫辨之以其易見故也

次殺本

貪愛同滋貪不能止則諸世間卵化溼胎隨力强弱遞相吞食是等則以殺貪爲本疏爲貪故殺用滋我命以强制弱殺害不止故爲殺本。標奪他性命資養已身。解以强殺弱因食成貪不滋口腹則屬瞋恚

後盜本

以人食羊羊死爲人人死爲羊如是乃至十生之類死死生生互來相噉惡業俱生窮未來際是等則以盜貪爲本疏不與而取故名爲盜今非理食他即奪其命也以惡業故同處一世令怨對相值更互酬債盡未來際相奪不止皆盜爲本。標復云故下經云造十習因受六交報地獄罪畢受諸鬼形鬼業既盡方於世間與元負人怨對相直身爲畜主還酬宿債如是乃至經微塵劫相食相誅猶如轉輪互爲高下無有休息除奢摩他及佛出世此業不可停寢也。解問此與殺貪何異答殺貪未論酬償先債今約過去於身命財非理而取故互來相噉以責其盜也如下文云從是畜生酬償先債若彼酬者分越所酬此等衆生還復爲人反徵其剩乃至若用錢物或役其力償足自停如於中間殺彼身命或食其肉如是乃至經微塵劫相食相誅猶如轉輪互爲高下此文若無後義顯之於理難見

後釋成

汝負我命我還汝債以是因緣經百千劫常在生死疏釋殺盜也。解此示盜貪業果相續兼於殺貪

汝愛我心我憐汝色以是因緣經百千劫常在纏縛疏釋欲貪也。解此示欲貪業果相續

唯殺盜婬三爲根本以是因緣業果相續疏殺盜婬三種惡業道皆由貪愛以之爲緣故此三

種皆云貪也業因苦果相生不斷故云相續。標下經云汝但不隨世間業果衆生三緣斷故三因不生即汝心中狂性自歇歇即菩提勝淨明心不從人得

後結相續

富樓那如是三種顛倒相續皆是覺明明了知性因了發相從妄見生山河大地諸有爲相次第遷流因此虛妄終而復始疏覺明妙體本有明了知性即性覺妙明也因本明了迷成所相即因明立所也故云因了發相此之所相由妄分別故云從妄見生此即總結前來三種相續皆由迷本真明立成所相所必生能展轉麤著遂成世界衆生業果次第遷流皆不離一念無明妄覺也。解孤山曰三種顛倒祇是依正而此依正悉從理變明了知性即性覺妙明寂而常照也餘義並同疏

後結答

首楞嚴經義海卷第十一

音釋

聆郎丁切聽也　紆邕俱切縈也　鏁蘇果切連瑣也　範音犯法也　愨克角切　沇以轉切　眚所景切目病也　洎巨至切及也　韙于鬼切是也　濫郎紺切沇濫也　澍朱成切霖霔也　鑽燧鑽祖官切燧徐醉切鑽燧穿木取火也　蒸煑陵切薰蒸也　懆蘇到切不安靜也　溼失入切不乾也　潬徒旱切水中沙階也　遞持計切更互也　雋李雋將遂切雋李地名　交遘古候切猶結構也　羯居竭切　皰匹良切瘡皰也　殼吉角切卵孚也

○後別答遣妨二

初滿慈伸難

後如來喻釋二

初約眞如門釋二

首楞嚴經義海卷第十二 經四之二

凡遇圓相即是標辭與疏同其上文

富樓那言若此妙覺本妙覺明與如來心不增不減無狀忽生山河大地諸有爲相解孤山曰無狀猶云無故也如來今得妙空明覺山河大地有爲習漏何當復生疏妙覺明心與佛同體本來無妄由乎強覺忽認所相便有妄生佛今已得妙空明心何時忽然復起諸妄此即牒而縱之責無窮過也即同剛藏十方異生本成佛道後起無明一切如來何時復生一切煩惱。二如來喻釋二一約眞如門釋二約生滅門釋初門泯相顯實故約迷方空花以喻無明及山河等元來不起體不可得迷心翳眼雖有起滅正方虛空了不移動妄心妄境似有生滅眞妙覺明何曾變改。次門即攬理成事故約金鑛灰木可鍊可燒以喻果成惑滅一門四喻雖各不同皆顯悟後更不再迷也

○初迷除方正喻無明本空二

初正喻二

初問答迷本無因

後問答悟後不妄

後合顯

佛告富樓那譬如迷人於一聚落惑南爲北此迷爲復因迷而有因悟所出富樓那言如是迷人亦不因迷又不因悟何以故迷本無根云何因迷悟非生迷云何因悟人聚可居故云聚落迷人衆生也聚落如來藏也南性明也北所明也惑無明也南相不動惑故見北性明無變迷故立所此迷妄出故今徵之令知無無生即見無明本空也佛言彼之迷人正在迷時倏有悟人指示令悟富樓那於意云何此人縱迷於此聚落更生迷不不也世尊悟人善友也指示教行也令悟十方如來也滿慈於法有疑於喻明解故佛舉喻以問令解法如喻也。解此喻妄因本空破前習漏復生疑也富樓那十方如來亦復如是此迷

無本性畢竟空合喩初昔本無迷似有迷覺覺迷迷滅覺不生迷合喩次疏迷即無明亦名爲癡亦名不覺不覺即覺故云性畢竟空約眞如門昔本無迷約生滅門似有迷覺覺即所迷本覺亦即始覺也覺迷迷滅者始覺智起覺盡無始妄念合本覺時更無始本之異唯一妙覺豈更生妄故云覺不生迷

後翳差花亡喩山河不實二

初約喩問答二

初待花愚慧問

亦如翳人見空中花翳病若除花於空滅忽有愚人於彼空花所滅空地待花更生汝觀是人爲愚爲慧翳喩妄見花喩山河妄見若亡山河自滅故下文云見聞如幻翳三界若空花聞復翳根除塵消覺圓淨。空無花處故云空地

後顛倒狂癡答

富樓那言空元無花妄見生滅見花滅空已是顚倒勑令更出斯實狂癡云何更名如是狂人爲愚爲慧眞元無相妄見起滅見山河滅已是倒見若待更起斯同狂人。標云空元無花因翳妄生翳病若除空花何有。解此喩妄果非有破前山河復生疑也

後反質結酬

佛言如汝所解云何問言諸佛如來妙覺明空何當更出山河大地疏據汝於喩所解不合更疑如來空覺生山河也維摩云佛爲增上慢人說離婬怒癡若無增上慢佛說婬怒癡性即是解脫是知如夢勤加空名惑絶幻因既滿鏡像果圓凡是斷證當體斯旨。標知是空花即無生滅非作故無本性無故。解如汝所解印其領喩也云何問言責其昧法也

後約生滅門釋二

初喩二

初喩果成

又如金鑛雜於精金其金一純更不成雜疏衆生覺隱如金雜鑛諸佛覺顯如金一純已入果海不重爲因故云更不成雜然因果雖殊覺性平等。標復云圓覺亦云譬如銷金鑛金非銷故有雖復本來金終以銷成就一成眞金體不復重爲鑛

如木成灰不重爲木疏覺性如地惑障如木加

行如燧智照如火涅槃如灰燧動火起木盡灰成灰歸於地不重爲木修行智起惑滅覺顯顯處唯眞不重起妄。解私謂金喻菩提鑛喻習漏山河如木涅槃如灰

後喻惑滅

後合

諸佛如來菩提涅槃亦復如是

疏菩提智果涅槃斷果雙合二喻也然上四喻二二同意前就圓悟之理生佛俱是本眞以成前文清淨本然皆如來藏與如來心不增不減故舉迷方空華元來不起非後始滅故法合云此迷無本性畢竟空又云空元無華妄見生滅斯則以責滿慈見妄有滅尚是顛倒豈況復待習漏再生也後約不壞修證因果之相故說銷鑛出金燒木成灰也迷方空華則始終元無金之與灰燒鍊方現意云圓頓之理雖齊迷悟不妨成異既有多生習障還須背習顯眞眞顯則究竟清淨更無再迷也若但用前二喻則撥迷悟因果之相便成邪見若但用後二喻即成衆生覺性本來不淨失眞常理亦成邪見道理徹妙一喻難齊故說四事各喻一法以盡其理也。解菩提智德涅槃斷德因中全菩提爲習漏即涅槃爲山河猶鑛之與木也果上全習漏爲菩提即山河爲涅槃猶金之與灰也鑛木不再顯妄法之未亡金灰不渝示眞證之常住四喻交映妙旨存焉

後答大性俱徧疑二

初釋大疑二

初牒疑

富樓那又汝問言地水火風本性圓融周徧法界疑水火性不相陵滅又徵虛空及諸大地俱徧法界不合相容

疏前既中疑今將答釋故此牒舉

後正釋二

初寄喻略釋二

初舉喻二

初總舉喻本二

初標

富樓那譬如虛空體非羣相而不拒彼諸相發揮

虛空藏性也羣相七大也眞元無相不守自性隨緣現相故云不拒發顯揮揚也。解譬前如來藏性本非七大而不拒彼七大發生

後釋

所以者何富樓那彼太虛空日照則明雲屯則暗風搖則動霽澄則清氣凝則濁土積成霾水澄成映

疏此舉七事可喻七大隨義對法可知霾風而雨土也出爾雅霽雨初止也積聚也。解應以日雲風等喻七大

後釋別疑。

後略難喻相三

初徵

○於意云何如是殊方諸有爲相爲因彼生爲復空有疏方法也即明等諸法彼即日等也舉此諸相以明七大相空都無實法虛空無相不礙諸相顯發

次難

○若彼所生富樓那且日照時既是日明十方世界同爲日色云何空中更見圓日若是空明空應自照云何中宵雲霧之時不生光耀如文

○標此七大隨緣無定相此有彼無不可執也

後結

○當知是明非日非空不異空日疏此結即離俱無生處又非日非空顯無生處不異空日隨緣似有

次指法示

初相無所相

○觀相元妄無可指陳猶邀空華結爲空果云何詰其相陵滅義七相無生本自寂滅既稱爲妄將何可指指尚不得仍使相陵何異空華待令結果

○觀性元眞唯妙覺明妙覺明心先

後性無不容

非水火云何復問不相容者七大性眞元如來藏如來藏中無水火異於一妙覺約何等義說不相容猶如虛空體非羣相說何陵滅

後合顯二

初正合前文

○眞妙覺明亦復如是汝以空明則有空現地水火風各各發明則各各現若俱發明則有俱現眞妙覺明合虛空無相也汝以下合諸相發揮汝心分別有空發明妙覺明心隨現空相地水火風於汝心中各各乍發隨心各現心中俱發七大俱現

後重顯俱現三

又隨人各發人各見別多人俱發俱現一相此即眞如不守自性隨緣所現有種種相。上文云隨衆生心應所知量循業發現起信論中因熏習鏡現諸境界亦此意也

初正喻

○云何俱現富樓那如一水中現於日影兩人同觀水中之日東西各行則各有日隨二人去一東一西先無準的七大體虛如日之影東西隨去如分七別○隨

方雖異不離一影七大雖分不離一妄東可爲準西復是何如的是一不合各去若知是影一多自亡○解孤山日日喻眞性水喻妄心水日喻妄境兩人喻妄業各行則循業俱發隨去則妄境俱現

後止難

不應難言此日是一云何各行各日既雙云何現一宛轉虛妄無可憑據疏一已是影復現隨去影復現影何實可據而欲致難唯一所明復現七大與所妄唯一影像無實可得故云宛轉虛妄。解同一觀唯一知二是虛各行既二驗一是妄故云宛轉虛妄

後約義廣釋二

初約體用正釋二

富樓那汝以色空相傾相奪於如來藏解私請色攝四大對空成五前滿慈問地水火風本性圓融疑水火性不相陵滅即相傾也虛空大地不合相容即相奪也而如來藏隨爲色空周遍法界是故於中風動空澄日明雲暗衆生迷悶背覺合塵故發塵勞有世間相疏汝以分別色空之心於眞覺中而現傾奪彼眞覺性隨成色空手相凌滅色空即地空二大也二大既爾餘皆例然故云是故於中等上文云一切衆生從無始來迷巳爲物故於是中觀大觀小圓覺亦云圓覺自性非性性有循諸性起斯則衆生起無明風鼓眞如海成八識浪變起世間種種諸相爲相所礙失於本心故云背覺合塵有世間相

初約迷悟顯用二

初迷成世間相

我以妙明不滅不生合如來藏解妙明謂寂照之智不滅不生謂智體眞常此皆能合也如來藏即所合也

後悟成出世用一

而如來藏唯妙覺明圓照法界疏悟藏體也不滅不生無生智也如來藏無相理也理智冥契故名爲合當爾之時唯一妙心無理智別即始覺合本無本始異唯一覺故故云唯妙覺明圓照法界○標謂此妙用如水投水不分能所繫與大用起必全眞也○解上約自行以修泯性今對化他全體起用而如來藏牒所合之理唯妙覺明牒能合之智圓照法界示鑒物之用欲令易解取譬言之如來藏如鏡之體妙覺明如鏡之光圓照法界如鑒現像雖三而一雖一而三下文一爲無量等皆顯此義是

後約三諦示體三

故於中一爲無量無量爲一小中現大大中現小總列四義下文別示其相不動道場遍十方界一爲無量也道場指寂滅之地依此起應應遍十方亦猶華嚴中不動不離而升而遊身含十方無盡虛空無量爲一也身即法體故能含受十方虛空虛空必攝世界則一切法趣一也於一毛端現寶王刹坐微塵裏轉大法輪小中現大也毛端現刹即正中現依塵裏轉輪即依中現正大中現小是義易明所以略之。疏起妙用也前五句標二種自在不動下二句釋一多自在也身含下六句釋大小自在前二句正中現依於一下二句正中現依正坐微下二句依中現正餘句含在其中可以意得華嚴十種自在亦不離此滅塵合覺故發眞如妙覺明性結所以也下文云聞復翳根除塵消覺圓淨淨極光通達寂照含虛空斯則無大小之可拘非一多之可限塵毛刹海俱遍俱納以性本然至果方顯耳。解總結前義不思議用非修所成是故云發今不言用而云性者並由理具方有事用

初約非相以明眞諦

○而如來藏本妙圓心非心非空非地非水非風非火疏非七大心即識大亦即五陰非眼非耳鼻舌身意非色非聲香味觸法非眼識界如是乃至非意識界非十八界也攝十二處。標約眞如門實際理地不受一塵也。解孤山曰此約眞諦示如來藏非心含四陰地水火風是色陰非眼下入界如文總非六凡界也非明無明明無明盡如是乃至非老非死非老死盡非緣覺界。疏非十二因緣流轉還滅法也非苦非集非滅非道解聲聞界非智非得總非二乘理智得即理也。疏非四諦及能證所證非檀那非尸羅非毗梨耶非羼提非禪那非般刺若非波羅蜜多非六波羅蜜。解非菩薩界先非能趣行非波羅蜜多總非所趣理如是乃至疏即超過

因中三十七品一切因行果上十力四無畏十八不共等一切果德

非怛闥阿竭非阿羅訶三耶三菩

非如來等三號也

非大涅槃非常非樂非我非淨

非涅槃四德也。解非佛界先非能證人三號是也次非所證法涅槃四德是也怛闥阿竭云如來阿羅訶云應供三耶三菩云正遍知涅槃是總四德是別

以是俱非世出世故

世結六凡出世結四聖藏理即空無有十界故並非之。

疏諦緣觀智及道滅六度已下皆出世法苦集十二緣三科七大皆世問也此上總非諸相者即約眞如門顯眞諦義一切皆空凡所有相皆是虛妄以相待故但有名字名字即空今次第非者初由無明故有妄識妄識所變即有空界空界現故結成四大四大起故即有根塵根塵合故遂有諸識根境識三爲業性故乃成十二因緣流轉生死爲對治故即有出世觀智諸法出世利鈍不同遂分三乘次第會三歸一即有佛果果有能證所證即分菩提涅槃涅槃具德即有常樂我淨是故展轉相由以立名字各無自性一切皆空

次約即相以明俗諦

即如來藏元明心妙即心即空即地即水即風即火即眼即耳鼻舌身意即色即聲香味觸法即眼識界如是乃至即意識界即明無明明無明盡如是乃至即老即死即老死盡即苦即集即滅即道即智即得即檀那即尸羅即毗梨耶即羼提即禪那即鉢剌若即波羅蜜多如是乃至即怛闥阿竭即阿羅訶三耶三菩即大涅槃即常即樂即我即淨以是俱即世出世故

疏前約眞如不變絕相此約隨緣成生滅門顯俗諦也此即不離一眞隨染幻差別成種種相非相現相非名現名隨世建立不壞假名故名爲即。解此約俗諦示如來藏以藏理即無而有十界宛然故也

後約雙遮以明中道

即如來藏妙明心元離即離非是

即非即疏此約二門不二唯是一心雙遮眞俗故曰離即離非雙照眞俗故云是即非即三諦一體是故皆云即如來藏。且法界一如本無名相因迷有妄對妄說眞眞妄相形名言不息隨名執相顯倒何窮是故因言遣言以至無遣初且以非遣相次乃以即遣非終帶名言末極一眞之旨離即非即無非不非言語道斷心行處滅方顯一眞法界如來藏心故維摩經三十二菩薩說不二法門皆以言遣相文殊師利以言遣言維摩大士無言遣言方爲究竟此之三義亦復如是又如天台釋法華十如是義以一心三觀釋之初言是相如乃至本末如如名不異即空義也次言如是相等點空性相即假義也若言相如是等即如於中道實相之是即中義也舉一即三言三即一諸法性相微妙如是唯佛與佛乃能究盡。解此約中諦離即離非雙遮之體也是即非即雙照之用也夫如來藏體唯三諦譬若總名摩尼體即瑩寶圓三耳是故三一相即不縱不橫新伊天目況意可識詎有次第理無前後所以三段之初云而云即

後舉法喻結責四

一總責

如何世間三有衆生及出世間聲聞緣覺以所知心測度如來無上菩提用世語言入佛知見疏境界微妙心言叵則凡夫著事偏小滯空俱所知心莫及斯境圓覺經云但諸聲聞所圓境界身心語言皆悉斷滅終不能至彼之親證所現涅槃何況能以有思惟心測度如來圓覺境界如取螢火燒須彌山終不能著以輪迴心生輪迴見入於如來大寂滅海終不能至。解所以但斥凡小而不言菩薩者正對滿慈是二乘故其實偏教菩薩亦不能測故法華云不退諸菩薩亦所不能知

二舉喻

譬如琴瑟箜篌琵琶雖有妙音若無妙指終不能發疏琴瑟等衆生也妙音藏性也妙指實智也發起用也

汝與衆生亦復如是寶覺眞心各各圓滿如我按指海印發光汝暫舉心塵勞先起汝與衆生合前琴等寶覺眞心合前妙音按指約喻指法即無生智合無生理大用現前即云我以不滅

三合顯

不生合如來藏而如來藏唯妙覺明圓照法界乃至於中一爲無量等汝暫舉心等合前無妙指也即前云汝以色空相傾相奪於如來藏而如來藏隨爲色空等言海印者大集經云閻浮所有色像大海皆有印文喻佛如來法身性海普現一切妙用之光也。解資中曰此喻如來性海普現一切世間之相也此文大意爲釋伏難難云若一切即眞我等云何與如來身不同一妙用故今釋云汝雖具有寶覺眞心未得妙用以塵勞妄念未淸淨故

四結斥

由不勤求無上覺道愛念小乘得少爲足 疏無上覺道如寳所小乘涅槃如化城但戀權乘不求究竟得少爲足故發塵勞。標總責富樓那執相也。解孤山曰此釋塵勞先起之由也雖別指小乘而意該餘也故向云汝與衆生等

後釋別疑二

初釋滿慈疑妄因二

富樓那言我與如來寳覺圓明眞妙淨心無二圓滿 疏顯體不二也 而我昔遭無始妄想久在輪迴今得聖乘猶未究竟 疏指已猶迷。解此有二意若就外現則無學小聖無明全在故未究竟若就內祕則分眞人士有上地惑故未究竟

初伸疑

世尊諸妄一切圓滅獨妙眞常 疏明佛障盡。解諸妄圓滅即極果斷德獨妙眞常即究竟智德 敢問如來一切衆生何因有妄自蔽妙明受此淪溺 疏障盡者必知妄始故此問也由滿慈最初致疑既是清淨本然云何忽生山河大地如來遂舉性覺妙明驗其迷解滿慈既迷性明爲所明佛遂斥云性覺必明妄爲明覺所既妄立生汝妄能等由是展轉相續流浪皆由虛妄之所生起雖知能所妄立又疑妄從何生故此伸問妄所因也。解資中曰以前文云汝暫舉心塵勞先起故

後答釋二

初總告

佛告富樓那汝雖除疑餘惑未盡

後別釋二

初明妄本無因三

吾以世間現前諸事今復問汝 疏雖知諸法皆妄猶惑妄有所因故云餘惑未盡現前諸事現見之事也。標餘惑未盡者所知障未斷

初舉事問答二

初舉事

。汝豈不聞室羅城中演若達多忽於晨朝以鏡照面愛鏡中頭眉目可見瞋責已頭不見面目以爲魑魅無狀狂走疏演若達多此云祠授本頭與鏡俱喻性覺照面喻強覺忽生所相妄立愛喻堅執不捨認相爲眞既喜有相反惡無相故瞋已頭不見面目眞形無相不順妄情便生驚怖執相迷性輪迴不息故云狂走魑魅山澤之怪也。標此祠授邪神廟中乞得之。解孤山曰晨朝是喧動之初喻起妄之始照鏡喻妄心推畫分別愛鏡中頭喻取著妄境妄事易著如眉目可見眞理難知如瞋責已頭等皆悟向迷如無狀狂走也四趣則背善向惡人天則背苦向樂二乘則背有向空菩薩則背邊向中悉名狂走

後問答

。於意云何此人何因無故狂走富樓那言是人心狂更無他故疏心狂而走無別所以故無他故強生分別故稱爲妄豈別有因。標滿慈於事上却解於法上却惑蓋示相也。解喻九界取捨悉由妄心故

次約法正明二

初就名責因

。佛言妙覺明圓本圓明妙既稱爲妄云何有因若有所因云何名妄解資中曰心境不實故名爲妄若有實因豈立斯稱耶自諸妄想展轉相因從迷積迷以歷塵劫疏唯一眞心本無妄法直明妄無因也妄心無因有因不妄妄之一字甚好思量若了此名自無法起復疑有因豈非迷倒如初一人忽然妄說遮遮相承從妄說及推其本遮遮皆虛乃至初人及妄與後人二俱是妄何者爲因故歷塵劫遮相誑妄莫之能悟

次引悟釋相

。雖佛發明猶不能返解私謂迷眞既久雖佛爲汝發明是義然猶未能返還其本此寄滿慈以責羣妄也如是迷因因迷自有無狀忽生非從他有識迷無因妄無所依尚無有生欲何爲滅若了迷性無因自有亦無別法而爲所依是則妄體猶如空華元無生滅。疏此文釋有二重初約佛自悟釋發明猶開悟也佛雖開悟諸妄圓滅尚不能返覺至妄本以妄無因而可覺故故云猶不能返

如是迷因也復將如是迷因一句連下句牒應云如是迷因因迷自有意云若約妄法展轉生起而說因者此即因妄說因非謂妄有初因故云因迷自有既識迷之無因則知妄無依處說何爲生而復有滅此釋約佛自悟無妄因之可返也次約佛爲他說不能返迷成悟也發明猶宣辨也雖佛廣爲滿慈宣辨尚自不能返迷令悟故云猶

後貼喻況顯

不能返如是下釋意如前良由此理難明人多惑甚如爲病眼說無空華孰能領悟爲妄執者說無諸妄誰肯信從忽若了悟自知無因將何爲妄而有生滅耶

得菩提者如寤時人說夢中事心縱精明欲何因緣取夢中物況復無因本無所有夢寤之人說夢中事說雖可爾取必不可以所夢境畢竟無故得菩提者返觀因時滅諸妄惑說雖可爾畢竟無體可斷滅故將何爲妄而推其因起信云覺心初起心無初相又云以四相本來平等同一覺故○標菩提云覺教云未得眞覺常在夢中故佛說爲生死長夜得眞覺已如夢忽寤如蓮忽開圓覺

後指喻合顯

亦云如夢中人夢時非無及至於醒了無所得○解孤山曰得菩提者義通解悟今在證悟下文云却來觀世間猶如夢中事

如彼城中演若達多豈有因緣自怖頭走忽然狂歇頭非外得縱未歇狂亦何遺失迷者自失理無失也富樓那妄性如是因何爲在疏狂故怖頭因緣何有頭無得失狂自復行惑但妄有滅生眞性何曾出沒汝觀如狂之妄今指何處爲因○標合顯前問一切衆生因何有妄如來舉此以徵也

後顯眞元無得二

初正明二

汝但不隨分別世間業果衆生三種相續三緣斷故三因不生則汝心中演若達多狂性自歇疏煩惱爲緣能潤業故殺等爲因正是業故分別是識能生煩惱三種相續是所分別分別此三故云三緣三即緣也或殺盜婬三之助緣故三之緣也分別既亡業因不作○於三界中狂心自歇故起信云一切衆生不名爲覺以從本來念念相續未曾離念故說無始無明又云以遠離

微細念故名究竟覺念即分別也由是一念不生即名爲佛即斯義也○解私謂三緣即前業果相續中殺盜婬也三因即三種貪也夫因緣者親生爲因踈助爲緣以殺盜婬是身根所造之業三種貪是意根能造之惑惑親業踈因緣之義彰矣此文意云汝但不隨妄想分別世間等相則殺盜婬緣自然而斷以緣斷故欲貪等因亦復不生即指此因名爲狂性問舊解三緣是惑三因是業惑謂分別三種相續之心業謂殺盜婬也今何違之答今順經也下文阿難云世尊現說殺盜婬業三緣斷故三因不生顯是以業爲緣安得別取於惑又則前文正以欲貪等爲業果相續之本本非因耶在理或當何必仍舊

初勸息妄緣

後顯自真體

歇即菩提勝淨明心本周法界不從人得何藉劬勞肯綮修證疏分別不生前後際斷故名爲歇菩提云覺起信云所言覺義者謂心體離念離念相者等虛空界無所不徧法界一相即是如來平等法身依此法身說名本覺故云勝淨明心本周法界不從人得即顯不由他緣本自覺耳劬勞修證本息分別只爲顯覺今分別既亡覺性自顯故云何藉然非謂全不修行兀然空坐苟妄想宛然自謂即是者悞之甚矣言肯綮者骨邊細肉也莊子云經肯綮之未嘗而況大軱乎若執惑有實體不能達妄即空四相平等一切唯覺便謂從麤至細斷盡無明方至妙覺者何異解牛不能遊刃於大窾不能亡見於全牛但解皮肉以至着骨豈曰妙得牛理哉○解資中曰但能了妄本空真性自顯豈同二乘分九品惑作次第斷如解筋節以求於道蓋譯家取莊子事潤之孤山曰肯綮交聚也謂何假辛勤修行萬行聚集功德而求證果私謂二釋似非今恐譯家但用其辭不取解牛之事亦不取交聚之義以肯綮祇是骨間筋結之處耳大底何假苦行勞其筋骸而修證也如般舟經云使我筋骨枯腐學是三昧終不懈怠豈非劬勞肯綮之義乎

後喻顯

譬如有人於自衣中疏陰蓋覆也繫如意珠圓明覺性也不自覺知無明不了也窮露他方乞食馳走五道流浪輪迴不息雖實

後釋慶喜難緣起二

初伸疑四

一叙所聞

貧窮珠不曾失雖流生死覺性常然。解由無明故不覺乏妙用故窮露佛界如本國九界如他方求人天樂取偏小益猶乞食馳走妄情暫失真性本圓猶雖貧珠在忽有智者指示其珠疏佛爲開示所願從心致大饒富大用現前方悟神珠非從外得始覺合時本不曾動今無始靜也法華中亦有此喻彼約結緣此約本有意不同耳。解佛如智者教如示珠證理起。用則致大饒富也

二正生難

即時阿難在大衆中頂禮佛足起立白佛世尊現說殺盜婬業三緣斷故三因不生心中達多狂性自歇歇即菩提不從人得疏如文

三引他例

斯則因緣皎然明白云何如來頓棄因緣解因緣明白謂狂性歇者實由斷殺盜婬也云何頓棄謂歇即菩提不從人得也下文即引從人得道爲難又云今說菩提不從因緣等故知祇據現說爲頓棄耳有指第一卷者遠矣我

從因緣心得開悟疏由無三緣方盡三因則緣俱滅菩提始顯故云皎然明白小乘開悟皆由因緣故引昔悟以並今說成此難也

四結同邪

世尊此義何獨我等年少有學聲聞今此會中大目犍連及舍利弗須菩提等從老梵志聞佛因緣發心開悟得成無漏老梵志者並是年長從外道來聞佛因緣翻邪入正得成無學也。解孤山曰餘經或說身子目連從馬勝聞因緣義而得悟道與今說異不須和會或可聞因緣義非止一人故彼此互出

後答釋二

初正破疑情二

初推破三

初標質所疑

今說菩提不從因緣則王舍城拘舍梨等所說自然成第一義惟垂大悲開發迷悶疏因緣自然依假建立菩提真性衆相都亡恐相濫失故此再疑以洗物情

佛告阿難即如城中演若達多狂

性因緣若得滅除則不狂性自然而出因緣自然理窮於是若狂性因緣得除不狂自然而出所計不出斯意故云理窮於是。解眞際曰阿難既計因緣復立自然佛欲破之故指狂與不狂用顯因緣自然之理無出於此矣

次就疑互破三

初雙破因緣自然二

初以因緣破自然

阿難演若達多頭本自然本自其然無然非自何因緣故怖頭狂走疏初二句牒本自下二句定自本也然是也頭本如是無有如是之頭不是於本故云無然非自何因下破可知。解孤山曰此以因緣破自然頭本自然牒其計也次二句釋其義將欲難破故先釋出本自其然者然猶如此也故曰自然無然非自者苟不如此則非自然也何因下正破也若本自然則無因緣何得因其照鏡緣其夫頭而生狂走耶

後以自然破因緣

若自然頭因緣故狂何不自然因緣故失本頭不失狂怖妄出曾無變易何藉因緣疏初二句牒次二句破若自然頭由因緣故得成狂走亦應自然不失由因緣故而失其頭本頭下四句結也今既本頭無失狂自妄出狂之與頭了不相觸何曾變改而假因緣

後覆破轉計自然

本狂自然本有狂怖未狂之際狂何所潛不狂自然頭本無妄何爲狂走若汝執言既非因緣即屬自然狂亦自然不狂亦自然者初破狂自然初一句牒次一句定未狂下二句破如文不狂下一不狂自然初句牒頭本下破此顯一眞之體尚無眞妄之異豈立因緣自然斯則亦顯妄無因也。解由前以狂爲因緣頭是自然既因緣被破故轉計云狂與不狂皆自然有故此破之前四句破狂自然二牒兩破後三句破不在自然一牒二破

後結示二

後結歸悟旨

若悟本頭識知狂走因緣自然俱爲戲論眞頭本來無妄亦顯妄本無因是則因緣自然俱無安立是故我言三緣斷故即菩提心

疏本真不動妄自强生説誰因緣及自然性若知因緣自然俱是戲論分別自亡真覺自顯斯則正是我説三緣斷故即菩提也

初俱盡滅生顯無功用

菩提心生生滅心滅此但生滅滅生俱盡無功用道

若有執言真心可得分別可亡斯則菩提心生生滅心滅但是生滅無菩提生無生滅滅方無功用

次縱立自然寄顯無生二

初縱立正顯

如圓覺云有照有覺俱名障礙是故菩薩常覺不住照與照者同時寂滅此顯地上證無生理得無功用也○此標若謂真心可得分別可亡正是藥病對治生滅心在下文云生滅既滅寂滅現前也○解私謂菩提名智生滅是惑智生惑滅未得自然無功用道即自然也此簡住前生滅以顯登住自然

若有自然如是則明自然心生生滅心滅此亦生滅無生滅者名爲自然

疏設若我教有自然者豈存生滅名爲自然今汝所明自然心生生滅心滅此亦生滅何名自然夫自然者必無生滅故云無生滅者名爲自然○解指上無功用道若有所得復成生滅故重遣之此簡分證自然以顯究竟自然

後舉況重明

猶如世間諸相雜和成一體者名和合性非和合者稱本然性

疏舉淺況深也世間人説生滅和合名和合性非和合者則無生滅方名自然豈況我教有生滅者却名自然古人於此不言縱立認真自然斯則不唯增戲論心反令圓文成外道教焉敢聞命○解和合喻前所簡生滅非和合喻前究竟自然

後雙非二離正示忘情

本然非然亡究竟智和合非合亡生滅智合然俱離牒上三非亦非也離合俱非雙非二非具足應云離合離然俱非文影略耳當知合然俱離是亡智智亡則冥理理亦亡之故離合俱非此句方名無戲論法智論云佛坐道場時不得一法實空拳誑小兒誘度於一切○疏本然自然也和合因緣也二皆不立故云俱離此離亦離故云俱非此文語略具足應云離合離然之離亦復俱非也藥病齊遣空病亦空圓覺亦云遠離爲幻亦復遠離離遠離幻亦復遠離斯則言語

後廣斥執見五

道斷心行處滅方無戲論耳

初斥成戲論

○菩提涅槃尚在遙遠非汝歷劫辛勤修證解此躡上文斥之尚在遙遠者如我所說一切俱非且是能詮名句而已下所詮菩提涅槃於汝阿難尚在遙遠以聞而未證故又解尚者庶幾也菩提涅槃道實非遠若謂在遠庶幾此道是則莫能修證矣以佛云歌即菩提不從人得阿難乃以從人而得爲難是謂菩提尚在遙遠雖復憶持十方如來十二部經清淨妙理如恒河沙秪益戲論疏若執因緣自然取佛果者雖經劫數勤苦修習終莫能及故云尚在遙遠憶持妙理分別不亡繫念相續但滋生死不

二引事驗知

能無心忘照反聞聞性於無了知不辨眞實故圓覺云種種取捨皆是輪迴未出輪迴而辨圓覺彼圓覺性即同流轉若免輪迴無有是處故云秖益戲論○標復云十二部經者一契經二應頌三諷頌四記剝五譬喻六本事七本生八緣起九自說十議論十一方廣十二希有該括大乘小乘教乘小乘只具九部闕三

三結勸眞修

○汝雖談說因緣自然決定明了人間稱汝多聞第一以此積劫多聞熏習不能免離摩登伽難何須待我佛頂神呪摩登伽心婬火頓歇得阿那含於我法中成精進林愛河乾枯令汝解脫疏佛果菩提若以因緣自然而可取者汝於此義甚得明了何不免難而逕證耶何假我呪方解脫耶應知理觀兼修定慧雙運豈但辨義說文而已哉問阿難尚在初果登伽何以却證第三答一約權實阿難示迹現多聞無功故在初果登伽實人顯呪力功大速證第三二約根行阿難圓頓根發前文悟解或入信住登伽小機雖得第三望圓信住胃壞有異○解孤山曰令汝解脫得離婬室也問此經唯圓登伽何證小果答以接引小乘故重施小而皆解圓令云那舍即圓教相似位也登伽實行乃證那舍阿難權人示居初果若以登伽唯作小釋者則使此經全同阿舍縱異阿舍豈殊方等

是故阿難汝雖歷劫憶持如來祕密妙嚴不如一日修無漏業遠離世間憎愛二苦疏多聞無功豈如定力首楞嚴王名無漏業得此定者一切諸法皆如幻事豈復能生憎愛二苦。解圓修止觀則不漏落二種生死亦不漏失三諦義理無漏既深憎愛非淺捨妄取真去事就理悉名憎愛

四舉他爲證

如摩登伽宿爲婬女由神呪力銷其愛欲法中今名性比丘尼與羅睺母耶輸陀羅同悟宿因知歷世因貪愛爲苦一念熏修無漏善故或得出纏或蒙授記疏過去爲婆羅門女名爲本性今從昔號名性比丘尼耶輸陀羅云華色出纏登伽也授記耶輸也。標華色出宮爲尼於法華會上蒙佛授記於善國中當得作佛號具足千萬光相如來

如何自欺尚留觀聽疏彼尚女人一修無漏便獲聖果如今猒離小乘志求大道而以世間因緣自然戲論名相而自纏遶隨逐根塵爲境所礙不能超越故云尚留觀聽。解私謂觀聽略舉見聞以攝覺知即六妄也依諸師以解行分經前開解竟後示行也然則上根利智隨聞獲證楞嚴大體亦已備矣其有中下之器更俟談行思而修之故假阿難等請入華屋行於是廣示三摩提路也

七責隨塵境

首楞嚴經義海卷第十二

音釋

鑛古猛切金樸也　倏式竹切忽也　霾莫佳切晦也　怛闥怛當割切闥他達切　斥昌石切指也　寤五故切寐覺也　綮去挺切肯綮筋肉結會處　窾苦管切空也　軱古胡切槃結骨也

首楞嚴經義海卷第十三 經四之三

凡遇圖相即是標辭與疏同其上文

○二明修行方便二

○疏上來破執破疑顯如來藏約信解眞正爲眞修之本答最初方便竟次下約依解修行成就止觀爲入理之方便既能信解如來藏體周遍十方本性清淨絕名離相我等云何修諸方便與此相應故

初阿難領悟析修四

此第二明修行方便文二

一嘆佛悲深二

初經家總敘

阿難及諸大衆聞佛示誨疑惑銷除心悟實相身意輕安得未曾有解私謂第三卷經末說偈述益若作證悟此則增道也設作解悟今豈無證悟乎故知請行權爲發起耳重復悲淚頂禮佛足長跪合掌疏因緣自然前已廣破今復重釋纖疑不罣故云疑惑銷除心悟實相者實相無相遠離戲論今離戲論即悟實相重復悲淚者喜悟藏心故恨無行法故

後阿難別嘆

○而白佛言無上大悲清淨寶王善開我心能以如是種種因緣方便提獎引諸沉冥出於苦海超過一切世出世間故云無上佛諸功德大悲爲首故獨稱也離垢末尼隨意出生賑給無盡佛亦如是故云無上寶王譬喻言辭約事約理故云種種方便沉謂久淪生死冥謂永覆無明方便能開提獎能出俱稱引導

二敘已得失二

初正敘

○世尊我今雖承如是法音知如來藏妙覺明心遍十方界含育如來十方國土清淨寶嚴妙覺王刹如來復責多聞無功不逮修習疏如來藏心量遍十方遍含一切雖信而解非行莫臻故此敘之以彰得失

後喻顯

○我今猶如旅泊之人忽蒙天王賜與華屋雖獲大宅要因門入天王佛也賜與開示也華屋藏體也雖獲信解也門入修行也行能通理故云門也○解孤山曰天王天子也心遊理外喻以旅泊佛有法界喻以天王華屋如眞心受賜如開解宅因門而入譬理由行而證也

○惟願如來不捨大悲示我在會諸

蒙暗者捐捨小乘畢獲如來無餘涅槃本發心路涅槃圓果也心路圓因也舉果以請因耳令有學者從何攝伏疇昔攀緣

三正請修路

得陀羅尼入佛知見陀羅尼此云總持法華明三陀羅尼即空假中三義也今請一心三觀攝伏妄想行門欲入初住三智五眼一時開發故云入佛知見。疏捐棄畢盡也疇昔往日也無餘者無明永盡生死已亡究竟之無無餘也願示我等如來本昔因地發心入涅槃道即眞三昧也故云本發心路攀緣妄想無始本有故云疇昔如何攝斂折而伏之令得佛慧故云入佛知見

四佇聽慈旨

作是語已五體投地在會一心佇佛慈旨如文。標如爲一人衆多亦然

後如來廣陳修證二

爾時世尊哀愍會中緣覺聲聞於菩提心未自在者及爲當來佛滅度後末法衆生發菩提心開無上乘妙修行路疏菩提之心具悲智願智求佛道務在修證苟或不明於菩提心名未自在。標二乘所知未斷有法執者名未自在

初總告許宣二

初經家敘意

宣示阿難及諸大衆汝等決定發菩提心於佛如來妙三摩提不生疲倦應當先明發覺初心二決定

後舉義許說

義疏妙三摩提首楞嚴定即眞如觀欲修此觀先須方便方便若成眞修可與故以止觀二門名爲發覺初心即最初方便也然此二門三世諸佛修行證道同途之法故華嚴云譬如有力王率土咸戴仰止觀亦如是一切所依賴故此二法名爲初心決定義也一者審觀因地及與果心起隨順行即依眞如門修止也眞如無相向即心絕故起信云所言止者謂止一切境界相隨順奢摩他觀義故二者審觀煩惱結解根元起對治行即依生滅門修觀也生滅法相染淨不同起智揀擇對治令斷故起信云所有觀者謂分別因緣生滅相隨順毗鉢舍那觀義故修前方便末能相即故名隨順修之成就即觀明止即止明觀止觀不二名爲正修即成三昧也今是初修故名

後別明二義△三

△初正明二義二

初因果同異門三

初標義總勸

發覺

云何初心二義決定阿難第一義者汝等若欲捐捨聲聞修菩薩乘入佛知見應當審觀因地發心與果地覺爲同爲異既能信解果海無念絕名離相本非生滅將契此心須亡生滅與之相應故上文云我以不滅不生合如來藏而如來藏性妙覺明圓照法界若異此者即暫舉心塵勞先起合塵背覺豈曰正修

次約義顯非

阿難若於因地以生滅心爲本修因而求佛乘不生不滅無有是處維摩云無以生滅心行說實相法尚不可以無生滅說況以生滅爲因而求證耶。普賢觀云大乘因者諸法實相大乘果者諸法實相若不以止門相應此生滅心終無暫息若使以此心爲修行者因果相違終無獲證如上廣破。解私謂空假離中皆名生滅中即空假是謂佛乘法華明聲聞緣覺不退菩薩不測佛智良由於此

後正辨行相二

初料揀因門二

初舉喻總彰生滅

以是義故汝當照明諸器世間可作之法皆從變滅喻無常妄體阿難汝觀世間可作之法誰爲不壞然終不聞爛壞虛空何以故空非可作由是始終無壞滅故。喻真性常住顯妄心如器界所作性故真心如虛空理無爲故常無常性於焉可知矣

後就作廣辨虛妄二

初總明二

則汝身中堅相爲地潤溼爲水煖觸爲火動搖爲風由此四纏分汝湛圓妙覺明心爲視爲聽爲覺爲

初示其濁因

察從始入終五疊渾濁湛覺無生妄成所相所既妄立生於妄能於所明分爲四大於能覺派成六根六根四大互相雜亂於湛圓明汩成濁相即同起信不生不滅與生滅和合名阿棃耶識從此識心變起世間即是濁義也。解若順現文色陰爲始識陰爲終以義言之始則有識終乃成色

後喻其濁相

云何爲濁阿難譬如清水清潔本

然䟽覺湛明性即彼塵土灰沙之倫本質留礙地水火風二體法爾性不相循循順也法爾猶自然也眞妄染淨性相違背非使之然法如是也有世間人無明不了非出世智取彼土塵投於清水土失留礙水亡清潔不生不滅與生滅和合非一非異也容貌汨然名之爲濁汝濁五重亦復如是容貌色心相也汨亂也○

後別明五

解合文從略應以妙明之心合於清水纒疊之體合於土塵九界妄想攀緣緊理如世間人取土投水下文別顯五濁即水土汨然之貌也孤山曰餘經五濁以五利爲見五鈍爲煩惱衆生但擧見慢果報立此假名命以連持一期色心爲體權年促壽故云命濁劫無別體但以四濁聚在其時故名劫濁今文不然蓋約五陰妄想爲五濁也故下辨魔中色陰有堅固妄想受陰有虛明妄想想陰有融通妄想行陰有幽隱妄想識陰有罔象虛無顚倒妄想是故色陰盡則超劫濁受陰盡則超見濁想陰盡則超煩惱濁行陰盡則超衆生濁識陰盡則超命濁以後驗前知是五陰也

一劫濁

○阿難汝見虛空遍十方界空見不分有空無體有見無覺相織妄成是第一重名爲劫濁䟽梵云劫波此云時分法華論說日月歲年總名爲劫乃至成住壞空不離時分今此經中說劫濁義謂迷眞起妄世界未形但有虛空及與妄見空見一體遍法界迷未成二別故云不分又空未派爲四大見未開爲六根亦名不分故次釋云有空無體有見無覺體即四大成質覺即六根取境既無此異都成昏鈍故名爲濁一念初起無明之始時之初分說名爲劫非劫末之劫濁也○解以依色陰也夫四大五根五塵同名色陰今約眼根見空塵而說者以渾濁義顯故此蓋如來方便巧示即指阿難目所對空名爲劫濁也有空無體者空無體質故有見無覺者見空之時無好醜違順可覺故以無體之空織無覺之見而兩無其實此即土失留礙也渾濁眞性過在茲乎

二見濁

○汝身現摶四大爲體見聞覺知壅

令留礙水火風土旋令覺知相織妄成是第二重名爲見濁

疏身之質礙由見聞知織水火風執取滯著壅翳不通遂現四微形相體質身之覺知由水火性織彼妄見旋轉移易還復交替分成六根覺聞知見如緯織經互相參雜故名爲濁前則業轉令現相也。解此依受陰領納所緣之境名爲受而有六種謂六觸因緣生於六受但境有違順非違非順之別故六受亦有苦受樂受不苦不樂之異也相織妄成者四大爲六受所壅故令留礙六受爲四大所旋故令覺知以其見境領納渾濁真性故名爲見濁

三煩惱濁

又汝心中憶識誦習性發知見容現六塵離塵無相離覺無性相織妄成是第三重名煩惱濁

疏六識分別三世徧緣憶過去境識現在塵誦習未來諸有境界能分別體從前見濁覺知所起所分別相即是六塵所現影像故云性發容現容即相也離塵離覺無相無性互相交織擾亂相熏名煩惱濁即六麤前四相也。解此依想陰能取所緣相名爲想而有六種謂取所領六塵之相爲六想也性發知見即能取六想容現六塵即所領六相以此交織妄成想陰渾濁真性名煩惱濁

四衆生濁

又汝朝夕生滅不停知見每欲留於世間業運每常遷於國土相織妄成是第四重名衆生濁

疏生滅是行行性即是業衆生執愛但欲留住業性遷流每常運動一去一住一動一留互相交織衆法生滅名衆生濁即造業相也。解此依行陰造作之心能趣於果名爲行行有六種大品般若說爲六思思即是業謂於六想之後各起不善業善業無動業也知見即六思業運即隨善惡遷移國土亦世間也如私心雖戀鄉井以官事須往他邦例六道往還義亦可見相織者即知見欲留業運常去妄成行陰而去留假合渾濁真心名衆生濁

五命濁

汝等見聞元無異性衆塵隔越無狀異性性中相知用中相背同異

失準相織妄成是第五重名爲命濁

疏命是報法依業所引第八識種連持色心不斷功能名之曰命前六見聞元一本識由六根異遂成分離識用雖分體唯一種斯則同中立異異處見同同異失準互相交織於總報體便立命根名爲命濁即業繫苦相也上之五重皆由能所妄覺影明展轉相習從細至麤互爲形待次第轉生混眞成濁有此五義耳○解此依識陰了別所緣之境名爲識識有六種即六識也元無異性者了別之心唯一故衆塵隔越者六塵不同故牽生六識故云無狀異生性中相知釋上元無異性也用中相背釋上無狀異生也眼不別聲耳不別色是相背也同異失準者適言其同而用相背適言其異而性是同故無準定以此交織妄稱識陰識住命存識去命謝渾濁眞性故名命濁

後修因契果 二

初勸揀妄依眞

阿難汝今欲令見聞覺知遠契如來常樂我淨應當先擇生死根本依不生滅圓湛性成

疏迷眞起妄見聞覺知逐妄歸眞常樂我淨○不循生滅妙證可臻苟順塵勞眞常益背故勸擇妄依不生滅心○解私謂前云若於因地以不生滅心爲本修因而求佛乘不生不滅無有是處今云見聞覺知生滅心也無常樂我淨不生滅性因果事異故遠心性理同故契死生根本即六根也依不生滅謂了生滅即無生滅是則因地發心與果地覺無異故云圓湛性成

後示修定旋覺 二

初正示用心

以湛旋其虛妄滅生伏還元覺得元明覺無生滅性爲因地心然後圓成果地修證

疏初習名止成就曰定初習後成俱名爲湛起信云所言止者謂止一切境界相境界不生見聞不起漸證漸伏麤垢自遣圓覺云以淨覺心取靜爲行由澄諸念覺識煩動靜慧發生身心客塵從此永滅便能內發寂靜輕安由寂靜故十方世界諸如來心於中顯現如鏡中像此方便者名奢摩他若能居一切時不起妄念於諸妄心亦不息滅住妄想境不加了知於無了知不辨眞實是則名爲隨順覺性得無生性爲因地心由是漸修入證

登極成圓妙果修之次第如天台圓頓止觀廣明。解以圓湛之性旋虛妄之心斯蓋修三止觀照三諦境復斷生滅證無生滅也復還下因該十信然後下果通分滿

後長喩斯釋

如澄濁水貯於靜器靜深不動沙土自沉清水現前名爲初伏客塵煩惱靜器即止觀之心也信前猶淺入信漸深沙土自沉麤垢先落也清水現前三諦似顯也檇李曰諸經論皆以煩惱障爲客塵天台名爲界內見思等

後根塵結解門三

去泥純水名爲永斷根本無明明相精純一切變現不爲煩惱皆合涅槃清淨妙德

初標義總勸

疏眞覺如水見聞如濁定身如靜器定法如澄靜沙如煩惱泥如無明地前名伏地上名斷究竟名精純變現即起用此即同前不滅不生合如來藏而如來藏唯妙覺明圓照法界乃至背塵合覺故發眞如妙覺明性也。解根本無明天台目爲界外見思諸經論說爲所知障智障等言永斷者且約從因至果通相而說理實妙覺方名永斷故曰明相精純孤山曰一切變現即隨機所感十界現形也俱是淨用故云不爲煩惱即用是體故云皆合涅槃

次約義顯非二

第二義者汝等必欲發菩提心於菩薩乘生大勇猛決定棄捐諸有爲相應當審詳煩惱根本此無始來發業潤生誰作誰受疏前第一義令止妄心伏還元覺即是修止此第二義令審詳煩惱觀察對治即是修觀先止後觀法應如是無明發業愛取潤生六識能作第八能受此唯觀門分別能知故起信云所言觀義者謂分別因緣生滅相故圓覺云以淨覺心知覺心性及與根塵皆同幻化即起諸幻以除幻者變化諸幻而開幻衆等。標即同圓覺起幻銷塵也彼經云此方便者名三摩鉢提。解私謂夫止觀者定慧之異名也止以止散觀以觀昬前文審觀之義及照明諸器世間可作之法豈非觀耶下文降伏之義及逆彼無始織妄業流豈非止耶資中分條後人布葉深懼來者應知初義明因地發心即止觀當體也與果地覺即止觀所依也

次義明煩惱根本即止觀所破也說有先後行無異同合而言之秪是以無緣智緣無相境破無明惑耳雖境智惑三相帶而說既分二義旁正之意自可甄明言發業潤生此指煩惱也誰作誰受者此推根根本也意顯六根自作自受

初正顯

阿難汝修菩提若不審觀煩惱根本則不能知虛妄根塵何處顛倒處尚不知云何降伏取如來位 疏根塵虛妄為煩惱宅煩惱淪替莫不由斯苟能識其根元知其結處則可希冀乎解脫庶幾乎降伏耳。標則不能知虛妄根塵何處顛倒者即前發業潤生三細六麤根塵之本也

後喻釋

阿難汝觀世間解結之人不見所結云何知解不聞虛空被汝隳裂何以故空無相形無結解故 疏文顯可知。標此圓覺中絕待靈心觀也彼經云以淨覺心不取幻化及諸靜相了知身心皆為罣礙無知覺明不相依諸礙永得超過礙無礙境

後正辨行相二

受用世界及與身心相在塵域如器中鍠聲出於外煩惱涅槃不相留礙乃至云此方便者名為禪那

初總標六根過患

則汝現前眼耳鼻舌及與身心六為賊媒自劫家寶 解外之六塵內之六識皆由眼等引發和合故云六為賊媒所起煩惱害如來藏故云自劫家寶

由此無始眾生世界生纏縛故於器世間不能超越 疏六根為賊媒者一引外賊即六塵也二起內賊即煩惱也內外惡賊能劫真性若知根本賊無能為故涅槃云六入空聚當有六大惡賊必斷汝命當即遠離以根塵相熏納識成種無始相續莫不由此不知調伏必為所害。標六根取六塵之境認物為已即前世尊咄叱阿難此非汝心此是前塵虛妄相想惑汝真性由汝無始認賊為子失汝元常故受輪轉也。解由六根所起煩惱故發業潤生乃有無始眾生世界等

次別示根用優劣二

次約世界流變總明劫惑三

阿難云何名為眾生世界世為遷流界為方位汝今當知東西南北

初標名辨相

東南西南東北西北上下爲界過去未來現在爲世方位有十流數有三孤山曰上示兩種世界一衆生世界是正報二器世界是依報以由正報纏縛故於依報不能超越故今但約正報而明也一切衆生織妄相成身中貿遷世界相涉貿遷者交易遷移也世界相涉是貿遷相謂以世涉界以界涉世也。疏世界有三謂衆生五陰器界也揀非餘二故標衆生此一若超餘皆解脫前四句釋名汝今下辨相一切下結示身中界也貿遷世也世界交織故云相涉餘如文。標蓋爲有情迷本圓明是生虛妄一念不覺便有三種世界此三俱從妄念安立

次決定方位

而此界性設雖十方定位可明世間秖目東西南北上下無位中無定方疏界之體性依假施設雖云十方若以位次決定明顯東西南北可爲準的餘皆不定

後流變成功

四數必明與世相涉三四四三宛轉十二流變三疊一十百千總括始終六根之中各各功德有千二百三變之義古今多解各見其文不能具叙今所解者不加別法以變其數只將今文過現未來進動算位便成一千二百功德如第一位三世四方宛轉十二便成一疊算位即是一橫二豎已成過去第二即變過去一世以爲現在進動算位一豎二橫成百二十爲第二疊第三又即變現在世以爲未來進動算位一橫二豎成一千二百爲第三疊能變之法既唯三世所變之數亦止千二故無增減問經文既云世界相涉三世四方宛轉十二何故變數唯約世論不以方說耶答方體常定世義流動故不改動故更移今既改十爲千

後約根用優劣別示功德大

變多從少約世是順方義不符能唯義不相符抑亦疊數離合經文明言流變三疊豈非唯就三世耶。問夫三世遷變合從未來遷爲現在從現在世改爲過去何故此文返而說耶答今約從微至著變少爲多已是十二當爲百千故不可先約未來以對初疊以未來未見數故故須返對也以變者是逆義故下文云生從順習死從變流

經文既言流變故須逆增其數此約衆生身中六根取境本分功能作用名爲功德非同法華持經所熏令成淨用然染淨雖別皆從本有熏力而成故彼此文數量無異◦解私謂此約十二遷流變易共成三重也一十百千者通舉增數之法耳謂增一爲十增十爲百等今且以方涉世明三疊者第一約四方各論三世成十二也第二於東方三世變一爲十成三十南西北方亦復如是四方各三十成一百二十也第三於東方三十變十爲百成三百三方亦爾四方各三百成一千二百也以世涉方其例可解斯蓋如來秖指凡夫六根根塵相織世界相涉從麤至細且至三疊以彰厥德大意令知現前見聞覺知刹那刹那皆攝方世麤細之相也此據六根了別之性是同

一眼根

故云各各功德有千二百下對六塵了別之用有異所以功德全闕不等前文云性中相知用中相背不其然乎慤師約三世四方具有五根五塵成百二十一一根塵熏成十類衆生爲千二百流師非之節公是之敏師於十二中一一皆具十善成百二十一一善用具十如是成千二百然佛旨難測人情異端苟無的據誰爲至當至於資

中孤山長水位合數而已皆變疊不同余雖別解亦未敢配其法相來括共黨唯善是從

阿難汝復於中克定優劣如眼觀見後暗前明前方全明後方全暗左右傍觀三分之二統論所作功德不全三分言功一分無德當知眼唯八百功德疏前二句總告如眼下正示左右傍觀三分之二者舉一方三百方中二百全近維二五十一方既爾餘皆例然今左右觀各得二百全分近維一五十共成五百及全明三百都成八百三分言功者見三方也餘皆可知

二耳根

如耳周聽十方無遺動若邇遙靜無邊際當知耳根圓滿一千二百功德十方俱擊鼓十處一時聞動有分限故說邇遙靜非涯量故無邊際俱耳家境故此雙顯

三鼻根

如鼻齅聞通出入息有出有入而

闕中交驗於鼻根三分闕一當知鼻唯八百功德出入中交共成三分一分四百闕於中交故唯八百。解闕中交者鼻中通息出入前後兩不相交

四舌根

如舌宣揚盡諸世間出世間智言有方分理無窮盡當知舌根圓滿一千二百功德疏世出世智所知之境唯舌詮顯能詮言句猶可分限所詮理趣莫能盡極故千二百。解孤山曰取能言說不論嘗味若取嘗味其功則劣以合中知故

五身根

如身覺觸識於違順合時能覺離中不知離一合雙驗於身根三分闕一當知身唯八百功德疏合具違順離但捨受故云不知今就知處違順各四故得八百闕於離知故少四百。解離中不知是闕一分合時能覺有違有順故具二分

六意根

如意默容十方三世一切世間出世間法唯聖與凡無不包容盡其涯際當知意根圓滿一千二百功德疏意能遍緣三世三性世出世法無不具足文顯易知。標唯聖與凡無不包容方體而言周遍數量。解眞際曰意識獨生遍緣諸法故云默容孤山曰此經明六根功德與法華不同今示發覺初心令知顛倒處所故辨六根優劣之用意在河難擇於耳根以爲修證之本彼明依經修行已發相似之解而六根清淨互用無方唯眼八百亦具餘五根功德乃至意根亦復如是即同今文一根既返元六根成解脫

後令揀圓根修證二

初正勸令揀四

一總勸詳擇

阿難汝今欲逆生死欲流返窮流根至不生滅當驗此等六受用根誰合誰離誰深誰淺誰爲圓通誰不圓滿疏反妄歸眞眞爲流根故云至不生滅此則以覺心源名究竟覺也欲得此覺應選圓根爲趣入之要若圓聽十方耳根最勝意令選擇以入圓通如下文云隔垣聽音響遐邇俱可聞五根所不齊是則通眞實。標生死欲流者即六爲賊媒也

二別示功能

若能於此悟圓通根逆彼無始織妄業流得循圓通與不圓根日劫相倍 疏此是如來知時知機令自選擇樂欲相應起隨順行如下文云我今欲令阿難開悟二十五行誰當其根兼我滅後此界衆生入菩薩乘求無上道何方便門得易成就故云日劫相倍。解佛意令依耳根修證一日之功倍餘根一劫也

三許為發明

我今備顯六湛圓明本所功德數量如是 私謂此指六根妄明功德全是真明本性所具由真具故所以妄具下文云如是六根由彼覺明有明明覺 隨汝詳擇其可入者吾當發明令汝增進

四須擇所以

疏具彰六根功德淺深隨汝自意審詳選擇欲於一根得入三昧我當為汝開發顯明令得增進無上聖道。標衆生六根元是一精明分為六和合不了根境便成賊媒若達萬法一真即顯藏性一體。解佛勸詳擇雖意在耳根而阿難示迷未即領悟下文且隨疑問以破執情後勅諸聖各說圓通文殊所辨觀音為正發明之旨方

後酬請廣說

遂于茲

十方如來於十八界一一修行皆得圓滿無上菩提於其中間亦無優劣但汝下劣未能於中圓自在慧故我宣揚令汝但於一門深入入一無妄彼六知根一時清淨 疏若約佛根無礙六根總得圓通即同殃掘經云所謂彼眼根得於諸如來常具足無減修了了分明見乃至六根皆作是說故云亦無優劣但汝下約劣根須擇根非徑要劫修無益若得圓門日劫倍勝故一根返源六根清淨。標不思議界無二無別妄生智立有修有證下文云聖性無不通順逆皆方便初心入三昧遲速不同倫

首楞嚴經義海卷第十三

音釋

罣古賣切罥也 䀼章刃切瞤也 汩古忽切 擥魯敢切攝持也 棼扶云切亂也 隳許規切毀也 鍠胡盲切鐘聲也 貿遷貿莫候切 齅許救切以鼻擥氣也

首楞嚴經義海卷第十四 經四之四

凡遇圓相即是標辭與疏同其上文

此即前令揀圓根修證酬請廣說二

初伸請

阿難白佛言世尊云何逆流深入一門能令六根一時清淨疏前佛所勸意明如來藏體清淨本然由乎强覺分成六妄若能返照從一根門入一性海法界一相更無六一之異故云深入一門六根清淨今阿難將謂六根有實元是一體若是體又何分六故今請示一六之由

後廣釋四

一且破一六之見三

佛告阿難汝今已得須陀洹果已滅三界衆生世間見所斷惑解孤山曰見諦所斷之惑即八十八使也然猶未知根中積生無始虛習彼習要因修所斷得修道所斷之惑即八十一思也

初況顯未忘法執

何況此中生住異滅分劑頭數生住異滅即同體無明也分劑頭數謂初住以上至于妙覺四十二品也。疏一一六之情正是法執執根是實有一六故阿難初果雖破我執尚有所餘煩惱俱生猶未斷故況此法執是所知障無明住地此障最細名爲根中生住異滅分劑頭數。標八十八使者謂苦下具一切貪瞋癡慢疑身見邊見邪見見取戒禁取集滅離身見邊見邪見三見道除於二見謂身見邊見上界不行恚謂欲界四諦下見道門中惑都三十二上二界四諦下都除瞋止有二十八使二界共五十六使通前欲界三十二成八十八使此八十八種麤重分別煩惱兼是能障見諦之惑也初果人所斷故云見所斷惑無始虛日者謂小乘修道中思惟惑也亦謂之四俱惑分別俱生一貪二瞋三癡四慢此是欲界俱生四惑到小乘第三果始盡斷色界思惑除瞋無色界亦爾二界共六并欲界四都十使此皆修道中惑通前八十八都九十八使也此是小乘四果中我執分別我執俱生經云何況此中生住異滅分劑頭數者大乘中法執也

次推破一六疑情三

初徵

今汝且觀現前六根爲一爲六疏如文。標六一若存是非鋒起

次破二

阿難若言一者耳何不見目何不聞頭奚不履足奚無語疏若言一者六用應一

同眼合能聞足應解說今汝不然

初破一

若此六根決定成六如我今會與汝宣揚微妙法門汝之六根誰來領受阿難言我用耳聞佛言汝耳自聞何關身口口來問義身起欽承若言六異應不相干一處聞經二何致問

後破六

後結

是故應知非一終六非六終一終不汝根元一元六初二句結前互破後二句顯無一六根體元無何一六之有乎。一解非一終六用中相背故非六終一性中相知故而此六一同異失準並是虛妄終不下正顯眞性無一六相

後釋成一六俱妄二

阿難當知是根非一非六由無始來顛倒淪替故於圓湛一六義生汝須陀洹雖得六銷猶未亡一疏圓明藏體非一六之異。無始顛倒六根强生聞說解六又執是一一

六形待虛妄相生沒於四流遷改不息知見移易變一爲六故云淪替雖得六銷猶未亡一者據汝所解雖欲除六而不除一以執六根是一體故又初果人不取六塵名爲六銷執根有體名未亡一般若云須陀洹名爲入流而無所入不入色聲香味觸法涅槃亦云須陀洹人雖生惡國以道力故不作諸惡不因六塵所惑不造新業或認

初釋成

六塵銷處見惑不生執一無爲一果體故云猶未亡一。解猶未亡一者執有涅槃也以小乘所證全是無明故資中云不因六塵所造新業名得六銷尚迷六根而爲一體故未亡一私謂沇師所解一體之義異乎涅槃但一義未明耳應知下文見精乃至知精元是一體

後喩前顯

如太虛空參合羣器由器形異名之異空除器觀空說空爲一太虛譬如來藏羣器喩六根異空如見精等彼太虛空云何爲汝成同不同何況更名是一非一則汝了知六受用根亦復如是

二廣明根結之由二

疏太虛如來藏也羣器六塵也異空六根也法界藏體非一非六由

塵發知成六根異塵若不緣根無所偶六既不立一亦不成尚非同異之名豈安一六之相

初別明六

一眼根

由明暗等二種相形於妙圓中黏湛發見本一圓常妙湛明性所相妄現分明暗殊明暗相形動覺湛性性相和合執成妄覺故云黏湛發見斯則所妄既立生汝妄能。解孤山曰黏湛發見者生汝妄能也下文云流逸奔色即熾然成異也私謂黏湛發見者由明暗等塵染起淨性也他皆倣此

見精映色結色成根疏見精即妄覺也能所相熏互相交織根結便成故云結色成根根元目為清淨四大既覺明相雜黏湛合成由是名為清淨四大即勝義根也。解檇李曰此勝義根雖用能造所造八法為體是不可見有對色能照境發識乃聖人所知之境其義深遠非同塵境麤淺故名清淨此是染中說淨也非無漏妙明之淨也因名眼體如蒲萄朶浮根四塵流逸奔色疏勝義根色屬不可見而有對礙故寄世俗根所依處蒲萄之相表顯勝義奔取本境明暗之相故云流逸奔色下之五根大意皆然故不細釋例如此知。解此浮塵根亦名世俗根以麤淺易知故翻前立名亦用能所八法為體今言四塵者但舉所造也問浮塵但以勝義為依處不能照境發識何言流逸奔色答理實勝義然浮塵是所依處舉依顯能依也又連上清淨四大為言義亦無失

二耳根

由動靜等二種相擊於妙圓中黏湛發聽聽精映聲卷聲成根根元目為清淨四大因名耳體如新卷葉浮根四塵流逸奔聲疏聽精即妄覺也既動靜互相擊發鼓真成妄失真湛性遂發聽精卷彼聲影結影成根聲性虛散故須卷攝以成聽義既卷成根還如卷葉

三鼻根

由通塞等二種相發於妙圓中黏湛發齅齅精映香納香成根根元目為清淨四大因名鼻體如雙垂爪浮根四塵流逸奔香通塞相發覺明映香

於妙圓湛結成鼻處香氣上騰根垂下取如雙垂爪

四舌根

由恬變等二種相參於妙圓中黏湛發嘗嘗精映味絞味成根根所目爲清淨四大因名舌體如初偃月浮根四塵流逸奔味恬變文參妄眞黏合心境相結攬以成根約所依相如初偃月

五身根

由離合等二種相摩於妙圓中黏湛發覺覺精映觸摶觸成根根元目爲清淨四大因名身體如腰鼓顙浮根四塵流逸奔觸離合觸摩湛圓隨妄覺觸相待摶取成根能造所造二具八法是不可見寄所依處如腰鼓顙

六意根

由生滅等二種相續於妙圓中黏湛發知知精映法攬法成根根元目爲清淨四大因名意思如幽室見浮根四塵流逸奔法妙圓無動生滅妄陳和湛成知知還攬法根境既結奔趣無休以六根中隨一攝故如前五根亦名四大居在身中不彰其相如幽室見然此意根本由生滅妄塵所結妄塵不離妄覺影明若以有色無色爲諍論者猶邀空華結爲空果故此所明六皆四大無相違也。解孤山曰根元下此取肉團心根爲慮知之所託也故勝義根還是清淨四大如幽室見即浮塵根爲意思託附如處幽室正法念經云如蓮華開合者是也

後總結二

初結由迷發現

阿難如是六根由彼覺明有明明覺失彼精了黏妄發光疏性覺之體本有眞明由彼妄覺影明忽起遂令眞覺隱於精了失眞照性妄覺影明自相黏執熏變擊發結成六種知見之光故此六根由迷發現發現之相廣見上文。解由彼覺明眞明也有明明覺妄明也迷彼眞明故云失彼精了成此妄明故云黏妄發光

是以汝今離暗離明無有見體離動離靜元無聽質無通無塞齅性

不生非變非恬嘗無所出不離不合覺觸本無無滅無生了知安寄疏由境有根如風起浪境風不息識浪奚窮故離塵境無根識耳。標離於六境何有六根

後結離塵無解

汝但不循動靜合離恬變通塞生滅明暗如是十二諸有爲相疏不隨六境也

三正示入一之門

隨拔一根脫黏內伏伏歸元眞發本明耀耀性發明諸餘五黏應拔圓脫圓脫圓銷也執境成根因根有礙執心不起諸見自亡。既不相纏自然圓脫下文云見聞如幻翳三界若空華聞復翳根除塵消覺圓淨淨極光通達故云伏歸元眞發本明耀楞伽云不了心及緣則生二妄想了心及境界妄想則不生妄既不生即發明耀皆斯義也。標復云一根既返眞源六用自然休復。解私謂阿難所疑一入六淨正釋在此

四結顯眞覺之理二

不由前塵所起知見明不循根寄根明發由是六根互相爲用疏見聞覺知由塵所發畢竟無體今非此等斯揀妄也明不下顯眞謂眞妙覺明不循根境即不逐緣生不因境起了然自覺即是性明圓覺亦云無知覺明不依諸礙此亦揀非知覺顯是眞明豈依根塵而始顯發故云寄也由是寄故互相爲用。解寄二種根覺明開發故千二百功德根根互用也孤山曰用有眞似似如法華眞如華嚴

初略標示

阿難汝豈不知今此會中阿那律陀無目而見疏阿那律陀云無滅斛飯王子以多睡故如來呵之從此精進七日不眠則失雙日佛令修天眼繫念在緣四大淨色半頭而發見障內外明暗皆矚照三千界如觀掌果故云無目而見跋難陀龍無耳而聽跋難陀云賢喜與難陀龍常護摩伽陀國雨澤以時國無飢年餅沙王年設大會報龍之恩人皆歡喜從此得名難陀云歡喜爲目連所降無耳而聽未詳緣起殑伽神女非鼻聞香殑伽亦云恒伽此云天堂來此河從無熱惱地南面銀象口出流入東印度主河之

後廣釋成四

神是女故云神女非鼻聞香未見其緣憍梵跋提異舌知味正云笈房鉢底此云牛相經云我有口業於過去世輕弄沙門世世生生有牛呞病呞者牛凡食後常事虛哨時人稱爲牛呞也異舌者未見別緣或可既云牛相即其牛舌也而能辨了人所食味故云異舌知味

一約人辨用

舜若多神無身覺觸如來光中映令暫現既爲風質其體元無舜若多云空即主空神也無色界天亦是此類隨其所主亦無色質既爲風質者此約體不可見故云元無以佛力故故能暫現亦顯有定自在色無業色也無色界天淚下如雨正是此事諸滅盡定得寂聲聞如此會中摩訶迦葉久滅意根圓明了知不因心念得滅盡定大小俱有然修意不同謂滅六全盡七染分摩訶迦葉入雞足山待彌勒佛俱舍即云已入涅槃餘說入定聖說雖爾若例今經付囑阿難故知入定涅槃俱不可測既知身在已滅意根圓明了知不妨作用故維摩云不起滅定而現諸威儀即斯義也

就去融體

然上所說欲顯眞覺不假根塵且引六人略以爲比於中有業報者有修得者有發眞者○修得發眞全是眞用業報所感以淺況深俱是不由於根而覺知無失耳○解然此六人或是凡夫業報或是小聖修得斯皆妄力尚不依根何況圓脫豈無互用

阿難今汝諸根若圓拔已內瑩發光如是浮塵及器世間諸變化相如湯銷氷應念化成無上知覺踈三界萬法皆由無明妄念而得分別今六根既拔塵無所黏妄念不生性明內瑩故得浮塵幻相器界虛空一體圓成歸無上覺故下文云聞復醫根除塵消覺圓淨○淨極光通達寂照含虛空却來觀世間猶如夢中事又云汝等一人發眞歸元十方虛空悉皆消殞況諸世界在虛空耶斯則萬法融眞一切常住無情成佛復何疑怪若謂無情不能起行無成佛義斯則何異猶邀空華結爲空果法空智塞我相見深無情若使不成心外有法究爾空談圓實心語相違豈不謬哉○解私謂眞智如湯妄境如氷了妄即眞化成智覺

三取聲例顯

阿難如彼世人聚見於眼若令急合暗相現前六根黯然頭足相類彼人以手循體外繞彼雖不見頭足一辨知覺是同 疏此則近以六根隔越不相通用尚有知覺同者豈況真覺須假根塵耶○六根無辨故云黯然頭足不分故云相類若以手摸頭足明辨與見無異故云知覺是同○解前明真覺不由於根故舉那律無目能見等今亦真覺不假於緣故指世人暗中有辨也彼人即合眼之人循體謂繞他人之體知覺是同言暗中知覺與明中所見不殊凡夫尚有不假明緣而能有辨況聖人真覺何藉緣發乎

四指妄結真

緣見因明暗成無見不明自發則諸暗相永不能昏根塵既銷云何覺明不成圓妙 疏初二句指妄謂從根境緣所生見故云緣見不明下結真謂不逐緣生不由境起○湛然常照明不能發暗不能昏純一真覺內瑩清淨此體發現根塵識心一時圓妙故前文云應念化成無上智覺○解緣見指妄不明下顯真略示明暗諸緣例爾

次別破疑情三

初真識斷滅疑二

初阿難伸疑二

初牒所聞

阿難白佛言世尊如佛說言因地覺心欲求常住要與果位名目相應 疏如文○標前文云若於因地以生滅心為本修因而求佛乘不滅不生無有是處

世尊如果位中菩提涅槃真如佛性菴摩羅識空如來藏大圓鏡智是七種名稱謂雖別清淨圓滿體性堅凝如金剛王常住不壞 疏菩提云知覺即智果涅槃云寂滅即斷果離偽妄無遷改故曰真如照察不變名為佛性菴摩羅云無垢離障所顯即白淨無垢識也不與妄染相應含藏無量功德名空如來藏能現身土離倒圓成一鑒周萬有名大圓鏡智七名雖別一體無殊堅固凝然常住不動如金剛也○解孤山曰七名雖異其體元同要其所歸祇是究竟所顯一心三諦耳

後叙疑難四

無染無缺故清淨圓滿不遷不變故體性堅凝金剛王喻於堅義也

一舉果常住

若此見聽離於明暗動靜通塞畢竟無體猶如念心離於前塵本無所有疏離塵無體六根皆然故前舉見聽後指意根猶如者指辭也。標此阿難執斷為常蓋示相懷疑也

二顯因無常

云何將此畢竟斷滅以為修因欲獲如來七常住果世尊若離明暗見畢竟空如無前塵念自性滅進退循環微細推求本無我心及我心所將誰立因求無上覺疏因緣所起自體本無故云畢竟斷滅進退推求無我心者以分別不亡真覺難顯但有斷滅不覺妙常故云將誰立因求無上覺。標此全同圓覺普賢微釋用心也彼經云若彼衆生知如幻者身心亦幻云何以幻還修於幻若諸幻性一切盡滅則無有心誰為修行云何復說修行如幻云云。解私謂進退循環者進思常果退思修因又進思修因退

三進退成疑

惟斷滅疑情宛轉如循環然

四結難求示

如來先說湛精圓常違越誠言終成戲論云何如來真實語者惟願大慈開我蒙悋疏如來說有湛精圓常洎今所推唯是斷滅明言雖有考實元無若此相違真實何在豈不同於兒戲之論耶。標前文云若於因地以生滅心為本修因無有是處故云違越誠言也

後如來為斷二

初斥迷許說

佛告阿難汝學多聞未盡諸漏心中徒知顛倒所因真倒現前實未能識恐汝誠心猶未信伏吾今試將塵俗諸事當除汝疑疏分別真妄能所強生為顛倒因迷常執斷名為真倒今以現事驗令知悉無執斷滅故云當除汝疑

後約事廣顯

即時如來勑羅睺羅擊鍾一聲問阿難言汝今聞不阿難大衆俱言

初約聲塵顯其倒情二

初問答一

我聞鐘歇無聲佛又問言汝今聞不阿難大衆俱言不聞時羅睺羅又擊一聲佛又問言汝今聞不阿難大衆又言俱聞標阿難未曉聞復翳根除塵銷覺圓淨只認隨塵起滅蓋示相曲爲今時迷者也

初約根問答二

初問答有無

○佛問阿難汝云何聞云何不聞阿難大衆俱白佛言鐘聲若擊則我得聞擊久聲銷音響雙絕則名無聞疏擊鐘三問審定稱聞欲轉問宗又令重擊一則斥成矯亂一則顯其性常令知生滅之中有不生滅不因聲滅不因聲生生滅圓離即常眞實斯則了然常住何斷滅之有乎

後問答所以

○如來又勑羅睺擊鐘問阿難言爾今聲不阿難大衆俱言有聲少選聲銷佛又問言爾今聲不阿難大衆答言無聲有頃羅睺更來撞鐘

後約聲塵問答三

初問答有無

佛又問言爾今聲不阿難大衆俱言有聲少選猶少頃也有頃猶頃刻也皆時之少分也三問三答只是定其言聲。標有聲之時是聲塵自起無聲之時是聲塵自滅而此聞性本自不生今亦無滅阿難示相迷常執斷洗蕩疑情

後問答所以

○解少選有頃皆顯理問

○佛問阿難汝云何聲云何無聲阿難大衆俱白佛言鐘聲若擊則名有聲擊久聲銷音響雙絕則名無聲疏問聲有無令釋所以前答聞之有無亦以鐘聲起歇爲釋今答聲之有無亦以鐘聲起歇爲釋將驗其情隨言印順耳

後斥破

○佛語阿難及諸大衆汝今云何自語矯亂大衆阿難俱時問佛我今云何名爲矯亂佛言我問汝聞汝則言聞又問汝聲汝則言聲唯聞與聲報答無定如是云何不名矯

後就聞性破其斷見三

初正破三

亂斥破意者此聞若因聲有則不離聲若離聲有此是眞聞汝今但執隨聲之聞此聞既不離聲只合是聲不合名聞又言是聲又言是聞既隨言印順故成矯亂。解此約聞性責於聞聲也夫聞性離聲無生無滅何因擊鐘而言其聞既言其聞何故再擊又言其聲是知言聞不合謂聲言聲不合謂聞自語矯亂爲不誣矣

初破執斷見

阿難聲銷無響汝說無聞若實無聞聞性已滅同于枯木鐘聲更擊汝云何知知有知無自是聲塵或無或有豈彼聞性爲汝有無聞實云無誰知無者疏初二句牒其所計若實下五句破其斷無若實此聞隨聲而滅則汝一身應如木石再擊鐘時如何聞響知有下五句對釋無生有無之知自屬聲境且不闕聞故云自是聲塵或無或有聞性常然未曾起滅故云豈彼聞性爲汝有無聞實下二句反結有性聞若實無證無者誰既若知此是無聞者驗知不滅豈隨聲無

次顯其本常

後結斥垂勸

是故阿難聲於聞中自有生滅非爲汝聞聲生聲滅令汝聞性爲有爲無聞性不動其猶鏡明聲生聲滅正如影像豈由影像有去有來令其鏡明爲生爲滅故下文云音聲性動靜聞中爲有無無聲號無聞非實聞無性聲無既無滅聲有亦非生生滅二圓離是則常眞實。解文有兩節初知有等以聞對聲正簡妄聞以顯眞聞知猶聞也次是故下以聲對聞正簡聲塵以顯聞性汝聞妄聞也

次釋成三

汝尚顛倒惑聲爲聞何怪昏迷以常爲斷終不應言離諸動靜閉塞開通說聞無性疏鏡明不動影像隨形苟見像之去來而曰鏡之起滅者倒之甚矣聲聞無辨遂迷故此結勸不可更言離聲無性。標聲是塵聞是性性如明鏡塵如影像。解前阿難通疑六根離塵無體云何將此斷滅爲因欲獲常果如來所以別顯聞性爲常者誠欲發耳根圓通之機也

初引睡人釋成不斷

如重睡人眠熟牀枕其家有人於

彼睡時擣練舂米其人夢中聞舂擣聲別作他物或爲擊鼓或爲撞鐘即於夢時自怪其鐘爲木石響於時忽寤遄知杵音自告家人我正夢時惑此舂音將爲鼓響阿難是人夢中豈憶靜搖開閉通塞其形雖寐聞性不昏疏睡人六識歸種思覺不行但任運聞即真聞性若唯約喻睡人應無聞性但約不隨根起非由作意故是真聞如下文云縱令在夢想不爲不思無覺觀出思惟身心不能及故知即顯真聞不須約喻

次例死者釋成不斷

縱汝形銷命光遷謝此性云何爲汝銷滅形命雖遷真常不動妄識尚在況乎聞性隨汝銷謝性○解所舉寐事驗妄識至昏而真不昧也復恐惑者謂寐雖不昧死豈不滅耶故重示云縱汝形銷等

以諸衆生從無始來循諸色聲逐念流轉曾不開悟性淨妙常不循所常逐諸生滅由是生生雜染流轉疏隨塵生滅逐念流動無始至今未嘗停息不能於妙常寂絕念而遊於真覺明亡緣而照雜染流轉生之又生區區若是何由返證○標從無始來循諸色聲者由迷己爲物故於是中觀大觀小六道四生晦昧覺性也

後結斥迷例不循妙常

若棄生滅守於真常常光現前根塵識心應時銷落想相爲塵識情爲垢二俱遠離則汝法眼應時清明云何不成無上知覺疏若能忘緣內照不逐前塵塵既不緣根無所偶返流全一六用不行淨覺現前寂照明露斯則守於真常根塵銷落也想相即境情即是根根境識三俱能染汙障翳般若於無生法不能明了故名塵垢今既遠離於法明見即是證無生忍故云法眼應時清明於大菩提斯可希冀耳○標守於真常常光現前者下文云塵既不緣根無所偶十方國土皎如瑠

後結勸

璃內含寶月根境識三即三德祕藏也　解通別二惑俱名塵垢貞似所證皆號法眼此眼具五方曰清明

首楞嚴經義海卷第十四

音釋

分劑分扶問切劑在詣切分劑限量也　黏女廉切相著也　絞古巧切　顆寡切　囊　餅沙梵語也此云模實餅蒲丁切　呞抽之切　哨才笑切齠也　慆良刀切鄙也　矯舉夭切妄也　擣練擣都皓切敲也練也旬切熟素繒　遄市緣切疾也

首楞嚴經義海卷第十五 經五之上

凡遇圓相即是標辭與疏同其上文

△次解結同體疑二

初阿難伸請二

初述已猶迷

阿難白佛言世尊如來雖說第二義門解孤山曰牒前二決定義審詳煩惱根本今觀世間解結之人若不知其所結之元我信是人終不能解疏前疑因果同異今疑根塵結解故云第二義門然根起之由前雖廣示而不的指何處爲結結解之義尚未辨明欲明指陳故然可識故引前文佛所舉喻以況已迷世尊我今會中有學聲聞亦復如是從無始際與諸無明俱滅俱生解同體無明品數至多又迷境不一故曰諸生滅去來常在妄中故曰俱雖得如是多聞善根名爲出家猶隔日瘧疏諸無明者謂全界無明也總攝一切二障見思故名爲諸始自迷眞隨逐有情生滅不離故上文云和合妄生和合妄死故云俱滅俱生也初果有學雖未斷思已名破煩惱障得人空證而未全破。所知障法執猶存故云猶隔日瘧。標前云第二義者汝欲發菩提心於菩薩乘生大勇猛決定棄捐諸有爲相應當審詳煩惱根本此無始來發業潤生誰作誰受云云又云汝觀世間解結之人不見所結云何知解不聞虛空被汝隳裂何以故空無形相無結解故經云從無始來與諸無明俱滅俱生者謂全界無明攝二障故前文云汝須陀洹雖得六銷猶未亡一二障謂見思二惑故名爲諸。解瘧病隔日而發通惑除如安日別惑在如發日涅槃哀歎品中二乘白佛亦舉此喻

後請示結解

後如來廣演五

。惟願大慈哀愍淪溺今日身心云何是結從何名解亦令未來苦難衆生得免輪迴不落三有作是語已普及大衆五體投地雨淚翹誠佇佛如來無上開示疏無始生死不能超越蓋由結縛今待解除無礙無繫不以懇至莫由開曉故雨淚求示也。標結之與解由不如實知眞如法一不覺心動名之爲結若能迴光

返照照而常寂名之爲解解結不二只在六根若了根元不落三有

一世尊摩頂

爾時世尊憐愍阿難及諸會中諸有學者亦爲未來一切衆生爲出世因作將來眼以閻浮檀紫金光手摩阿難頂疏頂是諸根之總手爲解結之要摩而警動將有解期撫而安慰令知深旨○標此是結集叙述之語也故先表報令悟之

二諸佛放光

卽時十方普佛世界六種震動微塵如來住世界者各有寶光從其頂出其光同時於彼世界來祇陀林灌如來頂是諸大衆得未曾有疏無明住地爲六情根震動不安因玆解結諸佛流光灌一佛頂以表一多無礙自他平等下文諸佛標示此佛釋成同說同證更無異路問此經從前至此四度放光獨有今文諸佛同放仍又同說斯可特異乎答初爲說教破邪次爲揀妄顯理次爲定見生智今爲入觀

三同說結根

成行前三依教發解未能除障今文觀成破惑正動無明入法界理故諸佛放光同示解結體無二源故知說教破邪顯眞揀妄立信成解皆爲今日成行取證非聊爾事故與前文異耳

於是阿難及諸大衆俱聞十方微塵如來異口同音告阿難言解六種震

四阿難再請

動表破六根惑也微塵如來光灌此佛表同依此法得成正覺也由談解結法門是修證的要雖未卽示耳根入處以因此說生起後文故玆現瑞而爲表報善哉阿難汝欲識知俱生無明使汝輪轉生死結根唯汝六根更無他物汝復欲知無上菩提令汝速證安樂解脫寂靜妙常亦汝六根更非他物疏覺明初起能所妄生湛性既分六根成異根塵偶對業性卽生輪轉無窮生死長縛斯六根爲生死結縛之源也一念無念能所都亡根塵識心應時消落無眞可得無妄可除覺性圓明法眼清淨斯六根爲自在解脫妙常之源

五佛爲釋通二

也其猶氷水由氣之動移相雖變異溼性常一結解同貫亦復爾也

初長行二

阿難雖聞如是法音心猶未明稽首白佛云何令我生死輪迴安樂妙常同是六根更非他物染淨根本唯此六根更無別法於此起見生死輪迴於此忘情涅槃常樂法執未破孰能洞明故再咨詢欲期開示

初雙標

佛告阿難根塵同源縛脫無二識性虛妄猶如空華根境識三無別體性唯一眞覺故曰同源執見不亡妄生取著强分染淨橫計身心從始洎終念念生滅故云爲縛了相無相分別不生能所寂然念想虛盡一法無取一眞體現心與虛空等無差別故名爲脫識性虛妄如空華者與上根塵綺互相影上言根塵影此識性今言識性影前根塵故三同源亦同虛妄故前文云見與見緣并所想相如虛空華即此識性虛妄也又云此見及緣元是菩提妙淨明體即此根塵同源也○標根塵同一眞源迷悟性無有二○解私謂根塵識三攝十八界本如來藏妙眞如性故曰同源凡夫迷眞故縛聖人悟眞故脫迷悟雖殊始終理一故曰無二同源必兼識性虛妄必具根塵文之綺互也

後雙釋二

初總顯無性

阿難由塵發知因根有相相見無性同於交蘆疏攬塵成根根對相根境立矣妄識生有焉妄識能變根境二法故根境識更相假藉一一體空一一成立故若交蘆○解塵相通指六境知見略示二根根境對論攝十二處斯皆兩法相涉內無實性故喩交蘆有以根境識三釋此喩者非也而不知經語巧妙從寬至狹上攝界義故三此攝處義故二下文又略其境單言其根故云知見立知等

後別明縛脫

是故汝今知見立知即無明本知見無見斯即涅槃無漏眞淨云何是中更容他物疏由阿難再問云何令我生死輪迴安樂妙常同是六根更非他物故佛先示根境識三唯一虛妄同一性源迷縛解脫誠非異轍由此別示結答令無所疑因解成觀妙果可巽言知見者略舉六根之二也立知者又略見字影在次文意謂

若於六根三事不了性無立為實有起遍計執惑業由生自此輪迴枉入諸趣斯則六根是無明生死結縛之本苟或於此根體真達妄取不生妄知見覺泯然虛寂唯一圓成清淨寶覺斯則六根是菩提涅槃元清淨體更欲何物說為異因故般若云若見諸相非相即見如來上云此見及緣元是菩提妙淨明體此則正破無明法執成就圓通觀門也。解孤山曰上言立知而略見下言無見而略知經文互影也執知見實有名立知見此即妄心是生死輪迴之本故云即無明本達知見無性名無知見此即真心安樂妙常故云斯即涅槃無漏真淨是則唯一真心更無別法故曰云何是中更容他物又解知見立知是迷真知見立緣塵等妄知見故即無明知見無見是達真知見無緣塵等妄知見故即涅槃故前文云入佛知見也佛知見外更無別法故不容他物前釋約常心即寂一切皆泯後釋約常心即照有真知見故茲兩釋並符佛旨

後偈頌二

初標舉

○爾時世尊欲重宣此義而說偈言

疏沉論偈頌總有四種一阿耨窣覩婆不問長行并偈但數字滿三

後正頌六

十二即為一偈二名加陀此云諷頌或云直頌謂以偈說法非頌長行三名祇夜此云應頌四名蘊陀南此云集施頌謂以少言攝集多義。施他誦持故為何意故經多立頌略有八義一少字攝多義故二讚歎者多以偈頌故三為鈍根重說故四為後來之徒故五隨意樂故六易授持故七增明前說故八長行未說故合此經內於前四中二三所攝八意之內正雅三七兼二五八然又長行偈頌相望有五對之例謂有無廣略離合先後隱顯至文詳而知之此頌長行應頌諷頌問雜相糅連環起復長轉相生大意破無明法執令觀門明淨修行證入一真法界也

三頌標宗破執二

初比量正破

○真性有為空緣生故如幻

解私謂真性即根塵之源也有為即縛脫之相也若真性在迷能生九界根塵之相名之為縛若真性出纏能起十界根塵之用號之為脫此縛與脫皆即真而俗故曰有為亦即俗而真故曰空也緣生故如幻釋成有空義也有為之法皆從緣生凡夫以惑業為緣聖人以機感為緣二緣所生俱是假名故云如幻此頌根塵同源縛脫無二

無為無

起滅不實如空華

疏此文正破無明法執執爲無爲有實體者皆迷眞性一眞法界本非對待故此雙破即是解結之所因也○此中四句前二句破有爲後二句破無爲此二不立方顯法界一相義耳言眞性有爲空者眞性之言正是標宗揀法通下第二量轉謂一眞中道第一義諦也應立量云眞性有爲元空無有從緣生故猶如幻事眞性無爲本來不實無起滅故猶如空華由此二量三支無關標揀分明無諸過非掌珍論中取爲善立第二量中先因後宗譯人語便亦無所失此義所顯一眞平等無諸對待眞妄染淨生死涅槃凡夫諸佛皆如空華亂起亂滅故下文云一切世界山河大地生死涅槃皆即狂勞顚倒華相故中論云若法爲待成是法還成待今則無因待亦無所成法斯顯第一義中離一切相言語道斷心行處滅無明法執於斯盡矣○標一眞法界本非對待故此雙破即是解結之所因由也○解此頌識性虛妄猶如空華上言如幻助成空義耳令云空華正顯虛妄也且識性是有爲起滅之法眞性反此故曰無爲無起滅既云虛妄即是不實故喻如空華舊以前二

後顯過況破

句破有爲後二句破無爲出掌珍論

言妄顯諸眞妄眞同二妄

前長行中破於妄今復恐捨妄取眞故重遣之孤山曰諸之也語助耳言根塵虛妄則顯涅槃眞實對妄說眞待對不絶眞亦成妄故云二妄龍樹云若法爲待成是法還成待

猶非眞非眞云何見所見

對妄說眞猶皆遣蕩云何更有妄中根境乎猶非能遣也眞非眞所遣也非眞即妄見即是根所見即境疏初二句重顯前過有爲無爲是對待故亦是破執眞性是有還同虛妄惑者議云眞性之中雖亡有爲無爲而此眞性應有所得是佛所證離諸僞妄故名曰眞是諸法性畢竟應有故此破云若言離妄所顯有眞性者還同妄法俱爲妄也以是遍計所緣境故離妄之眞還因妄顯如前文云菩提心生生滅心滅此亦生滅起信亦云言眞如者亦無有相謂言說之極因言遣言此眞如體無有可遣以一切法悉皆眞故亦無可立以一切法皆同如故當知一切法不可說不可念故名眞如應知眞性若有得者皆爲妄矣故云妄眞同二妄也猶非下二句況破

執妄初句躡前所非尚無眞與不眞不眞即妄也次句正況云何更存能見所見根之與識俱名爲見所見即境也斯則總破眞妄二心諸對待法皆無所有方名顯淨法界一眞平等此上二頌正是頌前根塵同源也本源自性尚非眞妄豈得存乎根境識耶故根境識同此一源

二兩頌結解同體

中間無實性是故若交蘆頌前根塵相發相見無性猶如交蘆○解中閒謂根境二法體中無性結解同所因聖凡無二路疏頌前縛脫無二也六道凡夫業惑所繫不得自在故名爲縛三乘賢聖斷惑證理不隨業繫故名爲解此則皆由六根迷悟所致更非別岐故無二路○解私謂欲明解結汎舉所因所因者六根也前諸佛同告云汝欲識知生死結根乃至速證安樂解脫唯汝六根更非他物正同此義汝觀交中性空有二俱非疏交中無性將何遣有而更存無一性之中無對待故肇公云有既不有則無無矣此則正顯根塵中道亦是上根塵同源之義○解孤山曰重牒前喻令審觀也言空則蘆有外相言有則中本空以喻根境妄執性有其體元空迷晦即無明發明便解脫疏頌前知見立知等文也迷根執境不了性空妄取爲有即無名立了性無性眞妄一如根境識三不能爲縛故名解脫斯則涅槃無漏眞淨

三一頌生起下文

解結因次第六解一亦亡生起六解一亡疑也因次第者下文云此根初解先得人空空性圓明成法解脫解脫法已俱空不生是名菩薩從三摩地得無生忍一亦亡者下文云今日如來若總解除結若不生則無彼此尚不名一六云何成○解爲下華巾結解張本根選擇圓通入流成正覺爲下諸聖圓通張本○疏生起下文圓通修證也○即取觀音從耳根門入三摩地文殊所選堪與阿難及此界人入流正覺

四一頌無明習氣

陀那微細識習氣成暴流阿陀那云執持即第八識能執持種子起現行故第八多名此名最通三位之中相續執持位也無明熏習種子不斷如暴流水流注不息微細境界唯佛能知故起信云無名熏習所起識者非凡夫能知亦非二乘智

慧所覺謂依菩薩從初正信發心觀察若證法身得少分知乃至菩薩究竟地不能盡知唯佛窮了。解構李曰執持種子根身等令不散壞故習氣者謂熏習氣分乃種子異名也以第八識中無姤習氣微細生滅流注不息故如暴流解深密經云如暴流水生多波浪諸波浪等以水為依五六七八皆依此識然彼經中別顯染中淨相故離八外別說九識理實陀那更無別體

真非真恐迷

我常不開演

疏謂此識體單真不立獨妄不成真妄和合方有所為起信云謂不生滅與生滅和合非一非異名阿黎耶識若說即真妄習如何得盡凡夫外道起於常見執為真我若說為妄恐撥為斷滅以真相不滅故是故於小乘藏及大乘權教不說第八深密經云阿陀那識甚微細一切種子如暴流我於凡愚不開演恐彼分別執為我。意顯前文根境識三六種結縛皆是此識熏習變生執真執妄見有見空唯此識影乃至十地菩薩所見佛身業識上見若佛如來已離業識無自他相見如起信說此則正顯已離俱生無明耳

五一頌一句遣幻非幻

自心取自心非幻成幻法

一切諸法唯識所變故皆自心前六不了見從外來取而分別故起信云三界虛偽唯心所作離心即無六塵境界以一切法皆從心起妄念而生一切分別即分別自心故云自心取自心也若以妙性圓明離諸名相本來無有世界眾生故云非幻而由見妄忽生覺明相現四大分湛根塵宛成故云成幻法而言幻者以一一法皆無性故。解資中曰此示前陀那識能變起世間之相還是自心分別故云自心取自心攜李曰心本非境迷心為境故云非幻成幻法

不取無非幻

非幻尚不生

幻法云何立

疏分別不生前後際斷真尚不辨妄何所立是故性真常中求於去來迷悟生死了無所得斯則一相平等。迷悟都亡生死涅槃猶如昨夢。故肇公云夫不存無以觀法者可謂見法實相矣。解了境即心心尚不生豈更存境

是名妙蓮華

疏此平等性觀能破無明開佛知見此知見性處妄常真在染不汙今得顯發如開敷出水故以為喻

金

六一頌三句讚法令欣

後六解一七疑 二

剛王寶覺無明堅牢最爲難壞持念能破金剛定力此定尊上更無能過於法自在是可寶重如摩尼珠隨意生育無上覺一果名王寶覺如幻三摩提此觀現前了一切法皆如幻化猶如明鏡現諸色像一一色像體不可得同一鏡明不即不離三摩提云正受不受諸受也彈指超無學此顯速疾能至

大覺故一念不生即名爲佛超過地位劫數之說如前文云歌即菩提圓覺亦云離幻即覺亦無漸次皆斯義也然至覺時亦無自果可爲所得故云超無學耳亦是約遲速較量故說爲超非是都越地位直至無上覺耳。解孤山曰中道妙法不染二邊如世蓮華不著泥水眞空蕩相若金剛寶所擬皆碎妙有體虛況幻術事其像無實初

阿難以三止爲請今如來還以三義爲歎彈指超無學顯三止之功也若入地住則超小乘阿羅漢位縱入相似亦超無學以同除四住此處爲齊若伏無明三藏則劣又縱在觀行亦超無學如太子處胎貴壓羣臣頻伽在殼聲逾衆鳥此阿毗達磨十方薄伽梵一路涅槃門疏阿毗達磨云無比法即

初伸疑請決 二

指此三昧也亦云對法即以大乘平等大慧對向一眞法界體用顯現理智一如故名對法薄伽梵具足六義謂自在熾盛端嚴名稱吉祥尊貴十方諸佛取證菩提涅槃妙果唯此一路能通至彼故名爲門由前請云要因門入故此開示金剛三昧爲能入門也。解云無此法即指前法無以比喻也十方如來皆依此法入證涅槃涅槃是果三止是因因能入果喻之以門

初叙慶所聞

於是阿難及諸大衆聞佛如來無上慈誨祇夜伽陀雜糅精瑩妙理清徹私謂祇夜云應頌又云重頌即頌上長行也伽陀云諷頌亦略云偈不因長行但諷美而頌之二頌合明故曰雜糅精瑩此指能詮也妙理清徹此謂所詮也心目開明歎未曾有疏能詮之文諷應文間辭句妙淨所詮之理清明洞徹皎然可見故使心開如目之明

後正陳疑意

阿難合掌頂禮白佛我今聞佛無遮大悲性淨妙常眞實法句心猶

後舉事廣明三

未達六解一亡舒結倫次惟垂大慈再愍斯會及與將來施以法音洗滌沉垢由前偈云解結因次第六解一亦亡阿難疑意前文既云根塵同源縛脫無二迷晦即無明發明便解脫斯則結無前後解亦不倫六根若亡一覺應顯云何復云解結因次六解一亡故云心猶未明惟垂洗滌等

初且明結之因起三

初舉事三

即時如來於師子座整涅槃僧斂僧伽棃攬七寶几引手於几取劫波羅天所奉華巾於大衆前綰成一結示阿難言此名何等阿難大衆俱白佛言此名爲結涅槃僧裏衣也僧伽棃大衣也劫波云時分巾是彼天所奉獻故未詳緣起。解眞際曰涅槃僧此方裙號興禍曰劫波羅天即髑髏天四天王太子奉如來

次正示六解一亡。

後却辨解結次第。

於是如來綰疊華巾又成一結重問阿難此名何等阿難大衆又白

初問答結名二

初綰巾問結二

佛言此亦名結如是倫次綰疊華巾總成六結一一結成皆取手中所成之結持問阿難此名何等阿難大衆亦復如是次第酬佛此名爲結疏如文。標如是倫次綰疊華巾總成六結者喻衆生一念纔動六根取境迷心逐物卒不能解故下文云是故世界因動有聲因聲有色因色有香因香有觸因觸有味因味知法六亂妄想成業性故十二區分由此輪轉也

初結巾初問

後再結再問

佛告阿難我初綰巾汝名爲結此疊華巾先實一條第二第三云何汝曹復名爲結阿難白佛言世尊此寶疊華緝績成巾雖本一體如我思惟如來一綰得一結名若百綰成終名百結何況此巾秖有六結終不至七亦不停五云何如來

秖許初時第二第三不名爲結（疏巾喻眞性結喻六根逐綰而問相由妄別令知根本是一妄結生六無同異中熾然成異故一一綰皆名爲結）

後約體問名

後徵釋同異二

初問答

佛告阿難此寶華巾汝知此巾元止一條我六綰時名有六結汝審觀察巾體是同因結有異於意云何初綰結成名爲第一如是乃至第六結生吾今欲將第六結名成第一不不也世尊六結若存斯第六名終非第一縱我歷生盡其明辯如何令是六結亂名（體雖元一妄結成六既已成根六種名相隨心計執不可移易故云不可亂名）

後印成

佛言如是六結不同循顧本因一巾所造令其雜亂終不得成（疏如文）

則汝六根亦復如是畢竟同中生畢竟異（迷心執境無異成異故下文云元依一精明分爲六和合即斯義也。標畢竟同中本如來藏性也生畢竟異者衆生妄分別有織有淨泒成根境。解私謂同謂一眞之性理本無差。譬巾之體也異謂六根之精事用有別如巾之結也二法由來未嘗改易故皆言畢竟）

後合顯

次正示六解一亡二

初答

佛告阿難汝必嫌此六結不成願樂一成復云何得阿難言此結若存是非鋒起於中自生此結非彼彼結非此如來今日若總解除結若不生則無彼此尚不名一六云何成（疏此中譯家緝綴不足應云欲得不成願樂一成復云何得佛意云汝意嫌此六根一妄隔樂成一體有何方便而得成一答意若解此六亦不成一以一對六而立六若不生則無所對故無一義）

後貼喻釋成

佛言六解一亡亦復如是（解私謂六根之精元是一眞之性以隨緣故在眼日見精在耳曰聽精等此皆如第）

二月捏所成故若能隨根脫黏內伏六既融一一亦斯亡如解結已巾亦無用

後却辨解結次第二

初示解因三

由汝無始心性狂亂知見妄發發妄不息勞見發塵如勞目睛則有狂華於湛精明無因亂起一切世間山河大地生死涅槃皆即狂勞顛倒華相疏心性發狂見聞妄隔根境識三一時俱現生死爲六涅槃名一由對待成本無所有故如狂勞虛妄華相三種世間故名一切佛界生界一切境界俱不離此以是分別妄念起故離心即無六塵境界故。標前文云是故汝今見我及汝幷諸世間十類興生皆即見眚衆生妄分別有佛有世界若了諸法性無佛無世界。解知見發妄此屬能見之相勞見發塵即對所見之境惟妄與勞五性備矣如勞目睛下雙喻其義一切世間下示塵勞之相

初揀非顯是二

阿難言此勞同結云何解除如來以手將所結巾偏掣其左問阿難

初二邊俱非

言如是解不不也世尊旋復以手偏牽右邊又問阿難如是解不不也世尊疏若執此根有實體者即墮常見若謂都無成惡取空諸佛不化寧起有見如須彌山不起空見如芥子許以墮斷故既左偏有相右墮空門空有二邊俱不見性無明根結如何解除故前偈云汝觀交中性空有二俱非故此二邊不能令脫。解左右牽掣俱不能解喻觀二邊皆不能破根本無明凡夫外道以斷常爲二邊二乘菩薩以空有爲二邊雖曰伏斷猶存巾結

後中心方是

佛告阿難吾今以手左右各牽竟不能解汝設方便云何解成阿難白佛言世尊當於結心解即分散

次正示因緣二

佛告阿難如是如是若欲除結當於結心疏意明空有二邊既不能解當須中道正觀照無始結根非有非無不異而異見全無明之法性斷全法性之無明不斷而斷非證而證方得解成。標但了無明別無觀照。解知見立知

即名爲結觀知中道是謂結心結不離巾解之則一知不異道亡之則中如來善權取譬斯妙

初顯今說意

阿難我說佛法從因緣生非取世間和合麤相

既令解結當於結心欲使選根而修圓行故示佛法從因緣生反顯若無因緣佛法無由而生也如前文云譬如琴瑟雖有妙音若無妙指終不能發是則圓修定慧是今因緣若三藏中事六度等　皆是世間麤和合相

如來發明世出世法知其本因隨所緣出

疏中道正觀如幻三昧能解無始無明根結能於彈指超證無學能起無方不思議用此名佛法從因緣生豈同世間所說麤相。以佛無明永盡得一切種智故能知根結解因由非餘境界。解孤山曰世謂六九出世謂四聖知此十界皆因於心隨無明之染緣則出九界隨教行之淨緣則出佛界故法華云佛種從緣起涅槃云亦有因緣因滅無明則得熾然三菩提燈

後別示所知

如是乃至恒沙界外一滴之雨亦知頭數現前種種松直棘曲鵠白烏玄皆了元由

疏一切世間色心染淨諸有境界皆依無明而得住持今無明已變成明明即一切種智佛既證得一切境界有何難了是故即能皆了元由。解私謂佛有權實二智實智冥理權智鑒物上云發明世出世法乃至知其現前種種元由者皆權智所鑒也既於情無情等照了不昧顯今所說解結之法及選根之義悉是鑒物宜然固無差繆矣

後總彰解益

後明答第二

是故阿難隨汝心中選擇六根根結若除塵相自滅諸妄銷亡不眞何待

疏上文云若能於此悟圓通根逆彼無始織妄業流得循圓通與不圓根日劫相倍但汝下劣未能於中圓自在慧故我宣揚令汝但於一門深入入一無妄彼六知根一時清淨故云選擇下文云見聞如幻翳三界若空華聞復翳根除塵銷覺圓淨是故諸妄銷亡不眞何待。標前文云見與見緣如虛空華此見及緣元是菩提蓋令阿難即妄顯眞即相顯性也

初就事問答

後約法合頌

阿難吾今問汝此劫波羅巾六結現前同時解縈得同除不也世尊是結本以次第綰生今日當須次第而解六結同體結不同時則結解時云何同除疏此顯六根不能頓解但應從一根門即得六根解脫非謂六根相望成次第耳但觀合顯義自昭然標六結同體結不同時故下文云。理雖頓悟乘悟併消事非頓除因次第盡。解私謂綰巾成結雖有次第黏湛成根必無倫緒故不可以喻而難於法也蓋言見聞覺知六用差別如次第綰生耳選擇六根隨於一根發觀如次第而解也愨師云意明六根不可齊觀但依一根入證自然銷六斯會經意焉

佛言六根解除亦復如是此根初解先得人空空性圓明成法解脫解脫法已俱空不生是名菩薩從三摩地得無生忍疏此正明次第也如下文云初於聞中入流亡所所入既寂動靜二相了然不生如是漸增聞所聞盡盡聞不住覺所覺空空覺極圓空所空滅生滅既滅寂滅現前即此根初解先得人空也覺所覺空即成法解脫也空所空滅即俱空不生也生滅既滅寂滅現前即得無生忍也維摩云又此病起皆由著我是故於我不應生著既知病本即除我想當起法想應作是念但以衆法合成此身起唯法起滅唯法滅當作是念此法想若即是顛倒我應離之云何為離謂不念內外諸法行於平等謂我等涅槃等所以者何我及涅槃是二皆空乃至得是平等唯有空病空病亦空此則維摩正就於身作三空觀門故次第觀而次第離今經但於一根深入自然麤執先斷次第以證觀行雖別所得依同即正約圓頓觀法但從一根而入非約六根頓解故云次第不同漸次法門約鈍根說諸解云云不能具敘。標此根初解先得人空者斷煩惱障也空性圓明成法解脫者斷所知障也俱空不生者從體起大妙用即前文云我以妙明不滅不生合如來藏圓照法界。解小乘析觀乃是作意先破人執次破法執然後會入空平等理大乘體觀人法無殊空非前後今言此根初解先得人

△後廣引修證四

初阿難請問圓根四

一述解伸疑

空者亦猶前文如澄濁水沙土自沉蓋任運而然也沉師以天台別教釋之孤山亦云其失非小應知人空是破五陰假名即見惑也法空是破五陰實法即思惑也乃至破涅槃淨法即無明也俱空不生即平等空所空既盡能空亦滅如前火木然諸薪已亦復自然如是三空皆以中道而爲觀體苟非此着何異解巾左右牽掣乎

阿難及諸大衆蒙佛開示慧覺圓通得無疑惑一時合掌頂禮雙足而白佛言我等今日身心皎然快得無礙雖復悟知一六亡義然猶未達圓通本根疏慧覺圓通由蒙開示本根入路未得通明故今伸敬欲期達解。標本覺妙明一體更無根結疑網已除身心皎然快得無礙已悟一六亡義其奈本根入路未得通明也

二述迷遇佛

世尊我輩飄零積劫孤露解孤山曰迷眞常性如失家鄉飄流生死喻以旅泊無眞常智如失父母獨守迷安喻以孤露何心何慮預佛天倫如失乳兒忽遇慈母疏背覺合塵名爲孤露萍游六道故名飄零忽然邂逅厠爲堂弟名預天倫由斯遭遇如子得母法身可久矣。解我本無心思慮希望而不期爲佛兄弟也故以失乳等爲況

三結願彰益

若復因此際會道成所得密言還同本悟則與未聞無有差別疏際時會遇也遭時遇佛從茲得道始覺合本若不曾迷故云本悟悟覺也既不曾迷唯是一覺夫何更有得同之異故云未聞無有差別此略彰六中之耳根也阿難所請意在此根微露其機求佛顯發如來知微勅衆各說悟門觀音文殊承機述揀感應相濟化道曲成于令受賜豈得忘本。標文殊料揀正在此耳根一門爲圓通也。解稟言達理了迷非迷故云還同本悟既昔本無迷故今亦無悟迷悟性一本自常然則聞後之性與未聞性無有差別

四請示法門

惟垂大悲惠我祕嚴成就如來最後開示圓通本根佛若不說餘莫能解故稱祕嚴五時教極示滅非久故此宣說名爲最後作是語已五體投

地退藏密機與佛冥授疏祕密妙嚴即首楞嚴定最後開示究竟說也機微細念靜然不動故曰退藏即欲以湛旋其虛妄滅生伏還元覺故云與佛冥授一標最後垂範亦是最初方便。解曰說身體顯請既畢而唯以內心默念爲機故云退藏密機也與佛冥授者謂望佛冥鑒密機而授其要道也

二如來詢諸聖衆

爾時世尊普告衆中諸大菩薩及諸漏盡大阿羅漢汝等菩薩及阿羅漢生我法中得成無學從佛口生從法化生

三諸聖各說證門五□

吾今問汝最初發心悟十八界誰爲圓通從何方便入三摩地疏從佛口生從法化生得佛法分名生我法向下雖有二十五門諸聖八道總而攝之不離十八故舉以問令各敘述。標諸大菩薩及大阿羅漢三漏俱盡三漏者欲漏見漏無明漏也所問發心最初方便也。解此下二十五聖觀十八界及以七大乃是開合之殊耳識大則合於六識根大則合於六根餘之五大則總收六覺以六竟之體不出地水火風及空故也但言十八則已攝七故前文云十方如來於十八界一一修行皆得圓滿無上菩提又此十八同是六根以各開根境識三故是則言六其義亦周故前文云令汝生死輪轉安樂妙常同是六根更非他物

四佛勅文殊料揀見第十八卷□

二滅塵合覺證六

一憍陳如三

憍陳那五比丘即從座起頂禮佛足而白佛言我在鹿苑及於雞園觀見如來最初成道於佛音聲悟明四諦疏憍陳那姓也此云火器其先事火從此命族五比丘者初佛棄國入山修道淨飯乃命家族三人一阿溼波二拔提三摩訶男拘利舅氏二人一憍陳那二十力迦葉勅令隨衛五人衛命

初遇佛獲悟

後各捨去在鹿苑中共修異道佛得果已思度何人此五於我先曾營衛即往爲彼三轉法輪問言解否陳那先答已解已知諸天在空亦言其解故佛命彼名阿若多阿若多者此云解也或言已知雞園精舍名也。標陳那是摩耶夫人之兄弟此五人是佛之的親家族三人皆釋種佛三轉十二因緣令知苦集滅道四諦因聲悟道。解

私謂阿若多名也此云無知謂知無生之理故又翻爲解故曰我初稱解等大哀經具云解本際

次正陳悟旨

佛問比丘我初稱解如來印我名阿若多妙音密圓我於音聲得阿羅漢

疏雖悟四諦復了音聲本常微密圓滿未曾生滅唯一覺性此則了音聲性空唯如來藏故云妙音密圓此經所明圓通法門唯取實證。則不可隨相而解下文如來勑文殊言二十五無學皆言修習眞實圓通彼等修行實無優劣前後差別故知此文正是入音聲慧法門了聲實自也

後結酬所問

佛問圓通如我所證音聲爲上

疏如文。標此方眞教體清淨在音聞只可自用不同觀音旋根歸於聞思修慧三之性也。解孤山曰妙音密圓者密悟圓理也或曰涅槃說身因而皆小聖淨名入不二則俱大士唯茲二十五聖大小相叅而云方便多門歸元無二且陳那身子近悟徧空普賢彌勒久證圓理久近兩異偏圓二殊安得圓通其歸一撥對曰涅槃敘昔則小無大分淨名方等則大隔小乘其談所證豈得相混至若今經二乘作佛與法華同途闡提有性將涅槃共轍教已開顯偏即圓融故使鹿苑之所證同成一乘之頓理均乎普賢諒無慚德此約實行聲聞也若乃內祕大道外現小乘則鹿苑以來何嘗非大既經發迹一撥何疑此約權行聲聞也悟理既同誰拘遠近以此觀之則大小相叅之說恰然理順遠近偏圓之惑渙然冰釋私謂夫開權發迹之說雖諸佛祕要之事非諸菩薩羅漢所能顯示其猶禮樂征伐自天子出非諸侯之事也今佛所問最初發心悟十八界誰爲圓通者且欲諸聖各述本根所證權實之道耳在昔方便未會眞實諸聲聞人言與菩薩同入法性執不自謂悟入圓通如陳那等雖曰妙音密圓但是聞生滅四諦微密圓悟未可濫同如來藏理故中阿含云我至波羅柰擊妙甘露鼓又云如來說法初中後妙豈彼妙名便同法華之妙乎秖如下文說緣覺聲聞云勝妙現圓及勝性現圓又說大梵善見云身心妙圓及妙見圓澄豈此妙圓亦同圓覺妙明之性乎應知如來先令諸聖次第說竟後告文殊言此二十五無學諸大菩薩及阿羅

二優波尼沙陀　三

初値佛顯悟

漢各說最初成道方便皆言修習眞實圓通彼等修行實無優劣前後差別斯即開權會實之正文也文殊偈云聖性無不通順逆皆方便蓋演如來之旨也主伴相濟雅合其宜又若陳那等本大迹小鹿苑所證不亦小乎豈顯本後翻令漸初密悟圓理天台化儀四教龍樹二種法輪顯露祕密俱無此說吾宗義學請熟思之賛曰鹿苑難圑躬親執侍悟佛一音發明四諦獨於衆中得解名妙音密圓證果位

次正陳悟旨二

優波尼沙陀即從座起頂禮佛足而白佛言我亦觀佛最初成道觀不淨相生大猒離悟諸色性 疏亦云優波尼殺曇此言近少或云塵性謂微塵是色近少分也因觀不淨白骨微塵故以此名由多貪欲故作此觀以爲對治復了色塵本如來藏故云悟諸色性。標性色眞空性空眞色。

初觀成得道

以從不淨白骨微塵歸於虛空空色二無成無學道 疏初作不淨想後入骨鏁觀皆爲治貪復因骨鏁入析色明空復因此空見色實相悟中道理。色之與空唯一實性故云空色二無

後重指釋成

如來印我名尼沙陀 解私謂旣云觀佛最初成道故知觀不淨相正是小乘無漏行法言悟諸色性者斯乃聲聞悟性念處也南嶽師云觀五陰理性名性念處故雜心論偈云是身不淨相眞實性常定諸受及心法復如是說以從不淨白骨微塵歸亦於虛空者由多貪故修對治法成就九想發眞破惑即壞法羅漢也備如次第禪門

後結酬所問

塵色旣盡妙色密圓我從色相得阿羅漢 疏從悟得名也眞善妙色即畢竟空相盡性顯悟如來藏周遍法界故曰密圓成於無學

佛問圓通如我所證色因爲上 解九想成時得慧解脫於諸色相發明無漏故云妙色密圓贊曰觀佛道成悟色性相欣猒兩亡空若爲狀塵色盡處證圓通是中還假色爲上

三香嚴童子三

香嚴童子即從座起頂禮佛足而

初聽承尊教

白佛言我聞如來教我諦觀諸有爲相疏觀香悟道得童真位名爲童子初佛總教觀有爲相不的言香如云一切有爲法如夢幻泡影如露亦如電應作如是觀

次依教修觀三

初標觀境

我時辭佛宴晦清齋見諸比丘燒沉水香香氣寂然來入鼻中我於向晦宴然安息在於靜室清淨之室洗心之處故名清齋靜室聞香是有爲相即觀境也標即止明觀也

次正觀察二

我觀此氣非木非空非煙非火去無所著來無所從疏木空煙火以理推窮非香生處既來無因去復何往以何爲香而馨我鼻此則觀察香無生也標不逐緣生非由境有

初觀行

由是意銷發明無漏如來印我得香嚴號疏香既無生復何分別故云意銷分別不有能所俱亡。真覺不動湛然常遍塵垢既銷圓明淨妙故號香嚴。解資中曰非木等者觀性空也私謂凡言性空必推四性今當以木爲自煙火爲他和合爲共空爲無因此似衍門觀幻有即空之相下諸聲聞亦多是小乘觀實有滅空之義小乘雖殊所證圓通同一真諦耳若諸菩薩所悟須約中道第一義諦言之應有歷別圓融之異經雖隱略理合該通如淨名室内三十二大士說入不二法門天台所解亦分圓別豈以不二混同諸入乎

後觀益

後釋成

塵氣倏滅妙香密圓我從香嚴得阿羅漢疏相盡歸如真香妙發一念不辨即登無學。標妙香密圓者性香清淨也

後結酬所問

佛問圓通如我所證香嚴爲上解前云香嚴童子則從菩薩受稱今云得阿羅漢蓋叙昔日所證如下文月光童子初得小果後於佛所得童真名預菩薩會以彼驗此名實可知贊曰宴晦清齋覩諸沉水煙木既非爐熏寂爾意銷無漏自發明我於如來親印記

四藥王藥上三

藥王藥上二法王子并在會中五百梵天即從座起頂禮佛足而白

初叙宿因

佛言我無始劫爲世良醫口中嘗此娑婆世界草木金石名數凡有十萬八千如是悉知苦酢鹹淡甘辛等味并諸和合俱生變異是冷是熱有毒無毒悉能遍知 疏堪任補處紹繼佛種令不斷故名法王子五百梵天是彼徒屬未詳緣起。叙昔爲醫能療衆疾嘗藥知味分別性用對治不差昔既妙辨味塵今亦因此發性。解孤山曰苦酢等是六味也衆味共成名和合味直爾采用名俱生味修煉炮炙名變異味

次獲現悟 二

初正陳悟旨

承事如來了知味性非空非有非即身心非離身心分別味因從是開悟 疏觀味之因從何而有空有知即觀察也無生處故塵味寂然了分別即息能所亡泯二俱絕朕唯悟是一味清淨寶覺故云從是開悟即證無生忍也。標不逐緣生非因境有非即非離味性本空悟如來藏。解私謂由事佛故必聞正法即於味性了生無生空有謂味塵也身心謂舌識也以味從合中知故相對言之味非空故非離身心味非有故非即身心中道之性於是平顯

後蒙印獲益

蒙佛如來印我昆季藥王藥上二菩薩名今於會中爲法王子因味覺明位登菩薩 疏發覺明悟由了藥味故印此人藥王藥上登成也。標印我兄弟將紹法王

後結酬所問

佛問圓通如我所證味因爲上 贊曰素爲良醫遍知藥味物有異同性非即離舌端眼正專難瞞昆季俱登菩薩位

五跋陀婆羅 三

跋陀婆羅并其同伴十六開士即從座起頂禮佛足而白佛言 解孤山曰跋陀婆羅此云賢守自守護賢德復守護衆生或云賢首以位居等覺爲衆賢之首故 我等先於威音王佛聞法出家於浴僧時隨例入室忽悟

初遇佛顯悟
次正陳悟旨 二
初敘悟獲益
後重指釋成
後結酬所問

水因疏跋陀婆羅云賢護准法華說威音王佛有二萬億相繼出世此人初佛像法之中為上慢者毀常不輕由是墮獄經於千劫罪畢得出值後威音出家獲悟也。隨例入浴觀此水性了不可得不從因生故悟水因

既不洗塵亦不洗體中間安然得無所有解私謂水因謂所觸之因也塵體即能觸之緣也塵本無染體亦常淨能所如幻二邊俱空故中間覺觸之心安然契性矣

宿習無忘乃至今時從佛出家今得無學疏塵無自性纔生即滅體是幻有性相本空水無所因安然不動三俱無得孰為浴事無始妄習頓然銷落。乃至今時得成無學。解孤山曰得等覺分果也

彼佛名我跋陀婆羅妙觸宣明成佛子住疏由斯觀察塵觸既盡妙觸現前得無生忍名佛子住以善能守護令妄不起令覺不動名跋陀婆羅。標觸具三和令翻為三德祕藏故名妙也

六摩訶迦葉 二
初敘遇勝緣 二
初佛在依學
次滅後遵承

佛問圓通如我所證觸因為上疏因觸悟道故云觸因贊曰塵體不洗即七所得垢慢俱除今證無學夙習無忘用記為成佛子住承誰力

摩訶迦葉及紫金光比丘尼等即從座起頂禮佛足而白佛言我於往劫於此界中有佛出世名日月燈我得親近聞法修學摩訶迦葉云大飲光氏名畢鉢羅頭陀上行。眾推無上紫金光尼在家時婦緣起如常日月燈所便得親近聞法修行

佛滅度後供養舍利然燈續明以紫光金塗佛形像室利羅云如來體骨然燈塗金皆是身金光耀之因累劫皆爾非止一佛故得然也經出別緣各從一說。標以紫光金緣起出百緣經

自爾已來世世生生身常圓滿紫金光聚此紫金光比丘尼等即我

後由因感果

次正陳所悟二

初陳觀行

後重釋成

後結酬所問

眷屬同時發心疏如文。標此紫金光比丘尼本昔爲貧女獲一金珠於毗婆佛像法中請鍛金師補佛像形所獲

我觀世間六塵變壞唯以空寂修於滅盡身心乃能度百千劫猶如彈指疏六塵生滅是意家境今觀此法本自不生今則無滅以心生故種種法生心滅故種種法滅心不見心無相可得能所都寂法性現前身之與心本來不動故令能度多劫如彈指也。解孤山曰修於滅盡者即九次第定中第九滅受想定也今迦葉於雞足山尚入此定以待彌勒

我以空法成阿羅漢世尊說我頭陀爲最頭陀新云杜多此翻抖擻妙法開明銷滅諸漏疏塵法既空妙法宣現故獲無漏成無學果。標即如來藏性體之顯也

佛問圓通如我所證法因爲上疏已上六人依塵開悟贊曰然燈續明奉佛舍利飾像以金報得如是滅

定中已證圓通何故拈華重嘱地

首楞嚴經義海卷第十五

音釋

瘧魚約切痁病也　翹渠堯切企也　糅女救切雜也　滌徒歷切除也　攬魯敢切手取也　綰烏板切繫也　掣尺列切挽也　鵠胡沃切鳥名　邂逅邂胡懈切逅胡遘切邂逅不期而會也　廁初吏切次也　揆巨癸切度也　爐龍都切　煉連彥切精熟也　炮炙炮薄交切置火中曰炮炙之石切近火曰炙　瞞正作謾毋官切欺也　鍛丁貫切鍊也　抖擻抖當口切擻蘇后切抖擻振舉也

首楞嚴經義海卷第十六之下 經五

二旋根歸性證門 五

凡遇圓相即是標辭與疏同其上文

一阿那律陀 三

初叙悟因由

○阿那律陀即從座起頂禮佛足而白佛言解孤山曰阿那律陀此云如意或云無貧我初出家常樂睡眠如來訶我為畜生類我聞佛訶啼泣自責七日不眠失其雙目世尊示我樂見照明金剛三昧疏或尼樓豆或阿㝹樓駄皆梵音小轉此云無滅或云如意是佛堂弟白飯之子多樂睡眠如來訶云咄咄胡為寐螄螺蚌蛤類一睡一千年不聞佛名字故云訶畜生類常言半頭天今言金剛三昧此顯實證與昔不同當以意得

次正陳悟旨

○我不因眼觀見十方精真洞然如觀掌果如來印我成阿羅漢金剛三昧所發之用同佛見用故云精真洞然見十方也○標常言半頭天眼能見一佛世界今言觀見十方精真洞然者此顯實證如來藏性○解增一阿含云佛在給園爲衆說法那律於中眼睡佛說偈曰咄咄如那律於是達曉不眠眼根便失因是修禪得四大淨色半頭而見觀三千界猶如掌果今云金剛三昧見十方精真而與昔異者此經開顯故約內祕以談昔引物機乃約現小而說私謂阿舍云修禪蓋總略而示今云金剛三昧則別顯其名非謂金剛唯喻大定如阿難入電光三昧斷最後思惑亦名金剛三昧此喻小乘無漏之智耳智論云那律天眼四大造色半頭清淨佛天眼四大造色遍頭清淨天台智者云三藏佛全頭天眼徹見無礙故知全半之名但約分滿相望不以大小為異也又若據阿舍觀大千此經見十方謂有優劣者固未可也彼經云那律天眼見十方域不亦同乎掌果之譬既齊精真之言何別下文門善現天尚云精見現前陶鑄無礙況今羅漢發真無漏豈不得云精真洞然耶

後結酬所問

○佛問圓通如我所證旋見循元斯為第一疏旋其妄見循彼真元○塵見既銷精真洞發一切無礙豈止障外細色而已○解旋大千之見循真空之元見盡元明

圓通著矣贊曰樂見照明不緣眼力十方洞觀秋毫無惑旋根歸性入圓常一點矚他固不得

二周利槃特迦三

初叙悟因由

周利槃特迦即從座起頂禮佛足而白佛言我闕誦持無多聞性最初值佛聞法出家憶持如來一句伽陀於一百日得前遺後得後遺前佛愍我愚教我安居調出入息

疏周利槃特迦云虵奴於路所生或云繼道性多愚鈍過去為大法師善解經論有徒五百祕悋佛法不肯教人後生暗鈍以宿善故遇佛出家五百比丘同教一偈經九十日不得成就為治散亂教數息也

次正陳悟旨

我時觀息微細窮盡生住異滅諸行剎那其心豁然得大無礙乃至漏盡成阿羅漢住佛座下印成無學

初觀息風念念生滅微細窮盡生滅無從息風既空心亡分別○豁然大悟一切無礙此則豈唯對治散亂亦乃見自心實相矣○解資中曰佛知其根教以數息因茲得道

後結酬所問

○佛問圓通如我所證反息循空斯為第一

疏反生滅息循無生空從思發明斯為無上贊曰闕多聞性絕於知解出入息中豁然無礙返息循空不住空無學道成一何快

三憍梵鉢提三

初叙悟因由

憍梵鉢提即從座起頂禮佛足而白佛言我有口業於過去劫輕弄沙門世世生生有牛呞病

解檇李曰憍梵鉢提此云牛王智論翻為牛呞緣起與今經異

如來示我一味清淨心地法門我得滅心入三摩地

疏亦云笈房鉢底此云牛呞牛凡不食亦事虛哨此人口相如牛之哨也大論出緣與經有異教觀舌根嘗味入道當得心地一味法門了味之知從此永滅故云滅心入三摩地○解孤山曰了味無味名為一味雖舉味塵蓋顯於舌故下即云觀味之知能

次正陳悟旨二
初叙觀行
後叙觀益
後結酬所問
四畢陵伽婆蹉三

知乃舌耳
觀味之知非體非物應念得超世
間諸漏疏觀此嘗味之根不自體生不他物生各猶無生共豈能有緣中不沒非緣亦無了味之知竟從何有一根既爾諸根亦然由是應念得超諸漏。標旋舌根歸性不逐緣境也。
內脫身心外遺世界遠離三有如
鳥出籠離垢銷塵法眼清淨成阿
羅漢如來親印登無學道疏根復故內脫塵銷故外遺內外既亡孰爲三有而可處耶故云遠離想相爲塵識情爲垢二俱遠離得無生忍故云法眼清淨。標此叙實證。解非體舌也非物味也內脫身心即正報解脫外遺世界即依報解脫
佛問圓通如我所證還味旋知斯
爲第一疏旋妄根塵悟真實相心地法門一時開顯此爲第一。標旋知者歸如來藏性也。贊曰病感牛呞佛有明誨心路絕處入乎三昧遠離三有鳥出籠還味旋知我無愧

初叙悟因由
次正陳悟旨二
初叙觀行

畢陵伽婆蹉即從座起頂禮佛足
而白佛言我初發心從佛入道數
聞如來說諸世間不可樂事乞食
城中心思法門不覺路中毒刺傷
足舉身疼痛疏畢陵伽婆蹉云餘習呼恒河神爲小婢非是故心由過去世爲婆羅門我慢餘習耳最初入道聞佛所說世間苦空無常不淨都不可樂因行乞食忍入此觀忽遇苦緣故云疼痛。標此觀身根入道如來令觀一切有爲法皆如夢如幻故
我念有知知此深痛雖覺覺痛覺
清淨心無痛痛覺解私謂知即覺也刺傷足時雖有能覺之心覺於所覺之痛反觀覺心本自清淨無有能所
我又思惟如是一身寧有雙覺疏念觀也知覺也因痛起觀觀我此身有於知覺覺此深痛然雖起觀觀覺及痛觀清淨心無痛無覺。以根塵念慮妄身心有真淨心無又更觀察痛覺之念淨心之覺即成二覺從何而有一身二覺應成兩佛故

知此覺皆悉虛幻清淨心中一無所得。解所覺屬身識能覺屬意識由身識生已次起意識分別前法故曰雙覺即上文云我念有知知此深痛也

後明得悟

攝念未久身心忽空三七日中諸漏虛盡成阿羅漢得親印記發明無學疏有所得心一念不起名之爲攝當爾之際能覺所覺能觀所觀一時俱寂無分別智即得現前證無生忍故云身心忽空。標諸漏虛盡者無明見欲三漏頓除也

後結答所問

佛問圓通如我所證純覺遺身斯爲第一疏能觀所觀能痛所痛寂無一法故云純覺遺身。標純覺遺身者不隨根境也。解覺清淨心即是純覺無痛痛覺故云遺身贊曰跋蔡法門發於思想中毒之深自知痛癢清淨心中痛本無入此門來休比量

五須菩提三

須菩提即從座起頂禮佛足而白佛言我曠劫來心得無礙自憶受生如恒河沙初在母胎即知空寂疏時須菩提云空生亦善現等以生時現空心達於空常修空行故以爲名既云曠劫如恒河沙便知空寂豈止今日方始證得。標空生善吉等緣起如常所明心無礙者眞空也

初叙宿悟

如是乃至十方成空亦令衆生證得空性疏以修空觀了心空寂一切依正自他染淨乃至十方由心變者悉皆成空自行既爾亦令他人證得空性此空一向空能具法故云但空。標初獲慧眼觀法性空

次明悟旨二

初悟但空

蒙如來發性覺眞空空性圓明得阿羅漢頓入如來寶明空海同佛知見印成無學解脫性空我爲無上疏性覺眞空即中道理以空是如來藏故滿足周遍具一切法光明遍照法界性故如摩尼寶隨意出生如大溟渤深廣含攝平等性智達解照了境智一如名佛知見雖證於空不爲空縛故云解脫。標此虛不失照照不失虛也。解諸聲聞中唯此空生并下身子

滿慈三人所敘昔因則云我曠劫來心得無礙等洎談所證亦阿羅漢耳權實之道未易甄分嘗試訂之須明二義一者若據曠劫心得無礙則似此身以前曾獲無漏今生值佛蒙發性覺諒非小乘蓋由在昔方等般若之中彈訶洮汰之際顯聞圓教密悟大猷既涉開權故彰實證是則羅漢之名即同法華眞阿羅漢也二者若約內祕外

後悟中空

現且作權教而解亦有理存焉以聲聞人所得宿命能知八萬劫事今逆談所見謂之無礙也雖云在胎知空乃至令他證性猶未斷結使故蒙佛乃開發方成無學若爾性覺眞空乃至下文深達實相等皆就小宗分別無名同體異斯例甚多故況師亦以答石室見佛法身釋茲空義近人偏執豈曰通方

後結答所問

佛問圓通如我所證諸相入非非所非盡旋法歸無斯爲第一 疏初以單空空於諸相故云入非次以重空於空相故云非盡入無亦空也同巳空上六人依根證入畢○標此同般若若凡所有相皆是虛妄入非也若見諸相非相非相非盡也贊曰在毋胎中巳知空寂眞空亦空空不可詰

□三湛識　修源澄本

寶明空海瀾漫游
空解脫門自在入

一舍利弗二

舍利弗即從座起頂禮佛足而白佛言我曠劫來心見清淨如是受生如恒河沙世出世間種種變化一見則通獲無障礙 疏舍利弗云鶖子亦云身子心見清淨謂眼識發智見世出世間一切諸法無不通達根本元由斯○則得世俗智分別諸法名爲法眼○解世出世間四諦之境也明種種變化生滅之相也由眼識利故云一見則通等此且約解言之

初敘宿悟

我於路中逢迦葉波兄弟相逐宣說因緣悟心無際 疏迦葉兄弟即三迦葉也宣說因緣即三諦法○因說生解悟眞空理得初果證即慧眼也餘處即說遇馬勝者或同時所遇非獨一人經互舉耳既聞因緣因緣即空即獲慧眼見眞諦理

次明今悟二

從佛出家見覺明圓得大無畏成

初獲慧眼

後獲佛眼

後結答所問

阿羅漢爲佛長子從佛口生從法

化生見覺明圓即眞覺妙明。圓滿成就從眼識顯斯由如來開示妙法令我獲證故云從口從法。解孤山曰餘經皆言身子路逢馬勝聞諸法從緣生而得悟道今云逢迦葉波等者彼對小機止聞小法此對大機乃聞大道所聞既異從人亦殊私謂觀身子在家屬十二年前故不可以人而異於法況今文云聞說因緣義同馬勝緣生之語當知悟心無際即初果見道也故阿含明初聞馬勝說法得須陁洹果後至佛所七日遍達佛法又云經十五日得阿羅漢以是言之見覺明圓亦從小說設作大解則前之悟心須該四果後云羅漢方受眞名

佛問圓通如我所證心見發光光極知見斯爲第一疏從於眼識發顯智光智光極處即佛知見即三智即五眼一時具足故名爲極。贊曰心見發光得大無畏爲佛長子是稱大智辯瀉懸河不可窮蓋緣悟得心無際

二普賢菩薩三

初事佛發行

次行成起用二

普賢菩薩即從座起頂禮佛足而白佛言我已曾與恒沙如來爲法王子十方如來教其弟子菩薩根者修普賢行從我立名行彌法界曰普位隣極聖曰賢河沙佛所爲法王子諸佛弟子發我行者皆名普賢。解檇李曰此非地前之賢乃是金剛喻定居衆伏之頂名之爲賢

世尊我用心聞分別衆生所有知見疏心聞即耳識發明也從於耳識得眞圓通入法界理生滅識滅寂滅現前境智相冥一體無二還於心聞起用分別衆生知見可發明者即現其身

若於他方恒沙界外有一衆生心中發明普賢行者我於爾時乘六牙象分身百千皆至其處縱彼障深未得見我我與其人暗中摩頂擁護安慰令其成就既以心聞合法界體境智無二故法界中所有衆生心中發明普賢行者無不了知無不起應

冥顯二機皆獲其益

初指體畧標

佛問圓通我說本因心聞發明分別自在斯爲第一如文科標心聞發明者即寂而常照。解心聞發明內證也分別自在外用也贊曰位隣極聖行彌法界心聞發明分別自在圓通高占第一科無奈曼殊剛黜退

後約機廣釋　後結答所問　三孫陀羅難陀三

孫陀羅難陀即從座起頂禮佛足而白佛言孫陀云好愛妻名也難陀云歡喜自號也慈恩兩名共翻豔喜爲簡放牛難陀故標其妻如來親弟我初出家從佛入道雖具戒律於三摩提心常散動未獲無漏世尊教我及俱絺羅觀鼻端白疏孫陀羅難陀此云艷喜兼妻得名是佛親弟前作數息即約根說令約觀識緣鼻端白以駐其心令不散動。解以多散故且用事相止心爲入道方便也雋李曰前周利槃特觀出入息即約鼻根無約觀識條然有別

初叙承尊教　次依教修觀行

我初諦觀經三七日見鼻中氣出入如煙身心內明圓洞世界遍成虛淨猶如瑠璃煙相漸銷鼻息成白疏初觀白相經三七日後見息氣猶如煙相此觀成時身心內發若身若器一時空淨內外瑩徹猶如瑠璃此則因觀生滅息相觀心融明將發空慧遂洞身界猶在方便未能忘緣故見其煙變成白相。標觀行成就一時空淨合本覺妙明也

初明觀行　後明悟益

心開漏盡諸出入息化爲光明照十方界得阿羅漢解私謂由觀鼻識似發十六特勝禪也此禪始從知息出入乃至觀於棄捨攝四念處能見三界九地所證境界故云圓洞世界等又能於地地中以觀照了破四顛倒發真無漏故云心開漏盡等亦可是通明之相禪門備焉

後結答所問

世尊記我當得菩提疏無生空慧既巳現前諸息不生純是智慧慧充明照一切皆如。世界衆生無非圓妙由斯漏盡當得菩提。解記即印當猶是也菩提云道如前文云得親印記發明無學若作授記未來當得佛果菩提者即二酥客記或醍醐顯記

四富樓那三
初敘宿辯二
初具談權實
後備演法門

佛問圓通我以銷息息久發明明圓滅漏斯爲第一疏如文贊曰身具戒律心不安處觀鼻端白細猶煙縷身心豁爾頓圓明圓通高名自茲舉

富樓那彌多羅尼子即從座起頂禮佛足而白佛言我曠劫來辯才無礙宣說苦空深達實相富樓那云滿彌多羅云慈尼女聲得四辯才曠劫便有非獨今日苦空實相即權實法也內祕外現成就衆生果劫如是。標辯才無礙者一詞無礙二法無礙三義無礙四樂說無礙

如是乃至恒沙如來祕密法門我於衆中微妙開示得無所畏疏非今一佛所說法門恒沙佛所聞祕密法我皆爲衆宣說無畏言微妙者巧以言詞譬喻方便隨順機感也。解宣說下指小乘法如是下示大乘義始阿含終般若故云乃至如增一稱滿慈子說法最爲第一大品中轉教諸菩薩摩訶般若即其相也

次明現證

世尊知我有大辯才以音聲輪教我發揚我於佛前助佛轉輪因師子吼成阿羅漢世尊印我說法無上疏如來知我有辯才智遂教我以口輪說法此則示令不以生滅心行說實相法故能隨說法淨即智慧淨隨智慧淨即其心淨也師子吼者無畏說也。解近敘得道若權若實如前辯之

後結酬所問

佛問圓通我以法音降伏魔怨銷滅諸漏斯爲第一疏內以禪定智慧伏斷愛見外以神通說法降制魔外則涅槃城存三寶不絕也。贊曰實相深達辯才無滯祕密法門微妙開示示身果證入圓通助佛洪宣第一義

五優波離三

優波離即從座起頂禮佛足而白佛言解孤山曰優波離此云上首以其持律爲衆紀綱故或翻近執以佛爲太子時彼爲親近執事之臣故我親隨佛踰城出家親觀如來六年勤苦親見如來降伏諸魔制諸外道解脫

初遇佛受教

世間貪欲諸漏承佛教戒疏優波離云近執即如來爲太子時親近執事之臣也在家執事出家亦爾遂見修行降魔制外斷惑成道也故承如來教以持戒律中度諸釋種先度波離者蓋以初雖隨佛後方得度

次因戒獲證

如是乃至三千威儀八萬微細性業遮業悉皆清淨身心寂滅成阿羅漢解性業不由佛制持之性自是善犯之性自是罪殺盜等遮業由佛遮制犯之得罪如墾土等我是如來衆中綱紀親印我心持戒修身衆推無上疏有威可畏有儀可像二百五十各有四儀復對三聚故成三千復以三千配身口七支四分煩惱轉成八萬四千今舉大數耳殺盜婬妄性元是罪不待制止犯即成業故云性業餘即因過始制制前犯則無罪故云遮業由持戒故不犯諸塵塵既不生身亦無得故身寂滅我身不有我心何依根塵既亡心無所有故亦寂滅如是諸法一時清淨唯一寶覺本來無染眞持戒耳由是獲證言綱紀者結

後結酬所問

佛問圓通我以執身身得自在次第執心心得通達然後身心一切通利斯爲第一持戒修身禁防塵染觀身實相塵自不生能分別心依何所有是故身心通達自在。標心得通達者唯一寶覺也。解次第執心者由持戒清淨故發定慧也定持心則止其散慧持心則照其昏故云心得通達私謂按下文云先持聲聞四棄八棄執身不動後行菩薩清淨律儀執心不起是則執心非約定慧明矣然以身心配于大小此據麤細一往分之菩薩非不檢身聲聞亦防意地如諸篇聚制遠方便豈非意地乎今所叙者正言其小故執身及心從麤至細以防身識之微也身識既滅眞智現前斯所謂戒淨有智慧便得第一道贊曰修寂滅行成阿羅漢衆中紀綱才能決斷老成雖徃典刑存未代比丘休急慢

六目揵連三

初遇緣聞教

大目揵連即從座起頂禮佛足而白佛言我初於路乞食逢遇優樓

次因教通悟二

頻螺伽耶那提三迦葉波宣說如來因緣深義疏目揵連姓云採菽氏拘律陀名云無節樹優樓頻螺云木苽林伽耶云城那提云江緣如舍利弗中和會。標因聞三人說因緣深達實相實相無相身心寂滅由是開悟

初獲悟入道

我頻發心得大通達解孤山曰優樓頻螺此云木苽癃胷前有癃如木苽故伽耶山名即象頭山也亦云城城近此山故那提河名一兄二弟故身子云逢迦葉波兄弟即其人也如來惠我袈裟著身鬚髮自落疏前聞因緣深義即由因緣深達實相實相無相身心寂滅由是開悟名大通達。標得大通達心善解脫

後因悟得通

我遊十方得無罣礙神通發明推爲無上成阿羅漢寧唯世尊十方如來歎我神力圓明清淨自在無畏疏謂由開悟分別不生意識不起即是以湛旋其虛妄滅生伏還元覺湛性既深心光發宣神通大用由此現前能遊十方無礙自在。標復云然後從體起用也

後結酬重指

佛問圓通我以旋湛心光發宣如澄濁流久成清瑩斯爲第一疏旋湛即定心光即慧由定發慧神通無邊。如水澄清萬象斯現巳上六人依識悟入竟。解私謂神名天心通名慧性而此心性即意識發明也大乘發如來藏小乘發根本禪六神通中唯漏盡通是其內證餘之五通皆屬外用問身子採菽俱逢迦葉同聞因緣何以身子從眼識證眞採菽由意識成道答人之根性宿植不同故使聞法得益有異譬如藥草種類若千一雨所潤而各滋茂贅曰聞說因緣疎然開悟鬚髮自除明有證據金口親承授記來遊戲神通即餘事

四復大同本證十

一火頭金剛三

初遇佛聞教

烏芻瑟摩於如來前合掌頂禮佛之雙足而白佛言我常先憶久遠劫前性多貪欲有佛出世名曰空王說多婬人成猛火聚疏烏芻瑟摩此云火頭因多貪欲聞教修觀從此獲悟貪欲盛者是鬼獄因因爲欲火所

熾果爲業火所燒。因果相當俱名火聚。解私謂貪婬盛者現業來報皆招火聚如下文引寶蓮香比丘尼此其驗也

次依教修觀二

初觀成獲悟

教我遍觀百骸四支諸冷煖氣神光内凝化多婬心成智慧火

疏初觀身心唯見煖觸後觀煖氣無相無生我身自空煖依何住身心既寂性火妙發故云神光内凝成智慧火。標由定發慧慧即火性。解遍觀四大皆是觸塵之境百骸四支地也諸冷煖氣即水火風也三昧既著故曰神光内凝以多欲人火大偏盛故變婬火而成智火

後重指釋成

從是諸佛皆呼召我名爲火頭我以火光三昧力故成阿羅漢心發大願諸佛成道我爲力士親伏魔怨

疏因觀火性得眞三昧。以火爲入道初門故云火頭火能破壞一切諸法故發大願爲力士身破魔護法也。解初成小果後發大心將非普現色身以執金剛神輔佛揚化者乎

後結酬所問

佛問圓通我以諦觀身心煖觸無礙流通諸漏既銷生大寶燄登無上覺斯爲第一

疏煖觸即空故云無礙性火妙發故曰流通内凝外現故生寶燄。標生大寶燄者根本生後得智也。賛曰素性多欲禀佛明誨證凝一心入智三昧諸漏銷除寶燄生願爲力士降魔外

二持地菩薩三

初過佛受教二

初歷値諸佛具修福業

持地菩薩即從座起頂禮佛足而白佛言我念往昔普光如來出現於世我爲比丘常於一切要路津口田地險隘有不如法妨損車馬我皆平塡或作橋梁或負沙土如是勤苦經無量佛出現於世或有衆生於闤闠處要人擎物我先爲擎至其所詣放物即行不取其直

疏勤身苦己利益多衆經無量佛作無畏施福因廣也市垣曰闤市門曰闠。標平持道路即地性入圓通也

後別值毗舍親承開示

毗舍浮佛現在世時世多饑荒我為負人無問遠近唯取一錢或有車牛被於泥溺我有神力為其推輪拔其苦惱時國大王延佛設齋我於爾時平地待佛毗舍如來摩頂謂我當平心地則世界地一切

次因教獲悟二

皆平疏毗舍浮云徧一切自在平治路地待佛經過佛以自證法門開示令平心地一切皆平心為萬法所依平等含育長養一切故名為地若能平等性觀與此相應則一切法無不平等自在無礙由是佛名一切自在耳。解私謂賢劫前同尸棄佛時出世。孤山曰地由心造故心平則地平淨名云隨其心淨即佛土淨

初正陳悟旨

我即心開見身微塵與造世界所有微塵等無差別微塵自性不相觸摩乃至刀兵亦無所觸疏聞平心地即悟我心本來平等若身若界所有微塵皆無自性但從虛妄分別所現唯一實相本如來藏猶如空華翳故妄見空本無華復何相礙由是刀兵亦無所觸。解資中曰俱舍論說微塵積聚皆有間隙互不相觸此乃析色明空悟身界生性私謂據下文云我以諦觀身界二塵等無差別本如來藏必非小乘析空之相然其所談身界微塵乃至刀兵者以此皆是地大所造之色即因緣所生法也微塵無差空也自性不觸中也三諦具足非如來藏乎論約塵相有間今約塵性不觸性相既別大小非類

後因悟獲證

我於法性悟無生忍成阿羅漢迴心今入菩薩位中由分證法身而權取小果故以無生忍簡之初自度後化他是謂迴心也聞諸如來宣妙蓮華佛知見地我先證明而為

後重指結酬

上首疏身界二塵染淨諸法本無自性唯是實相如來藏性故云法性於此忍可元無生滅決定不謬名無生忍此人開悟大乘而登小果者以隨彼意樂要入即入如西域諸菩薩等皆悟大道嫌棄小乘猶如咳唾多因王請即證小果由人意樂豈不然乎在昔證法

華經見普門品。標我於法性者即心地也宣妙蓮華者證觀音品○解檇李曰法華普門品未說聞品益者即其人焉

三月光童子三

佛問圓通我以諦觀身界二塵等無差別本如來藏虛妄發塵塵銷智圓成無上道斯爲第一疏如文可知○贊曰毗舍佛時我嘗平地心地既平即蒙授記曩於法性悟圓通迴心今入菩薩位

初值佛受教

次依教修觀三

初備陳修行三

月光童子即從座起頂禮佛足而白佛言我憶往昔恒河沙劫有佛出世名爲水天教諸菩薩修習水觀入三摩地月是太陰能生於水與所值佛皆由所習而得其稱。標一味水性更非餘大觀於身中水性無奪初從涕唾如是窮盡津液精血大小便利身中旋復水性一同見水身中與世界外浮幢王剎諸香水海等無差別疏一味水性更非餘大之所相傾故名無奪浮幢王剎香水海者準華嚴經華藏海中有大蓮華其蓮華中有諸香水海一一香水海爲諸佛剎世界之種今觀身水與彼海同故無差別

初正成水想三

初正作想

後敘偏正

後因觀值緣四

我於是時初成此觀但見其水未得無身水想成時但得無我猶執水相全是於身未亡法見故未無身。解資中曰此定果色隨心所變如十遍處入定則有出定則無不同業果色共業同感不造世業方得淸淨當爲比丘室中安禪我有弟子闚窗觀室唯見淸水遍在室中了無所見孤山曰定力增勝能令外見如稠禪師入火光定其室如焚童稚無知取一瓦礫投於水內激水作聲顧眄而去疏初作假想雖見其水與香水海等無差別但自心見非通他人今定力轉勝果色亦勝乃通他見即實定果也不同十遍處想成自見耳

一入觀值緣　二出觀如病　三審緣指告

我出定後頓覺心痛如舍利弗遭違害鬼我自思惟今我已得阿羅漢道久離病緣云何今日忽生心痛將無退失身子入定於恒河岸爲鬼所掌出定頭痛

佛語之曰汝若無定身應碎壞。。今我亦爾將恐退失所證道果。。解身子居蘭若當道入定有二鬼王是過去世怨以手擊之出定白佛佛言若不入定遭彼所擊必作微塵賴蒙定力得平復耳私謂按智論明諸聖人皆有身苦如舍利弗風病畢陵伽眼病等今言已得羅漢久離病緣者實難銷會此蓋過去曾取小果既無見思惑業之事是離分段病苦之緣其時迴心却入三界本無實疾所以疑之然此菩薩所修三昧與前持地觀法大同但由無明尚在未得無功用道是故出定不知病緣有作析法拙度解者誠不可也

爾時童子捷來我前說如上事我則告言汝更見水可即開門入此水中除去瓦礫標事須漸除因次第盡

四再定獲安　後医修獲證　後結酬所問　四瑠璃光菩薩二

童子奉教後入定時還復見水瓦礫宛然開門除出我後出定身質如初觀想有爲如夢如幻不可窮詰

逢無量佛如是至於山海自在通王如來方得亡身與十方界諸香水海性合眞空無二無別解初證法身分亡變易之身身中水性與香水海性同合眞如空藏之性今於如來得童眞名預菩薩會疏前猶見水今合眞空無水可得皆如來藏故云亡身即證法空也

佛問圓通我以水性一味流通得無生忍圓滿菩提斯爲第一標得性水眞空性空眞水合如來藏也○賛曰靜室熏修水觀三昧瓦礫輕拋一時擊碎童子善能助發機生身得預菩薩會

瑠璃光法王子即從座起頂禮佛足而白佛言我憶往昔經恒沙劫

初遇佛受教

有佛出世名無量聲開示菩薩本覺妙明觀此世界及衆生身皆是妄緣風力所轉 疏具云吠瑠璃此翻遠山寶由觀身心風力所轉觀成得用身心洞徹猶彼瑠璃故以名焉所值之佛名無量聲亦猶觀風而立名耳開示本覺而觀風者風即動相既爲於妄元來無動無動即本覺也由是欲顯無動而觀於動

次依教修觀二

初正修觀行

我於爾時觀界安立觀世動時觀身動止觀心動念諸動無二等無差別 疏標所觀境。解界爲方位故安立世爲遷。流故動時時即過現未也 我時了覺此羣動性來無所從去無所至十方微塵顛倒衆生同一虛妄如是乃至三千大千一世界內所有衆生如一器中貯百蚊蚋啾啾亂鳴於分寸中鼓發狂鬧 疏正觀察也既世界身心皆由風動風自何生而動諸物物不動時去至何所風既無從物成妄不動故見十方一切衆生狂自鼓發同一虛妄本無所因。標觀行中了此羣動性無去無來自是衆生背覺合塵迷頭認影

後觀成獲益

逢佛未幾得無生忍 解孤山曰爾幾多也 時心開乃見東方不動佛國爲法王子事十方佛身心發光洞徹無礙 疏未幾猶在近也依教觀察受教未久即證無生由觀生滅證不生滅故見東方不動佛國我身及器咸即本覺妙明元體故云發光刹微無礙。標塵既不緣根無所偶十方國土如吠瑠璃内含寶月也

後結酬所問

佛問圓通我以觀察風力無依悟菩提心入三摩地合十方佛傳一妙心斯爲第一 標得性風眞空性空眞風合如來藏性。賛曰我觀身心衆生世界如一器中貯百蚊蚋合十方佛傳一心王子位中能作怪

五虛空藏菩薩四

一同佛所得

○虛空藏菩薩即從座起頂禮佛足而白佛言我與如來定光佛所得無邊身疏定光佛即然燈佛也由觀四大虛妄有生無物可得同於虛空故得身相猶如虛空周遍無礙也。標佛眞法身猶如虛空即合如來藏性。解定應作錠有足曰鐙無足曰錠即然燈佛也法身如空遍切處故云無邊

二備叙神用

爾時手執四大寶珠照明十方微塵佛剎化成虛空解私謂因觀四大色質既得無邊法身爲顯此身遍融一切故又執寶珠照十方等而表示之於自心現大圓鏡内放十種微妙寶光流灌十方盡虛空際諸幢王剎來入鏡内涉入我身身同虛空不相妨礙上以珠表色此以鏡表心色從心造全體是心故放寶光灌十方等身能善入微塵國土廣行佛事得大隨順華嚴云清淨妙法身湛然應一切前同虛空法也今入塵國應也說三乘法爲佛事稱四悉機爲隨順。疏觀四大性及以自心唯是圓明清淨寶覺覺體無礙周遍一切故能以四寶珠照十方界化成虛空於心現鏡光照諸剎來入鏡中身剎互入不相妨礙廣大隨順施作佛事十種光者十身盧舍那也

三由觀獲證

○此大神力由我諦觀四大無依妄想生滅虛空無二佛國本同於同發明得無生忍此叙觀成獲忍發此大用四大身心虛空佛國同一虛妄唯是圓常眞此發用豈拘方所。標四大色法皆從眞空而現

四結酬所問

○佛問圓通我以觀察虛空無邊入三摩地妙力圓明斯爲第一疏由觀空故現身現土互相涉入依此得名虛空藏耳。標得性空眞覺合如來藏性贊曰定光佛所得無邊身執此寶珠入彼微塵何妨變現大神力來作楞嚴會上人

六彌勒菩薩三

初遇佛受教

彌勒菩薩即從座起頂禮佛足而白佛言我憶往昔經微塵劫有佛出世名日月燈明我從彼佛而得出家心重世名好遊族姓爾時世尊教我修習唯心識定入三摩地

疏具云梅呾利曳那此云慈氏燈明佛時妙光菩薩八百弟子中有一人號曰求名是此人也心重世名多遊族姓者蓋由此心外見境求不息分別諸法種類名相不知自心熏習所現即是不了心及緣則生二妄想也故教唯識觀○解眞際曰以爲對治遍計本空依他幻有故耽世名好遊族姓唯心識定者唯遮境有識簡心空唯有自心心外無法也

次依教修觀二

初久修離過

歷劫已來以此三昧事恒沙佛求世名心歇滅無有疏初修此觀已得對治知世名利有無厚薄皆我自已唯識所變不從他來由此馳求頓爾皆息○標以唯識三昧了心佛及衆生是三無差別○解孤山曰此相似位也

後觀成得道二

初證唯心

至然燈佛出現於世我乃得成無上妙圓識心三昧此分眞位乃至盡空如來國土淨穢有無皆是我心變化所現疏此觀初成位當解行令得三昧正入初地名眞見道謂以一實根本無分別智與法界冥合能所一如無有二相故唯識頌云若時於所緣智都無所得爾時住唯識離二取相故當爾之時方名親證乃至盡空如來國土淨穢有無皆是我心變化所現故五位中名通達位也○標萬法唯識非從外有○解私謂盡空者謂盡虛空界所有佛國等唯心所現也若以四土言之心即寂光變化即實報方便同居也淨穢但是三土之相互有起滅故云有無

後現諸佛

世尊我了如是唯心識故識性流出無量如來從法身識性流出報應無量佛身今得授記次補佛處疏既能親證眞唯識理依正淨穢皆唯心現故無量佛從識性流今得補處亦我識變非由他也○

後重指結酬

七大勢至菩薩二

初遇佛受教二

標前佛後佛皆同一路

佛問圓通我以諦觀十方唯識識心圓明入圓成實遠離依他及徧計執得無生忍斯爲第一疏初觀染淨依正皆唯識變本無自性即不起虛妄遍執計我及法即離遍計決了能變所變一元是菩提妙覺明性即離依他唯一圓成清淨寶覺故云遠離依他及遍計執故唯識云初即相無性次無自然性後由遠離前所執我法性即斯義也。標只依此三性合乎藏性也。解此中三性亦曰三相廣在解深密經及唯識論一曰遍計所執性二依他起性三圓成實性資中曰橫計依他衆生壽者及我我所乃至情計非情異執有實體周遍計度名遍計性計有因緣世間和合建立名相執此假相定從種生雖無我執自然種性假色心等爲種種生五蘊等法名依他性。無漏智體及眞如法界名圓成性。贊曰修唯識定證慈氏尊如風吹水自然成紋一一生授記作佛事三會龍華分分不分

大勢至法王子與其同倫五十二

初標指

菩薩即從座起頂禮佛足而白佛言孤山曰觀經云以智慧光普照一切令離三塗得無上力是故號此菩薩名大勢至我憶往昔恒河沙劫有佛出世名無量光十二如來相繼一劫其最後佛名超日月光彼佛

後叙教二

教我念佛三昧疏亦名無量光得大勢如觀經釋念佛三昧如下自明。標念屬意根意根即諸根所依故攝六根因根大入道

初喻顯二

初喻不念之失

譬如有人一專爲憶一人專忘如是二人若逢不逢或見非見疏專憶如佛專忘謂不念者如是衆生見佛不定故云若逢不逢等。標爲憶背塵合覺專忘背覺合塵

後喻念佛之得

二人相憶二憶念深如是乃至從生至生同於形影不相乖異疏佛與衆生憶念相應故佛與生如形影也。標寂而常照形影相隨

後法合二

初合不念

十方如來憐念衆生如母憶子若子逃逝雖憶何爲疏如母憶子佛也若子逃逝生也雖憶何爲不會遇也。標法身本有棄之爲無四大本空。執之爲有也。解私謂母憶子如人專憶若子逃逝如人專忘問上文若逢不逢等今何但云雖憶何爲答縱得逢見不蒙法利與逃逝無異舍衞九億家不其然乎

後合念佛二

初提喻

子若憶母如母憶時母子歷生不相違遠

貼合

若衆生心憶佛念佛現前當來必定見佛去佛不遠不假方便自得心開疏初提喻若衆下貼合不假下得益。標步步蹋佛階日用何曾遠

後寄喻

重顯

如染香人身有香氣此則名曰香光莊嚴疏染香有香氣念佛得見佛因果相稱誰謂不然

我本因地以念佛心入無生忍解以驗修念佛之心不可單約事相而解念存三觀佛具三身心破三惑無生忍位方可入焉資中引觀經是心是佛等釋之斯亦大要也

次修習獲證

今於此界攝念佛人歸於淨土別指極樂通及寂光。疏念佛入無生者初即以生滅心緣念佛之相好專注一境心無間然一見佛相好光明莊嚴依報眷屬一一樂事如對明鏡自見面像周眸遍覽無非佛界然復觀所念之佛諸有境界俱爲虛妄本無自性以從念想之所現故能念之心已起未起自何而有不見一法畢竟空寂以心不見心無相可得斯則能所俱寂本來離念離一念相者等虛空界無所不遍法界一相相即是如來平等法身此則由念相好見法身佛即無生念也故云以念佛心入無生忍我既得度衆生法身與我無異無之性互相關涉故念佛者我皆攝取故云攝念佛人歸於淨土。標法界法身一相平等

後結答所問

佛問圓通我無選擇都攝六根淨念相繼得三摩提斯爲第一疏念屬意根意根即諸根所依故攝六也念即無念故云淨念不以念間故云相繼此即於根大性而悟入也。解念屬意根意根若淨諸根咸攝。

故無選擇贊曰我與同倫皆同一
志念念無忘心心不二如母憶子
佛亦然圓通
法門秖這是

首楞嚴經義海卷第十六

音釋

螄螺（螄所宜切螺落戈切）蚌蛤（蚌步項切蛤古合切）鑄（之戍切鎔鑄也）
刺（七賜切𥻆芒也）溟渤（溟莫經切渤蒲沒切溟渤海名）訂（丁定切平議也）
洮汰（洮徒刀切汰徒蓋切洮汰淅𣿉也）鶖（七由切）黜（尺律切貶斥也）
豔（以贍切）縷（力主切綫也）墾（口狠切反土也）癃（良中切）竦（息拱切竦動也）煗（乃管切與煖同）闤闠（闤獲頑切市垣也闠胡對切市門也）礫（郎擊切小石也）盼（普莧切視也）貯（展呂切盛也）啾（即由切小聲也）耽（丁含切樂也）

首楞嚴經義海卷第十七經六之一

凡遇圓相即是標辭與疏同其上文

五返聞真實證二

疏第五返聞真實證此門次第以合次那律以是六根之耳根故今圓通義廣慶說相繼簡連環故最後說以表臻極真實故爾若前便說諸佛放光慶贊此門即餘聖無功若不慶贊不表此門是真實圓通故今科為返聞真實也文二

初正陳修證三

初正叙因修二

爾時觀世音菩薩即從座起頂禮佛足而白佛言解孤山曰觀世音謂能觀之三觀世即所觀之三諦以聞世間出世間殊音異說皆了即空假中故名觀世音也然此明義與法華有殊彼云一心稱名菩薩即時觀其音聲皆得解脫則音在他機也此云由我觀聽十方圓明故觀音名遍十方界則音屬自行也應知因中自行果上化他二義必備兩經所說各舉一邊耳私謂準下文云由我不自觀音以觀觀者令彼十方苦惱眾生觀其音聲即得解脫此亦同於法華釋名之意也但彼為流通本經故偏對他機今為伸叙旨證故正約自行世尊憶念

初遇佛稟教

我昔無數恒河沙劫於時有佛出現於世名觀世音我於彼佛發菩提心彼佛教我從聞思修入三摩地疏梵音阿那婆婁吉底輸此云觀世音從能所境智以立名也值佛觀法皆其所師師資相承無相違耳開思修慧諸行通途無有一佛不以音聲而化羣品。無有機不從耳根聞教解悟由是彼佛教從此入。解教即世音聞即耳根皆所觀之境也思修皆能觀之觀也然則觀由境入境實遍通而持取音聞者乃逗機之要也昔佛既爾今佛同然故文殊云此方真教體清淨在音聞欲取三摩提實以聞中入

初於聞中入流亡所所入既寂動靜二相了然不生此下至空所空滅舊約三慧次第銷之今則不爾節文為四一亡前塵二盡內根三空觀智四滅諦理今初言入流亡所者流謂法性所謂音塵入之與亡通乎觀行相似之位也所入法性體既常寂是則前塵本自不動今亦無靜故云

後如教
修觀

二相了然不生。標入
流亡所返緣歸性也

如是漸增，聞所聞盡

疏入流猶返流也初觀聞性返照離緣不隨前塵流轉起滅故云入流亡所所緣聲相由不隨故寂然不起起即是動既亡動相靜亦不生以動靜境是耳家所取今觀無性本無所有畢竟叵得故云了然不生即所取無相也圓覺云應當遠離一切幻化虛妄境界。復增觀行所緣既亡聞相不起此能聞相即是聞慧能所俱寂故云聞所聞盡此遺聞慧也一根既爾餘根亦然亦是前文此根初解先得人空也圓覺云心如幻者亦復遠離。解二盡內根如是漸增者前塵易亡內根難盡以由亡智有跡有親故云漸增也聞所聞盡者謂能聞所聞之根亦復不生也此乃舉所顯能耳下覺所覺空及空所空滅例亦如是

盡聞不住，覺所覺空

疏盡聞之處即思慧為體名之為覺此之覺慧屬第六識是則捨聞而觀於義今亦不住此盡聞處更進觀行觀破此覺及所覺聞二俱不立故名為空此遺思慧即前文云空性圓明成法解脫圓覺云遠離為幻亦復遠離。標能覺之慧所覺之境二俱不立前

○次具彰
果德二

文云此根初解先得人空云云。解三空觀智上句遣前盡相下句正空觀智覺謂覺照即智體也

空覺極圓

標修慧現前

空所空滅

疏覺空之處思慧既盡唯與修慧相應觀行增微修慧圓極故云空覺極圓此能空修慧與所空覺亦俱不存故云空所空滅此遺修慧即是前文解脫法已俱空不生也圓覺云離遠離幻亦復遠離。解四滅諦理上句顯前重空之智下句正滅重空之理問理本寂滅復何滅乎吞若謂寂滅此滅猶生但破其情非破其理如智論云不破聖人心中所得涅槃為未得者執成戲論是故須破已上四節若約三慧言之從初入流義必具足不可亡所未有思修苟執次第恐傷文理

初獲果德

生滅既滅，寂滅現前

疏生滅既滅即結前三慧三空盡也既展轉空生屬生滅至此已極故云既滅無俱真理寂常妙性了然明現故云寂滅現前故上文云是名菩薩從三摩地入無生忍此乃圓觀聞性無前境界漸澄麤念稍除細想以至無念如上文云靜深不動沙土自沉清水現前名為初伏客塵煩惱去泥純水名為水斷根本無明明相精純一切變現

不為煩惱皆合涅槃清淨妙德此即始從觀行至相似覺名生滅位此入隨分證覺無生忍名無生位然此初證境界不可思議與佛無殊故經云初心畢竟二無別如是二心前心難入此位後心寂滅自然流入薩婆若海此之心門即是圓修一心三觀令為從觀思修返照離緣顯自聞性麤念聞起細念不生以至寂滅挾空義說是則一空一切空也聞性顯處中道理現名寂滅現前耳○標都結前三慧皆是生滅門修證前文云菩提心生生滅心滅此亦生滅三空既盡寂滅現前藏性圓明故發妙用○解結前理智根塵生滅既滅即得初住分證寂滅現前

忽然超越世出世間解孤山曰世謂六道出世謂三乘十方圓明獲二殊勝一者上合十方諸佛本妙覺心與佛如來同一慈力二者下合十方一切六道眾生與諸眾生同一悲仰疏前寂滅現前是斷德本覺妙心是智德慈悲二力是恩德既是圓修三德圓

後明妙用三

證故超世間凡夫出世三乘此最上乘唯佛與佛乃能究盡也十方圓明者證此境界見十法界三種世間無不是如無不成佛圓故無德不備明故無障不盡無緣慈悲是佛心相具足眾德是德之首勝中勝法故云殊勝本妙覺心即是已心與諸如來無二圓滿令日親證故云為合故得樂故同慈力一切眾生亦是此心無二無別故亦彼合合故見其本成佛道枉自流浪故可悲仰自下現應拔苦皆由此二而流演耳○解慈能下化故曰力也沒生死故可悲具佛性故可仰私謂此解一往似當再研末詳上云慈力者慈既與樂必能拔苦應以力字兼於悲義也下云悲仰者悲謂悲苦仰謂仰樂此非屬應蓋言其機也是故猒患苦道則以悲為機欣慕樂果則以仰為

初三十二應三

感菩薩所證圓通之理遍在眾生悲仰之中故曰與也同也當知眾生由悲故能感拔苦之力菩薩由慈故能應仰樂之機感應常冥與拔常顯若曉斯旨則下文三十二應乃至四不思議無忘其本乎

世尊由我供養觀音如來蒙彼如來授我如幻聞熏聞修金剛三昧

初標舉

與佛如來同慈力故令我身成三十二應入諸國土疏以如幻力熏修聞思修慧成金剛三昧能破無始微細無明圓證如來藏體依體起用隨緣能應入國土身華嚴云清淨妙法身湛然應一切今言三十二者以能感之類不出斯數非所現應有限量耳○解檇李曰幻喻三慧體不可得金剛喻摧堅之能也

次別釋四

一聖身四

世尊若諸菩薩入三摩地進修無漏勝解現圓我現佛身而為說法令其解脫疏第十地菩薩坐華王座垂成正覺亦須別佛說教聞熏令斷最後微細無明故觀世音現第十重他受用身而為說法言勝解者於決定境忍可印持不為異緣之所引轉此指最極根本無分別智將圓滿時故名勝解然此菩薩登住已去雖為因位便能現上位身為彼說法以此圓證一位即諸位更無淺深故能現耳○解孤山曰菩薩別圓機也若入相似三摩地進修中道無漏則分真勝解現圓乃至若進修金剛無漏則究竟勝解現圓大士皆現

一佛身

佛身為說頓法令得分真究竟解脫問菩薩何能現佛身耶答心性理顯高下無殊如鏡已明形對像現臣家之鏡王苟臨之豈無王像王家之鏡臣苟對之豈無臣像當知人有高下鏡無貴賤然亦不妨明有優劣問等覺菩薩豈假初住現佛說法耶答聞法得解何必求人復假勝身彌增內慧且天魔現為佛像廸多尚乃致禮況初住菩薩妙理所現等覺雖尊孰敢不仰

二獨覺身

若諸有學寂靜妙明勝妙現圓我於彼前現獨覺身而為說法令其解脫疏麟覺獨悟出無佛世猒喧樂靜獨處山林資加二位名為有學此後斷惑便證無學約自乘理智將證未證名寂靜妙明菩薩現同類身先稱本習後令近佛

三緣覺身

若諸有學斷十二緣緣斷勝性勝妙現圓我於彼前現緣覺身而為說法令其解脫疏辟支迦羅云獨覺亦云緣覺前但自悟今依教悟觀十二緣作流轉還滅二種觀法以集諦為初門未發

眞前名爲有學理智將圓菩薩身同必誘令進也。解攜李曰有學者資加二位也獨覺亦觀十二因緣亦可名爲緣覺但約根有利鈍值佛不值佛之殊分成二類皆言勝妙現圓者各約自乘理智將欲現前得此名也

四聲聞身

若諸有學得四諦空修道入滅勝性現圓我於彼前現聲聞身而爲說法令其解脫疏因聞四諦聲教悟故名聲聞也發眞之後三果三向俱名有學未發眞前在忍位中用有漏智縮觀觀四諦作三十二行相見道一十六心無漏道發斷四諦下八十八使分別煩惱證生空理名四諦空從初果後進斷俱生證滅諦理名修道入滅將登無學名勝性現圓現身說法令其速證然後誘之不滯化城令進大果。解三果已前賢位聖位俱屬有學見道一十六心斷四諦下惑證生空理故云得四諦空初果後進斷三界八十一品俱生品品皆證一分擇滅無爲故云修道入滅孤山曰二乘藏通機也雖有菩薩而藏同人天不斷惑故通同二乘所證齊故

二天質亍

若諸衆生欲心明悟不犯欲塵欲身清淨我於彼前現梵王身而爲說法令其解脫疏若有希欲心明開悟身光清淨生於四禪不爲欲界煩惱塵染爲現梵王說四禪法出入禪支修證次第令其離欲生於梵世。標色界四禪一十八梵天也俱舍云三靜慮各三第四靜慮八除無想天初禪三天名定生喜樂地二禪三天名離生喜樂地三禪三天名離喜妙樂地四禪九天名捨念清淨地。解梵王即色界天王名爲尸棄此云頂髻瓔珞明四禪皆有王今言梵者應是初禪之頂以有覺觀語言之法得千界之主說法者如金光明云大梵天王說出欲論解脫者令離欲塵也若諸衆

初釋梵自在對

生欲爲天主統領諸天我於彼前現帝釋身而爲說法令其成就疏衆生愛統諸天菩薩現爲帝釋說上品十善令戒根清淨生地居頂住善見宮爲忉利主也。標妙高峯頂四隅每一隅有八天共三十二天帝釋統之。解帝釋即欲界第二天主彼天橫有三十二天而帝

釋統之說法謂十善也金光明云釋提桓因種種善論是也 若諸衆生欲身自在遊行十方我於彼前現自在天身而爲說法令其成就 疏欲身自在遊行十方現二天身說法教化即夜摩覩史天也名自在者慈恩云得異熟果隨意所念勝下二天下二天果依樹而得令隨欲得名爲自在。解智者釋普門品自在天是欲界項天具云婆舍跋提此云他化自在假他所作以成已樂即魔王也或云第六天上別有魔王居處亦自在天攝也 若諸衆生欲身自在飛行虛空我於彼前現大自在天身而爲說法令其成就 疏樂變化天他化自在名大自在不樂異熟果樂自樂他變爲樂具而受用之名大自在然若止以化樂他化二天所配即攝義不盡故以慈恩攝四天也。解華嚴稱爲色究竟天即摩醯首羅天大論云三目八臂騎白牛執白拂者是也

後統攝鬼神對

若諸衆生愛統鬼神救護國土我於彼前現天大將軍身而爲說法令其成就 疏天大將軍即帝釋所管將也分住三十二天各領鬼神鎮護四方。解金光明以散脂爲大將大經云八臂健提是天中力士大論稱鳩摩羅伽此云童子騎孔雀擎雞持鐸捉赤旛復有韋紐此云遍聞四臂捉具持輪騎金翅鳥皆是諸天大將未知此中定是何等雖未可定何妨菩薩隨機俱現 若諸衆生愛統世界保護衆生我於彼前現四天王身而爲說法令其成就 疏四天王者上升之元首下界之初天於須彌山各居一埵所領鬼神每王二部共八部衆救護國界 若諸衆生愛生天宮驅使鬼神我於彼前現四天王國太子身而爲說法令其成就 天王太子即那吒之類輔政統攝跨握鬼物護世益人菩薩身同先令成就後使獸離

三天位三

若諸衆生樂爲人主我於彼前現

初帝王臣佐對

人王身而爲說法令其成就王往也人皆歸往也四輪粟散皆人之主以上化下物無不從若諸衆生愛主族姓世間推讓我於彼前現長者身而爲說法令其成就長者具有十德謂姓貴位高大富威猛智深年耆行淨禮備上歎下歸十德具爲名大長者若諸衆生愛談名言清淨自居我於彼前現居士身而爲說法令其成就博聞強識不求仕官居財大富秉志廉貞故名居士若諸衆生愛治國土剖斷邦邑我於彼前現宰官身而爲說法令其成就國城也大曰邦邦封也有功者封於是也邑即是縣五官六官各有所典皆爲宰官斯則葺治邦家移訓風俗剖判決斷民無枉撓也。標一品已下九品以上各有所典皆名宰官。解三台輔相州牧縣長悉號宰官若諸衆生愛諸數術攝衛自居我於彼前現婆

次出家在家對

羅門身而爲說法令其成就疏婆羅門云淨行呪禁筭藝調養方法皆爲數術菩薩乘機現相獎而成之亦何物而不化。標仰觀天文俯察地理亦修梵行四姓一也若有男子好學出家持諸戒律我於彼前現比丘身而爲說法令其成就疏尸羅云戒毗尼云律由依律法防非止惡故名爲戒即二百五十戒也若有女子好學出家持諸禁戒我於彼前現比丘尼身而爲說法令其成就尼女聲即女比丘持五百戒也既戒德自嚴軌物成化進行彌遠出三界。標比丘此云乞士上從諸佛乞法以資慧命下從檀那乞食以資身命持二百五十條戒相比丘尼女人出家持五百條戒相謂觸八覆隨也持止諸過若有男子樂持五戒我於彼前現優婆塞身而爲說法令其成就若有女子五戒自居我於彼前現優婆夷

身而爲說法令其成就疏五戒謂不殺不盜不邪婬不妄語不飲酒佛謂提謂長者等在家衆受三歸已即授五戒爲優婆塞經說五戒者天下大禁忌若犯此五在天違五星在地違五嶽在方違五帝在身違五臟如是等世間違犯無量若約出世則壞五分法身一切佛法以五戒是大小尸羅根本故好學此者現清淨男與說此法優婆夷云清淨女亦近事女。標此男女在家常持親近出家善知識故。解以五戒自守堪任近事出家二衆故

後女主童身對

若有女人內政立身以修家國我於彼前現女主身及國夫人命婦大家而爲說法令其成就疏掌理王之內政謂之內宰政者所以政不正也卿大夫曰家天子諸侯曰國天子后妃曰女主諸侯曰國夫人餘者夫尊於朝妻榮於室受命於后妃故云命婦大家者后妃所師之女也如曹惠姬宮禁國圍聲色增逸不資聖化曷慕清貞。標謂天子有內外政外政三公九卿二十七大夫八十一元士內政三皇后九嬪妃二十七世婦八十一御妻菩薩現女主身即天子后也。解周禮天子之后立六宮三夫人九嬪二十七世婦八十一御妻國夫人如論語邦君之妻曰君夫人命婦謂妻因夫榮者也大家如後漢扶風曹世叔妻者同郡班彪之女名昭字惠姬和帝數召入宮令皇后貴人師事焉號曰大家

四鬼神三

若有衆生不壞男根我於彼前現童男身而爲說法令其成就若有處女愛樂處身不求侵暴我於彼前現童女身而爲說法令其成就疏童男童女貞節越俗標格於人菩薩處之勸勵外篤。標隨類現身應機說法以成就之

初天龍藥叉樂神類

若有諸天樂出天倫我現天身而爲說法令其成就若有諸龍樂出龍倫我現龍身而爲說法令其成就若有藥叉樂度本倫我於彼前現藥叉身而爲說法令其成就解藥

又云輕捷若乾闥婆樂脫其倫我於彼前現乾闥婆身而爲說法令其成就乾闥婆云香陰新翻尋香行帝釋樂神也。疏天能獻樂龍能怖若樂神蕩逸藥叉勇健各慕出倫非聖不拔。標乾闥婆此云樂神亦云尋香氣住須彌山下帝釋宮欲作樂燒沉水此神即尋香氣而往

次無酒疑神蟒形類

若阿脩羅樂脫其倫我於彼前現阿脩羅身而爲說法令其成就解阿脩羅云無端正以女美而男醜故從男彰名新翻非天以諂詐無天行故私謂準普門品八部此闕迦樓羅即金翅鳥也恐在下文雜類中收

若緊那羅樂脫其倫我於彼前現緊那羅身而爲說法令其成就緊那羅形似人而頭有角因呼爲疑神天帝絲竹樂神也小劣乾闥婆新云歌神

若摩呼羅伽樂脫其倫我於彼前現摩呼羅伽身而爲說法令其成就孤山曰摩呼羅伽什師云地龍肇公云大蟒腹行也。疏脩羅醜狀而多慢疑神似人而戴角蟒形田蚿腹行之類因多毀戒微行惠施墮此道中各顧出類皆從其欲。標脩羅此云無酒或云執日緣走如藏教中說

後人非人等雜趣類

若諸衆生樂人修人我現人身而爲說法令其成就若諸非人有形無形有想無想樂度其倫我於彼前皆現其身而爲說法令其成就疏人身難得見佛受化非天之著樂餘之多苦故樂修也有形有色蘊如下休咎精明等無形無色蘊如下空散銷沉等有想有四蘊如下鬼神精靈等無想無四蘊即下精神化爲草木金石等此上皆非人也斯則形想雜類蠢物皆沾必一其身乘機即化。解六道中除人道外餘五悉號非人有形欲界無形無色界有想空識二天無想無所有及非想二天

是名妙淨三十二應入國土身皆

以三昧聞熏聞修無作妙力自在成就疏以如幻力熏聞思修成金剛三昧證眞妙用自在如是。解私謂三十二應比普門品雖互有出沒大體是同總而言之無越十界於十界中兩經俱無菩薩并地獄身者或曰聖言之略耳或云觀音已是菩薩何須更現地獄苦重不可度也智者依正法華具現菩薩界身又準釋論菩薩亦化地獄故知十界不可闕焉。疏下十四無畏有難必濟有危必救恐怖獲安總號無畏大悲爲體也

後結成

次十四無畏三

初標舉

世尊我復以此聞熏聞修金剛三昧無作妙力與諸十方三世六道一切衆生同悲仰故令諸衆生於我身心獲十四種無畏功德由前觀行證眞具德從體起用令衆生得一十四種無畏功德

一者由我不自觀音以觀觀者令彼十方苦惱衆生觀其音聲卽得解脫由我不觀所聽音聲但觀聞性音聲自寂聞相無生塵境不拘自然解脫自既如是故令十方一切衆生聞我音聲卽得度苦。解聖人無已惟物是利故以觀音之智加彼觀聲之機於苦得脫不旋踵矣若夫止稱名號罔識聞熏善應未臻而責聖言之虛者是猶灑一杯之水救積薪之火火不熄則謂水不勝火惑亦甚哉

次列釋四

一聞聲離苦

二遭難消厄三

二者知見旋復令諸衆生設入大火火不能燒疏本由四大分湛旋令覺知今復本聞知見歸湛湛性圓遍無塵可得塵火旣歇何物能燒。故令衆生大火不燒。解禱李曰準天台釋火難有三種。一果報火下從地獄上至初禪二惡業火通三界三煩惱火通三乘火難旣然他皆倣此

三者觀聽旋復令諸衆生大水所漂水不能溺疏聲能漂蕩如水騰波觀聽旋眞塵相不起虛明寂湛何物能漂故令念者大水不溺

初二灾惡國難

四者斷滅妄想心無殺害令諸衆生入諸鬼國鬼不能害妄想生滅能殺法身能害慧命苟或斷絕眞性無傷故入鬼國鬼不能害

五者熏聞成聞六根

銷復同於聲聽能令衆生臨當被害刀段段壞使其兵戈猶如割水亦如吹光性無搖動熏修妄聞成眞聞性一根亡對諸根亦融心水虛明智光無動誰爲自他而當被害故能觸物無滯遊刃有餘。解孤山曰熏於妄聞成眞聞性耳根既復五根咸同具舉言六也私謂淮南子云光可見而不可握水可循而不可壞今云吹光性無搖動喻意不殊

次鬼獄惡賊難

六者聞熏精明明遍法界則諸幽暗性不能全能令衆生藥叉羅剎鳩槃茶鬼及毗舍遮富單那等雖近其傍目不能視疏聞熏觀行成就精明智照既融法界圓遍無明邪暗永不能生藥叉等類咸受幽氣明能破暗故令惡鬼目不能視。解藥叉如前肇師云有三種一在地二在空三在天孤山曰羅剎云可畏鳩槃茶獸魅鬼毗舍遮噉精氣鬼富單那熱病鬼

七者音性圓銷觀聽返入離諸塵妄能令衆生禁繫枷鎖所不能著疏塵累相縈如禁繫六根質礙如枷鎖既而入流亡所繫礙不成是故念者枷鎖解脫

後三毒惡心難

八者滅音圓聞遍生慈力能令衆生經過險路賊不能劫疏聲能劫心害善爲賊聲銷意淨慈力遍熏平等在懷善惡同貫故令涉險賊不能劫

九者熏聞離塵色所不劫能令一切多婬衆生遠離貪欲聲塵既亡色境銷歇貪欲念慮擬從何生故令衆生遠離貪欲

十者純音無塵根境圓融無對所對能令一切忿恨衆生離諸瞋恚音聲差別三昧能純塵既不生根無所偶順違之境不得瞋恚之心自亡故令念者離諸瞋恚

三隨欲求應

十一者銷塵旋明法界身心猶如瑠璃朗徹無礙能令一切昏鈍性障諸阿顛迦永離癡暗銷除塵暗旋復眞明

世界身心洞然無礙一切唯覺誰爲癡暗故令闡提咸生實信。解阿顛迦亦云阿闡底迦此翻無欲不樂欲涅槃也私謂準天台釋無三毒通界内外内謂思惑外謂無明二乘以欣涅槃名貪猒生死爲瞋迷中道即癡菩薩廣求佛法訶惡二乘未了佛性皆是三毒

十二者融形復聞不動道場涉入世間不壞世界能遍十方供養微塵諸佛如來各各佛邊爲法王子能令法界無子衆生欲求男者誕生福德智慧之男疏融通形礙旋復眞聞所以不動道場涉入世界身無限量遍至十方紹繼法王種姓不斷由三昧力福德具故應求男者皆無虛願

十三者六根圓通明照無二含十方界立大圓鏡空如來藏承順十方微塵如來祕密法門受領無失能令法界無子衆生欲求女者誕生端正福德柔順衆人愛敬有相之女六根圓通融通照明舍現十方無二無別唯一寶覺名大圓鏡復能承順微塵諸佛受領含容無量法門不失不壞名爲空藏以女德坤儀資生承順柔明貞正相好圓備由此念求故能生也。解智者引阿含明地獄已上乃至欲天皆有無子之苦令所求者悉得滿心犆李曰上云涉入世間不壞世界即方便智方便屬權權能幹事故生於男次云立大圓鏡空如來藏即屬實智實智詣理理能含育故生於女如淨名云智度菩薩母方便以爲父即其義焉

四稱名獲福

十四者此三千大千世界百億日月現住世間諸法王子有六十二恒河沙數修法垂範教化衆生隨順衆生方便智慧各各不同疏所比多衆方便權也智慧實也不能比一名由我所得圓通本根發妙耳門然後身心微妙含容周遍法界先出所以觀音所修從三慧入是衆行之

後結成

根本也佛佛演教皆以音聲機機領悟盡由聞慧誰能出不由戶何莫由斯道也況能於聲塵而亡所得復根結而歸眞際元明心妙一多之境融通本湛覺圓彼此之名平等以一切身即一身故云微妙含容一身即一切身故云周遍法界此即福等之所以也○標三千界內諸法王子有六十二恒河沙數修法垂範方便智慧各各不同由我所得圓通本根發妙耳門然後身心微妙含容周遍法界與彼無異能令衆生持我名號與彼共持六十二恒河沙諸法王子二人福德正等無異世尊我一號名與彼衆多名號無異由我修習得眞圓通疏正比福等謂由自證平等理故遂令他得平等福也由我下結所以也○解孤山曰法華亦有此之校量及觀今經方曉彼意蓋此方衆生耳根利故受道者多所以觀音化勝餘根鈍故受道者少所以諸聖化劣是知行位雖齊對機有異總彼恒河沙數但敵觀音一人故使持名二福正等據此所說巳目密簡耳根圓通爲未曉者

更俟文殊詳擇

後四不思議二

是名十四施無畏力福備衆生疏如文三四不思議德用殊絕非言智之所能及也即顯大圓鏡體功德之相然功德力用其體一也以內蘊曰德外施曰用用前雖隨機現應適時御物拔苦與樂數仍有限而未備陳自在現化無方之德妙妙無比難可思議故今述也

初標舉

世尊我又獲是圓通修證無上道故又能善獲四不思議無作妙德內德不充外用不起以金剛三昧熏本四無量心由期果證實德現前故成四事俱不思議無作而現○標前三十二應十四無畏隨機有量此四不思議更無限量心不可思言不可議

後列釋四

一者由我初獲妙妙聞心心精遺聞見聞覺知不能分隔成一圓融清淨寶覺疏此敘德本也聞性本眞非麤非妙由絕待故故云妙妙非麤曰精離相曰遺一根既返六根咸脫故不分隔成一

一現形說法

寶覺下列所現云 故我能現衆多妙容能說無邊祕密神呪標也妙容多現不可以形量拘祕呪無邊不可以言說取。此則由三昧力熏本慈無量心現種種形說種種呪令諸見聞獲其妙樂 其中或現一首三首五首七首九首十一首如是乃至一百八首千首萬首八萬四千爍迦羅首二臂四臂六臂八臂十臂十二臂十四十六十八二十至二十四如是乃至一百八臂千臂萬臂八萬四千母陀羅臂二目三目四目九目如是乃至一百八目千目萬目八萬四千清淨寶目或慈或威或定或慧救護衆生得大自在首出衆聖法身也臂能提接化身也目以導明智身也物無虛見見必利益故能救護。解首表法身超出二邊臂表解脫提拔衆苦目表般若照了萬境或慈或威結現首也或定或慧結臂目也其容慈故攝中道之善其容威故折二邊之惡法身明矣或定則手以止散解脫著矣或慧則目以觀昏般若顯矣三德圓融既內無滯礙故益衆生而得自在搆李曰爍迦羅有云具足母陀羅或云印義私謂第三卷末真際以爍迦羅類跋折羅即金剛也此亦應然

二無畏衆生

二者由我聞思脫出六塵如聲度垣不能爲礙故我妙能現一一形誦一一呪其形其呪能以無畏施諸衆生是故十方微塵國土皆名我爲施無畏者疏由如幻力熏本等悲故能一身現無量身無量身現一身十方微塵無刹不現說一一呪救衆苦惱無畏衆生得大自在

三捨寶求哀

三者由我修習本妙圓通清淨本根所遊世界皆令衆生捨身珍寶

求我哀愍由三昧力勳本喜心故能所遊世界衆生見者咸生歡喜不惜身財以求哀愍

四所求隨欲

四者我得佛心證於究竟能以珍寶種種供養十方如來傍及法界六道衆生求妻得妻求子得子求三昧得三昧求長壽得長壽如是乃至求大涅槃得大涅槃由圓照力熏本捨心既而果證得以珍寶上施諸佛下及衆生亦令所求世出世法無不隨願此上喜捨二段互言皆得復次總上諸文對三觀者由泯相澄神觀故寂滅現前由起幻消塵觀故獲二殊勝由絕待靈心觀

總結釋成三

故四不思議亦是即空即假即中觀也詳文可見○解此四不思議前二屬應後二對機應中備顯形聲二益初又雖云說呪而正示形益即應身功用也次云雖復現形而正示聲益即名稱普聞也機中具明因果二相先明修因則六度之中略舉布施俾求福故後明感果則世出世願靡不成就令得樂故有以慈悲喜捨四無量心次第配之其數雖齊於義不協

初結答所問

佛問圓通我從耳門圓照三昧緣心自在因入流相得三摩提成就菩提斯爲第一疏圓照三昧者即一行三昧也謂初緣實相造境即中無不眞實繫緣法界一念法界故云緣心自在此即一經所宗首楞嚴定文殊所贊得眞圓通諸佛交光同慶此說後學至此幸異留心無謂聊爾也○姑蘇曰此中三摩提即第一卷中有三摩提名大佛頂首楞嚴王具足萬行十方如來一門超出妙莊嚴路正是圓融三觀也諸大羅漢多得奢摩他諸菩薩等或得三摩禪那唯觀音得楞嚴圓融三觀又得華嚴法界三觀十四無畏中從一至九眞空觀十與十一理事無礙十二周遍十三含容十四合其遍容發妙耳門然後身心微妙含容周遍法界今經入法界之明文也故攝論云無不從茲法界流無不還歸此法界

世尊彼佛如來歎我善得圓通法門於大會中授記我爲觀世音號

由我觀聽十方圓明故觀音名遍十方界䟽眼觀耳聽略舉六根之二也或觀此聽聞一一根旋復六用不成故十方圓明唯實覺由此得名亦遍一切慶說難思正在觀音旁兼餘聖○標彼佛如來即古觀音佛也○解按觀音三昧經及大悲經並云此菩薩過去久已成佛號正法明又悲華經說往昔寶藏如來授不眴太子記名觀世音然則悲華與今經皆覆本垂迹之名耳今得圓通即太子後身也贊曰隔垣聽聲靜居聞鼓初於闠中入流亡所多謝文殊涇渭分一籌獲得錦標子

後敘歎得名

首楞嚴經義海卷第十七

音釋

麴渠竹切 鬐古詣切 鐸徒落切鈴屬 紐女久切 翅矢利切金翅鳥名 跨苦化切騎也 嬪毗賓切妃嬪也 蠢尺尹切蠢動也 熄相即切滅也 闡提梵語也此云信不具 闡齒善切 爍書藥切 恊胡頰切合也 瞬舒閏切目動也

首楞嚴經義海卷第十八 經六之二

凡遇圓相即是標辭與疏同其上文

△後慶說難思 四

一諸佛交光

爾時世尊於師子座從其五體同放寶光遠灌十方微塵如來及法王子諸菩薩頂彼諸如來亦於五體同放寶光從微塵方來灌佛頂并灌會中諸大菩薩及阿羅漢林木池沼皆演法音交光相羅如寶絲網 疏耳根圓通五根總攝稱可諸佛說證皆同及大菩薩阿羅漢者即前二十五聖說圓通人印說皆是無非圓通故放寶光流灌其頂林木池沼演法音者既號圓通彼我同暢智周萬物何法不宣交光如網圓張大教也。標光灌衆頂者表觀照般若因果無二最初方便同一道故林木池沼等皆演法音情與非情同一體處皆明真法界色心不二也

二大衆得益

是諸大衆得未曾有一切普獲金剛三昧 疏耳聞圓觀頂觸智光觀音三昧一時同獲此則二十四聖同會觀音一門皆得名爲金剛三昧也。解孤山曰寶光交照表自他之理互融林木演音顯依正之性不二印前所證盡契佛心初住以上能破堅惑皆號金剛三昧

三雨花飾界

即時天雨百寶蓮華青黃赤白間錯紛糅十方虛空成七寶色 疏法身體素天龍之所忽劣今將顯現如空寶嚴萬行集成故華間錯

四闔國宣音

此娑婆界大地山河俱時不現唯見十方微塵國土合成一界梵唄詠歌自然敷奏 根塵消復法界圓成故山河不現合成一界也梵摩云淨具云俱匿正云娑師此翻讚歎。標即歌詠也。解私謂此表大衆於第一義天以四十位真因之華而嚴果德也又表發真歸元空界殞裂唯一常寂光土是事希有故詠歌之

四佛勑文殊料揀 三

初佛勑文殊 一

於是如來告文殊師利法王子汝今觀此二十五無學諸大菩薩及

初指說顯同

阿羅漢各說最初成道方便皆言修習眞實圓通彼等修行實無優劣前後差別

疏修行之要入實爲期今皆獲證故無優劣然有日劫相倍故成前後差別或可就彼各各得所亦無前後之差別耳。標二十五聖最初方便眞證圓通。皆從根境識七大性得大妙用更無差別其如化利娑婆世界須假應機從聞思修得三摩地也。解夫如來藏性元無異乘以根有利鈍故分大小約三諦言之則小教所詮者眞也大教所詮者中也而此眞中遍在一切俗諦之上即前所悟十八界及七大也當知三諦具足名如來藏俗諦不空眞中俱空故二十五聖中凡聲聞所證或析俗見眞或體俗見眞皆分入空藏也菩薩所證或離俗顯中或即俗顯中皆全入空藏也今以藏性融會全分無差即同法華開方便門示眞實相決了聲聞法是諸經之王

後應根令揀

○我今欲令阿難開悟二十五行誰當其根兼我滅後此界衆生入菩薩乘求無上道何方便門得易成就

疏若以三科七大專門獨善隨根各入此皆方便若於此界現在未來設教通方上中下機咸得悟入永爲衆生成道方便者於二十五何門爲勝由先所請十方如來得成菩提妙三摩提最初方便故今令選通途法門使其成就。標阿難古佛豈假修證蓋曲爲末劫衆生故示相祈佛料揀也。解上從證性會同圓通令爲逗根令簡方便性如華屋根如入門若得其門方受其賜世人以解爲證請思最初入道方便與二十五聖孰爲其倫乎

○次說偈料揀二

初奉旨伸敬

○文殊師利法王子奉佛慈旨即從坐起頂禮佛足承佛威神說偈對佛

疏文殊智德之主言用莫測斷剖無疑與奪衆心誰不緘默故承佛旨敬而說偈。標文殊根本智德無有一法過者允契衆情。解此下欲簡圓通先明覺性次辨迷妄後示歸元於歸元中選取根爲易文殊既與觀音同證故奉佛慈旨有自來矣。疏二正說偈辭將揀行門先明眞妄者若無迷悟豈有修行蓋迷一眞遂成諸妄物

後正說偈辭三

無終亡故有悟期悟逐根門遂分遲速悟所極處名大涅槃故下文云妙性圓明離諸名相本來無有世界衆生由妄有生因生有滅生滅名妄滅妄名真是稱如來菩提涅槃二轉依號故先明也文三

初頌真妄雙源二

初略明真妄三

覺海性澄圓圓澄覺元妙此顯一真性海離名絕相非真非妄不悟不迷唯一圓常餘無所得即下妙性圓明離諸名相本來無有世界衆生也覺性周遍甚深湛然故如海也下句重歎不可思議絕諸對待故曰妙也。標謂此覺性絕待口欲談而辭喪心行處滅也。解覺見之性譬如大海澄湛圓融皆喻寂而常照也復牒圓澄所喻之覺示其本來照而常寂故曰元妙此類前文性覺妙明本覺明妙但法喻相叅耳

初唯真元

次因迷起妄二

元明照生所所立照性亡跡圓澄覺體本來明照妄覺不了認為所相所既妄立生汝妄能從畢竟無成畢竟有故名生所非謂從真而生也暗相既現明性即隱隱故曰亡。標元明照者所謂般若無知無所不知蓋衆生不了寂而常照照而常寂於絕待本覺上立所明強覺向外馳求所既妄立觀聽慧用即隱

也從此內執根身種子外執器界因此迷真起妄今文殊料揀將陳行門先明真妄者。解真際曰於彼元明性上妄生照用而形所相有相當情無相則隱故照性亡孤山曰元明照即上本明之性也由迷本明而起無明故生所也以全法性為無明法性無住處故照性亡私謂二說節公為長蓋照字義通真妄循明覺二義也故前文云性覺必明妄為明覺覺非所明因明立所所既妄立生汝妄能

初正明起妄

迷妄有虛空依空立世界想澄成國土知覺乃衆生疏世界初起須空先現從妄想生故云迷妄有也如下文云乃至虛空皆是妄想之所生起依空立世界者世界之體即是四輪皆依空有如前文云覺明空昧相待成搖故有風輪執持世界等妄想凝結成外國土妄心知覺成內衆生依正既彰總名世界。解此乃無同異中熾然成異異彼所異因異立同同異發明因此復立無同無異是知虛空為同世界國土為異衆生即有為法無同無異也廣辨如第四卷經

後貼喻釋成

空生大覺中如海一漚發有漏微

塵國皆依空所生 疏虛空昏鈍體是不覺不覺生覺如海一漚起信云即依覺故而有不覺下文云當知虛空生汝心內猶如片雲點太清裏況諸世界在虛空耶法喻可見。解有漏兼有情

後反妄歸本

漚滅空本無況復諸三有 疏下文云汝等一人發眞歸元十方虛空悉皆銷殞云何空中所有國土而不震裂良以妄元無本畢竟不生故虛空如漚不滅而滅三有如幻不無而無。標三有即三界別無所礙。解三有舍情器

後修證同異二

歸元性無二方便有多門 疏同歸一理理則無殊行有偏圓遲速不等圓覺云無上妙覺遍諸十方出生如來與一切法同體平等於諸修行實無有二方便隨順其數無量。標湼槃心易曉差別智難明

初理同行異

聖性無不通順逆皆方便 解孤山曰觀音耳根則順餘聖諸根則逆皆對此上機說也私謂亦應以聲聞所修爲逆菩薩所修爲順又菩薩中漸修曰逆圓頓曰順下文云淺深同說法其義亦然

後聖同凡異

初心入三昧遲速不同倫 疏若聖人根性或是已證聖性若順若逆俱得入覺更無淺深初心入道故須揀選取今速進如上文云十方如來於十八界一一修行皆得圓滿無上菩提於其中間亦無優劣但汝下劣未能於中圓自在慧故我宣揚令汝但於一門深入。標上文云我今欲令阿難開悟二十五行誰當其根乃至何方便門得易成就。解當根則速差機則遲日劫相倍是不同類

次頌料揀諸聖四

依塵顯悟門六

一色境

色想結成塵精了不能徹如何不明徹於是獲圓通 疏優波尼沙陀因觀不淨白骨微塵析色明空塵色既盡妙色密圓今此揀云色由妄想所結染汙眞性其體本麤性是質礙不能明徹如何以此不明徹法而取圓通。解色由妄想結成諸塵塵質留礙故於精明了別之性不能通徹

二聲境

音聲雜語言但伊名句味一非含一切云何獲圓通 疏陳如悟四諦聲妙音密圓於是得道今此揀云音聲不離諸雜語言語言即是名句文耳名句詮

顯各有分限以名所詮自性句詮差別文即是字爲二所依故非一能含一切也伊猶是也。解孤山曰雜謂種種語言而此語言但依名句味耳新翻皆云名句文名詮自性句詮差別文即是字爲二所依古以文爲味者字能顯二如味能顯食中之鹹淡也問陳那悟聲塵與觀音耳根其義相類何故文殊簡以爲非答聲是佛語根乃自身認塵則著他語言觀根則了已心性是以聞聲亦爲所簡

三香境

香以合中知離則元無有不恒其所覺云何獲圓通跡香嚴童子宴晦清齋聞香入鼻觀此無生來無所從去無所至塵氣倏滅妙香密圓今此揀云香之一法合有離無既非其常未爲圓觀

四味境

味性非本然要以味時有其覺不恒一云何獲圓通藥王藥上因嘗衆味了味無生非即身心非離身心由味覺明位登菩薩今云味性本無待根方覺無根無味故非圓通味時者嘗時也

五觸境

觸以所觸明無所不明觸合離性非定云何獲圓通跋陀婆羅忽悟水因既不洗塵亦不洗體中間安然得無所有妙觸宣明由是證果今明此觸因所觸身而得顯發無所不顯性非常定故不圓通

六法境

法稱爲內塵憑塵必有所能所非遍涉云何獲圓通摩訶迦葉因觀世間六塵變壞唯以空寂修於滅盡妙法宣明銷滅諸漏今揀雖稱妙法乃是內塵憑仗此修豈越能所故非圓通遍圓涉通也。解眞際曰獨散遍緣不依五根所取稱爲內塵

二依根證
入門五

一眼根

見性雖洞然明前不明後四維虧一半云何獲圓通疏阿那律陀因修樂見照明三昧旋見循元由斯得證今云見性雖有洞然照了之義而又前方全明後方全暗左右傍觀三分之二故云四維虧一半也。解檇李曰縱其見性雖云洞然奪其見相故不明後

鼻息出入通現前無交氣支離匪涉入云何獲圓通疏周利槃特因作數息微細窮

盡生住與滅返息循空因是得道今云鼻息雖通出入出入各據而不相交支分旣離豈成圓觀

二鼻根

舌非入無端因味生覺了味亡了無有云何獲圓通疏憍梵跋提觀味之知非體非物還味旋知成無學果今云舌入非是無端自有由味境合方有覺知境滅知亡未爲通貫。解私謂舌根爲識所依亦名舌入今文語倒但是舌入非無端耳

三舌根

身與所觸同各非圓覺觀涯量不冥會云何獲圓通疏畢陵伽婆蹉因觀痛覺覺清淨心無覺無痛遺身純覺獲無學果今云能覺身根與所覺觸互相假有各無自性義例相類俱非圓觀知無知異各有涯量互不相冥故爲所揀。解內身外物能所相觸方有覺觀離中則無故云各非等若謂合中有者其如物非體知成敵兩立故云涯量等

四身根

知根雜亂思湛了終無見想念不可脫云何獲圓通疏須菩提曠劫已來心得無礙

由是觀察十方成空空性圓明頓入如來寶明空海同佛知見今謂意根雜亂思念若以寂定湛旋畢竟無有知見依此修行想念何逃亦可若望湛觀眞明必無知見即無知覺明也應知有知見者未脫妄想。解湛了終無見如前精了不能徹也以雜亂思於湛了性終不能見

五意根

識見雜三和詰本稱非相自體先無定云何獲圓通疏舍利弗曠劫已來心見清淨由遇佛故見覺明圓光極知見今揀眼識雜在三和之內窮其本性無相可得自體不常如何圓遍。解檇李曰論云二和生識謂根境和合識生其中今言三和者能所合說也根境乖時識無自體故云無定

二依識修斷門六

一眼識

心聞洞十方生于大因力初心不能入云何獲圓通疏普賢菩薩本用心聞分別衆生所有知見得大自在令揀太高收機不盡既法界爲體心聞爲用故洞十方此由普賢因修大行之所感故中下之機於斯絕分故云

不能入以衆生心中發明普賢行者方現其身非同觀音觸物隨現。解孤山曰唯以心聞不由根聽斯是分眞所得故非初心之所能入

三鼻識

鼻想本權機秖令攝心住住成心所住云何獲圓通疏孫陀羅難陀觀鼻端白見出入息化爲光明身心內明圓洞世界遍成空淨今揀觀鼻非爲究竟故云權機若令攝心心成所住眞元無住所住便非經云若心有住則爲非住

四舌識

說法弄音文開悟先成者名句非無漏云何獲圓通疏富樓那辯才無礙祕密法門微妙開示得無所畏今揀說法不離聲名句文所開悟入須先成熟不由無種便能入道若散心說但成有漏非曰圓通。解若私謂舌識聞悟乃是先曾成就音文之者如富樓那從曠劫來辯才無礙佛教說法成阿羅漢豈非開悟先成者耶然其所說名句之體且非出世無漏之法斯亦一非含一切是故簡之

五身識

持犯但束身非身無所束元非遍一切云何獲圓通疏優波離因持清禁由是執身身得自在次第執心心得通達然後身心一切無礙今揀持犯細行唯檢於身身若不生將何檢束故於法法不能圓遍。解問波離執身次第執心俱得通利今何但云束身而已答聲聞執心亦防六聚七支之非況今言身識在其中矣

六意識

神通本宿因何關法分別念經非離物云何獲圓通疏大目犍連因於修定旋湛意識心光發宣得大神用今揀神通乃是宿因本有由加行力之所顯發何關修定軌則意識然後得生法者軌則義分別者意識也意識念緣分別一切不離塵境故非圓通。解目連神通由宿習所得雖云旋湛心光發宣非關於法分別而現又小乘神通皆是作意緣物則有離物則亡

四依大歸性門十

一地大

若以地性觀堅礙非通達有爲非聖性云何獲圓通疏持地菩薩因平心地見內外

塵本無自性不相觸摩皆如來藏今揀地性堅礙有爲體非通達不成聖性故非圓通

二水大

若以水性觀想念非真實如如非覺觀云何獲圓通月光童子因作水觀見水身中與外香水性合真空一味流通得無生忍今謂此觀不離尋伺想念豈是真實如如之性覺觀即尋伺也

三火大

若以火性觀猒有非真離非初心方便云何獲圓通火頭金剛觀火多婬心成智慧火身心煖觸無礙流通生大寶燄今謂此由多婬生猒離故觀成性火此即猒求之心豈稱圓照非是真實離念之門初機不合故須揀也猒。解孤山曰烏芻瑟摩欲觀火非真解脫

四風大

若以風性觀動寂非無對對非無上覺云何獲圓通疏瑠璃光菩薩因觀身心世界皆是妄緣風力所轉風力無依本無所有於動見不動即證實相今謂風性是動動由動有寂動寂相對對即非真豈同圓觀入流亡所

五空大

若以空性觀昏鈍先非覺無覺異菩提云何獲圓通虛空藏菩薩由觀四大無依妄想生滅虛空無二佛國本同得無生忍今謂虛空昏暗無明所生非是覺明思乎本覺故須揀也

六識大

若以識性觀觀識非常住存心乃虛妄云何獲圓通彌勒菩薩修唯識觀盡空如來國土淨穢有無皆是我心變化所現今謂識性念念生滅攀緣不息體非常住若但亡境不亡其心運成虛妄豈是圓通。解心本無心存之則妄

七根大

諸行是無常念性元生滅因果今殊感云何獲圓通疏大勢至菩薩由念佛三昧都攝六根淨念相繼入無生忍今謂凡是有爲皆屬行陰遷變念性生滅正是無常如何以無常因獲常住果故非圓通然念佛一門此方最要雖云生滅要因念想專注在懷兼佛願力直生淨土念往彼國已進行彌速即證有期今顯圓根觀音爲上抑揚之道故須揀也。解

私謂勢至念佛都攝六根所念之境必通三身然其子母相憶之喻多就應身而說是故指同無常生滅豈以此因而感常住不生不滅之果乎已上二十四聖皆由所得圓通本根非此土當根乃爲所簡須知簡聖全是簡機豈文殊之有慢心諸聖之有慚德古謂此等龍門點額寧不長吁者鄙哉

後頌觀音圓通

廣顯圓門四

一標嘆所入法

我今白世尊佛出娑婆界此方真教體清淨在音聞欲取三摩提實以聞中入離苦得解脫

疏娑婆世界耳根最利故因音聲以爲佛事由從耳根發識聞聲引生第六識中聞慧緣名句文熏成解脫心種納爲教體故云教體在音聞也教體既成然後思惟修習入三摩地成大解脫。標梵語娑婆此云堪忍即應身所化世界也謂此世界以音聲爲佛事見性也。解私謂教體應具聲名句文今言音聞者以聲是實法餘三是假攝假從實故但云音音即所聞之境聞即能聞之根舉所顯能而正示聞性故云欲取等

二嘆能入入

三廣辨通根

初顯聞性

良哉觀世音於恒沙劫中入微塵佛國得大自在力無畏施衆生妙音觀世音梵音海潮音救世悉安寧出世獲常住

疏初一句總標歎次二句歎三十二應次二句歎十四無畏兼四不思議次二句歎德號妙音是體觀世音是用亦是真俗二諦亦是自利利他梵是淨義釋成體也海潮不失時釋成用也救世下二句結歎利益初得世間安樂終獲究竟涅槃。解孤山曰智冥妙理故如梵音悲化羣生故觀世音此約法歎也智冥理故無二邊染汙如梵音清淨悲化生故赴十界機感如潮不過限此約喻歎也救世結潮音赴機救世結梵音冥理亦是令衆生先得世樂後獲常樂

初對辨真實三

初圓真實

我今啓如來如觀音所說譬如人靜居十方俱擊鼓十處一時聞此則圓真實

次通真實

疏解脫德也如前觀音所陳三昧所得殊勝赴感不差周遍皆應十方者十界也擊鼓者機動也一時聞者應不失也此則應身無量無感不應故云圓真實也、標十處一時聞者謂

生滅既滅寂滅現前從體起用聞性十界皆通也

自非觀障外口鼻亦復然身以合方知心念紛無緒隔垣聽音響遐邇俱可聞五根所不齊是則通眞實

疏般若德也前四句揀不通口鼻下二句經文語倒故先舉所例口鼻後舉能例身根蓋翻譯者略順根次也隔垣下四句正顯耳根不同前五由是得名通眞實耳○標內眼只觀得障內事不能觀障外事隔窗紙不見外物隔皮囊不見五藏口鼻身意俱不及耳根通達無礙故云五根所不齊也○解口鼻身俱合中知若將身以合方知句居上其義則順蓋語倒耳私謂此明圓通且寄耳用以顯聞性異於五根也用有時方遠近之量恐未達者謂之無常故有下文

後常眞實二

明常眞實

初正顯。音聲性動靜聞中爲有無無聲號無聞非實聞無性聲無既無滅聲有亦非生生滅二圓離是則常眞實

疏法身德也聲於聞中自有動靜說爲有無非謂聞性有無也世人若以不聞聲時號無聞者聞性已滅聲塵更起遣誰更聞是知聲有聞性不生聲無聞性不滅生滅既而過離由是得名常眞實也○標有聲之時是聲塵自起無聲之時是聲塵自滅而此聞性本自不生今亦無滅故云常眞實○解眞際曰如羅睺羅擊鍾

後釋成

縱令在夢想不爲不思無覺觀出思惟身心不能及

疏如前重睡心想不行聞春擣聲別作他物此時豈憶靜搖應知聞性不斷故云不爲不思無也覺觀出思惟者此既不與念想相應即出覺觀思惟之表譯人回文不盡故令語倒覺觀即尋伺也思惟即是遍行思也俱是心所皆不相應故名爲出又覺是本覺即聞性也觀即是照此即文順○標世間人睡熟六識歸種聞性不滅任運而聞其形雖寐聞性不昏○解孤山曰如重睡聞春擣資中曰眞聞性出覺觀思惟之外㩗李曰經文不次

後揀非顯是

今此娑婆國聲論得宣明衆生迷

本聞循聲故流轉阿難縱強記不免落邪思豈非隨所淪旋流獲無妄疏前二句通明比方由聲教入聲名句文能詮法義眾生由此聞而解了故云宣明次四句正揀過非苟隨聲教不能亡緣入流返照即迷本聞性循聲轉也故舉阿難雖得多聞不能亡相為聲所轉生滅妄想無由得免後二句結非顯是旋流者返流也斯則入流亡所唯照聞性生滅既滅寂滅現前故云無妄○標聲名句文顯詮其義依義生解依解起行解行相應旋根歸性○解私謂邪思指摩登伽矣

後明觀行四

一告語

阿難汝諦聽我承佛威力宣說金剛王如幻不思議佛母真三昧疏金剛如幻已見上文三世如來一門超出故云佛母又金剛空也如幻假也佛母中也○標此則首楞嚴定體上具摩訶般若解脫三德祕藏也

二斥失

汝聞微塵佛一切祕密門欲漏不先除畜聞成過誤將聞持佛佛何不自聞聞疏雖持法藏不能捨聞而觀自性故成過矣若將世間隨聲聞相持他佛法不如返照自已聞性成真三昧故云聞聞○標前文云汝雖歷劫憶持如來祕密妙嚴不如一日修無漏業也○解孤山曰將汝循聲之妄聞以持諸佛之言教何不返觀自性而求解脫乎上聞能觀之智下聞所觀之理

三正示三

初正明觀行三

初法三

初脫塵旋根

聞非自然生因聲有名字旋聞與聲脫能脫欲誰名一根既返源六根成解脫疏見聞覺知之聞隨聲而有非本然性如上文云如汝今者承聽我法此即因聲而有分別等若能離緣觀性聞相不起動靜境亡能所不拘故名解脫縛既無得脫亦不名一根既然六根皆爾○標旋聞與聲脫者前文云汝但不循動靜合離恬變通塞生滅明暗如是十二諸有為相隨拔一根脫黏內伏伏歸元真發本明耀耀性發明諸餘五黏應拔圓脫○解私謂上既警其自聞今乃略示修相先指妄聞非無緣生生必藉因因即聲教當以三慧旋

此根境俱令脫黏所執若銷則能脫之慧復何名狀

次塵消覺顯

見聞如幻翳三界若空華聞復翳根除塵銷覺圓淨疏見聞覺知迷成翳眼三界有法悉是空華見聞體虛本不可得復加幻喻故起信云三界虛僞唯心所作上文云見聞覺知虛妄病緣故有十方諸有漏國翳除華滅聞復塵銷妙覺明心顯然圓淨此分證也。標前文云若棄生滅守於眞常常光現前根塵識心應時銷落想相爲塵識情爲垢二俱遠離則汝法眼應時清明云何不成無上知覺

後覺極無礙

淨極光通達寂照含虛空却來觀世間猶如夢中事摩登伽在夢誰能留汝形疏淨極謂滿淨解脫圓也光通達謂滿覺般若備也寂照謂眞理法身極也三德既圓三障永盡如大夢覺如蓮華開。返觀世間欲誰留礙此極證也

次喻

如世巧幻師幻作諸男女雖見諸根動要以一機抽息機歸寂然諸幻成無性幻師眞性也有隨緣義故名爲巧幻法無明也男女六根也一機即幻法機息幻無妄滅根復或幻師無明也幻法心識也餘同前配所幻男女必有所依喻眞性也。標第八識成前六根雖見諸根動者元是一精明分成六和合也。解幻師譬眞如幻作喻隨緣眞妄和合變成六根如諸男女一機即耳根也應以旋聞聲脫爲抽

後合

六根亦如是元依一精明分成六和合一處成休復六用皆不成疏初句總標次句合幻師次句合男女後二句合息機等耳根無明若破餘根亦破故皆不成。解元依一精明合前幻師妄爲能依眞爲所依分成等合文可見。標一精明合眞性無明也謂生滅依不生滅而起名阿梨耶識成六根耳根若波餘根清淨

後觀成利益

塵垢應念銷成圓明淨妙餘塵尚諸學明極即如來疏一根若滅塵垢自銷上文云想相爲塵識情爲垢二俱遠離則汝法眼應時清明故云成圓明淨

妙此則三德圓顯不縱橫並別故名爲妙後二句結成位前句斷德未圓後句智德備滿互現可知。標餘塵尚諸學者結成因果之位。也十地滿心尚居有學蓋有佛地障觀法身如隔羅縠觀月爲斷德未圓明極即如來者約妙覺位即究竟覺也。解上二句登圓初住下二句從分至極

四勸修

大衆及阿難旋汝倒聞機反聞聞自性性成無上道圓通實如是疏勸復顛倒聞根返觀聞性聞性圓成菩提可與後一向結指印成。標及聞聞自性者返妄歸眞眞覺現前從聞思修而見性印成觀音也

四結顯同此證

此是微塵佛一路涅槃門過去諸如來斯門已成就現在諸菩薩今各入圓明未來修學人當依如是法我亦從中證非唯觀世音疏前一句總指一切諸佛皆從此門得涅槃也過去下別列三世并引文殊皆同此證也。標此娑婆國以聞思修三慧證寂滅性三世如來皆同一門超出妙莊嚴路文殊於此界亦同修同證也

次重明三當

誠如佛世尊詢我諸方便以救諸末劫求出世間人成就涅槃心觀世音爲最自餘諸方便皆是佛威神即事捨塵勞非是長修學淺深同說法疏前四句須佛令揀成就下二句正指圓門顯是雅當自餘下五句明二十四聖各隨所因事相而成觀行皆是佛之威神方便令其得道非是久長修學淺深二機同入之法門也反顯觀音即是淺深二機同說同入久長修學之法門耳。標觀世音爲最者正指觀音圓門合娑婆化利有情雅當也。解皆是佛威神謂此方所有於諸方便而得悟者由佛之力也苟他土以餘根爲利耳根爲鈍者反顯可知

後結顯勸學

頂禮如來藏無漏不思議願加被未來於此門無惑方便易成就堪以教阿難及末劫沉淪但以此根

修圓通超餘者真實心如是

疏如來藏即一體二寶是所入之理具足無漏性功德故願加下五句正結願但以下二句勸學最後一句文殊指已選圓通心真實無妄非挾情故。標於此門無惑者蓋為前佛勑文殊料揀應機乃云我今欲令阿難開悟二十五行誰當其根兼我滅後此界衆生入菩薩乘求無上道何方便門得易成就今文殊唯料揀觀音從耳根一門修習聞思修三慧稱此界根機真實易得成就贊曰普現色身曼殊室利善別機宜是稱大智比方教體極精真聞思修入三摩地

後時衆獲益

於是阿難及諸大衆身心了然得大開示觀佛菩提及大涅槃猶如有人因事遠遊未得歸還明了其家所歸道路普會大衆天龍八部有學二乘及諸一切新發心菩薩其數凡有十恒河沙皆得本心遠塵離垢獲法眼淨性比丘尼聞說偈已成阿羅漢無量衆生皆發無等等阿耨多羅三藐三菩提心

疏一會之衆根器各異大小不同前文觀音說竟諸佛放光互來灌頂兼灌大菩薩及阿羅漢受彼光者一時俱獲金剛三昧此即顯會二十四聖諸別觀門一時圓入觀音修證今此阿難及諸初心聞說偈已隨其位次悟入有異阿難等方悟圓通從耳根入猶未有證故云明了其家所歸道路其天龍衆及小有學大乘地前十恒河沙獲法眼淨即入初地見道位也性比丘尼是三果人今成無學未發心者其數無量皆發道意即悟解大乘也。解私謂且第三卷阿難偈云銷我億劫顛倒想不歷僧祇獲法身泊第四卷請入華屋前云聞佛示誨疑惑銷除心悟實相至第五卷如來偈後云心目開明歎未曾有及請圓通又云我等今日身心皎然快得無礙以前兼此凡經五畨彰灼領悟何總排云未有證乎圓師判此為阿難增道理必然矣應知經家指妙覺菩提涅槃為家真修耳根圓通為道若不爾者慶喜之性幾乎檮昧也資中曰莊嚴論解法眼淨初地見道也若依圓教

即十住初心孤山曰阿羅漢其名雖小其證乃圓準涅槃四依品其第四依人名阿羅漢私謂第四卷指登伽方得三果約圓位收之即七信以前也此中若用四依判位恐升之太高以第四依人住第十地故秖應示作聲聞同除四住證阿羅漢如涅槃中聞常取果之比也按天台釋法華分別功德品發菩提心初入十信也放仁王般若云

十善菩薩發大心長別三界苦輪海頌曰涅槃之道圖度絕證與未證隨宜說從教理論不成痕翳眼切忌添金屑

首楞嚴經義海卷第十八

音釋

緘居銜切封也　虧去爲切缺也　乖公懷切戾也　羅縠縠胡谷切縐紗也　檮昧檮都皓切檮杌頑凶無儔匹貌昧莫具切闇也　兀古否字

首楞嚴經義海卷第十九 經六之三

凡遇圓相即是標辭與疏同其上文

三辨離魔業行二○

初阿難觀時請問三

疏三辨離魔業行前雖廣說圓通修證凡夫始學障難尤深況末代邪宗紛然競起邪言惑正魔辨遍眞濫述既多朋流者衆若不甄辨妨正修行故以戒定慧驗之邪元自露故九十六種外道皆能修禪而無戒德涅槃經云魔尚能變身爲佛豈不能爲四依菩薩惑亂世間故佛廣說若言聽畜八不淨物者是魔所說身外之物尚不許畜何況婬盜殺妄根本貪瞋世有愚人爲魔所惑誹毀戒律言是小乘自稱大乘無礙自在下經廣破此等並是魔業故佛深誡是稱決定大乘明了之教。阿難大權愍我將來必陷魔難故般勤致請永爲眞誠耳

初叙所悟

阿難整衣服於大衆中合掌頂禮心跡圓明悲欣交集解私謂悲昔不聞欣今得悟又念未來衆生未悟故悲觀現在大衆得益故欣欲益未來諸衆生故稽首白佛大悲世尊我今已悟成佛法門是中修行得無疑惑疏圓通即是心所行路故云心跡領悟既深得無疑惑未來多難更欲伸陳悲欣者欣今所悟悲後行人

次陳所願

常聞如來說如是言自未得度先度人者菩薩發心自覺已圓能覺他者如來應世我雖未度願度末劫一切衆生菩薩有二類一智增先取佛果後度衆生二悲增度生心切故意留惑潤生三界今願未度而度衆生即悲增也。標前偈云伏請世尊爲證明五濁惡世誓先入如一衆生未成佛終不於此取泥洹悲心切也。解菩薩四誓以度人爲先如來十號以應世爲本當知五住究盡二死永亡方云得度今阿難雖深破無明而現居分段故曰未度

後述所請

後如來廣爲宣說二

世尊此諸衆生去佛漸遠邪師說法如恒河沙欲攝其心入三摩地云何令其安立道場遠諸魔事於

初讚請許宣一

後正爲廣說二

□□初自行離魔二

初總明三學

後別示戒學四△

菩提心得無退屈疏此諸衆生根劣也去佛漸遠時劣也邪師說法難多也此則時澆解昧惑障尤多修定攝心難爲進趣况遭魔惑邪見彌增加行修證如何無退。標欲攝其心者修定發慧加行進趣安立道場戒爲先容也

爾時世尊於大衆中稱讚阿難善哉善哉如汝所問安立道場擁護衆生末劫沉溺汝今諦聽當爲汝說阿難大衆唯然奉教疏道場及行事理兩修內秉戒根外假心呪內外相濟道力易成爲汝宣揚當善思念

佛告阿難汝常聞我毗柰耶中宣說修行三決定義解孤山曰毗柰耶此云律所謂攝心爲戒因戒生定因定發慧是則名爲三無漏學疏諸行或對機不同此三決定須說又是決定成佛之因佛佛皆爾故云三決定義。標毗柰耶此云調伏謂心不起調御六根伏諸煩惱亦云法律。疏二別示

△一離欲因二

初正辨是非三

初標示

次正辨二

初舉過顯非二

初欲爲魔因

戒學以定慧二門前已說故扶律談常同涅槃矣畋

阿難云何攝心我名爲戒若諸世界六道衆生其心不婬則不隨其生死相續婬爲生死根本反之則不續矣圓覺云一切衆生皆因婬欲而正性命當知輪迴愛爲根本由有諸欲助發愛性是故能令生死相續。標定慧一門前已顯示戒爲根本今方顯談此心起爲犯

汝修三昧本出塵勞婬心不除塵不可出縱有多智禪定現前如不斷婬必落魔道上品魔王中品魔民下品魔女彼等諸魔亦有徒衆各各自謂成無上道疏魔不斷婬而修禪定魔定順惑易得成就功深者爲上品功淺者爲中下雖不斷欲而修定修福隨福優劣故成三品以邪定力報得五通以有漏福生天魔界隨得少定不辨邪正各各自謂成無上道。解犯四重禁罪在地獄

今以修禪之功且落魔鬼等道若約未來輪轉則應備歷三塗

後末來多惑

我滅度後末法之中多此魔民熾盛世間廣行貪婬爲善知識令諸衆生落愛見坑失菩提路疏末世衆生無正法眼多被魔惑廣行貪婬假稱善友誘化無識失正遭苦宜深察之不令得便。標如來滅後後五百歲正當今日多此魔民

後結成明誡

汝教世人修三摩地先斷心婬是名如來先佛世尊第一決定清淨明誨疏此戒雖與小乘名同而持隨有異此則一一由防心念輕重等持彼則事逐緣成輕重隨戒故云先斷心婬故論云心生則種種法生心滅則種種法滅故與小乘持戒全別

後誡勸二

初重彰過患二

初喻顯

是故阿難若不斷婬修禪定者如蒸砂石欲其成飯經百千劫秖名熱砂何以故此非飯本砂石成故戒定慧法能生法身戒根不完徒修禪慧豈有清淨妙體從婬欲生沙飯異因寧論劫數標因地不眞果招紆曲

後結失

汝以婬身求佛妙果縱得妙悟皆是婬根根本成婬輪轉三塗必不能出如來涅槃何路修證疏非戒不禪非禪不慧戒根不淨所習禪慧那得淨乎以不淨故雖有如無戒定慧亡自成輪轉終非聖果標三苦海中不能出離也

後勸令除斷

必使婬機身心倶斷斷性亦無於佛菩提斯可希冀疏眞持戒人尚無持相豈令身心犯乎重禁如下文云殺盜婬等有名鬼倫無名天趣有無二無無二亦滅是名妙發三菩提者。標斷性即調伏之法律明心達本之人尚不存法律況有犯乎

後結歸邪正

如我此說名爲佛說不如此說即波旬說疏正云波卑夜此云惡者波旬訛也

二離殺因二

阿難又諸世界六道衆生其心不殺則不隨其生死相續相殺相償結酬連禍

苟或止之故不相續餘如文

初正辨是非二

初標示

汝修三昧本出塵勞殺心不除塵不可出縱有多智禪定現前如不斷殺必落神道上品之人爲大力鬼中品則爲飛行夜叉諸鬼帥等下品當爲地行羅刹彼諸鬼神亦有徒衆各各自謂成無上道

次正辨二

初舉過顯非二

帶殺修禪報爲神道功深福厚爲大力鬼即五嶽四瀆係祠祀者功淺福劣列在中下八部所晉及大海邊羅刹國類因修定故皆有業通迅疾無礙不斷殺故受此惡趣爲天驅役若不修禪及不修福但行殺害直入地獄無此差降。標鬼神多殺不免苦輪

初殺爲鬼因

我滅度後末法之中多此鬼神熾盛世間自言食肉得菩提路 疏殺生食肉是衆生寃如何不斷得菩提路。標去佛遥遠邪師說法如恒河沙

後未來多惑二

初正明

阿難我令比丘食五淨肉此肉皆我神力化生本無命根 解擕李曰涅槃迦葉問佛云何如來先許比丘食三種淨肉佛言隨事漸制故言三種者除人蛇象馬驢狗師子狐猪獼猴十種之外若不見不聞不疑即名爲淨彼文則無五字孤山曰今云五者加自死鳥殘二字也涅槃復有九種淨肉即於三淨各開正罪及前後方便也

次辨異

汝婆羅門地多蒸濕加以砂石草菜不生我以大悲神力所加因大慈悲假名爲肉汝得其味 西方四姓以婆羅門爲上故彼五天悉號婆羅門國僧亦號爲婆羅門僧事備西域記 柰何如來滅度之後食衆生肉名爲釋子

後示過

疏涅槃第四迦葉問云云何如來先許比丘食三淨肉佛言隨事漸制故耳復有七種九種以今言五者隨經增減以意配數佛以方便權許令食非究竟說，標佛初成道十二年前未制戒律許比丘食五淨肉後因六羣比丘故制此戒永斷殺衆生而食

後結成明誡

汝等當知是食肉人縱得心開似三摩地皆大羅刹報終必沉生死苦海非佛弟子如是之人相殺相吞相食未已云何是人得出三界疏似三摩地者鬼神定也亦能令人知過去未來事與善定相似如起信說

後誡勸二

汝教世人修三摩地次斷殺生是名如來先佛世尊第二決定清淨明誨標殺心不起決定成佛如其不斷沉墮鬼倫

初重彰過患二

初順明口過二

是故阿難若不斷殺修禪定者譬如有人自塞其耳高聲大叫求人不聞此等名爲欲隱彌露疏塞耳修禪高聲行殺求不聞之道彰彌露之苦豈不悲夫。標類掩耳偷鈴也欲隱藏其聲轉彌彰其響

清淨比丘及諸菩薩於岐路行不

初喻顯

蹋生草況以手拔云何大悲取諸衆生血肉充食疏生草不踐非獨護譏亦深慈念草尚不蹋況損命也

後況顯

若諸比丘不服東方絲綿絹帛及是此土靴履裘毳乳酪醍醐如是比丘於世眞脫酬還宿債不遊三界絲綿裘毳衆生身分身既不服眞解脫者以不遊三界酬宿債故經語甚倒知之。標東方者此東震旦國也此土者指西竺五印土也

後反顯身過二

初正明所離

何以故服其身分皆爲彼緣如人食其地中百穀足不離地疏服衆生分爲衆生緣辟穀求升尚有不至況食況服能出離乎

後反顯所以

必使身心於諸衆生若身身分身心二塗不服不食我說是人眞解脫者心無貪慮身不服行斷性苟亡自然眞脫。標眞解脫者

後勸令除斷

即入三摩地等同佛覺更無異路也

後結歸邪正

如我此說名爲佛說不如此說即波旬說信受奉行清淨境界違背佛言永爲惡者

△三離盜因二

初正辨是非三

初標示

阿難又復世界六道衆生其心不偷則不隨其生死相續疏不與而取起心即犯故云其心不偷

汝修三昧本出塵勞偷心不除塵不可出縱有多智禪定現前如不斷偷必落邪道上品精靈中品妖魅下品邪人諸魅所著彼等羣邪亦有徒衆各各自謂成無上道禪智

次正辨三

雖現貪盜不除縱亡婬殺亦落邪道精靈妖魅及諸邪人皆能惑亂令衆歸附不惜衣食盡命供給若不修禪直入地獄。標精靈妖魅豈越塵勞因地不眞果招紆曲

初辨其邪行二

初盜爲邪因

我滅度後末法之中多此妖邪熾盛世間潛匿姦欺稱善知識各自謂已得上人法詃惑無識恐令失心所過之處其家耗散疏姦欺盈抱潛護如淳詐偽充懷隱藏若拙苟求不與之利詃誘無識之人孟熾其貪顯異其語令彼愚者頓棄家財仍遭王難故云耗散。標盜妄二業欺罔賢聖將此修行認賊爲子

後未來多惑

次示其正修二

初正示行緣

我教比丘循方乞食令其捨貪成菩提道諸比丘等不自熟食寄於殘生旅泊三界示一往還去已無返疏比丘依法循乞不自熟食爲捨貪過深猒自生不戀三界如旅泊人一往而已。標梵語比丘此云乞士故不置生涯現前殘質不復續生耳

初明正行

云何賊人假我衣服裨販如來造種種業皆言佛法却非出家具戒比丘爲小乘道由是疑誤無量衆

生墮無間獄

疏身雖出家心不入道假衣服以作相販如來以造業反毀具戒為權小高現異儀為至極誑妄愚者入惡無窮涅槃邪正品云我滅度後是魔波旬漸當壞亂我之正法乃至作比丘比丘尼及阿羅漢等形以有漏身稱是無漏壞我正法乃至說言無四重僧殘不定捨墮懺悔眾學滅諍等法亦無偷蘭五逆一闡提罪乃至若犯如是等罪亦無有報如是說者並是魔說我佛法中有犯如上等罪應當苦治若不持戒云何當得見佛性耶。標若賊人者不能調伏六根起心偷妄前文云六為賊媒自劫家寶裨販裨補販賣也如衣破壞以弊帛補之顯不正也

後斥邪行

後別示轉業

初正示方法

若我滅後其有比丘發心決定修三摩提能於如來形像之前身然一燈燒一指節及於身上爇一香炷我說是人無始宿債一時酬畢長揖世間永脫諸漏雖未即明無上覺路是人於法已決定心

疏殺生偷

疏盜執對不亡為三界緣障菩提路然身苦體能報此因宿債苟除世間永脫故云長揖。標身然一燈燒一指節此身分屬內財以淺況深自已尚能捨施偷取他人之物而妄動乎。解盜者取他依報資於已身今損正報以供上聖故能翻破無始盜業

後正酬宿債

若不為此捨身微因縱成無為必還生人酬其宿債如我馬麥正等無異

疏前云摩登伽在夢誰能留汝形今云縱成無為必酬宿債者此示業報不亡成無為後現有為身尚還宿債況全未離有為而欲妄逃業果其可得乎引證酬業如別處說。標經云假使百千劫所作業不亡因緣會遇時果報還自受此聖人示現自業果不可逃因若不作亦無果報。解私謂馬麥緣在興起行經。

後結成明誡

汝教世人修三摩地後斷偷盜是名如來先佛世尊第三決定清淨明誨

標心言直故委曲不生

後誡勸

是故阿難若不斷偷修禪定者譬

初喩顯不斷

如有人水灌漏卮欲求其滿縱經塵劫終無平復疏灌禪定水於破戒卮欲求滿果壑劫不平誰之過矣豈不謹乎斯則內德無實外相惑人戒器已穿善法多漏。標認賊爲子家寶日銷

後勸令除斷

若諸比丘衣鉢之餘分寸不畜乞食餘分施餓衆生於大集會合掌禮衆有人捶詈同於稱讚必使身心二俱捐捨身肉骨血與衆生共

後結歸邪平

不將如來不了義說迴爲已解以誤初學佛印是人得眞三昧疏此文勸離四過謂貪慢瞋癡配文可見心不起瞋身不加報故云二俱捐捨以觀衆生及與我身平等無二由是身心不加報耳故云與衆生共不了義說爲已解者不將佛方便說回作自已心中獨悟之法以此詃惑無識初學此文亦證不了義教中得食淨肉必至了義教一切皆斷不執不了義教將爲究竟說也執權謗實亦此類也楞伽云愚癡凡夫惡見所噬邪曲迷醉妄稱一切智說。解云無智之人不了如來方便說法而乃妄稱一切智人作究竟說。標如來制律比丘當具足受持三衣六物十三資具除此十三物不得闕一餘有分寸之物皆謂之長財可施於衆生。解法華以前圓教之外皆不了義教蓋權實未融故也今既開顯同法華圓豈將不了以誤初學若乃去實取權謗物從已者亦佛法之大盜歟

△四離妄因二

初正辨是非三

初標示

如我所說名爲佛說不如此說即波旬說標如前所釋

次正辨二

初妄爲苦因二

初對辨二

阿難如是世界六道衆生雖則身心無殺盜婬三行已圓若大妄語即三菩提不得清淨成愛見魔失如來種疏妄語之因起貪癡慢如不斷此故成愛見。標大妄語者自謂已得上人法貪其世間尊勝名利已。解孤山曰內貪名利欲他重已則成愛魔內起邪見以已均聖則成見魔

所謂未得謂得未證謂證或求世

初顯偽作二

初標列設誑

間尊勝第一謂前人言我今已得須陀洹果斯陀含果阿那含果阿羅漢道辟支佛乘十地地前諸位菩薩求彼禮懺貪其供養疏以愚癡心起大我慢因求尊勝貪彼供養此即愛見之惑强而且盛因起妄語稱得三乘賢聖果證實得道果尚不許說豈況未得而妄說耶。標未得涅槃自謂我得涅槃乃至十地妄言已證爲貪名利作此妄語

後結成招苦

是一顛迦銷滅佛種如人以刀斷多羅木佛記是人永殞善根無復知見沉三苦海不成三昧疏一顛迦即是斷善根者其大妄語與此罪同涅槃邪正品云若有說言我已得成阿耨菩提何以故以有佛性故有佛性者必定得成阿耨菩提當知是人犯波羅夷罪何以故雖有佛性以未修習諸善方便是故未見以不見故不得成就阿耨菩提故知略不修斷自稱即是佛者皆大妄語犯波羅夷非佛弟子。標即無修之人終不成無上覺道

後明眞化二

初列化事

我滅度後勑諸菩薩及阿羅漢應身生彼末法之中作種種形度諸輪轉或作沙門白衣居士人王宰官童男童女如是乃至婬女寡婦姧偷屠販與其同事稱讚佛乘令其身心入三摩地疏四攝利人作種種化初同其道。後勸佛乘盡爲益他非貪利己。標如西竺維摩居士雖爲白衣奉持清淨戒律若至博弈戲處輒以度人又如東震旦國傅大士示現魚行賣魚聖人也。

後誡明言

終不自言我眞菩薩眞阿羅漢泄佛密因輕言未學唯除命終陰有遺付疏眞聖利物終不可測以承佛制不妄漏泄此聖眞因唯聖自證故云密因未學之前不可輕說陰有遺付者不顯稱也此開臨終密有表示遺囑弟子如來那屈指事。標如西竺師子祖師臨將往罽賓因以信衣囑付二十五婆舍斯多之例。解陰私也非公

後結責

然惑衆但私示於人耳南嶽之言鐵輪天台之示五品功德鎧說偈眞觀師屈指即其事焉

後結成明誡

云何是人惑亂衆生成大妄語標未得未證自謂已得已證一盲引衆盲相將入火坑也

後誡勸四

汝教世人修三摩地後復斷除諸大妄語是名如來先佛世尊第四決定清淨明誨標如前所釋

一喻其不斷

是故阿難若不斷其大妄語者如刻人糞爲栴檀形欲求香氣無有是處疏修禪定之檀形刻妄語之人糞遥觀可意近逼穢聞欲求道香終無得理。標世間阿顛底迦水劫應不成佛

我教比丘直心道場於四威儀一切行中尚無虛假云何自稱得上人法疏三乘所證爲上人法此文舉淺況深餘小妄語尚不可爲況大妄耶。標心言直故四威儀中一一眞實況違順未脫自言得佛知見

二舉其防微

譬如窮人妄號帝王自取誅滅況復法王如何妄竊因地不眞有本云不直果招紆曲求佛菩提世間之人自於衆人前妄稱我是帝王便犯死罪以淺況深王中法王位居百王之上妄言我得其罪重前百千萬億倍也如噬臍人欲誰成就疏初喻大妄止成苦本後喻求道終無得理如人噬臍了不相及春秋傳曰若不早圖後君噬臍。標此房相引證潤文也。解㩦李曰噬臍喻求菩提不可及也

三重喻大過

若諸比丘心如直弦一切眞實入三摩提永無魔事我印是人成就菩薩無上知覺疏一切時中悉無虛僞若斯人眞求道歟豈不速至乎若示相標形詐稱得道內懷諂曲外現名聞豈曰修行故法華云濁世惡比丘邪智心諂曲未得謂爲得我慢心充滿乃至納衣在空閑假名阿練若當知是等盡行魔業。標直心是道

四斷成巨益

場心尚不緣色香味觸一切魔事如何發生便登覺地

後結歸邪乇

如我所說名爲佛說不如此說即波旬說天魔外道波旬惡者亦具福德修相似定唯不斷欲殺盜安矣

首楞嚴經義海卷第十九

音釋

澆古堯切薄也　蹋徒合切踐也　靴許戈切有靿履也　毳充芮切細毛布也　潛匿匿尼質切藏也　奸欺奸古閑切僞也　詃姑犬切詐也　裨販裨賓彌切販方願切　爇如劣切燒也　巵章移切酒器　捶詈捶之累切杖擊也詈力置切罵詈也　噬時制切齧也　罽賓梵語也此云賤種罽居刈切　鎧苦亥切鉀也　臍前西切肚臍也

首楞嚴經義海卷第二十 經七之上

凡遇圓相即是標辯與疏同其上文

疏二他力離魔此爲障重者助之以呪力也

二後他力離魔二

初述意略明四

阿難汝問攝心我今先說入三摩地修學妙門求菩薩道要先持此四種律儀皎如冰霜自不能生一切枝葉心三口四生必無因 解眞際曰心三貪瞋邪見口四妄言綺語兩舌惡口前妄語謂大此妄言即小或舉總數耳

阿難如是四事若不失遺心尚不緣色香味觸一切魔事云何發生

一總結前文

疏戒是正順解脫之本依因此戒得有定慧故知三昧戒爲先容此云重禁雖約身口一一治心既與定慧相應色香味觸無非實相豈有魔事惱亂行者。標前阿難問云衆生去佛漸遠欲攝其心入三摩地云何安立道湯遠諸魔事於菩提心得無退屈佛答云所謂攝心爲戒戒有四種根本若能持之謂之清淨明誨也

二勸誦神呪

若有宿習不能滅除汝教是人一心誦我佛頂光明摩訶薩怛多般怛羅無上神呪斯是如來無見頂相無爲心佛從頂發輝坐寶蓮華所說心呪

疏前雖廣說持戒清淨皎如冰霜既不造新已離魔事然有無始宿習垢障塵沙如影隨形與道爲妨於修行者一切時障或數病數惱多婬多嗔或遭邪師或遭魔嬈諸難競起皆是無始不善夙因邪思業種熏識現行常與正道以爲究敵凡夫始學道力微弱不能排遣故佛有妙神呪能滅宿世惡習令無嬈惱道力速疾不遭退屈前說定慧破煩惱障復明戒學但止罪業今說神呪能破宿殃兼除報障三障苟亡不證何待。標梵語摩訶薩怛多般怛囉此云大白傘蓋從舊立名即是如來之藏性者也

且汝宿世與摩登伽歷劫因緣恩愛習氣非是一生及與一劫我一宣揚愛心永脫成阿羅漢彼向婬

女無心修行神力冥資速證無學 解私謂愛心永脫指初聞呪得阿那含也成阿羅漢指前文殊簡圓通後也若爾由聞法故方成無學何謂神力冥資耶良以密承呪力顯藉法音內資外熏乃能速證若但因呪而不由法者何故前云性比丘尼聞說偈已成阿羅漢 云何汝等在會聲聞求最上乘決定成佛譬如以塵揚于順風有何艱險 疏登伽宿有婬習今得離欲是斷業煩惱障現爲婬女今得無學是轉報障無心修行遇此神呪尚得聖果況復志求無上覺道決定修行呪力加持有何艱險而不至哉。標摩登伽過去爲婆羅門女名爲本性今從昔號名性比丘尼前文云如摩登伽宿爲婬女由神呪力銷其愛欲法中今名性比丘尼。解塵譬宿習風如神呪順風揚塵散之則易誦呪除習脫之匪難

三指陳功效

四略示持方二

若有末世欲坐道場先持比丘清淨禁戒要當選擇戒清淨者第一

初示行儀

沙門以爲其師若其不遇眞清淨僧汝戒律儀必不成就 據下文云先持聲聞四棄八棄後行菩薩清淨律儀今所持戒應通大小若出家者除戒體本淨當須懺淨如更稟菩薩律儀彌益其善若在家者或先受近事戒或但受菩薩戒以下正修有白衣故 戒成已後著新淨衣然香閑居誦此心佛所說神呪一百八遍 眞際曰表除百八煩惱也 然後結界建立道場求於十方現住國土無上如來放大悲光來灌其頂 疏持戒不淨五緣即闕況爲師範展轉授人已戒不淨也戒安就故須選揀第一清淨眞授戒者故梵網經千里內無授戒師當於佛前自誓受戒先懺七逆後求戒法皆見好相方知罪滅得戒不爾不得戒既成就閑居靜處然香誦呪數滿百八以表除滅百八煩惱內戒外呪俾魔不生恐障壇場故須先爾求現住佛光照顯加心得勇猛進益彌速。標持戒要選師戒清淨并須結界道場者蓋爲假他力

雖魔修行人宿習未忘雖信解前法而障重心浮須入道場自爲制勒緣强境勝則功用修行有力

後明感應二

阿難如是末世清淨比丘若比丘尼白衣檀越心滅貪婬持佛淨戒於道場中發菩薩願出入澡浴六時行道如是不寐經三七日我自現身至其人前摩頂安慰令其開悟

疏道場次第儀範周旋如圭峯圓覺修證儀說誦呪加持發見佛願佛現身者名爲感應若見餘境背於本習事與願違即是魔境非真感應又見真應心得開悟煩惱漸薄智慧明淨若因見佛愚鈍宛然煩惱却重斯皆魔境非真佛也○標六時行道者晝三時夜三時經三七日者表功効速疾也開其悟門者爲人根有利鈍利根者一聞千悟鈍即不然○解孤山曰佛本是無心淨故有水清月現感應自然若見此相當觀空寂是佛顯然是魔則滅

後酬請廣說二

初具明壇法三

阿難白佛言世尊我蒙如來無上悲悔心已開悟自知修證無學道成末法修行建立道場云何結界合佛世尊清淨軌則

疏我居佛世蒙佛親示現今開悟已知修證必至無學末法學人必加功行建立道場有何方法令其軌則○標阿難古佛示現無學道成曲爲如來滅後正當今日末法修行之人立壇之法建立道場云何結界契合清淨軌範法則耳

初請儀

後答釋二

初示結方法三

佛告阿難若末世人願立道場先取雪山大力白牛食其山中肥膩香草此牛唯飲雪山清水其糞微細可取其糞和合栴檀以泥其地若非雪山其牛臭穢不堪塗地別於平原穿去地皮五尺已下取其黃土和上栴檀沉水蘇合薰陸鬱金白膠青木零陵甘松及雞舌香

以此十種細羅爲粉合土成泥以塗場地方圓丈六爲八角壇

初壇場基壘

疏雪山牛乳純是醍醐所有茹退最爲香潔但和一味栴檀即可塗地苟無此者即取深土別加衆香十味和合以塗場地八角之壇方圓應量除地爲之仍無級數即今墠也壇雖八角上下爲十以應圓數以下文有懸鏡相對上下交光一一鏡中現十方佛以表一身即十身十身即一身重重無盡乎相顯現乎相容受即表證藏心不思議境界之相也下文十方諸佛一時俱現鏡交光處是此相耳○標雜舌香即丁香也○解私謂長水曰壇者除地爲之故無級數即今之墠也壇不爾上言場地可如其墠今旣名壇必須起土爲之是則先除地爲場

後供養法式（二）

後別取黃土和香爲泥於其場上以泥塗起令成壇相此在室中擬安供具高低之量可以意取

初列供具（二）

○壇心置一金銀銅木所造蓮華華中安鉢鉢中先盛八月露水水中隨安所有華葉取八圓鏡各安其方圍遶華鉢鏡外建立十六蓮華十六香鑪間華鋪設莊嚴香鑪純

初長時供具（七）

燒沈水無令見火取白牛乳置十六器乳爲煎餠并諸砂糖油餠乳糜蘇合蜜薑純酥純蜜於蓮華外各各十六圍遶華外以奉諸佛及大菩薩疏諸佛菩薩不食此食爲令福增示現而食令修行者福慧具足速得圓滿如佛受純陀最後供養令其具足檀波羅蜜此亦如是故須供養○標長時供具事相西竺皆如此若以表法蓮華露水萬行根元也

後隨時供物

○每以食時若在中夜取蜜半升用酥三合壇前別安一小火鑪以兜樓婆香煎取香水沐浴其炭然令猛熾投是酥蜜於炎鑪內燒令煙盡享佛菩薩解孤山曰享獻也祭也字或作饗

後陳像設

後明誦呪規儀二

令其四外遍懸旛華標隨時供物大食小食之時此皆西竺事相此東震旦國但隨所有供物安置之也於壇室中四壁敷設十方如來及諸菩薩所有形像應於當陽張盧舍那釋迦彌勒阿閦彌陀諸大變化觀音形像兼金剛藏安其左右帝釋梵王烏芻瑟摩并藍地迦諸軍荼利與毗俱胝四天王等頻那夜迦張於門側左右安置解私謂西域當陽皆取東嚮所是左右則右尊而左卑也此方敷置或可隨宜又取八鏡覆懸虛空與壇場中所安之鏡方面相對使其形影重重相涉疏懸旛列像一一皆令影現鏡中欲使行人熟此境界則於事事無礙法界之理易得證耳若時若處一念之中遍遊十方遍見諸佛遍行佛事遍得供養一念既爾塵塵皆然○標此皆事事無礙法門令修行者觀相生善魔事易消自行定力不在此限盡假他力也

初明修行三

初修助行

○於初七中至誠頂禮十方如來諸大菩薩阿羅漢號恒於六時誦呪圍壇至心行道一時常行一百八遍第二七中一向專心發菩薩願心無間斷我毗奈耶先有願教解如梵網經十大願等第三七中於十二時一向持佛般怛羅呪至第七日十方如來一時出現鏡交光處承佛摩頂疏三七日中所行各異初則禮佛圍壇誦呪行道此中必行五悔禮佛求哀加被懺悔離我慢障等次則捨前所行常發大願則運心廣大離狹劣障後則一向誦持心呪加持行門防諸魔事由斯三限助修之力感應道交顯受佛應摩頂安慰○標六時誦呪圍壇者旋遶行道也

次入觀行

○即於道場修三摩地能令如是末

世修學身心明淨猶如瑠璃 疏魔障既離，復承顯加修三摩提，速得成就，故令身心明淨如瑠璃也。標觀行成就也。解此觀行淨，或六根淨。

後示不成

阿難若此比丘本受戒師及同會中十比丘等其中有一不清淨者如是道場多不成就 疏戒根爲本，入道先門，師與證人一等清淨，師若有闕，資無所承，道場不就，職由斯矣。解十比丘者，正同方等陀羅尼云行此法時十人已還。

後明得果

從三七後端坐安居經一百日有利根者不起于座得須陀洹縱其身心聖果未成決定自知成佛不謬 孤山曰：須陀洹者，案位即圓初信。若依涅槃，乃是初入別圓地住也。苟不然者，豈得自知成佛不謬也。汝問道場建立如是 疏須陀洹果名通大小乘，小乘可知，今修大乘首楞嚴定，發菩薩願，應以大乘位次論果。若瓔珞本業經，初定名鳩摩羅伽，乃至四地名須陀洹，佛地名婆伽婆。佛陀將配此經，恐太高深，若約見眞得無生忍名須陀洹，甚爲中當，即初入別圓地住位也。此則正與觀音修證義同。若配下位，恐非所宜，以此經中云聖果故，利根修故。又以下經獲無生忍第三漸次，便已證得，此則無妨，必不可以未證位配，請細詳之。解私謂天台止觀示四種三昧，稱一切行法：一曰常坐，如一行三昧；二曰常行，如佛立三昧；三曰半行半坐，如方等、法華；四曰隨自意，如請觀音等諸大乘經。今經所屬亦半行半坐也。壇法行相，此土未世行之惟艱，然所誦神呪，下文亦許不入道場，故使有緣隨器受益。

後正說神呪三△

△初請問三

初叙承呪力

阿難頂禮佛足而白佛言自我出家恃佛憍愛求多聞故未證無爲遭彼梵天邪術所禁心雖明了力不自由賴遇文殊令我解脫 疏阿難雖得小乘初果，若望大乘，名假擇滅，非眞無爲，故云未證。標前阿難示遭魔娆，攝入婬席，佛勅文殊將呪往護，提獎阿難及摩登伽。此假

他力離魔也

雖蒙如來佛頂神呪冥獲其力尚

次願聞呪辭

未親聞惟願大慈重為宣說悲救此會諸修行輩末及當來在輪迴者承佛密音身意解脫疏文殊密誦以解婬難故云未聞今請顯說意欲傳通至後代耳○標密音即心呪也

後衆咸佇聽

于時會中一切大衆普皆作禮佇聞如來祕密章句

二與說 二

初正說神呪 二

爾時世尊從肉髻中涌百寶光光中涌出千葉寶蓮有化如來坐寶華中頂放十道百寶光明一一光明皆遍示現十恒河沙金剛密跡擎山持杵遍虛空界大衆仰觀畏愛兼抱求佛哀祐一心聽佛無見頂相放光如來宣說神呪疏將說神呪現

初現化佛

光化佛化復作化百河沙衆此即如來藏心不思議妙用一即一切一切即一大衆將證此理故示現以表也○下說神呪是此密因宣與大衆化他令益○解孤山曰諸經神呪例皆不翻自古人師多有異說天台會之不出四悉一云呪者鬼神王名稱其王名部落敬主不敢為非此世界義也二云呪者如軍中密號唱號相應無所訶問不相應者即執治之此為人義也三云呪者密默遮惡餘無識者如微賤人奔逃異國訛稱王子因以公主妻之而多嗔難事有一明人從其國來主往訴之其人語曰若當嗔時應說云無親遊他國欺誑一切人麤食是常食何勞復作嗔說是偈時默然嗔歇即對治義也四云呪者諸佛密語唯聖乃知如王索先陀婆一名而具四實謂鹽水器馬也羣下莫曉唯智臣解之呪亦如是秪一法語遍有諸力病愈罪除生善合道即第一義也具此四義故存本音五不翻中即祕密故不翻於四例中即翻字不翻音

後說呪辭

南無薩怛他蘇伽多耶阿囉訶帝三藐三菩陀寫一　薩怛他佛陀俱知瑟尼釤二　南

無薩婆勃陀勃地薩跢鞞弊眦迦切三南無薩
多南三藐三菩陀俱知南四娑舍囉婆迦
僧伽南五南無盧雞阿囉漢跢喃六南無
蘇盧多波那喃七南無娑羯唎陀伽彌喃
八南無盧雞三藐伽跢喃九三藐伽波囉
底波多那喃十南無提婆離瑟赧十一南無
悉陀耶毗地耶陀囉離瑟赧十二舍波奴揭
囉訶娑訶娑囉摩他喃十三南無跋囉訶摩
泥十四南無因陀囉耶十五南無婆伽婆帝十六
嚧陀囉耶十七烏摩般帝十八娑醯夜耶十九南
無婆伽婆帝二十那囉野拏耶二十一槃遮摩
訶三慕陀囉二十二南無悉羯唎多耶二十三
南無婆伽婆帝二十四摩訶迦羅耶二十五地
唎般剌那伽囉二十六毗陀囉波拏迦囉耶
二十七阿地目帝二十八尸摩舍那泥婆悉泥

二十九摩怛唎伽拏三十南無悉羯唎多耶三十
一南無婆伽婆帝三十二多他伽跢俱囉耶三十
三南無般頭摩俱囉耶三十四南無跋闍
囉俱囉耶三十五南無摩尼俱囉耶三十六南
無伽闍俱囉耶三十七南無婆伽婆帝三十八
帝唎茶輸囉西那三十九波囉訶囉拏囉闍
耶四十跢他伽多耶四十一南無婆伽婆帝四十
二南無阿彌多婆耶四十三跢他伽多耶四十
四阿囉訶帝四十五三藐三菩陀耶四十六南
無婆伽婆帝四十七阿芻鞞耶四十八跢他伽
多耶四十九阿囉訶帝五十三藐三菩陀耶五十
一南無婆伽婆帝五十二鞞沙闍耶俱嚧吠
柱唎耶五十三般囉婆囉闍耶五十四跢他伽
多耶五十五南無婆伽婆帝五十六三補師毖
多五十七薩憐捺囉剌闍耶五十八跢他伽多

耶五十九阿囉訶帝六十三藐三菩陀耶六十
南無婆伽婆帝六十二舍雞野母那曳六十三
跢他伽多耶六十四阿囉訶帝六十五三藐三
菩陀耶六十六南無婆伽婆帝六十七剌怛那
雞都囉闍耶六十八跢他伽多耶六十九阿囉
訶帝七十三藐三菩陀耶七十一帝瓢南無薩
羯唎多七十二翳曇婆伽婆多七十三薩怛他
伽都瑟尼釤七十四薩怛多般怛囒七十五南
無阿婆囉視耽七十六般囉帝揚岐囉七十七
薩囉婆部多揭囉訶七十八尼羯囉訶揭迦
囉訶尼七十九跋囉毖地耶叱陀你八十阿迦
囉蜜利柱八十一般唎怛囉耶儜揭唎八十二
薩囉婆槃陀那目叉尼八十三薩囉婆突瑟
吒八十四突悉乏般那你伐囉尼八十五赭都
囉失底南八十六羯囉訶娑訶薩囉若闍八十

七毗多崩娑那羯唎八十八阿瑟吒冰舍帝
南八十九那叉刹怛囉若闍九十波囉薩陀那
羯唎九十一阿瑟吒南九十二摩訶揭囉訶若
闍九十三毗多崩薩那羯唎九十四薩婆舍都
嚧你婆囉若闍九十五呼藍突悉乏難遮那
舍尼九十六毖沙舍悉怛囉九十七阿吉尼烏
陀迦囉若闍九十八阿般囉視多具囉九十九
摩訶般囉戰持一百摩訶疊多一百一摩訶帝
闍二摩訶稅多闍婆羅三摩訶跋囉槃陀
囉婆悉你四阿唎耶多囉五毗唎俱知六
誓婆毗闍耶七跋闍囉摩禮底八毗舍嚧
多九勃騰罔迦十跋闍囉制喝那阿遮十一
摩囉制婆般囉質多十二跋闍囉擅持十三毗
舍囉遮十四扇多舍鞞提婆補視多十五蘇摩
嚧波十六摩訶稅多十七阿唎耶多囉十八摩訶

婆囉阿般囉十九跋闍囉商羯囉制婆二十跋
闍囉俱摩唎二十一俱藍陀唎二十二跋闍囉
喝薩多遮二十三毗地耶乾遮那摩唎迦二十
四嘔蘇母婆羯囉跢那二十五鞞嚧遮那俱
唎耶二十六夜囉莬瑟尼釤二十七毗折藍婆
摩尼遮二十八跋闍囉迦那迦波囉婆二十九
嚧闍那跋闍囉頓稚遮三十稅多遮迦摩囉
三十一剎奢尸波囉婆三十二翳帝夷帝三十三
母陀囉羯拏三十四娑鞞囉懺三十五掘梵都
三十六印兔那麼麼寫三十七誦呪者至此句稱弟子某甲受持
烏鈝三十八唎瑟揭拏三十九般剌舍悉多四十
薩怛他伽都瑟尼釤四十一虎鈝四十二都嚧
雍四十三瞻婆那四十四虎鈝四十五都嚧雍四十
六悉耽婆那四十七虎鈝四十八都嚧雍四十九
波囉瑟地耶三般叉拏羯囉五十虎鈝五十一

都嚧雍五十二薩婆藥叉喝囉剎娑五十三揭
囉訶若闍五十四毗騰崩薩那羯囉五十五虎
鈝五十六都嚧雍五十七者都囉尸底南五十八
揭囉訶娑訶薩囉南五十九毗騰崩薩那囉
六十虎鈝六十一都嚧雍六十二囉叉六十三婆伽
梵六十四薩怛他伽都瑟尼釤六十五波囉點
闍吉唎六十六摩訶娑訶薩囉六十七勃樹娑
訶薩囉室唎沙六十八俱知娑訶薩泥帝嚇
六十九阿弊提視婆唎多七十吒吒甖迦七十一
摩訶跋闍嚧陀囉七十二帝唎菩婆那七十三
曼茶囉七十四烏鈝七十五莎悉帝薄婆都七十
六麼麼七十七印兔那麼麼寫七十八至此句准前稱名
若俗人稱弟子某甲囉闍婆夜七十九主囉跋夜八十阿
祇尼婆夜八十一烏陀迦婆夜八十二毗沙婆
夜八十三舍薩多囉婆夜八十四婆囉斫羯囉

婆夜八十五突毖叉婆夜八十六阿舍你婆夜八十七阿迦囉蜜唎柱婆夜八十八陀囉尼部彌劍波伽波陀婆夜八十九烏囉迦婆多婆夜九十剌闍壇茶婆夜九十一那伽婆夜九十二毗條怛婆夜九十三蘇波囉拏婆夜九十四藥叉揭囉訶九十五囉叉私揭囉訶九十六畢唎多揭囉訶九十七毗舍遮揭囉訶九十八部多揭囉訶九十九鳩槃茶揭囉訶二百補丹那揭囉訶二百一迦吒補丹那揭囉訶二悉乾度揭囉訶三阿播悉摩囉揭囉訶四烏檀摩陀揭囉訶五車夜揭囉訶六醯唎婆帝揭囉訶七社多訶唎喃八揭婆訶唎喃九嚧地囉訶唎喃十忙娑訶唎喃十一謎陀訶唎喃十二摩闍訶唎喃十三闍多訶唎女十四視比多訶唎喃十五毗多訶唎喃十六婆陀訶唎喃

十七阿輸遮訶唎女十八質多訶唎女十九帝釤薩鞞釤二十薩婆揭囉訶南二十一毗陀耶闍瞋陀夜彌二十二雞囉夜彌二十三波唎跋囉者迦訖唎擔二十四毗陀夜闍瞋陀夜彌二十五雞囉夜彌二十六茶演尼訖唎擔二十七毗陀夜闍瞋陀夜彌二十八雞囉夜彌二十九摩訶般輸般怛夜三十嚧陀囉訖唎擔三十一毗陀夜闍瞋陀夜彌三十二雞囉夜彌三十三那囉夜拏訖唎擔三十四毗陀夜闍瞋陀夜彌三十五雞囉夜彌三十六怛埵伽嚧茶西訖唎擔三十七毗陀夜闍瞋陀夜彌三十八雞囉夜彌三十九摩訶迦囉摩怛唎伽拏訖唎擔四十毗陀夜闍瞋陀夜彌四十一雞囉夜彌四十二迦婆唎迦訖唎擔四十三毗陀夜闍瞋陀夜彌四十四雞囉夜彌四十五闍耶羯囉摩度羯

囉四十六薩婆囉他娑達那訖唎擔四十七毗陀夜闍瞋陀夜彌四十八雞囉夜彌四十九赭咄囉波着你訖唎擔五十毗陀夜闍瞋陀夜彌五十一雞囉夜彌五十二毗唎羊訖唎知五十三難陀雞沙囉伽拏般帝五十四索醯夜訖唎擔五十五毗陀夜闍瞋陀夜彌五十六雞囉夜彌五十七那揭那舍囉婆拏訖唎擔五十八毗陀夜闍瞋陀夜彌五十九雞囉夜彌六十阿羅漢訖唎擔毗陀夜闍瞋陀夜彌六十一雞囉夜彌六十二毗多囉伽訖唎擔六十三毗陀夜闍瞋陀夜彌六十四雞囉夜彌跋闍囉波你六十五具醯夜具醯夜六十六迦地般帝訖唎擔六十七毗陀夜闍瞋陀夜彌六十八雞囉夜彌六十九囉叉罔七十婆伽梵七十一印兔那麼麼寫七十二至此依前稱弟子名婆伽梵七十三薩怛

多般怛囉七十四南無粹都帝七十五阿悉多那囉剌迦七十六婆囉婆悉普吒七十七毗迦薩怛多鉢帝唎七十八什佛囉什佛囉七十九陀囉陀囉八十頻陀囉頻陀囉瞋陀瞋陀八十一虎吽八十二虎吽八十三泮吒八十四泮吒泮吒泮吒八十五娑訶八十六醯醯泮八十七阿牟迦耶泮八十八阿波囉提訶多泮八十九婆囉婆囉陀泮九十阿素囉毗陀囉波迦泮九十一薩婆提鞞弊泮九十二薩婆那伽弊泮九十三薩婆藥叉弊泮九十四薩婆乾闥婆弊泮九十五薩婆補丹那弊泮九十六迦吒補丹那弊泮九十七薩婆突狼枳帝弊泮九十八薩婆突澀比犁訖瑟帝弊泮九十九薩婆什婆唎弊泮三百薩婆阿播悉摩犁弊泮三百一薩婆舍囉婆拏弊泮二薩婆地帝雞弊泮三

薩婆怛摩陀繼弊泮四薩婆毗陀耶囉誓
遮唎弊泮五闍夜羯囉摩度羯囉六薩婆
囉他娑陀雞弊泮七毗他夜遮利弊泮八
者都囉縛耆你弊泮九跋闍囉俱摩唎十
毗陀夜囉誓弊泮十一摩訶波囉丁羊乂耆
唎弊泮十二跋闍囉商羯囉夜十三波囉丈耆
囉闍耶泮十四摩訶迦囉夜十五摩訶末怛唎
迦拏十六南無娑羯唎多夜泮十七毖瑟拏婢
曳泮十八勃囉訶牟尼曳泮十九阿耆尼曳泮二
十摩訶羯唎曳泮二十一羯囉檀遲曳泮二十
二蔑怛唎曳泮二十三嘮怛唎曳泮二十四遮
文荼曳泮二十五羯邏囉怛唎曳泮二十六迦
般唎曳泮二十七阿地目質多迦尸摩舍那
二十八婆私你曳泮二十九演吉質三十薩埵婆
寫三十一麼麼印兔那麼麼寫三十二至此句依前稱弟

子名突瑟吒質多三十三阿末怛唎質多三十四
烏闍訶囉三十五伽婆訶囉三十六嚧地囉訶囉
三十七婆娑訶囉三十八摩闍訶囉三十九闍多
訶囉四十視毖多訶囉四十一跋略夜訶囉四
十二乾陀訶囉四十三布史波訶囉四十四頗囉
訶囉四十五婆寫訶囉四十六般波質多四十七
突瑟吒質多四十八嘮陀囉質多四十九藥叉
揭囉訶五十囉剎娑揭囉訶五十一閉隷多揭
囉訶五十二毗舍遮揭囉訶五十三部多揭囉
訶五十四鳩槃茶揭囉訶五十五悉乾陀揭囉
訶五十六烏怛摩陀揭囉訶五十七車夜揭囉
訶五十八阿播薩摩囉揭囉訶五十九宅袪革
茶耆尼揭囉訶六十唎佛帝揭囉訶六十一闍
彌迦揭囉訶六十二舍俱尼揭囉訶六十三姥
陀囉難地迦揭囉訶六十四阿藍婆揭囉訶

六十五乾度波尼揭囉訶六十六什伐囉堙迦醯迦六十七隆帝藥迦六十八怛隸帝藥迦六十九者突託迦七十呢提什伐囉毖釤摩什伐囉七十一薄底迦七十二鼻底迦七十三室隸瑟蜜迦七十四娑你般帝迦七十五薩婆什伐囉七十六室嚧吉帝七十七末陀鞞達嚧制劒七十八阿綺嚧鉗七十九目佉嚧鉗八十羯唎突嚧鉗八十一揭囉訶揭藍八十二羯拏輸藍八十三憚多輸藍八十四迄唎夜輸藍八十五末麼輸藍八十六跋唎室婆輸藍八十七毖栗瑟吒輸藍八十八烏陀囉輸藍八十九羯知輸藍九十跋悉帝輸藍九十一鄔嚧輸藍九十二常伽輸藍九十三喝悉多輸藍九十四跋陀輸藍九十五娑房盎伽般囉丈伽輸藍九十六部多毖跢荼九十七荼耆尼什婆囉九十八陀突嚧迦建咄

嚧吉知婆路多毗九十九薩般嚧訶凌伽四百輸沙怛囉娑那羯囉四百一毗沙喻迦二阿耆尼烏陀迦三末囉鞞囉建跢囉四阿迦囉蜜唎咄怛斂部迦五地栗剌吒六毖唎瑟質迦七薩婆那俱囉八肆引伽弊揭囉唎藥叉怛囉芻九末囉視吠帝釤娑鞞釤十悉怛多鉢怛囉十一摩訶跋闍嚧瑟尼釤十二摩訶般賴丈耆藍十三夜波突陀舍喻闍那十四辮怛隸拏十五毗陀耶槃曇迦嚧彌十六帝殊槃曇迦嚧彌十七般囉毗陀槃曇迦嚧彌十八跢姪他十九唵二十阿那隸二十一毗舍提二十二鞞囉跋闍囉陀唎二十三槃陀槃陀你二十四跋闍囉謗尼泮二十五虎𤙖都嚧甕泮二十六莎婆訶四百二十七

○疏此呪四百二十七句前諸句數但是皈命諸佛菩薩衆賢聖等

後叙呪功能二

初明諸佛受持二初持者成德三

及叙呪顯加被離諸惡鬼病等諸難至四百十九云路姪他此云即說呪曰從四百二十唵字去方是正呪如前云六時行道誦呪每一時或誦一百八遍即正誦此心呪耳如或通誦更爲盡善然此即是祕密首楞嚴也自古不翻略有五意一是諸佛密語祕密之法唯佛與佛自相解了非餘聖所能通達二是總持門一一字句含多義故如渡伽婆具六種義三或是鬼神王名呼之勑以守護修行人故四是諸佛密印如王印信所往無所不通幽顯遵奉佛佛相傳不得移易故五不思議力所加持故但密誦即能滅大過速登聖位如王放洪恩大辟咸赦有功者超資受職此亦如是故自來不令解釋其本或有異同皆是前後三藏中邊語異翻譯小差但依一本誦持無解揀擇。解私謂此說未敢承之所言每一時誦一百八遍者誤也前文自說常於六時誦呪圍壇至心常行一百八遍斯是行道遍數耳又云誦呪止誦唵字以下恐非經意研詳更俟後賢。阿難是佛頂光聚悉怛多般怛囉祕密伽陀微妙章句出生十方一切諸佛十方如來因此呪心得成無上正遍知覺十方如來執此呪心降伏諸魔制諸外道十方如來乘此呪心坐寶蓮華應微塵國十方如來含此呪心於微塵國轉大法輪

初成佛降魔說法相

疏悉怛多般怛囉云白傘蓋即指藏心不與妄染相應故云白遍覆一切法故云蓋從此流演祕密神呪故云呪心又是一切呪中之總要故無有一佛不因此呪而成正覺制諸魔外應諸國土轉大法輪也。標此心呪是如來藏性法身之體亦謂般若圓覺一切諸佛及諸佛阿耨多羅三藐三菩提皆從心呪而出耳

二與樂拔苦事師相

。十方如來持此呪心能於十方摩頂授記自果未成亦於十方蒙佛

後攝親示濟付法相

授記十方如來依此呪心能於十方拔濟羣苦所謂地獄餓鬼畜生盲聾瘖瘂怨憎會苦愛別離苦求

不得苦五陰熾盛大小諸橫同時解脫解孤山曰灌頂經云大橫有九小橫無數賊難兵難王難獄難風火水難飢渴貧窮應念銷散十方如來隨此呪心能於十方事善知識四威儀中供養如意恒沙如來會中推為大法王子疏授記則與樂除難則拔苦承事供養為法王子即紹繼法王令佛種不斷也皆以呪心故得然矣。標此呪心顯深般若能證菩提能度一切苦厄能乎為主伴

十方如來行此呪心能於十方攝受親因令諸小乘聞祕密藏不生驚怖十方如來誦此呪心成無上覺坐菩提樹入大涅槃十方如來傳此呪心於滅度後付佛法事究竟住持嚴淨戒律悉得清淨疏四飯諸

次指廣功能

子及餘眷屬皆得出家證小聞大不驚不怖由攝受力成佛示滅付囑未來使吾道不墜者無非呪功矣。標此心呪既顯如來藏性故塵沙德用並蘊其中百千通光皆從此出是故八相成道皆此呪心耳。解私謂總言呪心者即前文云斯是如來無見頂相無為心佛所說心呪也亦是祕密藏中精要之法故名呪心然呪謂呪詛亦曰呪願佛以此語詛願衆生生善滅惡華凡成聖若螺蠃之呪螟蛉也亦是密詮首楞嚴義與前顯說力用無殊但被物之異耳有云顯說令解則生慧密說令誦則生福一往如之

若我說是佛頂光聚般怛囉呪從旦至暮音聲相聯字句中間亦不重疊經恒沙劫終不能盡疏祕密無窮功能不盡以日繼時用劫壽說不可得矣

亦說此呪名如來頂汝等有學未盡輪迴發心至誠取阿羅漢不持此呪而坐道場令其身心遠諸魔

事無有是處（此呪總攝諸佛祕藏具足萬行是故學者不持此呪而得成道不可得也○標修三摩地人自行已離魔業其障重者修行時多病多惱多婬多貪須假他力離魔若不持此心呪宿習魔事難爲滅耳）

後不持過失

首楞嚴經義海卷第二十

音釋

灌（古玩切注也）軌（居洧切法也）範（音犯式也）膩（女例切肥也）茹（如倨切食也）壇（上演切除地祭曰壇）糜（忙皮切粥也）釤（師銜切）跢（丁箇切）鞞（步迷切）羯（居謁切）赧（奴板切）毖（音秘）儜（女耕切）赭（音者）吽（吁令切）氍（音鸜）斫（職略切）謎（莫計切）澀（色入切）哩（力夷切）曳（以制切）蔑（莫結切）嘮（郎刀切）姥（莫補切）堙（音因）呢（尼質切）鉗（巨淹切）迄（許訖切）盎（烏浪切）辮（毗典切）螺蠃（螺古火切蠃魯果切蜾蠃細腰蜂也）癰（烏貢切）瘖瘂（瘖於今切瘂烏雅切瘖瘂病不能言也）螟蛉（螟忙丁切蛉盧經切螟蛉桑蟲）

首楞嚴經義海卷第二十一 經七之下

凡遇圓相即是標辭與疏同其上文

跡一

○後勸衆生受持三

初總勸受持

阿難若諸世界隨所國土所有衆生隨國所生樺皮貝葉紙素白氎書寫此呪貯於香囊是人心昏未能誦憶或帶身上或書宅中當知是人盡其生年一切諸毒所不能害 疏既無誦性但寫帶持一生諸毒終不能害○標西竺貝葉此土紙素書寫此呪信受奉行必無十不善業三毒不能起諸魔害耳

次別明功力二

初標

阿難我今為汝更說此呪救護世間得大無畏成就衆生出世間智 世間凡夫奉信此呪必能背塵合覺漸明出世間智三乘妙心頓獲清淨

○後釋十

一能除諸難

若我滅後末世衆生有能自誦若教他誦當知如是誦持衆生火不能燒水不能溺大毒小毒所不能害如是乃至龍天鬼神精祇魔魅所有惡呪皆不能著心得正受一切呪詛厭蠱毒藥金毒銀毒草木蟲蛇萬物毒氣入此人口成甘露味一切惡星并諸鬼神磣心毒人於如是人不能起惡頻那夜迦諸惡鬼王并其眷屬皆領深恩常加守護 疏諸毒惡鬼世間難事不能侵凌令得正受者以威被神靈慈心攝護令其獲益故領深恩常加守護○標自誦者自覺也教他誦者覺他也既自覺覺他世間水火如何燒溺此覺大毒內魔小毒外魔也

阿難當知是呪常有八萬四千那由他恒河沙俱胝金剛藏王菩薩種族一一皆有諸金剛衆而為眷

屬晝夜隨侍設有衆生於散亂心非三摩地心憶口持是金剛王常隨從彼諸善男子何況決定菩提心者此諸金剛菩薩藏王精心陰速發彼神識是人應時心能記憶

二能生諸智

八萬四千恒河沙劫周徧了知得無疑惑

疏散心持誦尚蒙擁護況決定心求菩提者而不加護哉既以菩薩精心冥熏神識速得開發自然記憶河沙劫事無不了知陰冥也○又速召也冥然感召令開發也○標衆生信受此心呪者更自覺覺他無始宿習八萬四千塵勞翻成八萬四千陀羅尼般若如世間紫磨精金其體堅剛堅剛故物不能壞利用故能摧萬物是故行住坐卧無非般若故感金剛衆日夜隨侍也

三不墮惡處

從第一劫乃至後身生生不生藥叉羅刹及富單那迦吒富單那鳩槃茶毗舍遮等并諸餓鬼有形無形有想無想如是惡處是善男子若讀若誦若書若寫若帶若藏諸色供養劫劫不生貧窮下賤不可樂處

疏第一劫者發心修行之初時也洎乎菩薩最後身時故名後身於其中間不落雜類或生人中亦非貧賤以持尊勝法故身尊勝也○標信受心呪心常自足幽暗惡鬼自相遠離外無所求到處豐富也

四諸功德聚

此諸衆生縱其自身不作福業十方如來所有功德悉與此人由是得於恒河沙阿僧祇不可說不可說劫常與諸佛同生一處無量功德如惡叉聚同處熏修永無分散

疏雖不作福受持力故佛與之福既與同生仍稟教行則何福而不集乎○標誦此心呪類首楞嚴定衆生若信受奉行一念具足萬行十方如來同一道故出離生死便無異路

五衆行成就

是故能令破戒之人戒根清淨未得戒者令其得戒未精進者令得精進無智慧者令得智慧不清淨者速得清淨不持齋戒自成齋戒疏菩薩行門隨行則具今不行而備蓋神呪之力具足萬行斯言不誣矣○標信心受持呪心萬行具足智慧齋戒一念自成

六輕重罪滅

阿難是善男子持此呪時設犯禁戒於未受時持呪之後衆破戒罪無問輕重一時銷滅解私謂未受時謂犯戒已未經懺悔重受之時也此約在家者言之出家二衆下文別說縱經飲酒食噉五辛種種不淨一切諸佛菩薩金剛天仙鬼神不將爲過設著不淨破弊衣服一行一住悉同清淨縱不作壇不入道場亦不行道誦持此呪還同入壇行道功德無有異也若造五逆無間重罪及諸比丘比丘尼四棄八棄誦此呪已如是重業猶如猛風吹散沙聚悉皆滅除更無毫髮疏未受時者未受呪時也餘如文○標未信心呪不知不覺觸目覩境違順相攻持呪之後身意蕩然自覺塵勞俱無所有八棄者比丘尼犯戒更加比丘四棄謂觸八覆隨第五不得染心男身相觸六不得染心男捉手捉衣入屏處屏處與男共立共語共行身相倚共期等七不得覆他重罪八不得隨舉大僧供給衣食

七宿業銷除

阿難若有衆生從無量無數劫來所有一切輕重罪障從前世來未及懺悔若能讀誦書寫此呪身上帶持若安住處莊宅園館如是積業猶湯銷雪不久皆得悟無生忍疏生死既多罪業何算未經懺悔積至于今皆爲見道之重障矣不

思議力如湯之鑠虛安業雪向即銷殞也○標讀誦此呪三毒不生積業頓亡心無罣礙

八所求隨願

復次阿難若有女人未生男女欲求孕者若能至心憶念斯呪或能身上帶此悉怛多般怛囉者便生福德智慧男女求長命者即得長命欲求果報速圓滿者速得圓滿身命色力亦復如是命終之後隨願往生十方國土必定不生邊地下賤何況雜形疏命終尚能隨願往生諸佛淨土況世間所求而不獲耶○標未生男女者未得權實二智也憶念斯呪者信自已法身也法身本有諸佛共同信受呪心故得所求隨其心願也

九安其家國

阿難若諸國土州縣聚落飢荒疫癘或復刀兵賊難鬬諍兼餘一切厄難之地寫此神呪安城四門并諸支提或脫闍上令其國土所有衆生奉迎斯呪禮拜恭敬一心供養令其人民各各身佩或各各安所居宅地一切災厄悉皆銷滅疏支提云可供養處脫闍云幢尚能卻業豈不能除世間小難故悉滅也○標心呪安心更無鬬諍設有飢荒疫瘴皆是外事不以為念也脫闍上者闍訓都字盛都即城臺也高顯處也志誠必靈驗也○解支提翻靈廟

十年豐障消

阿難在在處處國土衆生隨有此呪天龍歡喜風雨順時五穀豐殷兆庶安樂亦復能鎮一切惡星隨方變怪災障不起人無橫夭杻械枷鎖不著其身晝夜安眠常無惡夢疏五穀謂麻黍稷麥豆十億曰兆聖法在處尚無惡夢況餘災

十一惡星不入

後結示益相二

横耶○標即京兆大國多民也謂能持此心呪心安體寂也

阿難是娑婆界有八萬四千災變惡星二十八大惡星而爲上首復有八大惡星以爲其主作種種形出現世時能生衆生種種災異有此呪地悉皆銷滅十二由旬成結界地諸惡災祥永不能入 疏八大惡星者謂金木水火土羅計彗雖有善宿變即成災有此呪處災不能作○標二十八大惡星謂東方角亢氐房心尾箕南方井鬼柳星張翼軫西方奎婁胃昴畢觜參北方斗牛女虛危室壁

初除障惱

是故如來宣示此呪於未來世保護初學諸修行者入三摩提身心泰然得大安隱更無一切諸魔鬼神及無始來冤横宿殃舊業陳債來相惱害 疏世有修行心切而多障惱蓋宿業耳凡作世善尚多違緣況出世心求成覺道激動而發其可敵乎非不思議祕密之功莫能遣也○標内魔不起外境無侵心呪神功助緣之力

後獲心通

汝及衆中諸有學人及未來世諸修行者依我壇場如法持戒所受戒主逢清淨僧於此呪心不生疑悔是善男子於此父母所生之身不得心通十方如來便爲妄語 疏心通通達位也如前一百日内有利根者獲須陀洹即是生身得忍也勝縁若具依法而行不得忍者佛成虛妄云何如來眞實語者○標如前獲須陀洹果即大乘見道初果也○解心通者據前所説不出三義一者證果即端坐百日有利根者不起于座得須陀洹也二者發解謂縱其身心聖果未成決定自知成佛不謬三者宿命謂是人應時心能記憶八萬四千恒河沙劫周徧了知得無疑惑

○後護持六

初金剛衆

說是語已會中無量百千金剛一時佛前合掌頂禮而白佛言如佛

所說我當誠心保護如是修菩提者疏執金剛神由護法故亦護人也○標勅金剛杵神金剛杵指山山崩指海海竭表當人觀照般若斷除疑惑障覺心不昧也

二天王衆

爾時梵王并天帝釋四天大王亦於佛前同時頂禮而白佛言審有如是修學善人我當盡心至誠保護令其一生所作如願三界九地二十八天只舉欲界色界天主發願護持持此心呪之人令其魔外無生侵害

三八部衆

復有無量藥叉大將諸羅刹王富單那王鳩槃茶王毗舍遮王頻那夜迦諸大鬼王及諸鬼帥亦於佛前合掌頂禮我亦誓願護持是人令善提心速得圓滿疏帥將帥首領也○標八部者妙高山頂帝釋居中山四隅邊每一隅有八小天每八小天管二部共成八部

四天神衆

復有無量日月天子風師雨師雲師雷師并電伯等年歲巡官諸星眷屬亦於會中頂禮佛足而白佛言我亦保護是修行人安立道場得無所畏疏陰陽之精爲日月風雨雲雷各有主者逐年巡察世間善惡者名巡官也○標此空居諸天神發願也

五靈祇衆

復有無量山神海神一切土地水陸空行萬物精祇并風神王無色界天於如來前同時稽首而白佛言我亦保護是修行人得成菩提永無魔事疏山嶽海瀆五土神等天神地祇虛空水陸各有主者并物怪等○標天神地祇盡三界之內悉皆發願保護者蓋修行人持信心呪更無魔事此三界唯心也○解無色界天但無麤色非無細色故有稽首白佛之事涅槃云非想等天若無色者云何得有去來進止如是之義諸佛境界非諸聲聞緣覺所知

六藏王衆

初述化意

爾時八萬四千那由他恒河沙俱胝金剛藏王菩薩在大會中即從座起頂禮佛足而白佛言世尊如我等輩所修功業久成菩提不取涅槃常隨此呪救護末世修三摩提正修行者疏以悲增故不取涅槃護法故常隨持呪○標信受心呪本覺妙明八萬塵勞翻成八萬般若故常隨行人也

後敘護持

世尊如是修心求正定人若在道場及餘經行乃至散心遊戲聚落我等徒衆常當隨從侍衛此人縱令魔王大自在天求其方便終不可得諸小鬼神去此善人十由旬外除彼發心樂修禪者世尊如是惡魔若魔眷屬欲來侵擾是善人者我以寶杵殞碎其首猶如微塵恒令此人所作如願疏欲界第六名大自在即魔所居處常惱修行不令成就若善心樂修即不在制限餘者皆制此大神呪本是修三昧者最上勝緣故持此呪能却諸惡能集衆善愚輩罔知斯旨見持呪者往往興謗謂非修行未有一佛不由此呪而得成道度衆生矣如上所說請細覽之以革斯弊○標修心持呪正定離魔若有侵擾智能滅惑所作清淨也○解孤山曰以上群靈皆獲本妙心住首楞嚴能建大義示現菩薩諸天鬼神等像護持行人耳而言以寶杵碎首者夫大聖之訓物也或用攝受或行折伏群邪之屏跡也或感其惠或畏其威惟此二塗咸令得度今行折伏俾畏其威若涅槃殺一闡提法華破諸惱亂仙豫之誅淨行滿足之傈

○四示地位階差二

初阿難請問二

衆生皆由住無緣慈得一子地乃能如是耳○疏大文第四示地位階差者既解通行備內德畢充復假客言外資道力內外相濟豈徒然哉必序階位耳然位有因果惑有麤細智有明昧斷有淺深證有分滿用有優劣苟昧斯旨非真修行墮增上漫以我教中隨進德修業勝劣不同故歷五十七位漸入漸深不同外道天魔都無位次若

不預辯涉進乖源既昧斷證錯認少得便以爲足如第四禪寡聞比丘妄認生謗墮阿鼻獄事非輕小故須明示免招大過

初述益

阿難即從座起頂禮佛足而白佛言我輩愚鈍好爲多聞於諸漏心未求出離蒙佛慈誨得正熏修身心快然獲大饒益正熏修者由持清禁復假密言內魔不興外障不起以此修禪更無邪僻快然獲益其大矣哉

後正請

世尊如是修證佛三摩提未到涅槃云何名爲乾慧之地四十四心至何漸次得修行目詣何方所名入地中云何名爲等覺菩薩作是語已五體投地大衆一心佇佛慈音瞪瞢瞻仰涅槃最極果也即位所至處乾慧最初因也即位發機處信住行向及四加行名四十四心即信解行地名爲修行初地見道乃至等覺名爲證入即分證果也阿難雖知諸地之名而未能辯名下之義修證行相故此問也即示其不解爲未來耳○解阿難所請斯有二意一者既受行門必有次位如得門入宅須知堂室淺深是故請之二者經初佛語阿難心言直故如是乃至終始地位中間永無諸委曲相前解行圓融則心言直矣地位無曲未知其相因此請之言四十四心者謂十住十行十回向四加行十地也而下佛答之文有五十四心者於初住中橫開十信合之秖是初住不同餘經似位十信則今乾慧已是合餘經十信立其總名也私謂兩說瑠師爲正下云詣何方所名入地中方是十地耳所指初住橫開十信是義不然至文別釋

二如來廣說二

初讚許宣

爾時世尊讚阿難言善哉善哉汝等乃能普爲大衆及諸末世一切衆生修三摩提求大乘者從於凡夫終大涅槃懸示無上正修行路汝今諦聽當爲汝說阿難大衆合掌刳心默然受教疏刳猶空也空其身心諸雜念

後正爲分別二

慮諦受法義也○標凡夫從三漸次至乾慧地起十信至等覺方證涅槃爲正修行路故大教云發心畢竟二無別如是二心先心難○解剗猶去也去其妄念以受眞教疏二正爲分別二一敘迷眞起妄爲立位之因然地位之興本由迷悟妄迷眞起本性即虛故有斷分斷即成悟悟有淺深故有階降降既分名位斯別若不迷眞焉有階斯位故須敘也

初迷眞起妄爲立位之因三

初總顯迷悟二

佛言阿難當知妙性圓明離諸名相本來無有世界衆生

一眞之體湛寂圓明非眞非妄名相都絕生界斯泯既衆生世界不立佛及出世誰名以衆生妄分別有佛有世界若了眞法性無佛無世界斯則一眞法界本無地位也

初顯一眞

因妄有生因生有滅生滅名妄滅妄名眞是稱如來無上菩提及大涅槃二轉依號

眞體常住本非生滅不如實知眞如法一不覺心動而有於念念即生相也生即有滅念念遷流展轉漸麤以至業果流轉三界故名爲妄若知前念起惡能止後念令其不起漸斷麤惑以至細惑無明永盡悟極之處即名爲眞菩提涅槃於斯立矣二轉依號者由初迷眞念動以至流轉名爲不覺翻此不覺了本無生即名爲覺此菩提之號因不覺立生由迷有生必有滅翻此生滅顯不生滅即涅槃之號對生滅立生滅既滅更無所依故名

後敘二相

轉依以眞如爲迷悟依轉此迷依以爲悟依故名轉依是知菩提涅槃因迷故有如人因睡即有覺名此亦如是非本一眞元有二果之異通約諸位有六種轉依如餘處說○標滅妄名眞蓋病起藥與妄生智立故有三漸次歷五十七位修證翻前不覺生死煩惱成菩提涅槃二轉依號轉妄依眞也轉迷依悟也此屬心生滅門耳○解眞際曰二即菩提涅槃轉依有二解一云依謂能依體是依他性與染淨一法而爲所依染即徧計性淨即圓成性轉謂改轉有轉捨轉得二義以修無分別智斷於二障故能轉捨依他性上徧計染法及能轉得依他性中圓成淨法二云依謂所依體是眞如爲生死涅槃之所依故凡夫迷眞則受生死聖人悟眞則證涅槃轉亦二義以修智

次勸識妄因

斷障捨依眞之生死得依眞之涅槃故名轉依私謂菩提智德由轉得之義立也涅槃斷德由轉捨之義成也當知二號皆假施設豈本性之有乎法相宗明六種轉依非此可具

後別辨顚倒二

阿難汝今欲修眞三摩地直詣如來大涅槃者先當識此衆生世界二顚倒因顚倒不生斯則如來眞三摩地

疏上明三種相續今明二種顚倒以衆生顚倒即攝業果故○如前文云汝但不隨分別世間業果衆生三種相續三緣斷故三因不生則汝心中演若達多狂性自歇歇即菩提不從人得故云顚倒不生即眞三昧○解前世界相續唯在依報謂四大因起等今世界顚倒蓋指正報即十二類生也所以然者由前答富樓那問云何忽生山河大地故今答阿難修三摩提所入地位故何則位由悟入悟必由迷迷之爲凡悟之爲聖皆正報之事非器界之相故異前說也

初總敘倒因

阿難云何名爲衆生顚倒阿難由

後別明倒義三

性明心性明圓故因明發性性妄見生從畢竟無成究竟有

疏如來藏心本性眞明周徧法界故云性明圓故所由此眞明從性發動便成所相所既妄立生於妄能能即妄見也能所二相俱不離眞故云因明發性性妄見生元是一眞本來無相忽然妄動二相俄生從無相眞成有相故云成究竟有此異相也○標由性明心下二句顯本覺妙明寂而常照衆生依慧起妄從性發動動即不覺故執所明强覺所既妄立生汝妄能無同異中熾然成異二相不離於眞也成畢竟有者此指異相也○解孤山曰性明圓故謂由眞心本具諸法如明鏡中圓具像性也因妄明心變動眞性故曰因明發性故遂起分別故曰性妄見生從畢竟下結顯上文全眞成妄也

此有所有非因所因住所住相了無根本

疏同相也此上異相爲能有生今同相爲所有異相本非有因而得生起而爲同相之因斯即前文如是迷因因迷自有下文亦云妄元無因於妄想中立因緣性異既生同同爲能住異爲所住故云住所住相

此住所住元既無因復何根本斯則二相畢竟無住故云了無根本○標同異本無住於無住○解私謂上二句皆能所相生有即苦果因即惑業非因者如前文云既稱爲妄云何有因也所因者如前文云自諸妄想展轉相因也下二句總明上二句皆無實體住者依也推末至本了無所依故知從畢竟無成畢竟有正是顛倒之義經本正云成究竟有

初衆生顛倒二

本此無住建立世界及諸衆生疏無同異相者依前同異以爲根本而得生起無異同也以前二相正是無明犂耶識體雖分同異一念轉成微細生滅全是無明從此變起山河大地根身種子故起信云以依不覺故心動說名爲業以依動故能見依能見故境界妄現維摩云從無住本立一切法此即無明無因故云無住○標於無住本立此生界也○解以上且總示二倒向下別明方分兩相令單標雙結者以約衆生說世界故

○迷本圓明是生虛妄妄性無體非有所依跡重指業相也昧圓明眞實成能所虛妄能所妄動

初因迷有相

本無因依妄想發生無同異中熾然成異故無體也將欲復眞欲眞已非眞眞如性指轉相也由前動故覺動希靜嫌妄欲眞希欲既生轉增迷倒不復元靜但得影眞是虛妄心所變起故故云已非眞眞如性非眞求復宛成非相非生非住非心非法指現相也已成虛妄故云非眞而求於復便現虛相此即所變眞影轉成世間諸相也其相體虛故云非相非猶妄也此即總舉非生下別列無而忽有故生有而暫止故住緣慮相續故心染淨差別故法體元不實故皆言非於中非心即是六麤中前二麤也○標此業轉現三細爲無明第八阿賴耶識體也○解將欲復眞等此舉順修況顯逆修以明顯倒之相請若圓觀眞性欲求旋復斯則已非眞眞如性何者以除眞如外凡有修入皆屬於權故圓覺云未出輪迴而辯圓覺彼圓覺性即同流轉順修尚爾況逆修乎故云非眞求復等應知漸教三乘乃至外道等輩悉是背性成迷皆名非眞求復也總顯顛倒故云究成非相次列四非秪是別示其相耳有身故生有受故住心法可解

後隨業受生

展轉發生生力發明熏以成業同業相感因有感業相滅相生由是故有衆生顛倒

疏此後四麤也由前心起分別展轉漸麤執取計名造諸業行故云熏以成業憎愛二業各同界起業感爲因報應爲果遂有相生相滅之報婬欲爲因故相生殺盜爲因故相滅此即衆生業果二相續也○標後四麤者一執取相二計名字相三造業相四業繫苦相并前智相相續相謂六麤三細六麤世出世間人之根本也今言同業相感者指衆生界中想愛同結愛不能離則諸世間父母子孫相生不斷是等則以貪欲爲本也○解生住心法於諸有中展轉發生斯即前文業果相續也生力至成業者即生即是果力即是業熏即動業之惑以貪欲爲本如現在生身由過去業力之所發明復由現在起惑熏成未來善惡之業也同業至相生者七趣衆生隨其妄惑各有同業相感因于殺盜婬三所感之業則有相滅相生之事

次世界顛倒二

阿難云何名爲世界顛倒是有所

初明世界因起

有分段妄生因此界立非因所因無住所住遷流不住因此世成三世四方和合相涉變化衆生成十二類

疏迷畢竟無成畢竟有有故立界隔別不同故云分段非因而因無住而住因能生果果生於因因果相生遷流不斷世由此立三世四方和合相涉究轉十二變化有情四方亦有十二異也○標非因所因者重指因也因有無故無相所遂生所因此非因而器界也故無住所住者本無所住外執器界故成住爲因也世謂過去未來現在此皆屬妄分別界所以情界器界和合變也○解孤山曰從畢竟無成畢竟有故有東西南北之分段指此分段名之爲界然其所有本無其因故云非因所因此唯妄住故云無住所住既非眞性常住則有過現未來遷流不住三世成矣以世涉方以方涉世俱成十二所以衆生正報因果和合亦成十二也私謂第曰卷方世相涉加流變三疊彼對依報顯於正報六根功德各千二百也此中相涉以依從正明世界顛倒立十二類生也既前云功德而此云顛倒古師用此釋前三疊者其可

後明類倒相生

順手

是故世界因動有聲因聲有色因色有香因香有觸因觸有味因味知法六亂妄想成業性故十二區分由此輪轉是故世間聲香味觸窮十二變爲一旋復

疏內由動相外感風輪故有聲現因空生搖堅明立凝故有色立金風相摩則有火光火則有氣氣則香也寶明生潤火光上蒸由斯流水水有冷煖故成觸也觸分澁滑與舌相對則有味生五境合意則名爲法此六塵境與內根妄想和合雜亂由此造作一切諸業故成業性業必有報十二品類因此區分故成輪轉是故下結成旋復旋復亦輪轉也聲香味觸略舉十二之四也。標因動有聲一念纔動外感風輪前云覺明空昧相待成搖也。解資中曰十二區分文含二意或六塵各有三世四方自成十二或根塵六共成十二孤山曰因動至知法即十二也或取六根及六塵爲十二者誤也私謂資中次解爲當且因動有聲

後類生差別三

者動如擊鼓撞鐘之類文殊云音聲性動靜是也此就聲塵當體爲因從因聲有色至因味知法則展轉相因以顯六亂之相也最後云知法者知即意根法即法塵以後例前則有聞聲見色等義況云六亂妄想是知見聞覺知皆歸妄想孤山云文無六根而自因動以下有十二者是誰之誤歟聲香味觸略舉四塵窮十二變總結根境

初總標列

乘此輪轉顛倒相故是有世界卵生胎生濕生化生有色無色有想無想若非有色若非無色若非有想若非無想

疏情想相因形待不息有情世界不出十二動念初起迷本圓常影明遂現故卵生居首情愛後起次有胎生異愛不同次分濕化想心紛擾取捨多端成後諸類有色無色等下自妄辯。解依殼而起曰卵生含藏而出曰胎生假潤而興曰濕生無而忽有曰化生如是四生由內心思業爲因外殼胎藏合離爲緣約藉緣多少而成次第卵生具四是以先説胎生具三濕生具二化生唯一謂思業也此依瑜伽論解而沆師云動念爲初卵生居首情

次別指釋十二

愛後起次有胎生異愛不同次分濕化者未顯經意也節公以前四生爲總下八類爲別從總開別故成十二謂卵唯想生胎因情有濕以合感化以離應故從卵生開出有想無想非有想非無想也胎生開出有色無色非有色非無色也細尋下文義則不然但取俱舍四生頌詳其八類自可見矣

一動類

阿難由因世界虛妄輪迴動顛倒故和合氣成八萬四千飛沈亂想如是故有卵羯邏藍流轉國土魚鳥龜蛇其類充塞疏世界初與元由虛妄虛妄故動動即是風風即氣也故云和合氣成迷圓常理成虛妄想想氣和合成於卵生故動念爲初卵生居首因茲種類八萬四千世間施設且舉此數理則無量羯邏藍者凡云凝滑入胎初位胎卵未分魚鳥龜蛇即飛沈類也

二欲類

由因世界雜染輪迴欲顛倒故和合滋成八萬四千橫竪亂想如是故有胎遏蒲曇流轉國土人畜龍仙其類充塞雜染即愛愛名爲欲欲故生潤乃名爲滋橫竪者人行正道竪首而行違正因邪故生橫類遏蒲曇云疱胎卵分也○解孤山曰即第二位也

三趣類

由因世界執著輪迴趣顛倒故和合煖成八萬四千翻覆亂想如是故有濕相蔽尸流轉國土含蠢蠕動其類充塞疏由執著故一心趣境濕煖之處與想相應即便受生故云煖成翻覆亂想者因即違心背信翻覆任情遂感類生飛走不定蔽尸云軟肉以其初受濕生形尚柔軟既不入胎故無前位○解私謂濕以合感故云執著合因煖氣故曰煖成翻覆者飛伏之貌也如蠛蠓昆蟲之類耳資中曰蔽尸或云聚血

四假類

由因世界變易輪迴假顛倒故和合觸成八萬四千新故亂想如是故有化相羯南流轉國土轉蛻飛

行其類充塞疏變易不常假新換故觸境之處與想相應即便受生新故亂想者因即不相循仁義猒故取新但循已情愛彼忘此假託不實變受異身又化生初質風觸即堅既無本形因觸而立此取轉受異身名之爲化故云轉蛻也羯南云硬肉○解眞際曰妄心浮僞易奪不常捨此取彼故成其觸觸謂觸對即根境和合也孤山曰化相者非無而忽有之化如蟜蟦蟲脫換故皮欣取新質意欲飛騰故云轉蛻飛行也羯南即胎內第四位纔生即飛故闕前位私謂轉蛻飛行未必唯指蟜蟦之類蓋是化生取譬之像如列子云天地委蛻下文純想則飛皆取譬也是則轉蛻譬故形之易脫飛行喻新質之輕舉無而忽有理合在茲

五障類

由因世界留礙輪迴障顛倒故和合著成八萬四千精耀亂想如是故有色相羯南流轉國土休咎精明其類充塞疏留礙爲緣障隔不決苟逢明著愛此受生色相羯南星辰日月吉者爲休凶者爲咎下至爝火蜂珠俱此類耳此等皆是有情變生能與世間作休咎災祥之應耳○解資中曰事日月水火和合光明堅執不捨障隔不通名爲留礙精明顯著因此受生故成色相

六惑類

由因世界銷散輪迴惑顛倒故和合暗成八萬四千陰隱亂想如是故有無色羯南流轉國土空散銷沈其類充塞疏銷散爲緣惑暗顛倒猒壞色相思無邊空色盡心亡猒空絕想乃至有頂沈冥幽隱即無色界外道之類耳○解由迷惑不了故也

七影類

由因世界罔象輪迴影顛倒故和合憶成八萬四千潛結亂想如是故有想相羯南流轉國土神鬼精靈其類充塞疏虛妄影像似有如無信憶則靈絕信則否蹈跡附影之類皆從憶想所生因即外道凡夫祈神禱祠有形立影終身奉事志慕神通精靈嚮附因果相酬必生其類

八癡類

由因世界愚鈍輪迴癡顛倒故和合頑成八萬四千枯槁亂想如是故有無想羯南流轉國土精神化爲土木金石其類充塞墮在世間愚癡爲本既非覺了頑鈍相成或乃習定灰凝思專枯槁心隨境變化物成身用無識爲真修將頑愚爲至道乃至如劫毗羅化爲石千年華表土木精怪等並心祈報質非畢竟無情報盡入輪如無想天墮○解外道計無情有命金石堅牢如華表生精黃頭化石之類也

九僞類

由因世界相待輪迴僞顛倒故和合染成八萬四千因依亂想如是故有非有色相成色羯南流轉國土諸水母等以蝦爲目其類充塞疏因依假待虛僞不真託穢成身藉物爲導因即和合巧僞假故爲新或附託因依遮倚形勢資身養命業果相循如水母等以水沫成身以蝦爲目有情身內八萬戶蟲並是此類攬物成體假食於他不從自類受身故名非有色相

十性類

由因世界相引輪迴性顛倒故和合呪成八萬四千呼召亂想由是故有非無色相無色羯南流轉國土呪詛厭生其類充塞互相引調誘以成性呪詛更加召以爲類雖從聲感假自性質如蝦蟇等以聲附卵然後長養非聲則壞因即或由好著聲境或是違誓厭禱求生心口爲殃報招其咎耳○解論因或是樂爲淫聲習以生著從自性類不假他成名非無色相籍聲誕質故云無色私謂呪詛亦呼召耳由物類相感若厭禱而生也

十一罔類

由因世界合妄輪迴罔顛倒故和合異成八萬四千迴互亂想如是故有非有想相成想羯南流轉國土彼蒲盧等異質相成其類充塞疏交合虛妄誣罔相成取異爲同回他作己元非想相後假相成即

蒲盧等是此類也蒲盧蜾蠃也取青蟲爲子非已所生推因或是違親認義棄本從他謬繼別宗妄襲餘族因果之應感此類生○標彼蒲盧等異質相成者專迹出楊子法言注也法言正文云螟蛉之子殪而逢蜾蠃祝之曰類我類我久則肖之矣速哉○解資中曰誣罔取他納爲已有名罔顛倒皆覩向義寄死託孤忘本蒸嘗認彼宗嗣是其因也孤山曰蒲盧者郭璞云俗謂之蠮螉也取彼桑蟲以爲已子私謂以異質故非有想相以相成故成想羯南

十二殺類

由因世界怨害輪迴殺顛倒故和合怪成八萬四千食父母想如是故有非無想相無想羯南流轉國土如土梟等附塊爲兒及破鏡鳥以毒樹果抱爲其子子成父母皆遭其食其類充塞

疏究對相讎連環不止託至親之父子發至怨之殺害豈不怪哉初生託質互有想愛故云非無想相後時成大父母遭食故云無想土梟破鏡附塊抱果子子孫孫相成相襲業使之然非自然耳問既是怨對無感生義何得用附而生怨中有愛答託質須資愛想殺害由乎先業愛想無常由業所遷始雖起愛後變成憎故遭其食○標無始時來有此類也○解資中曰父母有愛名非無想相怨無有愛故云無想問既是怨對無感生緣何得用附而生怨中有愛答如畜猪羊貪殺故養豈非怨中亦有愛乎孤山曰土梟破鏡者按史記孝武本紀云祠黃帝用土梟破獍孟康曰梟鳥名也食母破鏡食父黃帝欲絕其類使百物祠皆用之破鏡如貙而虎眼今云鳥者恐譯人誤或鳥字合是等字後人妄改耳

後結名類

是名衆生十二種類

疏如文○標三世四方根境相對十二區分由此輪轉是故世間聲香味觸此於十二變爲一旋復○解私謂金剛般若卵胎濕化乃至非想諸師所釋皆通三界今十二類義必無殊觀乎現文唯無色羯南似通上界其十一種悉是欲界之相耳此蓋如來隨宜所說且就現前幽顯可驗者略而示之若爾則沈師以有項外道解無色者未必然也將恐欲界亦有斯類如舜若多神豈在四空乎應知別文廣談七趣秪因此中說相未

周前後相成方見經旨

首楞嚴經義海卷第二十一

音釋

樺胡化切木名 磣初朕切磣毒也 傫力竹切殺也 佇丈呂切久立也 瞪瞢瞪澄應切瞢莫亘切瞪瞢直視也 刳空胡切虛其中也 觳克角切卵孚也 瑜珈梵語也此云相應瑜雲俱切 羯邏藍梵語也此云凝滑羯居謁切邏朗可切 遏蒲曇梵語也此云疱遏烏曷切蒲伴伍切 蠢蠕蠢尺允切蠕乳兖切蠢蠕蟲動貌 蠛蠓蠛莫結切蠓母總切蠛蠓似蚋小蟲 蛻輸芮切蟬蛇解皮也 蜯步項切蛤屬 蒲盧蒲蓬晡切盧籠都切蒲盧蜾蠃也 土梟梟堅堯切土梟鳥名